'이 모든 것을 가르쳐 준
당신에게 감사해.'

플아다

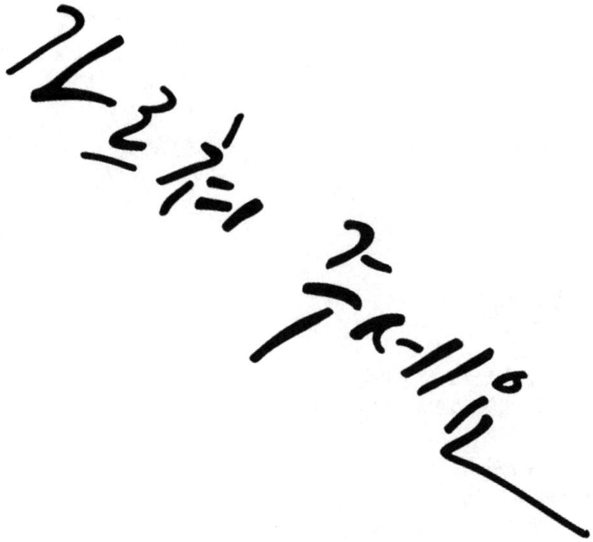

가르쳐
주세요 1

초판 1쇄 인쇄일 2016년 12월 19일
초판 1쇄 발행일 2016년 12월 28일

지은이 | 플아다
펴낸이 | 김기선

편집장 | 김은지
디자인 | 금장미

펴낸곳 | 와이엠북스(YMBOOKS)
출판등록 | 2012년 7월 17일 (제2014-17호)
주소 | 서울시 도봉구 노해로 379, 1005호(창동, 대성빌딩)
전화 | 02)906-7768 / 팩스 | 02)906-7769
E-mail | ymbooks@nate.com

ISBN 979-11-322-3977-2 (04810)
ISBN 979-11-322-3976-5 (set)

값 12,800원

가르쳐 주세요

1

플아다 장편소설

YM BOOKS

차 례

프롤로그

서걱서걱, 결재 서류들에 사인을 하는 소리가 아니면 미칠 수도 있을 법한, 꽉 막힌 침묵이다. 지원을 바라보고 선 한 차장의 손바닥이 축축해져 갔다. 사장이 아무 말 하지 않아도 괜히 주눅 들게 되는 버릇은 한 차장에게만 국한된 것은 아니다.

두 사람이 있어도 적막하기만 한 집무실.

이윽고 서류들에 사인을 마친 지원이 한 차장에게 결재판을 모두 넘겨주었다. 그 시간만을 기다려 온 한 차장이 얼른 인사를 하고 나가려는 찰나에 지원이 말을 걸었다.

"새로 뽑은 사원은 내일부터 출근 안 해도 된다고 전해요."

"……네?"

한 차장이 어리둥절해하며 되물었다. 지원은 눈을 지그시 내리깔며 덧붙였다.

"해고라는 말입니다."

"아, 네……. 해고 사유를 뭐라고 할까요?"

한 차장의 질문에 지원은 그런 것까지 설명해야 하냐는 듯, 인상을 약간 찌푸렸다.

"프린트된 서류들과 회사 컴퓨터 모니터를 배경으로 삼아 사진을 찍고 있더군요. 그 직원이 내부 정보들을 다루는 태도를 알게 됐습니다."

한 차장의 눈이 흐리멍덩해졌다. 신입이 기밀을 다루지도 않을 텐데, 그런 사유로 힘들게 뽑아 놓은 직원을 자르라고 하다니. 신입에게 이 말을 전할 생각을 하니 암담하기도 했다.

"주의를 줄 것도 없습니다. 기본 중의 기본을 우습게 여기는 사람은 하나부터 열까지 다 가르쳐야 하죠. 그런 걸 일일이 지적할 시간도 없습니다. 지적해도 알아들을지 의문이고. 괜히 힘만 들이지 말고 똘똘한 직원을 다시 뽑든가, 내부 사원들 중에서 적합한 사람을 찾아요."

"……"

"나가 봐요."

아무래도 사장의 심기가 평소보다도 더 날카로워 보였다. 한 차장은 아무런 반박도 하지 못하고 꾸벅 인사를 한 뒤에 집무실을 떠났다. 잘못 걸렸다간 자신 또한 눈 밖에 날 수도 있겠다는 생각에 몸을 사리게 됐다.

한 차장이 나간 후, 지원은 다음 스케줄을 위해 부지런히 움직였다. 밤낮으로 일만 하고 있는데 밑 빠진 독에 물을 붓는 것처럼 업무는 끝이 없었다.

집에 들어가지 않은 지 사흘째. 지원은 문득 동생과 조카 생각이 났다. 조카 준서의 가정교사도 얼마 전에 해고시켰다. 가정교사로서의 임무보다 잿밥에 관심이 더 많은 여자였다.

새로운 가정교사도 얼른 찾아야 하는데. 제대로 살필 새가 있을지나 모르겠다. 믿을 만한 사람이 좀 책임지고 찾아 줬으면 좋겠는데.

몇 분간 생각에 잠겨 있을 때, 휴대폰 진동이 울렸다. 동갑내기 사촌 형제 태원에게서 온 연락이었다.

"여보세요."

-지원아.

"그래, 태원아. 오랜만이다."

-요즘도 많이 바빠? 집에도 잘 안 들어가고 그래?

"그렇지, 뭐. 여기서 지내는 게 일에 집중하기 좋아."

-너무 일에 빠져 살다가 병난다, 너. 조카도 챙겨야 되잖아. 준서 말이야. 가정교사 또 그만뒀다며?

태원은 그의 집안일을 잘 알고 있었다. 여동생 다원이 얘기한 모양이었다. 지원은 태원의 질문에 건조하게 대답했다.

"응, 어쩌다 보니 그렇게 됐어. 다원이가 소개한 사람들은 죄다 제 역할엔 불성실한 사람들이라."

순간, 수화기 너머로 피식 웃는 소리가 들린 것 같았다.

-그럼 내가 소개하는 사람은 어때?

태원이 소개시켜 주는 사람이라면 적어도 동생 다원이 데리고 오는 사람보다는 믿을 수 있을 것 같았다. 지원은 관심 있게 물었다.

"소개할 만한 사람이 있어?"

-응. 내가 요즘 보육원 후원을 다니면서 알게 된 선생이 한 명 있거든. 나이는 어린데 아이들도 야무지게 돌보고 성실하고 똑똑해. 분위기도 왠지 형수님이랑 비슷한 것 같고 말이야. 밝고 다정해서 그런가 봐.

"생각해 볼게. 이력서 보내 줄 수 있지?"

-아. 그럼 생각은 있는 거지? 믿을 만한 친구야. 그건 내가 보증할게.

"그래, 알았어. 내 이메일로 이력서 좀 보내 줘. 신경 써 줘서 고맙다."

-뭘.

지원은 긍정적으로 받아들이기로 하고 통화를 마쳤다.

얼마 뒤에 태원에게서 이메일 한 통이 도착했다. 거기에는 낯선 여자의 이력서가 들어 있었다. 지원은 빠르게 이력서를 훑을 수 있었다.

<김이새. 한강대학교 3학년.>

'뭐야. 아직 대학교도 졸업 못 한 어린애잖아.'

첫줄부터, 허접하기 짝이 없는 이력서였다. 그중 가장 기가 막힌 것은 여자의 나이였다. 23세. 이 정도로 어린 여자가 7살짜리 조카를 케어할 수 있을까 생각하니 코웃음만 나왔다. 지원은 냉큼 파일을 닫았다.

그러나 몇 분 후에 지원은 파일을 다시 열었다. 왠지 오른쪽 상단에 박혀 있는 사진을 한 번 더 확인해 보고 싶어진 것이다. 문득 좀 전에 태원이 했던 말이 스쳤다.

'형수님이랑 비슷하다고?'

그러고 보니 확실히 인상이 좋은 사람이긴 했다. 사진에서도 밝은 에너지가 느껴질 정도로 훤했다. 이 얼굴 그대로의 성격이라면 소극적인 조카를 잘 이끌어 줄 수 있을 것 같기도 했다.

한참 고심하던 지원은 다시 태원에게 전화를 걸었다.

-응, 지원아.

"태원아, 이력서 훑어봤어. 네가 소개해 주는 사람이니 일단 신뢰할게."

-그래. 잘 생각했어.

"다음 주 월요일에 당장 출근할 수 있을까?"

-아마 가능할 거야.

"그래. 부탁한다."

통화는 짧게 끊어졌다. 지원은 걱정하던 일 하나를 해결한 것에 안도했다. 물론 집에 가서 제대로 확인해 봐야겠지만 말이다.

1. 자, 이제 게임을 시작하지

혁아. 나는 이제 떠나.

보육원 봉사활동에서 만난 후원자님이 일자리를 소개해 주셨거든. 일곱 살짜리 남자아이의 가정교사가 되어 주는 거래. 입주 가정교사라 아이의 집에서 지내야 하고 한 학기 휴학해야 하지만 보수가 대박이야. 월급 250만 원에, 추가로 8개월 뒤엔 8천만 원. 아이를 무사히 초등학교에 입학시키면 월급 외에 일시불로 8천만 원을 더 받는 거야. 거기에다가 8개월 뒤에 후원자님이 추천서도 써 주신대. 진짜 대박이지?

일을 의뢰한 사람은 아이의 삼촌이라는데 엔젤 투자자래. 벤처기업에 아이디어도 제공하고 투자도 하는 사람이라나 봐. 직업 이름이 참 멋지다. 엔젤이라니! 아무튼 그래서 예감이 좋아.

"오늘 가면 토요일에나 온다고?"

주방에서 마늘을 까던 엄마 희선이 떠름한 표정으로 물었다. 이새가 일기장을 가방에 넣으며 대답했다.

"응, 토요일 아침에 올게."

"잘 도착했는지 연락은 해."

"걱정 마세요."

"여자애가 겁도 없이 며칠씩이나 남의 집 살이를 한다는데 걱정이 안 되겠어?"

"엄마야말로 문단속 꼭 해. 이율이 기다리다가 너무 늦게 주무시지 말고. 힘들어 보인다고 용돈 막 퍼 주지도 말고. 애교에 넘어가지도 말고."

희선은 4년째 수능 공부 중인 둘째 딸 이율에게 무른 데가 있었다. 아마도 안쓰러워서일 것이다. 양심에 찔린 희선은 자리에서 일어나 손을 씻고는 안방으로 갔다. 엄마의 마음을 읽은 이새는 부러 얄궂게 깐족거렸다.

"나 같음 이제 의대 포기하고 그냥 적당한 대학교 들어가겠어. 그래도 이미 늦었어. 걔가 지금 말이 스물둘이지, 얼굴을 봐. 재수 1년에 10년씩 늙고 있잖아. 걔 입가에 팔자주름 생긴 거 봤어? 공부 더 하다가 엄마보다 먼저 환갑잔치하겠다니까?"

희선은 시끄럽다는 듯 이새의 등을 철썩 치고는 딸의 손에 5만 원짜리 지폐 두 장을 쥐여 주었다.

"그만 떠들고 얼른 가! 이거 택시비 하고."

"버스 타고 갈 거야."

"그럼 비상금 해."

되돌려줘도 엄마는 받지 않을 거라는 사실을 잘 알고 있는 이새는 희선의 등 뒤에서 끌어안으며 엄마의 바지 주머니에 몰래 돈을 찔러 넣었다. 희선이 다시 따갑게 말했다.

"가서 영 아니다 싶으면 바로 튀어나와."

이것이 이새의 진짜 일상이었다. 그녀가 떠벌떠벌 수다를 늘어놓으면 엄마의 거센 핀잔과 잔소리가 이어지고, 마늘 냄새가 나고, 엄마는 무심한 척 용돈을 건네고. 그런 일상을 떠나 이제 그녀는 새로운 곳으로 간다.

"엄마, 내가 돈 많이 벌어 올게. 내년이면 우리 빚도 다 갚을 수 있을 거야. 그럼 이제 우리, 저축도 하고 이사도 가자."

"누가 너보고 빚 갚으래? 일 끝나면 추천서 받을 수 있다니까 허락하는 거야."

희선이 바락 대답했다.

이새가 지내게 될 저택은 서울을 조금 벗어나 한적한 마을에 있었다. 마을에서 저택을 찾는 것은 쉬운 일이었다. 아주 높게 쌓은 담벼락만으로 저택은 위압감이 넘쳤다.

딩동. 철컥. 초인종을 누르자마자, 대문은 바로 열렸다. 조용하게 엄습해 오는 불안한 느낌을 지우기 위해 그녀는 씩씩하게 목소리를 냈다.

"실례하겠습니다!"

대문을 열고 안으로 들어오니 바닥에 길게 깔린 디딤돌 양옆으로, 어림잡아 세미축구장 정도 크기의 정원이 보였다. 정원이 끝난 자리는 정사각형의 돌로 고급스럽게 채워져 있었다. 그리고 얼마 지나지 않아 그녀의 앞에 3층 높이의 저택 본관이 그 위용을 드러냈다. 전체적으로 회색 톤의 벽에 감색 지붕을 올린 깔끔한 외관에 남성적 느낌의 건물이었다.

이새가 저택의 현관문 앞에 거의 다다랐을 때, 집 안에서 한 여자가 나왔다. 올 블랙 정장 차림에 검정색 뿔테 안경, 단정하게 빗어 넘긴 머리와 웃음기 없는 얼굴. 이새는 흡사 'B사감과 러브레터'의 21세기 버전을 보는 것인가 하는 묘한 느낌이 들었다.

"김이새 선생님, 반갑습니다. 이 집의 가사와 사무를 책임지는 주임, 배진숙이라고 합니다."

그 로봇 말투까지, 어쩜 이리도 소찢녀스러운 여성이 있는지.

"네. 안녕하세요! 반갑습니다."

이새는 신기한 마음에 탄성이 나오려는 것을 참고 밝게 인사했다. 배 주임은 반응 없이 바로 뒤돌아 그녀를 집 안으로 안내했다.

집 안으로 들어서자마자 높은 천장이 그녀를 맞이했다. 이새는 자연스레 눈이 가는 대로 멀뚱히 천장을 올려다보았다. 한가운데가 뻥 뚫려 2층까지 이어져 있는 복층형 거실이었다. 천장에 매달린 샹들리에 조명이 복고적이면서도 고풍스런 가구들과 잘 어울렸다. 이곳의 인테리어를 담당한 사람은 꽤 센스 있는 사람일 것이다.

배 주임은 부지런히 걸어가 맞은편에 있는 엘리베이터에 올랐다. 이새는 둘러볼 여유 없이 배 주임을 따랐다. 3층 건물에 엘리베이터까지 있는 것이 신기해하며 눈동자를 굴리고 있을 때, 배 주임이 딱딱하게 입을 열었다.

"일을 시작하시기 전에 주의하셔야 할 것을 말씀 드리겠습니다. 첫째."

'첫째'라는 걸로 봐서, 주의해야 할 내용이 한두 개는 아닌 모양이었다.

"집 안의 아무 문이나 열어서는 안 됩니다. 선생님께서 갈 수 있는 방은 선생님의 방과 준서 도련님의 방밖에 없습니다."

"네, 명심할게요."

"둘째. 근무 시간에는 준서 도련님에게만 집중해 주시기 바랍니다. 근무 시간은 준서 도련님이 일어난 때부터 잠들 때까지입니다. 셋째. 집 안의 다른 사람들에게 섣부른 질문은 금지입니다. 궁금한 건 제게 물어보시면 됩니다. 물론 쓸데없는 질문은 받지 않습니다."

"네……. 알겠습니다."

"마지막으로, 집 안의 일을 집밖으로 발설하면 안 됩니다."

"네, 그건 당연하다고 생각해요. 전 그런 사람이 아니고요."

"선생님을 믿겠습니다."

주의 사항을 따끔하게 이른 배 주임은 3층을 눌렀다. 엘리베이터는 빠르게 3층으로 올라갔다. 3층은 1, 2층과는 또 다른 분위기로, 현관에 들어섰을 때 한눈에 보이는 1, 2층과 완전히 분리된 공간처럼 보였다. 1, 2층이 성북동

부잣집 저택의 느낌이라면, 3층은 강남 고급 빌라의 모던한 느낌이었다. 뭐, 둘 다 그녀가 가 본 적은 없다.

"그럼, 짐은 여기 두시고 바로 준서 도련님을 뵈러 가죠."

똑똑.

"도련님, 새로 오신 선생님입니다."

배 주임은 거실의 가운데 문에 정중하게 노크하고 문을 열었다. 그리고 이새를 향해 안으로 들어가라고 눈짓했다. 이새는 기대되는 마음을 안고 방 안으로 들어갔다.

7살짜리 아이의 방치고는 몹시 깔끔하지만 비교적 아늑한 공간이었다. 작은 체구의 남자아이는 한쪽에 치우쳐 있는 침대에 엎드려 시크하게 그림 책을 보고 있다가 이새가 들어오자 자리에서 일어나 자세를 고쳐 앉았다.

자를 대고 자른 듯 올곧은 일자 레고형 앞머리에 동그란 얼굴, 커다랗고 똘망똘망한 눈망울. 준서라는 아이는 당장 광고 모델로 데뷔해도 손색이 없 을 정도로 잘생기고도 귀여운 얼굴이었다. 그러나 왠지 장난기라고는 없어 보이는 진지한 눈빛이었다. 아니, 생기가 없다고 해야 할까.

"안녕, 준서야. 나는 오늘부터 네 선생님으로 온 김이새라고 해."

준서는 한동안 눈만 깜빡거리다가 한참 뒤에 입을 열었다.

"'김샌다'할 때 그 김이새예요?"

"하하. 언어유희를 아는구나? 그래, 맞아. 그 김이새야."

머리를 한 번 끄덕인 준서는 가부좌를 틀고 앉아 검지로 이불을 긁적거 렸다.

"뭐 물어볼 거 없니? 나한테 궁금한 거라든지, 아니면 특별히 하고 싶은 말이라든지."

"글쎄요."

"우리 둘만 있으니까 뭐든 말해 봐. 얘기를 나누다 보면 말할 게 차츰 더

늘어나거든.”

“우리 둘만 있다고요?”

“그래, 이 방엔 우리 둘이잖아. 그치? 한 명, 한 명. 합쳐서 두 명.”

“그럼, 쟤는요?”

“응?”

“쟤요. 선생님 뒤에 있는 애.”

이새는 의아해하며 뒤돌았다. 뒤엔 아무것도 없었다. 옆의 선반 위에 있는 저 미키마우스 피규어를 보고 얘기하는 건가? 그럼 옆인데.

“선생님 바로 뒤에 선생님 쳐다보고 있는 애 있잖아요. 쟤랑은 인사 안 해요?”

흠칫! 이새의 온몸에 오싹! 하고 소름이 돋았다.

“하하. 선생님을 놀리면 못 써.”

“놀리는 거 아닌데. 진짠데. 얘기 못 들었어요? 이 집에 귀신 있는 거.”

“준서야, 일단 같이 나가자. 선생님은 귀신에 대해 더 알아봐야 할 것 같아.”

긴장한 이새가 준서의 팔을 잡으려 했지만 준서는 몸을 빼며 뒤로 물러나 앉아 그림책을 들었다.

“그럼 다녀오세요.”

“같이 나가야지. 귀신이 보인다며.”

“저는 쟤랑 친해서요.”

“쟤?”

“네, 쟤요.”

“응?”

“선생님 뒤에 있는 애.”

섬뜩한 느낌에 간담이 서늘해졌다.

"바로 돌아올게. 3분만 기다려!"

이새는 긴장을 숨기며 최대한 의연하게 말하고는 서둘러 밖으로 나왔다. 방 밖에는 배 주임이 대기하고 있었다.

"어떤가요? 괜찮았습니까?"

"……준서가 귀신이 보이는 것처럼 얘기를 하던데, 혹시 알고 계시나요?"

배 주임이 조용히 끄덕였다.

"그게 도련님의 가장 큰 문제 상황입니다. 귀신이 보인다는 말로, 친구를 전혀 만들지 않고 있죠. 유치원에서도 거절당했고요."

"왜 이렇게 된 거죠?"

"정신적 외상이 아닐까 생각합니다. 3년 전 준서 도련님의 부모님이 돌아가신 후 서서히 나타난 증상입니다."

"그럼 제가 할 일은, 준서가 귀신을 극복하게 하고 사회화를 시키는 건가요?"

"심리적인 문제는 치료를 병행하고 있으니 괜찮습니다. 선생님은 정해진 시간에 학습을 담당하시고, 책을 읽어 주시고, 규칙적인 생활을 하게 해 주시면 됩니다."

그 나이에는 공부보다 친구들과 뛰어노는 게 중요한 건데.

"공부만 하나요?"

"도련님의 공부방 겸 침실 바로 옆이 놀이방입니다. 거기 장난감들이 많으니 함께 놀아 주시면 됩니다. 계속 놀기만 하면 안 되겠지만요."

그래도 다행이었다. 공부만 하는 건 아니어서.

"식사 시간은 아침 7시 반, 점심 12시, 저녁 6시입니다. 도련님은 밤 9시경이면 잠들고 7시경에 일어나는 편입니다. 도련님은 불빛에 예민하니 9시 이후엔 거실 불을 켜지 마시기 바랍니다."

"네."

"그 외에 질문 있으시면 지금 하시죠."

"이 집엔 사람이 몇 명 있나요?"

"사장님과 준서 도련님 외에 아가씨 한 분이 더 있습니다. 그 외에 일하는 사람은 요리사 두 명, 청소 도우미 두 명, 경호원 한 명, 정원사 한 명에 총 관리인인 저까지, 열 명입니다. 이제 선생님이 오셨으니 열한 명이 되겠네요."

"아가씨라면."

"준서 도련님의 고모님입니다. 사장님의 여동생이고요. 아가씨는 잠깐 해외여행을 떠났습니다. 오시면 소개해 드리겠습니다. 사장님도 일이 많아서 회사에서 지내는 날이 많습니다. 사장님도 역시, 집에 오시면 소개해 드리죠."

"네에."

해외여행을 떠난 고모와 일이 많아 집에 들어오지도 못하는 삼촌······. 준서가 가족과 교감할 시간이 과연 있을까? 준서의 표정에 생기가 없는 것도 이러한 환경 때문인 건 아닐까. 이새는 배 주임의 대답에 시무룩해지는 마음을 들키지 않으려 노력하며 끄덕였다.

준서는 글을 읽을 줄 모르지만 그림책을 보는 것은 좋아했다. 또한 이새가 들려주는 이야기에도 관심을 기울였는데, 가끔 그녀와 눈이 마주치면 쑥스러운 듯 고개를 돌리는 것이 귀여웠다.

준서를 재운 밤. 이새는 오랜 시간을 고민하다가 색종이 꾸러미를 꺼냈다. 준서 방에 색종이를 접어서 붙이면 조금 산뜻해 보이려나 하는 생각이었다.

색종이를 색색깔로 펼쳐 놓고 책상 앞에 앉았으나, 쉬이 손을 움직이지는 못했다. 여름이라 방 안 공기가 답답했다. 방에 에어컨이 있었지만 그녀는 에어컨 체질이 아니었다. 그녀는 색종이를 들고 거실로 나왔다. 거실 창문 하나를 열어 놓으니 가슴속이 한결 가뿐해졌다.

서서히 답답함이 해결되고 나니, 그다음 욕구가 밀려왔다.

"간단하게 샤워해도 되겠지?"

샤워 후에 창문을 통해 들어오는 찬바람을 쐬면 하루의 고단함이 모두 씻겨 내려갈 것 같았다. 거실에 색종이를 놓아둔 채로 욕실로 들어간 이새는 옷을 홀랑 벗고 샤워기의 물을 틀었다.

그사이, 거실의 색종이들은 바깥바람을 만나 요정의 날개를 단 것처럼 한 장씩 한 장씩 폴폴 떠올랐다.

뭐야, 이 종이들은.

늦은 밤, 일을 마치고 오랜만에 집에 돌아온 지원은 거실에 펼쳐진 광경에 놀라움을 금치 못했다. 도둑이라도 든 것처럼 거실 창문 하나가 반쯤 열려 있고 바닥에는 종이들이 나부끼고 있었다.

아침에 가정교사가 새로 왔다는 연락을 받았다. 동갑내기 사촌 태원이 추천해 주어서 따로 면접을 보지 않고 채용한 가정교사였다. 며칠 전 보았던 조잡한 이력서가 새삼 다시 떠올랐다.

김이새. 한강대 심리학과 3학년. 23세.

인적 사항을 확인했다면 좀 더 신중했어야 했는데. 아직 대학교도 졸업하지 않은 풋내기를 사촌의 말만 듣고 덥석 고용한 자신의 잘못이다. 지원은 쏠쏠한 마음으로 가정교사의 방문을 조심스럽게 노크했지만 안에서는 아무 소리도 들리지 않았다. 문을 열어 보니 방은 텅 비어 있었다. 화장실에라도 갔나 싶어 옆의 화장실 문을 노크했다. 하지만 화장실에서도 소리는 들리지 않았다.

'추천해 준 태원이한텐 미안하지만 빨리 정리하는 게 좋겠어.'

지원은 불쾌해진 마음으로 발밑의 색종이를 주웠다.

그때, 가정교사의 방과 멀찌감치 떨어진 공용 화장실의 문이 활짝 열리고 머릿수건에, 샤워 가운을 걸친 여자가 다다다 뛰어나왔다. 샤워를 마치고 나온 이새였다.

그녀의 갑작스런 등장에 놀란 지원의 눈이 휘둥그레졌다. 머리를 숙이고 달려오는 모양이 영락없이 투우사를 향해 돌진하는 황소였다.

"으어아으아아!"

느닷없이 그녀가 그의 가슴으로 들이닥쳤다. 부딪히기 바로 직전 가까워지는 지원을 알아본 그녀의 입에서 괴상한 비명이 흘러나왔지만, 그녀 또한 발을 멈출 틈은 없었다. 지원이 이새의 공격에 뒤로 넘어갔고, 이새는 지원을 쿠션 삼아 바닥에 안전하게 엎어졌다. 지원이 민첩하게 그녀의 어깨를 붙잡지 않았다면 이새는 머리가 깨졌을지도 모를 일이다. 머리를 깊이 숙이고 달려오고 있었으니.

갑작스럽게 닥친 상황에 이새는 머리가 팽팽 도는 느낌이었지만 정신을 차리려고 노력했다. 긴급 상황이었다! 벌떡 몸을 일으킨 이새는 힘껏 소리를 내지르기 위해 숨을 크게 삼키고 입을 열었다.

"도, 도, 도둑이…… 읍!"

그러나 이새의 목소리는 그녀의 입을 막은 커다란 손에 의해 안으로 삼켜지고 말았다.

"누가 도둑이야?"

지원이 불쾌하다는 듯 성난 감정이 섞인 목소리를 냈다.

"준서 삼촌입니다. 소란스럽게 하지 말죠."

허어억! 삼촌이라고?

집 안이 어두워서 보이는 것이 없으니 그의 묵직한 목소리는 더욱 선명하게 그녀의 가슴에 와 박히는 것만 같았다. 그녀의 입을 막았던 커다란 손은 금세 떨어졌다. 이새의 눈앞에 '해고'라는 두 글자가 둥실 떠올랐다. 암담함에 더듬거리며 입을 열었다.

"죄, 죄송해요. 저는……."

"일단, 옷 입고 얘기하죠."

그러나 지원은 못 볼 것을 봤다는 듯 그녀의 말을 다 들어주지도 않은 채 뒤돌았다.

화들짝 놀란 이새가 후다닥 자신의 몸을 가렸다. 샤워 가운만 걸치고 있던 자신이 방금 전의 충격으로 제 맨몸을 반 이상 드러내게 된 것을 너무 늦게 알았다. 그녀는 방으로 냅다 뛰어 들어갔다.

어처구니없는 표정으로 그녀의 뒷모습을 쏘아본 지원이 어기적어기적 걸어가 스탠드 불을 켠 후 소파에 털썩 몸을 내려놓았다.

잠시 후 옷을 제대로 입은 이새가 지원의 앞에 다시 모습을 드러냈다. 그녀는 지원을 바라보기가 부끄러운지 그 앞으로 가까이 붙지 못하고 쭈뼛거렸다. 지원은 시간을 낭비하고 싶지 않다는 듯 서둘러 입을 열었다.

"안지원입니다. 아니, 이런 얘기 할 거 없고."

짤막하게 제 이름을 얘기한 그는 짜증스러운 듯 인상을 찌푸렸다.

"김이새 씨."

그는 그녀의 이름을 정확히 알고 있었으나, '선생님'이라는 존칭은 붙이지 않았다.

"내일 아침이 되면 이 집을 나가 주셨으면 합니다. 배 주임에게까지 얘기할 것도 없어요."

그의 말에 이새의 짙어진 눈동자가 크게 요동쳤다. 지원을 통해 직접 해고 통보를 받게 되니 절망감이 너무도 크게 와 닿았다. 만 하루도 안 되어 쫓겨나다니. 이러려고 엄마한테 큰소리치고 나온 건 아닌데.

7년 전 동생이 암으로 누워 있는 동안, 이새네 집의 가세는 급격히 기울었다. 세계적으로 별 사례가 없는 희귀암이었기 때문에 신약요법을 써야 했고 그 치료비는 오롯이 가계 부담이었다. 그렇게 빚진 돈이 자그마치 4억. 그 뒤, 이새의 부모님은 빚을 갚기 위해 허리띠를 졸라매며 살았다. 이제 빚은 1억 몇천만 원밖에 남지 않았다. 식당에서 하루 종일 일하고 백여만 원 정도의 월급을 받는 엄마와, 급여를 저당 잡힌 만년부장 아빠의 얼굴이 눈에 선하게 그려졌다.

아직은 돌아가고 싶지 않았다. 그녀는 허리를 곧게 펴고 당당히 힘주어 말했다.

"부당하다고 생각합니다."

말을 마치고 일어난 지원의 인상이 구겨졌다. 그는 팔짱을 끼고 그녀를 깔보듯 내려다보았다.

"준서는 지금 자고 있어요. 오늘 하루 정말 재미있고 유익하게 보냈고요. 제 역할은 준서를 돌보는 게 아닌가요? 더운 여름날 샤워하고 나와서 갑자기 나타난 분과 부딪칠 수밖에 없었던 사건으로 해고라뇨. 이런 법이 어디 있나요?"

"저와 부딪친 걸 가지고 해고를 했다고 생각해요? 그럴 리가 있겠습니까? 김이새 씨 눈엔 난장판이 된 거실이 안 보입니까?"

뒤늦게야 이새는 고개를 이리저리 돌려 거실을 둘러보았다. 색종이 몇 장이 거실 바닥에 떨어져 있긴 했다. 그렇다 해도 색종이는 기껏해야 10장도 되지 않을 것이다. 이걸 가지고 '난장판'이라고 말할 것까지는 없지 않은가. 색종이야, 금방 주우면 될 텐데 이걸로 해고를 하려 하는 심보라면 이 남자는 아주 병적인 결벽증이었다.

"거실은 제가 바로 치우겠습니다."

"샤워를 하러 들어가기 전에 거실을 어떻게 해 놓은 거죠?"

지원은 이새의 말에 콧방귀도 뀌지 않고 싸늘한 말투로 질문을 이었고, 또 즉각 말을 쏟아 냈다.

"이 집은 외부와 상당히 떨어져 있습니다. 야간에는 업체의 경호원 한 명이 바깥을 지키긴 하지만 아시다시피 한 명이 지키기엔 벅찰 만큼 규모가 크죠. 그리고 내가 들어오기 전까지 집 안에 남자라고는 일곱 살짜리 꼬마 하나뿐이었고요. 그런데 그쪽은 거실 창문을 열어 놨더군요."

아. 이새는 그제야 지원이 크게 성을 내는 이유를 겨우 알아챘다. 하지만 그래도 억울하긴 했다. 창문엔 고정된 방충망이 있었다. 도둑이 들어오더라도 방충망을 뜯어내고 와야 될 것이다. 그녀는 모두 납득하기는 어려운 마음에 입을 씰룩거렸다.

"창문 함부로 열지 말라는 얘긴 못 들었습니까?"

으르렁! 지원이 이새를 잡아먹을 듯이 무섭게 물었다.

"못 들었습니다!"

갸르릉! 이에 맞서 이새의 목소리도 높아졌다. 정말 기분 나쁘게 말하는 남자다.

"그럼 배 주임을 해고해야겠군요."

"아뇨! 들었습니다!"

그녀가 즉각 반사적으로 대답했다. 자신이 아닌 다른 사람을 해고하는 것은 더욱 부당한 처사가 아닌가. 이런 피도 눈물도 없는 사람 같으니라고.

"그럼 그런 주의 사항을 듣고도 어겼군요."

"죄송합니다. 앞으론 주의하겠습니다."

"앞으로라는 건 없을 겁니다. 김이새 씨가 이 집을 대하는 태도를 일찍 알게 되어 다행이군요. 내일 아침 일찍 떠나시기 바랍니다."

"샤워하러 갔다 오는 동안 창문을 닫지 못한 건 정말 죄송합니다. 저의 불찰이에요. 그렇지만 창문을 내내 열지 못하게 하는 건 너무하시는 거 아닌가요? 창문엔 고정된 방충망도 있었다고요. 그 방충망을 뚫고 도둑이 들어오긴 어려울 거고요. 게다가 환기를 잘 시키지 않으면 이렇게 넓은 공간이어도 공기는 탁해지게 돼 있어요."

"공기청정기가 알아서 청정하게 만들어 주고 있습니다."

"창문 하나만 열면 자연 바람이 이렇게 좋은데, 기계를 왜 쓰나요? 그리고 준서도 오늘 답답하다고…… 잠깐. 지금 이상한 소리 안 들리세요? 끄억 끄억 하는."

이새는 말을 하다 말고 딴소리를 했다.

'이 여자 대체 뭐야?'

지원은 짜증이 솟구쳤다. 귀신 소리를 하는 거라면 조금도 관심 가져 주고 싶지 않았다. 귀신 소리를 하는 사람은 조카 녀석 하나로 족하다.

"헛소리하려면 잠이나 주무시죠."

"아니, 그게 아니라."

이새는 허리를 굽혀 가며 귀를 쫑긋 세우고 조용히 걸음을 옮겼다. 이 여자가 무슨 연극을 하나 싶어 지원은 시큰둥하게 그녀를 지켜보았다. 이렇게 된 바에 해고 사유를 하나 더 만들어야겠단 생각을 하며.

그런데 거실 한가운데까지 조심스레 걸어간 이새의 발이 뚝 멈추더니, 별안간 준서의 방을 향해 성큼성큼 다시 움직였다. 불쾌한 눈빛으로 이새를 바라보던 지원의 눈이 흰자가 다 드러나도록 커졌다. 서슴없이 걸음을 옮긴 이새가 준서의 방문을 활짝 열어 버렸다.

"그 문을 왜 여는……."

"준서야!"

하지만 지원의 목소리는 방 안으로 냉큼 들어간 이새의 외침에 흔적도 없이 사라지고 말았다.

"껵껵."

이새가 준서 방의 불을 켠 후에야 지원의 귀에도 준서의 헐떡이는 소리가 들렸다. 지원도 준서의 방으로 냉큼 달려갔다. 이마에 식은땀을 가득 매단 준서가 숨이 넘어가는 소리를 내고 있었다. 들숨에 어깨를 들썩일 때마다, 준서의 얼굴이 하얗게 질려 갔다.

"천식이에요? 준서한테 천식이 있나요?"

이새가 급하게 소리쳤다.

"대답 좀 해 주세요!"

"없어요!"

지원 또한 당황하긴 마찬가지였다. 하지만 어찌해야 할지 알 수 없었다. 그는 곧장 자신의 친구이자 의사인 승환에게로 전화를 걸었다.

"준서야. 천천히! 천천히 숨 쉬어 봐."

이새가 급한 마음을 다스린 침착한 목소리로 준서에게 말했다. 하지만 진정될 기미는 보이지 않았다.

"예전엔 이랬던 적 없어요?"

"없어요."

지원이 휴대폰을 귀에 댄 채로 이새에게 대답했다. 준서의 등을 다독이던 이새의 고개가 방 이곳저곳을 향해 빠르게 돌아갔다.

"준서 좀 안아 주세요!"

이새는 지원에게 명령하듯 말했다. 그러더니 준서를 팽개친 채로 뒤도 돌아보지 않고 밖으로 나갔다. 얼결에 준서를 인계받은 지원은 이새가 떠난 것에 황당해하면서도 그녀가 하던 대로 준서의 등을 쓸었다.

금방 방으로 다시 돌아온 이새의 손엔 비닐봉지 하나가 들려 있었다. 몇 켤레의 여성용 양말이 들어 있는 비닐봉지였다. 이새는 순식간에 봉투의 매듭을 풀어 양말을 탈탈탈 바닥에 쏟아 냈다. 그리고 봉투만 들고는 준서에게로 다가갔다. 바닥에 우두두 떨어진 양말과, 이새의 행태를 지켜보던 지원은 더욱 황당한 표정이 되었다.

"뭐 하는 겁니까, 지금!"

이새가 하는 일을 이해할 수 없다는 듯, 지원이 휴대폰을 팽개치고 이새의 손목을 잡았다. 이 상황에 괴이한 민간요법을 하려는 거라면, 이 여자는 정신병자다. 이새는 그 억센 손을 힘 있게 떨쳐내며 준서의 입에 비닐봉지를 씌웠다.

"이 여자가!"

"가만히 있어요, 좀!"

이새가 붉으락푸르락해진 얼굴로 소리쳤다.

믿을 수 없게도, 그 기세에 눌린 지원의 얼굴이 얼어붙어 갈 무렵.

꺽꺽. 끄윽끄윽. 윽윽. 비닐봉지 안으로 거친 숨을 토해 낸 준서의 호흡이 괴이하게도, 아주 조금씩 정상으로 돌아오고 있었다. 비닐봉지가 부푸는 속도에 맞춰 준서의 등을 천천히 쓸어내리던 이새가 조용히 말했다.

"괜찮아."

으어어억. 준서가 괴로운 소리를 내며 비닐봉지 안에 모아진 제 숨을 다시 들이켰다.

과호흡 증후군. 그제야 지원은 언젠가 의학 잡지에서 읽었던 꼭지 한 토막을 기억해 냈다.

"괜찮아, 준서야."

호흡이 모두 정상으로 돌아온 준서는 뒤늦게 폭풍우 같은 눈물을 쏟아 냈다.

"으아아앙!"

서러움이 북받친 준서의 목소리는 방이 떠나갈 정도로 컸다.

"괜찮아, 괜찮아."

괜찮아……. 준서의 울음소리와 이새의 다독이는 소리가 주변의 공기를 강하게, 그리고 차분하게 흔들었다. 그녀가 만들어내는 분위기에 붙들리듯, 지원의 시선이 한동안 그녀에게서 떠나질 못했다.

일이 정리된 후 한 시간 뒤, 의사라는 사람이 찾아왔다.

"지원이 친구 허승환이라고 합니다. 오신 지 얼마 안 되었나 보네요."

준서가 다시 잠든 뒤에야 한숨을 돌린 이새가 피곤한 목소리로 대답했다.

"네. 오늘 처음 왔어요."

"그런 응급처치를 어디서 배우셨나요?"

"위기탈출 넘버원에서요."

"아……. 하하하."

승환은 이새의 대답에 시원하게 웃었다. 지원의 친구라는데, 강하고 독살맞게 생긴 지원과는 다르게 서글서글하고 편안한 인상의 남자였다.

"잘하셨어요. 그런 상황에 이런 판단을 하기 쉽지 않은데. 정말 현명하시네요."

"고맙습니다."

"지원이도 잘 제압하시고."

"네?"

"아까 지원이가 제게 전화를 한 상황이었거든요. 두 분이 투닥투닥하시는 건 생중계로 들었죠."

"아, 죄송합니다."

"에이, 잘했다니까요."

승환은 거듭 그녀를 칭찬했다. 지원 때문에 그의 친구까지 신뢰할 수 없게 되어 무표정으로 일관한 태도를 보이던 이새도 마음이 조금 누그러져 멋쩍게 미소 지었다. 그때 저편에서 경호원과 따로 긴한 얘기를 나누던 지원이 돌아왔다. 미소 지었던 것이 언제냐는 듯, 이새의 표정이 순식간에 굳었다.

"내일 아침에 얘기하죠. 들어가 봐요."

지원이 이새에게 무뚝뚝하게 말했다. '고맙다', '수고했다' 같은 말도 없었다.

"그리고 화장실은 맞은편이 아니라 본인 방의 바로 옆에도 있습니다."

굳은 표정을 지키고 있던 이새는 놀란 눈이 되었다. 바로 옆에도 화장실이 있었다니! 배 주임이 집 안의 아무 문이나 열어선 안 된다고 한 말을 계명처럼 지킨 것이 이런 지대한 창피를 가져다줄 줄이야!

"그럼, 또 뵙겠습니다."

승환은 정중하게 묵례했다. 멀어지는 두 사람을 보며, 이새는 한동안 멀거니 서 있다가 방으로 돌아갔다.

"후우. 일이 잘 마무리되었으니 됐지, 뭐."

어찌 되었든 훈훈하게 마무리되었고 고용주도 미안해하는 듯 보였으니, 그녀의 작은 실수는 그대로 덮어지리라. 해고의 난관이 닥친 순간에 그녀가 수습할 수 있을 만한 소동이 벌어졌다. 그것은 어떤 일이 있더라도 이 집에 딱 달라붙어 있으라는 하늘의 계시였다. 그녀는 자신을 위로하며 잠을 청했다.

눈을 붙인 지 얼마 되지 않아 아침이 밝았다. 잠이 부족한 느낌이 없지는 않았지만 이새는 가뿐하게 일어났다.

그녀는 이부자리를 정리하고 바로 옆에 붙어 있는 화장실에서 세수를 하고 나왔다. 아침 햇살이 넉넉하게 들어온 거실은 어제와 분위기가 달랐다. 이새의 기분도 함께 밝아졌다.

그녀가 햇살을 조금 더 받아 보려 창문 앞에 섰을 때, 뒤에서 묵직하게 가라앉은 목소리가 들려왔다.

"김이새 씨."

지원이 다가왔다. 맑아진 마음으로 그를 보니 어제의 첫인상과는 달리 보였다. 기이한 일이었다.

이 남자, 실은 엄청 잘생긴 남자였던 것이다.

완벽함을 넘어선 비율을 자랑하는 긴 다리와 호리호리한 허리와 넓은 직각 어깨, 날렵한 턱선, 수려하면서도 강한 남성미가 느껴지는 균형 잘 잡힌 얼굴, 정돈된 검정색 머리, 이와 같은 빛깔의 선명한 눈썹, 적당히 끝이 올라간 길고 깊고 서늘한 눈에, 높은 콧대……. 어디 하나 빠지는 데 없는 외모를 지닌 지독한 미남이었다.

이새는 어딜 가서 이런 잘생긴 사람을 또 보겠나, 하는 마음으로 그를 응시했다. 그가 아무 말도 하지 않았다면 그녀 또한 하염없이 그대로 시간을 보냈을 것이다.

"얘기 좀 하죠."

"아…… 네."

그녀가 멋쩍게 끄덕거렸다. 어제의 일에 대해 사과를 하려나 보다, 그리 생각하며 그의 다음 말을 기다렸다.

"밤의 임기응변은 괜찮았습니다. 양말 봉지를 아이의 입에 가져간 게 불쾌하긴 하지만 그냥 넘어가죠."

역시 '고맙다', '수고했다' 같은 인사는 없었지만 이새는 이해하기로 했다. 이 정도 규모의 집에 직원들을 몇 명씩 데리고 있는 사람이라면 누구에게 고개 숙일 일을 만들지 않고 살아온 사람일 테니. 그의 말을 사과로 받아들이겠다는 의미로, 이새는 입술 끝에 힘을 주며 씨익 웃었다.

하지만, 이어진 지원의 말은 이새가 기대한 바와 어긋나 있었다.

"그건 그거고. 준서 일어나기 전에 얼른 짐 챙겨서 나가도록 하세요."

"네? ……뭐라고 하셨죠?"

"김이새 씨는 해고되었다는 의미입니다."

"저기, 저기…… 잠깐만요."

당황한 이새의 목소리가 잠긴 듯 떨려왔다. 그가 내뱉은 말을 믿을 수 없었다.

"비록 아주 잠깐 동안이었지만 어제 창문을 열어 놓았던 건 분명 제가 잘못한 게 맞아요. 하지만 제가 잘못한 것만 있는 건 아니잖아요. 게다가 그건 준서에게 한 잘못도 아니고요."

호랑이도 은혜를 갚을 줄 안다는데 네가 나한테 이러면 안 되지.

"어제 저의 응급처치가 없었다면 준서는 위태로운 상황이 되었을 거예요. 친구분이신 의사 선생님도 그렇게 얘기하지 않았나요? 그것만 생각해 보셔도 이렇게 무작정 해고하실 순 없을 텐데요. 게다가, 낮 시간 동안 저랑 준서는 엄청 마음이 잘 맞았고요. 이건 못 보셨으니 잘 모르시겠지만."

이새는 버럭 소리를 지르고 싶은 마음을 누르고 차분하게 조목조목 말했다.

"그래서, 준서를 안정시켜 준 은혜를 생각해서 해고는 다시 생각해 달라?"

맞는 말이긴 하지만, 말 참 싸가지 없이 하네. 제 미모를 깎아먹는 싸가지였네. 얼굴이 아깝네.

상대는 강력했다. 그러나 이새도 쉽게 지고 사는 성격은 아니었다.

"생각해 달라는 게 아니라 해고하실 수는 없다는 말입니다."

그녀는 당차게 대응했다. 고양이 앞에 쥐가 되느냐, 같은 고양이가 되느냐는 그 맞대응으로 결정되는 법이다.

"글쎄요. 일단 그 응급처치가 만족스럽지는 않았습니다."

그런데 다소 사납게 대꾸한 그녀의 말이 그저 가소롭다는 듯, 그의 말투는 더욱더 냉랭해졌다.

"아까는 잠시 에둘러 말했지만, 양말을 담았던 비닐봉지가 유쾌하게 생각될 리는 없죠. 솔직히 더럽고 불쾌했습니다. 밤사이 발작을 일으킨 것도 마찬가지입니다. 준서는 이제껏 밤에 그런 적은 한 번도 없었어요. 과호흡 증후군도 물론 없었고. 그렇다면 나는 김이새 씨의 그날 교육 방식에 문제는 없었을까 의심할 수밖에 없습니다. 나아가 혹시 준서에게 이상한 말을 했는지, 몰래 가혹 행위를 하지는 않았는지까지 의심해 보아야 하죠. 의심스러운 사람은 쓰고 싶지 않고요. 이게 김이새 씨를 해고하는 이유입니다."

비수 같은 그의 말에 이새의 입이 멀뚱히 벌어져 버렸다. 부잣집 사람이니만큼, 자신을 대하는 데 너그러울 거란 기대는 애초부터 없었다. 하지만 적어도 아이 보호자로서의 고마움은 표시할 거라고 생각했다. 그런데 이 남자는 줄곧 오만의 끝을 달리고 있다.

이새는 지원의 막말이 너무 황당하여 어떻게 대처해야 할지 금방 떠오르지 않았다.

"사장님."

그때 그녀의 등 뒤에서 한 여자의 목소리가 들렸다. 배 주임이었다. 급하게 지원을 부른 배 주임은 이새의 바로 옆까지 다가와 섰다.

"한 말씀 드려도 되겠습니까?"

"무슨 일이죠?"

"간밤의 일을 모두 들었습니다. 챙기지 못하여 죄송합니다."

"괜찮아요. 배 주임 근무 시간이 아니니까."

두 사람의 대화를 듣고 있자니 이새는 이가 갈렸다. 이새에게는 가차 없이 독설을 퍼부었던 지원은 배 주임 앞에서는 날 선 데 없는 평범한 고용주였다.

"하지만, 이런 일이 생긴 건 모두 저 때문입니다. 어제저녁 때, 준서 도련님이 많이 답답해했습니다. 그래서 김 선생님이 도련님과 함께 잠시 밖에 나가 산책을 하겠다고 하는 것을, 제가 멋대로 판단하여 막았습니다."

그래! 그런 일이 있었지! 이새는 속으로 옳거니 쾌재를 불렀다.

"교육 첫날은 제가 쭈욱 가까이에서 지켜보았습니다. 책망받을 만한 일은 없었습니다. 이번 일만큼은 김이새 선생님이 아니라, 저를 책망하시는 게 옳습니다."

배 주임은 차분하게 말했다. 조금도 흐트러짐 없는 목소리였다. 그래서 더욱 공손하고 진중하게 들렸다.

지원의 눈썹이 슬쩍 휘었다. 배 주임의 주장에 고집이 수그러지는 것일까.

이새는 입 밖으로 나오려는 탄성을 삼켰다. 딱 B사감 이미지에, 융통성이라곤 없어 보여 가까이 하기엔 너무 먼 당신이었는데, 원리 원칙에 입각하여 행동하는 성격이 이토록 정의롭게 느껴질 줄이야.

배 주임은 제 말만 사실대로 전하고 바로 자리에서 떠났지만, 이새는 든든한 지원군에 힘을 얻은 느낌이었다. 배 주임이 떠난 후, 잠시 생각하는 듯 지원의 눈매가 서늘하게 가늘어졌다. 역시 가만히만 있으면 외모상으로 참 월등한 남자이기는 하다. 이런 순간에도 그의 달라진 눈빛 하나에 절로 시선을 빼앗기게 되니 말이다.

잠깐 혼란스러운 표정을 지었던 지원이 다시 딱딱하게 입을 열었다. 잠시 연예인 나오는 TV 광고 보는 느낌으로 그를 바라보던 이새의 정신도 다시 말짱하게 되돌아왔다.

"위급한 상황이었던 준서를 재빨리 응급처치한 일에 대해서는 다른 방식으로 보상하도록 하죠."

"보상은 필요 없습니다. 따로 해 주시는 보상 대신, 준서의 가정교사로 계속 지내길 원합니다."

이새는 그가 미웠지만, 동시에 오기가 생겼다. 포기하지 않는 의지는 그녀의 큰 자산이었다.

"하지만 조건을 걸겠습니다. 사장님께서 그토록 저를 신뢰하지 못하시니 저도 억지를 부리고 싶진 않아요."

그녀의 당돌한 제안에 지원이 자세를 바꿔 팔짱을 꼈다. 어디 한번 들어나 보자, 생각하는 것일까.

"앞으로 세 번, 사장님이 제게 경고를 하시면 스스로 나가도록 하겠습니다."

지원이 같잖다는 듯이 코웃음 쳤다.

"사정을 봐주는 건 한 번도 어려운데, 두 번을 더 봐달라는 말이에요?"

"세 번을 실수할 리는 없다는 얘깁니다. 사실 어차피 해고되는 거라면 저도 지금 당장 일을 그만두는 게 낫습니다. 저는 아직 학생이고, 어정쩡한 시기에 일을 그만두게 된다면 복학도 할 수 없게 되니까요. 그만큼 더 이상 실수하지 않고 좋은 선생님이 될 거란 자신이 있어서 말씀 드리는 겁니다."

"뭘 모르네. 그 경고 세 번, 하루 만에 다 받게 할 수 있어요."

"정당한 것이라면 저도 받아들이겠습니다. 설마 어린애 같은 억지를 부리시진 않겠죠."

그래, 당신이 내 안에 잠자고 있는 독종의 본능을 깨워 내는구나. 상대가 냉동고의 얼음장같이, 조금도 녹질 않고 냉랭하게 말하니 그녀도 오기가 생겼다.

"서로의 입장이 계속 다를 텐데 정당한지 아닌지는 누가 판단하죠?"

"기본적으로 저는 양심이 있는 사람이라, 제가 잘못한 걸 가지고 잘못이 아니라고 박박 우기지는 않습니다. 하지만 혹시 서로의 입장이 달라서 실랑이가 생긴다면, 준서가 판단하는 걸로 하면 어떨까요?"

"준서가 뭘 안다고."

"어린아이의 눈이 가장 정확하죠."

찌릿. 지원이 이새를 노려보았다. 이새는 한 치의 물러남도 없이 그의 눈빛에 맞섰다.

쥐뿔도 가진 것 없이 내게 이런 도전을 하는 사람은 그쪽이 처음이야. 그의 내면 깊숙한 곳 어딘가에서 이런 외침이 시작되었지만 지금의 그는 모른다.

"받아들이죠. 경고 세 번."

기어이 지원의 마음이 움직였다. 그의 눈이 순간적으로 반짝이는 것을 보며, 이새 또한 계획된 미소를 지었다.

"네. 경고 세 번."

자, 이제 게임을 시작하지.

-준서 건강검진은 지난주에 했다고 했지?

"응, 다 정상이었어. 또래에 비해 작은 편이긴 하지만."

-그래. 그럼 영양 잘 챙기고. 미술치료 받는 데에서 심리검사는 따로 했지? 결과 보러 갈 때 나랑 같이 가자.

"그래, 고맙다."

-나도 걱정돼서. 과호흡 증후군의 원인은 다양한데 준서처럼 신체적인 문제가 없는 경우엔 스트레스라고 생각할 수밖에 없어.

친구 승환과 통화를 하는 지원의 미간엔 굵직한 주름이 졌다.

-집 안 공기가 답답했다며? 애가 햇빛을 안 보는 것도 스트레스가 될 수 있어. 비타민D도 부족할 거고.

"비타민D는 챙겨 먹이고 있어."

-먹는 걸로는 부족할 수도 있어. 하루 15분만 햇빛을 쬐어도 비타민D는 충족돼. 상쾌하면 스트레스 해소도 되고. 햇빛이 주는 이로움은 많아.

승환이 훈계를 늘어놓았다.

-그렇게 걱정되면 대문 밖으로 나가지 않고 정원에서 산책만 해도 되잖아. 그 커다란 정원은 뒀다 뭐에 쓸 건데?

"······준서가 정원에서 무서운 귀신을 봤다는 얘길 했었어."

지원이 한쪽 손으로 관자놀이를 꾹꾹 누르며 대답했다. 편두가 지끈거렸다.

"내가 아닌 다른 사람이랑 정원에 나가는 건 불안해."

-그럼 회사에 일주일씩 머물러 있지 말고 재택근무를 하든가.

승환이 따끔하게 말했다.

광고회사인 성화기획의 전무, 그리고 엔젤투자사인 성화 인베스트먼트의 대표직을 맡고 있는 지원은 그 외에도 성화그룹에서 자잘하게 맡은 일이 많았다. 그룹의 회장인 지원의 할아버지는 지원이 가장 애착을 가지고 있는 성화 인베스트먼트의 일은 다른 사람에게 맡기길 바랐다. 지원은 더 중요한 일을 해야 할 재목이라고 생각한 것이다. 그렇기 때문에 지원은 엔젤 투자자로서 운영하는 성화 인베스트먼트의 일을 계속하기 위해서라도 다른 것들을 더 열심히 해야 했다. 그것이 그가 퇴근 없는 삶을 살게 된 배경 중 하나였다.

이제 그는, 집무실 안쪽에 침실까지 따로 두고 닷새에서 일주일 정도를 회사에서 지내다가 집으로 돌아와 하루 이틀 휴가처럼 쉬는 생활을 하고 있었다. 하지만 균형이 무너졌다고 생각하진 않았다. 그는 워커홀릭이었다.

-네가 다 진두지휘하려고도, 책임지려고도 하지 마. 네가 할 수 없는 부분은 과감하게 남에게 맡겨.

"······."

-가정교사 인상 좋아 보이더라.

"네가 보기에만 좋은 거야."

-어? 딴맘으로 뽑은 거 아니었어?

"딴맘이라니?"

-네 취향이잖아. 긴 생머리에 베이비 페이스에 피부도 좋고, 목소리도 좋고, 웃는 상에. 딱 네 취향이던데? 나는 네가 흑심으로 고용한 줄 알았지. 너 옛날부터 그렇게 생긴 여자들만 만났잖아.

승환의 지적에 지원은 지금까지 자신이 만났던 여자들을 떠올려 보려다가 생각을 닫고 불퉁스럽게 말했다.

"내가 뽑은 거 아니야. 태원이가 추천한 거야."

-정말? 그럼 태원이가 소개팅 시켜주는 기분으로 그 가정교사를 추천한 거야?

"무슨 뚱딴지같은 소리야!"

-태원이가 그렇게 너그러운 애가 아닌데.

이상하게도 승환의 말이 능글맞게 들렸다. 계속 듣고 있을 기분이 아니었다.

"아, 괜히 전화를 해서 기분만 나쁘네. 끊어."

지원은 자신을 놀려 먹으려는 승환의 웃음을 자르며 전화를 툭 끊어 버렸다.

어젯밤부터 내내 불쾌한 기분이다. 모두 새로 온 가정교사 때문이었다. 얼른 해고시켜야 되겠다는 생각에 피곤한 몸을 이끌고 방에서 나왔다. 그녀의 잘못을 정확하게 짚어내 정당하게 쫓아내야 한다.

"그때 홍길동이 머리카락을 일곱 개 뽑아서 후, 불었어. 방 안에 뭉게구름이 뭉게뭉게뭉게 생기면서 펑! 한순간, 홍길동이 여덟 명이 된 거야."

거실 쪽에서 이새의 목소리가 들렸다. 공부방의 문이 살짝 열려 있었다. 지원은 어슬렁어슬렁 걸어가 공부방의 문틈으로 슬쩍 안을 엿보았다. 준서는 간밤에 아무 일도 없었다는 듯 평온한 얼굴로 이새의 이야기에 빠져 있었다. 당장은 꼬투리 잡을 것이 보이지 않았다. 회사로 돌아가기 전에 경고

3회를 모두 먹일 생각이었는데.

"무슨 일이세요, 삼촌?"

그때, 방문이 열린 틈으로 얼굴을 보인 지원을 알아본 이새가 물었다. 이새의 물음에 지원의 입 안이 떫어졌다.

삼촌? 나는 댁 같은 조카를 둔 적이 없는데?

"왜 그러세요, 준서 삼촌?"

집 안의 모든 사람들은 그에게 '사장님'이라고 불렀다. 어떤 가정교사도 '사장님'이 아닌 다른 표현으로 지원을 부르지 않았다. 호칭이 참 거슬리는데 준서 앞에서 '준서 삼촌'이라고 부르지 말라고 지적할 수도 없고. 지원은 씁쓰레한 기분으로 준서에게 다가가 공연히 다른 지적을 했다.

"공부방에서는 공부를 해야 하지 않을까요, 선생님?"

"공부를 즐겁게 하는 것뿐이에요. 홍길동전은 한국문학이잖아요, 준서 삼촌."

이새는 지지 않고 받아친 후 입술 끝을 길게 늘이며 씨익 웃었다. 그 모습이 흡사 마녀같이 느껴진 것은 기분 탓일까.

2. 어디 평생 그렇게 살아 봐

　전날 밤의 일로 이새를 조금은 의지하게 된 건지, 준서는 말이 많아졌다.
　일곱 살. 끝없이 질문을 하는 나이였다. 책은 왜 종이로 만들어졌고, 연필로 쓴 글씨는 왜 지우개로 지울 수 있고, 눈은 두 갠데 왜 물체는 하나로 보이고…… 다양한 질문에 답을 하고 함께 직접 찾아보기도 하다 보니 어느덧 저녁 시간이 되었다. 지원이 준서와 따로 식사를 하겠다고 데려가 버려서 이새는 혼자 밥을 먹었다. 그리고 배를 두드리며 방으로 돌아오는 길, 뒤에서 누군가 수줍은 목소리로 그녀를 불렀다.
　"저기요, 혹시……."
　이새는 등 뒤에서 자신을 부르는 사람을 향해 몸을 돌렸다. 그리고 환성을 질렀다.
　"아주머니!"
　"와! 맞구나! 이새야!"
　두 사람 모두 서로를 바로 알아보았다. 이새를 부른 사람은 미옥이었다.
　동생이 병원에 입원해 있던 7년 전, 1년 동안 4인실을 나눠 쓰던 세 살 아가의 엄마. '아주머니'라고 부르긴 했지만 이새와는 나이 차이도 열 살 정도밖에 나지 않아 친언니처럼 따랐던 여인이었다. 이새네가 병원 생활을 정리하고 떠난 후, 그녀의 세 살 아가가 세상을 떠났다는 소식을 듣고 조문을 갔었던 게 마지막이었는데.

다행이었다. 그녀의 얼굴이 밝아 보여서. 이제 다 가슴에 묻고 다시 건강한 삶을 찾게 되었구나!

"진짜 오랜만이다! 새로 가정교사가 온다더니, 너였구나! 세상에! 마지막으로 본 게 중학생 때였는데. 많이 컸네. 게다가 이렇게 예쁘게!"

"아주머니야말로 미모가 그대로예요! 잘 지내셨어요? 아주머니도 여기서 일하시는 거예요?"

"응. 난 여기서 청소랑 정리 담당하고 있어. 일한 지 꽤 됐어."

미옥은 이 집에 근무하는 두 명의 청소 도우미 중 한 명이었던 것이다.

"얼마나요?"

"이제 3년째야."

"와……. 대단해요."

"뭘 대단해. 가정교사로 온 이새가 더 대단하지."

"저는 곧 잘릴지도 몰라요. 파리 목숨이거든요. 여기 사장님은 사람 해고하는 게 취미인 것 같던데요."

"사장님이 좀 냉정하긴 하지. 도련님 교육 문제니 더 예민할 수밖에 없고. 하지만 잘 버텨 봐. 오래 일한 고용인한테는 정말 괜찮은 사람이더라."

"괜찮은 사람이라고요?"

"진국이야. 아가씨에 비하면."

미옥은 이새의 귀에 대고 아주 작은 소리로 속삭였다.

이새의 입이 허망하게 벌어져 갔다. 악질 고용주 안지원을 진국으로 생각하게끔 만드는 아가씨라니. 대체 이 집의 주인님들은 얼마나 대단한 갑질을

가르쳐 주세요_1   39

하고 계신 건가. 여기 남아 있겠다고 한 것이 과연 옳은 일이었을까. 앞날을 조금도 알 수 없으니 괜히 불안한 마음이 생겼다.

거실의 불까지 꺼진 밤 10시. 지원이 눈으로 레이저 광선을 쏘며 자신을 감시하는 와중에도 탈 없이 흘러간 하루에 감사해하며, 이새는 샤워를 하고 나왔다. 그런데 거실 저편에서 부스럭 인기척이 났다.

혹시 지원이 여태 어딘가에 숨어 자신을 감시하고 있는 게 아닐까 하여 그녀는 떨떠름한 마음으로 걸음을 옮겼다.

"준서 삼촌?"

그러나 진원지에서는 말이 없었다. 부스럭부스럭. 무언가가 슬그머니 움직이는 소리만 날 뿐.

창문이 열려 있지 않았는데도 한줄기의 냉기가 소소소 전해지고 있었다. 왠지 섬뜩하여 소리가 들리는 곳으로 다가가는 이새의 발에 점점 무게가 실렸다. 이새가 유리창을 통해 들어온 은근한 기운을 빛 삼아 그림자가 진 진원지를 응시했다. 온몸의 감각이 내딛는 걸음과 함께 감각이 예민해져 갔다.

그림자가 점점 가까워진다, 하는 순간!

번쩍! 노란색으로 빛나는 눈동자 두 개가 암흑 속에서 불현듯이 나타났다.

"꺄악!"

마음의 준비를 하고 있었음에도 불구하고 소스라치게 놀란 그녀가 단말마의 비명을 내지르며 뒤로 철퍽 주저앉았다. 이와 함께 두 개의 눈은 그녀의 시야를 덮치듯 튀어 올랐다가 멀리 도망쳐 갔다. 검은고양이였다.

헉헉헉. 짧은 순간 크게 긴장했던 이새가 급하게 숨을 내뱉었다. 이 집에서 애완동물을 기른다는 얘긴 못 들었는데. 그녀는 뒤늦게 제게서 떠난 고양이를 뒤쫓아갔다. 그리고 어이없는 사실을 확인하게 됐다. 계단 창문이 열려 있었던 것이다. 창문은 딱, 고양이 한 마리가 드나들 수 있을 만큼 열려 있었다. 이새는 냉큼 창문을 닫았다.

"무슨 일입니까!"

그와 동시에 지원이 계단 쪽으로 다가서며 이새에게 소리쳤다. 그녀의 목소리를 듣고 방에서 나온 것이다.

이새가 눈을 들어 위를 올려다보니, 계단 위 3층에서 지원과 준서가 그녀를 빤히 바라보고 있었다. 잠시 후, 경호원 한 명도 헐레벌떡 달려왔다.

지원이 거실 스탠드의 불을 켠 후 이새를 노려보았다. 이새의 실토를 기다리는 표정이었다.

"아, 거실에……."

겨우 입을 연 이새는 말을 더 잇지 못하고 망설였다.

'이곳의 청소 책임자는 아주머니라고 들었는데. 내가 잘못 말했다가 괜히 아주머니한테 불똥이 튀는 거 아니야?'

창문이 열린 틈으로 고양이까지 들어왔다는 말을 하면, 과연 미옥이 살아남을 수 있을까. 그녀의 말 한마디에 한 사람이 일자리를 잃을 수도 있겠단 생각을 하니, 입이 쉬이 떨어지지 않았다.

"거실에서 뭔가, 그림자가 움직인 것 같았는데…… 귀신인 줄 알았어요."

이새의 말에 지원의 얼굴은 황당하게 일그러졌다.

"그럼 왜 거실이 아니라 거기 있는 거죠?"

"그러니까, 귀신을 피해서 도망을……."

큿. 이새의 어처구니없는 대답에 경호원이 웃음을 흘리는 소리가 났다.

"이만 내려가 보세요."

지원은 조금도 우습지 않다는 듯 경호원을 향해 차갑게 말을 내뱉었다.

이새는 어찌할 바를 모르고 그 자리에 그대로 서 있었다. 실수도 실수지만, 준서의 앞에서 귀신 얘기를 꺼내선 안 되는 거였다. 걱정스러운 마음으로 준서를 바라보았다. 어두워서 정확히 보이지는 않았지만 준서는 나름 괜찮아 보였다. 조금은 마음이 놓였다.

이새가 준서를 향해 아련한 눈빛을 보내다가 낮은 한숨을 내려놓았을 때, 지원이 그녀를 불렀다.

"김이새 선생님. 첫 번째 경고입니다."

드디어. 기어이. 결국. 경고가 나왔다. 그는 자신이 원하던 것을 하고야 말았다. 진실을 말하지 않았으니, 그녀 또한 떳떳할 순 없었다.

"이제 두 번 남았네요."

"소란 피워서 죄송합니다. 준서는 다시 재울게요. 준서야, 가자."

그녀는 힘 빠진 목소리로 준서의 손을 잡았다.

준서는 이새가 만났다는 귀신을 신기해하며 이새에게 귀신에 대해 물었다. 이새는 자신이 잘못 본 모양이라며 대답을 둘러댄 후, 준서를 다시 재웠다. 방에서 나온 것은 그로부터 한 시간 후였다.

마음이 착잡하여 얼른 자야겠다는 생각으로 제 침실을 향해 걸음을 옮겼다. 그러나 거실에서 홀로 소파에 앉아 무언가 골몰히 생각에 잠겨 있는 지원을 보고 한 번 더 놀라고야 말았다.

"헉!"

"거실에 나오기만 하면 놀라는군요."

지원이 떨떠름하게 말했다.

"거실에 불을 켜지 않았잖아요. 사장님이 그냥 소파 위의 거대한 검은 형체처럼 보였다고요. 여기서 뭐 하세요?"

"김 선생님 때문에요. 오늘은 여기서 좀 지켜보려고 합니다. 준서가 불안해할 수도 있으니까요."

이새는 자신이 '귀신'이라는 말을 꺼낸 것 때문에 거실에 붙박여 있게 된 지원에게 살짝 미안한 마음이 생겼다. 또 한편으로는 그가 새롭게 보이기도 했다. 역시 크게 표현은 하지 않지만 조카에 대한 사랑은 각별한 모양이었다. 조카가 이야기한 것을 마음에 담아 두고 있었던 그가 달리 보였다. 자신의 이야기를 참고해 준 것도 새삼 놀라웠다.

"그럼 이건 제 일이네요. 준서를 돌보는 게 제 일이니까요. 들어가서 주무세요."

"됐습니다. 이런 일을 여자한테 맡길 순 없어요. 거실에서 소리를 지른 장본인한테는 더욱더."

"소리를 지른 건 잘못했어요. 앞으로는 안 그럴 거예요."

"앞으론 그것 말고 다른 잘못을 하겠죠. 내일도 집에 있게 되면 분명 경고를 하나 더 줄 수 있을 텐데. 그게 참 아쉽네요."

"두 번째 경고는 없을 거예요. 제가 최선을 다할 거니까요."

"말만 앞서는 건 성격입니까?"

"의지를 꺾어 버리려는 성격보다는 나은 것 같은데요."

지원의 비아냥에 심통이 난 이새도 말에 가시를 담아 응수했다.

"김 선생님은 너무 말을 가려 하지 않는 것 같네요. 언제나 제가 갑이고 그쪽은 을이라는 사실을 기억해 두셨으면 좋겠는데. 경고 세 번이고 뭐고 수틀리면 다 없는 일이 되는 겁니다."

지금은 군말 않고 게임을 하고 있긴 하지만, 나는 언제든 널 해고할 수 있어. 이런 말이었다.

"준서 삼촌이 수틀린 걸 가지고 절 쫓아내시면 저는 준서에게 이렇게 말하고 나갈 거예요. 네 삼촌이 날 정당하지 않은 이유로 쫓아냈단다. 네 삼촌은 억지쟁이야."

그녀를 빤히 노려보는 그의 눈빛에 힘이 실리는 것이 느껴졌다. 하지만 깨갱거리며 물러날 수는 없단 생각에 그녀는 꽁하니 담아 두었던 말을 쏟아 버렸다.

"준서랑 산책을 가는 것도 그래요. 왜 꼭 본인이 데려가시려고 하는 거죠? 겨우 정원으로 산책을 가는데."

그녀를 쩨려보는가 싶던 그의 눈이 이내 다른 곳으로 돌아갔다. 지원은 그녀의 지적이 조금 뜨끔했다.

네가 할 수 없는 부분은 과감하게 남에게 맡기라고, 승환도 그에게 그렇게 말했었다. 하지만 마음먹기가 쉽지는 않다.

그는 자신의 뜻대로 부릴 수 있는 가정교사가 필요했다. 가정교사를 통제하여 가정교사와 준서 모두 자신이 원하는 방향으로 움직이게 하고 싶었다. 준서의 인생을 계속 책임져야 하는 사람은 가정교사가 아니라 자신이니까 모두 제 팔 안에 있어야 한다고 생각했다.

'이런 사람을 믿고 얘기할 수 있을까? 이틀 연속 소동이나 일으키는 사람을?'

오래 겪어 보지 못한 사람을 믿고 의지한다는 것은 힘든 일이다. 그는 약간의 씁쓸함을 털어 내지 못하고, 한참 만에 입을 열었다. 그녀가 어떻게 받아들일까 궁금하기도 했다.

"준서가 정원에서 귀신을 봤다고 했습니다."

"귀신이야, 거실에서도 보고 방에서는 내내 본다면서요."

"정원의 귀신은 무서웠다고 했으니까요. 귀신을 봤다는 날, 준서는 하루 종일 파랗게 질려 있었어요. 나는 그걸 퇴근하고 돌아와서 밤에야 알았고. 그 애가 봤다는 귀신을 다시 확인할 때까지, 아무에게도 내 대신 산책을 맡길 수 없어요. 내가 보호자니까."

그렇게 지원은 진실 한 가지를 이야기했다. 신기하게도, 전혀 믿을 수 없는 사람에게 털어놓았는데도 불구하고 마음 한구석이 후련한 느낌이었다.

그러나 그 희열은 오래가지 않았다. 그녀는 어떤 반응도 보이지 않았다. 침묵이 길게 이어졌다.

자는 걸까. 실망스럽긴 하지만, 차라리 다행이란 생각도 들었다. 창으로 들어온 어스름한 불빛이 아스라이 거실을 비춰, 어둠에 익숙해진 지원의 눈은 더욱 밝아져 있었다. 그는 이새가 잠들었다고 생각하고 천천히 몸을 돌려 그녀를 향했다. 잠들어 버렸다면 깨워서 방으로 돌려보내야 하니까.

그런데, 의외였다. 그녀의 얼굴은 여느 때보다도 생기가 넘쳤다. 그녀는 흥미로운 이야기를 들었다는 듯 동그랗게 뜨인 눈을 반짝반짝 빛내며 지원을 바라보고 있었다. 동그랗게 모은 그녀의 입술이 한 입 베어 문 빨간 막대 사탕처럼 그녀의 눈과 함께 반들반들 빛났다.

"이런 삼촌의 듬직한 모습을 준서에게도 알려 주면 좋을 텐데요."

그 새삼스러운 미소에 지원의 눈이 잠깐 커졌다.

어디 모자라다 싶을 정도로 성격이 단순한 건지, 정말 어디가 모자란 건지. 불과 몇 분 전까지만 해도 티격태격하고 있었던 것 같은데 뭐 이렇게 손바닥 뒤집듯 활짝 웃을 수 있는지.

냉랭하게 지시하면 바로 쏘아붙이고. 귀신 나왔다고 갑자기 떠나가라 소리 지르고. 분위기 훈훈하면 살랑살랑 웃고. 몇 마디 나눠 줬다고 친근한 척 충고를 하고.

애 뭐야? 왜 이래?

지원의 마음속 깊숙이 경보음이 울리고 있었다.

삐삐삐. 확인되지 않은 인간 유형이 나타났습니다. 경계 대상입니다.

일정 거리를 유지해야 합니다. 경계 대상입니다.

"웃으라고 한 얘기는 아닙니다. 진지한 얘기예요."

"아, 제가 웃었나요? 죄송해요. 말씀을 들으니, 준서 삼촌이 의외로 좋은 분 같아서 반가웠나 봐요."

삐삐삐. 경계 대상입니다.

"반가우라고 한 얘기가 아니라, 준서를 잘 부탁한다는 의미에서 한 얘기예요."

"네. 명심할게요."

"얼른 가서 주무시죠. 내일 일과 시간에 졸았다는 얘기만 들리면 2차 경고입니다."

지원은 당황한 마음을 숨기고 따끔하게 말하며 자리에서 일어났다.

다음 날. 아침이 되어 일찍 출근 준비를 끝낸 지원이 계단을 내려가려는데 뒤에서 누군가가 그를 불렀다.

"저기, 잠깐만요!"

지원은 옅게 인상을 구기며 뒤를 돌아보았다. 이새였다.

"요청드릴 게 있어서요. 오늘 준서랑 정원 산책하면 안 될까요? 낮에 나갈게요. 제가 못 미더우시면 배 주임님과 함께 다녀오라고 하셔도 되고요. 정원을 저렇게 예쁘게 꾸며 놨는데, 이 집의 꿈나무 준서가 정원을 못 보고 살면 안타깝잖아요. 그리고 어제 말씀하신 문제도 고민해 봤는데요. 저는 이겨 낼 수 있는 일은 이겨 내야 한다고 생각해요. 준서는 이 문제를 이겨 낼 수 있을 것 같고요."

이새는 그의 얼굴을 살피지 못한 천진난만한 표정으로 눈치 없이 계속 제 말을 했다.

"허락해 주시면 안 될까요, 준서 삼촌?"

'준서 삼촌.' 이새는 말끄트머리의 발음에 따라 입술을 동그랗게 오므렸다. 그녀의 야무진 입술이, 내리깐 지원의 눈에 크게 들어왔다. 지원의 대답은 또 늦어지고 말았다.

"요즘 여름 햇빛이 얼마나 위험한지 몰라요?"

"그럼 해가 좀 기울어지면 나갈게요. 대여섯 시쯤요."

이새는 기회를 포기하지 않고 애원하듯 지원을 불렀다.

"네? 준서 삼촌."

지원은 한껏 모아진 그녀의 입술을 다시 내려다보게 되었다. 반투명하게 빛나는 붉은색이 몹시도 말캉해 보였다. 어제는 캔디 같더니, 오늘은 젤리 같은……. 아아아아, 미쳤다!

지원은 괴이한 생각을 하게 된 스스로를 꾸짖고는 그 입술로 향해 가는 시선을 거두어들인 후 무미건조하게 말했다.

"그럼 처음이니까, 저랑 같이 나가죠."

"네에?"

그녀가 깜짝 놀란 목소리로 되물었다. 그녀의 한쪽 입술 언저리가 불쑥 들려진 것을 보자니, 지원은 슬쩍 약이 올랐다.

"그건 싫다는 겁니까?"

"아뇨……. 그런 건 아니고. 저는 되도록 빨리 나가 보고 싶어서요. 오늘 가시면 꽤 오래 못 돌아오시는 거 아닌가요?"

왠지 돌아오지 말라는 말인 것만 같았다. 이 여자가 별것도 아닌 걸로 아침부터 승부욕에 불타게 한다.

"오늘 돌아올 겁니다. 그것도 아주 일찍."

지원은 이런 별것 아닌 기 싸움에 질 수 없단 생각에 무심코 지키기 어려운 약속을 내뱉어 버렸다.

지원은 이새와의 약속을 지키기 위해 부단히 노력해야 했다. 겨우겨우 그날의 일을 끝내고 일찍 집으로 돌아온 그는 3층에 들어서자마자 다시 고단한 하루가 시작되는 것만 같은 피로를 느꼈다.

지원이 3층으로 올라왔다는 것을 알게 된 이새는 냉큼 준서와 함께 지원을 맞으러 달려 나왔다.

"내내 기다렸어요, 준서가!"

자기가 더 기다린 얼굴을 하고선 핑계도 참 야무지네.

"30분 뒤에 나갑시다."

지원이 씁쓸레한 기분으로 그녀에게서 벗어나려는데 그녀가 지원을 보는 눈망울이 우수에 가득 차 있는 것이 묘했다. 이 여자는 원래 좀 칠푼이 같은 표정에 일가견이 있거니 생각하며, 지원은 이를 외면했다. 그런데 지원의 세상이 한 번 휘청거렸다.

"준서 삼촌님."

갑작스럽게 목소리를 낸 이새의 입에서 나온 말은 다름 아닌 '준서 삼촌님.'

요즘에는 삼촌에도 '님'자를 붙이던가. 기가 막힐 노릇이다. 얼마나 괴상한 요구를 하려고 이런 말도 안 되는 극존칭을 쓰시나 궁금할 정도다. 그때, 그녀의 뒷짐 진 손에 무언가 들려 있는 것이 보였다.

이새는 꾸물대는 일 없이 뒤에 배드민턴 라켓을 들어 보였다.

"이게 뭘까요?"

그녀가 그것을 몰라서 묻는 것은 아닐 것이다.

"준서 방 침대 밑에 이런 게 있더라고요. 그런데 준서 것 같지는 않고 준서 삼촌님 이름이 쓰여 있어서요."

"그래서요."

"정원에 나간 김에 신나는 배드민턴 놀이를 하면 어떨까요? 준서 삼촌님."

"도로 갖다 놓으세요."

지원의 입장에선 더 들을 것도 없는 얘기였다. 그런데 이번엔 준서의 목소리가 들렸다.

"사암초온."

평소엔 입을 꾹 다물고 있는 준서가 웬일로 끝이 늘어지는 목소리를 하고는 지원을 불렀다. 지원은 턱을 멍청히 떨어뜨렸다. 두 손을 말아 쥐어 두 뺨 아래 붙이고 서서 자신을 올려다보는 준서의 모습은, 귀엽다는 생각이 들기도 전에 충격 그 자체였다. 함부로 웃거나 화를 내는 일이 극히 드물어, 제 아빠보다 삼촌을 더 많이 닮았다는 평을 듣고 있는 조카 녀석이 이럴 줄이야.

누구의 작품인지 알 만했다. 지원은 고개를 돌려 이새를 노려보았다. 가히 사태의 진범은 준서와 같은 포즈를 취하며 준서를 향해 있다가, 지원의 무시무시한 시선을 느끼자마자 말아 쥔 두 손을 감췄다.

"애한테 이런 걸 가르칩니까?"

"가르친 거 아닌데. 어떻게 하면 삼촌이 좋아하실지 한번 얘기해 둔 것밖에 없어요. 귀엽지 않으세요? 제가 보기엔 너무너무 귀여운데."

"김이새 선생님. 경고 받고 싶어요?"

그 말과 동시에 당사자도 아닌 준서가 슬금슬금 뒷걸음질 쳤다. 이새는 부리나케 준서에게 다가가 준서를 감싸 뒤로 감췄다. 그러고선 하는 말이 또 가관이다.

"애교는 좋은 거예요. 분위기를 밝게 해 주고요."

지원의 가슴속에서 뜨거운 기운이 부글부글 끓었다.

"세상에서 제일 쓸모없는 게 애교죠. 설득을 가르치려거든 말과 논리로 가르치세요."

마치 자신을 벌레 보듯 하는 지원의 냉기 가득한 시선에 이새는 입술을 조그맣게 달싹이다 뒤돌았다.

지원은 못마땅한 표정으로 그녀가 떠나는 것을 가만히 지켜보았다. '준서 삼촌님' 그 해괴한 호칭이 자꾸 그의 머릿속을 맴맴 돌았다.

이새는 준서와 함께 방으로 돌아오자마자 깊이 한숨을 쉬었다. 새로운 사실을 알게 되었다.

안지원, 그 사람의 표정은 딱 두 가지라는 걸.

화난 표정, 많이 화난 표정.

'그러니 준서가 이렇게 감정 표현에 서툴지.'

준서가 안됐다는 생각에 마음이 짠해졌다. 준서는 시무룩한 얼굴을 하고 있었다. 지원의 호통에 상처를 받은 것이었다.

"삼촌이 저 싫어해요."

"어머, 아니야, 준서야. 삼촌이 준서를 얼마나 사랑하는데. 그래서 같이 정원 산책 나가려고 회사에서 일찍 들어오신 거잖아."

"그치만 막 화냈잖아요."

"아니야. 화는 선생님한테 낸 거야. 내가 집에 있는 물건 함부로 건드려서. 앞으로 선생님도 주의할게. 삼촌은 부끄러워서 표현을 잘 못하는 걸 거야. 삼촌 마음에 얼음 조각이 있어서 그래. 준서가 삼촌한테 좋아요, 사랑해요, 이런 말 많이 해 주면 언젠가 삼촌 마음도 녹을 거야."

"진짜요?"

"응. 진짜야."

이새는 준서의 물음에 미소로 대답했다. 하지만 그녀의 안엔 무거운 죄책감이 내려앉았다. 안지원, 그 남자의 냉동고 같은 마음이 과연 녹기는 할까. 내가 아이에게 헛된 희망을 품게 하는 건 아닐까.

그러나 이새는 이내 걱정의 마음을 걸어 잠갔다. 삼촌이란 작자를 믿을 수 없으니 스스로를 믿을 수밖에 없었다.

내가 많이 안아 줄게, 준서야. 너무 외로워하지 마.

이새는 준서의 얼굴에서 시무룩한 표정을 지우려 일부러 더욱 꼭 안아 주었다.

30분 후, 지원은 약속한 시각에 방에서 나왔다. 그는 달라진 옷차림에, 물로 피로를 씻어 낸 듯 산뜻한 얼굴을 하고 있었다. 샤워를 하고 나온 모양이었다. 어차피 또 밖에 나갈 건데 샤워를 하느라 30분의 시간을 허비하다니, 비경제적인 것 같긴 하지만……. 샤워 참 잘했네.

의식도 못한 사이에 그녀의 시선은 자연스럽게 지원에게 붙들려 있었다. 완전히 말리지 않아 살짝 물기가 도는 머리카락과 아직도 샤워 중인 듯 촉촉이 젖은 맑은 눈. 그리고, 편하게 걸친 회색 민무늬의 반팔 티셔츠가 이렇게나 섹시해 보일 수 있다는 사실은 경탄이 나올 지경이다.

지원은 아직 마르지 않은 머리가 신경 쓰인다는 듯 한쪽 팔을 위로 들어 올려 머리카락을 매만졌다. 그 긴 팔에 박힌 잔근육과, 슬며시 드러난 손등의 핏줄을 보곤 이새는 저도 모르게 침을 꿀꺽 삼켰다. 하지만 지원은 그녀가 자신을 더 면밀히 감상할 여유를 주지 않고 계단을 내려갔다.

이새는 그의 뒷모습을 눈으로 좇으며 그의 드넓은 어깨와 호리호리한 허리에 다시 한 번 몰래 감탄하고는 그의 뒤를 따랐다.

멋있긴 멋있는 사람이다. 그건 인정. 성격만 괜찮으면 세기의 남자가 되었을 텐데.

이새는 지원의 뒤를 따르며 혀를 날름 내밀었다가 감췄다. 지원은 그의 등 뒤에서 벌어진 일을 알지 못한 채로 먼저 계단을 내려가 집 밖으로 나가 버렸다.

지원보다 몇 걸음 늦게 현관 앞에 선 이새는 밖으로 나가지 못한 채로 서서 현관을 살폈다.

"신발을 다른 데로 치웠나 봐. 준서야, 나가서 삼촌이랑 잠깐만 기다리고 있을래? 금방 찾아올게."

"네."

준서를 먼저 밖으로 보낸 이새는 현관 옆의 신발장 문을 열었다. 그곳엔 똑같은 모양의 슬리퍼만 잔뜩 있었다. 실내용 슬리퍼인 듯했다. 이새는 고개를 갸우뚱거리며 주변을 샅샅이 살폈다. 그때 그녀의 등 뒤에서 미옥의 목소리가 들렸다.

"이새야, 무슨 일 있어?"

"아. 제가 신고 왔던 신발이 없어져서요."

"하늘색 운동화 말하는 거야? 저 위에 있어, 잠깐만. 내가 꺼내 줄게."

현관으로 나온 미옥은 신발장 문을 활짝 열어 아래 구석에 있는 발판을 꺼내 그 위로 올라갔다. 그러고는 신발장 맨 꼭대기 단에서 운동화 하나를 꺼내 보였다.

"그제 내가 위에 올려놨어. 현관 바닥에는 사장님이랑 아가씨랑 도련님 신발만 놓을 수 있거든. 그리고 사장님은 신발장도 이렇게 깔끔하게 정리돼 있는 걸 좋아하셔서."

흥. 이새는 대답 대신 입을 삐죽거렸다. 그 정도면 병이지 싶었다.

"아, 그런데요 아주머니, 이 집의 창문 단속은 누가 해요?"

이새는 미옥을 만난 김에 밤새 궁금했던 문제에 대해 물었다.

"창문 단속? 뭐, 다 같이하지. 1차적으로는 내가 하고. 아마 배 주임님도 다시 한 번 확인하는 걸로 알고 있어. 왜?"

"사실 어제 2층 계단 창문이 열려 있었거든요. 그 창문으로 밤에 고양이가 들어왔었어요."

"뭐라고? 아무도 그런 말은 없었는데?"

"네. 저만 본 거예요. 아무한테도 말 안 했고요."

"세상에, 정말? 고맙다, 이새야! 만약 배 주임님이나 사장님 귀에 들어갔더라면 난 징계를 받았을 거야. 앞으로는 더 확실하게 문단속하도록 할게."

"아주머니가 그러신 게 아닐 수도 있잖아요."

"아냐. 어쨌든 내 책임이야. 배 주임님이 문단속에 신경 쓰시긴 하지만 배 주임님 일은 아니야. 그런데 어떻게 고양이가 들어왔을까? 상상만 해도 아찔하네……."

미옥의 반응에 이새는 고개를 끄덕였다.

정원에 먼저 나오게 된 지원은 이새를 기다리는 시간이 길어지자, 슬슬 짜증이 났다. 평소에는 빠릿빠릿하게도 움직이는 여자가 밖으로 나오는 데에는 왜 이리 굼뜬 건지.

"준서야, 너 선생님 어떻게 생각하니? 선생님 마음에 들어?"

질문과 함께 허리를 굽힌 지원은 준서의 머릿속 생각이라도 읽어 보려는 듯이 뚫어져라 응시했다. 그는 속으로 주문을 외고 있었다.

싫다고 해! 별로라고 해! 답은 정해져 있다. 너는 대답만 하면 돼!

"네. 좋아요."

그러나 지원의 주문과는 상반되는 대답이 되돌아왔다.

"왜, 왜 좋아?"

"선생님 중에 제일 예뻐서요."

예쁘다고? 저게? 지원은 인정할 수 없었다. 조카 녀석이 사회생활을 하질 않으니 여자 보는 눈이 바닥에 붙어 버렸다.

"준서야, 저거 예쁜 거 아니야. 네가 예쁜 사람을 많이 못 봐서 그래."

"이뻐요. 그리고 얼굴만 이쁜 거 아닌데. 마음도 이쁜데요."

준서는 조금도 뜻을 굽히지 않는 목소리로 반박했다.

"선생님은 삼촌 좋은 사람이라고 하는데 삼촌은 왜 그래요?"

준서는 이 말과 함께 뒤돌아, 뒤늦게 밖으로 나온 이새에게로 뛰어갔다. 지원이 잡을 새도 없이.

"선생님!"

"미안. 신발 찾느라 늦게 나왔어. 삼촌이랑 둘이 얘기하고 있었어?"

"해 지기 전에 얼른 돌아보죠."

지원이 이새와 준서의 대화에 급하게 끼어들었다. 준서가 자신이 이새의 험담을 한 것을 당사자에게 전할까 봐 제 발이 저렸던 것이었다. 이새는 다른 의심 없이 준서의 손을 잡고 서둘러 지원에게로 다가왔다. 며칠 만에 집 밖으로 나온 것이 어지간히도 좋은 모양이다. 그녀의 가벼운 발걸음에서 밝은 힘이 느껴졌다. 세 사람은 나란히 같은 속도로 정원을 걷게 되었다.

"정원사는 한 명이라고 들었는데. 이 넓은 곳을 혼자 가꾸시려면 힘드시겠어요."

"그런 걱정은 안 하셔도 됩니다. 이 집에 고용된 사람들은 모두 최고의 능력자들이죠. 단 한 사람만 빼고요."

지원의 빈정거림에 이새는 약이 올랐지만 이내 풀어졌다. 몇 걸음 앞에 있는 동그란 열매들이 탐스럽게 영글어 가는 과일 나무를 발견한 것이었다. 나무 앞으로 냉큼 달려간 이새는 저도 모르게 탄성을 터뜨렸다.

"와아! 여기는 벌써 사과가 열리네요!"

"그거 사과 아닌데. 복숭안데."

준서가 이새의 감탄사에 반응을 보이며 킥킥 웃었다. 복숭아를 사과로 착각한 이새의 말이 퍽 재미있었나 보다.

"아! 그러네? 복숭아구나, 천도복숭아!"

"이 여름에 사과가 열리겠습니까?"

지원은 그녀의 착각이 어처구니없다는 듯 퉁명스럽게 말을 뱉었다. 하지만 지원에게 바보 취급을 당했음에도 이새는 상기된 목소리를 감추지 못했다.

"와아! 그러네요! 저 천도복숭아 진짜 좋아하는데!"

"준서야, 가자."

지원은 이새의 감상을 무시하고, 준서의 팔을 잡아끌어 앞으로 발을 내디뎠다. 하지만 그는 더 이상 나아가지 못했다. 준서가 발을 떼지 못하게 된 것이었다. 준서 또한 열매가 잘 영근 나무를 보는 것은 오랜만이었다.

두 사람이 열매에 집중하는 동안, 시간을 지체시키는 이새가 탐탁스럽지 않아 지원의 눈빛은 점점 사나워지고 있었다.

그런데 그런 무시무시한 눈을 앞에 누고 이새는 천진난만한 목소리로 말했다.

"진짜 좋아해요, 준서 삼촌님!"

마치 사랑 고백하듯이.

'진짜 좋아해요'라는 말이 '천도복숭아 하나만 먹게 해 주세요'라는 뜻이라는 걸 분명히 알고 있다. 그럼에도 뒤에 이어진 '준서 삼촌님'이라는 말 때문에 묘한 기분이 들었다. 지원의 머릿속 어딘가에서 찌릿 전류가 흘렀다.

바짝 다가온 여자가 해사한 얼굴로 눈을 깜박거린다. 지원은 어쩐지 그 천진한 눈이 위협적으로 느껴졌다.

그래서 어쩌라고. 네가 그걸 좋아하는데 내가 어쩌라고.

"천도복숭아 하나만 먹게 해 주시면 좋은 선생님이 되도록 하겠습니다!"

마치 천도복숭아 하나가 인생을 다시 살게 해 줄 묘약이라도 된다는 듯이 그녀의 목소리는 우렁찼다. 지원은 그녀의 소망을 순순히 들어주는 것이 내키지 않아 준서를 활용했다. 마침 준서의 눈도 초롱초롱 빛나고 있었다.

"준서야, 너도 먹고 싶어?"

준서는 말없이 끄덕였다. 지원은 못 이기는 척 나무 위로 팔을 뻗어 천도복숭아 두 개를 땄다. 그리고 이새와 준서에게 하나씩 건넸다.

"저 쪽에 식수대 있어요. 씻어서 먹어요."

"감사합니다. 잘 먹을게요!"

꾸벅 인사한 이새는 준서와 함께 식수대로 가 복숭아를 씻었다. 뭐가 그렇게 즐거운지 둘 다 신이 난 얼굴로 깔깔거렸다. 준서의 웃음소리를 이토록 크게 들은 것은 지원도 처음이었다.

"안준서. 벤치에 앉아서 먹어."

지원은 그런 두 사람을 빤히 바라보다가 말했다. 준서는 다시 지원에게로 달려갔다.

"삼촌은 복숭아 안 드세요?"

"난 됐어."

준서의 물음에 지원이 앞서 걸어가며 말했다. 하지만 이윽고 그의 발걸음은 다시 느려졌다. 그는 준서가 제 옆으로 다가올 때까지 걸음을 살짝 멈추었다가 다시 걸었다. 이 모습을 뒤에서 지켜보던 이새가 빙긋 웃었다.

차가운 반응 중간중간에 인간적인 면모를 보이는 남자. 이새는 그가 생각보다 조금은 괜찮은 사람일지도 모르겠다는 생각을 하며 두 사람을 따라 벤치로 가 앉아서 천도복숭아를 한 입 크게 베어 물었다.

"으음! 정말 맛있다!"

그녀의 밝은 목소리에 벤치 앞에 서서 잠자코 주위를 거닐던 지원의 시선이 흘깃 벤치로 향했다.

와작와작. 열매가 먹혀 들어가는 소리가 너무도 경쾌해서 그녀가 복숭아를 먹는 건지, 복숭아가 그녈 잡아먹는 건지 모르겠다는 생각이 들었다. 이를 보는 지원의 한쪽 입술 끝이 저도 모르게 스윽 올라갔다 내려왔다.

이새와 준서는 천도복숭아 한 알씩을 알뜰하게 먹은 뒤 지원을 따라 정원을 마저 돌았다. 짧은 산책이었지만 두 사람에겐 유익한 시간이었다.

"정말 예쁜 정원이네요. 준서한테도 좋은 영향을 주는 것 같고요. 앞으로 이렇게 종종 나왔으면 좋겠어요. 바쁘지 않으시다면 내일도……."

"안 돼요. 제가 그렇게 한가한 사람은……."

지원은 이새의 요청을 단칼에 잘라 거절하려다가 도중에 입을 닫았다. 준서가 어리둥절한 눈빛으로 자신을 보고 있었다.

"……내일은 다른 일정이 있어요. 준서의 상담 치료가 있는 날입니다. 일이 밀려서 저녁때까지 바쁘고요."

지원은 차마 심한 말을 하지 못하고 다른 이유를 대며 둘러댔다. 임기응변처럼 생각난 말이지만 거짓말은 아니었다. 지원의 말에 이새의 눈은 다시 반짝 빛났다.

"오, 그럼 저도 가는 거죠?"

"아뇨. 절대."

지원은 옅게 콧방귀를 뀌었다.

"낄 데 안 낄 데 구분 좀 하셔야겠네요. 집에 가만히 있으시죠."

그는 냉랭한 독설을 뱉어 내고는 준서의 손을 잡고 먼저 집 안으로 쌩하니 들어갔다. 그 뒷모습을 노려보며, 이새는 입을 삐죽거렸다. 정원 산책을 하는 내내 나름 행복한 기분이어서 잠깐 괜찮은 사람일지도 모르겠다고 생각했다. 하지만 그 성정이 어디 갈 리 없지. 괜찮은 사람일지도 모르겠다고 생각한 건 취소다. 흥.

이새는 먼저 떠난 지원을 향해 다시 한 번 혀를 날름 내밀어 보았다. 그리고 뒤따라 집 안으로 들어가려다 잠깐 고개를 돌려 건물을 살폈다.

'실내 계단이 저기쯤 있을 것 같은데…… 아, 밖에 나무가 있었구나!'

간밤에 집 안으로 침입한 고양이는 실내 계단 창문의 옆에 있는 외부의 나무를 타고 들어온 모양이었다. 이새는 앞으로 자신도 미옥을 도와 문단속을 해야겠다고 생각하며 집 안으로 들어갔다.

현관엔 지원과 준서의 신발이 가지런히 놓여 있었다. 두 사람은 먼저 3층으로 올라간 모양이었다.

'현관 바닥에 내 신발을 놓을 곳은 없다, 이거지?'

신분 차별이라도 당하는 듯하여 유쾌한 기분은 아니었지만 이 집에 온 이상 이 집의 법을 따를 수밖에 없다. 이새는 아까 미옥이 한 대로 신발장 문을 열어 발판을 꺼내 그 위로 올라갔다. 신발장의 맨 꼭대기에 신발을 올려놓아야 했다. 신발장 꼭대기의 빈 공간은 하나뿐이었다. 하지만 그곳은 이새가 발판을 놓은 위치에서 한참 거리가 있었다. 그녀는 신발을 손에 든 채, 사선으로 몸을 길게 뻗어야 했다.

닿는다, 닿는다…….

빈 공간에 겨우 운동화를 걸친 그녀가 조금씩 몸을 더 늘여 이를 밀어 넣으려 했지만, 신발 한 짝은 결국 그녀의 노력을 배신하고 바닥으로 추락하고 말았다.

"으앗!"

하지만 그녀가 외마디 비명을 지른 것은, 지켜 주지 못한 신발 한 짝의 장렬한 추락 때문이 아니었다. 그녀의 바로 뒤에, 고꾸라지면 속절없이 안길 만한 거리에 지원이 서 있었기 때문이었다.

"으아앗!"

와락. 결국 그녀는 소리를 지르며 눈앞에 보이는 생명체를 그렇게 냉큼 끌어안았다. 그녀가 들고 있던 나머지 신발 한 짝이 지원의 정수리를 거쳐 바닥으로 떨어지는 소리가 처연하게 들렸다. 망한 거다. 이 사람 머리 감은 지 한 시간도 안 됐을 텐데.

이새가 울상으로 굳어 있는 사이, 지원은 호박 넝쿨처럼 제 품에 안겨 온 그녀를 절도 있게 밀어냈다.

"사건을 일으키는 데 소질이 있네. 내가 무슨 말 할지 알죠?"

그는 서슬이 퍼런 눈빛에 비릿한 웃음을 섞었다.

"경고."

지원의 딱딱한 음성이 이새의 가슴속에 칼날처럼 파고들었다.

"이제 한 번 남았네요."

이새가 멀거니 있는 동안, 지원은 바닥에 떨어진 신발을 주워 신발장 꼭대기에 넣고는 곧장 올라가 제 방의 욕실로 향했다.

준서를 3층으로 올려 보낸 후 정원사에게 얘기할 것이 생각나서 다시 내려오는 길. 그는 뒤늦게 집 안으로 들어온 이새가 현관 신발장 위에 제 신발을 올리느라 끙끙거리는 것을 보았다. 그 모습이 바보같아 보여서, 그냥 내가 정리하든가 할 테니 썩 3층으로 올라가 버리라는 말을 할 참이었다.

그런데 그 말을 하기도 전에 그녀가 뒤로 돌더니 자신을 덮쳐 버렸다. 거실에서 마주친 첫날, 부딪혀 안겨 왔을 때와는 다른 느낌이었다. 중심을 못 잡고 그의 품에 뛰어들었으면서도 상대에게 큰 충격을 주지 않으려 노력한 듯 사뿐히 움직인 것이라든가, 부딪힐 듯 가까이 왔던 상기된 얼굴이라든가, 입술이라든가, 밀착되고야 말았던 가슴이라든가. 모든 것이 생생하게 와 닿았다. 온몸의 세포가 하나하나 반응하는 기분이었다.

그때 머리 위로 떨어진 운동화가 자신에게 경종을 울리지 않았다면 그는 얼결에 바보 낙인을 찍었을지도 모르겠다. 겨우 정신을 차리고 '경고'라는 말을 할 수 있었다.

그런데 또, 지금 돌이켜 보니 판단력이 흐려진 정신 상태에서의 경고였다는 생각도 들었다. 살짝 뜨끔했다.

'아니, 나는 고용주다. 이 집에서는 내가 말한 게 곧 법이야.'

그는 이내 고개를 저었다.

쏴아, 머리 위로 시원하게 떨어지는 물줄기가 그의 잡념을 씻어 주는 것 같았다.

다음 날. 준서 심리검사 결과를 보러 갈 때 승환과 동행하기로 했던 것을 기억한 지원은 아침 일찍 승환에게 전화를 걸었다. 그런데 승환에게 사정이 생겨 버렸다.

-어쩌지? 나 학회가 있어. 오늘은 시간 내기 어려운데 다음에 같이 가자. 미안.

"아니야. 나 혼자 갔다 와도 돼. 심리검사 결과 나온 것 따로 확인하고 싶다면 팩스로 보내 줄게."

-그래, 부탁해. 아, 근데 지금 준서 선생님이 심리학과라고 그러지 않았
어? 대신 선생님이라도 한번 데려가 봐.

승환의 제언이 가당치도 않다는 듯 지원은 떫게 코웃음을 쳤다.

"학부 학생이야. 스물셋이라고."

-아이고, 젊다!

"장난하냐?"

결국 승환의 장난스러운 말에 지원은 쓰게 인상을 구겼다.

-정기적으로 가는 거잖아. 어차피 다음부터는 그 선생님이 준서 데리고
가 줘야 하는 거 아니야?

"다원이가 데려갈 거야."

-아, 상담사가 다원이 친구라고 그랬지?

"그래. 다원이가 소개해 준 연구소이기도 하고."

-글쎄. 그렇다면 더욱 그 선생님이 필요하지 싶은데. 너한테는 미안한 말
이지만 다원이 친구들이 평범한 경우를 거의 못 봐서.

잠시 가벼워졌던 승환의 목소리가 진중한 톤으로 돌아왔다. 승환은 사람
을 보는 눈이 정확한 친구였다.

-너도 겪어 봐서 알 거 아냐. 가정교사로 들어온 다원이 친구들이 준서를
어떻게 내팽개쳤는지. 또 너한테는 얼마나 들러붙었는지.

그랬던 적이 있긴 했지. 지원은 반박할 말을 찾지 못했다.

-그젯밤, 너한테 호통치던 그 목소리를 가지고 짐작건대 적어도 그 선생
님은 네가 아니라 준서한테 더 신경을 쓸 것으로 보인다, 나는.

승환이 따끔하게 충고했다.

아침 식사를 마친 후, 이새가 준서의 방에서 준서의 외출 채비를 돕고 있

을 때 방문이 열렸다. 슈트 차림의 지원이었다.

"김 선생님."

경고 2회의 여파로 콩알 간을 갖게 된 이새는 마른침을 삼키며 천천히 지원을 올려다보았다.

"아침에 준서 상담 치료를 받으러 갈 겁니다."

"네, 다녀오십쇼."

이새가 꾸벅, 넙죽 인사했다. 예의상의 미소도 없었다.

"같이 가고 싶다고 했었던 걸로 기억하는데."

"네, 그랬지만……."

"같이 가죠. 얼른 준비하고 나오세요."

젠장! 그가 전쟁터에 같이 가자는 것도 아닌데, 이새는 현실 욕이 나올 뻔했다. 이 남자가 3회째 경고 폭탄을 투하하려고 단단히 마음을 먹었구나. '준비'라는 것이, 마치 이 집에서 쫓겨날 '마음의 준비'를 말하는 것으로만 들렸다.

급히 외출 준비를 하고 집 밖으로 나온 이새는 준서와 함께 대문 앞에서 지원을 기다렸다.

"준서야. 준서는 앞으로 정말 멋있는 남자가 될 거야. 준서는 아주 잘생겼으니까."

한참 가느다란 한숨을 이어 가던 이새가 입을 열었다. 그 뜬금없는 말에 준서가 빤히 그녀를 올려다보았다.

"하지만 진짜 멋있는 남자가 되기 위해선 하고 싶은 것과 하기 싫은 걸 제대로 말할 수 있어야 돼. '좋은 건 좋아요, 싫은 건 싫어요, 화가 나면 화가 나요, 아프면 아파요'라고. 알았지?"

이것은 그녀의 유언 같은 말이었다. 곧 그녀는 쫓겨날 것이다.

이 더운 여름날, 홀로 겨울왕국에 사는 것 같은 준서가 조금은 더 행복해졌으면 했다.

"네."

준서는 그녀의 갑작스런 이야기에도 착하게 끄덕이며 알았다고 응답했다.

이윽고 대문 앞에 지원의 차가 멈췄다. 차창이 스윽 열리며 운전석에 앉은 지원의 얼굴이 보였다. 그가 시크하게 말했다.

"타요."

이새의 눈에는 자동차의 앞길에 운명의 철로가 놓여 있는 것만 같았다.

'하지만 오늘이 마지막일지라도 사과나무 하나는 심어야지.'

오라, 운명이여! 가자, 자동차여!

이새는 망망대해에 입수하는 해녀라도 된 양 크게 심호흡을 하고 차에 올랐다.

30여 분을 달려 지원의 차는 강남의 한 빌딩 앞에 섰다. 지원은 주차요원에게 차를 맡기고 앞장 서 건물 안으로 들어갔다.

준서의 손을 잡고 지원을 따라 들어간 이새는 아동 심리 연구소 패널이 붙은 문을 지났다. 로비에 들어서자마자 하얀 가운을 입은 한 여성이 눈에 들어왔다. 호리호리한 체격의 여자였다. 이새는 그녀가 준서의 담당 상담사라는 것을 직감적으로 알 수 있었다.

"사장님! 아니, 보호자님! 이번에는 직접 오셨네요."

상담사가 지원에게 빙긋 웃으며 인사했다. 그러고는 지원의 뒤에 서 있는 이새 쪽을 바라보았다.

"같이 오신 분은……."

"준서 돌봐 주시는 선생님입니다."

"아, 가정교사분?"

"안녕하세요. 김이새라고 합니다."

상담사는 가볍게 눈인사하고는 다시 지원에게로 고개를 돌려 지원을 상담실로 안내했다. 이새도 준서의 손을 잡고 뒤를 따랐다. 상담실까지 가는 길에도 상담사는 쉴 새 없이 지원에게 말을 걸었다. 상담사의 밝은 얼굴에도 그의 표정은 변함없이 무덤덤했다.

상담사가 상담실의 문을 열었을 때, 지원의 휴대폰 진동이 울렸다.

"잠시 실례하겠습니다. 먼저 들어가시죠."

중요한 전화인 모양이었다. 지원은 이새와 준서를 상담실 안으로 들여보낸 후 문을 닫았다.

먼저 들어가게 된 이새는 상담실 안을 둘러보며 눈을 빛냈다. 아동 전문 심리 연구소답게 상담실엔 아이들이 놀이를 할 수 있는 갖가지 퍼즐이 비치되어 있었다. 하지만 지원이 떠남과 동시에 상담사의 얼굴에서는 생기가 사라졌다.

"준서야. 준서는 저기서 놀아."

그녀는 활기 없이 미소 지으며 퍼즐들이 있는 놀이 공간을 턱짓으로 가리켰다.

"같이 놀자. 준서야."

이새는 준서를 따라 퍼즐이 있는 곳으로 갔다. 이새가 준서와 함께 어떤 퍼즐을 건드려 볼까 얘기를 나누는 동안 책상 앞에 앉아 이를 빤히 바라보던 상담사가 이새에게 말을 붙였다.

"준서 가정교사는 어떻게 하게 됐어요?"

"준서 삼촌의 사촌분께 소개받았습니다. 준서랑은 5촌 지간이 되겠네요."

"어려 보이는데. 몇 살이에요?"

"스물셋입니다."

"음, 그럼 대학생 아닌가? 아니면 조기 졸업?"

"아니요. 이제 4학년 올라갑니다."

"어디 학교?"

"한강대학교요."

"무슨 과?"

"심리학과예요."

질문 스타일이 무례하다 싶기도 했지만, 이새는 그러한 관심을 호의로 생각하고 질문에 친절히 답했다.

"견학 왔구나? 여기는 대학생 공부하는 데가 아닌데."

그런데, 상담사는 대화의 말미에 이렇게 혼잣말했다. 이새가 상담사에게 놀러 오는 기분으로 온 건 아니라고 답하려는데, 문이 열리고 지원이 들어왔다. 왠지 모를 적대감이 느껴졌던 대화는 그렇게 끝이 났다.

"죄송합니다. 회사에서 연락이 와서요."

"네, 괜찮아요. 이쪽으로 앉으세요."

상담사가 지원의 사과에 눈웃음을 지으며 그를 제 앞자리로 안내했다. 지원이 자리에 앉자 상담사는 책상 위에 놓인 문서를 내밀었다. 준서의 심리 검사 결과 보고서인 듯했다.

"일단 준서는 똑똑한 아이예요. 아직 글을 몰라서 언어 표현은 더딘 편이지만 계산력이나 기억력은 상당히 좋은 편입니다. 놀이식의 학습에는 반응이 좋고요. 하지만 역시 미술심리검사에서 몇 가지 문제점이 발견됐습니다. 일단……."

상담사는 문서의 마지막 장을 펴 보였다.

"나무를 그려 보라고 하여 받은 결과물이에요. 뭐가 문제인지 알아보시겠어요?"

준서와 함께 퍼즐 놀이를 하던 이새도 궁금한 마음에 슬쩍 다가갔다. 커다란 나무 그림이었다. 나무 기둥에 비해 가지가 많고 잎이 무성하여 그늘이 클 것 같은 그림. 그 아래 누워 있으면 잠이 솔솔 올 것 같은 멋진 나무였다. 이새는 일곱 살짜리가 이렇게나 잘 그릴 수 있다는 사실에 놀랐다. 이 그림에 문제가 있다니. 솔직히 의아했다.

"이 커다란 종이에 나무 기둥은 이렇게 작게 그렸습니다. 그걸 보완이라도 하려는 듯이 가지와 나뭇잎은 이렇게나 많이 그렸고요. 나무의 기둥은 성장의 근간이 되는 안정성과 에너지, 그리고 나뭇가지와 나뭇잎은 자신의 능력에 대한 야망을 의미합니다. 그런데 또, 나뭇가지의 끝이 잘린 것이 보이시지요? 끝이 잘린 나무는 야망의 단절을 뜻합니다. 이로써 현재 준서의 생활이 안정적이지 않다는 걸 알 수 있네요. 지금 준서는 제대로 커 나가고 있지 못한다고 볼 수 있죠."

상담사의 답안에 이새의 얼굴에는 더 깊은 그늘이 생겼다.

"특히 이, 기둥의 상흔 보이시죠?"

상담사는 나무 기둥의 중간에 동그랗게 그려 넣은 옹이구멍을 가리켰다.

"이건 바로 과거의 외상을 의미합니다. 준서의 경우에는 부모님에 대한 상처이고요."

이새는 그림을 바라보며 눈을 세게 끔뻑거렸다.

"실제로 준서에게 엄마, 아빠에 대해 물어보면 준서는 일단 입을 닫습니다. 준서는 슬픔도 그리움도 드러내지 않고, 어떤 반응도 보이지 않으려 노력합니다. 과거의 상처가 준서의 성장을 막고 있죠. 준서는 지금 전문가의 관리와 치료가 필요합니다. 아마추어가 아니라요."

'아마추어'라는 단어를 입에 담으며, 상담사는 이새를 슬쩍 날카롭게 바라보았다. 이새는 맹하니 그림을 바라보다가 상담사에게로 고개를 돌렸다.

"제 소견으로는 앞으로 1주일에 두세 번 정도는 미술치료를 받으러 오시는 게 좋을 것 같습니다. 아니면 준서가 편하게, 제가 보호자님 댁으로 직접 출장을 가는 방법도 고려 중이고요."

그녀는 자신감 넘치는 미소를 지어 보이며 지원의 답변을 기다렸다. 지원은 그림을 내려다보며 아무런 말도 하지 않았다. 그때 이새가 슬그머니 목소리를 냈다.

"죄송하지만, 한 말씀 드려도 될까요?"

상담사가 떫은 표정으로 이새를 훑었다.

"미술심리검사가 간접적이면서도 온건한 심리검사 수단이라고는 생각하지만요. 나무를 그리라고 해서 그린 나무가 준서의 심리 상태를 모두 알려 준다고 생각지는 않습니다. '이런 나무를 그렸다는 건 아이의 심리 상태가 이렇기 때문이다'가 아니라, '이럴 수도 있다' 정도가 되어야 하죠. 우리가 하는 모든 행위가 의미 있는 것들로 점철돼 있지는 않은 것처럼요. 가만히 앉아 있다가 괜히 노래를 부를 수도 있고, 무의식중에 종이에 상상의 동물을 그릴 수도 있고, 이유 없이 센치해져서 시를 쓸 수도 있다고 생각해요."

"무슨 말씀을 하시고 싶은 거죠?"

"이 그림은 준서의 심리 전반일 수도 있겠지만 한순간의 기분 상태이거나, 그날 본 그림책의 그림일 수도 있다는 겁니다."

"준서가 그린 그림은 충분히 체계적으로 심리 상태를 정리한 후에 그린 그림입니다. 저는 준서의 기저에 감추어진 심리를 제대로 파악했고요. 아직 심리학과 학부생이라고 하셨죠? 그것도 한강대학교?"

그녀는 한껏 조소를 지었다. 그 태도는 이새에 대한 멸시가 가득했다.

"거기 심리학과 다닌다고 명함 내밀긴 힘들지 않나요? '선생님'은 잘 모르시겠지만 우리 연구소의 미술치료는 '선생님'이 생각하는 것보다 훨씬 권위적인 프로그램입니다."

"네. 미술교육이 심리 치료에 좋다는 것에 대해선 의심의 여지가 없어요. 미술 힐링은 아이에게나 어른에게나 충분히 안정적이고 효과적이라고 생각해요. 하지만 심리 분석에 대해선 잘 모르겠어요. 권위적인 판단이 때론 오류를 일으키기도 하죠."

"제 판단이 틀렸다는 얘기예요?"

"그럴 수도 있다는 겁니다. 물론, 선생님 말씀이 모두 옳을 수도 있겠죠."

이새의 당돌한 대답에 지원은 피식, 몰래 웃음을 흘렸다. 결국 상담사는 흥분한 감정을 다스리지 못하고 날카로운 목소리를 냈다.

"선생님이 치료 과정을 모두 겪어 보지 않아서인지 공부를 제대로 못 해서인지, 말이 통하지 않는군요!"

"이렇게 말이 통하지 않는 부분을 모두 들어 보고 이해해 보고, 필요한 부분은 이해시키려고 노력해 보는 것이 상담사의 역할 아닌가요? 적어도 저는 그렇게 배웠는데요."

이새는 조금도 지지 않았다. 처음부터 끝까지, 자기주장을 제대로 얘기하는 그녀의 목소리는 또랑또랑했고 거침없었다. 그리고 또한 진솔했다.

탁! 모멸감을 느낀 상담사가 책상을 힘 있게 쳤다. 지원은 이제 자신이 나서야 할 타이밍이라는 것을 깨달았다.

"김 선생님, 이제 나가도록 하죠."

그가 이새에게 나직한 목소리로 말했다. 상담사의 얼굴에 비소가 비쳤다.

"네, 역시 제3자는 상담실 밖에서 대기하시는 게 좋겠네요."

"아뇨, 준서와 저도 이만 일어나겠습니다."

"네? 아니, 사장님. 아직 검사 설명도 다 못 했고, 치료는 진행도 안 했는데……."

"지금 하시는 말씀이 이 자료에 다 기록되어 있는 것 같아서요. 굳이 여기 앉아서 들을 필요는 없을 것 같습니다."

지원은 조금의 웃음기도 없이 냉철하게 말했다.

"그리 오랜 기간은 아니었지만 그간 프로그램을 진행해 오면서 뭔가 답답한 게 있었는데, 오늘 두 분의 대화를 통해 깨달은 부분이 있습니다. 여기서 미술치료를 계속 이어 나갈지 말지는 추후 다시 연락드리도록 하겠습니다. 준서야, 가자."

지원은 더 이상 시간을 지체하지 않고 일어나며 준서에게 손짓했다. 바로 달려온 준서가 지원이 내민 손을 잡자마자 지원은 밖으로 나갔다.

"어……. 이만 실례하겠습니다."

당황한 이새도 지원이 나가는 것을 멀뚱히 눈으로 좇다가 상담사에게 꾸벅 인사하고 서둘러 떠났다.

"허! 이, 이봐요!"

상담사가 황망하게 소리쳤지만 뒤돌아볼 시간이 없었다.

말없는 지원의 뒤를 따라 다시 차에 오른 이새는 지원의 눈치를 볼 수밖에 없었다.

어떤 말이 나오더라도 그냥 닥치고 가만히 있었어야 했는데, 오지랖 넓은 성격이 그대로 나와 버렸다. 미술심리검사를 참고 수단이 아닌 확정적 결과물로 이야기하는 상담사의 진단이 꺼림칙했다. 무엇보다 준서를 옆에 두고 문제점이 발견됐느니, 부모님에 대한 상처니 하며 자극적인 말을 쓰는 것이 걸렸다. 자신의 발언이 잘못되었다고 생각지는 않으나, 지원의 반응은 걱정이 되었다.

지원의 차 뒷좌석에 앉은 이새는 룸미러를 통해 지원의 표정을 엿보고자 목을 길게 뺐다. 하지만 운전대를 잡은 채 정면을 향해 있는 지원의 표정에서는 아무것도 느껴지지 않았다. 이새는 몰래 한숨을 쉬고는 고개를 떨궜다. 뒤늦게 룸미러로 이새의 표정을 확인한 지원은 슬그머니 눈웃음을 지었다.

사실 미술치료에 대해 지원도 그다지 호의적인 입장은 아니었다. 동생 다원이 꼭 필요하다고 하여 시작하긴 했는데 왠지 연구소에서 준서를 병약한 환자 취급하는 느낌을 받았었다. 준서가 귀신을 본다고 얘기한 것은 사실이지만 끼워 맞추기 식의 진단을 원한 것은 아니었다. 오늘 상담사의 말을 듣는 내내 꺼림칙하여 지원 또한 얼른 일어날 마음을 먹고 있었는데, 지원 대신 이새가 시원하게 한 방 먹여 준 것이었다. 사실 통쾌했다.

하지만 그는 그 감정을 이새에게 크게 내비치지 않았다. 그녀가 오만해지면 곤란하니까.

"오늘도 되도록 일찍 퇴근하겠습니다. 늦지 않는다면 정원 산책도 하죠."

"네?"

이새가 식겁한 목소리로 물었다.

"싫으면 말고."

"아뇨. 싫다뇨. 완전 좋아요!"

또, 좋단다. 그녀의 사심 없는 고백에 지원의 입술이 작게 샐그러졌다.

"정말 좋아요!"

"준서가 좋아해서 하는 겁니다."

몇 번이나 원치 않은 고백을 받은 지원이 새침하게 말했다.

세 번째 경고를 받지 않은 것에 대해 안심한 이새는 지원과 헤어진 후 준서와 함께 곧장 집으로 들어갔다.

"준서야, 오늘 재미있게 놀면, 저녁때는 또 삼촌이랑 산책 가는 거야. 좋지?"

한동안 말을 아끼고 있던 준서가 눈을 깜박이며 물었다.

"오늘은 미술치료 안 받는 거예요?"

"응, 준서야. 오늘 다시 가는 일은 없을 거야."

"오늘만 안 해요? 앞으로 계속 안 가도 돼요?"

"왜? 가기 싫어?"

"네, 싫어요."

연구소에 가기 전, 이새는 준서에게 유언을 남겼었다. '좋은 건 좋아요, 싫은 건 싫어요'라고 제대로 말할 수 있는 사람이 되라고. 의견을 제대로 밝히는 준서를 칭찬해 주려 하는데 준서는 더 말을 이었다.

"거기 가면 자꾸 막 뭘 그리래요. 그리기 싫은 것도 막 그리래요."

"뭘 그리라고 했는데?"

"……엄마랑 아빠."

아. 이새는 낮게 탄식하며 준서를 제 품으로 끌어당겼다.

"준서야, 이제 안 그려도 돼."

마음이 아팠다. 어리다고 아무것도 모르는 건 아닌데, 아픔이 없는 것은 아닐 텐데. 시간이 지났다고 아픔이 반드시 사라지는 것도 아닐 텐데.

네 살 때, 한창 사랑을 받아야 할 나이에 부모님을 잃은 아이. 지금도 일곱 살밖에 안 된 어린아이가 그동안 모든 감정을 혼자 감내해 왔다는 사실에, 이새의 마음도 무너지는 것 같았다.

"이제 준서가 좋아하는 것만 그리면 돼. 그리기 싫으면 안 그리면 되고."

이새는 준서를 따뜻하게 안아 주었다.

지원은 이새에게 약속한 대로 일찍 집에 들어가고자 노력했지만 뜻대로 되지 않았다.

끝도 없이 이어지는 회의에, 보고에, 클라이언트 관리까지. 사실상 그는 성화기획의 대표나 진배없을 정도로 많은 일을 소화하고 있었다. 그럼에도 불구하고 그룹에서는 그에게 더 많은 임무를 부과하고자 했다.

어쨌거나 열심히 일하고, 겨우 회사에서 벗어난 시각은 9시였다. 정원 산책은 물 건너가 버리고 만 것이다. 10시가 다 되어서 집에 돌아온 지원은 방으로 들어가기 전에 준서의 방과 이새의 방에 차례로 눈길을 주었다. 불 꺼진 거실에서 새어 나오는 빛은 이새의 방에서 나오는 것이 전부였다. 이새의 방에서는 음악 소리가 들렸다.

'준서는 자나 보군.'

저녁 즈음 되어서 지원은 배 주임에게 오늘 늦게 들어갈 것이라 연락을 하긴 했다. 하지만 그렇다고 준서에게 미안한 마음이 없을 수는 없었다. 내내 자신을 기다렸을 조카를 생각하니 안타까웠다. 지원은 준서가 오늘 하루를 어찌 보냈는지 물어보고자 이새의 방문을 노크했다. 하지만 안에서는 응답이 없었다.

'자나? 음악 소리 때문에 못 듣는 건가?'

똑똑.

"안지원입니다. 들어가겠습니다."

지원은 인기척을 내고 문을 열었다. 방문을 여니 음악 소리는 더욱 크게 울렸다. 하지만 이새는 방에 없었다.

이렇게 시끄럽게 해 놓고 어딜 갔는지. 여전히 그녀의 생활 방식이 마음에 들지 않아, 지원은 씁쓸한 표정을 지으며 책상 위에 놓인 휴대폰을 바라보았다. 그러다가 휴대폰으로 향했던 눈길은 자연스레 그 옆의 다른 물건으로 옮겨 갔다.

'일기장?'

책상 위에는 그의 손바닥만 한 크기의 노트가 놓여 있었다. 노트에 무어라 빼곡히 글씨가 적혀 있는 것도 언뜻 보였다. 지원은 새삼 이새가 귀엽게 여겨져 피식 웃었다.

'소녀 감성이네. 이런 걸 다 쓰고.'

남의 것을 훔쳐보는 취미는 없었기에, 그냥 나가려고 하는 찰나. 눈에 익은 이름 하나가 그의 시선을 다시 일기장 안으로 불러들였다. 펼쳐진 일기장에는 안지원, 그의 이름이 쓰여 있었다.

그리고 무언가에 이끌리듯 자연스레 일기장의 위에서부터 아래까지 단숨에 훑어 내린 그의 입에서 무시무시한 탄성이 쏟아졌다.

아아아아아아아아! 혁아, 그 남자가 오늘은 뭐라고 했는지 아니?
세상에서 제일 쓸모없는 게 애교란다. 기가 막혀서.
애교가 어떻게 세상에서 제일 쓸모없어? 준서의 애교에 내 마음이 다 녹아 버리는데.
이렇게까지 정 없는 사람은 보다보다 처음 본다. 정말저영말 왕재수야!
그래요, 안 지 원 씨.
애교 없는 사람이랑 결혼해서 평생 너 좋아하는 '딸라 논리'로 살아라!
아니지, 결혼하라는 말도 아깝다.
어디 평생 그렇게 살아 봐. 혼자 외롭게 늙어 버릴 것이다.
흥! 흥! 흐으으으응!

3. 재미있는 여자네

뭐야, 이 감정의 쓰레기통은.

무심코 일기장 위에 올린 손끝이 부르르 떨렸다. 누군가가 자신의 험담을
할 수도 있겠다는 생각은 늘 하고 있었지만, 이렇게 직접 확인한 것은 처음
이었다.

책상 옆의 휴대폰 음악 소리가 툭 꺼졌다. 배터리 수명이 다 하여 전원이
나간 모양이었다. 이에 흠칫 놀란 지원의 정신이 조금 제대로 돌아왔다. 겨
우 품위를 생각하게 된 지원은 그녀가 돌아올세라 급히 방 밖으로 나갔다.

뒤늦게 이새의 전용 화장실에서 불빛이 새 나오는 것이 보였다. 그녀의 방
안으로 들어가기 전에는 들리지 않던 물소리도 들렸다. 그녀는 샤워 중인 모
양이었다. 지원은 황급히 그 앞을 떠나 제 방으로 들어갔다. 심장이 발소리보
다 더 묵직하게 가슴을 울렸다. 남의 것을 훔쳐본 일에 대한 초조함인지, 그녀
의 일기장에서 자신의 이름을 발견하게 된 후유증인지는 알 수 없었다.

다음 날은 한 달에 한 번, 지원의 할아버지 성화그룹 안상호 회장이 주최

하는 일가 조찬 모임이 있는 날이었다. 지원이 가장 귀찮아하는 스케줄 중 하나였다.

집안의 대표로서 혼자 참석한 사람은 지원 하나였다. 둘째, 셋째, 넷째 숙부의 집안은 모든 식구들이 자리에 참석했고, 이렇게 모인 사람들을 합하니 스무 명이 넘었다.

"다원이는 여행을 갔다고?"

조찬 모임이 끝난 후 안상호 회장은 지원을 따로 불러 안부를 물었다.

"네. 돌아오면 들르라고 하겠습니다."

"그래, 다원이도 일 좀 해야지. 그리고 ······그 애는 안 데려올 거야? 준서 말이야."

"언젠가 데려올게요."

"그래, 그럼 이따가 갈 때 주방에서 아이스크림 좀 받아서 그 애 좀 갖다 줘라."

"아이스크림은 제가 사서 먹이면 되죠."

"네 할머니가 증손주 생각해서 사 오신 거야. 맛있는 거라니까 잘 갖다 줘."

준서는 제대로 된 혼인 절차를 통해 태어난 아이가 아니었다. 그러한 이유로 준서가 태어났을 당시 안상호 회장은 크게 노했고 그 감정을 그대로 전달받은 안 회장의 핏줄들 모두가 지원의 형 부부 내외에게 질타를 쏟아 냈다.

그랬기에 도원은 준서가 태어난 후 할아버지의 마음에 들고자 두 배로 노력했다. 도원의 처인 하늘 또한 마음 상하는 상황에서도 안씨 집안의 사람들에게 최선을 다했다. 그러한 노고가 빛을 발한 것은 준서가 세 살 무렵이 되었을 때였다. 안 회장은 오랜 시간 동안 변함없이 극진했던 하늘을 며느리로 인정하며 준서 또한 증손자로 받아들여 주었다. 1년 후, 뜻하지 않은 사고로 두 부부가 세상을 떠나는 바람에 다시 준서는 누구도 반기지 않는 처지가 되고 말았지만 말이다.

과거를 회상하다 씁쓰레해진 지원이 할아버지가 준 아이스크림을 손에 들고 집을 나서려는데, 태원이 다가왔다.

"지원아."

"어, 태원아. 잘 지냈지?"

안태원. 현재 성화투어의 상무로 일하는 동갑내기 사촌형제다. 그다지 친하게 지내지는 않지만 그렇다고 거리를 두는 것도 아닌 적당한 관계. 가끔은 사적인 도움을 주고받기도 하는 관계다. 이새를 준서의 가정교사로 소개받은 것처럼 말이다.

"뭐, 그렇지. 너는 사업 잘되고?"

"인베스트라면, 뭐, 잘 돌아가고 있고, 기획 쪽은 여전하지, 뭐."

태원은 히쭉 웃으며 물었다.

"내가 추천해 준 선생님도 잘 있고?"

"아, 그게, 참 문제가 많아."

태원의 질문에 지원은 난감해졌다. 이곳에 오기 전까지 내내 그를 괴롭히던 성가신 기억이 다시금 살아나 그의 머릿속에서 꾸물댔다.

태원에게 좀 더 이야기를 해 볼까 하는데 회사에서 전화가 왔다.

"태원아, 나중에 또 얘기하자. 먼저 가 볼게."

지원이 휴대폰을 손에 쥐고 먼저 돌아섰다. 지원의 얼굴에 떠오른 복잡한 심경을 확인한 태원의 얼굴에 미소가 드리워졌다.

사실 태원은 김이새라는 여자를 잘 모른다. 어쩌다 후원하게 된 보육원에서 한 번 만난 사이일 뿐이다. 그녀는 아르바이트 자리를 제안하는 그의 속셈에 손쉽게 걸려들었고 면접 한 번 없이 가정교사로 채용될 수 있었다. 태원은 '사촌'이기에 지원이 자신을 어느 정도 신뢰한다는 것을 이용하여 일을 벌인 것이었다.

태원은 지원과 같은 중·고등학교를 졸업했다. 당연히 어렸을 때부터 줄

곧 지원과 비교당해야 했다. 외모든 공부든 운동이든 리더십이든, 모든 면에서 지원이 태원을 앞섰다. 태원이 더 빛났던 적은 단 한 번도 없었다.

성인이 된 이후의 평가도 별반 다르지 않았다. 태원이 상무로 있는 성화그룹 계열사 성화투어는 아직 이렇다 할 성과를 내지 못했다. 반면 성화기획 마케팅전략 본부장으로 시작한 지원은 벌써 성화기획의 전무가 되었으니 태원의 열등감 또한 그대로였다. 물론 그 마음을 밖으로 표출할 수는 없다.

그저 그가 할 수 있는 일이라곤 지원의 집에 소식통을 심어 놓고 개인적인 소식을 듣거나 할아버지께 들러붙어 지원의 앞날을 미리 알아보는 것, 그런 것뿐이었다.

그런 식으로 태원은 일찍이, 지원이 할아버지의 뜻대로 올해 결혼을 하게 되면 내년에 사업체를 물려받게 된다는 정보를 미리 얻게 되었다. 가만히 지켜보고만 있을 수는 없었다. 뭐라도 해야 했다. 그래서 추진하게 된 일이 '김이새'라는 얼굴 예쁜 아가씨를 지원의 곁에 두는 것이었다. 오래전부터 지원을 지켜봐 온 태원은 지원의 이성 취향을 어느 정도 파악하고 있었다. 이새는 이에 잘 부합하는 여자였던 것이다.

태원은 지원이 이새에게 조금이라도 흔들리길 바랐다.

그리고 오늘 지원과의 대화에서 태원은 희망을 엿보았다. 김이새 그녀가 자신도 모르게 지원을 유혹하고 있는지 아닌지는 알 수 없으나, 지원의 감정이 움직이고 있다는 것을 확인한 것이다.

사람들이 자신의 뜻대로 움직여 줄 때 만족감을 느낀다. 태원은 뱀과 같이 간교한 사람이었다.

지원은 준서에게 아이스크림을 전하기 위해 잠깐 다시 집에 들렀다. 준서와 이새는 거실에서 색종이 접기를 하고 있었다. 고작 종이접기를 하면서 세상에 자기들밖에 없는 양 웃고 속닥거리는 두 사람을 보니 속이 부글부글 끓었다.

"안준서. 자, 증조할머니께서 주시는 아이스크림."

지원은 시큰둥한 목소리로 준서에게 아이스크림을 내밀었다. 옆에 앉아 있는 이새는 보고 싶지 않아 일부러 준서에게만 말을 걸었다.

평소 군것질은커녕 디저트 한 번 제대로 먹지 못하고 식단에 맞춰 건강식만을 섭취하는 준서의 생활을 잘 알고 있기에, 이새 또한 기분 좋게 입이 함박 벌어졌다.

"와아. 준서야, 아이스크림이래! 삼촌한테 고맙습니다, 해야지."

"고맙습니다!"

이새의 가르침에 따라 꾸벅 인사한 준서가 아이스크림을 들고 이새의 손을 꽉 잡았다. 며칠 사이에 두 사람은 둘도 없는 단짝이 된 것 같았다. 그간 조카와 그다지 애틋한 사이도 아니었는데 왜 조카를 빼앗긴 듯한 느낌이 드는지 모를 일이다. 지원은 낯선 상실감을 느끼며 방으로 들어갔다. 집에 돌아온 김에 셔츠나 갈아입고 가야겠다고 생각했다.

간단히 씻은 후 셔츠를 갈아입고 방에서 나온 지원은 준서와 이새의 웃음소리가 들리는 것에 발을 멈췄다. 주방에서 들려오는 소리였다.

집을 나서려던 지원은 주방으로 향했다. 어떤 마음으로 그리 간 것인지는 알 수 없었다. 주방에 다다른 지원은 팔짱을 끼고 서서, 모여 있는 사람들의 작태를 가만히 지켜보았다. 요리사는 식재료를 정리하고 있었고 이새와 준서는 식탁 앞에 앉아 계속 깔깔대고 있었다.

뭐가 그리 즐거운지. 요리사와는 또 언제 이렇게 친해졌는지.

얼마간 가만히 지켜보고 있으니, 요리사가 뒤를 돌아보았다.

"어…… 사장님."

이제껏 지원 앞에서 크게 웃는 모습을 보인 적이 없는 요리사는 어색해하며 꾸벅 인사했다. 지원을 등지고 있던 이새와 준서도 뒤를 돌아보았다.

"어? 삼촌! 아이스크림 맛있어요."

준서의 낭랑한 목소리에, 요리사가 한쪽의 의자를 당겨 자리를 권했다.

"사장님도 드셔 보세요."

준서도 히쭉 웃으며 제가 들고 있던 아이스크림 컵을 내밀었다. 그사이 이새는 자리에서 일어나 제 컵을 들고 싱크대로 갔다. 자리를 정리하려는 모양이었다. 지원은 요리사가 권한 의자에는 앉지 않은 상태로, 준서가 내민 아이스크림을 한 입 떠먹었다. 준서의 똘망똘망한 눈빛을 차마 거절하지 못한 것이었다. 그때 요리사가 황급히 뜻밖의 정보를 뱉어 냈다.

"어? 그 숟가락, 선생님이 쓰신 건데……."

무심코 식탁 위에 놓인 숟가락 하나를 집어 아이스크림을 떠먹었는데 생각지도 못한 변고였다. 아이스크림은 이미 그의 입 안에서 사르르 녹아 사라진 뒤였다. 당황한 지원의 팔이 굳었다. 그는 숟가락을 든 채로 얼어붙어 버렸다. 등지고 있던 이새가 고개를 돌려 지원을 바라보았다. 영락없이 두 사람의 눈빛이 조용히 뒤얽혔다.

화르륵, 혀끝의 열이 온몸으로 퍼지는 느낌에 지원은 불쾌해졌다.

"갖다 버려요."

탁. 그는 써늘한 목소리로 식탁에 숟가락을 내려놓고 뒤돌았다. '탁' 소리에 이새는 괜스레 눈을 찔끔 감게 됐다. 지원은 회사로 간다는 말도 없이 이내 떠났다.

이새는 잔뜩 힘을 준 채로 감았던 눈을 떴다. 그러나 금세 그녀의 고개가 떨구어졌고, 그와 동시에 눈물 한 방울이 똑 떨어졌다. 이상하게도 감정보다 눈물이 먼저 찾아온 느낌이었다. 하지만 이 모습을 보일 수는 없었다.

"하하. 아이스크림 정말 맛있는데. 감동적인 맛이었는데요."

이새는 이내 웃어 보였다.

저녁 무렵이 되어 지원은 일을 마치고 퇴근했다. 이새와 마주치고 싶지 않아 회사를 지키고 있을 생각도 했지만, 내일은 이새가 집으로 돌아가는 토요일인 데다가, 준서를 봐 줄 동생 다원도 여행 중이었기에 일단은 집으로 돌아와야 했다.

"준서야, 1층에서 저녁 먹자."

공부방의 문을 연 지원은 여느 때와 다름없이 준서만 불렀다. 이새는 준서를 향해 빙긋 웃으며 저녁 맛있게 먹으라는 인사를 했다.

지원이 준서와 나란히 계단을 내려가는데, 준서의 표정이 좋지 않았다. 무슨 일 있었느냐고 물어보려다가 지원은 질문을 바꿨다.

"오늘은 재미있게 보냈어?"

"네."

힘없이 대답한 준서가 문득 지원을 올려다보았다.

"근데 삼촌. 삼촌은 내가 행복해지는 게 싫어요?"

뜬금없는 질문에 지원의 눈가에 옅게 힘이 들어갔다.

"누가 그래?"

지원은 이번만큼은 자신의 마음을 확실하게 전달해야겠다는 생각에 무릎을 굽혀 준서와 눈을 맞추었다.

"절대 아니야."

일곱 살밖에 안 된 꼬마아이가 왜 이런 생각을 할까. 혹시 김이새 그 선생이 아이에게 불순한 생각을 불어넣은 것은 아닐까.

안타까운 마음으로 진심을 내비치는 지원에게, 준서는 표정 하나 바꾸지 않고 또 뜬금없는 질문을 했다.

"그런데 왜 맨날 선생님을 울려요? 옛날 선생님도 울면서 나갔잖아요."

할 말을 잃은 지원이 멍한 표정으로 준서를 보고 있는 동안, 준서가 먼저 입을 열었다.

"선생님 오늘 울었어요. 삼촌이 선생님 숟가락 버리라고 해서."

"너한테 그래? 삼촌이 선생님 숟가락 버리라고 해서 운다고."

"그건 아닌데요. 삼촌이 숟가락 버리라고 했을 때 선생님 표정이 이랬어요. 선생님은 금방 웃었지만요."

준서는 양손의 검지로 제 눈 끝을 짚어 내리며 우울한 표정을 했다.

"선생님 안 울리면 안 돼요?"

준서의 훈계는 따끔했다. 지원은 차마 대답은 하지 못하고 허탈하게 한숨을 쉬며 몸을 일으켰다.

"얼음은 언제 녹아요?"

"뭐? 얼음?"

"네, 삼촌한테 있는 얼음이요."

준서의 질문에 지원은 몇 번 눈을 깜빡였다.

어두워진 밤. 준서를 재운 후 준서의 방에서 나온 이새는 제 방으로 들어가려다가 지원과 마주쳤다. 지원이 길을 막은 것이다.

"삐쳤다면서요?"

"안 삐쳤는데요."

대놓고 노골적인 지원의 질문에 이새의 대답은 퉁명스럽게 나와 버렸다.

"준서가 울었다고 하던데?"

"그건 삐친 게 아니라⋯⋯."

괜스레 억울한 이새가 '삐친 게 아니라 화났다고 해야 되거든요!' 따위의 말을 하려다가 입을 닫았다.

"아닙니다. 삐쳤었습니다. 죄송합니다."

지원과 길게 말을 섞고 싶지가 않았다. 꾸벅 인사하고 방 안으로 들어가려는 이새의 발을, 지원의 목소리가 다시 한 번 막았다.

"숟가락 때문이라면, 그렇게 상심할 줄 몰랐어요. 그 숟가락이 씻은 숟가락인 줄 알고 쓰다가 놀라서 말실수한 겁니다."

"글쎄요."

억울한 마음이 든 이새가 검지로 제 눈 끝을 짚어 힘 있게 밀어 올렸다.

"그때 표정이 이랬던 것 같은데요."

이새의 표현 방법은 몇 시간 전에 준서가 했던 것과 똑같은 것이었다. 준서는 눈을 내렸고, 이 여자는 눈을 올리고 있다는 것이 다를 뿐.

"저는 이 집의 이방인이고 병균 같은 사람이라, 이거 아닌가요? 제가 입 댄 숟가락은 재수가 옴 붙은 거다, 이거잖아요."

후. 괜히 사과했네. 그냥 내버려둘 것을. 한숨을 길게 쉰 지원이 억지 부리듯 버럭 말했다.

"그럼 앞으로는 김 선생님이 아이스크림 먹었던 숟가락으로 제가 꼭 먹도록 하죠. 그럼 됩니까?"

순간 세상이 정지한 듯 순식간에 주위가 고요해졌다. 지원의 미간에 단단하게 자리했던 인상이 서서히 펴졌다. 눈 한 번 깜짝 하지 않고 동그란 눈으로 자신을 빤히 보는 그녀의 얼굴에, 지원의 눈 또한 크게 뜨였다. 그리고, 한동안 그렇게 가만히 있던 그녀의 입술 끝이 서서히 위로 들어 올려졌다. 급기야 '아핫' 하며, 그녀는 웃음을 터뜨렸다. 지원은 당황스러웠다.

"조용히 좀 하죠?"

겨우 웃음을 거둔 그녀가 대답했다. 여전히 웃음기 젖은 목소리였다.

"그런 말이 아니라고요."

"그럼 원하는 걸 제대로 얘기해요."

지원의 냉랭한 태도에도 아랑곳없는 밝은 목소리.

"그런 말투나 그런 태도만 아니었으면 좋겠어요. 저랑 계속 같이 지내실 거라면 준서 앞에서 너무 무시하지도 말고요. 나는 그래도 준서 삼촌이 진짜 쫌팽이처럼 보일 때에도 준서 앞에서는 준서 삼촌에 대해 좋은 말만 해 준다고요."

누구한테 쫌팽이라는 거야.

지원은 이새의 말에 약이 올랐지만 열이 오르는 마음을 누르며 대답했다.

"알겠어요. 조심하죠."

"……"

"됐어요?"

"네. 됐어요. 딱 좋아요."

그녀가 빙그레 웃었다. 미소가 참 요망한 여자다. 그는 자신이 그녀의 손아귀에서 놀아나는 것만 같은 기분이 들었다.

같은 밤. 침대에서 계속 뒤척이던 지원은 결국 자리에서 일어났다. 물도 마시고 잠시 걸어 볼 겸, 겸사겸사 일어나 거실로 갔다.

'헉! 뭐야!'

그리고 그는 소파에 길게 누워 자고 있는 이새를 발견했다.

왜 침실을 놔두고 여기서 이러는지. 준서의 동화책을 품에 안은 채 곯아떨어진 그녀는 지원이 가까이 다가오는 소리에도 움직임이 없었다. 그는 그녀에게 바싹 다가가 내려다보다가 아예 한쪽 무릎을 접고 앉았다.

"이렇게 다가가도록 왜 몰라, 왜."

목소리를 냈건만 그녀는 쌔근쌔근, 규칙적인 숨소리만을 낼 뿐이었다. 지원은 평화로운 꿈나라를 거닐고 있을 그녀가 몹시도 얄미웠다.

발로 펑 차서 깨울까. 증거 사진을 찍어서 경고를 먹일까.

'그런데 왜 동화책을 안고 있는 거야?'

동화책이 재미나서 보는 건 아닐 테고, 준서와 재미난 대화를 나누기 위해 동화책을 읽고 있었을 공산이 크다. 얄미워 죽겠는데 준서를 좋아하는 것 같으니 냉큼 쫓아낼 수도 없게 한다.

창밖에서 흘러 들어오는 희미한 빛이 그녀의 한쪽 뺨에 닿아 어른거린다. 그 앞에 앉아 한참 그녀를 바라보던 지원의 속에서 서서히 열이 올랐다. 슬며시 뻗어 나간 그의 오른손이 그녀의 왼쪽 뺨에 가 닿도록 그녀는 깰 줄을 몰랐다. 그녀가 깨지 않는 것에 대담해진 그는 엄지와 검지로 그녀의 뺨을 얄궂게 쥐었다. 말랑말랑한 그녀의 뺨이, 그의 손가락으로 빨려 들어가듯 찰기 있게 잡혔다. 복수심에 불탄 그의 눈이 가늘어졌다.

그래, 악몽을 꿔라! 뺨에서 불이라도 나는 꿈을 꿔 봐!

'너만 나 싫어? 나도 너 싫어!'

몰래 하는 괴롭힘에 신이 난 그의 입술 끝이 서서히 올라가는데, 그 순간 번쩍! 그녀의 눈이 뜨이고야 말았다.

아뿔싸! 깜짝 놀란 지원이 급히 손가락을 회수하려는데 그보다 더 먼저 작은 손 하나가 범행을 저지른 그의 손목을 날렵하게 잡았다.

"지금 뭐……."

흐리멍덩하게 눈을 뜬 그녀의 입술 사이로 아직 잠긴 목소리가 흘러나오다 멈췄다. 눈은 풀어졌지만 손아귀의 힘은 호랑이 기운이었다.

"이게 뭐……."

"놔요."

한 번 더 그녀가 소리를 냈지만 그녀의 음성은 지원의 또렷한 저음에 확실하게 묻혀 버렸다.

필사적으로 잠을 몰아내고 겨우 정신을 차린 이새가 누워 있던 몸을 벌떡 일으켰다. 동시에 지원은 능청스럽게 등을 돌렸다.

"방에 들어가서 자요. 거실에서 이러지 말고."

그는 이 말을 끝으로 거실을 떠났다.

이 오만한 남자, 방자한 것 좀 보소! 이새는 기가 막힐 뿐이다. 이대로 당하고만 있을 수는 없었다.

"잠깐만요."

이새는 냉큼 쫓아가 지원의 앞을 막았다.

지원이 불쾌한 낯빛으로 쳐다보았다. 파바박 불꽃이 튈 듯, 두 사람의 눈빛이 매섭게 얽혔다. 이새가 조금도 물러설 수 없다는 표정으로 장엄하게 말했다.

"진지하게 얘기 좀 해요."

"할 말 있으면 아침에 하죠."

"아뇨. 저는 지금 해야겠는데요."

"꼭 그렇게 사람 피곤하게 해야겠어요?"

"피곤하신 분이 방금 전엔 왜 그러셨는데요?"

이 민망한 상황을 타개하는 길은 철면피가 되는 것밖에 없단 걸 알고 있다. 이새의 질문에 지원은 고개를 빳빳이 들고 오만하게 말했다.

"소파에 웬 괴한이 누워 있길래 점검차 살펴본 겁니다."

"괴한이라고 표현하기에, 준서 삼촌보다 제가 너무 작지 않나요?"

"괴생명체라고 할까요, 그럼?"

"괴생명체에 호기심이 많으신가 보네요. 제 볼을 오랫동안 꼬집고 있으셨던 것 같은데요. 즐기셨던 거 아녜요?"

솔직히 즐겼지만, 그 마음을 다 털어놓을 수는 없다. 그것은 체면의 문제였다. 당돌한 그녀의 태도에 지원의 눈이 가늘어졌다. 그러는 사이 이새는 딜을 요구했다.

"많이도 안 바라요. 경고 1회, 까부숴 주세요."

이새의 요구가 가당치도 않다는 듯 지원의 입에서 짧은 헛웃음이 터져 나왔다.

"내가 왜요."

"저한테 잘못하셨잖아요."

"실수 한 번 한 걸……."

"실수라고요? 다분히 의도적이었던 걸 제가 모를까 봐서요? 방금 전에 저 건드리면서 하셨을 생각, 한번 알아맞혀 볼까요?"

지원이 콧방귀를 뀌는 동안 이새가 또박또박 말을 이었다.

"얘는 나이도 어린 게 말도 안 통하고 고집도 세고 되바라졌네. 무력으로라도 설설 기게 만들고 싶은데 지성인이 무력을 쓸 수도 없고 참 난감하네. 잘 때라도 괴롭혀야겠네."

참으로 잔망스러운 추리였다. 놀랍게도 조목조목 맞는 말이었지만 지원은 비릿하게 웃었다.

"어떻게 아셨는지. 하지만 하나 틀린 게 있는데. 내가 지성인 타이틀 욕심에 무력을 참는 위인은 아니라서."

"……."

"앞뒤, 좌우를 봐 주시겠어요, 선생님?"

이새는 고개는 얼마 돌리지 않고 눈짓으로만 주변을 훑었다. 지원의 침실에서 새어 나오는 빛으로 확인해 본 주위에서, 무언가 눈에 걸리는 것은 없었다.

"지금 내가 그쪽 하나 어떻게 한다고 해서 밖으로 내 소문이 이상하게 날 것 같아요?"

어느새 숨소리조차 느껴질 정도로 두 사람의 거리가 가까웠다.

"나이도 어린 게 말도 안 통하고 고집도 세고 되바라진 애가 함부로 재잘 댄다고 해서 귀 기울일 사람이 얼마나 될 것 같나."

잠잠히 복도를 메우는 그의 목소리는 위압감이 넘쳤다. 그의 말은 엄연한 협박이었다. 이새의 입 안에 고인 침이 한 번 꼴딱 넘어갔다. 그 표정에 만족한 지원이 말을 마치고 매섭게 웃었다.

"쫄기는."

"……."

"경고 한 번 까부숴 달라고 할 배짱이면 이 정도 충격은 각오하셨어야지."

"아니요. 충격 아니에요."

표정을 숨긴 이새가 올차게 말했다.

"그럼 경고 1회 없어진 것 맞죠?"

"그게 그렇게 중요하겠어요? 아침에 당장 쫓아내 버리면 그만인데."

"준서 삼촌은 그렇게 못 하시잖아요."

"……."

"그래서 말도 못 하시고 몰래 저 괴롭힌 거잖아요. 절 건드린 건 성희롱감이고, 저도 억울한 게 있지만 이만 이 정도로 퉁 칠까 해요."

그렇게 이새는 지원이 끼어들 틈도 없이 얘기를 마무리 지어 버렸다.

"그럼 안녕히 주무세요."

그녀의 뒷모습을 눈길로 따라가던 지원은 머리를 쥐어뜯었다.

젠장. 그에게 이런 개망신의 밤은 처음이었다.

다음 날. 이새는 아침 일찍 지원의 집을 떠나 원래 집으로 돌아갔다.

집으로 돌아오자마자 그녀는 밥 한 공기를 뚝딱 해치웠다. 아직 점심때가 되지 않아 희선이 간단하게 차린 밥상이었는데 이새는 며칠 굶은 사람처럼 순식간에 밥을 비워 냈다.

"거기서 밥도 못 얻어먹었어?"

"아니. 여기 오니까 밥맛이 너무 좋아서."

이새는 희선의 질문에 답하면서 밥통의 밥을 한술 더 퍼냈다.

"일은 어때? 사람들은 괜찮아?"

희선이 걱정스러운 눈초리로 물었다.

"참, 엄마! 나 그 집에서 미옥이 아줌마 만났어. 알지? 얘기. 현성이네 있잖아."

희선의 질문에, 이새는 갑자기 떠오른 중요한 소식을 들려주었다.

"정말? 거기서 뭘 하는데?"

"청소 담당하셔. 일한 지 꽤 됐나 봐."

"그래? 세상 차암 좁네! 건강은 좋아 보였고? 표정은 어땠어?"

"건강도 표정도 다 좋아 보였어."

이새가 미옥이 그랬듯 웃어 보였다. 미옥의 상처를 다 알고 있는 희선의 얼굴에 아련한 표정이 어렸다.

"그래. 이제 많이 지난 일이니 다 털어 내야지. 밝아져서 다행이네. 나중에 한번 보자고 전해 줘."

"응."

이새가 히쭉 웃고는 밥 한 숟갈을 크게 입에 넣었다. 주방에서 그렇게 모녀가 돈독함을 다지는 사이, 작은 방에서 이새의 동생 이율이 나왔다.

"어디 가?"

배꼽이 보일 듯 짧은 상의에 핫팬츠를 입고 나타난 이율을 보며 이새가 표독스레 물었다.

"공부하러 가지, 어딜 가?"

"공부하러 가는 복장이 아닌데?"

이새의 질문에 이율은 능란하게 화제를 바꿨다.

"그제 집에 오다가 혁진 오빠 만났는데? 언니 어디 갔냐고 물어보던데?"

"왜 얘기가 그쪽으로 가?"

"짝사랑하시는 분 소식 궁금할 거 같아서."

"그 얘기를 몇 년 동안 할 거냐?"

"현재 진행형 아니야? 그럼 왜 여태 남친도 없는데? 삼수, 사수 하는 나도 지금 애가 다섯 번째다.”

정적.

“너 또 애인 만들었어?”

희선이 무서운 목소리로 이율에게 물었다. 뒤늦게 말실수를 했다는 걸 깨달은 이율이 쌩하니 현관으로 달려갔다.

“앗, 엄마, 버스 올 시간이다. 나 나갈게요. 이율이 열찌미 공부하고 올게요!”

이새와 희선이 입을 허 벌리고 있는 동안, 이율은 냉큼 사라졌다. 깜짝 놀란 마음을 긴 한숨으로 다스리던 희선이 이새를 흘겨보다가 그녀의 허벅지를 찰싹 때렸다.

“으이구!”

“아! 나를 왜 때려!”

“사수생 네 동생도 이렇게 연애를 잘하는데 넌 여태 애인 하나 없었어?”

“그럴 수도 있지! 엄마, 이율이가 비정상인 거야. 스물셋에 모태솔로인 애들 널리고 널렸다고.”

희선은 이새의 말에 한 번 더 가자미눈이 되었다. 이새는 그런 희선을 피해 자리를 정리하고 방으로 들어갔다. 마침 홀로 놓아둔 휴대폰을 들여다보니 ‘오혁진’에게서 문자가 한 통 와 있었다.

[친구야. 맥주 마시자. 내가 쏠게.]

왜 찾는지 알 만하다. 실연당했겠지. 애인 있을 때에는 살았는지 죽었는지 도통 모르도록 연락 두절로 지내다가, 이렇게 실연당하면 대뜸 생사를 알리는 게 벌써 몇 번째인지. 불과 1년 전만 해도 이런 소식에 이새의 감정도 소소히 흔들렸겠지만, 지금은 아니었다. 그녀는 가뿐하게 거절 문자를 보냈다. 오랜만에 친구를 만나고픈 마음도 있었지만, 하고 싶은 일이 있었다.

무더운 오후. 절판된 도서를 찾아 시립도서관에 온 승환은 열람실을 돌아다니다가 아는 얼굴을 발견했다. 열람실 책장 앞에 주저앉은 채로 독서 삼매경인 여자는 분명 준서의 가정교사, 그녀였다.

"저기."

그는 그녀가 놀랄세라 나직이 말을 걸었다. 이새가 큰 눈을 들어 올려다보고는 승환을 알아보자마자 벌떡 일어나 인사했다.

"어? 안녕하세요. 여긴 왜……."

"집이 바로 옆이거든요. 김이새 씨도?"

"아, 네. 저는 조금 멀지만. 와. 신기하네요. 여기서 뵙다니."

"뒤에 뭘 감췄어요?"

이새가 읽고 있던 책을 감추는 것을 의아하게 여기며, 승환이 물었다.

"아, 하하……."

이새는 멋쩍게 웃으며 제가 들고 있던 책을 보여 주었다.

"그래도 준서 가정교사인데, 제가 너무 모르는 게 많더라고요. 그래서 쉴 때 공부라도 좀 해 볼까 해서요."

책 표지에는 '취학 전 우리 아이, 행복한 아이로 키우는 법'이라는 제목이 달려 있었다.

"근데 이론을 많이 알아도, 실전이 다르긴 해요. 그냥, 제 마음의 평화를 위해 공부하는 느낌이에요."

부끄러운 듯 발그레해진 얼굴에 그녀의 속마음이 그대로 보여진 듯하여 승환은 몰래 웃었다. 승환은 태원을 그다지 신뢰하지 않았다. 이새 또한 태원이 추천해 준 선생이라기에, 처음에는 괜한 편견을 가졌다.

그런데 이 여자는 자신이 짐작하는 것보다도 훨씬 더 괜찮은 사람일 수도 있겠다는 생각이 들었다. 뼛속까지 상냥한 듯 부드러운 인상과, 결단력 있는 행동과, 때에 따라선 지원에게도 대들 수 있는 배짱에, 안 보이는 곳에서도 열심인 그 열의에, 성실성…… 어쩌면 준서에게 필요한 사람은 경력 있는 완벽주의자보다 이렇게, 조금은 서툴지만 인간미 넘치는 친구 같은 선생님이 아닐까.

"점심 안 드셨으면 식사 같이할까요? 제가 살게요."

승환은 그녀를 더 알아보고 싶은 마음에 가볍게 제안했다.

"아점을 먹어서 괜찮아요. 조금 더 책 좀 찾아보다 가려고요. 죄송합니다."

승환은 살짝 아쉬웠지만 마음을 드러내지 않고 쿨하게 미소 지으며 인사했다.

"아쉽네요. 그래요. 그럼 다음에 뵙죠."

"아, 준서 삼촌한테 말씀…… 하실 거예요? 여기서 저 봤다고."

"그럼 안 돼요?"

"아니, 좀…… 이런 데서 공부하고 있다고 하면 약점 잡힐 수도 있지 않을까 해서요. 사실 그분이랑 저랑 잘 안 맞거든요. 조만간 쫓겨날 것 같기도 해요."

이런 데서 공부하고 있다고 약점을 잡다니. 지원이가 차갑긴 해도 그 정도로 몰지각한 애는 아닌데. 한마디 더 하려다가 승환은 고개를 끄덕였다. 지원네 집에서 쫓겨나면 개인적으로 한번 만나자고 하는 것도 괜찮겠다, 싶었다.

"알았어요. 얘기 안 할게요."

"와! 감사합니다!"

"그럼 열심히 해요."

승환은 그렇게 짧게 인사하고 이새와 헤어졌다. 책을 대출한 후 도서관을 떠나면서도 책에 고개를 파묻고 열심히 독서하던 이새의 얼굴이 자꾸 뇌리에 떠올랐다. 한숨을 길게 쉬고는 지원에게 전화를 걸었다.

-여보세요.

"부럽다, 너."

저택의 3층 맨 끝, 피트니스 룸에서 러닝머신을 타고 있던 지원이 승환에게 물었다.

"밑도 끝도 없이 그게 무슨 소리야?"

-그런 게 있다. 진짜 부러워.

"실없는 소리 하려거든 끊어."

-아냐, 아냐. 다원이 돌아왔냐?

"응, 아까 왔어. 왜. 할 말 있어?"

-아니. 그건 아니고. 다원이랑 준서네 선생님이랑 잘 지냈으면 해서. 너도 알다시피, 다원이가 좀 많이, 많이 쌀쌀맞잖냐.

"절을 못 버티겠으면 중이 나가는 거지."

-제법 괜찮은 스님이 오셨으면 절도 좀 바꿔야 하지 않겠냐?

"괜찮은 스님 같은 소리 한다, 아주 여우가 따로 없……."

지원은 도중에 말을 끊고 입을 닫았다. 피트니스 룸 안으로 동생 다원이 들어왔다.

"아냐. 끊어."

지원은 승환의 말을 시답지 않게 여기며 냉큼 전화를 끊었다. 그새 바로 옆까지 다가온 다원이 가늘어진 눈으로 지원을 응시하며 물었다.

"새로 온 선생이 내 친구한테 뭐라고 했다며? 미술치료도 엄청 무시하고."

"친구가 그래?"

지원이 질린다는 듯한 얼굴로 반문했다.

올해 스물여덟 살인 여동생 다원은 나이에 비해 너무 철이 없었다. 팔랑귀도 이런 팔랑귀가 없다. 주위에는 저 좋다는 친구들만 가득하여 이기적이었고, 피아노를 그만둔 후 사실상 백수에 가깝게 지내다 보니 사고도 편협했다. 이번에도 다원은 친구의 얘기만 듣고 얼굴도 보지 못한 이새를 미워하게 된 게 틀림없었다.

"진단이 별로였어. 내가 하고 싶었던 말을 준서 선생님이 대신 해 준 것뿐이야."

"오빠 혹시, 그 선생한테 넘어갔어?"

"말도 안 되는 소리 하려거든 가서 준서 동화책이나 읽어 줘."

지원의 으름장에 토라진 다원은 이내 피트니스 룸의 밖으로 나갔다.

김이새 선생이 얄미워 죽겠다고 생각하는 지원이었는데, 다원이 적대시하니 왠지 마음이 답답했다. 천하의 안다원이라면, 결국 준서의 선생을 쫓아내고야 말 것이다.

일을 시작하니 주말이 짧아진 것만 같았다. 다시 월요일을 맞이하여 이새는 지원의 저택으로 돌아갔다. 도중에 비가 내려서 우산이 없었던 이새의 옷이 푹 젖었다. 그녀의 몸에 여름의 열기가 빠지고 슬쩍 한기가 내려앉았다.

이새가 집 안에 들어오자마자 미옥이 그녀를 반겼다. 친절한 미옥은 온통 젖은 이새를 걱정하며 수건을 갖다 주고 캐리어도 닦아 주었다. 미옥의 도움으로 물기를 어느 정도 닦아 내고 3층으로 올라간 이새는 드디어 다원과 맞닥뜨렸다.

"김이새 선생?"

역시나 안지원의 동생다운 도도한 표정과 거만한 태도였다.

"내가 누군지 알죠?"

"네. 준서 고모님이시죠? 안녕하세요. 김이새입니다."

"몇 살?"

"스물셋입니다."

"그럼 말 놔도 되지?"

"네, 편한 대로 하세요."

이새가 생긋 웃었다. 하지만 다원은 표정을 풀지 않았다. 비에 푹 젖은 이새의 차림을 비웃듯, 다원의 한쪽 입술 끝이 올라갔다.

"선생님."

다원이 이새를 살피고 있을 때, 준서 방의 문이 열리고 준서가 밖으로 나왔다. 매사에 뚱한 준서의 표정이 밝게 변하는 것을 보며 다원의 입술 끝이 서서히 내려갔다.

"와아! 준서야, 잘 있었어? 헤어진 지 이틀밖에 안 됐는데 진짜진짜 준서 보고 싶었어!"

이새 또한 준서의 밝은 얼굴에 화답하듯 환호하며 준서에게 다가갔다. 지켜보는 다원조차도 그 활력을 짐작케 하는 반가운 인사였다. 집 안에서는 좀처럼 보기 힘든 광경이라 낯설게 느껴졌다.

저 선생, 어쩌면 엄청난 여우일 수도 있겠다.

다원은 눈을 가늘게 뜨고 그녀를 지켜보았다. 섣불리 말싸움을 붙이기보다는 한 번에 크게 창피를 주는 것이 더 낫겠다는 생각이 들었다.

이새가 젖은 옷을 갈아입으러 방으로 들어가 캐리어 문을 열었을 때, 노크 소리가 들렸고 이윽고 문이 열렸다. 다원이었다.

"바빠?"

"아뇨. 옷 좀 갈아입으려고요. 하실 말씀 있으세요?"

"아니, 방으로 쌩하니 들어가길래."

"준서한테는 옷 갈아입고 나온다고 얘기했는데. 못 들으셨구나. 죄송해요."

이새의 대답은 담백하기만 했다. 총알을 잔뜩 장전했건만 적군이 이토록 전의가 없으니 탕 쏘는 재미가 없다. 액션 치정극을 찍으러 와서 뽀미 언니를 만난 기분이다. 별다른 용건이 없이 텃세를 부리기 위해 방에 들어온 다원은 재빨리 도르르 눈을 굴렸다.

"어? 저거 컵라면이야?"

그리고 책잡을 만한 아이템을 발견해 내고야 말았다. 이새가 열어 둔 캐리어 안, 깊숙한 곳에 컵라면 몇 개가 숨겨져 있는 것이 보였다.

이새는 허둥지둥하며 캐리어 안을 뒤적거렸다. 숨어 있던 컵라면은 총 네개. 난감한 상황을 맞은 그녀가 더듬거리며 말했다.

"이게…… 제가 가져온 게 아니라, 엄마가 넣어 주셨나 봐요. 절대 여기서 먹는 일은 없을 거예요."

어떻게 할까? 지금 나무랄까, 더 확실하게 혼을 내 줄까. 잠시 갈등하던 다원이 생각을 끝내고 빙긋 웃었다.

"컵라면, 우리 준서도 좋아하는데."

"아, 그래요?"

"오빠 없을 때 내가 가끔 준 적 있었거든. 준서도 주면 좋아할 거야."

"정말 먹어도 될까요?"

"오빠 없을 땐 괜찮아. 배고플 때 요깃거리로 좋지. 컵라면이 4개야?"

"네. 엄마가 많이 넣어 주셨네요. 하하."

"그럼 나중에 출출하면 준서랑 나랑 같이 먹자. 내가 컵라면값 줄게."

"아뇨! 컵라면값은 괜찮아요! 같이 먹으면 저도 좋아요!"

"그래, 나중에 같이 먹자. 그럼 얼른 짐 정리하고, 오늘 준서 잘 부탁해."

다원은 새침하게 인사를 하고 이새의 방을 떠났다.

"생각보다 괜찮은 사람이잖아."

이새는 미옥이 했던 말을 떠올리며 어깨를 으쓱했다. 미옥은 지원과 다원을 비교하며, 다원에 비하면 지원이 진국이라는 말을 했었다.

"말투 때문에 그러셨나? 괜히 긴장했네."

이새는 편견을 가졌던 것을 반성하게 되었다.

지원은 오후 느지막이 보고를 끝내고 그룹 본사에서 회사로 돌아갔다. 운전을 하는 동안 왠지 계속 룸미러를 힐끗거리게 됐다. 지난 목요일, 준서와 함께 뒷좌석에 앉아 '정말 좋아요!'를 외치던 천진한 얼굴이 떠올랐다. 며칠째 이어지는 잔상이었다.

차에서 내린 그는 다원에게 전화를 걸었다. 다원이 여행 중일 때에도 전화 한 통 한 적 없었던 지원이었다.

-여보세요?

"오늘 약속은 없어?"

다짜고짜 전화했지만 뭐라 용건이 있었던 것은 아니었다. 지원은 뒤늦게 통화할 구실을 찾아야 했다.

-없는데. 왜?

"⋯⋯준서는 잘 있지?"

-그럭저럭. 선생이랑 놀지, 뭐.

기분 탓일까. '선생'이라고 말하는 다원의 음성이 왠지 좀 전의 톤과는 사뭇 달리 들렸다.

-바꿔 줄까?

"아냐. 됐어. 이따가 가서 보면 되지."

지원은 충동적으로 일정을 변경했다. 오늘 일이 많더라도 반드시 퇴근을 해야겠다고 생각했다.

-오늘 올 거야? 안 온다며.

"일이 일찍 끝나서. 이따 보자."

-언제 올 건데?

그를 반기는 것인지, 다원의 목소리가 갑자기 밝아졌다.

"지금 정리하고 출발하면 여덟 시엔 도착할 거야."

그는 짧게 대답하고 전화를 끊었다. 집으로 돌아가야겠다고 마음먹고 나니 쌓인 업무가 간단하게 느껴졌다. 회사로 올라간 지원은 중요한 일들만 마무리 짓고는 다시 주차장으로 돌아왔다.

저녁을 일찍 먹은 이새가 준서와 숫자놀이를 하고 있을 때, 공부방 문이 열리고 다원이 들어왔다.

"김 선생, 출출하지 않아? 요리사들도 다 퇴근해서 뭘 먹을 수가 없네."

"그러세요? 저는 저녁을 든든히 먹어서 괜찮아요."

"그래? 나는 저녁을 많이 못 먹었거든. 아까 준서도 밥 남겼던 것 같은데."

"준서 밥 남겼어? 에이, 그러면 안 되지."

이새가 준서에게 다정한 말로 주의를 주었다. 준서는 귀엽게 입을 샐쭉거렸다.

싱거운 말을 꺼낸 다원은 더 이상 볼일이 없는 듯 바로 돌아섰다. 그러다가 방문 앞 즈음에서 다시 뒤돌아보며 이새에게 물었다.

"아, 김 선생이 가져온 컵라면 먹어도 되나?"

"그게 있었네요! 그럼 그러실래요?"

"그렇게 하면 되겠다! 그럼, 배 주임 얼른 퇴근시키고 물 끓여서 다 같이 먹자."

다원이 싱긋 웃으며 말했다. 그 미소에 긴장을 홀딱 풀어 버리고 만 이새는 다원과 친해진 느낌에 행복해하며 컵라면을 챙겨서 주방으로 갔다.

오랜만에 컵라면을 먹게 된 준서가 신이 난 건 마찬가지였다.

"물 부어 놓고 2분 기다리면 돼요?"

"응. 이따가 고모 오시면 같이 먹자."

그런데 다원은 출출하다며 컵라면을 꺼내 오게 하고선 어딜 갔는지 보이지 않았다.

"준서야, 잠깐만 기다려. 고모 불러 오게."

이새는 다원을 불러오기 위해 움직였다. 다원은 2층의 계단 근처에 있었다. 바깥 날씨를 살피는 양 창가를 기웃거리는 것이 이상했다.

"컵라면 준비해 놨는데. 안 드세요?"

이새가 물었다.

"어? 어…… 나, 아까는 되게 배가 고팠는데 금방 허기가 달아났지 뭐야. 나는 안 먹을래. 두 사람이나 먹어."

다원은 미안하다는 듯 어색하게 웃어 보였다. 컵라면 포장도 다 뜯어 놓고 다원을 기다리던 이새는 마음이 씁쓸했지만, 큰 내색은 하지 않고 주방으로 돌아왔다.

"헉, 준서야!"

주방으로 돌아오니 준서가 전기 포트를 가져다가 컵라면 용기들에 끓는 물을 붓고 있었다.

"이런 건 선생님이 해 줄게. 끓는 물은 조심해야 돼. 위험하잖아."

이새가 컵라면에 물을 더 부어 보려고 보니, 이미 2개의 컵라면은 기준치에 딱 맞게 끓는 물이 담겨 있었다. 가르쳐 주지 않았는데도 제대로 한 것은 신통한 일이지만, 역시 준서를 주방에 혼자 둔 것은 큰 잘못이었다. 그녀는 속으로 크게 반성했다.

"얼른 의자에 앉아. 조금 기다렸다가 먹자."

이새는 준서를 앉히기 위해 저편의 의자를 끌어왔다. 그사이 준서는 컵라면을 자기 앞으로 더 끌어 갔다.

그렇게 두 사람이 다시 의자에 앉기 직전.

"어? 오빠! 웬일이야?"

"웬일은 무슨."

주방 밖에서 소리가 들렸다. 지원과 다원의 목소리였다.

'헉! 오늘은 못 온다고 했는데?'

깜짝 놀란 이새의 눈이 크게 뜨였다. 지원이 주방에서 두 사람을 발견한다면 큰일이었다.

그러나 정말 큰일은 이새가 조금도 예상하지 못한 방식으로 일어났다. 지원의 등장에 흠칫 놀란 준서가 뒤돌아보며 팔꿈치로 컵라면 용기를 툭 친 것이다. 그 힘에 의해 컵라면 용기가 식탁의 끄트머리로 위태롭게 밀려나 흔들렸다.

"안 돼!"

흔들리던 컵라면 용기가 준서에게 쏟아지려는 찰나! 벌떡 몸을 일으킨 이새가 준서를 저만치로 확 밀쳐 내면서 다른 한 손으로는 컵라면을 붙잡았다.

"아앗!"

하지만 라면의 추락까지 막지는 못했다. 먼저 밖으로 쏟아진 라면이 너무 뜨거웠던 것이다. 라면은 이새의 손을 거쳐 아래로 떨어졌다. 이새가 뒤늦게 움찔하며 제 손을 감쌌다. 이새 덕에 급하게 뒤로 물러난 준서가 엉덩방아를 찧음과 동시에 라면은 바닥으로 폭 엎어졌다.

"무슨 일이……."

곧, 주방에서 사건이 벌어지는 소리를 듣고 지원이 달려왔다. 그리고 그의 눈에 엉덩방아를 찧어 주방 저편에 주저앉은 조카와, 쏟아진 컵라면으로 바닥이 흥건해진 주방의 모습이 가득 담겼다.

"으아앙!"

이새에 의해 뒤로 밀쳐진 준서가 사고에 놀랐는지 뒤늦게 울음을 터뜨렸다.

"준서야…… 다쳤어? 어디 아픈지 말해 봐."

이새가 준서에게 다가가며 물었다. 왼손의 통증을 삼키느라 쓱쓱, 소리를 냈지만 지원의 귀에는 들리지 않았다.

"손 치워."

지원이 차갑게 말을 내뱉었다. 그 목소리에 놀란 이새가 허공으로 뻗었던 팔을 거두어들이고는 그를 보았다. 지원은 엉엉 우는 준서를 안아 올리고는 무시무시한 눈으로 이새를 내려다보았다. 찬 기운이 지원의 눈동자로부터 서서히 뻗어 나가고 있었다. 주변의 공기를 모두 냉각시켜 버리기라도 할 듯 매서운 표정이었다. 그 표정에 이새의 눈동자가 파르르 떨렸다.

지원은 이새의 반응에 조금의 자비도 없이 단호하게 말했다.

"나가."

음산하리만치 싸늘한 음성이었다. 이새가 통증 때문에 주춤하는 동안 지원은 준서를 안고 그녀를 떠났다.

잠시 후 소리에 깜짝 놀란 미옥이 퇴근하려다 말고 뛰어왔다. 뒤늦게 달려온 다원도 주방의 광경을 보며 경악스런 표정을 지었다.

"세상에! 주방이 이게 뭐야!"

다원은 마치 이 사건에 조금도 개입돼 있지 않은 양, 깜짝 놀랐다는 듯이 탄식했다.

"주방 좀 치워요."

주방을 벗어난 지원이 미옥에게 말하는 소리가 들렸다. 이새는 그 자리에 꼼짝없이 서서 눈물을 떨굴 수밖에 없었다.

한참을 울던 준서는 지원의 품에 안겨 서서히 안정을 되찾았다.

이새는 준서 방 앞에 서서 하릴없이 서성이다가 준서의 목소리가 잦아든 후에 방으로 돌아갔다. 손이 욱신거리면서도 경황이 없어 차마 살필 생각을 하지 못하고 있다가, 준서가 잠들고 나서야 겨우 상처 부위를 제대로 살폈다. 그녀의 손은 손바닥과 손목의 살갗이 벗겨져 흉측한 상태였다. 화상 부위는 크지 않았지만 흉터는 오래 남을 것 같았다.

'정말 아찔했어. 내가 다치길 다행이지.'

다행이라는 생각을 속으로 수십 번 하는데도 현실은 계속 참담한 기분이었다. 생각을 달리한다고 아픔까지 무뎌지는 게 아니었다. 한쪽에 놓아둔 짐 가방을 끌고 와 펼치는 데 시간이 오래 걸렸다. 천천히 짐을 챙기는 동안, 어쩔 수 없는 아픔과 함께 근심이 겹겹이 쌓였다.

그런데 왜 이런 날, 비까지 오는지. 비 오는 밤, 아픈 손, 갑작스런 해고. 모든 것이 그녀에겐 버거울 수밖에 없었다.

주방 청소를 끝낸 미옥은 퇴근 채비를 하고서도 저택을 나서지 못했다.

주방을 치우는 동안 잠시 거들었던 이새는 미옥이 상처에 대해 묻자마자 바로 손을 감추고 도망치듯 떠났다. 여러 사람에게 폐 끼치는 것을 싫어하는 그녀의 성격을 미옥은 잘 알고 있었다.

7년 전 같은 입원실을 쓰던 시절, 겨우 16살이었던 중학생 이새는 부모님의 신경이 온통 아픈 동생에게만 쏠려 있어도 투정 한번 없이 분위기 메이커가 되어 주던 아이였다. 간혹 몸이 좋지 않은 때에도 그녀가 아픔을 삼키고 웃었다는 것을 미옥은 알고 있었다. 희선 몰래 몸살약을 먹다가 미옥에게 들킨 적이 더러 있었던 것이다. 그런 그녀의 성정을 잘 알고 있는 미옥이

기에, 오늘의 상처도 걱정이 되었다.

미옥이 걱정스레 서성이는 동안, 샤워를 마친 지원이 옷을 갈아입고 거실로 나와 인사치레로 말했다.

"아, 아직 퇴근 못 하셨군요."

"네, 사장님. 그럼 퇴근하겠습니다."

"네. 늦게 가시게 했네요. 수고하셨습니다."

"……저, 그런데, 사장님."

미옥이 뜸을 들이다가 지원을 불렀다.

"제가 이런 말씀 드려도 될까 모르겠는데……. 새로 오신 김 선생님이요. 아까 라면 엎질렀을 때 다친 것 같더라고요."

미옥은 흘끔 지원의 얼굴을 살피며 조심스레 말했다.

"……준서 도련님은 안 다쳤지만, 준서 도련님 감싸느라고 상처를 좀 입은 것 같은데, 아무래도 병원에 가야 하지 않을까 해서요."

이윽고 지원의 미간에 굳게 주름이 잡히자 미옥은 바로 입을 닫았다.

"그럼 저는 이만……."

미옥은 꾸벅 인사하고 총총 떠났다. 홀로 남겨진 지원의 얼굴에 짙은 그늘이 졌다.

이새의 방 앞까지 천천히 걸어간 지원은 그 앞에서 걸음을 멈췄다.

아주 충동적으로, 혹시나 다원이 이새에게 텃세를 부릴까 하는 생각에 계획 없이 집으로 왔다. 왜 그렇게 그녀가 걱정됐는지, 왜 여동생인 다원보다 그녀의 생각을 먼저 한 것인지 알 수 없었다. 그녀는 이렇게 조금의 신뢰도 쌓을 생각이 없이 실망만 안겨 주는데 말이다.

지금도 그렇다. 준서를 다칠 뻔하게 만든 장본인이 뭐가 예쁘다고 이리 신경이 쓰이는지.

'아픈 내색도 하지 않는 걸 보면 그리 다친 것도 아닐 텐데.'

그래, 관심을 가지지 말자. 정을 떼는 게 옳을 것이다. 한참 생각하던 그는 노크를 하려고 들었던 손을 거뒀다. 그때, 여태 모습을 보이지 않던 다원이 계단 위로 올라와 대뜸 물었다.

"오빠, 거기서 뭐 해?"

아차! 다원의 갑작스런 등장에 흠칫 놀란 그가 노크도 없이 이새의 방문을 열어 버렸다! 마음의 준비 없이 맞이한 이새와의 대면은 이새에게보다 자신에게 더욱더 큰 충격이었다. 이새는 방바닥에 엉덩이를 붙이고 앉아 짐 가방에 차근히 제 짐을 넣고 있다가 동그란 눈으로 지원을 올려다보았다.

'지금 뭐 하는 거지?'

계속 제 물건을 챙기고 있는 그녀의 의심쩍은 행동에 지원은 좀 전에 했던 말이 떠올랐다. 자신이 그녀에게, 나가라고 했다. 그녀는 그의 모진 말대로, 이 밤에 나가려고 짐을 챙기는 것일 게다.

"오늘은……."

지원이 말을 제대로 잇지 못하고 머뭇댔다. 뒤에서 제 존재를 알리는 다원의 잔기침 소리가 들렸다.

"약속한 게 있으니 두 번째 경고이긴 하지만, 일주일 내에 나갈 준비하는 게 좋을 거예요."

결국, 힘주어 이어진 말은 그다지 상냥하지 않은 것이 되어 버렸다.

"그동안 뭘 더 보탤 생각 하지 말고, 없는 듯이. 애 교육 시킬 생각 같은 것도 다 접고, 그냥 본인을 가정교사가 아니라 책 리더기라고 생각하면서 동화책이나 읽어 줘요."

차분하게 내뱉는 자비 없는 말들이 그녀의 좁은 방 안에 유리 파편이 되어 흩어졌다. 그중 가장 날카로운 것들은 그녀의 가슴에 날아와 박혔다.

"……알겠습니다."

이새는 겨우 힘을 짜내어 대답했다. 그래도 이 비 오는 밤에 쫓겨나지 않은 걸 다행이라고 생각하기로 했다. 앞으로의 날들이 바늘방석이겠지만 오늘 밤 쫓겨나는 것보다는 뭐든 나았다.

더 이상 이새를 선생님 대접해 주지 않기로 작정한 지원은 독설을 쏟아 내고는 바로 뒤돌았다. 그런데, 걸음을 옮기려던 그의 발이 쇠사슬에 매인 것처럼 움직이질 않았다. 목에도 가시가 걸린 것만 같은 느낌이었다. '이게 아닌데' 하며 마음속의 누군가가 콕콕 찌르는 것 같았다. 그는 난생처음 느껴 보는 불쾌한 기분에 다시 뒤돌았다. 그리고 그의 눈에 벌게진 그녀의 한쪽 손이 클로즈업 되어 박혔다.

"다쳤어요?"

지원은 지금껏 모진 말로 그녀를 다그쳤던 것도 잊고 급하게 물었다. 이새는 창피한 듯 화상 입은 손을 감추며 얼굴을 반대편으로 돌렸다. 눈가에 눈물이 묻어나고 있었다.

지원의 속에서 알 수 없는 불이 일었다. 그 불은 그의 눈빛으로 이내 드러났다. 무릎을 접어 바닥에 앉은 그는 재빠르게 그녀의 팔을 쥐고 상처를 확인했다. 살갗이 벗겨진 그녀의 왼손을 확인한 그의 입에서 큰 탄식이 쏟아졌다.

"왜, 왜 이러세요! 아파요!"

팔목을 꽉 쥐어서 아프다는 말이었는데 그의 귀에는 그녀의 아프다는 말이 화상 입은 부위가 아프다는 말로 들렸다.

"어떻게 그런 것도 하나 못 피하고……."

그가 좀 전보다도 화가 난 목소리로 말끝을 흐리다가 여유 없이 물었다.

"다른 데는. 다른 데는 화상 입은 데 없어요?"

"……."

"대답 안 해요?"

권위적으로 느껴지는 그의 호통이 준서의 방으로 흘러들어 갈 것만 같이 컸다.

"없어요."

억울한 건지, 아픈 건지. 그녀의 목소리가 기어들어 갈 정도로 작은 것이 못내 못마땅한 그가 그녀의 팔을 붙잡고 일어났다.

"일어나요. 병원 가게."

"괜찮습니다. 별로 아프지도 않고……."

"지금 안 일어나면 세 번째 경고."

이새는 지원이 원망스러운 듯 흘겨보다가 일어났다.

"응급실 다녀올 테니까 혹시 준서 깨면 다시 좀 재워."

지원이 이새를 부축해 방을 나서며, 그 뒤에 멍청히 서 있는 다원에게 말했다. 그녀가 제대로 쫓겨나는 것을 구경하러 온 다원은 제 앞에서 벌어진 일에 입을 다물지 못하고 눈만 끔뻑거렸다.

부랴부랴 이새를 데리고 병원에 온 지원은 다시 한 번 난감한 문제에 부닥쳤다.

빠른 진료를 받기 위해 야간 진료를 하는 병원 중 가장 가까운 곳을 찾아 간 것인데 작은 병원임에도 환자가 넘쳤다. 다른 병원으로 이동하자니, 다른 병원의 상태 또한 알 수 없어 잠자코 차례를 기다리는데 어림잡아 이새보다 먼저 접수한 사람이 10명은 있지 싶었다.

환자가 넘치는 병원이었지만 로비는 작고 의자는 적었다. 이새는 병원 복도에 우두커니 서 있어야 했다. 접수를 하고 돌아온 지원이 이새에게 말했다.

"조금 오래 기다려야 할 것 같아요. 괜찮겠어요?"

"네, 괜찮아요."

이새는 작은 소리로 대답하고는 고개를 아래로 떨어뜨렸다. 거칠게 내뱉어지는 숨을 숨기며 팔을 감싸는 그녀가 지원의 눈에 애처로워 보였다. 조그렇게 앙당그린 그녀의 동그란 어깨가 포르르 흔들리는 것이 느껴졌다. 그녀는 떨고 있었다.

핏기 하나 없이 새파란 그녀의 입술이, 그녀의 상태가 얼마나 심각한지 대신 알려 주었다.

"많이 아파요?"

"아뇨. 아뇨."

지원의 놀란 얼굴에 되레 놀란 그녀가 아니라는 듯 도리질 쳤다.

"그냥 조금 쌀쌀해서요."

"추워요?"

병원에 들어오는 찬바람은 없었지만, 줄곧 비가 내린 날의 밤이라 실내의 기온도 내내 냉랭했다. 반팔 티셔츠만 입고 있어 벗어 줄 옷도 없었다. 지원은 다시 데스크로 돌아가 난방을 요구하고 돌아왔다.

"지금 히터 가동 중이라고 하니, 조금만 더 기다리면 나아질 거예요."

지원은 상황을 짤막하게 설명하고 그녀의 옆에 나란히 서서 그녀의 상태를 계속 살폈다. 하지만 그녀의 입술은 별 차도가 없었다. 봉변을 당하고 빗길을 헤쳐 온 충격으로 자체 체온 조절에 어려움을 겪고 있는 것이었다.

"많이 추워요?"

보다 못한 지원이 다시 물었다. 입술이 새파란 여자는 오들오들 떠느라 질문을 듣지 못한 건지 대답이 없었다.

"후우, 이 야밤에 사람이 왜 이렇게 많아……."

늘 VIP 진료만 받아 보았던 지원이었다. 야밤의 응급실 풍경이 어떤지, 보통의 진료를 받기 위해 얼마나 많은 사람들이 아픔을 참아 내며 순서를 기다려야 하는지 오늘 처음 알았다. 아프다는 말도 크게 못하고 젖은 눈으로 조용히 시간을 이겨 내는 그녀가 안타까웠다.

그냥, 안아 주고 싶을 정도로.

"가만히 있어요."

그녀의 앞으로, 한 발짝 성큼 다가온 지원이 그녀를 제 가슴 안으로 조심스럽게 끌어당겼다.

깜짝 놀란 이새가 어깨를 움츠렸다. 동시에 제 몸을 지원에게서 빼내기 위해 한쪽 팔에 힘을 주어 그를 밀었다. 그러나, 그가 쉽게 밀려날 리 없다.

"내가 좀, 열이 많은 편이에요. 오해하지 말고."

자칫 냉랭하게 들릴 법한 말인데, 그녀의 온몸을 휘감아 들려온 그의 목소리는 그지없이 나긋하기만 했다.

아, 내가 추울까 봐 그러는 거구나. 오해하면 안 되는 거구나.

어쩔 줄 몰라 하던 그녀가 지원의 마음을 깨닫고는 무의미한 몸부림을 멈추고 얼굴을 숨기듯 그의 품 안에 폭 파묻혀 버렸다.

그의 말대로, 그는 정말 열이 많은 사람이었다. 똑같이 얇은 티셔츠 하나씩 걸친 처지인데, 어쩜 이렇게나 다를까 싶었다. 체질이 원래 냉하고 손발이 찬 편인 이새에게 지원의 가슴은 전기난로 같았다. 그렇게 차디찬 말들을 서슴없이 뱉어 내는 사람이라 심장도 얼음으로 만들어진 줄 알았건만, 그의 품 안은 열심히 작동 중이라던 병원 히터보다 더 성능이 좋았다.

쿵쿵. 심장의 울림까지도 이토록 묵직하니 편안하게 느껴지는 사운드가 또 있을까 싶다.

'아…… 미쳤나 봐.'

다친 손의 언저리에서만 욱신욱신 뛰었던 심장이 다시 제자리로 돌아와 그녀를 흔들었다.

'아니야! 정신 차려! 이건 그린라이트 같은 게 아니야!'

그녀는 심장의 이상 행동을 들키지 않기 위해 '콜록, 콜록.' 하고 잔기침을 했다.

한편 지원도 그녀를 안고 있는 것이 힘에 부쳤다. 이 심각한 와중에, 그의 턱 아래로 포옥 들어가 버리는 적당한 키의 그녀가 왠지 사랑스럽게 여겨졌다. 게다가 언제부턴가 그의 안에 갇혀 있는 그녀가 교태라도 부리는 듯 몸을 배배 꼬는 것이 아닌가.

마음을 닫아걸고 싶은데 자신의 몸에서 열기가 생성되는 것이 느껴졌다. 천성적인 몸의 열이 아닌, 지금 막, 갓 태어난 따끈따끈한 기운이었다. 허리 아래로부터 시작된 이 혈기 왕성한 기운은 힘차게 펌프질하는 심장의 도움으로 온몸 구석구석 뜨끈한 피를 운반해 갔다. 아직 병원 안 공기가 습하고 차건만, 이제 그는 땀까지 날 만큼 더웠다.

여자가 이토록 아픈데 자신은 불끈불끈 이상한 기운이 솟는 걸 보면 그는 지금 미쳤거나, 지독히도 굶주렸거나…….

……그녀가 좋은 거였다.

"돌겠네……."

그가 혼잣말로 읊조렸다.

그의 가슴통을 통해 이새의 귀로 그의 말이 전해졌다. 잘못 들었나, 하는 생각에 의아해진 그녀가 물었다.

"네? 무슨 말씀 하셨어요?"

"꾸물거리지 않으면 안 돼요?"

"네!"

민망해진 그녀가 어깨를 더욱 웅크렸다.

"김이새 님. 입원 병동 당직 선생님이 응급처치 해 주실 거예요. 4층으로 가세요."

그때, 데스크에서 직원이 부르는 소리가 들렸다. 데스크 직원의 안내와 함께 지원의 팔이 떨어졌다. 그는 이때만을 기다렸다는 듯 이새를 가뿐하게 밀어내 버렸다. 그가 여태 달아오른 열을 식히며 몰래 한숨을 쉬고 있다는 것을 그녀는 몰랐다.

이새는 더 늦지 않게 적절한 치료를 받을 수 있었다. 소독하는 동안 이를 악물고 아픔을 참아 내는 이새가 안됐다는 생각이 들어 지원은 마음이 짠했다.

"왜 울어요, 뭘 잘했다고."

하지만 치료를 마친 후, 말은 예쁘게 나오지 못했다.

"죄송합니다."

그냥 농담조로 말한 건데 죄송할 것까지야. 지원은 고개를 픽 돌려 슬쩍 눈물을 닦는 그녀를 보기가 멋쩍어졌다.

"……나야말로 미안합니다."

한참을 머뭇대던 지원이 조용히 입을 열었다.

"다쳤는지 몰랐어요. 당황해서 준서만 확인하고 욱해 버렸어요."

이새는 한동안 멍한 표정으로 지원을 가만히 바라보았다. 준서 삼촌이 사과를 하다니! 오늘 보여 준 지원의 수많은 새로운 모습 중 지금이 단연 가장 충격적이었다. 나쁠 것 없는 충격이었지만.

아이스크림 숟가락 사건 때도 그는 그저 말실수한 것이라고 했을 뿐 미안하다는 말을 하지 않았다. 그런 그가. 자존심 덩어리, 냉혈한의 지존일 것만 같은 그가 미안하다는 말도 할 줄 아는 사람이었다니.

"이해해요. ……저라도 그랬을 거예요."

이새는 얼떨떨한 마음으로 사과를 받아들였다. 생전 처음 겪게 되는 일이라 사과를 받아들이고도 어색했다.

이 사람이 사과를, 이 사람이 사과를…….

결국 이새는 상황을 이겨 내지 못하고 웃음을 터뜨렸다. 꽉 다문 입술 사이로 웃음소리가 픕픕 비어져 나왔다.

"이 상황에서 웃음이 나와요?"

"그럼 또 아까처럼 울까요?"

지원은 못마땅한 듯 입술을 슬쩍 실룩였다. 하지만 그녀를 조롱하지도, 더 야단치지도 않았다.

"상처 남지 않게 치료 제대로 받아요."

오로지 그녀의 상처에 마음이 아픈 듯, 그는 내내 선량한 어조로 말했다.

"상처 다 나을 때까지 책임질 테니까. 여자들은 이런 데 상처가 남으면 안 되잖아요."

두근. 로비에서 그에게 안겨 있었던 동안 실컷 뛰었던 심장이 다시 제 일을 시작하려 했다. 이 사람이 하는 말에 하나하나 반응하면 안 되는데.

"검사할 겁니다. 알았어요?"

그의 목소리가 다시 단호해지지 않았다면, 이새는 아마 넋을 다 내놓아 버리고 말았을 것이다. 마음이 후련해진 기념으로, 이새가 물었다.

"그럼 상처 다 나을 때까지는 안 쫓겨나는 거예요? 나갈 준비 안 해도 돼요?"

"이 와중에 그게 궁금해요?"

지원의 반응은 심드렁했다. 하지만 역시 더 야단을 치지 않고 진심을 얘기했다.

"환자를 부릴 생각은 없어요. 가정교사는 따로 구할 겁니다. 원한다면 다나은 후에 다시 돌아오는 것을 고려하도록……."

"제가 계속할게요."

지원이 말을 다 마치기도 전에 이새가 바락 끼어들었다.

"불명예스럽게 그만두고 싶진 않아요. 오른손이 다친 것도 아니라, 생활에 불편함은 별로 없고요."

이새의 말을 들은 지원은 입을 굳게 닫았다. 그 모양이 그녀의 해고를 염

두에 두는 것처럼만 보여 이새는 매달리듯 그를 불렀다.

"네? 준서 삼촌니임."

"아, 진짜 그놈의 삼촌님 소리 좀!"

어찌나 '삼촌님'이 듣기 싫었는지, 지원이 버럭 소리쳤다. 이새가 흠칫 놀란 것은 말할 것도 없고, 입원실 안에 있던 사람들 몇몇이, 빼꼼 복도로 고개를 내밀어 두 사람을 바라보기도 했다. 한순간 목소리를 높여 버린 것이 자못 부끄러워진 지원이 못 이기겠다는 듯 말했다.

"마음대로 해요. 마음대로."

모두 불이 꺼져 있어 적막한 집 안.

지원과 이새는 다시 집으로 돌아왔다. 어느덧 밤 10시가 넘어 있었다.

"본인이 그렇게나 그만두고 싶지 않아 하니 아직 아무 조치도 하지 않았지만, 그쪽은 정기적으로 치료를 받아야 돼요."

"네에……."

"치료를 받는 동안 준서를 혼자 둘 수도 없고."

"제가 준서를 데리고 다니면 좀 그런가요?"

지원이 이새의 말이 얼토당토않다는 듯 노려보았다. 이새가 시무룩하니 있다가 의견을 구했다.

"그럼 시간제 프로그램을 알아 볼까요? 체육 선생님 정도면 괜찮지 싶어요. 실내 체육이더라도요."

"단시간 맡기기는 힘들어요. 준서가 낯선 사람을 싫어해요."

"안 싫어해요. 저한테는 바로 마음을 열었다고요."

"그건 김 선생이라 그랬던 거고. 김 선생은 선택된 여자니까요."

"네?"

"긴 생머리, 날씬한 체형, 안경 안 쓴 하얀 얼굴, 여성스러운 목소리."

그가 한껏 가늘어진 눈초리로 그녀의 외모에 대해 말했다. 그 조목조목 짚어 낸 외양의 묘사가 나쁘지는 않아서 이새는 조금 두근거렸다. 그러나.

"그 맘 때의 남자애들은 이렇게만 하고 있으면 다 예쁘다고 생각해요. 얼굴의 예쁨, 안 예쁨과 상관없이."

아, 역시. 겁나 재수 없어.

오늘 내내 쌓아 온 좋은 이미지를 이렇게 스스로 망가뜨리다니. 이것도 능력이라면 대단한 능력이다. 이새는 그의 비아냥에 지지 않겠다는 듯 비릿하게 웃어 보였다.

"칭찬 감사합니다."

"별말씀을."

이새는 지원이 얄미웠지만 더 다툴 마음은 먹지 않았다.

욕은 일기장에 쓰자. 면전에는 좋은 말만 하자.

두 사람은 어느덧 3층에 올라왔고 괜히 틱틱 쏘아대던 그의 말투는 다시 부드러워졌다.

"늦었네요. 오늘 밤은 상처가 좀 쓰리겠지만 내일이면 고통은 좀 덜해질 거예요."

"네. 고맙습니다."

병 주고 약 주는 말, 참 잘하지만 그래도 고마우니까, 고맙습니다.

"잘 자요."

그는 짧은 인사를 끝으로 그녀를 떠나 방으로 갔다. 그의 뒷모습을 바라보다가 방 안으로 들어간 이새는 작은 방을 한숨으로 가득 채울 듯이 긴 한숨을 내려놓았다. '잘 자요'라는 인사가 달콤하게 들렸다. 일기장 한가득 욕을 쓰려고 했는데 그럴 수 없게 되어 버렸다.

다음 날. 일어나자마자 잠자리를 정리하고 씻으러 들어간 이새는 처음으로 한 손으로 생활하는 것에 대한 불편함을 느꼈다. 보통 때보다 두 배는 오래 걸려 씻고 나온 이새는 마찬가지로 일찍 일어난 준서와 마주했다.

"준서 일어났어?"

하지만 이새의 밝은 인사에 준서는 고개를 휙 돌려 버렸다.

"준서야."

이새가 다시 준서를 불렀다. 준서는 뾰로퉁한 표정을 풀지 않았다.

"어제 선생님이 준서 밀어서 화났어?"

어제의 사건 이후 준서가 많이 울었다는 것을 알기에, 이새는 준서가 토라진 이유를 조심스레 추측하여 물었다.

"많이 아팠어?"

무릎을 굽히고 고개를 숙여 준서와 눈을 맞췄다. 기어이 준서가 작게 도리질 치고는 중얼대듯 말했다.

"선생님이 안 안아 줬잖아요."

"아아아. 준서야……."

준서의 대답에 이새는 어제 자신이 준서를 달래 주지 않았다는 사실을 깨달았다. 사실 달래 주지 못한 것이었지만, 일곱 살짜리 꼬마가 그런 사정들을 제대로 볼 수는 없었을 것이다. 뒤늦게나마 이새는 준서를 폭 끌어안아 토닥였다.

"미안해. 준서야, 미안. 그냥 준서가 화상 입지만 않으면 된다고 생각했었어. 그리고 라면이 엎어지는 바람에 선생님이 손을 다쳐서 경황이 없었나 봐."

이새의 진심이 전해진 건지, 준서는 금방 마음이 누그러지는 듯했다.

"……그럼 선생님이 나 대신 다쳐 준 거예요?"

이새에게서 몸을 떨어뜨려 얼굴을 보인 준서가 물었다.

"사실, 대신 다쳤다기보단, 선생님이 실수한 거야. 준서도 구하고 선생님도 안 다칠 수 있었는데 선생님이 민첩하게 피하질 못했어."

"아파요?"

"하나도 안 아파. 하나도."

"……."

"준서야, 우리 순발력을 키우자!"

시무룩하니 다시 표정이 어두워진 준서의 기운을 북돋아 주기 위해, 이새가 씩씩하게 말했다.

"카드 짝 찾기 놀이 할까? 늦게 찾는 사람이 뽕망치로 맞기!"

"애를 뽕망치로 때릴 생각을 해요?"

그런데 그 순간, 저편에서 지원이 다가왔다. 이른 아침에 셔츠에 넥타이까지 매고 나타난 그를 보며 이새는 저도 모르게 얇게 숨을 흘렸다. 비록 툭쏘아붙이는 말을 하며 다가왔지만, 그 번듯하고 듬직한 차림새는 어제 그가 체감하게 해 준 온기를 떠올리게 했다.

지원은 한쪽 눈을 찡그리며 이새를 흘깃 보다가 준서에게 말했다.

"준서. 일어났으면 씻어야지."

착한 준서가 투정 부리는 일 없이 뒤돌아 욕실로 갔다. 이윽고 거실에 두 사람만 남게 되자, 이새가 반가운 눈초리로 물었다.

"때리는 게 아니라 같이 노는 건데. 놀려고 사다놓은 뽕망치 아녜요?"

"아니에요."

"그럼요?"

"말 안 듣는 선생님 때리려고."

"아하하. 그게 뭐예요."

이새의 웃는 얼굴이 좋아 보여, 지원도 몰래 미소 지었다. 그녀의 웃음은 사람을 편안케 하는 마력이 있었다. 동시에 그는 가끔 그녀의 미소에 끌려가듯이 긴장할 때도 있었다. 지원의 눈에 그녀는 힐러와 마녀의 얼굴을 함께 가진 요상한 여자였다. 그녀가 작정하고 웃으면 자신은 어떻게 될까. 어제는 바보같이 그 생각을 하느라 밤이 길어졌다.

"손은 좀 어때요?"

그가 다시 찾아오는 잡생각을 쫓아내려 화제를 돌렸다.

"이제 통증은 전혀 없어요. 아물기만 하면 돼요."

"오늘 화상 전문 병원에 가서 제대로 진료 받아요."

"토요일에 가면 돼요. 걱정 마세요."

"말 안 들어요?"

그가 날카로워진 눈으로 정색을 하고 물었다. 지원이 나름 편하다고 생각하고 있던 이새가 긴장한 얼굴로 마른침을 꼴깍 삼켰다.

"준서는 동생에게 두 시간만 맡겨요. 병원은 내가 예약해 놓을 거예요. 제 시간에 가면 기다리지 않고 진료 받을 수 있어요."

"네. 고맙습니다!"

이새도 그의 배려에 화답하듯 밝게 말했다. 그녀의 미소가 설핏 지원에게로 번졌다. 결국 그렇게, 그녀는 지원을 무장해제시켜 버렸다.

"준서와 산책해도 돼요."

"……네?"

"물론 정원 깊은 쪽으로 가는 건 안 되고, 정원 앞 대리석 깔린 마당 쪽이라면."

어쩌면 어제부터 이 말을 하고 싶었는지도 모르겠다. 정확히 이유는 알 수 없지만 지원은 그녀에게 호의를 베푸는 것이 기분 좋았다.

"해 저물녘에 20분 정도는 허락할게요."

덥석! 그녀는 붕대를 감은 손과 오른손으로 그의 손을 덥석 잡아 끌어안듯 가슴께로 들어 올렸다.

"성은이 망극해요! 준서 삼촌은 정말 좋은 분이세요!"

초롱초롱, 밤새 정원 위에서 반짝이던 별을 모아 눈동자에 가둬 놓은 것처럼 그녀의 눈이 빛났다. 지원은 돌아서려던 것도 잊고 당황한 표정으로 주춤했다. 바로 이런 상황을 두고 하는 말이다. 그녀의 표정에 끌려가 버린다는 것은.

팽팽팽. 눈앞이 어지러워지며 세상의 사물이 사라지고 그녀 하나만 남게 되는 것 같은 느낌이다. 갓 세수를 한 건지, 하얀 얼굴은 더욱 깨끗하고 청초해 보인다. 얼굴은 청초한데 머리는 또 살포시 젖어 있고. 감격에 겨워 살짝 벌린 입술은 요염하기까지 하다.

청순 또는 섹시. 하나만 하면 됐지 아침부터 둘 다 하고 난리야, 왜.

두근두근. 그의 심장이 다시 어젯밤처럼 뜨겁게 반응했다. 그는 더 이상 넘어갈 수는 없다는 생각에 황급히 그녀의 손을 뿌리치며 단호하게 말했다.

"오버하지 말고."

상황을 벗어나려 바삐 그녀를 떠난 그의 등 뒤로, '안녕히 다녀오세요!' 하는 씩씩한 인사가 따라붙었다.

시간이 좀 더 흘러 아주 이른 퇴근 시간.

지원은 요즘 기록 경신 중이다. 퇴근 있는 삶을 산 지 어느덧 1주일이 넘었다. 무엇에 홀린 듯 신속하게 일과를 모두 처리한 지원은 6시도 되지 않아 회사를 나섰다. 불과 2주 전만 해도 출퇴근은 시간낭비요, 사치라고 생각했는데 요즘은 집으로 돌아가기 위해 근무 시간에 바짝 일하는 즐거움을 알아 가는 것 같았다.

빠르게 시내를 벗어나 마을에 도착했다. 일찍 출발한 덕에 교통체증 없이 집에 올 수 있었다. 차고에 차를 주차하고 정원을 가로질러 이유 없이 조급하게 걸어가는데, 집 앞에서 준서의 목소리가 들렸다. 그리고, 마치 그를 기다리기라도 한 것처럼 집 앞에 나와 있는 이새의 모습을 발견했다. 아침에 집을 나선 순간부터 그의 심장을 뻐근하게 죄여 오던 사슬에서 드디어 풀려

나는 기분이었다.

"와아! 퇴근하셨어요?"

이새가 준서와 함께 손을 잡고 달려와 인사했다.

이 여자가 날 좋아할 리 없겠지만, 이 반가워하는 마음만큼은 진심이라 생각해도 될까.

지원이 욕심나는 마음을 누르고 차분한 목소리로 물었다.

"병원은 잘 다녀왔어요?"

"네. 차까지 보내 주셔서 감사합니다. 덕분에 좋아지고 있어요."

그리고 걱정되었던 문제에 대해서도 물었다.

"제 동생하고는 별일 없었죠?"

"준서 고모하고는 아침에 인사 나눈 게 다예요. 할아버지 댁에 간다고 했는데 아직 안 오셨네요."

"병원 갈 때도 준서 안 봐 줬어요?"

"준서는 배 주임님이 봐 주셨어요."

후우, 다행이라는 생각이 들었다. 다원이 준서를 봐 주지 않은 건 혼날 일이지만, 이새를 괴롭히지도 않았으니 어쩌면 더 나은 결과일지도 모르겠다. 옅게 숨을 고르는 지원에게, 이새가 물었다.

"준서 삼촌도 같이 운동하실래요?"

"됐습니다."

그는 칼같이 끊어 내고 관심 없는 척 집 안으로 들어갔다. 그가 얼른 옷을 갈아입고 다시 나올 생각이라는 것을 알 리 없는 이새는 준서를 바라보며 어깨를 으쓱하고 웃었다.

침실로 올라가 편한 옷으로 갈아입고 창문을 연 지원은 창밖의 풍경을 확인하고 즐거이 미소 지었다. 이새와 준서가 별 놀잇감도 없이 즐겁게 웃으며 마당에서 노는 것이 보기 좋았다. 긴 머리칼이 그녀를 따라가며 허공에 선을 그렸다. 그녀가 지나가는 자리마다 그림이 그려지는 것 같다.

창문을 닫은 그는 밖으로 나가고자 안방을 떠났다. 3층 거실을 지나 계단을 내려가려 몸을 트는데, 이새의 전용 화장실과 이새 방의 사이에 양말 한 짝이 떨어져 있는 것이 보였다. 만화 캐릭터가 그려져 있는 것과, 크기를 보아하니 이새의 것이었다. 지원은 쯧, 하고 혀를 찼으나 금방 생각을 바꿨다.

한 손으로 직접 빨래를 하려면 힘들 것이다. 손빨래는 말할 것도 없고, 세탁기를 돌리기도 버거울 수가 있다.

이새를 불쌍히 여긴 그는 이새 방에 양말을 갖다 놓기로 했다. 이새 방의 문을 여니, 방구석의 작은 빨래건조대에 빨래가 널려 있는 것이 보였다. 그는 양말을 건조대에 널어 주고는 바로 뒤돌았다. 그리고 밖으로 나가려는데 그녀의 침대 머리맡 베개 밑, 펼쳐져 있는 노트가 빼꼼 보였다. 며칠 전에 보았던 그 일기장이었다.

지원은 일기장을 알아보자마자 이를 갈았다.

저 안에는 나를 향한 저주가 있다. 아마 '평생 외롭게 늙어 버릴 것'이라고 했었지?

그 저주가 시작이었던 것 같기도 하다. 자신을 미워하는 사람을 마음에 들어 하게 된 얄궂은 운명의 저주. 이 일기장을 보지 않았다면 그녀를 지금만큼 신경 쓰게 됐을까. 그리 생각하니 더욱 괴로웠다.

그녀가 자신을 싫어하는 감정이, 좋아하는 감정으로까지는 아니더라도, 적어도 괜찮은 정도만이라도 되려면 얼마나 시간이 흘러야 할까.

괜스레 조급해지는 마음이 그의 손끝을 다시 일기장으로 불러들였다. 심장이 말도 못 하게 급히 뛰었지만, 손을 멈출 수가 없었다. 그녀의 마음을 볼 수 있다는 것, 그것은 단 한 번의 과거 경험으로 그를 중독시켜 버렸다.

그는 저주의 일기장에 단단히 홀린 사람처럼, 펼쳐진 페이지의 글자들을 따라 부지런히 눈을 굴렸다. 그리고, 글의 중간 즈음까지 읽어 내려가던 그의 입에서는 긴, 긴 탄성이 터져 나왔다.

혁아…….
그 사람은 가끔, 걸어 다니는 조각처럼 느껴질 때가 있어.
나도 모르게 넋 놓고 바라보다가 들킨 적도 있고.
하지만 그냥 비주얼이 훌륭할 뿐이지 거기에 내내 휘둘리지는 않아.
난 내 명분을 잘 알고 있어.
나는 준서의 선생님이니까.
흔들리면 안 되고 이상한 마음을 품어서도 안 돼.
그런데, 오늘은…….
'가만히 있어요.'
이 말에 뚝뚝히 따뜻했지만, 심장이 제자리에 있지 못하는 기분이었어.
내 몸에 닿은 그 사람은 크고, 넓고, 뜨겁고…….
그 조용한 힘이 얼마나 강력한지.
그 사람은 나를 가볍게 안았는데,
그냥 가볍게 안고 있었는데 나는 포박돼 있는 것만 같았어.
이러면 안 된다 싶을 만큼 위험한 기분이 들어..
무서워. 좋아하게 될까 봐.

진솔한 글을 찬찬히 모두 읽어 버린 그의 눈 끝이 부드럽게 휘었다. 입술 끝도 위로 올라간 채로 내려가지질 않았다.
"재미있는 여자네……."
그는 읽었던 글을 다시 훑어 내리며 조용히 읊조렸다.

4. 일찍 돌아온 이유

며칠 사이에, 그에 대한 평가는 완전히 달라져 있었다.

걸어 다니는 조각. 훌륭한 비주얼.

지원은 이새의 일기장 속 표현이 재미났다. 철없던 시절에야 얼굴 잘난 맛에 살았지만 이젠 이런 말들에 흔들리는 일은 없는데.

그저, 그냥, 순수하게, 그녀의 표현이 재미있었다. 이것이 그녀의 마음속에 있는 진심이라고 생각하니 더욱더 그랬다.

이새의 일기장 마지막 페이지를 외울 듯이 꼼꼼히 읽은 지원은 시간이 꽤 지난 것을 깨닫고 일기장을 다시 원래대로 베개 아래 잘 숨긴 후 서둘러 그녀의 방에서 나왔다.

쿵쿵쿵쿵쿵쿵. 꽤나 완전 범죄였는데 여전히 가슴은 세차게 뛰었다. 긴장 감에 설렘이 더해져 거의 폭발할 지경이었다.

흥분한 가슴으로 서둘러 1층으로 내려갔다. 이새의 얼굴을 빨리 보고 싶었다. 정원 산책도 하고 얘기도 하고. 원한다면 천도복숭아도 하나 따 줄 것이다. 그렇게 행복한 생각을 하며 바삐 내려왔는데, 이새와 준서가 나란히 들어오는 것이 보였다. 에너지 가득하던 지원의 발걸음이 뚝 멈췄다.

"야외 활동은 끝난 겁니까?"

"네. 딱 20분 했어요."

좀 더 오래 해도 되는데. 지금 발을 돌려서 같이 나가도 되는데.

이새의 천진하게 맑은 목소리는 지원의 가슴을 콩콩 때리는 것 같았다.

"덕분에 나가서 시원한 바람 쐬었어요. 허락해 주셔서 감사해요."

지원의 표정이 미묘하게 달라지고 있는 것도 알지 못한 채, 이새는 방긋방긋 웃기만 했다.

"내가 있으니 다시……."

지원은 아쉬운 마음에, 다시 나가서 정원 안쪽으로 가 보자는 얘기를 하기 위해 입을 열었다. 하지만 이내 현관문이 열리고 또각또각 구두 소리가 울렸다. 모습을 드러낸 사람은 다원이었다.

"오셨어요?"

이새는 예의 있게 꾸벅 인사하고는 준서에게 말했다.

"준서도 인사해야지."

"안녕하세요."

"'안녕하세요'라니. 이렇게 인사하라고 가르쳤어요?"

다원이 가시가 가득한 목소리로 물었다.

"안다원."

지원이 굵직하게 다원을 불렀다. 다소 예의 없는 다원의 말투가 거슬렸다. 하지만 이새의 반응이 더 빨랐다. 이새는 조금도 구김살 없이 준서에게 다정하게 말했다.

"준서야. 이럴 땐, 고모, 다녀오셨어요, 이렇게 하면 돼."

"고모, 다녀오셨어요."

준서가 이새의 말을 듣고 공손하게 인사했다. 다원은 그 인사조차 마음에 들지 않는다는 듯 이새를 흘겨보다가 고개를 돌렸다.

일찍 퇴근했으나 이새와 조금도 대화를 나눌 틈 없이 날이 어두워졌다. 준서, 다원과 저녁 식사를 하고 3층으로 올라온 지원은 따로 식사를 한 후 양치질을 하고 나오는 이새에게 말 한마디 붙이지 못했다. 뒤에서 다원이 악착같이 지켜보고 있었던 것이다. 자신이 그녀를 챙겨 주는 티를 낸다면 다원은 더 눈에 불을 켜고 이새를 압박할 것이다. 그 생각을 하니 이새에게 함부로 가까이 갈 수도 없었다.

그렇다고 손 놓고 가만히 있을 수도 없었다. 한참을 골똘히 고민하던 지원은 일단 부딪쳐 보자는 생각으로 방을 나섰다. 다원에게 다시 한 번 주의를 주든, 이새에게 당부를 하든 무언가를 하긴 해야 할 것 같았다.

밤 9시가 막 넘은 시각이었다. 준서가 잠들 즈음이니 준서의 방으로 가면 이새를 만날 수 있을 것이다. 지원은 혹시나 멀리서 자신의 인기척을 듣고 다원이 쫓아올 수도 있겠단 생각에 발소리를 죽여 걸었다. 그렇게 준서 방 앞에 섰을 때, 소리가 들렸다. 준서의 방이 아니라 이새의 방이었다.

"김 선생이 오빠한테 눈치 줬지? 컵라면 내가 먹게 한 거라고."

목소리의 주인은 이새가 아니었다. 다원이 지원보다 한발 먼저 움직인 것이었다. 다원의 목소리에 반응한 지원이 이새의 방으로 급히 발을 옮겼다. 다원이 이새에게 허튼소리를 하는 것을 막아야 했다. 지원이 다급하게 이새의 방문 쪽으로 다가서는 순간에도 안에서는 말소리가 계속 들렸다.

"아뇨. 얘기 안 했어요."

"얘기는 안 했어도 은근슬쩍 말 흘린 거 아니야? 내가 김 선생 혼나게 하려고 컵라면 일부러 먹게 했다는 식으로."

"어떤 말씀을 들으셨는지 모르겠는데 저는 얘기 안 했어요."

다원의 무례한 질문에도 이새는 기죽지 않고 또랑또랑 낭랑한 목소리를 내고 있었다.

"고모님이 마치, 오빠가 언제 오는지 살펴보려는 사람처럼 계속 창밖을 보면서 있었지만 그 문제에 대해선 조금도 얘기 꺼내지 않았어요. 고모님한테까지 피해 가지 않도록 하려고요. 어쨌든 제가 잘못한 일이니까요. 준서한테 컵라면을 먹게 한 제 잘못이라고 생각해요. 그리고, 사실 저는 다쳤지만 준서는 다치지 않아서 천만다행이라고도 생각하고 있어요."

그 목소리를 따라 손을 멈추게 된 지원도 가만히 숨을 죽이고 그녀의 말에 귀를 기울이게 되었다.

"제가 여기 있는 한, 앞으로도 계속 그럴 거예요. 준서가 절대 다치지 않게, 준서의 안전을 최우선으로 여기면서 가정교사로 있을 거예요."

이새의 진솔한 목소리는 강단 있었다. 그녀가 하는 말 한마디, 한마디 그대로 지원의 가슴에도 의미 있게 콕콕 박혔다.

"하지만 고모님이 제 힘을 넘어서는 강압적인 행위로 준서의 안전을 위협한다면 저도 가만히 있을 수는 없어요."

"뭐어? 어머! 미쳤나 봐! 대체 무슨 소리를 하는 거야?"

한참 아무 말도 못 하고 있던 다원의 목소리가 들렸다. 다원은 말도 안 되는 얘기를 들었다는 듯 흥분하여 소리를 높였다.

"말 그대로예요. 고모님이 강행한 일에 준서가 다쳐서는 안 된다는 말이에요. 그렇게 된다면 제가 해고되는 한이 있더라도 준서에게서 고모님을 격리 조치할 수 있도록 힘쓸 거예요. 그걸 바라지는 않으시죠?"

"허! 기가 막혀서!"

"준서 깨지 않게 조용히!"

그 위협적으로 카랑카랑한 목소리에, 이새가 주의를 주듯 조용하고도 따끔하게 말했다. 밖에서 잠자코 듣고 있던 지원의 얼굴에 서서히 미소가 피어올랐다. 그가 걱정했던 것과는 다른 상황이었다. 오히려 이새가 다원을

122

압박하고 다원이 일방적으로 당하고 있는 것처럼 들렸다.

'역시, 깡이 있어.'

얼마 전 그에게 당돌하게 경고를 까부숴 달라고 요구하던 그 배짱 그대로였다.

실제 이새 방의 진풍경.

다원은 당장이라도 물어뜯을 듯이 사나운 눈빛으로 이새를 보며 이를 갈았다. 그러나 이새는 전혀 위협적으로 느껴질 수가 없는 선한 눈으로 다원과 맞섰다. 그녀는 이제 아예 대놓고 미소를 지었다.

"저는 고모님하고 잘 지내고 싶어요. 준서도 그렇게 되길 원할 거고요."

이새의 훈훈한 마무리에 더욱 넋이 달아난 다원이 눈물이 찔끔 맺힌 눈을 해 가지고는 악에 받친 목소리로 말했다.

"인사할 때 허리는 굽히지 말라고 가르쳐! 굽실거리는 것만큼 꼴 보기 싫은 거 없으니까. 우리는 김 선생이랑 다르다는 거 숙지하라고!"

"네, 주의할게요."

"그리고 혹시나 하는 노파심에 얘기하는 거야. 김 선생 이전에 가정교사로 있었던 많은 선생들이 그랬으니까."

"네, 말씀하세요."

"혹시 우리 오빠한테 감히 흑심이라도 품고 있다면, 그냥 나가는 게 나을 거야."

"절대 그럴 리는 없을 거예요. 그 점은 걱정 마세요."

이새가 조금의 쉼도 없이 곧장 말했다. 이는, 집안에 분란을 일으키지 않는 것이 가정교사로서의 기본이라는 사실을 잘 알고 있는 그녀의 각오이기도 했다. 솔직히 어제는 조금 흔들렸지만, 그녀는 자신 있었다. 아니, 자신이 없더라도 필사적으로 사심을 없애야 했다.

"만에 하나, 정말 만에 하나라도 그렇게 된다면, 제가 스스로 나갈 거예요. 그건 준서 가정교사로서의 도리가 아니니까요."

"그래. 그 말 지켜."

다원은 그녀를 조금 더 노려보다가 자리를 떠났다. 활짝 열렸던 문이 쾅 닫혔다. 혼자가 된 이새도 곧 방에서 나갔다. 문 닫히는 소리에 혹여나 준서가 잠에서 깼을까 걱정되어서였다. 그 방문의 옆에서 지원이 필사적으로 숨을 죽이고 있다가 다시 제 방으로 건너갔다는 사실은, 이새도 다원도 알지 못했다.

다행히 준서는 깊은 잠에 빠져 있었고 소란스러운 소리에 깨지 않았다. 준서의 방에서 한동안 준서를 물끄러미 바라보던 이새는 한참 뒤에 밖으로 나왔다. 다원의 앞에서는 당차게 말했지만, 사실 어깨가 뻣뻣해질 만큼 내내 긴장하고 있었다. 다원이 지원의 얘기를 꺼냈을 때는 더욱 그랬다. 다원의 지적에 이새는, 다원이 자신의 마음을 읽어 내기라도 한 걸까 싶을 정도로 뜨끔했다.

"이러다가 거짓말쟁이 되는 거 아냐?"

이새는 슬픈 상념에 젖었다가 거실 바닥에 털썩 누워 버렸다.

언젠가 이런 식으로 마음을 다스릴 수도 없을 만큼 가슴이 아파지는 일이 생기면 어떡하지.

이새는 스산한 마음으로 지그시 눈을 감았다.

시간이 얼마나 지났으려나.

"뭐 해요, 여기서."

가까이에서 자신을 부르는 낮은 음성에 이새는 작게 소스라치며 벌떡 일어났다. 지원이 자신의 눈을 지그시 바라보고 있었다.

"볼 안 꼬집었어요. 이번엔 생사람 잡지 맙시다."

그녀의 반응에 억울해진 지원이 말을 이었다.

"자꾸 거실에서 자길래 한마디 한 거예요."

그녀가 떨리는 음성으로 물었다.

"그래서…… 경고 주시려고요?"

이런 걸 가지고 경고라니. 날 대체 어떤 사람이라고 생각하고 있는 거야?

"안 해요, 그런 거."

"그런 거 안 한다고요?"

"안 해요."

"앞으로도 안 하실 거예요, 경고?"

"앞으로도 계속 안 하겠다는 건 아니지만, 사고 일으키지 않고 말 잘 들으면 생각해 보죠."

여태 잠결이었던 이새의 표정은 평소보다도 더욱 순박했다. 멍하니 뜬 눈이 귀여워 지원의 표정도 금방 부드러워졌다.

"거실에서 큰대자로 잔다고 해서 경고를 할 생각은 없단 거예요. 다만 잠은 방에서 잡시다."

"저 잔 거 아니에요."

정신을 차린 이새가 무의미하고도 구차한 변명을 시작했다.

"요가 한 거예요, 요가. '사바사나' 자세요."

"사바…… 뭐라고요?"

"'사바사나' 자세요. 다리를 이렇게 어깨너비로 펴서 발꿈치를 안쪽으로 하고 두 팔은 편안히 늘어뜨리고 송장처럼 누워 있는 자세예요. 이렇게 하고 무념무상으로 가만히 누워 있으면 그날의 피로가 확 풀리는 것 같거든요. 준서 삼촌도 나중에 해 보세요."

이새는 요가 동작을 시전하며 다시 거실에 털썩 누웠다.

"제 방은 침대도 1인용이고 바닥 공간도 좁아서 이 요가는 거실에서 해야 해요."

그녀의 얼토당토않은 설명을 듣고 있자니 지원은 웃음이 났다.

아직 잠이 덜 깼니? 누가 변명하라고 했니.

하지만 거실에 털썩 누워 눈까지 감은 이새는 자못 진지했다.

그래. 속아 준다. 지원은 웃음을 숨기며 기분 좋게 물었다.

"그렇게 피곤했어요?"

"피곤해질 만한 시간이잖아요."

"혹시 다원이가 또 뭐라고 했어요?"

그리고, 질문을 던진 김에 생각나는 사건 하나를 이어 버렸다.

"아뇨."

이새는 몸을 차분히 일으키며 담백하게 대답했다. 역시 이 여자는 다원의 텃세를 혼자 극복해 볼 심산인가 보다.

"그럼 준서가 말을 안 들어요?"

"준서는 착하고 사랑스러워요. 가끔 귀신 얘기 하는 것만 빼면 지극히 평범하고 귀여운 일곱 살 꼬마예요."

이새의 얼굴에는 그녀의 진심 어린 마음이 그대로 드러났다. 이번 가정교사는 정말 잘 만난 것 같다. 한참 지그시 그녀를 바라보던 지원은 결심한 듯 몸을 일으켰다.

"따라와요."

"네?"

"해 주고 싶은 얘기가 있어서. 여기선 못 해요."

이새가 천천히 자리에서 일어나는 것을 확인한 후, 지원은 몸을 돌려 먼저 떠났다. 그가 향하는 곳은 거실의 맨 왼쪽 통로, 그의 생활 공간이었다. 그는 그 통로의 가장 깊숙한 곳에 있는 방 쪽으로 저벅저벅 걸어갔다.

그를 따라가던 그녀의 발이 이내 느려졌다. 훤한 낮이라면 주저 없이 그를 따라갔을 것이다. 그녀는 준서만큼이나 호기심이 많은 사람이었다.

하지만, 그만큼 저 크고 듬직하고 탄탄하게만 느껴지는 그의 뒷모습을 따라갔다가 돌아오지 못하게 될 수도 있을 것 같은 이상한 두려움이 일었다. 그가 다시 뒤를 돌아 그녀를 향하게 되는 순간, 크고 듬직하고 탄탄하게만 느껴지던 그 어깨로 무시무시하게 달려들어 확 덮쳐 버리지는 않을까. 어쨌든 그도 남자니까.

어제는 그녀를 따뜻하게 안아 주고 제 체온을 나눠 주던 그 넓은 가슴이 자신을 내리누를 수도 있겠다는 아찔한 예감에 입이 바싹 말라갔다. 결국 그녀는 발을 멈췄다.

"전 못 가요."

그가 뒤돌아 그녀를 흘깃 보았다. 아쉬워하는 건지, 그녀를 비웃는 건지 알 수 없는 눈빛이었다.

"며칠 전, 이 안까지 날 따라오던 패기는 다 어디 간 거예요?"

그가 자신이 그녀의 뺨을 쥐었던 날을 얘기하며 그녀를 자극시켰다. 하지만 진지하고도 편안한 목소리. 어쩐지 그를 믿을 수 있게끔 만드는 음성이었다.

'눈 딱 감고, 한번 가 볼까?'

미지의 세계에 대한 탐험 욕구가 그녀의 안에서 꿈틀거렸다.

위험한 순간엔 소리를 지르자. 나는 목소리가 크니까.

긴장한 마음을 용기로 다스리며, 그녀는 주먹을 불끈 쥐었다. 곧, 그를 따라가는 그녀의 발걸음에 전쟁터로 향하는 듯 힘이 실렸다.

이윽고 통로의 가장 안쪽 문 앞에 선 그는 웬일로 신사인 척, 문을 열어 그녀를 먼저 들여보내 주었다. 방이 품고 있던 갑작스런 빛에 이새는 눈을 질끈 감으며 안으로 들어갔다. 그리고 금방 다시 눈을 뜬 이새는 방이 압도하는 분위기에 탄성이 나오려는 것을 급히 삼켰다.

그녀 방의 대여섯 배는 되어 보이는 공간. 모던하면서도 고급스러운 하얀

색 장롱, 작은 원형 테이블과 1인용 소파, 지금까지 본 오디오 중에 가장 규모가 커 보이는 오디오 기기와, 화이트 톤의 방에 묘하게 어울리는 오래된 스피커, 큰 방 한쪽 벽면의 반 이상을 차지하는 음반 진열대, 또 다른 한쪽 벽 전체를 차지하고 있는 큰 유리창…….

하지만 그 모든 것들을 제외하고 그녀를 가장 긴장케 한 것은 그녀 방에 있는 것의 세 배는 되어 보이는 킹 오브 킹 사이즈의 침대였다.

"여기가……."

마른침을 삼킨 이새는 힘없이 입을 열었다가 말끝을 맺지 못하고 길게 끌었다. 지원의 음성이 그녀의 목소리 위에 차분히 얹혀졌다.

"내 침실."

철컥. 그는 대답과 동시에 주저 없이 문을 잠갔다. 문이 잠기는 소리가 그의 목소리만큼이나 묵직하게 들렸다.

"왜, 왜, 왜 문을 잠가요?"

지원의 행동에 간담이 서늘해진 이새가 더듬거리며 물었다.

"여기서 우리 둘이 있는 걸 누군가 알게 되면 김 선생이 좋을 게 없을 것 같아서인데. 그냥 열어 둬요?"

"아뇨. 아뇨!"

겁에 질려 있는 큰 눈을 해서는 미지의 공간에 발을 디디는 고대 유물학자라도 되는 양 심지를 다지는 표정이 재미있어, 지원은 그녀를 조금만 놀려 줄까 하다가 마음을 바꿨다.

"아무 데나 앉아요."

"소…… 파에 앉을게요."

이새는 어슬렁어슬렁 걸어가 소파에 착석했다.

잠시 후 지원은 음반 진열대에서 무언가를 꺼내 다가와 이새의 앞에 내려놓았다. 두께감이 있는 종이였다. 이 스케치북 사이즈의 종이에는 흰색

호랑이와 세모꼴의 푸른색 건물이 그려져 있었다. 선이나 형태로 보아 준서가 그린 것이 거의 확실해 보였지만, 7살 아이가 그렸다고 생각하기는 힘들 만큼 세세하게 표현된 그림이었다.

"준서가 그린 그림이죠?"

"준서가 네 살 때 그린 그림이죠."

다시 진열대로 간 지원이 또 다른 무언가를 찾으며 대답했다.

"네에? 네 살 때라고요? 놀랍네요! 역시 준서는 그림에 재능이 있어요!"

지원의 대답에 깜짝 놀란 이새가 흥분한 목소리로 말했다. 이새에게로 돌아온 지원이 테이블 위에 추가로 찾은 사진 한 장을 마저 올려놓았다. 사진에는 준서의 그림과 똑같은 포즈로 앉아 있는 백호 동상과 푸른색 건물이 담겨 있었다.

"이걸 본 날 밤에, 어떤 시각 자료도, 누구의 도움도 없이 그린 그림이에요."

"놀랍네요……."

"그림에 재능도 있지만, 여러 방면에서 똘똘하고 똑똑한 아이예요."

이새가 조용히 고개를 끄덕였다.

"그런데 그런 능력이, 형과 형수가 죽은 후로 사라져 버렸어요. 성장하기를 거부하는 것처럼 배우길 싫어하죠. 한글도 다 깨치지 못했고."

"저도 한글은 초등학교 때 깨쳤어요."

"그게 자랑입니까?"

"부끄러울 것도 없죠. 배움은 늦었지만 잘못 배운 것도 없다고요."

맞는 말이긴 하다. 그녀의 화술은 보통이 아니니.

"아무튼 준서의 스펀지 같은 학습 능력은 그 사고 이후로 다 사라졌어요."

"그 사고라면……."

"형과 형수를 죽게 한 그 교통사고에서 준서만 살아남은 거죠."

"……."

"처음 1년은 학습을 배제하고 치료에만 집중했어요. 거의 극복했다는 진단을 받고 정신과 치료는 멈췄어요."

정신과 치료를 받는 4살 아이. 생각만 해도 가슴이 미어지는 것 같았다. 이새의 눈에 어쩔 수 없는 이슬이 고였다.

"하지만 여전히, 배우는 건 싫어해요."

지원이 나지막이 한숨을 섞어 말했다. 이새는 지원의 얼굴을 응시했다. 그는 무표정이었지만 준서가 그린 그림을 지그시 바라보는 그의 눈빛에는 따스함이 가득 묻어났다.

"걱정 마세요."

그의 숨겨진 슬픔을 달래려는 듯, 이새는 빙긋 미소 지었다.

"준서는 호기심이 왕성해요. 어른들이 가르치고자 하는 것에 관심이 없는 거지, 지적 욕구가 없는 건 아니에요. 글을 모르고, 덧셈 뺄셈을 모르고…… 그런 건 아직 걱정할 게 아니에요. 전혀요. 지금 준서의 눈에, 글과 숫자보다 더 재미난 게 많아서 그런 거니까요. 글 읽기에 재미만 붙이면 준서는 어느 날 갑자기 산 하나를 홀딱 넘어 버릴 거예요."

이새가 신뢰감 있는 목소리로 차분히 말했다. 그녀를 바라보는 지원의 눈가가 뜨거워졌다. 이새의 나긋하면서도 확신에 찬 음성을 듣고 있자니, 자신이야말로 그녀에게 홀딱 넘어가 버릴 것만 같았다. 그녀는 강단 있는 말재주꾼이고 또한 탁월한 상담사였다.

조용하게 깊은 파동을 만드는 여자. 이런 카리스마를 가진 여자는 한 번도 본 적이 없었다.

"하지만 준서가 끌어안고 있는 상처들은 많이 걱정되네요."

지원이 그녀의 깊이를 헤아리는 동안 이새의 표정이 바뀌었다. 내내 머물러 있을 것 같던 미소가 거두어졌다.

"……가장 가까운 사람을 잃는다는 건, 쉽게 극복할 수 있는 문제가 아니거든요. ……1년 365일을 치료받아도 의미 없게 느껴질 수가 있어요."

그녀는 한마디도 쉽게 할 수는 없다는 듯 천천히 입을 닫았다. 그 후에 찾아온 기나긴 정적을, 그녀는 그대로 내버려두고 정면에서 비껴 선 허공 어딘가로 시선을 떨어뜨렸다. 내내 발랄하기만 하던 그녀의 표정이 바뀌자, 지원은 의아해졌다. 그녀가 먹먹하게 바라보는 빈 공간 어딘가에 긴 말줄임표가 숨어 있는 것 같았다.

침묵이 너무 길었다는 것을 인지했는지 이새는 한참 뒤 다시 말을 이었다.

"자신이 남들과 다름을 인식하게 되는 순간, 아마도 새로운 상처가 생길 거예요. 유치원에서, 다른 친구들은 다 있는 엄마 아빠가 자기한테 없다는 걸 알게 될 땐 마음이 힘들어질 수밖에 없어요."

그녀의 진지한 말은 한마디, 한마디 모두 옳았다. 어느새 지원은 고개를 끄덕이고 있었다. 그 공손한 호응이 마음에 든다는 듯, 이새는 다시 빙긋 웃어 보이며 자리에서 일어났다.

"자기한텐 엄마, 아빠가 없지만 멋진 삼촌이랑 고모가 있다는 걸 자랑스럽게 생각할 수 있도록 준서랑 시간 많이 보내 주세요."

그녀의 표정을 따라가다가 그제야 미소 지을 수 있게 된 지원도 두 발짝 몸을 움직였다. 다리가 긴 그가 그녀의 바로 앞을 막아서는 건 눈 깜짝할 새였다.

"멋진 삼촌이라고 했어요, 지금?"

그녀의 앞에 바짝 다가서서 고개를 슬쩍 숙이고 이새와 눈을 맞춘 그가 물었다.

"네, 네?"

공간 이동하듯 훅 다가온 지원에 당황한 이새가 멍한 표정으로 대답을 더듬었다.

"네……."

그녀가 기어들어 가는 목소리로 다시 대답했다. 세상 만물을 다 아는 듯 부처님 같은 충고를 한 지 얼마나 됐다고, 사춘기 소녀처럼 얼굴을 붉힌다. 그 모습이 귀여워 지원은 또 괜히 괴롭히고 싶어졌다.

"같은 말을 세 번 하는 병에 걸렸어요?"

잠시 설레었던 마음을 들킨 것 같아 부끄러워 그러는 줄도 모르고, 지원은 그녀를 짓궂게 놀렸다. 이새가 원망스러운 듯 볼에 바람을 넣고 지원을 흘겨보다가 심통 난 표정으로 말했다.

"멋진 삼촌은 취소인 것 같아요. 제가 크나큰 실수를 했습니다."

이렇듯 반응이 좋으니 놀리는 재미가 있었다. 그녀가 표정을 바꿀 때마다 그녀의 얼굴 여기저기에서 보조개가 피어났다가 사라진다. 보들보들 복숭아 같은 저 뺨을 다시 한 번, 만져만 보면 참 좋겠다…….

하지만 지원은 그녀 모르게 슬며시 들었던 손을 다시 감췄다. 일기장의 그녀는 그를 좋아한다고 하지 않았다. 그를 좋아할까 봐 겁난다고 했지.

돌려 말하기 싫어하고 시간을 낭비하는 것에 예민한 지원에게 '스텝 바이 스텝'은 체질이 아니었다. 속 터지게 어떻게 한 걸음씩 걸어가? 자동차 있으면 자동차로 가야지. 운전대 앞에 앉아서 내비게이션 딱 켜면 속도 몇 킬로에 예상 도착시각 몇 시. 딱 나오니 얼마나 좋아.

예측 가능한 일에 투자하는 것. 그게 지금까지의 지원의 삶이었다. 그런데 이 마음은 견적이 나오질 않는다. 만에 하나라도 자신을 좋아하게 된다면 스스로 이 집을 나가겠다고 했던 말이 그의 가슴에 껄끄럽게 걸렸다. 그런 말을 엿들어 버린 상황에서 아직 견고하지도 않은 제 흑심만 생각하고 그녀에게 섣불리 확 다가갈 수는 없었다. 자신의 사사로운 감정으로 준서에게서 선생님을 빼앗을 수는 없다. 마음 같아선 속전속결로 다가가 고백하고 가볍게라도 사귀었다가 깔끔하게 헤어지면 참 좋겠는데, 그렇게 했다가 잃게 될 것이 벌써부터 두려워졌다.

하지만 이렇게나 근심하는 마음이 바보 같을 정도로 눈앞의 달콤한 존재에 흔들리는 자신은 무척 정확했다. 자리를 정리하고 떠나려는 그녀를 방으로 돌려보내고 싶지 않을 정도다.

"……잠 좀 편하게 잘 수 있으려나 했는데, 못 자겠네."

이러려고 그녀를 방으로 부른 건 아니었는데.

"네?"

"아니에요. 이만 가도 될 것 같네요. 준서에 대해 할 말은 다 했으니."

더 이상 이 밤이 길어지면, 사건 하나를 만들 수도 있을 것 같다는 생각이 들어 지원은 마음을 다스리고 침대에서 일어났다. 그런데 이새는 여전히 엉덩이를 떼지 않은 채로 바닥에 앉아 있었다.

"저기, 혹시 불면증 있으세요?"

요 근래의 불면증이 누구 때문인지, 아무것도 모르는 사람은 참으로 거침이 없다. 지원이 그녀의 질문을 그냥 넘기려 하는데, 이새가 다시 한 번 목소리를 냈다.

"불면증에 좋은 요가도 있어요. 저도 잠이 안 올 때마다 하는 자세인데요."

"사바사나요?"

"아뇨. 그것 말고요."

이새는 대답을 하며 아예 자리에 누워 버렸다. 그의 어리둥절한 표정에도 아랑곳없이, 그녀는 자기 세계에 심취하여 진지하게 동작을 설명했다.

"누워서 이렇게 팔꿈치를 바닥에 붙이고."

바닥에 털썩 누워 있던 그녀는 서서히 허리통만을 들어 올렸다. 황당한 상황이었는데 지원의 입에서는 픕픕, 자꾸 웃음이 비어져 나왔다.

"이거 진지한 거예요. 절대 웃으시면 안 되는 거라고요."

그녀가 주의를 주었다. 그는 웃음을 필사적으로 삼켰다.

"숨을 마시면서 팔꿈치로 바닥을 밀면서 상체만 올려요."

금방 그녀의 상체가 활처럼 휘어졌다. 군살 없는 이새의 맨허리가 살짝 드러났다. 바닥에 정수리와 엉덩이를 붙이고 누운 상태에서 가슴을 치켜올린 그녀의 자세는 몸개그처럼 보일 정도로 우스웠음에도 불구하고, 또 한편으로는 관능적이기도 했다. 들어갈 데 쏙 들어가고 나올 데 예쁘게 나온 그녀의 몸을 도드라지게 보여 주는 요염한 자세였던 것이다.

"그럼 머리로 피가 통하는 느낌이 들 거예요. 이걸 하고 다시 편안히 누우면요."

곧 다시 정자세로 누운 이새는 흥미롭게 반짝이는 지원의 눈을 확인하지 못한 채 자기 세계에 몰두했다.

"침대가 그냥 막 나를 빨아들여. 크엉크엉. 막 잠 속으로 빠져 들어간다니까요."

지원은 그녀가 몹시 귀여웠다. 입가에 드러난 미소를 숨기지 못한 그가 무릎을 바닥에 붙이고 그녀의 앞에 앉았다. 이 꽉 막힌 공간에 집 밖의 별들이 쏟아진 것 같다. 그녀의 주위가 온통 반짝거린다.

"이제 좀 일어나시죠. 김이새 선생님."

지원이 그녀의 한쪽 팔을 잡아당겨 일으켰다. 그녀가 몸을 일으켜 자리에 앉자, 다시 두 사람의 얼굴이 가까워졌다.

쿵, 하고 그녀의 안에서 심장 떨어지는 소리가 났다. 지원은 내내 이새를 지그시 바라보고 있었다. 그의 눈빛에서 느껴지는 농밀한 무게에 그녀는 숨이 막히는 것만 같았다. 가만히 있어도 존재감 넘치는 조각남이 바로 제 앞에 앉아 있는 것에 면역이 없는 그녀가, 그에게 잡힌 손을 냉큼 빼내며 뒤로 물러났다.

'으아, 저 눈빛엔 적응이 안 돼!'

허허허, 그녀는 어색한 마음을 멋쩍은 웃음으로 대신했다.

"나한테 요가 가르쳐 준 사람은 처음이네요."

"제가 사실, 요가 지도자 자격증이 있거든요."

"요가 지도자가 꿈이에요?"

"아뇨. 심리학과는 기술 하나 배워 놓는 게 좋다고 해서요."

품. 왜 이렇게 웃겨.

"요가 지도자 되기 얼마나 어려운지 아세요?"

지원의 웃음에 심통이 난 이새가 입술을 삐죽거리며 말했다. 웃는 것만 예쁜 줄 알았는데, 그새 어떤 표정을 지어도 예쁜 여자가 되었다. 진정 욕심이 나는 마음에, 지원은 가슴이 뻐근했다.

'지금 저 여자를 확 끌어당기면 도둑놈 소리 듣는다.'

마음을 단단히 붙든 지원은 이새의 머리 위로 손을 올려 반대쪽으로 넘어간 그녀의 머리칼을 옆으로 넘겨 주었다.

"가르마가 잘못돼서."

아……. 다가온 손에 놀랐던 그녀가 그의 손을 따라 눈을 굴렸다.

이윽고 그녀에게서 손을 거둔 그가 말했다.

"손 다 낫고 나서, 불면증 극복 요가 선생님 해 줄래요? 강습비를 원하면 드릴 테니."

"저를…… 믿으세요?"

"못 믿을 게 있어요?"

이제 당신은 믿어요. 이제 나는 못 믿지만.

"제가 자격증은 있지만, 누굴 가르쳐 본 적은 없어서요."

"잘 가르치는지는 내가 판단하죠."

"그럼 다 나을 때까지, 저 안 내쫓으시는 거죠?"

"그렇게 되겠죠."

"와! 『아라비안나이트』 같아요!"

"『아라비안나이트』요?"

"네. 살인귀였던 왕이 계속 첫날밤에 부인을 죽이다가요, 옛날 얘기 해 주는 왕비를 만나서 얘기 들을 생각에 왕비를 못 죽이게 되는 얘기요."

"내가 살인귀라는 얘깁니까?"

"아니, 그런 건 아니고……. 저는 첫날부터 해고될 위기에 놓였었는데, 계속 생명 연장되는 게 좋아서요."

지원의 입술 사이로 다시 한 번 한줄기 웃음이 픽, 비어져 나왔다.

이봐요, 선생님. 당신을 죽일 생각은 없어요. 앞으로도 없을 거예요.

……하지만 정말 이 여자는 『아라비안나이트』의 세헤라자데 왕비 같은 마력을 가졌는지도.

하지만, 하지만, 이봐요 선생님, 『아라비안나이트』 그거, 엄청 야한 얘기라고요.

"『아라비안나이트』 원문 번역서로는 읽어 봤어요? 그쪽이 알고 있는 것과 내가 알고 있는 건 꽤나 다를 것 같은데."

"네?"

지원의 묘한 질문에 이새가 순진무구한 눈으로 그를 올려다보았다. 역시, 『아라비안나이트』를 동화 버전으로 읽은 여자구나. 그렇게 순수하게 쳐다보면 더 골려 주고도 싶지만 그럼 내가 못 버틸 것 같아서, 오늘은 정말로 여기까지다.

"뭐라고 말은 못 하겠네. 그냥 직접 읽어요."

지원은 자리에서 일어나 저벅저벅 문 쪽으로 걸어가 문을 열었다.

"밤이 늦었는데 오래 붙잡고 있어서 미안하군요."

"아녜요. 유익한 시간이었어요. 준서 얘기해 주셔서 감사하고요. 그럼 안녕히 주무세요."

그녀는 그의 빛나는 눈을 보지 못한 채 꾸벅 인사하고는 밖으로 나갔다. 지원 또한 이새를 따라 문밖으로 나와 그녀가 복도 끝으로 사라지는 것을 지켜보고는 다시 침실로 돌아갔다. 넓은 침대에 걸터앉은 그는 침실 바닥에 오래 앉아 있던 그녀의 잔상을 좇아 허공에 눈길을 두었다가 털썩 누웠다.

『아라비안나이트』……. 그 이야기가 어떻게 끝나더라. 지원은 천장을 초점 없이 응시하다가 천천히 눈을 감았다. 사바사나 자세로 누웠는데, 무념무상이 될 순 없을 것 같았다. 이새의 모든 것이 그의 머릿속을 점거해 버린 느낌이었다. 금방 헤어졌는데 또 그녀의 얼굴을 보고 싶었다. 슬슬 갈증이 시작되고 있었다.

자신의 방으로 돌아와 침대에 누운 이새 역시 쉽게 잠들 수 없는 밤을 맞이하였다.

다원에게 제 각오를 말한 지 얼마나 지났다고. 지원의 페로몬에 갈대같이 흔들리고야 마는 자신이 무척이나 한심하게 생각되었다.

"하아, 술 마시고 싶다……."

그런데 아무리 생각해도 자신이 잘못한 건 별로 없다.

"그쪽이 그렇게 생긴 게 문제예요."

나도 사람이에요. 그런 눈빛을 대놓고 발사하면 심장어택을 당한다고요. 그 눈빛에 오해한 제가 선을 넘고 훅 들어가면 어쩌려고 그러시나 몰라요.

"아니지. 나만 훅 넘어가겠지."

이새가 슬프게 읊조렸다. 일기장 속에 꼭꼭 감춰야 할 비밀이 늘어만 가고 있었다.

그 후로 며칠 동안에도 지원은 착실히 퇴근했다.

자회사에 침실까지 만들어 놓고 틈틈이 쪽잠을 자며 일을 한다던 일 귀신 지원이 매일 퇴근을 한단 소문은 어느덧 성화기획을 넘어 성화그룹 본사로까지 흘러들어 가게 되었다. 본사의 임원 정기 회의가 끝난 후, 안상호 회장은 지원을 잠시 회장 집무실로 불렀다. 그간 지원에게 어떤 심경의 변화가 있었는지 궁금했던 것이다.

"요즘은 매일 퇴근을 한다지?"

"제가 집에 안 가면, 직원들이 눈치 보며 야근을 하더라고요."

상호의 물음에 대한 지원의 대답은 담백했다.

"그래. 네가 집에 매일 가는 게 그 애에게도 좋지. 그 애는 잘 지내냐?"

"네. 이번엔 좋은 선생님을 만나서요."

"가정교사 말이야? 한국인이냐?"

"당연히 한국인이죠."

"사립 초등학교를 다니려면 영어도 좀 해야 할 텐데. 가정교사가 외국어는 좀 가르치냐?"

"할아버지."

평소엔 '회장님'이라고 깍듯이 부르는 그가 웬일로 친근하게 상호를 불렀다.

"준서는 4살 때 부모님을 잃었어요. 아직도 여전히 또래 친구들과 어울리는 걸 힘들어하고요. 준서한테 지금 필요한 건 학습이 아니라 정서적 안정이에요."

며칠 전 간밤에 침실에서 이새와 나누었던 대화를 떠올리며, 지원이 말했다.

"그래도 내 증손주가 아니냐. 그 애가 크면 작은 계열사 하나라도 물려받게 될 텐데."

"7살짜리한테 하실 말씀은 아니죠."

상호는 살짝 못마땅한 표정을 지었다.

"더 하실 말씀 없으시면 이만 일어나겠습니다."

"할 말 더 있다. 앉아."

상호가 지시하듯 말했다. 지원은 다시 자리에 앉았다.

"내가 건강할 때 결혼해야지."

"준서가 좀 더 크면 생각해 보겠습니다."

"챙겨 줄 때 해. 지금이 딱 결혼 적령기 아니냐."

지원의 거절에 인상을 찌푸리던 상호는 제 앞에 놓인 서류봉투 쪽으로 손을 뻗었다. 지원과 얘기를 나누기 전부터 테이블 위에 놓여 있던 봉투였다.

"이 안에서 몇 명 골라서 만나 봐."

서류봉투 안에는 재벌 집안 처자들의 이력이 들어 있을 것이다.

"저는 아직 생각 없어요. 태원이나 챙겨 주세요."

"태원이는 제 어미가 있잖아."

상호의 언성이 약간 높아졌으나 지원은 아랑곳없이 일어났다. 더 머물러 좋을 일은 없을 것 같았다.

"가 보겠습니다."

그런데, 꾸벅 인사하고 나가는 지원의 뒤통수에 대고, 상호가 말했다.

"말레이시아에 백화점 건립하는 건이 있다. 알지? 직접 가서 시장 상황 잘 파악하고, 부지 후보도 추려 봐."

상호의 갑작스런 지시에 지원의 발이 우뚝 멈췄다. 얄궂게 심술을 부리는 사람처럼 상호의 미간에 단단히 주름이 잡혀 있었다.

"올해 부티크 생기는 것도 잘되어 가나 살펴보고 오고. 웬만하면 디테일한 부분들도 다 챙기도록 해라."

"회장님, 설마 절 말레이시아로 아주 보내실 계획은 아니죠?"

"너 하는 거 봐서 생각해 보마. 이번 출장으로 끝낼지, 아주 한 10년 보내 버릴지."

상호는 불퉁스레 말을 하며 다시 한 번 서류봉투를 툭 쳤다.

지원은 결국 할아버지와의 실랑이에서 맞선자리 대신 해외출장이라는 혹을 붙이게 되었다.

넉넉히 잡아 약 2주간의 해외출장. 그가 퇴근 있는 삶을 살기 이전이라면 군말 없이 짐을 챙겼을지도 모르겠다. 하지만 지금은 아니었다. 그가 떠나 있는 2주 동안 집 안의 풍경이 달라질 것이 걱정되었다. 다원은 이새를 처음 만난 날부터 지금까지 여전히 이새를 미워하고 있었다. 이새에게 내뱉는 말 한마디, 한마디에 가시가 잔뜩 박혀 있었다. 하지만 다원은 이새를 크게 괴롭히지는 못했다. 아마도 지원이 감시하듯 두 사람 가까이에 있어 주었기 때문일 것이다.

그렇게 집안의 평화를 지켜 왔는데, 2주간이나 집을 비워야 한다니. 다원의 불같은 성격이 걱정되었다. 누군가 말리는 사람이 집에 없다면, 지원이 없는 틈에 다원은 이새에게 차마 입에 담을 수도 없는 모욕적인 언사를 쏟아 놓을지도 몰랐다. 다원의 언행에 상처를 입은 이새가 짐을 꾸려 훌쩍 떠나 버릴 수도 있을 것이다. 컵라면을 쏟았던 밤. 그가 충동적으로 내뱉은 나가라는 말에 조용히 짐을 꾸리고 있었던 그녀가 아닌가.

"안다원."

한참을 생각하던 지원이 근심을 숨기고 다원을 불렀다. 다원, 준서와 함께 저녁을 먹고 나서 이새에게 다시 준서를 넘긴 직후였다.

"왜?"

말없이 이새를 노려보던 다원이 퉁명스런 목소리로 물었다.

"나랑 같이 말레이시아 출장 좀 갔다 올래? 회장님이 말레이시아 부티크 좀 보고 오라서. 네가 그런 거 잘 보잖아. 가서 보고 로비랑 기타 시설 인테리어가 어떻게 들어가면 좋을지 생각해 보고, 필요하면 유럽 쪽으로 건너가서 가구 좀 들여와도 되고."

"싫어. 내가 그런 귀찮은 일을 왜 해?"

"할아버지가 네 솜씨도 보고 싶어 하실 것 같아서 그래. 너 요즘 놀잖아."

겨우 생각한 변명이었다. 이새에게서 다원을 떼어 놓는 수는 그것밖에 없었다. 그는 다원을 출장에 데려가야만 했다.

"집 안 인테리어도 네가 손본 거잖아."

"정말요? 와아!"

그런데, 두 사람의 건조한 대화에 갑자기 생경한 물기가 끼어들었다. 두 사람의 대화를 그대로 주워듣게 된 이새였다.

"진짜 대단하세요! 혹시 인테리어 디자인 같은 거 전공하셨어요?"

이새는 톤이 높은 목소리로 물었다. 얼굴은 더없이 환했다. 호기심 어린 눈빛으로 다원을 보는 그녀의 표정에 지원은 가슴속이 간질간질해졌다.

"전공한 건 아니에요."

지원이 입술 끝이 씨익 올라가려는 것을 애써 내리며 대신 답했다.

"나한테 물어봤잖아! 오빠가 왜 끼어들어?"

다원이 지원을 향해 바락 소리 냈다. 그러나 그 앙칼진 소리는 이새의 밝은 환성에 폭 묻혀 버리고 말았다.

"전공으로 배우신 것도 아닌데 직접 하신 거예요? 대박이에요! 제가 처음에 이 집에 왔을 때 인테리어 보고 깜짝 놀랐거든요. 저는 전문가가 장인의 손길로 한 줄 알았어요!"

긍정의 에너지가 넘치는 칭찬이었다. 괜히 하는 말이 아닌 것이다. 저 여자는 그게 정말로 대단해 보였던 거다…… 이새를 지켜보는 지원의 눈에 그녀가 갖고 있는 생기가 전해졌다. 다원 또한 이새의 말에 자극받았는지 몸을 슬쩍 꼬다가 턱을 치켜들고는 도도하게 말했다.

"내가 다 리모델링한 거야. 가구도 직접 다 사고 벽지에 계단 디자인에 샹들리에까지 다 내가 지시한 거라고."

"와아! 대단해요! 준서도 그림을 잘 그리는 거 보니, 고모님 재능을 물려받았나 봐요!"

이새의 칭송을 즐기며, 다원의 콧대는 더욱, 말할 것도 없이 높아졌다.

"그냥 묻히기엔 정말 아까운 재능이에요."

"그 재능을 썩힐 거야?"

드디어 기회를 엿보던 지원이 끼어들었다.

"같이 가. 말레이시아로."

"조금 생각해 볼게."

다원이 우쭐하며 뒤돌았다. 지원은 이새가 다원을 크게 칭찬하는 동안 이새만큼이나 양 볼을 붉게 물들이게 된 제 여동생이 귀엽다는 생각을 했다. 아주 오랜만에.

그냥 한국에 놔둬도 의외로 괜찮지 않을까. 김이새라면 동생을 제대로 요리해서 제 편으로 만들 수도 있지 않을까. 그 기회를 내가 막아 버리는 건 아닐까. 의외의 전개에 지원은 또 다른 고민을 하게 됐다.

'아냐. 다원이랑 친해지든 친해지지 못하든, 내가 지켜보게 해 줘.'

김이새, 그녀를 지켜보는 것은 재미있다. 그녀를 통해 무언가가 조금씩 변하는 것이 신기하다. 지원은 이새를 멀리서 그윽이 바라보았다. 그녀를 바라보는 자신의 눈빛에 점점 높은 온도가 실리고 있다는 것을, 그는 차츰 인지해 가고 있었다.

토요일 이른 아침. 긴 출장길에 나서게 된 지원은 마지막으로 이새와 인사를 나눴다.

"열흘 정도 걸릴 거예요. 그동안 준서 잘 부탁합니다."

지원은 출장 준비를 하며 2주간의 일정을 열흘로 줄였다. 얼른 한국으로 돌아오고 싶었기 때문이었다.

"고모님이랑 오늘 같이 출발하시면……. 이번 주말에 제가 준서 옆에 있을까요?"

이새의 질문에 지원이 피식 웃었다.

"괜찮겠어요? 약속 없어요?"

"저 오늘 한가해요."

엉뚱한 말을 웃음기 하나 없이 진지하게 하는 이새 때문에 지원은 결국 풉, 소리 내어 웃음을 터트리고야 말았다.

마지막까지 웃음을 주어서 참 고맙다. 하지만 이러면, 떠나기도 전에 돌아오고 싶어지잖아.

"준서는 이따가 준서 이모가 데려갈 겁니다."

"아…… 준서 이모님도 계셨군요."

"한두 시간 뒤에 올 거예요. 준서 이모한테 준서 보내고 퇴근하시면 됩니다."

"네, 그럴게요."

이새는 아무것도 아닌 말들에 빙긋 웃어 보였다. 미소가 몸에 익은 사람은 정말 사랑스럽다는 것을, 지원은 이새를 통해 배우고 있었다.

저 미소를, 열흘 동안이나 못 보게 되는 거구나. 지원은 그렇게 아쉬움을 뒤로하고 떠났다.

주말이 가고 새로운 한 주가 찾아왔다. 이새는 잠시 떠났던 저택으로 다시 돌아와 준서와 평온한 일상을 보냈다.

준서와 동화책을 읽고, 산책을 가고, 함께 밥을 먹고 준서를 재운 뒤 잠드는, 매일이 똑같은 일상이었지만, 지루하지는 않게 흘러갔다. 준서는 호기심이 왕성했고 매일매일 서서히 발전하고 있었다. 여전히 배우는 것은 싫어하지만, 학습이 아닌 척 흥미를 유발하면 곧잘 관심을 보였다. 그런 준서의 변화가 신기하기도 하고 뿌듯하기도 하여 이새는 줄곧 기분이 좋았다.

그렇게 유유히 시간이 흘러, 둘이서만 시간을 보낸 지 닷새째의 밤.

"준서야, 잘 시간이다. 이제 침실로 갈까?"

놀이방에서 자리를 털고 일어난 이새가 물었다.

"아니요. 저 오늘 안 잘 거예요."

"왜? 안 졸려?"

웬일인지 준서는 힘이 없었다. 무언가 무거운 고민이 있는 듯도 했다. 그러고 보니 오늘 아침 준서는 이새를 보자마자 달려와 폭 안겼었다. 그게 아침인사이려나 생각했는데 잠자리에 무언가 문제가 있었던 것이다.

"고민 있어? 선생님한테 다 말해 봐."

이새는 혹시 준서가 삼촌의 빈자리를 크게 느끼는 것일까 하는 생각에 달래듯 물었다. 준서가 머뭇거리다가 작은 목소리로 대답했다.

"……손이요. 피가 났어요."

손이라면, 준서의 방에 준서와 함께 머문다는 그 귀신이 아닌가.

그간 준서는 이새에게 귀신 이야기를 하지 않았다. 이새가 먼저 귀신 소재의 동화를 들려주지 않는 이상 준서가 신나서 얘기한 적은 한 번도 없었다. 너무 잠잠하여, 언젠가 준서가 귀신 얘기를 했던 것이 그저 장난인 줄로만 알았다. 그런데 여전히 귀신을 보고 있었던 것일까.

"준서는 손이랑 친하다고 하지 않았어?"

"하지만 피는 싫어요."

"피가 왜 싫어?"

"피는 빨개서 무섭잖아요."

144

준서의 공포는 아주 단순했다. 빨개서 무서운 피. 하지만 준서를 지켜보는 이새는 복잡해질 수밖에 없었다.

준서의 심연에 있는 공포의 근원은 아주 독특했다. 귀신은 무서워하지 않지만 피는 무서워하는 아이. 이 문제에 대해 어떤 방식으로 접근해야 할지 고민하던 이새가 잠시 후에 입을 열었다.

"준서야, 빨간색은 나쁜 게 아니야."

이새는 스마트폰을 꺼내 재빨리 무언가를 검색했다. 그리고 검색한 결과를 준서에게 보여 주었다. 스마트폰의 화면에 보인 것은 수술을 끝낸 후 수혈을 받고 있는 환자의 사진이었다.

"봐 봐. 이 빨간색이 지금 이 안으로 들어가고 있는 거야. 보이지? 이렇게 하면 이 사람은 살게 되는 거야. 피는 무서운 게 아니라 중요한 거야."

준서는 스마트폰의 사진을 머릿속에 저장이라도 할 듯이 주의 깊게 오래 바라보았다. 이새는 나긋한 목소리로 계속 말을 이었다.

"피를 흘리는 것도 무서운 게 아니야. 피를 흘리는 건, 그 사람에게 상처가 있다는 걸 알려 주는 거야. 상처를 막아 주려면 어떻게 해야 되지?"

준서는 눈만 깜빡일 뿐 아무 말도 하지 않았다. 이새가 별거 아니라는 듯 방긋 웃으며 제 질문에 스스로 답했다.

"밴드를 붙이면 되지. 그럼 피가 멎고 딱지가 앉을 거야. 오늘 밤에는 밴드를 가지고 있자."

눈을 말똥말똥 뜨고 이새를 바라보던 준서가 그제야 알겠다는 듯 크게 끄덕였다.

"밴드를 많이 가지고 있어야 해요. 많이 다쳤거든요."

"그래. 선생님도 가지고 있을게."

이새는 자신의 말을 모두 받아들이고 고개를 끄덕이는 준서를 꼬옥 안아 주었다. 자신이 잘하고 있는 것인지는 알 수 없었다. 아마도 귀신은 없다고 가르치는 것이 이 사회의 정석일 것이다. 하지만 그녀는 준서의 세상을 모조리 부정하며 나무라고 싶지가 않았다. 일단은 준서를 이해해 보는 것이 먼저였다. 그녀는, 오늘 밤은 준서와 함께 자야겠다고 생각했다.

그리고 그날 밤.

꿈속에서 준서는 손을 만났다. 한쪽 뺨을 칼로 깊이 베인 듯 계속 피를 흘리는 손은 섬뜩한 표정으로 울고 있었다. 그러나 준서는 도망가지 않았다. 준서는 내내 꼭 쥐고 있던 밴드를 손에게 건네며 말했다.

"많이 아파?"

손이 더 이상 무섭지 않았다. 준서의 다른 손을 잡고 있는 이새가 준서를 향해 내내 미소 지어 주었다.

시간이 멈춘 듯, 어둡고도 고요한 거실.

짙게 깔려 있던 정적을 조금씩 흩어내며 두 다리가 움직였다.

이 집을 떠난 지 일주일. 더 정확히는 엿새 하고도 19시간.

지원이 다시 돌아왔다.

말레이시아 땅을 밟은 직후부터 그는 냉큼 돌아오고 싶어졌다. 한국에 보물단지라도 숨겨 놓은 것처럼, 자신이 바로 돌아가지 않으면 다른 누군가가 그 보물단지를 훔쳐 갈 것처럼 출장 내내 애가 탔다. 그는 열흘간으로 예정되어 있었던 출장 스케줄을 다시 일주일로 줄여 버렸다. 그리고 또다시 몇 시간을 줄였다. 일 중독자처럼 일만 했다. 오로지 집으로 일찍 돌아가겠다는 일념 하나로.

그리고 이새가 주말 퇴근을 하기 전에 집으로 돌아가 그녀의 얼굴을 딱 한 번만 봤으면 좋겠단 마음으로 가장 빠른 비행기 표를 끊었다. 지원은 열흘간의 일정을 일주일로 줄였음에도 더 단축하지 못한 것이 아쉬웠다. 집에 돌아오자마자 바로 확인하고 싶었던 얼굴. 그녀를 볼 수 없었기 때문이었다.

이새는 지금 꿈나라로 떠나 있을 것이다. 자정이 다가오는 시각이었다. 지원은 짐 가방을 거실에 두고 이새의 방문 앞에 가 섰다.

그녀의 자는 얼굴이라도 확인하고 싶다…….

아, 미쳤구나, 미쳤어. 해서는 안 될 생각을 하는 자신에게 놀란 지원이 고개를 세차게 저었다.

'준서라도 봐야지.'

그는 자신의 새카만 마음을 지워 낼 생각으로, 청정 지역인 준서 방의 문을 슬며시 열었다. 그가 어떤 소리도 내지 않고 들어온 덕에 방 안 공기는 조금의 변화도 없이 평화로웠다. 지원은 지그시 침대 쪽으로 눈길을 주었다. 그런데 침대 위에 누워 있는 사람은 준서 하나만이 아니었다.

그는 입술 사이로 긴 한숨을 조용히 뱉어 냈다.

준서가 안쪽, 이새가 바깥쪽. 두 사람이 이렇게 콕 붙어서 자고 있을 줄이야. 이를 가만히 지켜보는 지원의 마음은 이상했다.

불쾌한 것도 아닌데, 이 울렁거리는 마음은 뭘까. 애가 아무리 일곱 살 꼬마라지만 남녀가 유별한데, 이 여자는 왜 여기 누워 있을까.

보고 싶었던 내 조카지만 왠지 참…… 오늘은 밉네.

그래, 이건 조카가 미운 마음이었다.

……부럽기도 하고.

지원은 곤히 자는 이새를 깨울 생각도 하지 못하고 그 앞에 가까이 앉아 시간을 들여 차근히 바라보았다.

준서를 향해 누웠다가 잠이 깊게 들면서 약간 정자세가 된 모양이다. 작은 침대에 맞게 몸을 적당히 구부린 자세는 다소 불편해 보였지만, 쌔근쌔근 규칙적으로 내뱉는 그녀의 숨소리는 더없이 평온한 자의 것이었다. 지원은 어둠 속에서도 제 고유의 빛을 내뿜는 것만 같은 그녀의 하얀 뺨을 한번 건드려 보고 싶은 충동을 느꼈다.

며칠 떠나 있다가 돌아오니 비로소 알겠다, 그녀를 정말 좋아하게 되었다는 걸.

어떤 이야기를 꺼내 든 눈을 빛내며 진지하게 들어주던 그 순수한 표정이, 어디서든 어떤 상황에서든 겁내지 않고 똑똑히 제 의사를 전하던 그 목소리가, 자신의 품 안에서 꾸물거리던 귀여운 몸짓이.

걸음이, 웃음이, 보조개가, 하얀 피부가, 재치 있는 말솜씨가, 엉뚱한 요가 동작이, 내내 그리웠어. 아주 많이.

조그맣게 벌어진 그녀의 입이 반들거린다. 깨물어 보고 싶게 만드는 젤리 같은 입술. 단맛이 날 듯한 사탕 같은 입술. 그가 그리워했던 것 중의 하나.

……미안한데, 정말 미안한데. 그냥 이대로 깨지 마. 내 마음대로 인사할 수 있게 해 줘.

'그쪽이 너무 보고 싶어서 엿새 만에 일을 끝내고 돌아왔으니까.'

잠자는 숲 속의 공주에 홀린 기사라도 된 듯, 삽시간에 그의 눈빛이 변했다. 자리에서 몸을 일으킨 지원은 잠든 이새를 향해 허리를 굽혔다. 침대에 두 팔을 올렸지만 팔에 힘을 싣지는 않았다. 그녀가 깰세라 조심스럽게, 힘 주지 않고, 소리 내지 않고, 숨을 죽인 채 그는 그녀의 입술 위에 살포시 제 입술을 얹었다.

밤이 한순간에 아침이 되어 버린 듯 그의 머릿속으로 환한 빛이 지나갔다. 그녀의 움직이지 않는 부드러운 입술이 지독하게 간질거렸다. 어떤 기술도 없는, 베이비키스 같은 입맞춤인데도 아찔하고 또한 황홀했다. 이대로 더, 더 있고만 싶었다. 시간을 멈추고 싶었다.

그러나, 그의 도둑키스에 반응하는 양, 그녀의 입술 사이로 한줄기 가느다란 숨이 터졌다.

흠칫. 놀란 그가 재빨리 제 입술을 떼고 뒤로 물러났다.

……깼을까?

그답지 않게 잔뜩 긴장하게 된 지원이 슬며시 그녀의 얼굴을 바라보았다.

······아니, 깨진 않았다.

그녀를 향하여 뜨거워지고야 마는 그의 피가 그의 입술마저 금세 달궈 놓았다. 그 열기에 그녀가 반응한 것이었다. 간신히 이성을 붙든 그는 자신을 질책하며 준서의 방을 서둘러 떠났다.

'진짜 미쳤어······.'

뜻하지 않게 준서의 방에서, 잠든 이새를 발견하여 잠시 정신이 나갔었다. 그녀가 깨지 않은 게 천만다행이다. 그러나 준서의 방을 떠난 뒤에도 오랫동안 그는 속이 뜨거웠다. 제 입술 사이로 밀려오던 그녀의 가느다란 숨결이 계속 그의 안에 남아 그를 간질였다.

밤은 깊고, 세상은 고요하기만 한데.

이새의 안에서는 겨우 주먹만 한 심장이 그녀의 전신을 뒤흔들 듯이 세차게 가슴을 두드려 대고 있었다.

지원이 방에서 나가고 슬그머니 문이 닫힘과 동시에 잠이 홀랑 달아나 버렸다. 그녀의 눈이 번쩍 뜨이고야 말았다.

그가 돌아왔다.

'하아······.' 하고 내뱉는 숨소리만으로도 이새는 그 주인을 알 수 있었다. 다음 주 화요일이나 수요일 즈음에 올 줄 알았건만, 나흘이나 일찍 돌아온 것이었다.

왜, 도대체 왜!

그것도 의아한 일인데, 그 신고식이 가히 충격적이었다. 무언가가 그녀의 입술에 살짝 닿았다가 금세 떨어졌다. 이게 무언지조차 알 수 없을 정도로 너무나도 순식간에.

입술에 닿았던 것은 부드럽고도 따뜻한 것이었다. 아니, 뜨거웠던 것 같기도 했다. 그가 침대를 짚고 자신에게로 몸을 숙였던 것 같기도 했다. 하지만 모든 게 짐작일 뿐이었다. 정확한 것은 아무것도 없었다.

'정말 준서 삼촌이 맞을까?'

숨소리만 가지고 그 주인이 지원이라는 것을 알아챌 정도로, 자신이 그를 잘 알고 있던가. 그녀는 제 감각의 기억을 믿을 수가 없었다.

'아니면 진짜 귀신?'

지원을 가장한 귀신?

오싹 소름이 돋았다. 귀신을 믿지는 않지만, 무서운 영화를 보면 잠을 잘 이루지 못하는 그녀였다.

'안 돼! 자야 돼! 준서를 지켜야 돼!'

이새는 슬며시 손을 뻗어 준서의 숨소리를 확인하고 이마를 짚어 보았다. 다행히 숨소리도 정상이었고 열도, 식은땀도 없었다. 준서가 꼭 쥐고 있던 밴드는 손에서 떨어져 있었다. 긴장하지 않고 잠들어 있다는 얘기였다.

'그래. 너만 평화로울 수 있다면.'

귀신이 준서를 비껴가고 자신에게 접근한 거라면, 그래, 내 그 도전을 받아들이지.

그녀는 바짝 긴장한 마음을 다스리며 심지를 굳건히 하고자 했다. 그러나 가슴의 떨림이 멈추지 않았다. 그녀의 심장은 진실을 정확히 알고 있었다. 이것은 두려움에 의한 떨림이 아니라 설렘에 의한 것이었다. 이 방에 다녀간 건 귀신이 아니었다.

정확히 그였다. 안지원.

'정말 준서 삼촌이었다면, 대체 나한테 뭘 한 거지? ……진짜 키스한 건가?'

어릴 적, 아빠가 출근할 때 뽀뽀뽀한 게 전부인 순결한 입술을 지니고 산 지 23년. 그녀는 키스 무경력자였다. 첫사랑의 낙인이 너무 오래 남아 23년 한평생을 솔로로 살아온 이새에게 '첫 키스'란, 단어만으로도 짜릿하고 설레는 것이었다. 날치기하듯 훅 지나가 버려서 그게 과연 입술이었는지 사람 헷갈리게 만드는 모호한 것이 아니라.

'대체 왜 나한테?'

가슴은 두근거렸지만 계속 의문을 제기하는 이성이 우위였다.

대체 왜. 이 밤에. 준서의 방에서.

'아……'

겨우 생각이 났다. 이곳이 준서의 방이라는 사실이.

'날 준서랑 착각한 건가?'

준서 방에 들어와서 준서까지 있는 데에서 그런 행동을 했다는 건 생각해 보니 뻔한 거였다. 게다가 뭐가 스쳐 갔는지도 모를 베이비키스가 아니었던가.

'그럼 아침엔 대체 어떤 반응을 보여야 해?'

생각이 거기에 미치니 울고만 싶었다. 차라리 귀신이랑 영혼의 키스를 나누고 쿨하게 없던 일로 하는 게 나을 것만 같았다. 눈을 감는다고 바로 잠들 수는 없었다. 앞날이 까마득해지는 까만 밤이었다.

다음 날, 이른 아침부터 지원은 소파와 한 몸인 양 거실을 지키고 앉아 있었다.

어제는 간밤에 잘 자고 있는 것만 봤지, 예쁘게 눈 뜨고 있는 건 아직 못 봤지.

마음을 여기에 두고 몸만 방으로 가 있는 것은 지원의 성격에 맞지 않았다. 그는 이새의 얼굴을 봐야겠단 일념으로 하염없이 그녀를 기다렸다.

여태 준서 방에 있을까, 아니면 간밤에 자기 방으로 돌아갔을까. 그 별것도 아닌 궁금증이 계속 지원을 괴롭혔다. 그는 미간의 주름을 풀지 못하고 준서 방을 노려보고만 있었다.

준서 방을 노려본 지 20분쯤 되었을 때, 방문이 열리고 이새가 잠에서 덜 깬 멍한 표정을 하고는 밖으로 나왔다. 그리고 아니나 다를까.

"엄마야!"

이새는 거실을 지키고 서 있는 지원을 보자마자 소스라치게 놀라며 경기를 일으키듯 양팔을 부르르 떨었다. 그녀의 과한 반응에 덩달아 놀란 지원이 두 눈을 꿈쩍이며 반걸음 뒤로 물러났다. 지원이 세모가 된 눈으로 말했다.

"왜 놀랍니까?"

"출장 중인 거 아니었어요?"

그녀는 예상치 못했던 그와의 재회에 놀란 투로 물었다. 그렇다면, 그가 저지른 짓도 모르는 것일 터. 지원은 간밤의 일을 그냥 넘어갈 수 있게 된 데에 속으로 안도의 한숨을 쉬고는 떫게 대답했다.

"일이 일찍 끝났어요. 끝나자마자 왔는데, 오랜만의 인사치고는 참 달갑지 않아 보이네요."

"갑자기 나타나셔서 좀 놀라서요. 그럼 준서 고모도 같이 오신 거예요?"

"다원이는 맡은 일을 아직 못 끝내서 좀 더 있다가 올 겁니다."

"아……. 그런데 준서 삼촌은 왜 그렇게 놀라셨어요?"

가만히 고개를 끄덕이던 이새가 질문했다. 그녀 때문에 덩달아 놀란 것이지만, 그는 감정을 담아 뾰족하게 대답했다.

"놀라지 않게 생겼어요? 새벽부터 그 방에서 나왔잖아요."

내가 나이 서른 먹어서, 일곱 살짜리 조카한테 질투를 하고 있다고 말해야 되냐고. 지원은 다 드러낼 수 없는 불만을 까슬까슬한 목소리로 대신했다.

"아…… 준서가 귀신 얘기를 해서요. 무서워하는 것 같아서 달래 주다가 같이 자게 됐어요."

이새의 진솔한 대답에도 지원의 날이 선 눈빛은 거두어지질 않았다.

"잠은 따로 자요."

"하지만 준서가 많이 무서워해서요."

"자도 내가 같이 잡니다."

아직도 나를 이 집 안의 병균 같은 사람이라고 생각하고 있는 건가? 지원의 단호한 대응이 슬쩍 언짢은 이새는 아랫입술을 지그시 물었다. 하지만 그의 매서운 눈빛에 밤새 이새의 머릿속에 남아 있던 혼란은 사라졌다. 그가 이토록 자신을 싫어한다면, 간밤에 한 키스는 역시 실수란 얘기였다.

'역시, 나를 준서라고 착각한 거구나. 그래서 키스한 거구나.'

그래서 오늘 나를 보고 놀란 거구나. 그걸 말할 수 없어서 인상이 굳었구나. 그래서 지금 이런 말을 하는 거구나. 그렇다면 그녀 또한 간밤의 사건에 대해 눈감아 주는 것이 옳은 일이다. 잠시 콩닥거렸던 마음만 스스로 정리하면 될 일이다.

"네, 그렇게 할게요. 어제는 준서 삼촌이 안 계셔서 그런 거였어요."

"이제 제가 계속 여기 있을 거니까 그런 걱정은 그만하시죠."

"네."

그녀는 왠지 텁텁해지는 마음을 안고 제 방으로 걸음을 옮겼다.

"아, 그리고, 돌아오셔서 반갑습니다……."

방문을 붙잡고 선 그녀는 뒤늦게 꾸벅 목을 숙여 인사했다.

이게 아닌데. 변함없이 예쁜 얼굴은 잘 확인했는데 지원의 가슴은 왠지 조마조마했다. 그는 결국 그녀를 뒤쫓아 가, 손목을 꽉 잡아 버렸다.

"왜 그러세요?"

그녀가 천진한 얼굴로 물었다.

처음 앓게 되는 감정은 도무지 침착한 사고를 할 수가 없었다. 질문 하나를 찾아내는 데 안지원답지 않게 오래 걸렸다.

"주, 준서가 귀신이 보인다는 얘길 했어요?"

"아, 안으로 들어오세요."

이새는 거실에서 말하기는 곤란하다는 듯 제 방으로 안내했다. 지원은 그녀를 따라 들어갔다.

"귀신이 피를 흘리고 있는데 피가 빨간색이라 무섭다고 하더라고요."

지원이 들어와 문을 닫은 후에, 그녀는 다시 입을 열었다.

"그래서 잘 달래 준 거예요?"

"잘 달래 준 건지는 모르겠어요. 그냥, 빨간색이 나쁜 게 아니라고 가르쳐 줬어요. 피는 나쁜 게 아니라 중요한 거라고도 말해 줬고. 다행히 잠은 쉽게 들었어요."

지원이 조용히 말없이 고개를 끄덕였다. 현명한 처신이었다. 준서와 같은 침대에서 잔 것은 마음에 들지 않지만.

"앞으로는 밤에 준서 삼촌이 준서 옆에 계셔 주셨으면 좋겠어요. 생각해 보니 저보다는 준서 삼촌한테 더 의지할 수 있을 것 같네요, 준서는."

비로소 그녀가 그를 향해 미소 지어 보였다. 그의 미간에 단단히 자리하고 있던 인상이 드디어 풀어졌다.

이걸 보려고 온 것이다. 이게 그리워서 그렇게 애가 탔다. 그녀의 미소에 목말라 있던 그 또한 그녀를 따라 차분히 미소를 그렸다. 하지만 과연 빨간색이 나쁜 게 아닐까? 아침이 되어서 더 탐스럽게 핏기 도는 저 입술이 빠끔거리며 목소리를 낼 때마다, 그 또한 입 안이 달큰해지는 느낌인데.

뜨끈하게 차오르는 욕망이 못된 상상을 시작하고 있었다. 아무래도 방 안에 둘이 있는 것은 위험할 것 같았다.

"알겠습니다. 신경 써서 보도록 하죠."

지원은 서둘러 대화를 마무리 짓고 방 밖으로 나갔다.

"후우우우……."

그의 뒷모습을 보며 또 다른 근심에 빠진 이새는 영혼마저 떠나보낼 듯이 긴 한숨을 쉬었다.

아침에 준서의 침대에서 눈을 뜨자마자, 그녀는 간밤의 일을 다시 떠올렸다. 간밤의 도둑키스를 생각하니 계속 두근거렸다. 그 범인이 지원일 거라 확신하니 더욱 그랬다. 그와 마주치면 어떻게 반응해야 할지 난감하여, 차라리 정말로 자신을 덮쳤던 자가 귀신이었다면 나았겠다고 생각하기도 했다. 그렇게 머리 아프게 고민하다가 문을 열었다. 그리고 문을 열고 거실로 나오자마자 지원과 마주했다. 놀란 마음에, 귀신을 본 것처럼 격한 반응을 해 버렸다. 그가 불쾌해할 만도 했다.

어쨌든 이 일은 없던 일로 덮어질 듯하다. 그가 원하는 대로 해 주고 싶었다.

가시찔레처럼 말하지만, 그 가시 속에 따뜻함을 숨긴 남자. 잠든 아이에게 키스도 해 주는 낭만적인 삼촌. 그것을 새삼 다시 깨닫게 되었다면, 잘못된 키스 정도는 눈감아 주는 것이 도리였다.

그런데 왜 이리 마음이 아린지, 그의 입술이 닿았던 그 자리에서 왜 여태 잔열감이 느껴지는지 알 수 없었다.

이새의 방에서 나온 지원은 바로 피트니스 룸으로 갔다. 불끈불끈 솟아오르는 혈기를 잠재울 곳은 그곳밖에 없었다. 러닝머신을 켜고 무작정 뛰었다. 아침부터 이게 뭐 하는 짓인가 싶었다.

아주 짧은 입맞춤이었는데, 그 여파가 너무 길었다. 바늘 도둑이 소도둑이 된다고 했던가. 어제는 비록 베이비키스였지만 머지않아 그녀의 입술 안으로 침범하고야 말 것 같다는 생각이 들었다. 그는 스스로가 무서워졌다.

그가 한껏 땀을 흘려 열을 식히고 있을 때 휴대폰 진동이 울렸다. 승환에게서 온 전화였다.

"여보세요."

-어? 이거 국제전화 아니야?

"한국 왔어. 왜."

-어? 진짜? 언제 왔어? 출장 열흘 걸린다며.

"일 일찍 끝내고 어젯밤에 왔어."

-그래? 나 너희 집 가는 길인데.

"이 아침에 왜 와, 여길."

-주말 동안 준서 나한테 맡긴 건 기억 안 나냐?

그의 신경질적인 반응에 승환이 어처구니없다는 투로 물었다. 전화기를 들고 한참 생각한 뒤에야 지원은 떠올랐다. 이번 주 주말엔 승환에게 준서를 맡기기로 했다는 것을.

"아, 안 와도 돼. 내가 준서랑 있을 거니까."

-이미 가고 있다니까? 그럼 가서 준서 얼굴이나 보고 오지, 뭐.

"그래. 마음대로 해."

계속 이어지는 승환의 질문에 건조하게 응답하고 전화를 끊으려던 지원은 승환의 다음 말에 다시 휴대폰을 고쳐 잡았다.

-아, 김이새 씨 아직 집에 안 갔지? 간 김에 내가 태워다 주면 되겠다.

"김이새 씨?"

승환이 자신보다 사교성이 밝아 사람들과 쉽게 친해진다는 것을 잘 아는 지원이었지만, 왠지 승환에게서 나온 '김이새 씨'라는 말은 심하게 거슬렸다.

-응, 김이새 씨.

"왜 김이새 씨야? 준서 선생인데 김 선생님이라고 깍듯하게 불러야지, 김이새 씨가 뭐야?"

-왜애. 이름 부르면 더 친근하고 좋잖아. 물론 너야 의뢰인 입장이니까 깍듯하게 선생님이라고 불러야겠지만 나는 내 마음대로 해도 되잖아?

"네가 김 선생이랑 개인적으로 아는 사이야? 나를 통해 알았으면 선생님이지. 왜 김이새 씨야?"

-나 김이새 씨랑 개인적으로 만난 적도 있는데? 아, 이건 얘기하면 안 되지, 참.

뭐, 뭐, 뭐, 뭐, 뭐야, 이건 또.

"얘기하면 안 되는 건 또 뭔데?"

-넌 몰라도 돼. 알 필요 없어.

"끊어."

지원은 승환에게 매달리는 일 없이 전화를 끊어 버렸다. 뜨끈한 기운을 겨우 식혔는데 다시 열불이 났다.

김 선생하고 개인적으로 만났다고? 얘기하면 안 된다고?

지원은 러닝머신을 끄고 피트니스 룸에서 나왔다. 일단 샤워를 하고 다시 이새에게 가야 했다.

그가 서둘러 제 침실로 건너가려는데, 갓 샤워를 끝내고 욕실에서 나오는 이새가 보였다. 그도 땀에 젖은 상태라 굳이 지금 얘기하고 싶지는 않아서 그냥 넘기려는데, 이새가 방으로 들어가려다 말고 자신을 보고 있다는 것을 알게 되었다.

화장기 없이 물기로만 젖어 있는 청초한 얼굴에 동그란 눈으로 자신을 바라보는 모습이 이 와중에도 참 어여뻤다. 뾰족이 솟아 있던 그의 감정이 조금 누그러졌다. 자석에 이끌리듯 그녀에게로 다가가 말을 걸었다.

"물어볼 게 있어요. 제 친구 승환이와 개인적으로 만난 적 있습니까?"

그의 다소 뜬금없는 질문에 이새는 의아해졌다. 그녀는 짧게 대답했다.

"만났다기보단 그냥 마주쳤어요. 지지난 주말에 도서관에서요."

그녀의 대답과 동시에, 그의 코에서 자그마하게 바람 빠지는 소리가 들렸다.

그럼 그렇지. 허승환, 이 오버스러운 자식. 어떻게 도서관에서 그냥 마주친 얘기를 그렇게 자극적으로 할 수가 있냐. 지원은 속으로 이를 부득 갈고는 다음 질문을 했다.

"그런데 왜 그 친구는 제게 그 사실을 애기하면 안 되는 것처럼 말하죠?"

"아, 그건……."

이새는 대답을 망설이며 잠시 입을 닫았다. 그러고 보니 이 남자, 별것도 아닌 걸 꼬치꼬치 물어 대는 게 내가 자기 친구 꾀어내기라도 했을까 봐 따지는 투잖아.

지원의 감정을 잘못 해석한 이새는 눈썹을 찡그리다가, 다 내려놓겠다는 듯 길게 한숨을 푸욱 쉬었다.

그래, 이제 와서 숨기면 뭐하겠어. 괜히 오해만 쌓이지. 제 친한 친구를 내가 어떻게 할까 봐서 이렇게 가자미눈으로 사실 관계를 묻는 사람한테.

그녀는 사실을 그대로 털어놓았다.

"아동 심리학에 대한 책을 좀 찾아보고 있었어요. 명색이 가정교사인데 아동의 심리에 대해 잘 모르는 것 같아서요. 하지만 그렇게 부족한 티를 내면 준서 삼촌이 달가워하지 않을 것 같아서 얘기하지 말아 달라고 의사 선생님한테 부탁한 거예요."

다 얘기해 버렸는데 시원한 감정이 조금도 없이 허탈했다. 사냥꾼에게 제 약점을 알려 준 토끼가 된 것 같았다.

역시나, 그가 자신을 향해 부드럽게 미소 짓고 있는 것이 왠지 섬뜩했다.

'달가워. 왜 그걸 몰라, 아주 달가운데.'

지원이 그렇게 생각하며 흡족해하고 있다는 걸 그녀는 알지 못했다. 놀라운 대답을 들려준 그녀를 사랑스럽게 생각하고 있다는 것은 더욱더. 그녀는 정말로 모르는 것이 많았고 섬뜩함과 사랑스러움의 간극은 너무나도 컸다.

"그런데 친구 의사 선생님은 얘기 안 하기로 하시곤 다 얘기하신 거예요?"

그녀의 뾰로통한 표정에 왠지 즐거워지는 지원이었다.

"걔가 좀 입이 가벼워요. 보기와는 다르게 그래요. 여자도 좀 밝히고. 그러니까 김 선생도 조심해요. 차 태워 준다고 하면 함부로 얻어 타고 그러지 말고. 김 선생도 일단은 여자니까."

듣고픈 말을 모두 듣고, 하고픈 말을 모두 하게 된 지원은 그렇게 시원한 표정으로 그녀를 떠났다.

'일단은 여자니까?'

혼자가 된 이새는 지원의 말을 곱씹다가 흥, 콧방귀를 뀌었다.

'여자 대접 받는 건 바라지도 않네요!'

30분 뒤에 승환이 왔다.

승환은 지원과 밥을 먹고 준서와 한참 놀아 주다가 이새가 짐을 챙겨 나오자 일어났다.

"닷새 만에 집에 가네요. 얼른 가고 싶겠어요. 이번 주말에도 도서관 가요?"

"아니요. 이번 주말에는 일이 있어서요."

이새는 승환의 질문에 선입견 없이 밝게 대답했다. 이를 지켜보는 지원의 속만 부글거릴 뿐이었다.

"한창 돌아다닐 때인데 집에 갇혀 지내서 갑갑하겠어요."

"그래도 요즘엔 하루에 20분씩 산책도 하고 좋아요."

"온 김에 집까지 바래다줄게요. 차 갖고 왔어요."

"아니."

이때 둘의 대화에 지원이 불쑥 끼어들었다.

"김 선생은 내가 태워다 줄 거야. 나도 서울 쪽에 일이 있어서."

지원의 선언에 승환이 느긋하게 말했다.

"그럼 지원이 넌 따로 가. 일이 있어서 가는 거면 너는 바쁠 거 아냐. 난 일 없어서. 더 데려다주기 편해."

"나는 김 선생네 집 바로 옆 동네에서 일이 있어."

지원이 냉랭하게 대응했다.

"그래? 그래도 내가 더 가까울 것 같은데. 그럼 같이 갈래?"

"내 차 끌고 갈 거야. 너는 네 차 타고 집에 가."

"나도 여기 내 차 놓고 네 차 타고 가지, 뭐."

"여기가 네 주차장이야?"

"주차장 넓잖아. 그 땅 썩혀서 뭐하냐?"

"난 남의 차 우리 집에 세워 놓는 거 싫어. 폐차 시킬 거야, 가져가."

"까칠하긴. 그럼 그 차 기증할게. 너 가져."

상황이 이상하게 돌아가고 있었다. 이새는 이대로 자신이 가만히 있다간 두 사람의 대화가 더 살벌해질 것만 같은 생각에, 두 사람 사이에 끼어들었다.

"저기, 저는 그냥 버스 타고 갈게요. 두 분은 저 신경 쓰지 마시고 편히 가세요."

"안 돼요."

옥신각신하던 두 사람이 이새의 개입에 한목소리로 말했다.

결국 이새는 지원이 운전하는 차를 타고 집으로 가게 되었다.

조수석은 승환이 차지했고 이새와 준서는 뒷좌석에 착석했다. 준서는 서울에 다다를 즈음이 되어 이새의 다리를 베고 잠이 들었다. 그리하여 이새와 진득하게 얘기를 나눌 수 있게 된 승환은 쉴 새 없이 이새에게 말을 걸었다.

"우리 지원이가 얼마나 웃기냐면요. 저한테 준서 주치의라는 이름을 붙여 놓고 준서 인생 상담까지 받으려고 한다니까요. 저는 소아과 의산데. 제가 부탁을 거절하지 못하는 성격이라, 지원이가 이용해 먹는 거죠."

승환의 가당치도 않은 말에 지원의 윗입술 한쪽이 들썩거렸다. 그런데 이새는 그런 승환의 말을 야무지게 받아 주었다.

"아, 정말요? 저도 그런데."

"정말? 나처럼 착해서 손해 보는 타입?"

"네. 완전."

"아하하. 재밌다. 김이새 씨 진짜 재밌네요."

자알들 논다. 두 사람의 대화에 슬쩍 심술이 난 지원이 차를 세우는 타이밍에 브레이크를 콱 밟았다.

"야, 살살 밟아라. 우리 준서 다친다."

허승환, 지금 나는 널 밟아 주고 싶다.

그녀를 자신의 차로 데려다주게 되어 승리의 기쁨을 누렸던 것도 잠시. 이렇게 운전기사로 전락할 줄 알았다면 승환의 차를 타고 함께 왔을 것이다.

"허승환. 너 먼저 집에 내려 줄게. 얼른 들어가라."

"아냐. 나는 준서랑 도서관에 가려고. 이따가 김이새 씨 내려 주고 나서 준서 깨면 같이 도서관에 갈게. 넌 볼일 봐."

어쩜 이리도 능청스레 말을 하는지. 능구렁이가 따로 없다.

"이새 씨, 오늘은 도서관 안 가요? 아, 맞다. 약속 있다고 그랬지?"

말이 은근히 짧은 것도 거슬린다.

이봐요, 순진한 김이새 씨, 저 성시경 짝퉁 같은 교회 오빠 이미지에 속지 말라고. 그거 아시는지. 저 자식 안경에 도수 없어요. 수술할 땐 벗고 한다고요. 지원은 얼른 이새를 집까지 바래다주고 싶은 마음에 날래게 차를 몰았다.

지원이 노력한 끝에 예상 시간보다 20분이나 일찍 이새네 집 앞에 당도했다. 이새네 집은 다세대 주택 골목의 한 허름한 주택이었다.

"태워다 주셔서 감사합니다. 좋은 주말 보내세요!"

그가 이새네 집의 외관을 살피는 사이 이새는 차에서 내려 꾸벅 인사했다.

"이새 씨, 또 봐요. 반가웠어요."

그리고 지원은 마지막 인사의 기회조차 승환에게 빼앗겨 버리고 말았다.

"네, 안녕히 가세요!"

한 번 더 꾸벅 인사한 이새는 부지런히 집 앞으로 걸어가 대문 앞에 서서

번호키를 눌렀다.

"예쁘다, 그치?"

이를 차 안에서 가만히 지켜보던 승환이 지원에게 말했다. 이새의 외모를 두고 승환과 얘기를 나누고 싶지는 않아 지원은 입을 다물었다. 승환이 다시 물음표로 끝나는 말을 했다.

"남자 친구 있을까? 있겠지?"

"네가 그게 왜 궁금한데?"

승환의 과한 관심에 짜증이 난 지원이 톡 쏘아붙이며 차를 돌렸다.

"너도 모르나 보네? 그럼 내가 물어봐 줄까?"

가볍이 질문한 승환이 뒤쪽으로 고개를 돌렸다. 그러고는 한층 작아진 목소리로 말했다.

"아…… 물어볼 필요도 없는 건가?"

승환의 혼잣말에 반응한 지원도 백미러를 통해 뒤쪽을 살폈다. 어렵지 않게 다시 이새를 발견할 수 있었다. 그녀는 집으로 들어가려다 말고 뒤돌아서 낯선 남자와 얘기를 나누고 있었다. 딱 그녀 또래로 보이는, 약간 잘생긴 정도의 보통 남자애였다. 이를 바라보는 지원의 눈에 절로 힘이 들어갔다. 운전자의 처지라 오래 두고 볼 수는 없었지만.

"어? 근데 남친은 아닌가 보다. 남사친인가 봐. 아니면 오빠가?"

그런데, 승환이 다시 흥미로운 듯 목소리를 높였다. 지원도 승환의 목소리를 따라 고개를 다시 돌렸다. 그리고 하마터면 문을 박차고 나올 뻔했다. 문제의 보통 남자애가 한쪽 팔로 이새의 목을 휘어잡고 그녀의 머리통을 통통 때리고 있는 것이 아닌가!

"지금 나가면 안 된다. 너만 우스워지는 거야. 요즘 애들은 저러고 논다."

승환이 따끔하게 경고했다.

지원은 이해할 수 없었다. 여자한테 왜 헤드록을 걸어? 머리통은 왜 때려?

"최소 초중고 동창 내지는 불알친구겠지. 저걸로 확실해졌네. 남친이 있으면 감히 저런 무례를 범할 남사친도 없겠지. 남사친만 있고 남친은 없겠네. 그런데 쟤가 남사친이면 위험하다. 저러다 정들지."

승환은 벌어진 상황에 대해 논평하듯 건조한 어투로 말하다가 넌지시 물었다.

"남친 얘기도 남사친 얘기도 들은 거 없지?"

지원은 아무 대답도 할 수 없었다. 다만, 그녀의 일기장을 들추었을 때, 그 안에서 낯선 이름 하나가 덜컹 걸렸던 것이 떠올랐다.

'혁아.'라고. 그녀는 일기장에 매번 그렇게 썼었다.

'혁'이 누굴까 대체. 그는 불편한 마음을 안고 차를 출발시켰다.

오랜만에 만난 혁진은 그간 왜 연락이 없었냐며 날렵하게 헤드록을 걸었다. 이새는 한참 지난 후에도 목이 뻐근했다.

어쩌다 보니 동네친구 혁진과는 초, 중, 고, 대학교까지 동창이 되었다. 온 동네 사람들이 그녀가 혁진을 좋아했었다는 걸 다 알고 있는데도 두 사람이 쿨한 친구 사이를 유지할 수 있는 이유는 모두, 이렇게나 그녀를 동성친구 다루듯 하는 혁진 덕분이다.

'그래도 나도 여잔데 헤드록이 뭐냐?'

오랜만에 보육원으로 봉사활동을 하러 온 이새는 산더미처럼 쌓여 있는 이불을 밟으며 툴툴거렸다. 그때, 그녀의 뒤편에서 소리가 들렸다. 태원이었다.

"준서는 잘 돌보고 있어요?"

'준서'라는 이름에 흠칫 반응한 이새가 휘청거렸다.

"어, 어, 어!"

결국 이새는 빨래통 안에서 중심을 못 잡고 털썩 주저앉고 말았다. 이불이 머금고 있던 비눗물이 사방으로 튀었다. 태원이 자신을 향해 날아든 비눗물에 뒤늦게 물러나며 얼굴을 굳혔다. 고개를 든 이새는 태원을 알아보고 몸을 벌떡 일으켰다.

"헉, 안녕하세요! 후원자님."

'정말 산만한 여자네.'

얼마 전 태원은 지원네 집에 심어 놓은 소식통에게 전화를 걸었다. 이새가 컵라면을 엎지른 다음 날이었다. 소식통은 이새가 간밤에 다쳤다는 사실, 그리고 지금은 치료를 받아 평범하게 잘 지내고 있다는 사실을 말해 주었다. 이새가 쫓겨날 것 같으냐는 질문에는 그럴 것 같진 않다는 대답이 돌아왔다.

그리고 오늘, 그간의 일들을 들어 보려 보육원을 방문했다. 보육원 원장으로부터 오늘 이새가 봉사활동을 하러 온다는 얘기를 들었던 것이다.

"후원 때문에 왔는데 오늘도 이렇게 만났네요. 일하는 건 어때요? 다들 잘해 줘요?"

"네, 아주 잘해 주세요. 준서도 너무 예쁘고요."

"그래요? 지난번에 쫓겨날 뻔했다는 얘기를 언뜻 들었는데."

"아. 그때는 제가 컵라면 국물을 쏟았거든요. 한바탕 소동이 있어서 쫓겨날 위기에 처했었는데 가까스로 살아남았네요."

"컵라면?"

"네, 준서랑 컵라면을 몰래 먹다가……. 죄송합니다. 후원자님 체면도 있는데 제가 해서는 안 되는 일을 했어요."

태원의 미간이 더욱 굳어졌다. 아무래도 이 여자는 곧 쫓겨날 것 같았다. 그냥 스스로 그만두라고 할까.

'아니지. 망아지라면 조금 더 고삐 풀고 돌아다니게 해 줘야지.'

아직 별다른 대안이 없는 태원은 좀 더 이새가 지원네 집을 망가뜨리길 바라는 마음으로, 그녀를 응원했다.

"앞으론 주의해요."

"네, 조심할게요."

"지원이 잘생겼죠?"

"네?"

뜬금없는 태원의 질문에 이새의 얼굴에 열이 오르는 것이 쉽게 보였다. 태원의 한쪽 입술 끝이 비쭉 올라갔다.

"그 얼굴에 휘둘리지 말고 임무에 충실해 줘요. 사적인 감정으로 그만두게 된 가정교사들이 많아요."

이새는 잠시 멍하게 있다가 조심스레 미소 지었다.

"그런 건 걱정 마세요."

태원은 그녀가 반어법의 저주에 잘 걸려들길 바라며 히죽 웃고는 뒤돌았다.

"고맙습니다 후원자님."

그런데 그렇게 음모를 품고 돌아선 태원을 향해 이새가 밝게 인사했다.

"후원자님은 정말 섬세하세요. 준서 삼촌도 후원자님 같은 사촌이 있어서 많이 든든할 거예요."

그녀는 천진난만하게 웃으며 말했다.

'헛소리를 하는군.'

이새의 말에 굳이 대답할 필요를 느끼지 못한 태원은 작게 묵례하고 다시 돌아섰다. 그런데 왠지 가슴 한편이 찌릿찌릿했다. 감정이 묻어 있는 칭찬을 받아 본 적이 없었던 그는 그녀의 말이 생소하게만 들렸다.

보육원 봉사활동을 마치고 밤늦게 돌아온 이새는 이불도 깔지 않은 방에 털썩 누워 사바사나 시체 놀이를 했다. 사바사나는 무념무상이 포인트인데,

그러진 못했다. 낮에 태원이 했던 말에 뜨끔했었다.

그 얼굴에 휘둘리지 말라고 했는데.

'얼굴뿐 아니라, 몸이며, 목소리며, 심지어 성격에까지 이미 엄청 휘둘리고 있다고.'

그녀는 지원을 생각하며 땅이 꺼져라 한숨을 쉬었다. 그냥 잘생겼으면 됐지, 왜 땀에 젖으면 섹시해지는 건데. 수영 선수도 아니면서 어깨는 왜 그렇게 넓어. 온종일 툴툴거리다가 '잘 자요'라고 할 땐 왜 라디오DJ가 되는 건데.

'왜 날 준서로 착각하고…… 키스한 건데. 왜, 왜.'

그의 집을 벗어나서도 이렇게 그를 생각하게 되니, 이건 휘둘리는 것을 넘어서 중증인 거였다.

한창 근심에 몸이 달아 있을 때, 동생 이율이 방으로 들어왔다.

"살기 힘들지?"

이율이 맨바닥에 죽은 듯이 누워 있는 이새를 보며 시니컬하게 한마디 했다. 이새는 몸을 벌떡 일으키고 이율에게 다가갔다.

"이리 와 봐. 언니랑 뽀뽀 좀 하자."

"왜 이래…… 미쳤어? 저리 가아!"

뭐에라도 홀린 듯 자신을 향해 입술을 내밀고 짐승처럼 다가오는 이새에게 식겁한 이율이 성급하게 뒷걸음질 쳤다. 그러나 이새는 그런 이율의 얼굴을 단단히 잡아 입술에 쪽, 입을 맞추고야 말았다.

"아아! 진짜 했어! 어우! 술 마셨어?"

이율이 제 입술을 벅벅 닦으며 신경질을 냈다. 이율의 반응을 지켜본 이새는 더욱 기운이 빠졌다.

'그래. 그 사람의 마음도 저랬겠지. 준서한테 뽀뽀를 하려고 했는데 웬 괴생명체가 걸렸나, 했겠지.'

정리해야 한다. 정리만이 살 길이다. 이새는 이율을 힘없이 바라보다가 슬픈 목소리로 말을 걸었다.

"동생아, 넌 구남친이랑 어떻게 정리했니?"

입술이 없어져 버릴 듯이 손바닥으로 마구 문지르던 이율이 이새를 흘겨보며 물었다.

"남자랑 헤어졌어? 사귀기는 했어?"

"……그냥 이론이 궁금한 것뿐이야."

이새가 이율의 눈을 피하며 말했다. 이율은 수능시험 답 맞히기엔 약해도 사람 마음 알아맞히는 데엔 귀신 같은 데가 있는 아이였다. 이율은 이새가 한심한 듯 한숨을 크게 쉬고 대답했다.

"일단 남친은 만들어 오고 얘기하자, 언니야. 언니가 아무래도 많이 궁해진 것 같다."

"……."

"아니면 혁진 오빠 때문에 그래?"

"야, 나한테 남자가 걔 하나냐?"

"걔 하나였잖아. 온 동네 창피한 짓은 다 해 놓고. 혁진 오빠 말고 남자가 어디 있어, 언니한테?"

이율이 가늘어진 눈으로 이새를 보다가 의심쩍게 물었다.

"설마, 그, 언니가 봐 준다는 애의 삼촌은 아니겠지?"

"어우, 얘는 말도 안 되는……."

"근데 그 사람, 언니 고용주. 어떤 사람인지는 알아?"

이율은 발끈하려는 이새의 대답을 무시하고 재빠르게 말을 이었다.

"대충 뭐, 우리나라에서 손꼽히는 엔젤 투자자야."

"그것밖에 몰라? 나도 아는 걸 언니는 왜 몰라?"

"그 정도면 됐지. 뒷조사라도 하리? 왜, 조폭이라도 돼?"

이율은 이새가 한심하다는 듯, 씁쓸해하며 사실을 말해 주었다.

"성화그룹 광고회사 전무라고. 성화기획."

"그냥 투자회사 경영하는 거 아니었어? 엔젤 투자자로 자수성가한 게 아니야?"

"아이고, 언니야. 성화그룹 회장 손자잖아. 어떻게 그 나이에 투자 회사를 만들었겠어? 다 재산 물려받아서 차린 거지."

아, 그랬구나. 그건 몰랐다. 태원이 엔젤 투자자라고만 말해서 그런 줄로만 알았다. 그렇다면 지원도 태원도 모두 로열패밀리라는 얘기였다.

머릿속은 안지원, 그에 대한 생각으로 과부하인데, 정작 그에 대해 아는 것은 아무것도 없었다. 어쩐지 그가 더 멀어진 느낌이었다. 이새의 표정이 어두워지는 것을 보며, 이율이 단호하게 말했다.

"재벌은 안 된다, 언니야. 재벌은 안 돼."

나도 알아. 모르는 거 아냐.

"그 사람이 만나자고 해도 절대 안 돼. 집적대면 차라리 일을 그만둬."

이새가 대답하지 않아 애가 탔는지 이율은 아예 이새의 바로 앞에 엉덩이를 붙이고 앉았다.

"후우, 언니야. 순진한 언니야. 내가 클럽 많이 다녀 봤잖아. 가서 보면, 진짜 이상하게 양아치 같이 노는 애들은 다 재벌 애들이야. 여자도 맨날 바뀐다고."

준서 삼촌이 그럴 것 같진 않은데. 이새는 한마디 하려다가 그냥 입을 닫았다.

"말은 또 어찌나 잘하는지, 목소리를 내는데 어디서 비단이 만들어지고 있는 것 같다니까? 근데 그게 다 구라야. 여자 홀리려고 하는 말이라, 이거야."

"……"

"좋아해? 아니지?"

"하나도 안 좋아해. 내가 무슨⋯⋯."

"하아, 언니야! 어떡하냐, 언니야."

결국, 이율은 이새의 눈빛이 하는 말을 읽어 내고야 말았다. 마음을 들킨 것이 부끄러워진 이새는 이율에게서 등을 돌리고 돌아앉았다.

"정리해."

이율이 따끔하게 충고했다.

그게 말이 쉽지. 그렇게 페로몬을 뿜어 대는 사람을 어떻게 이겨 내냐고. 게다가 맨날 마주치는데.

몸을 일으킨 이율은 이새가 한심하다는 듯 한참 착잡하게 내려다보다가 다시 한마디 했다.

"그리고, 그 남자 앞에서 술은 마시지 마."

"당연하지."

이율이 왜 그런 말을 꺼냈는지 정확하게 알고 있는 이새가 결연하게 대답했다.

"절대, 마시지 마."

"안 마셔. 절대. 절대."

이새는 몇 번이나 다시 대답했다. 단호하게 대답하면서도 그녀의 안에는 자신도 어찌할 수 없는 욕구가 꿈틀거렸다. 착잡했다.

긴 주말을 보내고 드디어 월요일을 맞이한 지원은 이새가 너무도 보고 싶은 마음에 출근을 약간 미뤘다. 계약된 시각에서 30분 이른 8시 반. 이새는 다시 지원의 집으로 돌아왔다.

계단을 올라오는 그녀의 발소리가 들리고, 그녀를 기다리던 지원은 지금 막 출근 채비를 마친 사람처럼 일어났다.

"어? 아직 출근 안 하셨네요."

계단을 올라온 이새는 예의 공손한 인사 대신 의아한 눈빛을 했다.

"이제 막 나가려는 길입니다. 주말 잘 보냈어요?"

"네. 그럼 안녕히 다녀오세요."

지원의 다정한 인사를, 이새는 담백하게 돌려주고는 방 안으로 들어가 버렸다. 주말에 무슨 일이 있었던 것만 같이 표정이 사라진 그녀의 얼굴에, 지원은 기분이 이상해졌다. 그녀가 저런 표정으로 인사를 하면, 더 신경이 쓰일 수밖에 없었다. 지원은 이새가 걸어간 길을 그대로 밟아 그녀의 방문 앞에 섰다.

그때 놀이방에서 준서가 나와 지원에게 물었다.

"선생님 왔어요?"

잔뜩 상기된 얼굴을 보니 준서 또한 이새를 꽤나 기다렸던 모양이었다.

"응. 왔어."

지원의 대답에 준서는 냉큼 달려와 이새의 방문을 열었다.

"선생님, 저 집 만들었어요! 선생님 보여 주려고 정원도 만들었어요!"

준서는 흥분한 얼굴로 이새의 손을 잡아끌었다. 방바닥에 짐 가방을 펼쳐 놓고 앉아 이를 정리하고 있던 이새가 준서의 재촉에 몸을 일으켰다. 준서는 이새의 손을 잡고 신나게 놀이방으로 들어갔다. 준서의 손에 이끌려 허둥지둥 놀이방으로 가는 이새를 보며 지원은 멍하니 서 있다가 그녀의 방 안으로 고개를 돌렸다.

그녀가 펼쳐 놓은 짐 가방 안에 떡하니 일기장이 있는 것이 보였다. 그건 악마의 유혹이었다.

이러면 안 되는데. 정말 이러면 안 되는데.

하지만 그녀의 마음이 너무도 궁금했다.

찬찬히 방 안으로 들어간 그는 짐 가방의 맨 위에 올려진 일기장을 집어

들었다. 그리고 재빨리 글씨가 쓰인 마지막 장을 펼쳤다. 그리고 기대한 대로, 그녀의 현재 심경을 제대로 확인할 수 있었다.

혁아.

나는 이 일을 그만둬야 될지도 모르겠다.

절대 품어서는 안 되는 감정이 나를 자꾸 괴롭혀.

내게는 제 또래보다 성장이 더딘 준서가 있고, 날 믿고 준서를 맡긴 준서 삼촌과 고모가 있고, 날 추천한 후원자님이 있고. 내가 무사하고 안전하게 일을 하길 바라는 엄마, 아빠가 있고…….

내가 내 역할에만 충실하길 기대하는 사람들이 이렇게나 많은데, 나는 왜 내 감정 하나 다스리질 못하는지 모르겠다.

무엇보다, 클라이언트한테 사사로운 감정을 가지지 말라고 배워 온 내가 말이야.

정리해야지.

내 마음을 정리하지 못하면 그만둬야지.

그게 준서한테나 준서 삼촌한테나 옳은 일일 것 같다.

차분하게 쓰인 글씨를 묵묵히 읽어 가던 지원의 표정이 어둡게 변했다. 일기장만 확인하고 서둘러 그녀의 방에서 나온 그는 출근하겠다는 인사도 없이 밖으로 나왔다.

더 다가오면 떠날 것이다, 일기장의 행간이 그에게 그렇게 말하고 있었다.

알게 모르게 그녀에게 보여 주었던 감정들에 그녀는 섬세하게 반응하며 지금껏 떨고 있었다. 고운 모래처럼, 꽉 쥐면 손가락 사이로 그녀가 술술 빠져나가 버릴 것만 같았다. 그녀가 가진 고민은 그에게로 옮겨 갔다. 그는 무거운 마음으로 차에 올라탔다.

5. 질척질척

며칠 동안 이새는 의도적으로 지원을 피했고 지원 또한 해결 방법을 찾지 못했다.

이새는 언제나처럼 예의 바르게 행동했다. 하지만 과하다 싶게 풍부했던 표정은 거의 거두어졌다. 웃는 것은 준서의 앞에서만이었다. 그런 그녀를 보고 있자니 지원은 답답했다.

그렇게 시간이 흘러 다원이 말레이시아에서 돌아오는 날이 되었다. 지원은 퇴근하자마자 다원의 방으로 갔다. 다원은 일찌감치 잠자리에 들어 있었다.

3층으로 올라와 어두운 거실에 우두커니 선 그는 멀거니 이새의 방문을 응시했다.

이새와 별다른 말을 안 하고 지낸 지 닷새째. 또 내일이면 그녀는 다시 집으로 돌아간다.

그냥 뭐, 이대로 지내도 될 것 같다. 내내 마음이 안 좋긴 하지만, 자신이 섣불리 행동하여 그녀가 떠나는 것보다는 나을 것이다. 그리 생각하며 그는 자신의 방으로 걸음을 옮겼다. 그러다가 거실 바닥에서 양말 한 짝을 발견하고 발을 멈췄다. 이번에도 이새의 것이 분명한 양말이었다. 신데렐라가 유리 구두를 벗어 버리고 가듯, 이 여자는 양말 한 짝을 잃어버리고 다닌다. 마치 그가 주워서 가져오길 바라는 것처럼.

이끌리듯 그녀의 양말을 주워 든 지원은 굳게 마음을 먹고 이새의 방문에 노크했다.

똑똑똑.

"네, 들어오세요."

방 안에서 맑은 목소리가 들렸다. 그 목소리를 따르며 지원은 문을 열었다. 방 안에 빨래를 널고 있던 이새가 지원을 보고 눈이 동그래졌다.

"어? 고모님인 줄 알았어요. 준서 삼촌이었네요. 다녀오셨어요."

별다른 감정 없이 눈으로만 미소 짓는 건조한 인사를, 지원 또한 딱딱하게 받아들이며 양말을 내밀었다.

"이게 떨어져 있었어요."

"아…… 들고 오다가 떨어뜨렸나 봐요. 제가 주우러 갔을 텐데. 고맙습니다."

지원이 꾸벅 인사하는 이새를 먹먹히 바라보다가 물었다.

"다원이는 자는가 보네요. 아무 일도 없었어요?"

"무슨 일요?"

"다원이가 구박한다거나."

"어머, 아녜요."

이새는 정색을 하며 책상 위에 놓인 동그란 물체를 집어 와 보여 주었다. 나무 살로 만든, 탁구공 크기의 구에 중간중간 구멍이 뚫려 있는 물체였다. 지원은 이 공의 이름을 알고 있었다. 세팍타크로 볼. 발로 하는 배구라고 일 컬어지는, 말레이시아의 전통 족구, 세팍타크로라는 경기에 사용되는 공이 었다. 하지만 세팍타크로를 하기에 이 공은 너무 작았다. 열쇠고리용으로 제작된 것인지는 모르겠으나 고리가 매달려 있지도 않았다.

"이거 보세요. 오늘은 이것도 선물로 주셨어요."

"뭐에 쓰는 거예요?"

지원은 대충 알고 있으면서도 시치미를 떼고 물었다. 그냥 그녀의 대답이 궁금했다. 그런데 그녀는 공을 내려다보며 만지작거릴 뿐 정확한 대답을 하지 못했다.

"그냥 뭐……. 히히……."

'히히' 하고 멋쩍게 웃는 그녀의 반응에 심장이 쿵 내려앉았다. 방심하고 있는 사이에 이렇게 귀여운 소리를 내며 가슴에 콕 박힐 웃음을 지으니 가슴이 저려왔다.

그의 뜨거운 눈빛에 분위기가 이상해진 것을 느꼈는지, 이새가 귀여운 웃음을 짓다 말고 입을 합 다물었다.

"너무 잠이 안 오는데."

지원이 그녀에게 한 걸음 다가갔다.

"예전에 말했던 거 기억나죠? 내 요가 선생님 해 주기로 한 거."

"아……."

"요가 배울 생각에 지금까지 경고도 안 주고 묵묵히 있어 줬잖아요."

"그건 제가 경고 받을 만한 일을 하지 않아서 그런 거 아녜요?"

발끈한 그녀가 표정을 보였다. 비록 절제하는 듯했지만, 지원은 그 변화가 반가웠다.

"내가 많이 봐준 거죠."

지원은 용기를 냈다. 지금 그녀와의 관계를 회복시키지 않으면 평생 기회는 없을 것만 같았다.

"내 방으로 가죠. 오래 붙잡지는 않을게요."

지원이 먼저 방 밖으로 나갔다. 하지만 그녀가 머뭇거리는 것을 보자 다시 안으로 들어와 그녀의 손을 잡았다.

"아니요. 제가 알아서 갈게요!"

이새가 목소리를 높이지 않으려 노력하며 그에게서 손을 빼냈다. 경계심이 가득한 눈이 어두운 거실에서 총총 반짝였다. 지원은 그 눈에 입 맞춰 보고 싶은 충동을 누르고 다시 뒤돌았다. 그녀가 종종걸음을 옮기는 소리를 확인하며, 그는 느릿느릿 걸었다.

이윽고 제 방에 도착한 지원은 지난번에 그랬듯 이새가 먼저 안으로 들어가도록 문을 열어 주었다.

먼저 안으로 들어간 이새가 오도카니 서 있는 동안 지원은 문을 잠갔다. 철컥, 문 잠기는 소리에 그녀가 어깨를 움츠렸다. 반사적으로 보여 주는 행동들이 귀여워 지원은 새삼 그녀를 괴롭혀 주고 싶어졌다. 그러려고 부른 건 아니었는데 그녀와 밀폐된 공간에 단둘이 있게 되니 그의 안에서는 시커먼 욕망이 다시 고개를 내밀었다.

자, 토끼를 방 안으로 유인하는 데 성공하고 문도 잠갔는데 이제 뭘 할까. 키스를 할까. 도망치지 못하게 꼭 안고 '너도 날 좋아하잖아'라고 말할까.

"생각해 보니 그 차림으로는 요가를 할 수 없어요."

그가 이기적인 생각을 하는 사이, 그녀 또한 갈등을 끝낸 모양이다. 한껏 용맹해진 이새가 단단한 목소리로 말했다.

"갈아입죠."

"아뇨. 그러실 필요 없어요. 동작 하나만 보여 드리고 바로 나갈게요."

이새는 지원의 말을 무시하고 방바닥에 무릎을 꿇은 자세로 앉았다.

"일단 목이랑 척추를 풀어 주는 요가예요. 목이랑 척추가 굳으면 머리 쪽으로도 혈액 순환이 잘 안 되거든요. 그러면 두통도 생기고 잠도 잘 안 올테고요."

한 번 심호흡을 한 그녀는 진지하게 요가 동작에 임했다. 바닥에 무릎을 붙이고 곧게 앉아 있던 그녀의 몸이 순식간에 뒤로 휘었다.

"이렇게 무릎을 어깨너비만큼 벌리고 무릎으로 서서 양손으로 허리를 지탱하면서 상체를 뒤로 젖히는 거예요. 이게 잘되면, 여기에서 몸을 더 젖히면서 발꿈치를 잡으세요. 넘어지지 않게 한 발씩."

이제 그녀의 몸은 완벽하게 알파벳 대문자 D에 가까워졌다. 그녀는 그 상태로 목에 힘을 쭉 뺐다.

지원은 배움의 자세를 잊은 지 오래였다. 유연하게 휘어지는 그녀의 몸에 시선을 빼앗긴 그의 눈이 뜨겁게 가늘어졌다. 그녀가 선보인 동작은 날씬한 그녀의 몸이 제대로 돋보일 수 있는 요가 동작임에 틀림없었다.

"어려운 동작이니까 처음 할 때는 무리해서 하지 마세요. 발꿈치까지 가지 마시고 허리 잡는 걸로만 해도 돼요. 뭐든 무리해서 하면 병나요. 혹시 허리 디스크 있으시면 하지 마시고요."

몸을 천천히 일으켜 다시 무릎 꿇고 앉은 그녀가 말했다.

"금방 보여 드린 건 낙타 자세라는 건데요. 척추를 풀어 주고 굳은 목을 유연하게 하는 데 도움이 될 거예요. 여자한테도 좋지만 남자한테 더 좋고, 자신감을 길러 주고 성장에도 도움이 되는 자세예요."

"왜 남자한테 더 좋다는 거죠? 자신감은 또 뭐고."

금세 그녀의 눈앞에까지 다가온 그가 빛나는 눈으로 물었다. 요가 선생의 역할에 충실하며 진지하게 설명하던 그녀는 순간 당황했다. 그가 너무 가까이 있었다.

"……매뉴얼대로 얘기한 건데, 좀 넘어가 주면 안 돼요?"

울 듯 말 듯, 그녀의 표정이 일그러지는 것을 보며 그는 씨익 미소 지었다. 그녀의 표정이 예전으로 돌아오고 있어 행복했다.

"알았어요. 낙타 자세. 기억할게요."

"잠깐……."

그런데 그녀의 표정이 순간 바뀌었다. 크게 뜨인 그녀의 눈에 긴장감이 가득 찼다.

자박자박. 밖에서 누군가 걸어오는 소리가 들렸다.

"누가 오잖아요!"

그녀의 동공이 크게 흔들리는 것을 보며 그도 함께 긴장하게 되었다. 분명 발소리의 주인은 다원일 것이다. 하지만, 이 방 안에서 다원이 오해할 만한 행동을 하진 않았다. 떳떳하지 못할 이유는 없었다. 지원은 직관적으로 말했다.

"그냥 사실대로 얘기할⋯⋯."

"싫어요! 준서 삼촌이 문 잠근 거잖아요!"

이새가 소리를 낮추어 바락 했다. 지원은 그녀의 반응을 이해할 수 있었다. 언젠가 다원에게 장담하듯 말했던 것이 걸리긴 할 것이다.

발소리는 점점 커지고 있었다. 그녀가 다급하게 물었다.

"숨을 데 없어요?"

재빨리 몸을 일으킨 지원은 그녀를 번쩍 들어 올렸다.

"헛, 뭐, 뭐 하시는 거예요!"

그에게 공주님 포즈로 안긴 이새가 몸부림쳤다.

"들키기 싫으면 조용히 합시다."

제 안에서 파닥거리는 그녀를 더욱 꽉 잡고는, 지원이 낮은 목소리로 주의를 주었다. 서둘러 방의 가장 구석에 있는 이불장 쪽으로 걸어간 그는 이불장의 문을 열어 차곡하게 높이 쌓인 이불 위에 그녀를 올려놓았다.

"조금만 참아요."

그 말을 끝으로, 그는 부리나케 이불장의 문을 닫았다. 이윽고 노크 소리가 울렸다. 지원은 바로 문을 열었다. 예상했던 대로 노크를 한 사람은 다원이었다. 다원은 피곤한 표정으로 지원을 바라보았다. 무언가를 의심하고 있는 낌새는 없어 보였다.

"언제 왔어?"

평소처럼 무심하게, 지원은 다원을 보며 물었다.

"꽤 됐지. 문은 왜 잠갔어?"

"옷 갈아입으려고. 습관이야."

다원이 끄덕였다.

"오빠는 언제 왔는데?"

"방금 전에. 일은 잘 끝내고 온 거야?"

"대충."

"대충 하면 어떻게 해? 제대로 해야지."

"그깟 부티크가 뭐라고 그렇게 공을 들여야 해?"

"그깟 부티크라니. 그래도 할아버지께서 널 믿고 맡긴 첫 번째 일인데, 그걸 대충 해?"

"할아버지는 나한테 대충 경력 주고 직함 줘서 팔아먹으려고 하는 거야. 그냥 좋은 자리로 시집보내려고 그러시는 거라고."

"좋은 자리로 시집가면 네가 좋은 거야."

"그 좋은 자리가 진짜 좋은 자리는 아니니까 그렇지. 오빠는 마음에도 없는 사람하고 결혼할 수 있겠어?"

"나랑 너랑은 다르지. 굳이 애 딸린 남자랑 결혼하고 싶어 하는 사람도 없어."

"애 딸린 남자는 아니지. 준서가 조카지 아들이야? 그럼 오빠는 준서 받아 줄 여자만 있으면 결혼하겠다는 거야? 좋아하지도 않는 사람하고?"

신경 쓰이는 게 없다면 대충 대답해 줬을지도 모르겠다. 그러나 지금 이불장 안에는 이새가 숨어 있었다. 지원은 말을 함부로 할 수 없는 입장이었다.

"이것 봐. 오빠도 대답 못 하잖아."

다원이 입을 삐죽거렸다.

"난 잔다. 모레 또 이탈리아로 출국해야 돼. 쉴 시간도 없어."

지원은 다원의 말에 피식 웃었다. 툴툴대면서도 일은 제대로 하려는 모양이었다.

"그래. 얼른 자."

지원은 다원이 떠나는 것을 복도 끝까지 봐 주고는 돌아와 다시 문을 잠갔다. 이불장으로 향하는 그의 발걸음에 조급함이 실렸다. 안에 숨어 있는 이새가 얼마나 두렵고 답답할까 싶어 조바심이 났다.

냉큼, 활짝. 그는 이불장 문을 크게 열었다.

하지만 긴장감에 얼어 있던 그의 표정은, 그 안의 이새를 보곤 부드럽게 녹아 버렸다. 상자 안에 몸을 맞춘 고양이처럼, 좁은 공간에서 잔뜩 몸을 웅크리고 울상이 되어서는 자신을 쳐다보는 그 표정이 견딜 수 없을 정도로 귀여웠던 것이다.

"그래도 그렇지, 이 좁은 이불장에 넣어요? 옷장도 아니고?"

그녀가 울먹이듯 물기 가득한 목소리로 투덜거렸다.

"미안해요. 손에 잡힌 데가 거기였어요."

"안 내려 주세요?"

"잠깐. 감상 좀, 좀 더 하고."

"우쒸, 제가 내려갑니다."

그녀는 잔뜩 삐친 얼굴로 이불장 안에서 몸을 펴며 이불들을 하나씩 밟고 조심스럽게 아래로 내려왔다.

"요가를 잘해서 그런지 몸이 유연하네."

"왜, 더 작은 데 집어넣어 보시려고요?"

"나쁘진 않겠는데?"

그가 놀리듯 말했다. 어느새, 며칠간 두 사람 사이에 흐르던 싸한 기운은 완전히 거두어져 있었다.

"이런 사람이 엔젤이라니."

그녀가 입술을 삐죽거리며 혼잣말했다.

"뭐예요, 그 빈정거리는 말투는. 내가 엔젤 투자자인 게 마음에 안 들어요?"

"괴리감이 장난 아니었죠. 그런 러블리한 단어는 좀 그렇잖아요. 데빌 투자자, 헬 투자자 이런 게 더 어울릴⋯⋯."

"허. 헬 투자자? 지옥 투자? 투자를 하면 지옥으로 간다는데 누가 투자를 받겠어요?"

하지만, 지옥 선생은 한 명 있죠. 선생이 됐는데 지옥으로 왔다니까요? 악마가 날 막 침실로 유혹한다니까요?

"표정이 왜 그래요?"

"괜히 억울하잖아요."

그녀가 조용히 투덜거렸다.

"왜요."

"아니 뭐, 꼭 준서 삼촌이 그렇다는 건 아니고요. 엔젤이 아닌 사람도 직업을 그렇게 가지면 엔젤이 될 수 있는 더러운, 아니, 정말 꼭 준서 삼촌 얘기는 아니에요."

"내가 엔젤 투자자인데 내 얘기가 아니라면, 엔젤 투자자 전체에 대한 얘기예요?"

"꼭 그런 건 아닌데⋯⋯."

"그래서, 빈정 상한다?"

"아니라니까요. 고유명사라는데요, 뭐. 그런데 정말 직업에 귀천이 있네요. 우리는 다 인간인데 혼자 고고히 천상의 일을 하고 계시니 말이에요."

"어째 자꾸 비꼬는 것처럼 들립니다?"

"어우, 아니에요⋯⋯."

지원은 그녀가 빈정거리고 있다는 것을 잘 알고 있으면서도 살포시 웃어 주었다. 그녀가 감정을 드러내고 자신을 편하게 대해 주는 것만으로도 숨이 트이는 느낌이었다.

"생각보다 고고하진 않아요. 갈등도 많고. 일하다가 엎어져서 다 정리해야 할 때는 정말 엔젤 마인드로 해야 한다고요."

"일하다가 엎어지면 투자금도 회수 못 하는 거예요?"

"그렇죠."

지원의 말에 이새는 가만히 끄덕거렸다. 음, 그건 엔젤일 수도 있겠네.

"내가 엔젤인 게 그렇게 못마땅해요?"

"아뇨아뇨……. '안젤라' 같은 이름도 있는데요, 뭘. 걔네는 날 때부터 천사죠. 그저 조금 부러울 뿐, 못마땅지는 않습니다."

"그게 그렇게 부러우면, 나라도 김 선생, 엔젤이라고 불러 줘요?"

흐흐흐흐흐, 지원의 엉뚱한 말에 이새는 희한한 소리를 내며 웃었다. 그 안에 변태 아저씨 하나가 들어앉아 있는 웃음소리였다.

"웃음소리가 왜 그래요? 변태 엔젤이에요?"

"아뇨. 그냥 생각만 해도 웃겨서요. 제가 엔젤 소리 들을 만큼 퓨어하지가 않아서."

이 꾸밈없는 웃음. 이걸 보고 싶었다. 어느새 그간 좋지 않았던 속이 뻥 뚫린 것처럼 시원해졌다. 그녀를 바라보는 지원의 눈이 말갛게 젖었다.

그래, 내가 욕심내지 않으면 되잖아. 사귀지 않고 이렇게 내가 바라보기만 하면 되잖아. 그렇게 친구처럼 가까이 있기만 해도 되잖아. 보고 있으면 안고 싶은 마음은 어떻게든 눌러 볼 테니, 그냥 이렇게 옆에 있어 줘. 당신을 못 보면 미칠 것 같은 나를 위해서.

"마음에 드네. 퓨어하지 않은 엔젤."

그가 묵직하게 잠긴 목소리로 말했다.

'엔젤'이란 말에 흐흐 웃던 그녀의 웃음이 뚝 끊겼다. 고개를 들어 바라본 지원의 두 눈동자에 자신이 그득 담겨 있는 것을 보고 그녀는 입술 끝을 내렸다.

홀려 버리면 안 돼! 정신 똑바로 차려! 머릿속의 이성이 그녀에게 위험신호를 보냈다.

이렇게 될까 봐 그를 멀리했는데 또 이렇게나 휘둘려 버렸다. 둥둥, 머릿속에서 위험신호가 울리든 말든, 그녀의 가슴은 솔직하게 제 감정을 표현하고 있었다. 그녀는 서둘러 자리에서 일어났다.

"오, 오늘은 이만 가 봐도 되죠? 저도 내일 일정이 있어서요. 안녕히 주무세요, 엔젤 투자자님."

그녀는 부리나케 인사했다. 지원과 헤어져 도망치듯 방으로 돌아온 이새는 그대로 침대에 엎어져 버렸다.

맙소사! 그간 지원의 앞에서 포커페이스를 유지해 왔던 것이 이렇게나 어처구니없이 한순간에 무너지고 말았다. 마음을 정리해야 할 시기에 더 깊이 빠져들게 생겼다. 그의 눈빛은 '이 사람이 날 좋아하나?' 하고 오해하게 만든다. 그리고, 더 좋아해 줬으면 하고 기대하게 만든다. 절대로 욕심내선 안 되는 사람인데 뭘 바라고 이렇게나 휘둘리는지.

"으아아아, 그만두기 싫어!"

이새는 소리가 퍼질세라 베개로 입을 틀어막고 포효했다. 그를 좋아하게 된다면 그만두겠다고 결심하긴 했지만, 정말로 이대로 그만두고 싶진 않았다.

이틀 후 아침, 집으로 돌아갈 준비를 하던 이새는 남매의 티격태격하는 소리에 방에서 나왔다. 2층의 계단 근처에서 지원과 다원이 말다툼을 벌이고 있었다.

"오빠한테 얘기했잖아! 나 오늘 가구 보러 밀라노로 간다고. 비행기 표도 다 끊어 놨다고."

"나도 회사에 가 봐야 되는데 준서 이모가 갑자기 일이 생겼다고 그래서 그래. 오후 여섯 시쯤엔 돌아올 수 있어. 비행기 표는 다시 끊어 줄게."

준서의 이모가 준서를 책임지는 주말이었다. 그래서 다원도 걱정 없이 항공권 예약을 했고 지원도 회사에 갈 채비를 하고 있었다. 그런데 준서의 이모가 갑작스럽게 급한 일이 생겼다는 연락을 해 온 것이었다. 지원 또한 뒤로 미룰 수 없는 중요한 업무가 있는 날이었다. 어쩔 수 없이 다원에게 부탁을 했건만, 다원은 얘기를 듣자마자 이 난리였다.

"오빠 일만 중요하고 내 일은 안 중요해? 오빠가 일하라며! 잠자코 맡겨진 일하려는 사람한테, 오빠라는 사람이 출장 잘 다녀오라고 말은 못 해 줄망정 갑자기 난데없이 조카를 보라고 그래?"

"나도 웬만하면 부탁 같은 거 안 해. 오늘 업무는 정말 중요한 건이라서 그래."

"그럼 김이새 선생한테 봐달라고 해."

"넌 어떻게 된 애가……."

"저기, 준서는 제가 볼게요. 고모님은 얼른 공항으로 가시고, 삼촌은 출근하세요."

화가 난 지원이 다원을 나무라려고 하는 순간, 어느새 계단 아래로 내려온 이새가 불쑥 끼어들었다. 이새는 두 사람의 말다툼을 무마시키려는 듯이 편안하게 웃어 보였다.

그러나 그녀를 보는 지원의 마음은 편치 않았다. 다원이 이새의 이야기를 꺼낸 것 때문에 그녀가 부담을 느껴 그리 말한 것이라면 정정해 주어야 했다. 그녀가 마음이 상해서 좋을 일은 아무것도 없었다. 닷새 만에 집에 가는 건데, 당장이라도 가고 싶지, 더 미루고 싶지는 않을 것이다.

"무리하지 않아도 됩니다. 승환이 녀석한테 맡겨도 돼요."

지원은 그녀를 안심시키려 거짓말을 했다. 승환은 오늘 오전 당직이었다.

"무리하는 거 아니에요. 낮에는 약속 없어서 더 있다가 가도 돼요."

이새가 고개를 가로저었다. 선의가 가득한 진심 어린 표정에 지원은 곧 입을 꾹 다물었다.

"것 봐. 바로 오케이하잖아. 이렇게 쉽게 해결되는 걸 가지고. 오빠는 어떨 때 보면 순 독재자야."

일이 쉽게 해결되자 다원은 지원을 책망했다.

"준서 삼촌이 너무 급해서 그러셨나 봐요. 걱정 마시고 얼른 늦지 않게 출발하세요."

"그래. 김 선생만 믿고 갈게."

승리는 다원의 것이었다. 다원은 도도하고도 당당하게 두 사람을 떠나 제 방으로 걸음을 옮겼다. 그러다가 문득 걸음을 멈추고 뒤돌았다.

"나 밀라노 가는데 뭐 갖고 싶은 거 있어?"

"쇼핑할 생각 하지 말고 일이나 잘해."

"오빠 말고, 김 선생."

다원이 지원을 향해 다시 딱딱한 목소리를 냈다. 다원이 내뱉은 생경한 말에 동그랗게 뜬 눈을 깜빡거리던 이새는 잠시 후 함박웃음을 지으며 밝은 목소리로 대답했다.

"저는 초콜릿 하나만 사 주셔도 좋아요."

다원은 이새의 소망이 너무나도 하찮다는 듯이 코웃음 쳤다. 하지만 돌아서는 다원의 발걸음은 가벼워 보였다. 다원도 마음속으로는 웃고 있으리라.

다원과 이새를 번갈아 바라보던 지원은 이새의 눈웃음을 확인하는 것을 끝으로 고갯짓을 멈췄다. 가만히 바라본 그녀의 옆모습은 정말 예뻤다.

어디서 이런 천사가 내려왔을까.

회사로 간 지원은 일을 빨리 마치기 위해 노력했지만 뜻대로 되지 않았다. 그나마 속전속결로 일을 마무리 지은 시각이 오후 4시였다.

지원은 이새가 기다릴세라 급히 집으로 돌아갔다. 토요일이라 도로 사정이 좋지 않았다. 집에 다다랐을 즈음은 이미 오후 5시에 가까워 오고 있었다. 대문 앞에 준서 이모의 차가 주차돼 있는 것이 보였다. 그사이 준서 이모도 볼일을 마치고 온 모양이었다. 지원도 차를 주차하고 곧장 집 현관으로 향했다.

"삼촌!"

현관문을 열자마자 준서의 밝은 목소리가 그를 반겼다. 준서는 이모를 따라가려 신발을 신고 있었다. 준서의 뒤에 준서의 이모와 이새가 나란히 서 있는 것이 보였다.

"안녕하셨어요? 지금 막, 준서와 나가려던 참이었어요."

준서 이모가 지원을 보자마자 상냥하게 인사했다.

"네……."

지원은 놀란 마음을 감추며 꾸벅 인사했다. 오래전 하늘나라로 간 준서의 엄마와 달리 준서의 이모는 웃음이 별로 없고 감정 표현이 무딘 사람이었다. 그런 준서 이모가, 그에게 밝은 얼굴로 인사를 걸어왔다.

"오늘 급히 연락드려서 죄송합니다. 다행히도 준서는 잘 놀았던 모양이에요. 준서가 선생님을 참 좋아하네요."

준서 이모의 미묘한 변화를 알아챈 지원은 이새에게로 고개를 돌렸다. 이새는 여느 때와 다름없이 싱글싱글 웃고 있었다.

왜 당신 옆에만 가면 사람들이 모두 밝아지는 걸까. 우연인 걸까, 당신의 능력인 걸까.

이토록 매력이 가득한 여자를, 어떻게 지켜만 볼 수 있을까. 시간이 흐를수록 욕심이 커져 가는데.

준서를 준서 이모에게 보낸 후, 이새도 집으로 돌아가기 위해 다시 짐을 꾸려 방에서 나왔다. 그녀가 거실로 나오기를 기다리고 있던 지원이 소파에서 일어나 그녀의 짐 가방을 대신 들었다.

"이렇게 된 김에, 집까지 바래다줄게요."

할 말을 잃고 멍하니 서 있던 그녀가 뒤늦게 소리를 높였다.

"아뇨! 제가 약속이 있어서요. 저 혼자 갈게요."

그제는 비록 분위기에 취해 그를 편하게 대하고 말았지만, 오늘 그 허물어진 벽을 다시 세우리라, 철벽녀가 되리라 다짐한 그녀는 제 굳은 심지를 눈빛으로 표현했다. 물론 지원에겐 통하지 않았다.

"그럼 이 짐을 들고 가겠다는 거예요?"

"네. 저는 상관없어요. 학교 다닐 때도 이만한 거 들고 다니는 걸요."

"그럼 약속 장소까지 태워다 줄게요."

지원은 막무가내였다. 그녀의 목소리가 다시 한 번 높아질 수밖에 없었다.

"약속 장소를 아직 안 정해서요! 천천히 서울로 돌아가면서 정하려고 한 거였어요."

정말로 약속이 있긴 했다. 오래전 했던 약속이라 많이 흐릿해졌지만.

"약속 장소도 정하지 않은 약속이었어요?"

지원은 탐탁지 않은 그녀의 대답에 얼굴을 굳혔다. 그는 자못 진지하게 그녀를 불렀다.

"김이새 선생님. 누군가의 부탁을 흔쾌히 들어주려는 것은 좋은 일이지만, 남에게 휘둘려서 살면 안 돼요."

지금 나를 제일 휘두르는 건 그쪽이라고요. 왜 그걸 모르세요. 이새는 속으로 생각했다.

"일단 약속 장소먼저 정해요. 거기까지 태워다 줄 테니까. 집에 갔다 갈 거라면, 그쪽에도 들르도록 할게요."

이새는 그의 호의를 적절히 쳐 낼 수 있는 방안을 생각하다가 예의 있게 말했다.

"오늘 일 때문에 미안해서 그러시는 거라면, 안 그러셔도 돼요. 저도 준서랑 즐겁게 놀았어요."

이새의 말을 들은 지원은 픽 웃었다.

준서와 즐겁게 놀았다는 거 알아. 안 봐도 알아. 이제 좀, 내가 즐거워지려고 그러는 거야.

"얼른 약속 장소나 제대로 잡아요. 집에 짐을 내려다 놓고 움직이는 게 좋겠네요. 이거 꽤 무거워요."

지원은 그녀를 뒤에 두고 먼저 계단을 내려갔다. 결국 그녀도 그를 따라 종종 걸음을 옮겼다.

"약속이 몇 시예요?"

이새를 차에 태운 지원이 물었다. 지원의 차 조수석에 오른 그녀는 지원의 눈치를 보며 휴대폰을 들었다. 어쩐지 굼뜨게만 느껴지는 행동에, 지원이 놀리듯 물었다.

"사실 약속 없는 거 아니에요?"

"있어요!"

지원의 말에 발끈한 이새가 친구에게 전화를 걸었다. 원래는 단체 메시지 창을 통해 만날 장소와 시각을 정하려 했는데, 액션을 크게 보여야겠단 생각에 직접 통화를 하게 된 것이다.

"어, 미영아. 오늘 우리 만나기로 했잖아. 알지? 응? 못 와? 왜?"

-아, 우리 만나기로 했었지. 잊어버렸네. 나, 남친 부대 면회 가고 있어. 좀 더 일찍 말해 주지. 미안미안. 난 다음에 보자. 혜선이한테 한번 연락해 봐.

이럴 수가. 쉽게 끊어진 휴대폰을 바라보며 이새는 어안이 벙벙해졌다. 옆에 앉아 있던 지원도 대충 내용을 들어 버렸는지 훗, 코웃음을 터트렸다. 이새는 분한 마음을 누르며 다음 친구에게 전화를 걸었다.

-이새야. 나는 너한테 연락이 없어서 오늘 자연스럽게 취소된 줄 알았어. 나 지금 오빠랑 영화 보러 가려고 그러는데 너도 올래? 너 우리 오빠 알잖아.

이새는 힘없이 두 번째 통화를 끊었다. 혼자 놀면 놀았지, 친구의 데이트에 끼고 싶진 않았다.

네. 그럼 다음 친구.

-헉! 나 일본 왔어!

허어어어……. 마지막 친구에게까지 버림받은 이새는 허탈한 한숨과 함께 좌석에 깊이 몸을 기댔다. 슬쩍 고개를 돌려 본 지원이 그녀의 슬픈 눈을 보며 피식 웃었다. 그의 웃음에 이새가 억울한 듯 묻지도 않은 말을 꺼냈다.

"원래 제 약속이 먼저였다고요!"

"알았어요."

"진짜예요!"

"누가 뭐래요?"

"억울해."

"누가 뭐라냐고요."

이새는 분이 풀리지 않는 듯 입술을 계속 샐그러뜨렸다. 심통이 난 표정도 어쩜 그리 귀여운지, 지원은 그녀의 볼을 다시 한 번 꼬집어 보고 싶은 욕구를 애써 참고는 조심스레 입을 열었다.

"그럼 나랑 저녁 먹을래요?"

드르르. 그러나 그의 수줍은 제안은 그녀의 휴대폰 진동 소리에 완전히 묻혀 버리고 말았다. 그녀는 수신자를 찾아 계속 울리는 휴대폰을 통화 버튼을 누르지 않은 채 바라보고만 있었다. 무슨 일인가 싶어 자연스레 지원의 눈이 그녀가 들고 있는 휴대폰으로 향했다. 그리고 그는 발신자의 이름을 확인할 수 있었다.

<오혁진>

지원은 왠지 그 이름이, 답답할 정도로 거슬렸다.

잠시 망설이던 이새가 전화를 받았다.

"여보세요."

-집에 있어? 오늘 약속 없으면 좀 나와라. 우리 동아리 민구 형 알지? 네가 그 형 여자 친구 병원에 데려다 준 적 있다며.

귀가 따끔하도록 크게 들리는 혁진의 목소리가 성가신 이새는 휴대폰 음량을 급히 조절했다.

"응, 그랬던 적이 있었지. 근데 왜?"

-그 형이 사업 투자받은 거 잘됐다고 한턱 쏜다는데, 너도 꼭 데리고 오래.

"정말?"

-그래. 학교 정문 쪽으로 와. 내가 나갈 테니까.

"그래도, 내가 너희 동아리 모임엘 왜 가니?"

-우리 동아리에 너 모르는 사람도 있냐? 등산까지 따라갈 때는 언제고. 빨리 와! 끊는다.

혁진은 제 말을 마치고 바로 전화를 마무리했다. 이새는 끊어진 전화를 멀거니 바라보다가 지원에게 뽐내듯 말했다.

"약속이 금방 생기네요!"

"거기 가지 말고. 나랑 저녁 같이 먹읍시다."

그런데 지원이 대뜸 제안했다.

"네?"

"중요한 약속이에요? 듣자 하니 남의 동아리 모임에 끼게 되는 것 같던데."

"그런 건 아니지만……."

"중요한 거 아니면 나랑 같이 가요."

이새는 실로 의아해졌다. 그가 어떤 의도로 그녀에게 그런 제안을 했는지, 그녀로서는 알 수 없었다.

"……일단 내가 배가 고파서 그러는 거예요. 혼자 먹는 건 싫어하는데."

그녀가 놀란 듯 대답을 망설이는 것이 느껴지자 지원은 적절하게 둘러댔다.

"너무 바쁘게 일하느라 점심을 못 먹어서."

"……지금 식사 같이할 친구 없으세요?"

"내 친구들은 다들 바빠요. 그리고 오늘은 김 선생이 나 때문에 고생했으니 챙겨 주고도 싶었어요. 그러니 먹고 싶은 거 얘기해요, 뭐든."

무심한 표정으로 내뱉는 그의 말들은 상냥했다. 그의 마음을 추측할 수 없어 난감한 가운데, 주책없이 또 이새의 가슴이 두근거렸다.

한편으로는 같이 식사할 친구가 없다는 그의 말이 섧게 느껴졌다. 그녀 또한 세 명의 친구에게 바람맞은 후라 그런지도 모르겠다.

'이렇게 사적인 시간을 가지면 안 되는데……. 그래도 같이 가고 싶다!'

그녀의 안에서는 솔직한 욕망이 꿈틀댔다.

데이트처럼 받아들여지지 않도록, 근사하지 않게 먹으면 되지 않을까?

'혹시 시장 떡볶이 같은 건 먹어 봤을까? 재벌들은 그런 거 못 먹고 살던데.'

엉뚱한 호기심이 생긴 그녀가 물었다.

"그럼, 시장 떡볶이는 어때요? 순대랑 같이."

"가격에 상관없이 뭐든 사 주려고 했는데 그 기회를 그렇게 날리고 싶다면 마음대로 해요."

"떡볶이 드실 수는 있으세요?"

"떡볶이 못 먹는 사람도 있습니까?"

"순대도요?"

"순대 맛있는 집은 김 선생보다 내가 더 잘 알 거예요."

"그럼 삼각김밥은 어때요? 드셔 보셨어요?"

"편의점 광고 진행하던 시절에 먹어 본 적은 있어요. 그게 먹고 싶어요?"

"그럼 번데기는 드실 줄 아세요?"

이새는 이것저것 모두 괜찮게 받아들이는 지원이 신기했다. 그러려던 건 아닌데, 그녀의 질문은 처음 의도와는 다른 방향으로 흐르고 있었다.

"대체 내가 어떻게 반응해 주길 원해요? '무서워서 못 먹겠어요'라고 하길 바라는 겁니까?"

"아니요. 저랑 식성이 비슷한지 여쭤 본 거였어요."

"김 선생 취향은, 떡볶이, 순대, 삼각김밥, 번데기, 그쪽이라는 거예요?"

지원의 질문에 이새가 멋쩍게 헤헤 웃었다.

"김 선생이랑 같이 있으면 정신이 하나도 없네요."

"그럼 정신없는 저랑 왜 식사를 하려고 하세요?"

"한 사람이 이렇게 몇 인분을 하니 여러 명과 식사를 하는 기분일 것 같아서요."

지원의 대답에 이새가 심드렁한 표정을 지었다. 서민 음식을 이야기하여 그를 골려 주려고 했는데 당한 사람은 자신인 것만 같은 생각이 들었다.

하지만 그럼에도 불구하고 이새는 기분이 좋았다. 그녀는 혁진에게 못 간다는 문자를 보냈다.

얼마 지나지 않아 이새네 집 앞에 도착했다.

"짐만 놓고 바로 나올게요."

"천천히 나와도 돼요."

지원이 너그럽게 대답했지만 이새는 걸음을 서둘렀다. 조수석에서 내려 부지런히 대문 앞으로 달려간 그녀는 빠르게 번호키를 눌렀다. 그런데 괜히 손끝이 떨려 번호 하나를 잘못 누르게 됐다. 그가 자신을 기다리고 있다는 사실이 긴장되었다. 데이트도 아닌데.

"왜 지금 오냐?"

"앗, 깜짝이야!"

그녀가 잠깐 헤매는 사이, 뒤에서 누군가 그녀의 어깨를 툭 건드리며 물었다. 긴장해 있던 그녀가 호들갑스럽게 놀라며 뒤를 돌아보았다.

이 동네 주민, 친구 혁진이었다. 혁진은 그녀의 반응이 이해가 안 간다는 듯 뚱한 표정으로 물었다.

"무슨 죄졌냐? 왜 그렇게 놀라?"

"너는 우리 집 문지기야? 왜 문만 열려고 하면 나타나?"

"새삼스럽게 왜 그래? 이웃끼리."

톡 쏘아붙이는 이새의 말에 혁진은 능청스럽게 대답했다. 이새는 혁진을 한번 흘겨 주고는 마음을 가라앉히고 물었다.

"술 마시러 간다며."

"지금 가는 길이야. 네가 안 온다고 해서 끌고 가려고 왔지. 근데 넌 왜 못 가?"

"일이 있어서."

"무슨 일?"

"넌 몰라도 돼."

"내가 몰라도 되는 일을 만들 수는 없지."

혁진은 장난스럽게 말하며 그녀의 정수리에 손을 얹어 머리를 마구 흩트 렸다. 이새가 싫어하는 장난이었다.

"머리 건들지 마라."

"왜. 건들면, 건들면 어때서."

혁진은 더 마구 그녀의 머리를 헤집어 놓았다.

"건들지 말라고 했다?"

"네 머리는 금이라도 되냐? 어? 아! 아!"

그런데, 마음껏 그녀의 머리를 흐트리던 혁진의 손이 한순간 위로 번쩍 올라갔다. 혁진의 팔목을 누군가가 뒤에서 쓱 잡아 올린 것이었다. 혁진의 팔목을 붙잡은 사람은 지원이었다.

"여자가 하지 말라고 하면, 하지 말아야지."

지원은 혁진에게 저음의 목소리로 무시무시하게 으름장을 놓았다.

"뭐, 뭐야! 누구야! 누구신데 이러세요!"

혁진은 잡힌 팔을 차마 빼내지 못하고 당황하여 소리쳤다.

"헉! 준서 삼촌, 놓으셔도 돼요! 얘 이상한 애 아니에요!"

지원은 혁진을 힘 있게 노려보다가 이새의 말에 손아귀의 힘을 풀었다.

으아아! 겨우 팔을 빼낸 혁진이 팔목을 감싸 쥐며 낮게 앓는 소리를 했다. 상대는 조금도 힘을 쓰지 않는 것으로 보였는데 혁진은 팔목이 부러지는 것만 같았다. 당황하여 가빠진 숨을 정리하며, 혁진이 흘기듯 지원을 보았다.

"준서…… 삼촌?"

"아, 이분은 내가 일하는 집 아이의 보호자분이야."

이새는 사태를 수습하려 급하게 두 사람을 서로에게 소개했다.

"준서 삼촌, 얘는 그냥 동네 친구예요. 어렸을 때부터 이렇게 놀아서 얘가 버릇이 돼서 그래요. 어디 모자라는 애는 아니에요."

"모자라단 얘기는 거기서 왜 나오냐?"

혁진이 어이없다는 듯 소리를 높였다. 그사이 지원은 혁진에게 담담하게 인사했다.

"안지원이에요."

여전히 혁진을 경계하는 눈빛에, 혁진도 눈에 힘을 잔뜩 주고 응수했다.

"오혁진입니다."

지원은 감정을 드러내지 않고 혁진을 내려다보았다. 그의 눈에는 불길이 감춰져 있었다.

'역시, 이 녀석이 오혁진이었군.'

그녀의 휴대폰에 찍혔던 이름의 주인. 그리고 그 일기장의 수신자로 짐작되는 인물.

지원의 눈빛이 사나워지고 있다는 것을 눈치챘는지, 이새는 다급히 혁진에게 말했다.

"오혁진, 너는 얼른 동아리 모임 가. 안녕!"

그리고 지원을 향해서도 목소리를 냈다.

"저기, 제가 빨리 나올게요."

두 사람에게 각각 일러둘 말을 모두 한 이새는 냉큼 집 안으로 들어갔다.

"널 두고 내가 어떻게 가냐?"

혁진이 그런 그녀의 뒤에 대고 소리쳤지만 이새는 더 이상 대답하지 않았다.

이새가 집으로 들어간 뒤에, 주변은 잠잠해졌다. 혁진은 고개를 슬쩍만 돌려 바로 옆의 남자를 훑었다. 이율에게 듣기로, 이새가 돌보는 아이의 보호자는 꽤나 재력가라던데, 재력가일 뿐 바쁜 사람은 아닌 모양이었다. 아니면, 이새에게 딴맘이 있거나.

혁진은 묘한 호기심이 생겼다.

"둘이 친한가 봐요. 직접 여기까지 데려다주러 오시고."

혁진이 싱긋 웃으며 물었다. 제 차로 돌아가려던 지원은 사사롭지 않게 대답했다.

"오늘 좀 신세 진 게 있어서 그렇습니다."

"아, 말씀 놓으세요. 저보다 형님이시죠?"

"……."

"김이새 좋아하세요?"

혁진이 대뜸 물었다. 다소 뜬금없고도 예의 없는 질문에 지원이 혁진을 냉랭하게 쳐다보았다.

"형님은 우리 이새 스타일 아닌데."

얼굴은 웃고 있었지만 다분히 적의가 느껴지는 말이었다. 방금 전 팔목을 잡힌 일에 대한 유치한 앙갚음일 터였다.

"그럼 어떤 스타일을 좋아하냐, 궁금하시죠?"

지원은 혁진 쪽으로 몸을 틀고 혁진을 삐딱하게 보았다. 혁진의 입을 통해 나오는 그녀에 대한 이야기가 심히 거슬렸다.

"저 얼굴에, 저 성격에, 하는 짓까지 귀여운데 왜 지금까지 모태솔로인가, 그건 궁금하지 않으세요?"

지원의 눈이 슬그머니 커졌다. 모태솔로라니, 처음 듣는 얘기였다. 물론 그런 얘기를 들을 기회가 없었기 때문이지만.

지원의 귀가 금방 솔깃해졌다. 궁금하지 않을 리 없다. 하지만 왠지 지금 이 녀석의 입에서 나오는 말로 듣고 싶지는 않았다.

지원이 아무 반응도 보이지 않으니, 혁진은 대답을 더 기다리지 않고 주저 없이 말했다.

"23년 평생, 이새가 좋아한 남자는 딱 한 명이거든요."

혁진은 자신감에 가득 찬 표정으로 말했다. 그 표정이 하는 말은 꽤 진실한 자만처럼 보였다. 자신도 모르는 사이 지원의 두 주먹에 힘이 들어갔다.

"그게 누굴지는 궁금하지 않으세요?"

"아니, 전혀 궁금하지 않은데."

"그럼 뭐, 말 안 해 드려도 되겠네."

혁진이 비릿하게 웃었다.

"그쪽 이름이 혁진이라고 했던가? 오혁진?"

지원이 담담한 어조로 물었다. 그러나 더 이상 공대하지는 않았다.

"네, 맞아요."

"김이새 씨랑 친구라면, 스물셋일 테고."

"그쵸."

"일단 그쪽보다 일곱 해를 더 산 사람으로서 충고하자면, 여자 얘기는, 그 것도 절친 얘기는 다른 남자한테 함부로 말하고 다니는 게 아니야. 그쪽이 김이새 씨를 편하게 생각한다고 해서 김이새 씨가 다른 사람들에게까지 얕 보여야 할 이유도 없고, 조롱의 대상이 되어서는 더더욱 안 되고."

지원의 지적에 혁진이 놀란 표정을 지었다.

"모태솔로니 23년 평생이니 하는 소리를 이렇게 쉽게 한다는 건 이미 두 사람 사이에는 내가 이해할 수 없는 신뢰 관계가 있다는 것이겠지만, 그쪽 이 진정한 친구라면, 그래도 김이새 씨를 존중하고, 김이새 씨의 자존심을 지켜 주고자 하는 친구라면 내게 그럴 수는 없지."

그는 철저히 이새의 대변자가 되어 말했다. 그가 말하는 사이 혁진의 얼 굴 가득했던 웃음기는 거의 거두어졌다.

"따로 궁금한 것 하나는."

"……."

"지금까지 계속 이런 식이었나? 김이새 씨에게 관심이 있어 접근한 남자들 을 쫓아내기 위해 나름의 전략인 양 이런 유치한 수를 썼던 건가? 자신이 김 이새를 가장 잘 알고 있다는 사실을 뽐내서 상대방을 돌아서게 하기 위해?"

아마도 자신보다는 지금 눈앞의 이 녀석이 김이새와 더 친한 사이일 것 이다. 그러나 지원은 오지랖으로만 보일 쓴소리를 멈출 수 없었다. 주먹에 실린 힘도 그대로였다.

한편, 짐만 놓고 바로 나가겠다던 이새는 방 안에서 몇 분째 고민에 빠져 있었다.

"아, 뭘 입고 나가지?"

저택에 있을 때는 전혀 신경 쓰이지 않았던 문제가 그녀를 괴롭혔다. 지원은 누구나 돌아보게 할 엄청난 존재감을 가진 비주얼의 남자였다. 그의 옆에 있으면 왕자님을 따라나선 하녀처럼 보일 것이 뻔했다.

"치마 정도는 입는 게 나을까?"

지원은 단정한 셔츠 차림이었다. 그와 동등한 존재감은 포기하더라도 동떨어져 보이면 안 되는 거였다. 이새는 부지런히 옷을 갈아입었다. 그리고 결국, 지원의 패션과 가장 잘 어울릴 만한 스커트를 발견했고 스커트에 어울리는 상의까지 확보했다. 하얀 블라우스에 하늘하늘한 스커트. 누가 봐도 데이트 패션이었다.

"아…… 오징어가 예쁜 옷 입은 느낌이면, 어쩌지?"

예쁘게 입어도, 평범하게 입어도 어쩔 수 없는 문제가 있었다. 하지만 이제 더 이상 꾸물거릴 수 없었다. 그녀는 외모를 패션으로 겨우 커버했다는데에 의의를 두고 밖으로 나왔다. 집에 아무도 없어서 다행이었다. 옷을 고르느라 허둥대는 모습을 아무에게도 보이지 않을 수 있어서.

그녀는 밖으로 나오자마자 깨금발로 대문 밖을 살펴보았다. 문 앞에는 아무도 없었다. 혁진은 그렇다 치고 지원의 모습도 보이지 않아 갸우뚱하고 있을 때, 저편에서 지원의 차가 다가오는 것이 보였다. 좁은 골목에서 무사히 나갈 수 있도록 차를 돌려 나온 지원은 이새의 집 대문 앞에 차를 세우고 차에서 내렸다. 이새를 알아본 그가 멈칫하는 것이 보였다. 그러나 그는 더는 감정을 드러내지 않고 다시 차에 올라탔다.

"타요."

그의 무심하고도 시크한 반응에 이새는 괜히 쑥스러워졌다. 옷에 너무 힘을 줬나 싶은 마음에 부끄러워하며 차에 올랐다.

지원은 치마를 입은 그녀가 조심스럽게 차에 오르는 것이 새삼 귀여웠다. 애정이 가득 담긴 그의 눈이 빛났다. 이새의 친구를 만나 불쾌했던 마음은 금세 사라졌다. 자신과 함께하는 자리에 예쁘게 입고 나와 준 그녀가 고마웠고 사랑스러웠다.

"시장 떡볶이를 먹기엔 아쉬운 차림이네요. 좋은 추억이 되긴 하겠지만."

지원은 그녀를 좀 더 근사한 곳으로 데려가고 싶어졌다.

"오늘은 내가 추천하는 곳으로 가죠. 다음번에 김 선생이 원하는 곳으로 갑시다."

"다음번이요?"

"싫어요? 오늘은 반드시 떡볶이여야만 해요?"

"아뇨. 아뇨. 네. 다음번."

이새가 마구 손사래를 쳤다.

다음번. 떡볶이를 먹으러 가지 않는다는 말이 서운했던 게 아니고, '다음번'이라는 말이 설레었던 거였다.

북촌 인근까지 차를 끌고 온 지원은 한 퓨전 레스토랑의 주차장에 차를 댔다. 주차장에서 건물까지 가는 길이 꽤 멀어서 이새는 걸음을 옮기는 동안 산책을 하는 기분이 들었다. 길어 보이는 정원 길에 두 사람밖에 없으니 어색하기도 하여, 이새는 부러 밝게 목소리를 내었다.

"북촌은 다 누비고 다닌 줄 알았는데 이런 곳이 있었네요. 그런데 여기 비싼 데 아니에요?"

"내 수준에서 비싼 데는 아니라서요."

"준서 삼촌 수준에 비싼 데가 우리나라엔 있어요?"

이새가 순진무구하게 물었다.

점점 어두워지는 여름밤의 고즈넉한 기운에, 나무가 우거진 길에, 새삼 더 예뻐 보이는 여자와 함께 있으니 심장이 간질간질한 기분이다. 해사하게 눈을 뜨고 자신을 바라보며 정녕 궁금한 듯 입술을 오므린 그녀의 표정에 푹 젖어 버릴 것만 같았다. 클래식한 조명이 그녀의 입술 위에 빛을 칠했다. 그는 그녀의 입술을 다시 한 번 훔치고 싶은 욕구를 지그시 누르고 나직이 말했다.

"밖에서는 준서 삼촌이라고 부르지 말았으면 해요."

질문과는 다른 대답에 의아해하던 이새가 이내 고개를 끄덕였다.

"아, 네. 주의할게요. 그럼 뭐라고 부르면 좋을까요?"

"이름을 불러요. '안지원 씨' 이렇게."

"그건 더 실례인 것 같은데요?"

"불리는 사람이 그렇게 요청한 거면, 실례가 아니에요."

"차라리 사장님이라고 할게요. 그 편은 어떠세요?"

"사장이 부하 직원 회식시켜 주는 기분이네요."

"맞잖아요. 아니에요?"

그녀가 거듭 물었다.

아니야. 아니라고. '사장님'이라는 호칭을 듣고 싶어서 했던 말은 아니었다. '준서 삼촌'이라고 불리는 것이 그다지 싫었던 것도 아니다. 하지만, 그녀의 친구들에게도 그저 '돌보는 아이의 보호자'로만 소개될 수밖에 없는 사정은 갑갑하게만 느껴졌다. 준서와의 사이가 끝난다면 그녀 또한 멀어질 것만 같은 두려움이 벌써부터 그에겐 크게 자리하고 있었다.

아니, 어쩌면 오혁진이라는 친구를 만났기 때문인지도 모르겠다. 오혁진과 그녀 사이의 가벼운 대화와 스스럼없는 오혁진의 행동이 그를 자극시킨 것인지도 모르겠다.

"제대로 된 친구 만나요."

끝내, 삼청동까지 오는 동안 그의 안에서 간질거리던 말이 입 밖으로 튀어나왔다.

"……네?"

"진심으로 김 선생을 걱정해 주고, 김 선생 몸에 함부로 손 올리지 않는 친구."

그의 말에 잠시 의아해하던 그녀가 빙긋 웃었다.

"걔가 뭐, 그렇다고 절 때리고 그러는 건 아니에요. 오히려 제가 때리죠."

이새의 가벼운 대답에 지원의 눈이 더욱 뜨거워졌다.

정말 쉽게도 말한다. 이 여자도, 그 남자애도.

나한테는 전혀 쉽지가 않은 여잔데.

"남자들한테 쉽게 보이는 건 위험해요. 그거 알아요?"

지원은 조금 더 굵직해진 목소리로 얘기했다. 즐겁게 걷던 이새가 발을 멈췄다. 어느새 그녀의 미소는 지워져 있었다.

"그 말씀은 좀 그러네요. 제가 친하게 지내는 남자애들이 많은 것도 아니고, 어떻게 그 애 한 명만 보고 '남자들'이라고 그렇게 단정 지어 말씀하세요?"

"그 한 명의 여파가 생각보다 클 수도 있어요. 난 그 친구가 김 선생을 대하는 방법 때문에 김 선생이 또 다른 피해를 보길 바라지 않아요."

"어떤 피해를 말씀하시는지 모르겠네요. 제 생각엔 좀 전의 준서 삼촌의 말씀이 더 제게 해로운 것 같은데요. 쉽게 보이는 여자라는 게 무슨 뜻인지 모르고 말씀하신 건 아니잖아요."

지원은 상황이 답답해졌다. 그녀의 문제에 대해 잘 해결해 볼 생각으로 던진 충고였는데 그녀의 반응이 너무 셌다.

"김 선생이 오해하는 그런 심한 뜻은 아니에요. ……하지만 큰 맥락으로 보자면 같을 수도 있죠. 이건 김 선생을 우려해서 하는 말입니다."

그는 감정을 최대한 누르고 나직하게 말했다. 조롱하는 말은 아니라는 걸 알려 주고 싶었고 상황을 정리하고 싶었다. 하지만 그녀는 이미 기분이 상할 대로 상한 상태였다.

남녀를 구분 지어 여자를 무시하는 듯한 지원의 말투, 그리고 정도에 지나친 간섭. 여러 가지 것들에 그녀는 실로 억울했다. 여자답게, 예쁘게 입고 나온 자신도, 옷을 고르며 설레었던 것도 왠지 부끄러웠다.

"왜 큰 맥락으로 보시나요? 준서 삼촌은 너무 멀리 나가시네요. 제가 평일은 준서의 가정교사로 지내지만, 주말은 저도 그냥, 친구랑 놀기 좋아하는 평범한 대학생이에요. 준서 삼촌이 가정교사로 있는 제 행동거지에 대해서 말씀하시는 건 받아들이겠지만요. 친구들과 지내는 방법까지 간섭하시면 안 된다고 생각해요."

"내가 싫다고."

다다다 이어지는 그녀의 말을 끊어 내며, 지원이 말했다. 그의 눈빛은 무섭게 변해 있었다.

그리고 또 하나 달라진 게 있었다.

반말.

말끝을 잘라먹은 그의 목소리가 유난히 이새의 신경을 돋우었다. 그를 바라보는 그녀의 눈동자가 요동쳤다.

"그쪽이 그렇게 보이면, 내가 너무 싫다고."

"왜 싫으신데요?"

그녀는 강자에게 맞서서는 더욱 강해지는 여자였다. 그의 첨예한 눈빛에 맞서, 이새는 바락 대들 듯 물었다.

"그걸 꼭 말로 해야 아나?"

"그럼 말을 안 하는데 어떻게 알아요! 제가 독심술사예요?"

이새가 쏘아붙이듯 말하며 턱을 치켜들었다.

그리고, 순식간에 그녀의 앞엔 그늘이 드리워졌다. 그녀에게로 틈 없이 바짝 붙어 선 그가 커다란 손으로 그녀의 머리카락을 헤치고 그 안에 파고들었다.

흠칫! 기다란 손가락이 뒷목을 뜨끈하게 감싸는 느낌에 그녀의 눈이 두려운 듯 커졌다. 이새는 반사적 반응을 보이며 뒤로 물러나려 했다. 그러나 그는 다른 팔로 그녀의 허리를 단단하게 감쌌다. 조금의 망설임도 없이, 그는 그녀의 입술에 맞게 고개를 내렸다. 찰나라고 불릴 순간에 그의 입술이 그녀의 입술 앞으로 바짝 다가왔다. 그녀의 입술 가까이에서 전해지는 그의 숨결은, 지난 어느 밤을 떠올리게 할 만큼 몹시도 뜨거웠다.

'놔요!'라고 당차게 얘기해야 하는데, 그녀는 목소리를 빼앗긴 듯 소리를 낼 수가 없었다. 어지러워서 숨도 제대로 쉴 수 없는 지경이 되어, 이새는 가까스로 그의 눈빛을 피해 고개를 슬쩍 돌렸다.

"키스라도 하는 줄 알았나?"

그녀가 아슬아슬하게 도망가는 것을 보고, 그가 싸하게 말했다.

"남자들이 이렇다고. 잘 알아 두라고."

지원에게 붙들린 이새가 고개를 돌려 그를 원망스럽게 바라보았다.

"놔요."

자존심이 상하여 울지는 않으려 했건만, 그녀의 눈엔 그득히 이슬이 맺혀 갔다. 그의 말에, 팔에, 손가락에, 숨결에 농락당한 기분이었다. 이새는 흐느끼듯 부르르 떨리는 한숨을 내뱉었다.

놀란 그녀를 달래듯, 그의 손이 다시 그녀의 어깨를 찾아왔다. 그러나 그녀는 그의 손을 차갑게 쳐 냈다.

"남자들한테 쉽게 보였다는 게 아니라, 결국은 준서 삼촌한테 쉽게 보였던 거네요, 제가 무지 잘못한 게 맞네요. 죄송합니다. 저녁은, 그냥 외로워도 혼자 드셔야겠어요. 제가 속이 좋지 않아져서요."

싸늘하게 식은 목소리로 이새가 말했다. 그녀는 이 말을 끝으로 뒤돌았다. 지원이 그녀를 쫓아갔지만 그녀는 그의 손을 세차게 뿌리쳤다.

"따라오지 마세요. 정말 싫어요."

주차장을 벗어난 그녀는 다가오는 택시를 손쉽게 잡아타고 그를 떠났다. 지원은 아무런 말도 꺼내지 못한 채, 멀어져가는 택시를 멀거니 바라보았다.

젠장. 그녀를 걱정하는 마음에서 꺼낸 말이 화로 되돌아왔다. 이렇게 망가질 줄 알았다면 시작도 하지 않았을 터인데.

아니, 늘 그녀의 말에 휘둘리고 쉽게 자극받게 되는 자신의 탓이었다. 그녀는 성정이 부드러운 사람이었고 모난 돌에만 정을 치는 정의로운 사람이었다. 그녀가 그렇게 화를 내는 데에는 모두 당연한 이유가 있었다. 그런데도 그걸 참지 못하고 그녀에게 억세게 달려들었다.

생각해 보니 그건…… 자신의 뜻을 관철시키려는 고집이 아니라 그냥, 질투였다. 그녀가 자신에게 웃어 주는 것, 자신에게 친절을 베푸는 것, 자신의 목소리에 귀 기울여 주는 것, 자신의 손길에 고분고분 따라 주는 것, 그것만 좋았다. 그녀의 다정한 행동이 다른 남자에게도 그대로 이어질 것을 생각하니 못 견디게 화가 났던 것이다. 더 이상 그녀에게 욕심내지 않고, 그저 지켜만 보기로 다짐한 지가 언제라고.

그런데 그 와중에도, 그녀의 목뒤로 깊숙이 손을 두르고 그녀를 제 팔 안으로 끌어당겨 맡았던 그녀의 체향이 미치게 좋았다. 그녀가 그렇게 놀랄 줄도 모르고 야생 짐승의 숙명처럼 그녀에게 가까이 갔다.

끊어지지 않은 이성이 기껏 그를 붙잡았건만, 그의 입에서는 조롱과도 같은 말이 터져 나왔다. '키스라도 하는 줄 알았나'가 아니라, '키스할 뻔했어'가 옳은 말이었다. 그는 그녀가 아니면 낫지 않을 지독한 병에 걸려 버렸다.

제 차로 돌아간 지원은 바로 시동을 걸었다. 목적지는 이새네 집이 아니었다. 이대로 이새네 집으로 돌아갔다가 본전도 못 찾고 관계만 더 악화될 수도 있을 것 같단 생각이 들었다. 그는 다급히 승환에게 전화를 걸어 승환이 있는 곳을 알아냈다.

"무슨 급한 일이길래 여기까지 왔어?"

당직 후, 본가에서 조카들의 뒤치다꺼리를 하고 있던 주말 모드의 승환이 뚱한 표정으로 지원에게 물었다. 승환을 찾아 대치동까지 온 지원은 승환의 꼴을 보고 돌아갈까도 생각해 보았지만, 역시 제 코가 석 자인지라, 바로 용건을 얘기할 수밖에 없었다. 술 마시며 할 얘기였지만, 맨정신도 이미 제정신은 아니었기에.

"단도직입적으로 얘기한다. 김이새 선생, 그만두지 못하게 하는 방법."

조금도 얼굴 붉히는 법 없이 미수금 받으러 온 일수꾼처럼 대답을 챙기려는 지원의 요구에 승환은 기가 막혔다. 언젠가는 이렇게 고민을 안고 찾아올 줄 알았건만, 지금은 아니었는데. 너무 일찍 찾아온 것이 신기하기도 했다.

"푸핫!"

승환의 입에서 현실 웃음이 터져 나왔다.

"죽을래? 왜 웃어!"

"고백했다 차였냐? 김이새 씨가 질려서 그만둔대?"

지원이 진지하게 얼굴을 굳히고 있는 동안 승환은 계속 웃어 젖혔다. 오혁진과 별반 다를 것이 없는 절친의 가벼움에 지원은 이를 부득 갈았다.

그렇게 승환은 기력이 빠질 만큼 웃은 뒤에야 입을 열었다.

"이혼 위기의 부부들이 결국은 왜 헤어지지 못하는지 알아?"

"내가 이혼한다고 했어? 갑자기 웬 이혼 얘기야?"

"일단 대답이나 좀 해 봐."

질문이 석연치 않아 승환을 노려보던 지원은 뒤늦게 곰곰이 생각해 보았다. 이혼 위기의 부부들이 결국은 헤어지지 못하는 이유……. 글쎄? 결국은 사랑해서?

지원은 대답을 망설였다. '사랑해서'라는 말을 하기엔 아직 낯이 부끄러운 사랑꾼이었다.

"애 때문이잖아."

잠자코 있는 지원을 대신해 승환이 답했다. 지원은 속으로 안도의 한숨을 내쉬었다. 아, 대답 안 하길 잘했다.

"준서가 몹시 예쁘면 김이새 씨가 네 집을 떠날 수 있을까? 책임감도 엄청난 것 같던데."

승환은 아직 웃음을 완전히 몰아내지 못한 목소리로 밝게 말했다.

정말? 그렇게 쉽다고?

믿기 힘들다는 듯, 지원의 눈이 크게 뜨였다.

"못 믿겠으면 믿지 마."

승환은 더 조언해 줄 생각이 없다는 듯 새침하게 튕겼다. 지원의 눈이 번뜩이는 것에 신이 난 승환은 한 번 더 큭큭 웃다가 다시 입을 열었다.

"그리고 이건 네가 아니라 김이새 씨를 위한 얘긴데."

웃음기가 거의 사라진 승환의 표정은 자못 진지했다. '김이새 씨를 위한'이라는 말에 지원이 한쪽 눈을 쓰게 찡그렸다.

다들 김이새 생각 되게 해 주네.

"네가 밀어붙인 감정이 한 여자를 상처 입힐 수도 있다는 걸 명심해. 어쨌든 넌 평범한 연애를 할 수 없을 테니까. 너의 재력과 너의 사회적 위치와 너의 집안이 네가 좋아할 여자를 힘들게 할 테니까. 네 형수님이 그랬던 것처럼."

승환을 떫게만 보던 지원이 표정을 가라앉혔다. 승환의 말이 틀리지는 않았다. 그의 감정만 믿고 섣불리 그녀에게 다가갔다가 그녀가 아파지면, 그게 더 큰일이었다.

택시를 타고 집에 돌아와 옷을 갈아입은 이새는 냉장고에서 맥주 두 캔을 꺼내 들고 홀로 동네 놀이터를 찾았다.

"별도 참…… 없다."

밤에 보았던 그 사람의 눈동자에는 언제나 별이 한가득 살고 있는 것 같았는데. 역시 그녀가 사람을 잘못 본 것이었다. 그렇게나 여자를 우습게 아는 남자였는데 말이다.

'아, 그 저택으로 다시 돌아갈 수도 없을 텐데, 시원하게 뺨이라도 때려 주고 올 걸 그랬나?'

그녀는 씁쓸한 생각을 하며 피식 웃고는 맥주 한 모금을 안주 없이 삼켰다.

너는 뭘 그렇게 잘했느냐. 그의 지적에 과잉 반응해서 발끈하지 않았느냐. 올려다본 하늘이 그녀에게 타박하는 것만 같아 그녀는 고개를 숙였다.

"너무 많이 마시지는 말아라. 난 이제 널 책임질 수 없어."

그때 입구 쪽에서 귀에 익은 목소리가 들렸다. 고개를 들어 보니 혁진이었다.

"어떻게 알고 왔어?"

"이율이한테 물어보니까 캔맥주 들고 사라졌다기에 여기 있을 줄 알았지."

"약속 있다며. 안 갔어?"

사실 혁진은 몇 시간 전 지원의 기에 눌려 씁쓸하게 퇴장한 후, 돌아서며 많은 생각을 하게 되었다. 자신이 아무렇게나 대했던 친구가 실은 누군가의 가장 소중한 사람일 수도 있는데, 혁진은 그것을 잊고 있었던 것이다. 결국 혁진은 그간 자신의 과오를 반성하느라 모임에도 나가지 못했다. 기실은 '좋은 친구 오혁진'이었다.

"네가 이러고 있을 텐데 어떻게 가냐? 갔다가 돌아왔지."

혁진은 그녀의 옆에 가 앉아 남은 맥주캔 하나의 따개를 시원하게 열었다. 그러고는 들어 올린 팔이 뻐근한 듯 팔목을 감쌌다.

"어우, 그 형님한테 잡힌 팔목이 아직까지 욱신거린다."

"쌤통이다. 너한테 맨날 당하는 내 기분을 알겠지? 언젠가는 혼날 줄 알았어."

"그런데 왜 혼자야? 그 형님이랑 행복한 시간 보내고 있는 줄 알았는데."

행복한 시간은 개뿔. 이새는 혁진의 질문에 대답하지 않고 맥주 한 모금을 꿀꺽 삼켰다.

"너무 튕기지 마. 좋은 형님 같던데."

"오버하지 마. 그 형님 나랑 엮일 사람 아니야."

혁진에게서 지원에 대한 얘기를 들으니 다시 착잡해졌다.

내가 돌이킬 수 없는 강을 건넜다고, 지금. 이제 그 사람과 나는 회복할 수 없는 사이라고.

이제 남은 건, 스스로 알아서 그 집을 나오는 것.

"야, 야, 같이 마셔!"

제 운명을 비관한 이새가 캔 하나를 다 비워 낼 듯이 꿀꺽꿀꺽 마시는 것을 보고 혁진이 들고 있던 캔을 부리나케 이새의 캔에 부딪쳤다.

"후우우."

이새는 밤을 모두 몰아내려는 듯이 큰 한숨을 쉬었다.

"그래도 그만두긴 싫단 말이야……."

슬프고도 암담한 기분으로 마지막 한 모금을 비워 내는데 드르르 휴대폰 진동이 울렸다. 그녀에게 날아온 문자메시지였다. 다 포기한 듯한 표정으로 휴대폰을 꺼내 든 그녀는 문자메시지를 확인하고 금방 눈시울이 젖었다.

[준서가 선생님을 그린 거래요. 예뻐서 보내드려요. 물론 선생님이 더 예쁘시지만.]

준서의 이모가 보낸 문자메시지였다. 메시지의 끝엔 흰 도화지에 그린 그림을 찍은 사진이 있었다. 그림 속에는 한 여자가 웃고 있었다. 역시나, 일곱 살의 작품 같지 않게 섬세하게 그려진 그림이었다. 그림 속의 여자는 정확하게 김이새, 그녀였다. 어쩜 이렇게 미소를 지을 때의 특징까지 잘 잡아냈는지, 이새는 놀라울 따름이었다.

"이것 봐! 애가 이렇게 이쁜 짓을 한다고! 넌 이런 애를 버리고 일 그만두겠다고 말할 수 있어?"

이새가 휴대폰을 혁진에게 들이대며, 절규하듯 말했다.

"오오! 딱 너네! 꼬마가 그린 거야? 그림에 소질이 있다!"

사진을 확인한 혁진은 신기하다는 듯 탄성을 지었다.

"잘 키워 봐. 혹시 알아? 이 애가 유명 화가가 돼서 이 그림이 미술관에 걸릴지."

혁진의 격려를 덥석 문 이새가 눈을 빛냈다. 정말이지 이 일자리를 버리고 싶지 않았다. 준서도 중요했고 보수도 중요했다. 이새가 결연하게 소리쳤다.

"그래. 내가 키울 거야! 내 일자리야! 내 밥그릇 빼앗기지 않으려면, 얼른 관계를 회복해야 돼!"

"역시 관계가 망가졌구나! 대체 뭘 했길래."

혁진이 추측해 보는 사이 이새의 표정은 다시 시무룩하게 변했다.

몇 시간 전의 마찰을 모두 묻어 버리고 다시 편안한 관계가 되는 것. 그게 과연 가능할까?

"친구야."

"그래, 말해, 친구야."

"우리처럼, 그 사람하고 나도 좋은 친구가 될 수 있을까? 그 어떤 썸도 없는 청정한 관계. 가족같이 편한 관계."

혁진은 이새의 눈빛 속의 진지한 감정을 읽었다. 그 형님, 정말로 괜찮아 보였는데 역시 이새 스타일은 아닌가 보다, 제 마음대로 판단한 혁진이 다시 한 번 이새에게 물었다.

"정말로 그 사람이랑 아무 사이도 아니었으면 좋겠어? 정말로?"

"당연하지."

"진심이지? 후회 안 하겠어?"

"당연한 걸 왜 자꾸 물어?"

"그럼 편하게 대해. 내가 너한테 했던 것처럼. 어떤 이상한 기분도 들지 않게 동성 친구 대하듯 아주 편하게. 그 남자의 환상이란 게 싹 다 없어지도록 진짜 편하게."

"……."

"못하겠냐?"

"아니! 완전 자신 있지! 편한 거 내가 얼마나 잘하는데!"

이새가 자극받은 듯 소리를 높였다.

"그래, 좋은 자신감이다. 그리고 되도록 좀 얄밉도록 짜증 나는 행동을 해 봐. 술 취한 애들 주사처럼 짜증 나는 거 있잖아. 했던 얘기 또 하고 또 하고, 막 그런 거."

"그럼 준서 선생님으로서도 흠집이 나지 않을까?"

"애한테까지 그러면 안 되지. 애는 엄마처럼 보듬어 줘야지. 그리고 정 떨어지도록 하는 게 아니야. 얄미울 정도로 하는 거지. 열 살짜리 막내 여동생으로 보이도록 얄밉게."

혁진의 이야기를 귀담아들은 이새는 잠시 후 고개를 크게 끄덕였다. 친구의 충고를 가슴에 새긴 그녀는 좋은 해결책을 발견하여 만족스러운 듯 기운차게 말했다.

"오케이. 피- 스! 너만 믿는다!"

이틀이 쏜살같이 지나 이새는 다시 저택으로 돌아왔다. 먼저 출근한 배 주임이 이새에게 문을 열어 주며 말했다.

"준서 도련님은 이모님 댁에서 아직 안 왔습니다."

"아직도요? 그럼 언제 오나요?"

"이모님과 물놀이를 간다고 하네요."

"네? 준서는 사람 많은 데 싫어하지 않나요?"

"도련님에게 이목이 집중되지 않는 곳은 그럭저럭 버틴다고 합니다. 물놀이를 좋아하기도 하고요."

이새가 끄덕였다. 배 주임은 조금도 내색하지 않지만 준서에 대해 모르는 게 없었다.

"사장님께서 오후 4시쯤에 선생님과 워터파크로 출발해서 데려올 거라고 하셨는데 전달 못 받으셨나요?"

"못 받았어요."

"사장님께서 많이 바쁘신가 보군요. 여하튼 4시까지 준비하고 계시면 됩니다."

배 주임이 할 말을 마치고 돌아섰다. 오후 4시까지는 자유시간이라는 얘기였다. 근무시간에 자유를 얻은 기쁨보다 안도가 먼저였다. 이새는 지원과 마주치지 않아 다행이라고 생각했다.

'하지만, 이따가 4시에 데리러 올 때는 어떤 표정을 지어야 하지?'

그것만은 아직 답을 내리지 못했다.

시간이 흘러 지원이 약속한 오후 4시가 되었다. 일찍 밖으로 나와 있던 이새가 지원의 차에 올라탔다.

"안녕하셨어요."

이새는 딱딱하게 인사했다. 지원에게는 별 반응이 없었다. 이새도 그에게 더 이상 말을 걸지 않고 반대편 차창 쪽으로 눈길을 주다가 침묵을 견디지 못하고 먼저 목소리를 냈다.

"토요일의 일에 대해선, 신경 쓰지 않으셔도 돼요."

조심스레 입을 연 그녀는 곧, 자신이 낼 수 있는 가장 쿨한 음성으로 말을 이었다.

"저 걱정해서 하신 말씀이잖아요. 집에 가서 가만히 생각해 보니, 준서 삼촌 말씀도 일리는 있더라고요."

넣어 둬, 넣어 둬. 어색한 감정일랑 넣어 둬. 그녀는 빙긋 웃어 보였다. 마음에도 없는 웃음은 참 힘들었다. 그래도 먼저 얘기할 수 있어서 다행이었다.

"저도 앞으로 도를 넘지 않도록 최선을 다할게요."

이 말을 끝으로 그녀는 다시 차창 쪽으로 고개를 돌렸다. 그 짧막한 말을 뱉어 내기까지 얼마나 근심 걱정에 빠져 있었는지, 그녀는 고개를 돌리자마자 긴장이 풀린 듯 잠이 들었다.

그가 입을 열 기회도 주지 않고 제 말만 한 뒤 잠들어 버린 그녀를 옆에 두고, 지원은 조용히 한숨을 흘렸다.

토옹, 하고 높이 튀어오를 것만 같은 차진 말투, 자 대고 긋 듯, 정확한 선을 긋는 이야기, 눈은 웃지 않은 채로 입술 끝만 들어 올려 지은 거짓 미소. 그것들이 의미하는 것은 철저한 거리였다. 그녀는 그가 더 이상 도를 넘지 않기를, 적당한 거리를 유지하기를 바라고 있었다. 그 마음을 짐작할 수 있을 것 같아 그는 먹먹해졌다.

하지만, 내 마음은 어쩌지?

손을 뻗으면 만질 수 있는 거리에, 몸을 기울이면 닿는 거리에 그녀가 있다는 것만으로도 이렇게 가슴이 뜨거워지는데. 그제 손대었던 그 보드라운 뒷목이 슬쩍 드러나는 것만 봐도 이렇게 미치게 입 맞추고 싶은데.

쉽게 뜨거워졌으니, 쉽게 식을 거라고. 잠든 이새를 태우고 워터파크로 향하는 동안 지원은 스스로를 계속 다그쳤다. 지금의 사사로운 감정에 흔들리지 말자. 나중에 돌이켜보면 다 부질없게 느껴질 것이다……. 운전하는 내내 주문을 외웠다. 이제 가만히 있어도 천상에서 목탁 소리가 들려오는 기분이다.

그렇게 고행하여 워터파크에 도착한 지원은 세상모르고 잠든 이새가 괜히 미워져 어깨를 힘껏 두드려 깨웠다. 일부러 소리도 크게 냈다.

"김 선생, 일어나요. 이거 근무 태만입니다!"

화들짝 놀라 진저리 치며 일어난 그녀가 흘리지도 않은 침을 닦아 내며 피곤에 두려움이 섞인 눈으로 그를 멍청히 바라보다 물었다.

"경고예요? 경고?"

그 결에 잠들기 전의 거짓 얼굴이 사라지고 본래의 표정이 되돌아왔다.

이걸 다행이라고 해야 할까. 아둔해 보이는 표정조차 가슴 저리게 귀엽다. 그는 그녀의 표정에 잠시 빨려들어 갔다가 고개를 돌렸다.

"나가죠. 다 왔어요."

한여름의 워터파크는 저녁나절의 입구에조차도 사람이 넘쳤다. 멀찍이 서서 오가는 사람들을 보는 이새의 기분도 워터파크를 방문한 사람들을 따라 붕 떴다.

10분 후에 나온다던 준서는 20분이 넘도록 소식이 없었다. 옷을 갈아입고 정리하는 데 시간이 걸리는 모양이었다.

이새가 더운 날씨가 짜증 나는 듯 표정이 굳은 그와 함께 차가운 아이스크림을 사 먹으면 참 좋겠다, 생각하고 있을 때 때마침 멀리서 아이스크림 장수가 돌아다니는 것이 보였다. 어렸을 적 소풍날 먹던 그 추억의 아이스크림, 아이스박스에서 퍼 주던 바로 그 콘 아이스크림이었다. 이새의 입 안에 침이 고였다. 그녀는 얼른 제 주머니를 뒤졌다.

'아, 돈을 안 가져왔지, 참.'

바깥세상과 단절된 생활을 하며 경제관념도 없이 살다 보니 지갑을 가지고 나오는 것도 깜빡했다.

지금 못 먹으면 또 언제 마주치게 될지 모르겠다 생각하니 마음이 조급해졌다. 말도 안 될 만큼 사소한 것에 목을 매는 그녀를 사람들은 이상하게 볼지도 모르겠다. 그러나 이새에게 지금의 저 아이스크림은 바깥세계로의 완벽한 탈출구이자 대체 불가능한 추억으로만 보였다.

"준서 삼촌."

결국 이새는 조금 떨어진 벤치에 앉아 있는 지원에게까지 찾아갔다. 지원이 무심하게 고개를 들었다.

"돈 좀 빌려 주시면 안 될까요?"

그녀가 진지한 눈빛으로 말을 걸었다. 지원도 진지하게 받아들이고 물었다.

"돈 필요해요? 얼마나요?"

"2천 원만요."

2천 원만요. '2천만 원요'도 아니고 '2천 원만요'

"2천 원이요?"

그는 자신이 잘못 들은 것은 아닐까 하여 다시 물었다.

"네, 2천 원이요."

"왜요. 뭐 하게요?"

"저기요. 아이스크림 좀 사 먹으려고요. 준서 삼촌도 드시고 싶으시면 4천 원 주시고요. 갚을게요."

이새는 워터파크 입구 왼쪽 끄트머리를 가리켰다. 커다란 밀짚모자를 쓴 아저씨가 아이스크림을 팔고 있는 것을 보고 지원은 이맛살을 찌푸렸다.

"나는 그런 거 안 먹어요."

"그럼 2천 원만 빌려 주세요."

"그런 게 뭐가 좋다고 먹어요? 뉴스도 못 봤어요? 그런 아이스크림은 세균 덩어리라고요."

"저는 건강해서 괜찮아요."

"그래도 안 돼요. 꼭 김 선생 때문에 그러는 건 아니고, 김 선생이 아이스크림 먹고 있는 걸 혹시라도 준서가 보게 되면 준서도 사 줘야 된다고요. 내 조카는 그런 거 먹일 수 없어요."

"제가 화장실에 들어가서 몰래 먹을게요."

화장실에 들어가서 먹겠다니! 충격이 아닐 수 없다. 내가 왜 이런 지저분한 여자 때문에 맘고생을 하고 있는 걸까.

"못 들은 걸로 하죠."

"금방 먹을 수 있는데. 한입에 다 넣을 수 있는데."

"저리 안 가요?"

그녀의 앙탈이 성가신 지원이 버럭 화를 냈다. 이새의 눈은 번쩍 뜨였다.

'오오! 이게 바로 그, 혁진이가 얘기한 짜증 나는 상황인가?'

생각지도 않게 얻게 된 절호의 찬스였다. 언제 올지도 알 수 없는 이 기회를 놓칠 수는 없었다. 이새는 재빨리 머리를 굴렸다. 어떻게 하면 지원을 짜증 나게 할 것인가. 철없는 막냇동생처럼 보이면 딱 좋겠는데.

'옳지!'

잠깐의 시간 동안 묘안을 짜낸 이새는 게걸음으로 슬그머니 지원에게 다시

다가갔다. 그리고 양손을 동그랗게 모아 바가지 모양으로 만들어 입을 덮었다. '아아' 하고 소리를 내니 그녀의 음성이 손안에서 둥글게 돌며 울렸다.

"옛날 옛날에 한 소녀가 살았습니다."

지원이 흠칫 놀라며 이새 쪽으로 돌아보았다.

"그 소녀는 1년에 두 번 있는 소풍날을 생일보다 더 좋아했습니다. 왜냐고요?"

지원의 눈썹이 힘 있게 휘어지고 있었다.

'옳지!'

목소리를 내기 전에 떨리지 않았던 건 아니다. 자칫하면 불쾌함을 느낀 지원이 아예 돌아서서 자신을 쫓아낼 수도 있다는 것을 이새는 각오하고 있었다. 그럼에도 그녀는 승부수를 던졌다. 아이스크림이 먹고 싶었던 김에 문제 하나를 더 해결할 수 있으니 이 얼마나 좋은 일인가, 하는 생각이었다.

"왜냐하면 소풍을 가면 아이스크림을 먹을 수 있기 때문입니다. 아이스크림 장수 아저씨가 아이스크림 통에서 한 스쿱 푹 퍼서 올려 주는 딸기맛, 바닐라맛, 초코맛 아이스크림! 집에서 따로 사다가 먹으면 절대 그 맛이 안 납니다. 왜 소풍날에만 그런 맛이 나는 걸까요?"

요건 몰랐지? 나 김이새. 질척의 아이콘이란 것을.

"소녀는 그 이유를 알지 못한 채 무럭무럭 자라 안지원이라는 분의 조카의 가정교사가 되어, 이렇게 소풍을 나와 아이스크림 아저씨와 운명적인 재회를 했습니다. 아, 이제 소녀는 아이스크림의 비밀을 풀 수 있을까요?"

두 손으로 입을 감싼 이새는 그 안에서 한껏 마녀의 미소를 짓고 있었다. 그가 아무런 반응이 없는 게, 얄미운 그녀에게 화가 나 있는 것으로만 보였다. 그가 필사적으로 웃음을 참고 있는 것을 알지 못하는 이새였다.

지원은 계속 올라가려는 입술 끝을 억지로 내리며 무뚝뚝한 목소리로 말했다.

"그래도 안 돼요. 저런 아이스크림은. 나중에 더 맛있고 건강에 좋은 거 사 줄게요."

"그럼 소녀는, 아이스크림의 비밀은 영원히 풀지 못하는 걸까요?"

했던 말 또 하고 또 했던 말 또 하는, 이 궁극의 장인정신을 발휘할 기회가 왔는데 놓칠 수야 없지! 필 받은 이새의 목소리가 골룸처럼 야무졌다.

"아이스크림 하나만 먹으면 진짜 착하게 살 수 있을 것 같습니다! 훌륭한 선생님이 될 것 같습니다!"

질척질척!

"아이스크림이 먹고 싶다! 사랑합니다! 아이스크림!"

질척질척질척!

어때? 딱, 열 살 같지?

"사랑합니다! 아이스크림!"

진득한 고백이 연이어 두 번 터졌다. 입술 사이로 비어져 나오려는 웃음을 몇 번이나 꾹 참은 지원이 결국 지갑을 열었다. 시원하게 백기를 든 것이다.

"그만 좀 해요! 줄게요, 줄게."

"오예!"

그의 항복에 이새는 환호성을 질렀다. 자신의 질척임이 정말로 얄미웠는지 아닌지는 알 수 없겠지만, 아이스크림은 얻었으니 그럭저럭 된 것이렷다.

지갑을 연 지원은 지폐를 확인해 보고 자리에서 일어났다. 아이스크림 장수 앞으로 직접 움직이는 그를 이새가 총총 따랐다.

"여기 아이스크림 하나만 주세요."

지원이 직접 아이스크림을 주문했다.

"3천 원입니다."

2천 원이 아니라 3천 원이었다. 이새가 천연덕스럽게 말했다.

"이런. 그새 올랐네."

그런 그녀를 애정 어린 눈으로 내려다보던 지원은 아이스크림을 건네받아 이새에게 전해 준 후 아이스크림 장수에게 5만 원권을 건넸다.

"잔돈은 됐습니다."

돈을 거슬러주려던 아이스크림 장수가 얼떨떨한 표정을 지었다. 그러나 아이스크림 장수의 행복은 길게 이어지지 못했다.

"헉, 안 되죠. 잔돈 거슬러 주세요."

이새는 상황을 너그러이 넘어가지 못하고 손을 내밀었다. 잠깐 기분 좋아하던 아이스크림 장수가 어색하게 웃으며 잔돈을 건네주었다. 이새는 먼저 떠난 지원에게 쪼르르 달려가 잔돈을 내밀며 씨익 웃었다.

"고맙습니다. 화장실 가서 먹고 올게요."

그녀의 말에 경악한 지원이 따끔하게 분부했다.

"아우, 더럽게! 여기서 먹어요!"

"네."

아이스크림을 득템하여 기분이 좋아진 이새는 지원의 말에 고분고분 따르며 지원이 앉았던 벤치 끄트머리에 엉덩이를 걸쳐 앉았다. 그녀의 입술 안에 숨어만 있던 새빨간 혀가 계속 밖으로 나오며 아이스크림을 할짝할짝 훔쳐 갔다.

아이처럼 맑고 아이처럼 예쁘다. 아이스크림을 즐겁게 할짝이는 그녀를 보고 있자니 그간의 근심이 다 없어지는 기분이다. 어느새 그녀와의 서먹했던 느낌도 다 사라진 기분이었다. 그가 하지 못한 일을, 그녀는 아주 능수능란하게 해낸다.

"아이스크림 먹고 싶다고 아무한테나 그런 말 하면 안 돼요. 나니까 그런 거 받아 주는 겁니다. 알았어요?"

"네? 무슨 말을요?"

"전부 다. '옛날 옛날에'부터, '사랑합니다'까지, 다."

'아아' 하며 그녀는 고개를 끄덕거렸다. 그의 여전한 오지랖이 마음에 들지 않았지만, 갑의 지시에 따라야 하는 을의 입장이니, 또한 아이스크림도 먹여 준 고마운 갑님이시니 참기로 한다. 그녀는 씩씩하게 대답했다.

"네, 고맙습니다!"

그녀를 가만히 바라보던 지원이 물었다.

"아이스크림의 비밀은 뭐예요?"

"네?"

"아이스크림을 먹으면 아이스크림의 비밀을 풀 수 있을 것 같다면서."

"아하."

사실 그렇게 말했던 것은 까마득히 잊고 있었다. 그녀는 눈을 굴리다가 다시 배시시 웃어 보였다.

"그건 사랑인가 봐요. 저는 아이스크림을 사랑하고 있나 봐요."

그녀를 바라보던 지원의 입에서 낮은 탄식이 흘러나왔다.

그래, 내가 졌다. 당신은 그렇게 아이스크림을 녹이듯이, 날 녹이는구나.

흐뭇진 미소가 오래토록 지원을 떠나지 않았다.

이모와 함께 즐거운 물놀이를 끝내고 돌아온 준서는 집에 돌아와 저녁을 먹고 금방 잠이 들었다. 재미있게 놀았던 만큼 피곤한 하루였을 것이다. 지원은 준서가 완전히 잠들 때를 기다렸다가 준서의 방에서 나왔다. 이새의 방으로 향하는 몇 걸음이 길게 느껴졌다.

그녀의 방문을 두드리기 전에, 그는 잠깐 손을 멈췄다. 이 문을 두드리면, 그때부터는 걷잡을 수 없게 될 텐데, 내 감정에 모두 책임져야 할 텐데 나는 과연 정말 준비가 되었는가.

그저께 승환이 했던 말이 자연스레 스쳐 갔다.

어쨌든 넌 평범한 연애를 할 수 없을 테니까. 너의 재력과 너의 사회적 위치와 너의 집안이 네가 좋아할 여자를 힘들게 할 테니까. 네 형수님이 그랬던 것처럼. 그리고 형수님, 서하늘…….

그의 형 도원은 죽기 몇 년 전까지, 하늘과 비밀 혼례를 치렀다는 이유로 성화그룹 일가로부터 심하게 구박받았다. 가문 망신을 시킨다며 대놓고 막말을 하는 친척도 있었다. 그들에게는 그들을 지켜 줄 부모가 없었기 때문에 더 그랬을 수도 있었을 것이다. 형이 안타까웠던 지원도 도원에게 한 소리를 했었다. 준서는 그냥 혼외자식으로 두고 헤어지라는 말도 했었다. 그런 모진 말에 도원은 웃으며 대답했다.

'지원아, 나는, 지금이 제일 행복해.'

그때 그는, 그렇게 말하는 형을 이해하지 못했었다.

'내가 세상에 태어나서 가장 잘한 선택은, 하늘이를 만난 거야. 하늘이를 만났기 때문에 준서를 얻을 수도 있었어. 나는 이대로 정말 행복하다. 난 세상에서 가장 행복한 사람이야, 지원아.'

그런데 이제 그는 형의 말을 어렴풋이 이해할 수 있을 것 같았다. 그가 이새를 좋아하는 이유는 단순했다. 그저 그녀가 옆에 있는 것이 행복했다. 그녀에게 욕심내는 것이 행복했다. 행복해지고 싶어 그녀를 그리워했다. 지금 지원에게, 이새는 그의 행복을 책임질 수 있는 유일한 사람이었다.

그녀의 얼굴을 떠올리니 다시 가슴이 뜨거워졌다. 제 마음을 다 꺼내 보여 주지 않으면 홀딱 타 버릴 것만 같은 열의였다. 그는 용기 있게 이새의 방문을 두드렸다.

똑똑똑.

"네."

방 안에서 그녀의 목소리가 들렸다. 잠시 후 그녀는 문을 열었다.

막 씻고 나온 후의 말간 피부가 아이스크림만큼이나 달콤해 보였다. 자신을 바라보는 두 눈이 선명하고도 산뜻하게 빛났다. 무슨 일인지 진심으로 궁금한 듯 동그랗게 오므린 입술이 오늘은 앙증맞은 체리처럼 보였다.

"빌려 준 거 받으러 왔어요."

그가 그녀의 방 안으로 들어가며 말했다. 가만히 눈을 굴리던 이새가 대답했다.

"아, 드릴게요."

"돈으로 받을 생각 없는데."

"네?"

그는 뒤로 물러나 지갑을 찾으려는 이새에게 바짝 다가가 쪽, 입 맞췄다. 그녀의 눈이 올빼미처럼 둥글어졌다.

"이게 무슨……!"

그녀가 입을 열기가 무섭게 다시 고개를 내린 그는 체리처럼 단맛이 날 것만 같은 그녀의 입술을 모두 삼켜 낼 듯이 제 입술로 부드럽게 한 번 빨았다.

"뭐예요……!"

한 번도 경험해 본 적이 없는 자극에 겁을 집어먹은 그녀가 떨리는 눈동자로 물었다. 그는 미소 지었다.

"아이스크림보다 더 맛있는 거."

6. 인생 최초의 계약 실패

대답과 함께 그는 한 번 더 그녀의 입술을 덮쳤다. 이번엔 깊은 거였다.

그의 한쪽 손은 어느새 그녀의 허리로 내려갔다가 그녀의 매끈한 등선을 따라 가파르게 올라가 목에서 멈췄다. 그저께와 마찬가지로 그의 기다란 손이 그녀의 뒷목을 감쌌다. 그녀의 젖은 머리카락 깊숙이 그의 손가락이 들어갔다.

"흐읍……!"

놀라 벌어진 그녀의 입술 틈으로 뜨겁고도 말캉한 것이 쑥 파고들었다. 생경한 감각에 이새는 지원의 가슴을 밀쳐 내려 몸부림쳤다. 그러나 그의 단단한 가슴은 견고한 벽처럼 꿈쩍도 하지 않았다. 오히려 그녀의 뒷머리를 감싼 손에 더 바짝 힘이 들어갔다. 그녀가 아무리 애를 써도 고개를 돌릴 수는 없었다. 오히려 그 압력을 버티지 못하고 그녀의 입술은 더욱 벌어졌다. 그 틈을 놓치지 않고 그가 더 안으로 들어왔다.

그녀의 머리 뒤편에서 징이 크게 울렸다. 눈앞이 아찔하게 밝아졌다 어두워졌다 했다. 입 안으로 들어오는 이 남자의 호흡은 충동적인 것이 아니었다. 이 방을 들어오기 전부터 모든 것이 계획되어 있었던 것이다. 차분하게 그녀를 옭아매 가는 그의 숨결에는 자신감이 가득했다. 제 몸의 주도권을 빼앗긴 그녀가 마지막 발악으로 그의 팔을 앙칼지게 움켜잡았다. 그러나 그의 단단한 팔에 자국이 남을 리는 만무했다.

반면 통제 가능한 영역에서 귀엽게 발악을 하는 그녀의 움직임에 지원의 마음은 더욱 달아올랐다. 고개를 반대쪽으로 돌린 그는 정복하지 못한 곳을 탐험하겠다는 양 그녀의 입 안에서 단단하게 유영했다. 일주일 전의 도둑키스와는 비교도 되지 않는 벅찬 느낌이었다. 그가 제 입 안을 차지했음에도 빼앗기지 않으려는 듯 도망가는 말랑한 혀가 그의 신경을 예리하게 자극했다. 그는 그녀를 놓고 싶지 않았다.

이새는 조금도 숨을 쉬지 못하고 있었다. 그녀의 인생에서 카운트를 할 수 있을 만한 역사적인 첫 키스는 짜릿해도 너무 짜릿했다. 알 수 없는 쾌감으로 온몸의 힘이 쑥 빠지고 머리는 핑글핑글 돌았다. 아무 생각도 할 수가 없었다.

그녀의 다리가 풀릴 즈음이 되어서야 비로소 끈적하게 달라붙어 있던 그의 입술이 찬찬히 떨어졌다.

"하아아……."

이새는 그간 쉬지 못했던 숨을 저도 모르게 한꺼번에 쏟아 내며 비틀거렸다. 그가 그녀의 팔과 허리를 붙잡아 다시 세웠다. 자신을 바라보는 그녀의 눈동자가 격하게 요동치는 것을 보고 그가 진득한 목소리로 말했다.

"이제 정확히 알겠나? 내 마음."

가빠진 숨을 삼키느라 그녀의 가슴이 계속 들썩거렸다. 키스는 중단됐지만 그녀는 그 후폭풍에 말도 제대로 할 수 없는 지경이었다.

"다시 알려 줘?"

"아니, 아니, 아니!"

그녀가 마구 팔을 휘저으며 뒤로 한 걸음 크게 물러났다.

난 질척거렸는데, 왜!

'혹시 취향이 그쪽이었어?'

오늘 제 자신이 얼마나 귀여운 짓을 했는지 조금도 알지 못하는 그녀였다.

"마음, 마음이 뭔데요?"

태풍을 만나 날뛰는 심장을 부여잡듯 두 손을 모아 가슴 위에 얹은 그녀가 더듬거리며 물었다. 지원이 망설임 없이 대답했다.

"그쪽이랑 사귀어야겠어요."

'나와 사귀어 주겠어요?'가 아닌 '그쪽이랑 사귀어야겠어요'. 조금도 상대방을 배려하지 않는 교제 요구다.

"왜, 왜요?"

"좋아서."

"……."

"안 좋은 게 없어서."

겨우 가라앉은 심장박동이 다시 시작되었다. 고백은 처음 받아 보는 것이었다. 이토록 담백하고 간결하면서도 심장을 울리는 말이 존재한다는 것도 이전에는 알지 못했다.

재벌은 말로 비단을 만든다는 것을 알고 있다. 이미 이율에게 엄청나게 세뇌 교육을 받았다. 그럼에도 불구하고 이 열기 가득한 눈을 진심이라고 믿고 싶어진다.

하지만, 아니다. 이건 진심이 아니다.

그는 그녀가 아닌 많은 여자들에게도 이미 이런 고백을 했었을 것이고, 그녀는 이미 그에게 '엄청 쉬운 여자'로 낙인찍히지 않았는가.

"저는 싫어요."

그녀가 아릿해지는 감정을 숨기며 대답했다.

살짝 젖은 듯했던 그의 눈에 물기가 사라졌다. 그는 심기가 불편해진 듯 눈을 찡긋거렸다.

'감히 너 따위가 날 거부해?' 이런 건가?

그가 따지듯 물었다.

"이봐요. 키스 세 번 이상이면 그냥 사귀는 거 아닌가?"

"어째서 세 번이에요!"

그녀가 바락 물었다.

"오늘 두 번. 그리고."

그는 잠시 말을 멈췄다. 이 말을 할까 말까 망설이는 표정을 가만히 바라보던 이새의 얼굴이 붉게 달아올랐다.

그날 밤 그거.

"그, 그런 건 키스로 안 치거든요!"

"알고 있었어?"

아차. 흥분하여 그의 술수에 걸려들고 말았다. 그녀는 고개를 푹 숙이고 탁하게 숨을 뱉었다. 그사이 그의 손이 가까이 와 그녀의 귀 언저리 머리카락을 만졌다. 좀 전의 강렬한 자극을 기억하는 그녀의 몸이 그의 손길을 거부하며 뒤로 물러났다. 그러나 지원은 위로 들어 올려 자신을 막으려던 이새의 팔목을 잡고, 기어이 그녀의 머리카락을 귀 뒤로 넘겼다. 좀 전의 키스에 비해 별것 아닌 자극이었는데도 온몸의 세포가 이를 짜릿하게 받아들이고 있었다.

"엄청 빨간데?"

"놔요오……."

그녀가 그가 잡은 팔을 비틀어 빼내며 말했다.

"거짓말을 못 하는 귀네."

그는 그녀의 반응이 만족스러운 듯 픽 웃었다. 그리고 놀리듯 물었다.

"그런 건 키스로 안 친다고?"

이새가 눈을 들어 바라본 것은 그의 묘한 표정. 좀 아네? 하는 표정. 그녀는 뒤늦게, 자신이 뭔가 엄청난 말을 해 버렸다는 것을 알게 되었다.

다시 그가 다가왔다. 그녀는 그가 다가오는 만큼 자연스레 뒷걸음질 쳤다.

"그럼 다시 할까?"

"싫어요. 제가 왜 사귀지도 않는 사람이랑."

"그럼 지금부터 사귀고, 다시 키스부터 시작할까?"

어르듯 소곤거리는 말투가 너무 달달해서 녹아 버릴 것 같았다. 그녀의 입가로 다시 다가와 내뱉어지는 언어는 키스의 연장 같았다. 그녀는 정신을 차리기가 쉽지 않았다.

"내가 왜 사귀어요?"

그녀의 질색에 그의 표정이 약간 흐려졌다. '그쪽도 날 좋아하잖아'라고 말하고 싶은 걸 그가 열심히 참아 내고 있다는 사실을 그녀는 알 수 없을 것이다.

"좀 전의 키스는 날 받아들인 거 아니었나? 나만 좋았던 건가? 나 그렇게 막 가벼운 사람 아니에요. 지조 있는 사람이라고. 키스하면 사귀는 거라고 배웠다고요."

"죄송합니다만 그건 케케묵은 사고방식이에요. 저는 요즘 여자라서요. 키스 정도는 그냥 흘러가는 바람이라고 생각합니다만."

그녀는 당황한 마음을 감추려고 노력하며 의기 넘치게 말했다.

"꼭 연애 많이 해 본 사람처럼 얘기하네."

"다, 당연하죠. 제 나이가 몇인데요."

"그러게. 알 거 다 알 만한 나이지."

"그럼요. 다 알아요. 모르는 거 없어요."

훗, 그가 조용히 비웃었다.

"근데 내가 들은 얘기랑 좀 다르네."

"무, 무슨 얘길 들어요?"

"혁."

짧은 말을 내뱉으면서 그의 눈빛이 미묘하게 변했다. 굳이 발음하고 싶지 않다는 듯 목소리가 냉랭해졌다.

"혀, 혁?"

"혁!"

"혁?"

"혁, 진!"

그녀가 알아듣지 못하여 그는 결국 혁진의 이름을 모두 뱉어 냈다.

"혁진? 오혁진?"

"다 들었다고요. 그 친구한테. 모태솔로님이시라고."

"오혁진, 이 개애자식!"

이새가 치를 떨며 목소리를 높였다. 그녀의 입에서 이런 말이 나오는 걸 본 건 처음이라, 그도 살짝 놀랐다.

"그 얘기를 지금 왜 하는 건데요!"

이새는 제 힘을 모두 쏟아 그의 가슴을 두 팔로 마구 밀었다.

"나가요, 나가!"

사나운 욕과 치를 떠는 모습에 잠깐 어안이 벙벙해진 그는 그녀에게 떠밀려 방문 앞까지 뒷걸음질 치게 되었다.

"다시는 이렇게 찾아오지 마세요!"

이새가 경고하며 문 사이로 그를 밀었다.

어휴. 어쩌냐, 어째. 지원은 한숨을 푸욱 쉬었다. 욕을 해도, 이상한 표정을 보여도, 자신을 싫다고 해도 그저 그녀가 사랑스럽고 좋으니 참 큰일이었다.

그는 더 이상 쓸데없는 일에 애쓰지 말라는 듯이 그녀의 팔목을 다시 한 번 잡았다. 그가 잠깐 얼떨떨해 있는 동안 잘도 밀려가던 몸은 다시 방 안에 고정되었다. 그는 더 이상 밀려나지 않았다.

"내가 마음에 안 드나?"

"저는 연하 만날 거예요. 울 엄마가 나이 많은 사람은 만나지 말라고 하셨네요."

"연하가 뭐가 좋아요? 철부지에 능력도 없고."

"그건 지금 얘기죠. 10년 뒤를 내다보면 연하 찬양은 인생의 지혜라고요. 통계상 남자는 여자보다 단명하거든요. 그 말인 즉, 늙은 남자는 여자의 미래를 외롭게 할 거라는 거죠. 저는 저보다 단명할 남자한테 투자하고 싶지 않아요."

"혹시 상위 1% 남자들의 평균 수명은 조사해 봤어요? 아니면 내가 허약해 보여요? 나는 신체 건강에 담배도 안 한다고. 술도 별로 안 마시고."

"수면 장애는 단명의 지름길이죠. 저는 준서 삼촌의 건강 적신호가 보이는데요."

그녀가 고개를 꼿꼿이 들고 조금도 지지 않겠다는 눈으로 말했다. 달콤한 키스 뒤에 이렇게 살벌한 기싸움이 오가는 커플은 세상에 없을 것이다.

다음 날, 지원은 일찍 출근하러 나가는 길에 이새의 방에 들러 말했다. 때마침 이새가 혼자 있었다.

"오늘 일찍 들어올게요. 그때……."

"전 안 해요, 연애 얘기."

그가 무슨 말을 할지 알고 있다는 듯, 그녀가 단호하게 대답했다.

"무엇보다 클라이언트랑 연애 같은 건 안 해요. 난 잘 배운 학생이니까."

그녀의 단호함에 열이 오른 지원이 밉살맞게 말했다.

"나랑 안 사귀어 주면 이 집에서 쫓아낼 거예요."

"그러세요, 그럼. 준서가 누굴 택할지 두고 보자고요. 제가 짐 싸서 나가면 준서도 짐 싸서 나올걸요? 그럼 저는 준서랑 살 거예요."

"범죄자 되고 싶어요?"

"준서를 행복하게 만들지 못하면 준서 삼촌도 범죄자예요. 아니에요?"

그녀는 아직도 남자를 너무 몰랐다. 그녀가 이렇게 까슬까슬하게 굴수록 남자는 더욱 자극받게 된다는 것을.

쪽. 그는 그녀의 입술에 재빨리 입 맞췄다. 역시나 이런 키스에도 면역이란 게 없는 그녀는 눈망울을 사납게 굴리며 갸르릉거렸다.

"왜요. 이런 건 키스로 안 치는 건데."

그가 놀리듯 웃었다.

"준서 삼촌이라고 하지 말고. 내 이름 불러 봐요. 오늘은 그걸로 만족할 테니."

"싫어요."

왜 쓸데없는 일에 에너지를 낭비하느냐는 듯, 그녀가 시큰둥한 목소리로 거절의 말을 했다. 그는 픽 웃으며 뒤돌았다.

"이따 저녁 때 봅시다."

이새는 떠나는 그의 등에 대고 말했다.

"준서 삼촌 저 좋아하는 거 아니에요. 그냥, 예쁜 저택만 보다가 민속촌에 와서 초가집 보고 신기해하는 마음이에요. 착각하지 말아 주셨으면 좋겠어요."

지원은 씁쓸하게 뒤를 돌아보았다가, 회사로 향했다. 근무시간 내내 그녀의 마지막 말이 그의 머릿속에서 왱왱 맴돌았다.

이게 좋아하는 게 아니라고?

바쁜 일 끝내고 숨 돌리는 틈마다 당신이 생각나는데 아니라고? 아니, 바쁠 때도 생각나는데 아니라고? 그렇게 생각하다가 숨이 턱 막힐 만큼 가슴이 죄여 오는데 아니라고?

그녀가 바로 옆에 없으니 그리워 가슴이 저렸다. 그녀를 떠올릴 때마다 집에 돌아가고 싶어 몸이 근질거렸다.

지원은 아침에 이새에게 말했던 대로 일찍 돌아왔다. 아주 오랜만에 준서와 셋이서 산책을 하면서도, 그는 별말을 하지 않았다. 철저하게 그녀와 거리를 두고 오로지 준서의 다정한 삼촌으로서만 함께했다.

그럼에도 불구하고 이새의 마음은 내내 콩닥거렸다. 그가 언제든 팔을 뻗어 자신을 안아 버릴 수 있겠다는 생각이 계속 그녀를 긴장하게 했다. 정작 그는 조금도 그녀를 의식하지 않는 것으로 보였다.

그리고 밤이 되어 준서를 재우고 나서야 지원은 이새에게 친근하게 말을 붙였다.

"잠들었어요?"

"네."

준서가 잠들 때까지 계속, 다정한 삼촌의 역할에만 충실했던 지원이었기에 조금은 벽을 거둔 마음으로 이새가 대답했다. 그녀가 대답하기도 전에 소파에서 일어난 그는 이새보다 먼저 그녀의 방 안으로 들어갔다.

"거긴 왜 들어가요!"

이새가 그를 따르며 목소리를 낮게 깔고 타박했다. 지원은 그녀의 책상 앞에 서서 팔짱을 끼고 그녀를 오만하게 보며 대뜸 이상한 말을 했다.

"지금부터 키스 세 번."

잉? 지원의 뜬금없는 말에 이새는 눈을 동그랗게 뜨고 갸웃거리며 그를 바라보았다.

"그때까지 날 못 받아들이겠다고 하면 포기하지."

허, 이게 말이야, 소야, 닭이야.

"한 번도 용납할 수 없는데 왜 세 번이나 합니까? 미쳤어요?"

이새가 바락 소리 냈다. 지원은 한쪽 입술 끝만 올려 희미하게 웃었다.

"그 대답은 아주 오래전에 어떤 남자가 했던 말을 떠올리게 하네."

그가 비아냥거리듯 얘기했다. 무슨 얘긴지를 금방 알아들을 수 없었던 이새는 가만히 서서 곰곰이 생각해 보다가 분노의 탄성을 터트렸다.

"앞으로 세 번, 사장님이 제게 경고를 하시면 스스로 나가도록 하겠습니다."

"사정을 봐주는 건 한 번도 어려운데, 두 번을 더 봐달라는 말이에요?"

"세 번을 실수할 리는 없다는 얘깁니다."

지원의 말은 바로 그때의 이야기였다. 이새는 그때의 일을 끄집어내는 지원이 미웠다.

"키스랑 경고는 다르죠! 어떻게 그걸 비교해요? 키스는 저를 능욕하는 거잖아요!"

"능욕?"

지원이 떫은 표정을 하고는 그녀의 앞으로 바짝 다가왔다.

"그럼 김이새 씨는 우리 준서를 능욕했던 게 정녕 아니라고 할 수 있나? 입주 가정교사를 해고하느냐, 마느냐는 준서의 인생이 달린 아주 중요한 문제라고. 경고 제안을 받아들이기까지 무지하게 힘들었던 내 마음의 번뇌는 생각도 못 하지?"

무지하게 힘들었다고요? 번뇌라고요?

그의 억지 주장에 이새는 기가 막혔다.

"그깟 흘러가는 바람 같은 키스보다는 준서의 인생이 중요하다고. 동의할 수 없나?"

"……하지만 그때의 경고는 훌륭한 제안이었잖아요. 저는 준서한테 잘하고 있다고요."

"나도 잘할 수 있다고. 키스."

어느새 그의 두 눈이 우수에 젖어 있었다. 그가 희미하게 웃어 줄 때면 그의 눈 안으로 쏙 들어갈 것만 같다. 지금은 간신히 제정신인 이성이 그녀를 막고 있지만, 얼마나 버틸 수 있을지는 알 수 없는 노릇이다.

그녀가 그와 눈을 마주하고 망설이는 사이 지원이 빠르게 말했다.

"3초 안에 대답 안 하면 제안 수리. 1초, 2초, 3초."

뭐, 이런 독재자! 누가 들어도 1초 같은 3초였다. 그의 밀어붙이기에 기가 막힌 이새의 입이 함지박만 하게 벌어졌다.

"수리. 오케이."

일방적으로 제안을 수리한 그는 다시 그녀의 허리를 바짝 끌어당겨 들어 올렸다가 의자 위에 내려놓았다. 그녀가 도망가기 전에 재빠르게 의자의 팔걸이를 잡은 그는 허리를 굽혀 그녀의 입술 위에 제 입술을 얹었다. 거절도 반항도 할 수 없이 순식간에 그녀의 입술은 그의 열기 안으로 잠식되었다.

입술을 간질이는 자극이 이 와중에도 참 달큰하다. 이렇게, 키스 1회가 사라져 간다…… 이 입술을 떼면 없어져 버리는 키스 1회가 벌써부터 아쉬워지는 것 같으니, 그녀는 무서울 따름이다.

"잠깐. 무효."

그런데, 잠시 후 대뜸 입을 뗀 그가 말했다.

"입을 좀 벌려 줬으면 좋겠는데."

네에? 뭘 어떻게 하라고요?

갑작스런 키스에 쏙 빠져나간 이새의 혼이 돌아오기도 전에, 지원은 어처구니없고도 낯부끄러운 요구를 했다. 그것도 아주 천연덕스럽게.

이새가 혼란스러워하는 사이, 더는 기다리지 못한 지원이 그녀의 턱을 단단히 잡았다. 그 힘에 이끌려 그녀의 입술 사이에 틈이 생겼다. 곧장 다가온 그는 그녀의 입술에 제 입술을 차분히 맞대었다. 그 느긋한 움직임은 그녀의 온몸을 간질간질하고 저릿저릿하게 만드는 무언가가 있었다. 그녀의 이성은 분명히 그의 접촉을 막고 있는데도 왠지 모르게 초조했다. 그런 그녀를 달래기라도 하듯 곧, 방금 전의 무효 키스에 의해 적당히 젖은 그녀의 입술 사이로 그의 혀가 미끄러지듯 쑤욱 들어왔다.

'아아!'

그가 전해 주는 감각에 섬광이 지나가는 것만 같은 아찔함을 느낀 그녀는 저도 모르게 눈을 꼭 감았다. 의자 팔걸이를 꼭 붙들고 있던 그녀의 손이 갈피없이 허공으로 올라갔다. 그녀의 턱을 받치고 있던 그의 손이 그녀의 턱선을 따라가며 목을 쓸었다. 이윽고 어제처럼 그녀의 목덜미에 정착한 그의 손이 그녀를 좀 더 자신에게로 끌어당겼다. 허공을 잡고 있던 그녀의 두 손은 그의 힘에 저항하듯 그의 가슴께에 얹혀졌다. 그러나 두 손의 손끝은 이내 그녀의 손바닥 안쪽으로 스르르 말려들어 갔다. 눈을 다시 뜰 수도 없이 정신이 혼미해져 가는 그녀였다.

제 혀를 그녀의 안으로 깊게 밀어 넣은 그는 그녀를 맛보는 데에 최대한 긴 시간을 할애하겠다는 듯 아주 천천히 움직였다. 반대로 그녀는 애가 탔다. 두 사람이 함께 머금은 입 안쪽의 공기가 금세 부족해진 탓이었다. 그녀가 할 수 없이 토해 내는 약하디약한 숨은 그가 진공청소기처럼 빨아들였다. 마치 그녀가 제 안에서 더 저항하기를 바라듯, 자기 때문에 미쳐 버리기를 바라듯 그의 키스는 자신감이 넘쳤고 능청스러웠다.

결국, 여유가 넘치는 그의 키스에 어지러움을 느낀 그녀가 열기를 참지 못하고 급히 그를 밀어냈다.

"아응······."

그리고 그녀의 입에서 고양이 울음 같기도 하고, 애교용 콧소리 같기도 한 외마디 신음이 새어 나왔다.

이, 이, 이, 이게 무슨 소리야! 제 소리에 깜짝 놀란 그녀의 눈이 뎅그래졌다.

그녀의 저항에 입술을 떼고 그녀를 지그시 응시하던 그의 눈이 더욱 가늘어졌다. 그 끝이 아래로 슬며시 휘었다. 그게 미소인지 비웃음인지 확인해 볼 겨를도 없이 그가 다시 다가왔다.

"헙!"

이번에는 그녀가 더 빨랐다. 좀 전의 부끄러운 목소리 때문에 정신을 번쩍 차린 그녀는 입술 전체를 입 안으로 쑥 집어넣고 꾹 다물었다.

"뭐 하는 거야?"

흥이 깨진 것이 못마땅한 듯, 그는 눈썹을 찡그렸다.

"입뜰 업더여(입술 없어요)."

이가 몽땅 빠진 할머니가 고장 난 틀니를 움직이듯, 그녀는 입술 없이 말했다. 그마저도 복화술처럼 보였다. 다섯 글자의 말을 재빠르게 뱉어 낸 그녀는 또다시 입 안쪽을 정복당할세라 한 치의 틈도 없이 입을 닫았다.

말문이 막힌 얼굴로 그녀의 얼굴을 빤히 응시하던 그가 한참 후 길게 한숨을 내뱉었다.

"내가 그쪽이라면 빨리 세 번 다 끝내고 홀가분해질 텐데."

"······."

"그래. 오늘은 무효. 내일 합시다."

헐!

"무슨 소리예요! 이것도 한 번 한 거예요!"

그의 어처구니없는 무효 선언에 청천벽력이라도 만난 듯 발끈한 그녀가 입술을 풀고 소리를 높였다.

"한 번 한 거다?"

"한 번 한 거죠!"

"그럼, 두 번 남은 거다?"

"그렇죠. 두 번 남은 거죠!"

억울해진 그녀가 씩씩거리며 눈을 힘 있게 치떴다. 그는 그녀에 맞설 생각이 조금도 없다는 듯 평화롭게 끄덕였다.

"그럼 역시, 제안을 받아들인 거라고 생각해도 되는 거지? 난 또, 하도 협조를 안 해 줘서 내 제안을 못 받아들인 건가 했지."

허어…….

"그래요. 김이새 씨 의견대로 두 번 남았다고 칩시다. 그러니 남은 두 번을 위해 준비 잘하고 계시죠. 늘 긴장하고. 다음부턴 이런 키스는 인정 안 해 줄 거니까."

지원의 선언에 허망해진 이새의 입술이 벙하게 벌어졌다. 그는 역시 사업가였다. 사람을 옭아매는 재주가 탁월했다.

"그렇게 입 벌리고 있으면 잡아먹을 건데."

흡, 그녀의 입술은 다시 안쪽으로 말려들어 갔다. 그런 그녀의 반응에 더는 목매지 않겠다는 듯, 그가 몸을 일으켰다.

"일찍 자요. 피곤하겠네."

그는 자리에서 일어나며 그녀의 뺨에 다시 한 번 키스했다. 그녀의 온몸에 다시 짜릿한 경련이 한 번 찾아왔다. 강렬한 키스 뒤에는 이토록 간지럽게 구니, 더욱 몸이 달아오르는 느낌이다.

문이 닫히고, 그가 떠난 지 한참 지나서야 그녀는 문을 바라보며 멍하니 그의 입술이 닿았던 제 뺨을 어루만졌다.

……정말이지, 능력자다. 사람 혼을 쏙 빼놓는다.

그는 원래 멋졌다. 그냥 가만히 있어도 빛이 나는 사람이었다. 너무 빛나서 가까이 하기엔 부담스러운 사람이었는데. 원래 빛나던 그 외모와 멋진 목소리로 유혹의 말을 쏟아 내니 정신을 못 차리겠다.

지난 토요일을 기점으로 계속 짧아져 가는 말끝도 그녀를 긴장케 했다. 공대를 하던 그가 갑자기 반말을 쓰면 그 권위에 저도 모르게 눌리는 것 같았다. 왠지 그의 말에 따라야 할 것 같고, 왠지 거역하면 안 될 것 같은 이상한 느낌이 있었다. 그것이 두려움은 아닌데 위압적이었다.

"아, 나도 반말할까?"

억울해진 그녀가 조용히 한탄했다. 언제까지 이 유혹 공격이 이어질까. 남은 키스 두 번을 하고 나면 정말 끝나는 걸까.

'아니, 남은 키스 두 번을 못 참고 내가 항복해 버리면 어쩌지?'

새로운 걱정이 생겨났다. 그는 엔젤이 아니었다. 데빌이었다.

"후우우우……."

방으로 돌아온 지원은 지붕이 무너져라 한숨을 내쉬었다. 어제의 키스가 너무도 좋았기에, 그는 무리한 요구를 했다. 다시 한 번 그녀의 입술을 맛보고 싶었던 것이다. 다행히 그의 술수에 순진한 그녀가 잘 걸려든 덕에 키스 세 번을 얻어 낼 수 있었다.

그것까진 괜찮았다. 하지만 그녀의 입술이 닿은 순간부터, 그는 자신을 제어하기가 힘들어졌다. 그녀의 모든 것은 그를 만족시켜 주는 동시에 애가 타게 했다. 그녀를 즐겁게 해 주어 짜릿한 키스의 세계로 이끌어야 하는데 그가 빠져들어 버렸다.

숨을 제대로 쉬지 못해 바르르 떨 듯 약하게 경련을 일으키던 입술과, 그 입술 안의 아릿한 달콤함. 그리고 자신의 가슴에 가볍게 얹히던 길고 가는 손, 이를 말아 줄 때의 간지러움. 모든 게 그를 기분 좋게 자극시켰다.

또한 그녀가 입술을 급작스럽게 떼어 내고 앙탈 같은 신음을 흘릴 때는 이성이 날아가 버리는 줄 알았다. 그대로 그녀를 침대에 눕힐 뻔했다. 스스로 놀란 그녀가 입술을 입 안으로 말아 넣는 귀여운 개그를 선보이지 않았다면 큰 잘못 하나를 저질렀을 수도 있었을 것이라 생각하니 아찔했다.

그런 위험에도 불구하고, 그녀와의 키스는 중독적이다. 다시 그녀의 방으로 돌아가 키스 세 번을 다 끝내 버리고 싶을 정도로.

왜 키스 세 번이라고 했을까, 열 번이라고 했어야 하는 건데. 아니, 백 번…….

그는 조금 더 제대로 된 협상을 하지 못한 것을 크게 후회했다.

다음 날, 지원은 출근하기 전 잠깐 준서의 방에 들렀다. 방에는 준서 혼자였다.

"준서야. 선생님은 어디 가셨어?"

"빨래하고 있어요. 속옷은 지금 빨아야 된대요."

"그래? 왜?"

"저녁 되기 전에 말려야 된대요. 지금 빨아서 널어놓으면 저녁 되기 전에 마른대요."

준서의 대답에 지원이 피식 웃었다. 속옷을 들키기 부끄러운 마음인가. 그게 아니더라도 개미처럼 부지런한 게 참 귀엽다.

"안준서."

그녀가 자리를 비운 김에, 지원은 긴한 이야기를 시작했다.

"선생님 예쁘지?"

"네."

"그치? 얼굴도 예쁘고, 마음씨도 예쁘고."

"네. 손도 예쁘고, 눈도 예뻐요. 목소리도 예뻐요."

선생님을 못생겼다고 하던 삼촌이 드디어 자신과 뜻이 같아진 것이 기분 좋았는지, 준서는 눈을 빛냈다.

"그래, 선생님이 참 예뻐. 그러니까 선생님한테 잘해 줘. 그리고 선생님한테 이것저것 해 달라고도 해 봐. 그러고선 마지막엔 이렇게 말해. 선생님, 계속 내 옆에 있을 거죠? 나는 선생님이 없으면 안 돼요."

"……."

"그리고 필요하다면, 애교도 부려 봐."

"무슨 애교요?"

"예쁜 짓 말이야. 네가 예전에 뺨에 주먹 붙이고 뿌잉뿌잉 했던 거 같은."

"그거 삼촌이 하지 말랬잖아요."

어휴, 기억력도 좋지.

"그래, 그럼 그냥 선생님을 안아도 주고 우는 척도 하고 그래 봐."

"……."

"그렇다고 너무 세게 끌어안지는 말고."

안아 준다는 말을 내뱉고 난 후 찝찝해진 지원이 한마디 덧붙였다.

"선생님 나간대요?"

지원의 이상한 지시에 준서가 진지하게 물었다.

"나갈지도 몰라. 그러니까 네가 잘해야 해, 알았지? 그리고 내가 이렇게 말했단 건 비밀이야. 알았지?"

지원은 그렇게 의미심장한 말을 남기고 준서에게서 떠났다. 준서의 방문을 닫고 나오자마자 지원은 손빨래를 한 속옷을 감싸 쥐고 제 방으로 들어가는 이새와 마주쳤다.

"헛!"

별로 놀랄 일도 아니었는데. 이새는 지원을 보자마자 어깨를 한껏 움츠리며 몸을 뒤로 뺐다. 물론 들고 있던 속옷도 뒤로 감추었다.

"출근하시나 봐요. 안녕히 다녀오세요."

"뒤에 감춘 게 뭐예요?"

지원은 이새의 인사에 대답은 않고 그녀가 등 뒤로 감춘 것이 무엇인가를 물었다. 그녀가 부끄러워하는 것이 재미있었다.

"개인, 개인 물품이요."

이새가 더듬거리며 대답했다.

"속옷 같은 건가?"

지원의 직설적인 물음에 이새의 얼굴이 금방 붉어졌다. 그 얼굴을 흥미롭게 지켜보던 지원이 그녀에게로 바짝 고개를 숙였다.

흠칫! 이제 가까이 다가가기만 해도 그녀는 이렇게나 확실한 반응을 보여 준다. 그런 모습 하나하나가 너무 귀여워서 회사에 가기 싫어질 정도다.

아, 하루만이라도 옆에 진득하니 앉아서 같이 있고 싶다.

그 마음을 누르고 그는 그녀의 귀에만 닿을 듯한 낮은 목소리로 속삭였다.

"거짓말 못하는 귀 좀 어떻게 해 봐. 누가 보면 내가 김이새 씨한테 뭐라도 했는 줄 알겠네."

그의 짓궂은 말에 고개를 번쩍 든 이새가 힘 있게 지원을 노려보았다. 이렇게 얼굴을 가까이 보여 주면 키스하고 싶어지는데 말이다. 위험요소가 많은 거실이라 아무것도 할 수가 없는데.

지원은 아쉬움을 남기고 뒤돌았다.

"오늘도 일찍 올게요. 기다려요."

지원의 말에 이새의 얼굴은 다시 붉어졌다. 기다리라는 말이 너무 은근하게 들렸다. 오늘 밤의 키스를 기대하라는, 두 사람만의 은어처럼 들렸다. 그녀는 자신이 지원에게 너무 휘둘리는 것만 같았다. 그의 말에 하나하나 모두 반응해 버리고 이상한 상상까지 하게 되니 참 큰일이었다.

'나답지가 않다. 김이새답지가 않아!'

언제나 어디서나 당당하게 제 할 말 다 하고 사는 그녀의 인생에 핑크빛으로 위장한 먹구름이 드리워지고 있었다. 이 먹구름에 먹혀 들어가면 안되는데. 그녀는 우울한 기분으로 속옷을 제 방에 넣고 준서의 방으로 돌아갔다. 준서가 이새를 보자마자 말했다.

"선생님, 계속 내 옆에 있을 거죠? 나는 선생님이 없으면 안 돼요."

딱딱한 책을 읽듯 무감각한 어투였다. 준서가 워낙에 감정을 드러내지 않는 탓에 이새는 준서의 말을 수줍은 고백으로 받아들이고 눈시울을 붉혔다.

"당연하지. 선생님은 준서 초등학교에 입학할 때까지 계속 준서 옆에 있을 거야."

이새가 진심 어린 목소리로 말했다. 아이한테는 거짓말하면 안 되는데. 이새의 죄책감은 커져만 갔다.

깊어져만 가는 근심 속에서도 준서와 함께 있는 시간은 동화책 페이지를 넘기듯 유유히 잘도 흐른다.

어느덧 다시 밤. 지원은 준서가 잠자리에 들 무렵이 되어서야 일을 마치고 집에 돌아왔다. 일찍 퇴근하기 위해 최선을 다했지만 다음 날 경쟁 프레젠테이션 일정이 있어 어쩔 수 없었던 것이다.

"오셨어요?"

엘리베이터 문이 열리고 그가 모습을 드러내니, 이새가 인사를 건넸다. 그간의 갈등으로 웃지 않는 얼굴이었지만, 지원은 왠지 그녀의 얼굴을 보는 것만으로도 피로가 풀리는 느낌이었다.

"삼촌!"

"준서 오늘 재미있게 놀았어?"

"네!"

집에 토끼 두 마리가 있는 느낌이다. 예쁜 엄마 토끼, 귀여운 아기 토끼.

그들이 기다려 주는 집으로 돌아온다는 것, 그게 요즘 지원의 가장 큰 에너지원이 되는 것 같다.

집에서 기다리고 있는 토끼들을 위해서라면 더 열심히 일할 수도 있을 것 같다. 그 마음을 김이새 당신은, 그리고 준서는 알려나 몰라.

"일찍 오신다더니 늦으셨네요."

이새가 야무지게 말을 걸어왔다.

"기다렸어요?"

"네, 준서가."

기대를 갖고 물었으나 역시 돌아오는 대답은 새침하기 짝이 없었다. 그래도 좋다. 지원의 입가에는 내내 미소가 앉아 있었다. 준서가 말을 꺼내기 전까지.

"선생님, 오늘은 선생님이랑 같이 자면 안 돼요?"

"안준서."

준서의 말이 떨어지기가 무섭게 지원이 단호한 목소리로 준서를 불렀다.

"밤에 무서우면 삼촌이랑 자는 거야. 선생님이랑 자는 게 아니라."

"왜요?"

준서가 이해 가지 않는단 얼굴로 눈을 깜빡이며 지원을 바라보았다.

"선생님이잖아. 선생님이랑 같이 자는 제자가 세상에 어디 있어?"

"지난번에도 같이 잤는데. 그쵸, 선생님."

"아…… 하하. 준서야. 이제 선생님은 따로 잘 거야. 하지만 자기 전까지 옆에 있어 줄게."

"싫은데……."

"안준서."

준서가 투정을 부리는 모습에 지원이 다시 한 번 따끔하게 준서를 불렀다.

지원이 더 매정한 말을 하려는 순간, 이새가 지원에게 몰래 손짓했다. 더 이상 야단치지 말아 달라는 요청이었다.

"준서야, 오늘 귀신 봤어? 아니면 어제 무서운 꿈 꿨어?"

준서에게로 몸을 낮추어 준서와 같은 눈높이가 된 이새가 차분한 목소리로 물었다.

"아니요."

"그럼 왜?"

준서가 시무룩하게 고개를 내렸다.

"안준서, 침실로 가자. 오늘은 삼촌이 재워 줄게."

준서의 대답을 더 기다리지 않고, 지원이 손을 내밀며 말했다.

"삼촌은 싫어요."

준서의 대답에 놀란 이새가 깜짝 놀란 눈으로 준서의 손을 잡았다.

"준서야……."

그러나 준서는 이새의 만류에도 아랑곳없이 말을 이었다.

"삼촌은 딱딱해서 싫어요. 선생님은 말랑말랑해서 좋은데."

아……. 말랑말랑해서…….

준서의 말에 지원의 입술 사이로 웃음 한 조각이 힘 있게 툭 튀어나왔다. 이새의 얼굴은 순식간에 홍당무가 되었다. 지원은 그 얼굴을 확인하고 더 즐거워진 듯이 미소 지었다.

"준서는 내가 재울 테니 선생님은 이만 들어가세요. 준서, 인사해야지."

"선생님, 안녕히 주무세요."

지원은 준서에게 인사까지 시키고는 제법 삼촌답게 뒤돌았다. 그러나 준서 몰래 뒤돌아본 그는 이새와 눈이 맞자 검지로 이새의 방을 똑똑히 가리켰다.

준서 재우고 바로 갈 테니 저기서 얌전히 기다리고 있어.

그 손끝이 뜻하는 바를 잘 알고 있는 이새의 표정이 흠칫 굳었다.

준서와 함께 방으로 들어간 지원은 침대 이불을 걷어 그 안으로 준서가 들어갈 수 있게 해 주었다.

"얼른 이불 안으로 들어가."

준서는 지원의 지시에 따라 군말 없이 침대 위로 올라가 이불을 덮었다. 지원은 이불을 정리해 주고 준서의 가슴께를 토닥였다. 늘 그렇게 해 왔는데 준서는 잠들 생각이 없는지 눈을 말똥말똥 뜨고 가만히 있었다.

"안 졸려?"

"선생님은 동화책 읽어 주시는데."

지원의 물음에 준서는 머리맡의 동화책을 가리키며 서운한 표정을 지었다. 지원은 군말 없이 동화책을 폈다.

"옛날 옛날에……."

"여기에서요."

동화책 읽기를 막 시작한 지원의 말을 준서가 끊어 내며, 덮고 있는 이불을 반쯤 걷어 보였다. 그리고 침대 위, 제 옆자리를 툭툭 쳤다.

"선생님은 여기에서 읽어 주는데."

"침대 위에서?"

"네."

"네 옆에서?"

"네."

"한 이불 덮고?"

"네."

이거, 이거, 큰일 날 선생이네. 준서가 해 달라고 하면 뽀뽀도 해 주겠네.

"안준서."

242

"네?"

"선생님한테 안기려고 하지 마."

"왜요?"

왜긴 왜야. 김이새는 내 것이기 때문이지.

"남자는 아무 여자한테나 안기는 거 아니야."

지원의 알 듯 모를 듯 한 말에 준서가 고개를 갸웃거렸다. 지원은 더 이어질지도 모를 준서의 질문을 막기 위해 바로 동화책 낭독을 시작했다.

"옛날 옛날에 남편 없이 어린 남매를 혼자 키우는 한 어머니가 살고 있었어요."

감정 없는 낭독이었다. 동화 구연이 아니라 경찰청 사람들 사건 보고였다.

"삼촌, 나 그냥 잘게요. 안 읽어 줘도 돼요."

"그럴래? 그래."

지원은 더 물어볼 것도 없이 책장을 덮었다. 준서가 시무룩한 표정으로 벽을 보고 돌아누웠다.

"혼자 자면 많이 무서워?"

지원이 나긋하게 물었다.

"……무서울 때도 있고 안 무서울 때도 있어요."

준서가 낮아진 목소리로 대답했다.

"무서울 땐 언제든지 얘기해. 삼촌이 옆에 있어 줄 테니까."

"네."

준서가 짧게 대답했다. 그 목소리에는 왠지 설움이 묻어 있는 것도 같았다. 이에 미안해진 지원이 준서를 가만히 토닥이다가 조심스레 입을 열었다.

"요즘엔 귀신 얘기 안 하네."

정말로 한동안 지원은 준서에게서 귀신의 이야기를 들은 적이 없었다. 비밀처럼 이새에게만 얘기하고 있는 걸까, 아니면 정말 귀신 얘기를 하지 않아도 될 만큼 마음이 단단해진 걸까.

"손이 안 와요."

지원이 조카의 변화에 대해 생각하고 있을 때, 준서가 입을 열었다.

"손? 이 방에 있다는 그 귀신 말이야?"

"네. 밴드 붙여 준 뒤로 안 와요."

"밴드? 무슨 밴드?"

"옛날에 내가 손이 피 흘리고 있어서 무섭다고 했더니, 선생님이 피는 무서운 게 아니라 중요한 거고 손한테 상처가 있어서 피가 나는 거니까 밴드를 붙여 주면 된다고 했어요."

아, 하며, 지원이 끄덕였다. 얼마 전 이새에게 그때의 사연을 얼핏 들은 적이 있었다. 그때는 피는 무서운 게 아니라 중요한 것이라고 얘기해 줬다는 말만 들었는데 그 이후에 또 이런 이야기가 있었다. 귀신에게 밴드를 붙여 줄 생각을 하다니. 역시 김이새답다.

"그래서 손한테 밴드를 붙여 줬어? 그랬더니 그 뒤로 안 찾아왔고?"

"네."

"……그래서 서운해? 손이 안 와서?"

지원의 질문에 준서는 잠시 생각하는 듯 뜸을 들였다.

"선생님이 있어서 안 서운해요."

대답은 아주 나중에 돌아왔다.

그가 다시 이 방에 들어오면 어떤 표정을 지어야 할까.

왜 오는지, 뭘 하러 오는지 짐작이 가능하기에, 방 안의 이새는 더 긴장되는 마음이었다. 아마도, 모든 게 처음이어서 그럴 것이다. 손을 잡히고, 안기고, 키스를 받고, 좋아한다는 말을 듣고……. 그녀의 평화롭던 일상에 이 모든 일이 한꺼번에 닥쳤다.

이럴 줄 알았으면 남들 다 하는 짧은 연애라도 적극적으로 해 둘걸. 그녀가 한탄하고 있을 때 옆방의 문이 열렸다가 닫히는 소리가 났다. 지원이 준서의 방에서 나온 것이다.

어떻게 해야 해! 숨고 싶은데 숨을 데가 없다. 이 방엔 그 흔한 이불장도 없어! 의자에서 벌떡 일어난 그녀는 숨을 곳을 찾지 못하고 발만 동동 구르다가 침대에 풀썩 엎어졌다. 그녀가 침대로 뛰어듦과 동시에 똑똑똑, 노크 소리가 울렸다.

기원전 이솝 선생님이 말씀하셨지. 살고 싶으면 죽은 척이라도 하라고. 가까스로 위기를 모면할 대안을 찾아낸 그녀는 눈을 꼭 감았다. 갑작스럽게 침대를 선택하게 되어 누운 포즈가 좀 어색하다 싶었지만 정정할 여유가 없었다.

침묵의 10초가 흐르고, 밤이 되어 늑대로 변한 지원이 먹잇감을 죽이기 위해 들어왔다.

"자는 척하는 거 다 아는데."

제길. 그녀는 지푸라기라도 잡는 심정으로 드르렁드르렁, 코골이를 선보여야 했다. 그녀의 코 고는 소리를 들은 지원이 낮게 혼잣말했다.

"정말 자나 보네."

연속된 코골이를 하는 동안 목 안쪽의 공기가 탁해졌다. 목 안에 쇠붙이를 들여놓는 기분에 이새는 괴로웠지만 제가 벌인 일을 책임지는 데에 최선을 다했다.

"근데 열이 나나? 귀가 빨개져서 자네?"

그런데 그는 떠날 생각은 않고 계속 혼잣말을 했다. 난감한 마음으로 코골이를 이어 가는 사이, 침대 한쪽에 체중이 실리는 느낌이 났다. 기어이 이 남자는 침대에 앉아 버린 것이다.

"정말 잘 자네. 그럼 키스를 해도 모르겠네."

"아, 피곤하다……. 어? 언제 오셨어요?"

결국 그녀가 일어났다. 아주 자연스럽게.

지원이 입술을 샐그러뜨리며 비아냥거렸다.

"어쩜 그리 연기가 자연스러운지, 연기파 배우가 따로 없네."

"연기가 아니라 진짜로 잠이 든 거예요. 왜 시끄럽게 해서 곤히 자는 사람을 깨우고 그러세요?"

입술을 잔뜩 오므리고 눈을 깜빡거리며, 이새는 끝까지 능청을 부렸다. 곧 지원의 입가에 희미한 미소가 그려졌다.

"나한테는 참 딱딱한 사람인데, 어디가 그렇게 말랑말랑하다는 얘긴지 모르겠네."

"네, 그건 저도 모르겠어요. 그러니 그 얘긴 그만하세요."

"준서가 요즘엔 귀신을 안 본다던데."

뾰로통해 있던 이새는 지원이 화제를 바꾸자 금방 생기 넘치는 표정을 찾았다.

"아, 그래요?"

"안 물어봤나?"

"……죄송합니다."

"죄송하다는 말을 들으려고 물어본 게 아니라, 김이새 씨가 있어서 외롭지 않다고 하던데."

서서히 그녀의 얼굴에도 큼지막한 미소가 그려진다.

"그죠? 역시. 준서는 나의 마수에서 벗어날 수 없다고요."

뽐낼 만했다. 그녀가 오기 전, 준서는 일주일에 두어 번은 귀신 얘기를 했었으니까. 지원은 그녀를 칭찬해 주고 싶은 마음에 넌지시 물었다.

“상을 줄 수도 있는데. 바라는 거 있나?”

“뭐든 얘기해도 돼요?”

“내 능력이 허용하는 범위라면.”

“정말 뭐든요?”

“일단 말이나 들어 봅시다.”

“등산 가고 싶어요. 준서랑.”

“등산?”

그녀의 청에 지원의 눈썹이 휘었다. 좀 더 개인적인 것을 바랄 줄 알았는데 아주 의외였다. 그녀의 표정을 보아하니 정말, 그녀는 진심이었다.

“하루만 준서랑 같이 등산 다녀오면 안 될까요? 제 친구가 등산 동아리인데 거기 따라가면 여러 가지로 도움도 받을 수 있을 것 같아요. 안전하게 다녀올게요.”

“친구 누구. 오혁진?”

지원이 눈을 부릅뜨며 물었다. 이새는 해사한 웃음과 함께 ‘네’라는 대답을 준비하고 있었다.

“등산은 나랑 갑시다.”

순식간에 그녀의 표정이 퀭해졌다. ‘그게 무슨 상이야!’라고 그녀의 이마에 쓰여 있는 것 같았다.

“알았어요, 알았어. 잘 갔다 와요.”

그제야 그녀의 얼굴에 다시 생기가 돌아왔다.

“와아, 고맙습니다! 잘 다녀올게요.”

지원은 그녀의 반응에 조금 심술이 났다.

“그렇게 내가 싫어요?”

“그런 건 아니고요……..”

“그럼, 날 어떻게 생각하는데.”

짧아진 말과 함께 지원이 이새에게 다가갔다. 그의 손끝이 조용히 다가와 그녀의 머리카락을 뒤로 쓸었다. 금세 빨개진 정직한 귀가 드러났다.

웬일인지 그녀는, 그의 손길을 기다리는 듯 가만히 있었다. 그녀의 나긋한 모습 또한 자극적이어서 그의 눈빛이 짙어졌다. 자연스레 만들어진 분위기 속에서, 그가 천천히 고개를 내렸다.

아, 다가오는구나, 2회 차 키스를 하려는구나. 왜 기대를 하게 되는 것인지 모르겠다. 알량한 자존심과 가정교사로서의 책임의식은 그를 밀어내고 있지만 자신의 가슴 깊숙한 곳에는 이 상황을 어쩔 수 없다는 핑계로 받아들이고 싶어 하는 얍삽한 속내가 있었다. 그 마음에 양심의 가책을 느끼며, 이새는 입 안에 고인 침을 꿀꺽 삼켰다. 그런데.

"키스는 다음 기회에."

그의 숨결이 전해진 곳은 그녀의 입술 바깥쪽이었다.

"왜, 왜요?"

"기회가 앞으로 두 번밖에 없는데, 내가 하고 싶은 대로 하면 안 되나?"

"네, 안 돼요. 지금 해요."

어쩌다 키스를 종용하는 입장이 되었는지. 이 처지가 참으로 기막히고 답답하지만, 그녀는 그 말을 꼭 해야 했다.

"죄지은 것도 아니고. 이렇게 내내 긴장한 채로는 못 살겠어요."

"그런 것에도 익숙해져야지. 내가 김이새 씨의 사건 사고에 익숙해졌듯."

누구를 말려 죽이시려고. 자신이 잠든 척했던 것과는 비교도 되지 않는 능청에 이새는 눈을 부릅떴다.

이러면 될 일도 안 된다고요. 키스 3회 빨리 끝내고 확 정리해 버릴 거야!

"제가 합니다!"

전의를 불태우며 몸을 일으킨 그녀가 그에게로 확 달려들었다. 한데 제 체중을 모두 실어 그의 어깨를 붙잡은 것이 실수였다. 두 사람은 김유정의 소설 『동백꽃』에 나오는 두 주인공처럼 침대 위로 퍽 쓰러졌다.

제 무지막지한 힘에 그녀 스스로도 깜짝 놀랐다. 그런데 지원은 더 놀란 모양이었다. 눈을 동그랗게 뜬 채로 아무 말도 못 하고 자신을 바라보는 얼굴은, 그녀가 한 번도 본 적 없는 것이었다.

'몰라, 몰라! 돌이킬 수 없어!'

그녀는 그 눈과 마주하기 민망한 마음에 재빨리 그에게 입술을 붙였다.

그런데, 이다음은 어떻게 하나. 함께 침대에 엎어져 버려 눈앞이 아득해져 버렸다. 차라리 입술을 붙이지 말고 '아, 제가 힘 조절을 잘못했네요. 죄송합니다.'라고 말하고 그를 일으켜 세웠어야 하는 거였는데.

그저 입술을 붙인 채로 이러지도 저러지도 못하고 있는 사이 팔에 점점 경련이 일었다. 이건 여자가 소화하기엔 무리가 있는 자세였다. 민망하게도, 자세의 안정을 찾아 그녀의 몸이 차츰 낮아져 갔다. 어느덧 호흡을 하느라 높아졌다 낮아졌다 하는 그의 가슴에 그녀의 가슴이 닿을락 말락 할 정도가 되었다.

그때 그가 그녀를 바짝 제 품으로 당겼다. 연약한 팔의 힘으로 체중을 버티던 그녀는 그의 가슴 위로 풀썩 착지하고야 말았다. 그녀가 깜짝 놀랄 새도 없이 다른 감각이 찾아왔다. 가만히 있던 그가 드디어 입을 열어 주었다. 그리고 지금껏 가르쳐 준 것들을 제대로 써먹지도 못한 그녀를 꾸짖듯, 그는 조금은 거칠게 제 숨결로 그녀를 압박했다.

그녀는 그 거칠어진 숨결의 의미를 금방 알아챘다. 또다시 그의 입에서 '무효'라는 말이 나올세라, 그녀는 제게 주어진 역할에 최선을 다했다. 잠시 당황하긴 했었지만, 그가 리드해 주니 한결 그럴듯한 움직임이 나왔다. 이제 키스를 두 번이나 해 봐서인지 그녀는 제법 숨 쉴 줄도 알게 되었다.

이러다가 키스 귀신 되면 어쩌지? 이제 이걸 끝내면 키스도 한 번 남았는데.

하지만 그녀가 더 잡생각을 이어 나갈 틈은 없었다. 그녀의 시야가 흐릿해졌고, 머릿속 생각도 모두 날아갔다.

예상치도 않게 덮침을 당한 지원 또한 농밀한 열기를 남긴 아득한 세상으로 끌려가고 있었다.

사실 오늘은 참으려고 했었다. 너무 집에 늦게 도착한 탓에, 그녀를 감상적으로 만들 어떤 준비도 하지 않았던 것이다. 첫 번째 키스도 제멋대로 밀어붙였는데 두 번째 키스까지 아무 무드 없이 하고 싶진 않았다. 세 번의 키스 안에 그녀의 마음을 돌릴 수 있어야 하기 때문에, 여자의 마음을 사로잡을 수 있는 무드가 필요했다. 키스 또한 그를 위한 것이 아니라, 오로지 그녀를 위한 것이어야만 했다.

그 마음으로 참고자 했는데, 그녀가 먼저 달려들 줄은 꿈에도 몰랐다.『동백꽃』의 주인공이, '알싸한, 그리고 향긋한 그 냄새에' 아찔해졌다고 했던가. 그는 그 의미를 그때에야 비로소 알게 되었다. 그것은 한창 핀 동백꽃의 냄새가 아니었다. 점순이의 냄새였던 것이다. 그녀의 향기가 알싸하고 향긋하여 지원 또한 아찔했다.

김이새. 나를 미치게 하는 나의 점순이.

그녀는 밀어붙여 왔던 전의와는 다르게 그의 입술 위에 간지럽게 내려앉아 수줍게 입술을 벌렸다. 배운 것을 실천하려는 그녀의 열의가 몹시 예뻐 보였다. 그는 몸의 욕구를 이겨 내지 못하고 그녀를 가슴에 밀착하여 끌어안았다. 눈앞의 먹잇감이 이토록 달콤하게 유혹을 하는데 제정신으로 있을 수 있는 남자는 없을 것이다.

준서의 말이 꼭 맞게도 그녀는 참 말랑말랑했다. 손으로 만지지 않아도, 그녀가 주는 압력을 통해 충분히 확인할 수 있었다. 얇은 셔츠를 사이에 두고 밀착된 몸과, 그가 리드하는 키스에 잘 따라와 주는 그녀가 몹시도 그를 달뜨게 했다. 그는 결국, 그녀의 허리를 감싸고 몸을 옆으로 돌려 그녀를 침대에 눕혀 버렸다. 순식간에 위아래가 바뀌어 이제 그가 그녀를 덮치는 모양새가 되었다.

그는 문득 그녀의 얼굴을 확인해 보고 싶은 욕망이 일었다. 차분히 입술을 떼고 몸을 잠시 일으켜 그녀를 바라보았다. 그리고 그는 바로 후회했다.

'아, 미치겠다……'

발그레하게 달아오른 뺨에, 그보다 더 붉어진 입술. 매양 크게 깜박이던 동그란 눈을 반달로 만들어 내리깔아 뜬 나른한 얼굴, 야트막하게 가라앉은 숨소리. 자신의 팔 안에 갇혀 다음으로 다가올 자극을 기다리는 듯한 그녀의 모든 것이 지독하게 예쁘고 또한 야했다.

그녀에게로 다시 어깨를 내리며, 그는 불현듯 두려운 생각이 들었다. 지금 계속하면 끝내고 싶지 않아질 수도 있겠다는 예감이었다.

"잠깐만요."

그런 그의 마음을 알아챈 것처럼, 그녀가 다가오려는 그의 입술을 손으로 막았다.

"지금 하시면 세 번째예요."

잔뜩 발그레해져서는, 뭐라는 거야…….

한껏 멍해진 얼굴로 이렇게나 똑소리 나게 계산기를 두드리는 여자가 또 있을까.

세 번째라고요. 이건 마지막 키스라고요. 이 키스 이후에 당신은 나를 포기해야 한다고요. 그녀의 눈빛이 소곤거렸다. 갈등하던 그는 제 입을 막은 그녀의 손을 자신의 악력으로 떨어뜨렸다. 그리고 뜨거워진 숨결을 그녀의 입술 위에 급하게 흘렸다.

"지금까지는 무효."

그리고 지금부터가 진짜.

"왜, 왜, 왜요!"

거칠게 달려드는 그를 그녀의 목소리가 막았다. 힘없이 떨어져 나간 손도 다시 그의 입을 막기 위해 돌아왔다.

"이번엔 뭐가 또 문제인데요!"

그녀는 진정으로 억울해 보였다. 그는 눈 하나 깜짝하지 않고 능청스럽게 무효인 이유를 말했다.

"노력은 가상하나 소울이 없어."

기가 찬 이새의 입술 사이로 허탈한 한숨이 비어져 나왔다.

케이팝스타 나가냐? 키스에서 소울을 왜 찾는데!

"제가 좋다면서요. 안 좋은 게 없어서 저랑 사귀고 싶어 하시는 거라면서요. 이 정도도 못마땅해하시면서 어떻게 그런 말씀을 하셨나요?"

"그래. 나는 괜찮아. 다 좋다고. 하지만 나만 좋으면 뭐하나, 같이 좋아야지."

그가 천연덕스럽게 말했다.

"이렇게 학습한 것을 복습하는 듯한 키스가 아니라, 정말로 느끼고, 마음이 충만해지는 듯한, 그런 것이어야 된다고. 나한테나 김이새 씨한테나."

이새는 속에서 천불이 올라오는 것을 느꼈다.

나도 느꼈어요. 나도 느꼈다고요! 그쪽 입술이 닿을 때 전기라도 통하는 듯이 온몸이 저리고 머리가 울리고 심장이 터질 것 같았다고요!

하지만 이새는 이 말을 육성으로 전달할 수가 없었다. '나도 느꼈어요. 나도 느꼈다고요!'라고 말하면, '그래. 그럼 그런 키스를 할 수 있는 사람하고 사귀어야겠네.'라고 말할 것이 뻔하지 않은가, 이 뻔뻔한 남자라면.

이새는 침대에 앉아 있는 그를 끌어당겼다. 엉겁결에 이새에게 끌려 일어난 그는 그대로 문밖으로 밀려 나갔다.

"아무래도 제가 어리석었던 것 같습니다. 키스 3회 계약은 없었던 일로 하죠. 지금까지는 제가 어리석어서 당했지만, 앞으로는 당하지 않을 거예요."

그녀는 무섭게 말하고 매몰차게 방문을 닫았다.

사흘이 지나 이새가 집으로 돌아가는 날이 되었다.

그간 이새는 지원과 부딪치지 않으려 노력했고 지원도 프로젝트 때문에 바쁜 시간을 보냈기에 서로 대화를 나눌 기회는 한 번도 없었다.

"오늘 돌아가는 거야?"

토요일 아침 근무를 하게 된 미옥이 짐을 챙기는 이새에게 다가와 말을 걸었다.

"네. 그런데 손에 들고 계신 건 뭐예요?"

이새는 거실 바닥 걸레질을 하는 미옥이 한 손에 양말 뭉치를 들고 있는 것을 보고 물었다.

"어. 이거? 사장님 양말이랑 도련님 양말. 구멍이 나서 못 신게 되었거든. 버리려고."

"준서 삼촌도 양말을 구멍이 날 때까지 신어요?"

"그럴 리가 있나. 거의 한두 번 신고 버리는 편이지. 이건 제봉이 잘못된 건지 올이 해져서 버려져 있더라고. 신어 봤다가 바로 아니다 싶었나 봐."

"그래서 그냥 버리실 거예요?"

"응. 왜?"

"버리실 거면 저 주시면 안 돼요? 바느질해서 양말인형 만들게요."

"정말? 그런 것도 만들 줄 알아? 그런데 도련님 것이야 알록달록해서 인형을 만들어도 예쁘겠지만, 사장님 것은 까만색인데 과연 예쁠까?"

"악마 인형 만들기 딱 좋겠네요."

악마 인형을 만들어다가 '안지원'이라고 이름을 붙이고 바늘꽂이로 쓸 테다.

"그래, 그럼. 앞으로도 도련님 양말 구멍 나면 또 갖다 줄게."

"고맙습니다."

이새는 양말을 받아 들고 기쁘게 인사했다.

"저는 이만 퇴근할게요. 주말 잘 보내시고 월요일에 봬요."

"사장님이 아까 찾았던 것 같은데. 지금 서재에 계실 거야."

준서에게만 인사를 하고 집을 나서려던 이새는 잠시 휘청거렸다. 그가 자신을 찾는다는 얘기는 그녀를 다시 긴장하게 했다.

이제 계약 키스 같은 건 하지 않을 생각이다. 이새는 마음을 굳게 먹고 서재로 향했다. 오랜만에 지원의 침실 복도에 들어서니 다시 가슴이 콩닥거렸다. 그녀가 통제할 수 있는 부분이 아니었다. 괜히 조심스러워지는 발걸음으로 서재에 다다른 이새가 천천히 노크했다.

'네.' 하고, 익숙한 저음의 목소리가 들렸다. 이새는 방문을 열었다.

침실만큼이나 넓은 공간에, 큼지막한 창문을 사이에 두고 양옆으로 병풍처럼 둘러진 책장에 책이 가득 꽂혀 있는 서재였다. 지원은 가운데의 책상에 책을 잔뜩 쌓아 놓고 책장에서 또 책들을 꺼내고 있었다. 서재에 가득 들어온 햇살에 눈이 부신 그녀는 빛에 익숙해지기까지 눈을 반쯤 감아야 했다. 서재라는 공간이 주는 생소함 때문인지 서재를 가득 채운 그의 존재감은 남달랐다. 저 사람이 사흘 전까지 3일간 내게 키스를 해 주었던 사람이 맞는지, 내가 저 사람을 덮쳤던 게 꿈은 아니었는지, 경험한 사실을 의심하게 하는 존재감이었다.

이쪽을 쳐다보지도 않는 그가 멀게 느껴져, 왠지 서러워지는 마음으로 그녀가 그를 불렀다.

"책 정리 중이세요?"

그제야 지원은 고개를 돌려 이새를 보았다.

"아, 그쪽인지 몰랐어."

"제가 아니더라도 기척이 울리면 쳐다는 봐 주세요."

"네, 그러지요."

그녀의 요구에 그가 경어를 쓰며 희미하게 웃었다. 이런 것에 일일이 두근거리면 안 되는데, 이새는 또 두근거렸다.

"짐은 다 챙겼나?"

"네. 이제 가려고요. 다음 주에 뵐게요."

"데려다줄게."

"아뇨! 아뇨! 그러실 필요 없어요. 저 혼자 가고 싶습니다. 바쁘신 것 같은 데 하시던 것 마저 하세요."

도망치듯 후다닥 나가려는 이새를, 지원의 목소리가 다시 한 번 막았다.

"이봐."

그 슬프게 느껴지는 목소리에, 문을 열었던 이새가 다시 슬그머니 문을 닫았다.

"스폰서 같은 거 어때요?"

"……."

"내가 김이새 씨 스폰서 해 주면 어떠냐고."

지원이 두 번이나 같은 말을 되풀이하고서야, 이새는 자신이 그의 말을 잘못 들은 게 아니라는 것을 깨달았다.

부글부글부글부글……. 그녀의 가슴속에 가만히 잠자고 있던 휴화산 하나가 용융된 마그마를 단시간에 끌어 올렸다. 부들부들 떨리는 손으로 그녀는 손에 꼭 쥐고 있던 양말 두 켤레를 그를 향해 확 던졌다. 양말 두 켤레 중 지원의 것은 정확히 이마를 때리고는 바닥으로 낙하했다.

"사람을 우습게 보는 것도 정도가 있지. 뭐? 스폰서요?"

"스폰서라는 말이 싫으면 뭐, 연애 아르바이트 정도로 하면. 아니면 연애 계약이라고 불러도 좋고."

"연애 알바요?"

미친 거 아니야?

"키스방에나 가세요!"

지원이 흥분하여 소리가 높아진 그녀에게 다가갔다.

"내가 김이새 씨한테 사귀자고 하면 김이새 씨는 싫다고만 하잖아. 그래서 나름 대안을 제시한 건데. 김이새 씨가 나는 싫어해도 돈은 싫어하지 않을 것 같아서. 나는 김이새 씨가 좋다고. 그래서 너무 답답해. 그래서 좀, 시험해 보고 싶다는 거야. 흠뻑 빠졌다가 나와 보고 싶어서."

참 나, 원, 좋다면서 흠뻑 빠졌다가 나오긴 어딜 나와. 내가 수영장이야? 그의 말투가 마음에 들지 않아, 이새는 입술을 샐그러뜨리며 물었다.

"흠뻑 빠졌다가, 나오지 못하면요?"

지원은 그녀의 질문에 바로 대답하지 못했다. 그녀가 정곡을 찔렀다. 이미 그는 그녀에게 흠뻑 빠져 있었고, 헤어나지 못하고 있었다. 그래서 부끄러움을 무릅쓰고 물었다. 차라리 연애 계약이라도 하면 형식적으로나마 사귈 수 있게 될 테니까. 그런데 그녀가 이렇게 분노할 줄은 몰랐다. 흠뻑 빠졌다가 나오지 못하면 어떻게 할 거냐는 질문을 할 줄은 더더욱 몰랐다.

"그럴 리 있나."

그가 입술에 경련이 일어나려는 것을 숨기며 대답했다. 그녀에게 완전히 항복했다는 것을 말하고 싶진 않았다.

"자, 자신 있게 장담하시네요? 절 뭘로 보고."

지원이 적당히 미소 지었다. 이새의 눈은 의심스러운 듯 가늘어졌다.

"그래서, 제가 애인이 돼 주면 저한테 돈을 주시겠다고요?"

"그렇지."

"……적정선은요?"

그녀의 질문을 이해할 수 없다는 듯 그가 그녀를 빤히 바라보았다.

"포옹까지, 뽀뽀까지, 뭐 그런 거."

"긍정적으로 검토해 보겠다는 건가?"

"제가 그렇게 쉬운 줄 아세요? 그냥 들어나 보겠다는 거죠. 어떤 막말을 하실까 싶어서."

"뭐, 끝까지가 제일 좋긴 하지."

"오늘 얘긴 모두 못 들은 걸로 하고 전 이만 집에 가 보겠습니다, 아저씨님."

지원의 대답에 질린 이새가 다시 문손잡이를 잡았다.

"어허."

그녀가 쌩하니 돌아서는 것이 아쉬워진 지원이 그녀의 손목을 덥석 잡았다.

"어어어? 지금 손목 잡으셨어요?"

"이 정도는 지금까지 늘 해 왔잖아."

"미쳤어요? 준서 삼촌이 그렇게 말을 꺼낸 이상 이게 다 돈인데 이 기회를 제가 놓쳐요? 지금까지와는 모든 것이 달라요. 터치부터 계산 들어갑니다. 막 불러요. 10만 원 할 거예요."

막 불러서 10만 원이라는 말에 지원은 웃음을 삼켰다.

"몇 분에. 1분에?"

일단 1억 정도 적립해 놓고 시작해야 하나, 하는 생각을 하며 지원이 물었다.

"아니! 한 번에! 그리고 평생 한 번이요! 두 번은 없습니다. 아시겠어요? 그러므로 이제 제게 터치 못 하십니다. 영원히 끝! 그럼 다음 주에 뵙죠."

"데려다줄게."

"싫어요."

"김이새 씨를 향한 내 열정을 이렇게 무시하나?"

"그럼 열정 페이라도 드려요?"

아오. 정말. 꼬집어 주고도 싶고, 때려 주고도 싶고, 뽀뽀해 주고도 싶고. 오만 가지 반응을 생각하게 하고 오만 가지 감정을 불러일으키는 그녀를, 그도 이젠 어찌해야 할지 모르겠다.

"참, 등산은 다음 주 월요일에 다녀오겠습니다. 그래도 되죠?"

물음이었지만 그냥 통보였다. 그녀는 그 말을 끝으로 서재에서 쌩하니 나가 버렸다.

다음 주 월요일. 안 될 게 뭐 있나. 나도 갈 건데. 지원이 문을 바라보며 씁쓸하게 웃었다.

주말이 유유히 지나고 새 한 주가 시작되었다. 등산 일정이 있어 새벽에 출근 준비를 마친 이새는 아침 7시에 저택에 도착했다.

오늘만을 고대했다는 듯 자신을 반겨 주는 준서를 재빨리 준비시킨 이새는 지원에게 외출 보고를 했다. 출근 시간 즈음이었는데 지원은 슈트 차림이 아니었다. 그것을 의아하게 생각하면서도 얼른 나갈 생각에 들뜬 이새는 별 주의를 두지 않고 밝게 인사했다.

"다녀오겠습니다."

"괜찮겠어요? 오늘 비 온다던데."

"저녁나절에 잠깐 온다고 하니 괜찮을 것 같아요. 너무 걱정하지 마세요. 준서한테 맞게 안전하게 다녀올 거예요."

"걱정 안 해요. 나도 같이 갈 거니까."

"네에? 출근 안 하세요?"

"휴가 냈어요. 하루."

다시 보니 그가 입은 건 등산복이었다. 그녀의 얼굴이 급격히 일그러졌다. 방학인 줄 알았는데 보충 수업이 있다는 말을 들은 느낌이었다.

"친구 동아리 모임에 얹혀 가는 건데 준서 삼촌까지 같이 간다는 얘긴 안 했다고요."

"내가 있는데 뭐하러 얹혀 가요? 우리끼리 가면 되지."

"이미 약속 다 잡아 놨다고요. 회비도 냈어요."

"회비는 내가 보상하면 되고."

"상 주는 거라면서요. 이런 난감한 상은 살다살다 처음이네요. 아차상인 가?"

그녀의 억울한 목소리에 그는 피식 웃었다.

"갑시다."

지원은 그녀와 준서의 가방을 대신 들고는 앞서 걸었다. 크게 낙담하여 금세 눈 밑에 다크 서클이 쌓인 이새와 영문 모르고 눈을 깜빡거리는 준서가 그 뒤를 유유히 따랐다.

"주말 잘 보냈어요?"

계단을 내려가며, 지원이 친근하게 물었다.

"대답하기도 싫어요?"

"네."

"이왕 가는 거 웃으면서 가죠. 준서도 있는데."

그녀가 준서를 가지고 협박했던 방법 그대로, 그 또한 준서를 유용하게 활용했다. 그는 뛰어난 전략가였다.

두 사람의 목적지는 코스가 비교적 완만하다고 알려진 경기도의 녹음 짙은 산이었다. 서울을 지나가야 하는 길이라 월요일 출근 시간의 교통체증이 그대로 일정에 실렸다. 일찍 출발했지만 혁진의 동아리 학생들보다 더 늦게 산 입구에 도착했다. 동아리원들과 함께 있던 혁진이 멀리서 이새를 발견하고 손짓했다.

"저 잠깐 인사만 하고 올게요."

이새가 혁진에게로 뛰어갔다. 그녀를 혁진과 붙여 놓기 싫은 마음에, 지원도 준서와 함께 찬찬히 이새를 따랐다. 이새의 씩씩한 목소리가 멀리서도 낭랑하게 들렸다.

"안녕하세요!"

"오오, 김이새, 너 시집가냐? 무슨, 애랑 남자를 데려와."

"하하하. 제가 봐 주는 애기랑 애기 삼촌이에요."

"나는 너랑 같이 술 마시려고 오늘 밤 일정까지 다 비우고 왔는데 이러기야?"

"하하. 저 술 못 마시는 거 아시잖아요."

그녀에게 말을 거는 이들은 하나같이 예비군 7년 차 느낌의 능글능글한 사내놈들이었다. 이들에 혼자 맞서는 한 떨기 장미 같은 김이새를 빨리 저 아저씨 지옥에서 구해야 할 것 같은 그런 분위기. 그 칙칙한 풍경에 지원의 미간이 좁혀졌다. 지원은 동아리 무리에서 이새를 지켜 내기 위해 걸어갔다. 그때 혁진이 다가왔다.

"형님. 안녕하십니까!"

얼마 전과는 다르게 혁진은 깍듯이 고개 숙여 인사했다. 인사를 받아도 심히 불쾌할 수밖에 없는 지원이 턱을 치켜들어 혁진을 내려다보며 냉랭하게 인사했다.

"김이새 씨와 내 조카만 보낼 수는 없어 같이 오게 된 거야. 그러니 이쪽은 신경 쓰지 말고 동아리 활동 열심히 해."

"네. 그래도 저희가 도울 일 있으면 열심히 돕겠습니다!"

혁진은 다시 꾸벅 인사하고 동아리 무리로 돌아갔다. 이새는 혁진과 바통 터치를 하듯, 혁진이 다가오자 무리에게 인사하고 지원에게로 돌아왔다. 이새가 무리에서 벗어나기 바로 전, 혁진이 이새의 머리를 버릇처럼 마구 흐트리는 것을 보며 지원의 눈에 잠깐 불꽃이 일었다.

"입이 귀에 걸리셨네."

지원이 돌아온 이새에게 빈정거리듯 말했다.

"이왕 가는 거 웃으면서 가자면서요."

"그렇다고 아무한테나 그렇게 웃어 주나?"

"웃는 데 돈 드나요? 행복해서 웃는 게 아니라 웃으니까 행복해진다잖아요. 공짜로 행복해지는데 웃지도 못해요?"

"내 앞에서는 안 웃잖아요."

"웃을게요."

이새가 억지를 부리듯 세게 웃었다. 하지만 이건 웃음이 아니라 익살이었다. 아니, 익살도 아니고, 그냥 치과에서 보여 주는 치아 모형 자료였다. 물론 준서는 뺑, 웃음을 터트렸지만, 그는 조금도 웃고 싶지 않았다.

"준서야, 산 올라가기 전에 화장실 먼저 다녀와. 저기 화장실 있다."

준서를 먼저 화장실로 보낸 지원이 이새를 향해 소리를 높였다.

"잇몸만 드러내면 웃는 거야? 남들한테처럼만 하라고, 남들한테처럼."

"자연스런 웃음을 원하는 거라면 힘들겠네요. 준서 삼촌이 절 웃게 하질 않으니."

"웃으면 행복해진다면서."

"왜인지는 모르겠지만 제 얼굴 근육이 준서 삼촌을 향해서는 작동하질 않네요."

"왜."

바짝 다가온 지원이 이새의 귀에 대고 긴하게 말했다.

"나랑 있으면 그렇게 긴장이 되나? 근육이 다 굳어 버릴 만큼?"

힉! 귓가로 흘러드는 그의 낮은 목소리에 이새는 정말로 근육이 다 굳잃어버릴 만큼 갑작스레 긴장하게 되었다. 그녀가 바짝 움츠리는 것을 확인하며, 그가 비웃음을 날려 주고는 준서를 따라 화장실로 들어갔다. 이새는 소리도 지르지 못하고 그저 흘겨보며 조용히 숨을 골랐다.

이윽고 산행이 시작되었다.

이새가 앞, 준서가 가운데, 지원이 맨 뒤. 이렇게 줄지어 이동하며 준서를 앞에서 끌어 주고 뒤에서 받쳐 주기로 하는 것에 암묵적인 합의가 이루어졌다. 동아리 무리들과 함께 다닐 계획에서 멀어졌기에, 지원네가 앞서 출발했는데 준서의 걸음이 느린 터라 얼마 안 있어 혁진의 동아리 무리가 앞지르게 되었다. 부지런히 산행을 하는 몇몇은 이새에게 인사를 하고는 곧장 이새를 지나치는데, 산 입구에서 이새에게 음흉한 눈빛으로 말을 걸던 사내놈들 중 하나는 여태 뒤에 있었다.

"아…… 좋다."

"좋죠?"

동아리 선배의 감탄사에 맞장구치며 이새가 웃었다.

"응. 좋아. 흐흐."

그런데 지원은 사내놈의 말 뒤에 따라붙는 변태 웃음이 신경 쓰였다. 사내놈은 아예 이새의 바로 뒤, 이새와 준서의 사이, 어정쩡한 위치까지 쫓아와 붙어 섰다. 불쾌한 마음으로 사내놈을 보던 지원이 속으로 욕을 뇌까렸다.

'미친 새끼.'

사내놈의 음흉한 눈길이 머무는 곳을 바로 알게 된 지원은 이가 갈렸다. 사내놈은 스키니진을 입은 이새의 엉덩이를 흐뭇하게 감상하고 있었다.

"준서도 힘들 텐데 여기서 쉬었다 가죠."

사내놈의 멱살을 붙잡아 한 대 치고 싶은 마음을 누르며, 지원이 이새에게 말했다. 사내놈은 산행이 멈춰진 것을 아쉬워하며 기다릴까 먼저 갈까, 갈등하는 표정을 지었다. 지원은 사내놈에게 무시무시한 눈빛을 쏘았다.

"먼저 가시죠."

"가는 길도 같을 텐데, 뭐……."

"안 가?"

그가 위협적으로 말했다. 그의 눈빛과 목소리에 놀라, 기가 죽은 사내 놈이 휘청거리다가 부리나케 꽁무니를 빼고 올라갔다. 사정을 알지 못하는 이새가 준서에게 영향을 줄까 염려하며 낮은 목소리로 지원을 다그쳤다.

"왜 선배한테 신경질을 부리세요! 등산이 마음에 안 드시면 저한테 말씀을 하세요."

지원은 이새의 말은 들은 척도 않고 입고 있던 집업 카디건을 벗어 그녀의 허리에 둘렀다.

"으아, 성가시게 이게 뭐예요! 제 허리가 옷걸이예요? 더워서 벗으신 거면 본인 허리에 두르셔야죠."

"그냥 좀 두릅시다."

"……."

"앞으로 등산 갈 때는 등산복을 입어요. 너무 달라붙는 바지는 움직이는데도 불편하고 보기에도 안 좋아요."

그의 말에 이새는 눈을 깜빡거리다가 뒤늦게 깨달음을 얻었다.

아……. 내가 복장 불량이었구나.

이새는 민망하고 또한 미안한 마음에 그녀에게서 뒤돌아서서 왔던 길을 가늠해 보는 지원에게 살갑게 말했다.

"준서 삼촌. 여름 햇빛에 반팔 티셔츠 자국 나지 않게 조심하세요!"

"햇빛이 어디 있다고. 먹구름이 잔뜩인데. 비 올 것 같네요. 빨리 갑시다."

"네."

이새는 복장 불량을 자애롭게 눈감아 주는 고용주의 은혜에 감사하며 다시 발을 디뎠다.

한 시간 정도 걸었지만 아직 반도 오지 못한 듯했다. 낮이었는데도 사위가 어두워지고 있었고 오가는 사람도 어느새 뚝 끊겼다.

"준서 힘들지?"

"아니요. 빨리 꼭대기 가고 싶어요."

여전히 준서에게 열성이 보여 다행이었다. 준서가 지쳐 보이면 돌아갈 생각을 했던 이새는 다시 힘을 얻고 길을 올랐다. 그런데 구름의 기운이 심상치가 않다 싶기 무섭게 우르르, 천둥소리가 울렸다. 그리고 이마에 맞아 따끔할 정도의 굵은 빗방울이 그들을 향해 우두둑 쏟아졌다.

"어? 비 와요, 비!"

소나기였다. 이새가 다급하게 허리에 매인 지원의 카디건을 풀어 준서의 머리에 씌웠다. 지원은 준서를 번쩍 안아 들었다.

"조금만 더 올라가면 정자가 나온다는 안내판이 있었어요. 얼른 올라갑시다."

지원은 이새보다 앞서 성큼성큼 올라갔다. 빗줄기가 점점 거세지고 있었다. 길을 서두른 지원 덕에 금방 허름한 정자를 찾을 수 있었다. 몸은 쫄딱 젖어 버렸지만.

"소나기일 거예요. 비 그치면 내려갑시다. 길이 미끄러워져서 준서한테 위험해요."

"네……"

"시무룩해하지 말고. 또 오면 되지."

울상이 된 이새에게, 지원이 말했다.

아쉬워서 그러는 게 아니라 미안해서 그런 건데. 시무룩해진 자신을 오히려 위로해 주는 지원의 모습이 새삼 새로웠다. 그녀 가슴 안의 몽글몽글한 것이 뜨겁게 반응했다.

"아, 우리 도시락 먹을까요?"

그녀는 요리사가 싸준 도시락을 기억해 내고 밝은 목소리로 물었다.

"이 와중에 그게 생각이 나요?"

"이 와중에 먹으면 더 맛있을걸요? 우리 요리사 선생님 음식 최고잖아요. 가방 주세요."

이새의 요청에 지원은 픽 웃으며 순순히 가방을 내어 주었다. 지원네 집의 요리사가 정성껏 준비한 도시락은 부피가 크진 않았다. 그래도 모두 펼치니 양도 종류도 꽤 되어 소담스러웠다. 김밥과 샌드위치, 고기말이와 과일꼬치 등을 차례로 맛본 그녀는 행복한 표정을 지었다.

"와! 정말 맛있어요! 준서 삼촌도 어서 드세요. 준서도 먹어."

그녀의 표정을 따라 준서도 제법 미식가다운 표정을 보이며 음식을 먹었다.

좋은 표정만큼 좋은 교육이 없구나. 도시락 하나에도 이렇게 즐거운 얼굴을 하니 준서도 그녀를 따를 수밖에 없을 것이다. 지원도 그들을 따라 즐거운 식사를 했다.

세 사람이 도시락을 먹는 사이에 비는 그쳤다.

"또 언제 비가 올지 모르니 지금 얼른 내려가는 게 낫겠어요."

자리를 정리한 지원이 말했다. 세 사람은 서둘러 발길을 돌렸지만 내려가는 길이 쉽지는 않았다. 돌이 많아 미끄러운 길은 오르막보다 더 더뎠다. 지원은 준서와 이새를 함께 부축하며 내려갔다. 세 사람의 발이 너무 느렸기에, 그들이 산 입구의 주차장으로 돌아와 비에 젖은 옷을 갈아입고 집으로 돌아갈 채비를 끝냈을 때는 오전에 봤던 동아리 무리도 그들의 옆에 있었다.

화장실에서 옷을 갈아입고 나온 지원은 그들과 별로 마주치고 싶지 않아 바삐 걸음을 옮겼다. 그런데 뒤에서 누가 말을 걸었다.

"형님."

또 혁진이었다. 지원은 잔뜩 구긴 인상을 풀지 못하고 혁진을 바라보았다.

이 녀석이 데려온 동아리 무리들 다 싫지만, 그래도 이 녀석이 제일 싫다. 지원은 미워하는 마음을 가득 담아 혁진을 보며 오만한 표정을 지었다. 혁진이 어떤 생각을 하고 그에게 말을 걸었는지, 그는 진정 몰랐다.

"정말 이새 좋아하시나 봐요."

혁진이 돌직구를 시전했다.

"맞아."

지원도 이에 바로 응답했다.

그래, 내가 김이새를 정말 좋아한다. 그래서, 뗗으냐?

뗗다고 하면 싸움을 걸면 바로 받아들일 태세로, 그는 눈에 힘을 주었다.

"한 가지만 말씀드릴게요. 앉으셔서 이것 좀 드세요."

그런데 혁진은 지원의 예상과는 다르게 캔 음료수까지 권하며 마트 앞의 평상으로 그를 살갑게 이끌었다. 지원은 캔 음료수를 물끄러미 바라보다가 혁진의 옆에 앉았다. 요즘 애들은 캔 음료수에도 주사기로 구멍을 뚫어 독을 넣는다고 하니, 섣불리 혁진이 준 음료수에 입을 댈 수는 없었다.

"벌써 7년이나 된 얘긴데요. 김이혁이라고, 일곱 살짜리."

김이혁? 어딘가 낯설지 않은 어감의 이름에 지원의 눈썹이 휘었다.

"똑똑하고 귀엽고, 쪼그만 게 생긴 것도 이쁘고. 아무튼 그런 애가 있었어요. 이새 남동생이요."

"'있었다'는 건……."

"많이 약했거든요. 소아암으로 아주 오랫동안 고생했어요. 혁이도, 이새도, 이새네 부모님도."

생전 처음 듣는 얘기였다. 이새와 그녀의 가족에 대해 이야기를 나눈 적은 한 번도 없었다.

"그때 이새네 집 가세가 많이 기울었어요. 주택을 사서 전세 두고 살았던 집에서, 집 청산하고 다시 월세로 들어갔죠. 그렇게 해서라도 병이 나으면 행복한 일이었을 텐데, 암세포 전이가 너무 빨랐어요. 혁이는 한창 성장기였거든요. 이새는 중3, 동생 이율이가 중2 때예요. 혁이가 그렇게 되고 나서 가족 모두 침울할 때라, 이새는 맏딸로서 뭔가를 해야겠다 싶었나 봐요."

"……."

"언젠가 이율이가 그러더라고요. 언니는 정이 없거나, 바보 아닌가 싶다고. 동생이 죽은 지 얼마나 됐다고 저렇게 웃고 다니는지 모르겠다고. …… 다른 사람 힘들어하지 않게 하려고 악착같이 웃고 다니는 저 속을 아는 사람은 아무도 없어요."

혁진의 말은 거기서 잠시 멈췄다. 오전에 그가 이새에게 뭐라고 다그쳤던 말을 들었던 걸까. 혁진의 침묵은 '혹시 이새가 바보같이 웃고 다닌다고 너무 나무라거나 혼내지는 마세요'라고 부탁하는 것만 같았다.

"아무튼 이새 덕분에 이새네 가족은 금방 활기를 되찾았어요."

혁진도 그 이야기를 하며 활기를 되찾은 얼굴을 하고 지원을 보았다. 지원의 가슴은 뜨거워지고 있었다.

"그럼 이제부터가 진짜! 이새가 왜 저를 좋아하게 되었냐 하면요, 때는 바야흐로……."

"됐어. 그만해."

"혀, 형님!"

"이제 그쪽한테 볼일은 없다. 오혁진."

오혁진. 너 아웃. 네가 아니었어. 그녀의 일기장 속 남자는 오래전 세상을 떠난 동생이었어.

"혁. 이새의 일편단심 민들레 이야기 안 궁금하세요?"

혁진이 대답을 갈구하듯 물었다.

"예전에 말했지. 하나도 안 궁금하다고."

"하지만 제가 얘기하고 싶은데……."

"가서 일기장에다가나 써."

지원은 바로 자리에서 일어났다. 이새에게 얼른 돌아가야 했다.

"음료수는 잘 마실게."

지원은 곧장 세워 둔 차 쪽으로 뛰어갔다. 한달음에 차에 닿은 그는 그새 그리워진 이새를 얼른 보고 싶은 마음에 차 문을 활짝 열었다. 이새가 놀라 동그래진 눈으로 문 밖을 보고는, 지원인 것을 확인하고 목소리를 낮춰 말했다.

"준서 잠들었어요."

준서가 이새의 무릎을 베고 잠들어 있었다. 반나절의 등산이 꽤나 힘들었던 모양이다.

짜식. 넌 좋겠다. 맨날 질투 나게 해.

가장 큰 질투심 유발자는 사랑스런 조카였다.

"왜요?"

왜 운전석이 아니라 뒷좌석 문을 열었느냐는 질문이었다. 지원은 멋쩍게 음료수를 건넸다.

"친구가 줬어."

"오혁진이요?"

"응. 얘기 들어 주는 값으로. 정말 말 많은 친구야."

"무슨 얘길 했는데요! 또 걔가 이상한 얘기해요?"

"23년 모태솔로보다 더 이상한 얘기가 남았나?"

그의 이야기에 삐친 듯 입술 끝을 한쪽으로 밀어 큰 보조개를 만드는 얼굴이 참 귀엽다. 귀엽고 사랑스러워 죽겠다. 내 조카를 사랑해 주는 것도 고맙고. 당신의 소중한 동생에게 내 소개를 해 주어 고맙다는 얘기도 해야 할까.

하지만 이제, 하늘로 보내는 편지에는 행복한 얘기만 쓰자고.

"김이새."

그녀의 이름을 부르는데 눈가가 괜히 뜨끈해졌다.

"세 번째 키스를 할 건데, 그쪽을 포기하지는 않을 생각이야."

내 인생의 최초의, 계약 실패야.

"네?"

자신의 말을 알아듣지 못하는 표정으로, 물음을 하기 위해 입을 연 그녀에게 그는 뜨겁게 다가가 입술을 겹쳤다.

7. 너를 어떻게 내가

이새는 피할 새도 없이 지원의 입술을 받아들이게 되었다.

거칠게 힘으로 제압하지 않는 느긋한 입맞춤이었지만 화르르 타오를 것만 같은 뜨거운 입술이었다. 지원은 이새의 윗입술을 제 입술로 가벼이 물어 부드럽게 빨고는 입술을 떼고 다시 그녀를 바라보았다. 그녀의 눈동자가 좌우로 파르르 흔들리고 있었다. 그녀의 겁먹은 마음을 달래 주고자, 지원은 더 나긋하게 다가갔다.

"준서 깨요!"

그녀가 공기에 흘려보내듯 낮은 소리로 속살거렸다. 숨죽여 내뱉는 그녀의 음성이 참 간지러웠다. 그녀는 준서에게 이 장면을 들킬까 무서운 것이다. 아이러니하게도, 지원은 그녀의 그런 반응이 좋았다. 그가 이러는 게 싫다는 말이 먼저 나온 것은 아니었기 때문이다.

준서에게 무릎을 내어 준 그녀가 크게 저항하지 못하는 것도 좋았다. 준서가 깨어나지만 않는다면 가장 키스하기 좋은 타이밍이었다. 그녀의 말소리에 아랑곳없이 그가 다시 다가오자, 그녀는 목을 뒤로 빼며 더 날카롭게 말했다.

"깼다고요!"

"괜찮아. 깨면 준서한테 말해 둘게. 삼촌이 누굴 좋아하는지."

"잠깐만요, 잠깐만!"

준서가 깨거나 말거나 상관없다는 투의 거침없는 지원의 행동에, 결국 이새가 '동작 그만'을 외쳤다.

그녀는 준서의 머리에 제 무릎을 대신할 목 베개를 받쳐 준 후, 지원의 가슴을 마구 밀어 밖으로 내보냈다. 그리고 자신도 서둘러 차에서 내렸다. 준서가 깨지 않도록 슬그머니 차 문을 닫은 그녀는 자신의 옆에 선 지원을 더 떠밀어 차에서 몇 걸음 더 떨어지게 했다.

"너무하시네요. 제가 진짜 그만두길 원하세요?"

"그만둘 거 없어. 준서가 깨면 말한다니까. 내가 좋아서 그러는 거라고."

"교육 참 올바르게 하시네요. 자기가 좋으면 상대방의 의사는 상관없이 막 밀어붙여도 된다고 가르치시게요?"

"내 의사와 상관없이 김이새 씨가 날 덮친 적도 있었잖아."

"그건 속아서 그런 거잖아요! 속아서!"

며칠 전의 이야기를 하자 그녀의 얼굴이 금방 새빨개졌다. 동그란 귀가, 토마토 한 조각이 된 것은 말할 필요도 없다. 그의 희미한 웃음과 은근한 눈빛에 담겨 있는 의미를 눈치챈 그녀는 머리카락을 앞으로 내려 귀를 감췄다.

서울을 거쳐 집으로 돌아가는 길.

이새가 조금도 상대를 해 주지 않아 내내 아무 말 하지 않은 채 운전대만 잡고 있던 지원이 조용히 말을 걸었다.

"잠깐 쉬었다 갈까?"

공교롭게도 지원이 말을 꺼낸 시점에 이새의 눈에 보인 것은 저 멀리 모텔 건물들밖에 없었으니.

"쉬긴 뭘 쉬어요! 준서도 있는데!"

이새가 놀라 흥분한 목소리로 말했다. 갓길에 차를 세운 지원은 이새를 시큰둥하게 쳐다보았다.

'아, 그 말이 아닌가?'

뒤늦게 머쓱해진 이새가 지원의 눈길을 피해 시선을 돌렸다.

"23년 모태솔로라는 사람이 사상이 얼마나 불순하면 쉬었다 가자는 말에 그렇게 흥분하나? 아까 산에서 내려오면서 빗길에 약간 삐끗한 것 같아서 그래. 대리를 불러서 갈 테니까 그때까지만 좀 쉬자고."

생각지도 않은 그의 말에 이새의 고개가 다시 지원 쪽으로 돌아갔다.

"많이 안 좋아요?"

"걱정해 주는 거야?"

"당연하죠. 준서 삼촌이 운전기사님이신데. 무사귀환이 걱정스러울 수밖에 없죠."

어떤 말이든 튕겨 내는 솜씨가 보통이 아니다. 언젠가 가야금 명인의 뺨도 때릴 기세다.

"휴대폰 좀 빌려 줘. 내 폰은 배터리가 다 되어서."

"헉. 제 것도 전원 나갔는데."

"여분 배터리도 안 가지고 다니나?"

"그러는 준서 삼촌은 차 안에 충전기도 없어요?"

"김이새 씨 집에 데려다주러 갔던 날, 승환이 자식이 가져갔어. 내 충전기 좋아 보인다고. 일단은 편의점이라도 나올 때까지 한번 가 봅시다. 뭐, 설마 사고가 나진 않겠지."

그가 한숨을 쉬며 파킹 브레이크 버튼을 눌러 브레이크를 풀었으나, 이새가 이를 막았다.

"허, 안 돼요! 제가 운전해 볼게요. 편의점까지만 가면 되죠?"

"면허는 있어?"

"당연하죠. 차가 없어서 그냥 신분증으로 사용하고 있긴 하지만."

"됐어. 편의점에 가려다가 저승길로 가겠네."

"이래 봬도 도로주행 만점자예요. 어디 그러기가 쉬워요? 아버지 약주하신 날은 제가 대리 뛴다고요."

그녀를 믿어도 될까. 잠시 갈등하는 동안 그의 눈썹이 휘었다. 그녀는 진지하게 고개를 끄덕거렸다.

첫인상 테스트 전국 1등감이다. 그녀보다 신뢰감 넘치는 눈빛을 하고 있을 수는 없을 것이다. 그래. 당신한테 내 인생을 맡기려고 하는데 까짓 것 운전대 하나 못 맡기겠어?

그는 쿨하게 운전석에서 내렸다.

그렇게 그녀가 운전대를 잡은 지 20여 분. 거북이걸음으로 움직이는 차를 보다 못한 지원이 한 소리 했다.

"도로주행 만점자 맞아? 지금 20킬로로 달리는 거 알지?"

"어? 찾았다! 저기 편의점이요!"

그런 그의 말을 상쇄할 만한 값진 발견을 한 이새가 소리를 높였다. 한참 잠들어 있던 준서가 눈꺼풀을 일으킬 정도의 소리였다. 그녀는 자신 있게 편의점 쪽을 향해 가속페달을 밟았다. 주차할 즈음이 되어서야 신나게 속도를 내는 위험한 드라이버였다. 어쨌든 차는 무사히 편의점에 닿았다. 차가 서자, 이새와 지원 두 사람은 한마음 한뜻으로 날숨을 길게 내뱉었다.

눈을 비비며 일어난 준서가 운전석의 사람이 바뀐 것에 의아해하며 눈을 깜박였다. 이새가 준서에게로 고개를 돌려 뿌듯한 얼굴로 말을 걸었다.

"준서 깼구나? 선생님이 운전했다! 대박이지?"

"앞이나 똑바로 봐요!"

지원이 소리를 높였다. 아직 끝나지 않았다. 차는 바로 앞에 세워진 지주 간판 쪽으로 서서히 다가가고 있었다.

"헛! 브레이크, 브레이크!"

"브레이크를 말로 하지 말고 밟아야지!"

그러나 때는 이미 늦었다.

쾅! 차의 앞 범퍼가 툭 떨어지는 소리가 이새에게는 심장이 바닥으로 떨어지는 소리 같았다.

지원은 결국 대리운전 기사가 아닌 견인차 기사를 만나게 되었고 지원과 이새, 준서 세 사람은 택시를 타고 집에 돌아왔다. 다행히 차체의 앞부분만 망가졌을 뿐 사람이 다치지는 않았다. 그렇기에 지원은 아무렇지도 않았는데, 이새는 집으로 가는 내내 풀이 죽어 고개를 푹 숙이고 있었다. 그녀의 안에 꽁하니 들어 있는 생각을 알 것만 같아, 지원은 그녀를 놀려 주고 싶어졌다.

"김이새 씨 같은 사람한테 도로주행 만점 준 시험관은 대체 어떤 사람이에요?"

"……손해 보신 만큼 월급 삭감해 주세요."

"월급? 이게 그쪽 월급으로 메워질 스케일이라고 생각해요?"

"……."

"내가 왜 돈으로 보상을 받나, 그쪽 돈 없는 거 다 아는데."

"돈 말고 다른 건 더 없어요."

"돈 말고 다른 게 과연 없을지, 내가 생각해 볼게요."

그는 짧게 대답하고는 성큼성큼, 먼저 계단을 올랐다. 그새 다리는 다 나은 모양이었다. 카이저 소제가 따로 없다.

'이렇게 될 줄 알고 일부러 그런 거 아니야?'

그의 뒷모습을 원망스럽게 올려다보며, 이새는 눈물을 삼켰다. 돈 말고 다른 거라니. 그가 어떤 요구를 할지, 생각만 해도 오싹했다.

"준서야, 선생님이 부탁 하나만 해도 될까?"

이새는 준서에게 가련한 표정으로 말했다.

"뭔데요?"

"삼촌한테 이렇게 전해 줄 수 있을까? 선생님이 차 사고 내서 잘못한 거 잘 알고 있으니까, 망가진 차는 선생님 돈으로 고칠 수 있게 해 달라고. 그걸로 용서해 달라고."

"네."

준서는 흔쾌히 끄덕이며 지원에게로 먼저 뛰어 올라갔다. 준서에게 어려운 숙제를 주어 그녀의 마음도 편치는 않았다. 하지만 일말의 희망을 포기할 수 없었다.

"선생님."

몇 분 뒤, 준서가 거실에서 서성이는 이새에게로 달려와 말했다. 기특하게도 준서는 지원의 방까지 쫓아가 긴하게 얘기를 나누고 온 것이다.

"삼촌이요. 망가진 차를 고쳐도 마음은 고칠 수 없대요."

그러나 결과는 좋지 않았다.

"사람은 누구나 잘못을 하면 벌을 받아야 되는 거래요. 선생님 때문에 삼촌이 마음에 큰 상처를 입어서 이걸 회복할 때까지는 시간이 많이 필요할 것 같대요. 그리고 피할 수 없으면 즐기라고 전해 달래요."

확인사살 당한 그녀의 마음은 더욱 참담했다. 어떤 말도 안 되는 요구를 하려나. 무제한 터치, 키스 100번 같은 얘기를 하면 어쩌지?

앞날을 알 수 없는 두려움이 다시 시작되었다.

얼마 후, 이새의 방으로 지원이 찾아왔다.

"스스로 해결하지 못하는 일을 준서에게 떠넘기면 안 되지."

"준서는 좋은 협상가잖아요."

"협상의 좋은 열쇠는 김이새 씨가 갖고 있다고 생각하는데."

"……."

"나랑 사귄다고만 하면 이까짓 사고 얘기는 꺼내지도 않을 텐데."

이새는 그의 말을 받아들일 수 없어 딴생각을 하듯 시선을 사선으로 내렸다.

"알아. 하지만 싫다고 하겠지. 그러니 쉬운 길을 돌아갈 수밖에 없는 거야. 그리고 그 쉬운 길을 돌아서, 결국은 나한테 올 수밖에 없을 텐데. 왜 고집을 부리는지 모르겠지만, 알겠어. 그쪽 마음을 최대한 존중해 줄게."

그녀의 마음을 존중해 주겠다는 말에 이새가 다시 고개를 들었다.

"오늘은 피곤할 테니 넘어가고, 보상 방식에 대해선 나중에 진지하게 얘기하도록 하지."

하하……. 희망을 가지십시오. 절망을 알게 될 것입니다.

그의 메시지는 경고보다도 두렵게 그녀의 심장에 와 닿았다.

며칠이 흐르고, 비교적 조용한 목요일을 보낸 이새.

그런데 그녀는, 며칠의 조련으로 열한 시까지 잠도 이루지 못하고 휴대폰만 흘겨보고 있는 자신을 발견한다. 내내 그리 흘겨보고 있으면서도 진동이 올리기만 하면 깜짝깜짝 놀랐다. 대리운전 문자메시지에도, 대출 문자메시지에도, 잘 살아 있냐는 친구의 전화에도 그녀는 확인하기 직전엔 바르르 떨었다.

"아…… 이러곤 못 산다!"

괴로워진 그녀가 허공을 모두 채울 듯이 한숨을 쏟아 냈다. 그 한숨이 사라지기가 무섭게 또 휴대폰 진동이 울렸다.

"헉!"

여느 때와 다름없이 놀랐다. 드디어 '준서 삼촌'이라는 글자가 떴다. 심장이 심하게 덜덜거렸다. 진동에 비할 바가 아니었다. 그녀는 저승사자를 맞이하듯 죽어 가는 소리로 조용히 전화를 받았다.

"여보세요."

-10분 뒤에 도착. 내 방에 먼저 가 있어.

이건 또 무슨 경우란 말이냐. 자기 방에 먼저 가 있으라니. 지은 죄가 많아서 찍소리 할 수 없는 입장이긴 하지만, 그의 분부를 따라야 하는 마음이 그리 편하지는 않았다.

지원과의 통화를 마친 이새는 잔뜩 긴장한 채로 발소리를 죽여 그의 공간으로 들어갔다. 어두운 그곳은 마치 늪처럼 느껴졌다. 도무지 알 수 없는 그의 마음속 같기도 했다. 도망치려 발버둥을 치면 자신을 더 옭아맬 것만 같아 그녀는 문득 두려워졌다. 벽을 더듬으니 침실 등 스위치가 만져졌다. 손가락 하나 뻗기도 망설여질 정도로 긴장되는 마음이었지만, 그녀는 용기를 내어 불을 켰다.

'아닌가? 남의 방에 들어와서 불까지 켜는 건 실례가?'

괜스레 심각해진 그녀는 다시 불을 껐다.

"아, 음침해. 불을 끄고 있는 게 더 이상하지. 내가 도둑도 아닌데."

그녀는 갈등을 끝내고 다시 스위치를 눌렀다. 방은 금세 환해졌다.

평화롭고 아늑한 방. 그의 존재감처럼 커다란 방. 하지만 그의 마음속처럼 언제나 낯설게만 느껴지는 방. 그의 방에 우두커니 서 있으니 기분이 묘했다. 어디 앉아 있기도 부담스럽게 느껴져 그녀는 넓은 공간을 천천히 걸어 보았다. 한참을 그렇게 서성이고 있으니 문이 열렸다.

"불을 껐다가, 켰다가. 클럽 간 기분이라도 내고 싶었어?"

방 안으로 들어온 지원은 별다른 인사 없이 곧장 물었다.

"그걸 보셨어요?"

"건물 밖에서 당연히 보이지."

"아, 그럼 역시 불을 끄고 있는 게 나을 뻔했네요. 남들이 오해할라."

그녀의 말이 맞았다. 집 밖을 지키는 경비원이 이를 발견하고 오해할 수도 있을 것이다.

"그래도 켜 놓고 있어."

하지만 그는 의견을 달리했다. 건물 밖에서, 그녀가 불을 켜는 순간을 보는 것이 좋았다.

불 켜진 집에 들어가는 것. 사랑하는 사람이 집에서 자신을 기다리고 있는 것. 그것은 그의 마음을 훈훈하게 꽉 채우는 설렘이었다.

"왜 여기로 부르셨어요?"

그런 그의 마음을 알 리 없는 이새가 눈을 동그랗게 뜨고 묻는다.

"왜, 싫어?"

"싫다기보단, 제 방으로 늘 직접 오시다가 이렇게 대기하고 있으라고 부르시니 낯설어서요."

"거기선 키스를 많이 해서 내 마음이 좀 그래."

일주일 전, 며칠을 연달아 뜨거운 키스를 나누었던 곳. 이 밤에 다시 그곳으로 가게 된다면 이성보다 먼저 본능이 반응해 버릴지도 모를 일이다. 멋대로 그녀를 다시 침대에 눕혀 버리게 될지도 모른다. 그건 위험했다.

"흠, 흠, 이제, 보상에 대해 말씀하시죠."

그녀 또한 그의 말뜻을 대강 눈치채고 더는 묻지 않은 채로 재빨리 본론으로 직행했다. 그는 그녀가 재미있다는 듯이 웃었다.

"어떻게 해 줄 수 있는데?"

"돈. 돈. 무조건 돈이요."

"진짜 가소로운 거 알아? 또 월급에서 삭감해 달라고 하려고? 나보고 보상을 할부로 받으라는 거야?"

"그럼 대출을 알아볼게요."

"됐어."

그는 수건을 침대 쪽으로 내던지고 그녀에게로 다가갔다. 역시나 이새는 주춤하며, 그가 다가온 만큼 한 걸음 물러났다. 발끝의 떨림이 그에게까지도 느껴졌다.

"왜 이렇게 떨어?"

"지금까지 준서 삼촌이 제게 한 행동을 생각해 보시면요. 아실 텐데요."

그녀와 잠깐 동안 눈빛 다툼을 벌이던 지원은 성큼성큼 침대로 걸어갔다. 침대 위에 펼쳐진 이불을 단번에 걷어 낸 그는 이새에게로 다가가 서슴없이 그녀의 몸에 이불을 확 감았다.

"으악! 뭐예요!"

순식간에 이불에 말려 번데기가 된 그녀가 손을 밖으로 빼려 애쓰며 소리쳤다.

"내가 그렇게 부담스러우면 이렇게라도 하고 있어. 갑옷처럼 둘둘 감싸고 있으면 좀 안심할 수 있겠네. 머리까지 뒤집어써. 눈만 내놓고 있으면 되지."

그가 그녀의 뒷덜미 쪽의 이불을 들어 올려 머리까지 감싸 주며 말했다. 좋은 생각이긴 했다. 이렇게 이불로 입술까지 감추고 있으면 덥기야 하겠지만 그가 갑자기 만지는 일도, 진격의 키스를 하는 일도 없을 것이다.

"이렇게나 가해자를 염려해 주는 피해자가 어디 있나?"

"은혜에 감사해하고는 있어요."

"감사하는 마음은 좀 표현하지그래? 그렇게 철벽 치고 바들바들 떨지 말고."

"보상 얘기나 다시 해요."

"보상 때문에 부른 게 아니야. 물론 용건이 필요하긴 했지만."

"그렇게 말씀하시면 저, 염치 불구하고 감사하다고 말하고 보상은 없던 걸로 생각하고 나가도 돼요?"

"다 되는데, 나가지만 마."

지원은 이새가 정녕 이 공간을 이대로 빠져나갈까 봐 불안한 듯, 그녀가 섣불리 움직이지 못하도록 바닥에 앉혔다.

"그냥, 나랑 좀 있자."

그리고 그 또한 그녀의 앞에 바짝 붙어 앉았다.

"가만. 이러면 제 맘대로 움직이지도 못하잖아요."

지원의 다리 사이, 마치 그의 먹잇감처럼 앉아 있는 자신이 못마땅한 그녀가 투덜댔다.

그는 그녀의 투정을 웃어넘겼다. 이불을 돌돌 말고 눈만 내놓은 그녀도 사랑스럽다. 이렇게라도 함께 있을 수 있다면 이대로 그냥 날이 샌다 해도 불평하는 일은 없을 것이다. 몸이 먼저 나가는 자신을 위해서도, 그녀에게 갑옷을 입힌 것은 잘한 일이다.

일기장으로 어렴풋이나마, 그녀가 자신을 좋아한다는 것은 알고 있다. 하지만 좋아하는 것과 신뢰하는 것은 다른 문제였다. 그녀는 그를 좋아하지만 신뢰하지는 못하고 있는 것이 확실했다. 그녀가 그를 선택해도 모든 것이 무사할 거라고 확신할 수 있도록, 그는 그녀에게 믿음을 주어야 했다. 이불 말이는 그렇게 나온 아이디어였다. 그녀에게 믿음을 주는 건 뜨거운 키스가 아니라 눈을 마주 보고 하는 대화일 수도 있겠다는 생각이 든 것이다.

"그렇게 감싸고 있으니까 러시아 인형 같네."

이대로 보쌈해 들고 어디 멀리 가 버리고 싶을 만큼 그녀가 여전히 사랑스럽다는 건 계산에 없었기에, 주어지는 심적 고문은 오롯이 그의 몫이었다.

"그냥 얘기나 좀 하자. 나한테 질문 세 개만 해 봐."

"질문 세 개 하면 방으로 돌려보내 주시는 거예요?"

"언제는 김이새 씨가 내 허락받고 움직였나? 지금이라도 나가려면 나갈 수는 있어."

"복수하실 거잖아요."

"복수라니. 내가 그럴 사람으로 보이나?"

"……."

"마음에 크나큰 상처를 입긴 하겠지."

역시나 소심한 사람. 하지만 그의 그런 면이 어느새 그녀의 긴장을 풀어 주었다. 그녀는 제법 활기차게 소리를 냈다.

"질문할게요. 질문 세 개 하면 방으로 돌려보내 주냐고 한 것도 질문이니까, 두 개 더."

"질문 하나를 그렇게 성의 없이 버리나? 이런 기회는 흔치 않은데."

"생각나면 추가할게요. 일단 두 번째는, 준서 부모님은 어떤 분이었어요?"

"……."

"아…… 제가 너무 실례되는 질문을 했죠? 그럼 다른 질문할게요."

"아니, 실례는 아닌데, 나에 대한 질문이 아니네."

잠시 서운한 빛을 내비친 그는 입술을 한번 샐그러뜨리고는 이야기를 시작했다.

"뭐, 아무튼, 형은 우리 집안사람이라고는 보이지 않게 소탈하고 유한 사람이었어. 일도 잘하고, 인기도 많고. 형수님은…… 정말 예쁘고 정말 착했어."

두 사람의 이야기를 하며 그의 눈동자가 촉촉이 젖었다. 그의 입에서 다른 사람이 예쁘다는 말을 듣는 것은 묘한 기분이었다. 이런 걸 질투하면 안 되는데. 그녀는 속으로 자신의 마음을 책망하며, 그에게 다시금 질문했다.

"두 분이 어떻게 만나신 거예요?"

"대학교 선배와 후배. 형이 먼저 좋아해서 형수님한테 많이 집착했어. 둘이 사귀는 거 알고 집안 반대도 심했는데 형이 정말 열심히 살았어. 난제였던 사업을 다 체계적으로 정리했지. 그중엔 지금까지도 회자되는 성공 케이스가 여럿 있어. 사고만 아니었다면 형은 지금쯤 포브스에도 올랐을 거야. 세계에서 가장 영향력 있는 젊은 기업인 같은 순위에."

이새는 가만히 고개를 끄덕였다. 한국에서 손꼽히는 엔젤 투자자라는 지원만큼이나 그의 형 또한 대단한 인물이었던 것이다.

"그렇게 형이 회사에서 중요한 인물이 되니, 아무도 형을 나무라지 못하게 되더라고. 그렇게 둘이 결혼했어. 가족을 지키기 위해 열심히 사는 형이나, 온 세상을 밝게 만드는 형수님이나, 다 부러운 사람들이었어. 당시의 나한테는."

그는 곧 입을 닫았다. 그 목소리의 끝에는 물기가 가득 묻어 있었다. 문득 그녀는 그의 손을 잡아 주고 싶은 생각이 들었다. 그녀는 그의 이야기를 듣는 동안 제 머리가 이불 밖으로 노출되었다는 것도 인지하지 못한 채, 근질거리는 손을 그에게로 뻗기 위해 몸을 기울였다.

"그런 표정으로 보지 마."

그런데 그가 먼저 말을 걸었다. 경고하듯이.

"네?"

"예뻐서, 힘들어."

수면을 간질이는 바람처럼 그의 언어가 잔잔하게 그녀의 심장을 건드린다. 그의 따뜻한 도발에 그녀는 멍하니 벌리고 있던 입을 급히 닫고 이불 귀신이 될 듯이 이불 안으로 얼굴을 다시 감추었다.

"질문은 끝났어요."

"끝났다고?"

"세 번째 질문도 했거든요. 두 분이 어떻게 만나신 거냐고."

얄밉게 말을 하고 두더지처럼 숨어 버린 그녀를 보고는 깊이 한숨을 쉰 그가 몸을 일으켰다.

"그래. 오늘은 많이 늦었으니까 이만합시다."

그는 이불째로 그녀의 허리를 붙잡아 일으켜 주었다.

"……또 부르시게요?"

"차 수리비만 이천만 원인데 밀회 1회로 퉁 치시겠다고?"

"이…… 천만 원…… 이요?"

"울지 마, 우는 척도 하지 마. 보상하라고 안 할 테니까. 그냥, 이렇게 좋은
시간 자주 갖자고."

그는 빙긋 웃으며 이불 안쪽으로 보이는 그녀의 눈에 가볍게 키스했다.

'뭐죠, 이건?' 하고 악착같이 따져야 하는데, 그녀는 아무 말도 하지 못했
다. 워낙 순식간에 일어난 일이었다.

"자. 방까지 데려다줄게."

그가 그녀를 돌돌 말고 있던 이불을 걷어 내며 말했다. 따뜻하게 제 온몸
을 감싸고 있던 것이 떨어져 나간 허전함 때문인지 그녀는 왠지 옷을 제대
로 갖춰 입고서도 부끄러운 마음이 들었다.

"혼자 갈게요."

그녀가 서둘러 말하고 그의 침실을 벗어났으나, 그가 곧장 따라왔다. 그
의 생활공간을 지나 그녀의 방으로 가기까지의 몇 걸음. 그 몇 걸음을 그는
말없이 함께 걸어 주고 마지막엔 다정한 인사를 건넸다.

"잘 자."

"네, 안녕히 주무세요."

그녀는 어색하게 인사를 하고 냉큼 방으로 들어갔다. 그와 헤어지고 난
후, 그녀의 얼굴은 더욱 화끈거렸다. 남자 친구네 집에 가서 노닥거리며 놀
다가 남자 친구가 집에 바래다주는 모양새였다. 사귄다는 말 안 하고 그냥
사귀는 것 같은 느낌이다.

그녀는 소리 없이 포효했다. 달콤한 고문이 시작된 거였다.

다음 날은 다원이 제게 맡겨진 모든 일을 마치고 귀국한 날이었다.

"자, 김 선생이 말했던 초콜릿."

끝낸 일이 성공적이었던 모양이다. 집에 돌아와 이새에게 초콜릿 선물을 건네는 다원의 표정이 좋아 보였다.

"헤에! 고모님! 이건 남자가 여자한테 프러포즈할 때 주는 양이잖아요!"

"오버하긴. 내 놔."

"안 돼요, 안 돼요! 잘 받을게요! 평생 먹을게요! 이제 화이트데이가 이 세상에서 사라져도 억울하지 않을 것 같아요."

이새의 과장이 싫지 않은 듯 다원은 미소를 슬쩍 섞어 혀를 찼다.

"나 일 잘하고 왔냐고는 안 물어봐?"

"네, 지금 물어보려던 참이었어요. 어땠어요? 반응은 좋았어요?"

"엄청 좋았지. 채용된 디자이너가 한 명 더 있어서 그 디자이너랑 나랑 두고 블라인드 설문조사를 했는데 내 아이디어가 압도적으로 평이 좋았어."

"대단하세요! 그런데 고모님은 정말 잘하실 줄 알았어요."

언뜻 생각하면 이새의 과장된 칭찬은 아첨으로만 들린다. 그 순수해 뵈는 눈빛으로 실은 자신을 놀리는 건 아닌가 싶어 다원이 눈썹을 찡그리며 물었다.

"내 어디를 믿고 그런 말을 해?"

"아무것도 안 믿고요. 그냥 이 집 인테리어만 보고 딱 필이 왔어요, 처음부터."

곧장 나온 대답에, 다원의 찡그린 인상은 금방 풀어졌다. 왠지 그녀에겐 어떤 트집도 잡을 수가 없었다.

"고모님의 능력대로 평가받으신 것도 멋있어요. 결혼 문……."

신나게 말을 하던 이새는 제 말에 제가 놀라 입을 합 다물었다. '결혼 문제도 고모님이 원하시는 대로 될 거예요.'라는, 분수에 넘치는 말을 하려고 했다. 결혼에 대한 애기는 그녀가 지원의 방 이불장에 숨어 있을 때 나온 얘기였는데.

"결혼? 웬 결혼? 무슨 얘기를 하다 말아?"

"……나중에 누구랑 결혼하실지 몰라도 고모님 신랑님은 참 좋겠다고요."

"흥. 싱겁기는."

대강 둘러댄 그녀의 말에 다원은 약하게 콧방귀를 뀌었다.

이새의 이마에 식은땀이 맺혔다. 남을 속이고는 못 사는 체질이라, 마음이 무거웠다. 이런 식으로 언젠가 또 말을 잘못 꺼내 사달이 날 수도 있겠단 생각이 들었다.

지원과 이새 두 사람 사이, 더는 관계의 진전 없이 아쉬운 마음으로 맞이한 토요일. 이새는 집으로 돌아갔다.

지원은 주말에 이새를 따로 만나야 할 필요성을 느꼈다. 주말에 해야 할 일들을 정리하고, 다원에게 준서를 맡긴 후 바로 이새에게 전화를 걸었다. 연락을 받지 않으면 직접 찾아갈 생각으로 그는 그녀가 전화를 받길 기다렸다. 한참 뒤에 그녀는 전화를 받았다.

-여보세요.

그녀의 목소리는 어둡지도 밝지도 않았다. 다만 주변이 시끄러워 긴한 통화를 하는 데는 어려울 것 같았다.

"시끄럽네. 밖이야?"

-아, 잠깐만요.

그녀가 어딘가로 뛰는 소리가 들렸다. 한참 후, 그녀는 다시 목소리를 냈다.

-네. 말씀하세요. 여보세요?

주변은 조용해졌고 그녀의 목소리는 약간 크게 울렸다. 아무래도 건물 복도 같은 공간인 것 같았다.

"응. 오늘 잠깐 볼 수…….'

-김이새.

그가 목소리를 내려는데 수화기 저편에서 다른 사람의 목소리가 들렸다. 남자였다.

-어? 안녕하세요.

이새가 휴대폰을 쥔 채로 지나가는 누군가와 얘기를 나누는 모양이었다. 이를 듣는 지원의 얼굴에 굵은 주름이 잡혔다.

-그래. 안녕하다. 오늘 너도 가지?

-아, 네. 통화하고 바로 쫓아갈게요. 먼저 가세요.

-그래. 기다린다. 람보네로 와. 흐흐.

흐흐. 그건, 등산을 했던 날, 그녀를 따르며 변태 같은 웃음을 흘리던 그 사내놈의 목소리였다.

-여보세요. 죄송해요. 아는 선배랑 얘기 좀 했어요.

"누구네 집에 간다고?"

지원이 서늘하게 물었다.

-네? 누구네 집이라뇨?

"지금 금방 그랬잖아. 람…… 누구네 간다고."

-아, 하하. 거긴 누구네 집이 아니라 술집 이름이에요. 그런데 무슨 일 있으세요?

"꼭 무슨 일 있어야 전화를 하나?"

그의 날카로운 어투에 이새는 잠시 뜸 들이다 대답했다.

-……무슨 일 없으시면 전화하실 일도 없을 거라고 생각했어요.

"그럼 이제 생각을 바꿔. 용건이 없어도 자주 연락할 거니까."

대답은 들리지 않았다. 그녀의 목소리가 들리지 않으니 그의 마음은 더욱 다급해졌다.

"이번엔 어떤 약속이야?"

그녀의 대답을 기다리지 못하고 그가 물었다.

-그냥…… 지난번 등산 모임이요.

"등산은 나랑 했잖아."

-그때 제가 제대로 안 끼어서 서운했었나 봐요.

"그 사람들 서운하다고 그 기분을 다 맞춰 주러 다니나?"

-저기요.

이새가 한 톤 높아진 음성으로 그를 불렀다.

-그 말씀은 좀 너무하신 것 같은데요.

그때 그 자식 목소리가 들려서 하는 말이야! 그쪽이 걱정돼서 그러는 거라고!

하지만 지원은 제대로 말도 꺼내 보지 못했다. 그녀의 항변이 너무 거셌다.

-제가 한번 말씀드리지 않았나요? 준서 삼촌이 가정교사인 제게 뭐라 말씀하시는 것은 괜찮지만요. 제 주말까지 간섭하시면 안 되죠. 제가 주말에 뭘 하든 누굴 만나든 준서 삼촌의 권한 밖이라고요.

"아니, 내 말은……"

-별 할 말 없으신 것 같으니 전화는 끊겠습니다. 월요일에 뵐게요.

통화는 저편에서 먼저 끊어졌다. 그는 끊어진 전화를 심난하게 바라보았다. 등산하던 날, 그녀의 뒤에서 집적거리던 사내놈을 생각하니 피가 거꾸로 솟는 것 같았다.

혁진의 동아리원들이 자주 가는 술집, 람보네.

"뭐, 안 좋은 일 있어?"

혁진은 이새가 얼굴을 잔뜩 구기고 술을 마시는 것을 보며 심각한 얼굴로 물었다. 이새는 혁진의 질문에 대답하지 않고 눈을 흘겼다.

"너 왜 나한테 술 먹이냐?"

"네 잔이 비어서 따라 놓은 것뿐이야. 그러니까 벌컥벌컥 마시지나 마라. 또 취해서 나한테 고백할라."

술에 취하면 우주 최고의 솔직녀가 되어 버리는 그녀의 주사를 잘 알고 있는 혁진이 한마디 했다.

"맥주로는 안 취한다, 바보야."

이새가 뗗게 대답하며 눈앞의 잔에 담긴 맥주를 한 번 더 비웠을 때, 선배 하나가 이새를 찾았다.

"어이, 김이새. 얘기 좀 하자."

"선배님. 이새 소주 못 먹는 거 아시죠? 맥주로 하세요."

혁진이 이새 대신 방어해 주었다.

"알아, 알아."

선배의 음흉한 표정에 불안해진 혁진이 이새에게 속삭이듯 말했다.

"저 형, 후배들 술 잘 먹이는 거 알지? 눈치껏 마셔."

다른 쪽에서는 또 다른 선배가 혁진을 부르고 있었다. 혁진은 이새와 한 자리로 갈 수 없는 것이 불안했다.

"선배 얘기 조금만 들어 주고 난 먼저 집에 갈 거야."

지원과 통화를 한 후, 내내 이새는 마음이 좋지 않았다. 무거운 마음으로 따라온 술자리가 즐거울 리 없었다. 그녀는 혁진에게 걱정 말라는 듯 손을 흔들고는 선배들 무리로 가 앉았다.

한참 뒤, 이새와의 전화 통화에서 들려왔던 사내놈의 목소리 때문에 불안해진 마음에 '람보네'까지 오게 된 지원은 그 앞에서 인상만 구기고 있었다.

하지만 자신을 발견한 이새가 불쾌해할 거란 걸 알면서도 그는 차마 발길을 돌릴 수가 없었다. 일단 들어가는 것은 정해졌고, 어떻게 자연스럽게 들어가느냐가 관건인 것이다.

'혼자 들어가는 것도 우스울 텐데. 승환이라도 부를 걸 그랬네.'

그가 절친을 부르지 못한 것을 후회하며 가까운 곳에 사는 친구라도 불러볼 요량으로 휴대폰 연락처를 뒤적거리고 있을 때. 몇 번 들어 본 남자 목소리가 외진 곳에서 들려왔다.

"형님!"

소리가 들리는 쪽으로 고개를 돌렸다. 한갓진 길에서 담배를 피우던 혁진이 그를 알아보고 다가왔다. 말 많은 혁진은 지원이 여기 있는 이유를 제멋대로 짐작하고는 알은척을 했다.

"아아. 이새가 연락했구나? 역시! 이새가 막 보고 싶다고 그러죠?"

혁진은 그를 술집 건물의 2층으로 안내하면서도 계속 신나게 떠들었다.

"저 따라서 올라오세요. 걔가요, 술 마시면 진짜 솔직해지거든요. 그렇다고 도에 어긋나는 말을 하거나 그런 건 아닌데, 가끔 심장이 철렁할 정도로 깜짝 놀랄 말을 해요. 그러니 너무 놀라지 마시라고요."

술집은 '람보네'라는 이름에 걸맞게 어둠침침하고 러프하게 꾸며진 공간이었다. 들려오는 노래도 살짝쿵 정신 사나웠다. 시장 한복판처럼 어지러웠지만, 그가 이새를 발견하는 것은 어려운 일이 아니었다. 그녀는 같은 또래의 여자 친구들과 해맑게 이야기를 나누고 있었다.

"저기 보이시죠? 적당히 취한 애들한테로 피신시켜 놓은 거예요."

"피신을 시키다니?"

"선배 중 하나가 몰래 맥주에 소주를 섞어서 몇 번 줬나 봐요. 소주에 약한 애거든요. 저렇게 웃고 있지만 웃는 게 웃는 게 아닐 수도 있어요."

그는 들끓는 마음을 감추려 주먹을 꽉 쥐었다. 어떤 자식이 그녀에게 함부로 술을 먹였는지 한 대 쳐 주고도 싶었다.

"이새 동생한테 이쪽으로 오라고 연락해 뒀으니까 걱정은 마세요. 집까지 안전하게 잘 보내겠습니다, 형님."

"내가 집에 데려다 놓을 테니까 그쪽이나 걱정 마. 동생한테 직접 전화하면 되나?"

"아, 그러실래요? 그럼 전화번호 알려 드릴 테니 이율이랑 합의 보세요."

지원이 혁진에게 제 휴대폰을 넘겼다. 혁진은 이율의 전화번호를 휴대폰에 찍어서 돌려주었다. 전화번호를 받은 지원은 곧장 이새에게로 갔다. 마침 이새 또한 비틀거리며 자리에서 일어났다. 흐느적거리는 그 위태로운 움직임을 보다 못한 지원이 그녀에게로 다가가 그녀의 팔을 잡았다.

"이봐요, 김이새 씨. 무슨 술을 그렇게 많이 마셨나?"

"허!"

그녀는 외마디 탄성을 지르며 뒷걸음질을 쳤다. 그녀의 눈동자는 지진이라도 일어난 듯 좌우로 크게 흔들렸다. 기어이 그녀는 울먹이며 말했다.

"마음아아아! 너 대체 어쩌려구 그러니이이."

뭐? 마음?

지원이 의아한 눈빛으로 바라보는 동안, 그녀는 다시 다가와 마치 파리라도 쫓는 듯 그의 얼굴 앞에서 한쪽 손을 크게 휘휘 저었다.

"후우욱! 후욱!"

이상한 추임새까지 넣으며.

"오, 진짠 줄 알았네. 요즘 헛것은 수리디야, 수리디."

"수리디라면…… 3D?"

설마 나를 그쪽의 마음이 만들어 낸 환상이라고 생각하는 거야, 지금?

그녀의 파격적인 주사에 할 말을 잃은 지원은 허탈하게 웃었다. 그 미소를 보며 그녀는 더욱 복잡한 얼굴이 되었다.

"헛것도 잘생겼네. 마음아, 너 요즘 쫌 한다? 웃는 거 봐. 졸라 리얼해."

이 여자야. 말 좀 곱게 해라.

"그런데 마음아, 다음번엔 이 사람 말고 내 동생 불러 주라. 우리 이쁜 동생."

"……."

"우리 이쁜 동생이 짠 나타나가주구 나도 막 안아 주구 내 손도 잡아 주구 나한테 어리광도 부리구, '우리 이새 누나, 이쁘게 잘 컸네.' 그래 주면 내가 널 얼마나, 얼마나, 얼마나 신뢰하겠어, 마음아. 오케?"

자신을 '누나'라고 칭하는 걸 보면 7년 전에 하늘나라로 간 '이혁'이라는 남동생의 이야기인 듯했다. 그녀도 사람인지라, 취하면 생각나는 모양이었다. 그 마음을 잘 알고 있는 지원이 그녀를 애틋하게 바라보다가 잠잠히 말했다.

"우리 이새, 이쁘게 잘 컸네."

"미친년. 네가 더 이뻐."

풉. 진지하던 와중에 웃음이 크게 터져 버렸다. 날 미친년으로 만든 여잔 네가 처음이야.

참 재미있는 여자다. 다양한 방법으로 사람을 미치게 하는 재주가 있다.

그는 귀엽게 취한 그녀를 사랑스럽게 바라보다가 이율에게로 전화를 걸었다.

-여보세요.

이새와 비슷한 듯 다른 목소리가 전화를 받았다. 괜히 긴장되는 마음으로, 그가 정중하게 인사했다.

"안녕하세요. 안지원이라고 합니다. 지금 김이율 씨 언니분이랑 같이 있어요. 술을 많이 마셨네요."

-안지원? 그 안지원?

"'그 안지원'? 언니분이 제 얘기를 흥미롭게 하셨나 보죠?"

-아니…… 꼭 그런 건 아니고요……. 지금 저희 언니랑 같이 계세요?

"네. 김이율 씨는 어디쯤이시죠?"

-집에서 이제 나가려고요.

"아직 집에서 나오지 않으셨으면, 제가 차 끌고 왔으니 언니 데리고 집으로 가겠습니다. 집에서 기다리시죠."

-아니요. 아니요! 제가 갈게요. 언니는 그냥 놔두세요! 제가 택시 타고 바로 갈게요.

"언니 옮기기 쉽지 않을 텐데. 동생분 생각해서……."

-그냥 놔두시라니까요!

순간 이율의 목소리가 굉장히 날카롭게 들렸다. 마치 믿지 못하는 사람에게 일을 시키지 못하겠다는 투였다.

'대체 날 어떤 사람이라고 얘기했길래 동생 반응이 이런 거야?'

하지만 좋은 동생이다. 이토록 언니의 안위를 걱정하는 동생이라니. 그나마 마음이 조금 놓인다. 한참 가만히 수화기를 붙들고 있던 지원이 해결책을 내놓았다.

"언니분의 안전이 걱정돼서 그러시는 거라면 휴대폰을 켜 놓고 갈까요? 영상 통화를 하면서 가든가요. 동생분을 기다렸다가 집에 보내느니, 제가 가는 게 더 빠르고 안전할 것 같아서 그렇습니다."

잠시 후, 뜸을 들이던 이율이 목소리를 냈다.

-그렇게 해 주신다면, 뭐…….

"네. 그럼 이따가 뵙겠습니다. 집 앞에서 연락드리죠."

바로 전화를 끊은 그는, 떼꾼한 눈으로 허공을 응시하고 있는 이새에게 말을 걸었다.

"김이새 씨."

"어? 준서 삼촌, 언제 오셨어요?"

마치 이전의 그는 기억에 없다는 듯이, 그녀는 반가운 표정으로 그를 맞았다.

"나 준서 삼촌 생각하고 있었는데."

"내가 밖에선 준서 삼촌이라고 부르지 말랬지?"

"흑. 죄송합니다."

그의 따끔한 지적에 금방 시무룩해진 그녀의 반응이 재미있었다.

"가자. 집으로."

"어느 집이요?"

"우리 집으로 갈래?"

"아뇨. 우리 집 갈 거예요. 주말이니까."

"그래. 가자. 그쪽 집으로."

그는 그녀를 부축해 일으켰다. 지원과 만나 선생님이라는 자신의 신분을 상기한 덕인지, 그녀의 움직임이 몇 분 전과는 달리 꽤 곧았다. 어렵지 않게 그녀를 차 조수석에 앉히고 바로 앞 편의점에 가서 꿀물도 샀다. 그리고 나서 지원은 이율에게 말했던 대로 다시 전화를 걸었다.

-여보세요.

"김이새 씨 데리고 출발합니다. 휴대폰 켜 놓고 가겠습니다."

술 취한 사람 하나를 데려다주기 위해 이런 수고를 해 본 적이 있던가. 한 번도 없었다. 아마도 평생에 없을 거라고 생각했다. 이런 성가신 일을 하는 데도 지원은 그저, 이새가 자신을 거부하지 않는 것이 고맙게만 생각되었다. 푹 빠진 거였다.

"우욱……."

차가 한참을 달려 다리 위로 진입했을 때, 그녀가 괴로운 소리를 냈다.

"속이 안 좋아요?"

"네. 토할래요."

"지금은 치울 수가 없는데. 조금만 참아 봐요."

"싫은데. 그냥 할래요."

그녀가 앙탈을 부렸다. 술이 깨면 볼 수 없는 귀한 모습이라 잘 받아 주고도 싶었지만, 차 안에서 속을 게워 내게 할 순 없기에, 그는 단호하게 말해야 했다.

"안 돼요, 안 돼."

"할게요. 우욱……."

"안 돼!"

그가 버럭 소리를 냈다.

"히히. 아직 안 했어요."

그런데 그녀는 마치 그를 놀리는 것만 같았다.

"후우. 심장 떨리게 하지 마!"

"왜요? 이게 심장 떨려요? 그럼 나 심장 떨리게 토한다? 우욱!"

"기다려! 여기선 못 세운다고!"

"히히, 준서 삼촌, 나 토한다?"

"정신 사납게 좀 하지 마!"

그를 놀리는 것에 신이 난 그녀 때문에 그는 애가 탔고, 피가 마르는 것만 같았다.

"이히히히히! 이거 재밌네? 준서 삼촌, 나 토한다?"

"잠깐, 잠깐!"

"우웨에에에에엑!"

기어이 의미심장한 구역질 소리가 들렸다. 그녀는 허리를 반 바퀴쯤 돌려 차창과 의자 사이의 공간에 거의 코를 박고 있는 상태였다.

"헉."

다행히도 무사히 다리를 건넌 후 갓길을 발견한 그는 서둘러 차를 세우고 그녀를 토닥여 불렀다.

"했어?"

"이히히히히. 뻥이지롱."

"이 여자가 진짜!"

그녀의 장난에 다시 한 번 놀아난 그가 크게 분노한 표정으로 휴대폰을 껐다. 목청껏 소리 지르고 싶었다.

"너 자꾸 그러면 집에 안 데려다줄 거야!"

"이히히. 나 그럼 운전대에 토한다?"

그러나 그녀는 조금도 기죽지 않은 얼굴로 얄궂게 웃으며 그를 놀렸다. 후우……. 지원의 입에서 기나긴 한숨이 나왔다.

5분여 후. 급한 상황을 정리한 지원은 다시 이율에게 전화를 걸었다. 이율이 급하게 전화를 받아 주었다.

-여보세요.

"죄송합니다. 전화가 잠깐 끊어졌네요."

-허억. 괜찮아요?

"언니는 잘 있어요. 걱정하지 않아도 됩니다.

-아니, 그게 아니라, 언니가 차에 토했어요? 차는 괜찮은 거예요?

"네, 괜찮아요. 금방 가겠습니다."

-힘내세요…….

이율이 응원하듯 말했다. 휴대폰을 통해 그간의 대화를 모두 들을 수 있게 된 이율은 실로 지원이 불쌍해진 것이다. 때아닌 측은지심은 이율이 그를 신뢰할 수 있도록 만들어 주었다. 물론 이율의 응원이 전혀 도움이 되지 않을 정도로, 지원은 힘든 시간을 보냈지만 말이다.

"우우우우욱!"

"속이 많이 안 좋아요?"

"뻥이요!"

"아우! 정말!"

"이히히."

"그래. 맘대로 해요, 맘대로. 차야 뭐, 하나 더 사면 되지."

"히히."

"근데, 하나 더 사게 되더라도 이 차는 나중에 그쪽이 닦아요. 알았어요?"

"네."

대답은 잘하지. 그래도 어쨌든 고난과 역경의 30분이 흐르고 지원은 무사히 이새의 집 앞에 당도했다. 지원은 휴대폰을 들어 이율에게 위치를 알렸다.

"집에 도착했습니다."

-네! 제가 나갈게요. 같이 들어오시면 소란스러워질 수도 있어서요. 기다리세요.

잠시 후, 길었던 통화가 끊어졌다. 이제 이새의 동생이 나오면 그녀와도 작별이었다. 이새는 어느덧 속이 괜찮아졌는지 더는 토를 하겠다며 난리를 치지 않았다.

"이거나 먹고 들어가."

지원은 이새를 내려주기 전에 꿀물 한 병을 건넸다. 이곳으로 오기 바로 직전 편의점에서 사 두었던 꿀물이었다.

"오오. 오, 허니이! 꿀물! 센스가 넘치셔요!"

조증 상태의 그녀는 꿀물을 사 준 그에 대한 감사뿐만 아니라 꿀물에게도 감사하는 마음을 잊지 않았다.

"허니야, 내 누추한 위장에 들어가 주어서 고마워."

마지막까지 웃게 해 주어 고마워. 그는 웃음을 감추지 못한 채로 그녀를 바라보았다.

"맛있다."

"맛있어?"

"네. 조금만 더 먹어도 돼요?"

"다 먹어. 그쪽 주려고 산 거니까."

"저 주시려고 꿀물을 사시다니. 황송하옵니다."

이새가 꿀물을 마시는 사이, 운전석에서 내린 지원은 반 바퀴를 돌아 이새에게로 가 안전벨트를 풀어 주었다. 벨트가 풀리자 그녀는 기분 좋은 듯 의자에서 폴짝 뛰어 그에게 매달렸다. 이새를 챙기느라 차 옆에서 허리를 굽히고 있었던 지원은 그녀의 기습 공격에 당황한 얼굴색으로 더듬더듬 말했다.

"왜, 왜 이래? 동생 온다고!"

"데려다주셔서 고맙습니다."

그 말을 끝으로, 그녀는 잠이 든 것처럼 오래토록 그를 붙잡고 말이 없었다. 그렇게 1분, 2분…… 동생이 아직 나오지 않아 다행이라고 생각하던 지원이, 그녀가 이대로 잠이 들면 곤란할 것 같다는 생각에 닿았을 때쯤, 그의 귓가로 야트막한 목소리가 들려왔다.

"그냥 넘어가 버릴까요?"

"……."

"확 넘어가 주고 싶어요."

이렇게 안기면서 그런 말을 하면, 확 데려가고 싶어지잖아.

그는 그녀가 자장가처럼 느낄 만한 나지막한 목소리를 흘려보냈다.

"넘어와. 원하는 거 다 해 줄 테니까."

지원의 말을 들은 건지 못 들은 건지. 술에 취한 이새는 그의 대답에 대한 조금의 반응도 없이 제 말을 했다. 그의 목에 팔을 꼭 두르고는, 줄곧 꿈결처럼 고요한 목소리였다.

"차 망가뜨려서 죄송해요. 시간은 걸리겠지만 꼭 보상할게요."

"안 해도 돼."

"오늘 모임이요. 미안해서 나간 거였어요. 학기 중에요. 설문조사 할 게 되게 많거든요. 그때마다 혁진이네 동아리 도움을 많이 받았는데, 궁할 때만 이용해 먹고 입 싹 씻는단 소리 듣기 싫어서요."

그녀는 술집에 들어가기 전에 지원의 전화를 퉁명스럽게 끊은 것이 꽤나 걸렸던 모양이었다. 마음에 걸리는 게 있으면 내내 미안해하는 여린 마음. 작은 도움을 받아도 잊지 않고 표현하려는 마음. 그런 마음이 예뻐서 더욱 곁에 두고만 싶다.

"그래, 알았어. 이제 다 이해해 줄 테니까, 있는 그대로 나한테 와."

이율이 나올까 봐 불안해하던 그가, 이새의 등에 손을 얹어 토닥였다. 그녀는 또 잠이 든 것처럼 잠잠해졌다.

"헛!"

그때 지원의 등 뒤에서 여자 목소리가 들렸다. 지원은 떨어지지 않는 이새를 붙든 채로 몸을 일으켜 뒤돌았다. 살짝 마른 듯한 몸에 새침한 얼굴의 여자가 총총 뛰어오고 있었다. 지원은 단번에 그녀가 이새의 동생, 이율이라는 것을 알아차렸다.

"아오, 우리 언니가 술 마시면 주책이라."

냉큼 다가온 이율이 어쩔 줄 몰라 하며 말했다. 이새가 지원에게 꽉 매달려 있음에도 불구하고 지원을 의심하지는 않았다. 오히려 이새의 만행에 대해 사과했다.

"부족한 언니를 두어 죄송합니다."

"아닙니다. 오늘 많이 마신 것 같으니 잘 돌봐 주세요."

"저기 언니가…… 혹시 다른 실수를 하지는 않았죠?"

이율은 술 취한 이새가 지원에게 마음을 다 내보였을까 불안한 마음으로 넌지시 물었다.

"네. 안 했습니다."

지원이 곧장 대답했다.

그러나 가로등 불빛 아래, 그의 입가가 서서히 위로 떠오르는 것이 이율의 눈에 선명히 담겼다.

……했네, 했어.

'내가 언니, 너 때문에 미친다, 미쳐!'

"집 앞까지 제가 데리고 가죠. 언니가 동생분보다 더 무거울 것 같은데."

어느새 무게까지 다 알고. 미친다, 미쳐!

이율이 대답을 하기 전에 지원은 제 목에 대롱대롱 매달린 이새를 번쩍 안아들었다. 몸이 들리는 느낌에 감고 있던 눈을 슬며시 뜬 이새가 멍하게 지원과 눈을 맞췄다.

"왜, 불편해요?"

지원이 물었다.

"아뇨. 되게 편해요."

이새는 유유히 흐르는 강의 조각배라도 탄 듯 편안한 표정으로 대답했다. 뒤에 선 이율은 한숨을 크게 내쉬며 이마를 짚었다.

다음 날 아침. 한 번도 깨지 않고 통잠을 잔 이새가 찌뿌드드한 몸을 일으켰다. 비틀비틀 일어나 주방으로 간 이새는 물 한 컵을 가득 따라 벌컥벌컥 들이켜고는 돌아와 이불 위에 앉았다. 거울 앞에 서서 새로 산 옷을 이리 저리 살피던 이율은 깨어난 이새를 냉랭한 눈으로 무시했다.

"혁진이네 동아리 선배들한테 속아서 소맥을 마신 거야. 내가 마시려고 해서 마신 게 아니라. ……나 무거웠지. 미안."

"안 무거웠어."

"그래? 나 살 좀 빠졌나?"

"나는 모르지. 내가 데려온 게 아니니까."

"오혁진이 데려왔어?"

"한번 알아맞혀 봐."

이새는 고개를 갸우뚱 저었다. 분명 기억 속에 누군가의 커다란 실루엣이 있긴 했다. 그리고 그녀가 좋아하는 목소리도 내내 들리긴 했다. 밤새 그의 꿈을 꾼 것처럼.

……설마 아니겠지. 설마.

이율이 진지한 얼굴로 마주 앉았다.

"사랑하는 언니야. 아는 것이 힘이라고 생각하니, 모르는 게 약이라고 생각하니?"

"뭔 말이야……."

이율은 한숨과 함께 이불 위에 제 휴대폰을 내려놓았다. 휴대폰 화면에는 전날의 날짜가 쓰인 녹음 목록 두 개가 있었다.

"헬게이트의 버튼은 언니한테 있다. 듣고 싶으면 재생을 누르고, 영원히 모른 채로 살고 싶으면 그냥 지워."

이율은 이렇게 경고하고는 수건을 들고 욕실로 떠났다. 이율의 의미심장한 말에 이새의 두근거림이 시작되었다.

헬게이트라니. 자신이 대체 어제 어떤 만행을 저질렀기에, 대체 여기 어떤 내용이 들어 있기에 이율이 그런 과격한 표현을 쓰는지 도무지 알 수가 없었다. 확인을 하지 않을 수는 없었다. 필름이 끊겨 누군가에게 추태를 부렸다면, 피해를 입은 사람에게 제대로 사과를 해야 했다. 그녀는 마음을 굳게 먹고 재생 버튼을 눌렀다.

-여보세요.

-김이새 씨 데리고 출발…….

툭. 이새는 익숙한 남자의 목소리를 감지하자마자 식겁하며 정지 버튼을 눌렀다.

뭐야! 뭐야! 이 사람이 왜 여기 있어!

오싹 소름이 밀려왔다. 달콤하게 꾸었던 간밤의 꿈은 꿈이 아닐 수도 있겠다는 생각이 들었다. 부들부들 떨리는 손끝으로 다시 재생 버튼을 눌렀다. 그건 정말 지옥으로의 초대장처럼 느껴졌다. 그리고 다시 재생시킨 녹음 파일에서 '우욱……'이라는 자신의 신음을 확인한 뒤, 그녀의 얼굴엔 핏기가 사라졌다. 음성을 듣는 내내, 이새는 쥐구멍이 어디 있나 생각해야 했다. 없으면 만들어서라도 들어가고 싶어졌다.

녹음 파일은 '이 여자가 진짜!'라고 하며 분노하는 지원의 목소리로 끝났다. 참담한 심정으로 다음 재생 파일을 눌렀다. 마음을 가라앉힌 지원의 목소리가 들려왔다. 그리고 애써 평정심을 유지하려는 지원을 끝까지 놀려 먹으려는 자신……. 아주 갖고 놀았구나, 내가…….

두 개의 녹음 파일을 모두 확인한 그녀는 혼이 나간 표정으로 몇 분 동안 멍청히 앉아 있었다. 잠시 후 씻고 나온 이율이 세기의 진상녀를 바라보는 표정으로 혀를 끌끌 찼다.

"넌 나한테 그 사람 앞에서 술 마시지 말라고도 한 애가, 그 사람한테 날 맡겨?"

괜히 억울해진 이새가 말했다.

"내가 맡기고 싶어서 맡겼겠어? 그 사람이 이미 언니 옆에 있었다고! 내가 빨리 달려가도 언니는 그 시간 동안 그 사람한테 고백 열두 번도 더 했겠지!"

"……그래서 나 고백했어?"

"내가 들은 건 그 녹음 내용이 다야. 근데 언니가 혹시 다른 실수는 안 했냐고 내가 물어보니까, 그분이 묘하게 웃었어……."

으아아아아아! 이율의 이야기를 들은 이새는 바닥에 엎드려 절규했다.

"웃었다니까? 언니를 귀엽게 봤겠지, 뭐. 언니가 술 먹고 쇼한 거라고 해명하고 빨리 수습해. 이런 건 빠를수록 좋다."

이율의 말에 겨우 몸을 일으킨 이새가 다급한 표정으로 휴대폰의 배터리를 갈았다. 전원을 켜자마자 문자 메시지 몇 통이 도착한 것이 보였다.

보낸 사람 안지원.

[일어나면 연락 줘.]

보낸 사람 오혁진.

[일어났냐? 몸 괜찮아지면 연락해라.]

몸도 마음도 괜찮지는 않으므로, 일단 지원에게 연락을 해야겠단 생각이 들었다.

두근두근두근. 통화 연결음을 따라 그녀의 심장이 마구 뛰었다.

-여보세요.

잠시 후, 휴대폰 저편에서 푹 잠긴 지원의 목소리가 들려왔다. 어젯밤의 사건 사고를 짐작게 하는, 피곤에 절은 음성이었다.

"아, 저기…… 어젯밤엔 정말 죄송합니다."

이새가 목소리를 길게 끌다가 사과했다.

피식. 그가 살짝 비웃는 소리가 희미하게 들렸다. 그 목소리에 담긴 의미를 알 수가 없어 그녀는 애가 탔다.

-죄송한 줄은 알지?

"집에 계세요? 제가 그쪽으로 갈게요."

그녀는 덥석 대답했다. 어젯밤에 자신이 한 일에 대해 제대로 파악해야 할 필요성을 강하게 느낀 것이다. 전화로는 한계가 있었다.

-지금은 집이 아닌데. 내가 갈게.

"아니에요! 제가 가겠습니다. 어디 계신지만 말씀 주시면……."

-성화호텔인데, 가까우니까 내가…….

"갈게요! 지금 바로 나갈게요!"

이새는 지원이 다른 말을 할 기회도 주지 않고 바로 전화를 끊어 버렸다. 전화를 끊고 나서도 심장이 벌렁거렸다.

"흠. 좋은 사람인 건 같아."

이새가 벌렁거리는 심장을 부여잡고 있을 때 옆에서 가만히 앉아 있던 이율이 한마디 했다.

"좋은 사람인 것 같다고?"

"겉으로 보기엔 그랬어. 하지만 모르지. 좋은 사람인 척하는 걸 수도."

"……."

"언니야. 이건 재벌이라서 하는 소리가 아니라, 세상엔 이런 남자도 많아."

수능보다 연애를 더 잘 아는 만년 수험생 이율의 말에 이새의 표정이 진중해졌다.

"별도 달도 다 따다 줄 것처럼 진짜 헌신하는 남자. 여자랑 자기 전까지. 무슨 얘긴지 알지? 대놓고 잘해 주는 사람도 일단 의심해야 하는 건 당연한 거야. 아니, 대놓고 잘해 주는 사람은 더 의심해야 돼. 그분은 안 그럴 거라고 믿고 싶긴 하지만, 혹시 또 몰라. 남자니까. 그리고 언니는 순진한 여자니까."

이새는 스스로를 퓨어하지 않다고 생각하고 있었지만 동생의 눈에 그녀는 한없이 순진했던 것이다.

"그분, 언니한테 존댓말 썼다가 반말 썼다가 하더라? 왜 그래?"

글쎄. 그것도 이새는 한 번도 물어본 적이 없었다. 그가 반말을 쓰면 섣불리 반박하기 힘든 이상한 기분이 들긴 했다. 그걸 노렸을까. 그렇게 자신을 옭아매려는 걸까. 그도 세상에 많은 남자들 중 하나일까.

그녀는 무거운 마음으로, 밖으로 나갈 채비를 했다. 어쨌든 그를 만나러 나가야 했다.

그를 만나러 가는 지하철 안에서도 이새는 계속 중얼거렸다.

"어젯밤엔 정말 죄송했습니다. 제가 죽을죄를 지었습니다. 한 번만 용서해 주신다면 앞으로 남은 인생 열심히 살아보도록 하겠습니다……."

바로 옆에 앉은 사람이 미친년을 보는 표정으로 그녀를 바라보았지만 이새는 이를 알아보지도 못했다. 혁진이 몇 번 문자메시지를 보냈지만 그녀는 이 또한 확인하지 못했다. 지원에게만 신경이 곤두서 있었다. 지하철에서 내려 한달음에 성화호텔에 도착한 그녀는 1층 라운지에 들어서자마자 지원에게 다시 연락했다.

-여보세요.

"성화호텔에 도착했어요. 어디 계세요?"

-2001호에 있어. 올라와.

"네!"

기운차게 대답한 그녀는 바로 엘리베이터를 탔다. 호텔 레스토랑이나 미팅 룸에 있는 줄 알았는데 객실이었다. 어젯밤에 그녀가 너무 부려 먹어서 집에도 가지 못하고 탈진해 버린 걸까. 그게 아니라면…… 이율의 말대로 그녀와 한번 자 보려는 의도로 그녀를 이곳으로 부르는 걸까. 그 가능성도 배제할 수는 없었다. 그도 역시 남자니까.

'그냥 다시 전화 걸어서 밖에서 만나자고 할까?'

잠깐 고민하던 그녀는 마음을 고쳐먹었다.

'아냐. 그 진상을 부렸으면 있던 정도 떨어졌겠다. 사과나 하자.'

2001호 객실 앞에 선 그녀는 용기 있게 벨을 눌렀다. 문이 열리고 무표정의 지원이 얼굴을 보였다.

그의 얼굴을 올려다보는 동안 웬일인지 머리가 텅텅 비워졌다. 그리고 그녀는 바보 같은 질문을 내던졌다.

"왜…… 이리로 부르셨어요?"

"김이새 씨가 이리로 온 거잖아."

지원이 어처구니없다는 듯 뾰족하게 말했다.

"아니. 로비에서 만날 줄 알았는데요. 호텔방으로 부를 줄은……."

"김이새 씨도 긴장 좀 하시라고."

실은 한국을 방문한 외국인 사업가와 긴한 미팅을 가진 후 자리를 옮기지 않고 그녀를 부른 것이었다. 그 사정까지 이새에게 일일이 설명하지 않고, 지원은 그녀를 놀리듯 대답했다. 역시나 그녀의 표정이 긴장하듯 얼어붙었다. 그는 잔뜩 빈정거렸다.

"술 취한 사람이 얼마나 무거운지 모르지? 내가 술 한번 거나하게 먹고 김이새 씨한테 내 몸 맡겨 봐?"

"믿고 맡겨만 주신다면……."

"제 몸 하나 건사하지도 못하는 사람한테 어떻게 내 몸을 맡기나?"

"네. 잘 생각하셨, 아니, 죄송합니다. 죽을죄를 지었어요."

"그게 죽을죄인 건 알아?"

"네, 잘못했습니다."

별 도리가 없었다. 진상녀가 되고야 말았으니 그저 고개를 조아릴 수밖에.

"그럼 죽을죄를 용서해 주고 살려 줄 테니 새 삶을 살아 봐."

그녀가 순순히 사과하는 것을 보며, 지원이 능청스럽게 말했다.

"내 옆에서."

"네?"

"어제 김이새 씨가 술 먹고 나한테 고백했다고."

했구나, 했어……. 참담함이 밀려들었다. 하지만 바로 잘못을 시인하고 넙죽 엎드릴 수는 없었다. 어쨌든 증거가 없으니 빠져나갈 기회는 있었다. 그녀는 시치미를 떼었다.

"그럴 리가요."

"혁진이 친구 얘기를 들어 보니, 김이새 씨는 술에 취하면 솔직해진다고 하던데."

"걔는 오바쟁이라고요!"

지원이 혁진이라는 증인을 내세우자, 이새가 돌연 발끈했다.

"제가 어디서, 어떻게 고백했는데요?"

"술집에서, 그리고 김이새 씨 집 앞에서."

"믿을 수 없어요. 증거라도 있어요?"

증거를 내놓을 수 없는 얘기란 사실에 힘을 얻어 뻔뻔해진 그녀가 제법 당당해진 얼굴로 목소리를 냈다.

"내 이름은 코난. 탐정이죠."

어서 빨리 이 '고백'이란 단어를 그의 기억 속에서 지워 버려야 했다. 그녀는 그의 기억을 교란시키기 위한 술수로 궁여지책을 짜냈다.

"제게는 어젯밤 제 동생과 준서 삼촌의 통화 녹음 파일이 있습니다. 그 안에는 제가 토한다는 걸로 준서 삼촌을 놀릴 때의 상황이 담겨 있지만 고백 따위의 뉘앙스는 조금도 들어 있지 않아요."

이새는 이율에게서 건네받은 녹음 파일을 보여 주며 말했다. 휴대폰 화면을 보여 주는 중에 혁진에게 전화가 오는 바람에 화면은 바뀌고 지원의 표정도 약간은 싸늘해졌지만, 이새는 개의치 않았다.

"그리고 또 한 가지. 아침에 일어나니 뺨이 얼얼하더라고요."

"……."

"자. 이 통화내역을 보시면 어젯밤 22시 32분에 끊긴 통화는 22시 37분에야 다시 이어졌죠. 이게 뜻하는 바는 무얼, 가만히 이겨 내어요."

지원은 떨떠름한 표정으로 이새를 빤히 내려다보았다. 그래, 무슨 말을 하나 들어나 보자, 라고 생각하는 것이 완연한 표정이었다.

"준서 삼촌 저 때린 거 아니에요? 오래전에 제 뺨 꼬집었듯이?"

"내가 키스를 했으면 했지, 그쪽을 왜 때리나. 그것도 뺨이 얼얼할 정도로."

"이것 봐, 이것 봐! 저한테 또 허튼짓하셨어요?"

"물에 빠진 사람 살려 놨더니 봇짐 내놓으라고 한다더니. 적반하장도 김이새답게 참 참신하네."

"얼렁뚱땅 넘어가려고 하지 마시고요."

계속 휴대폰 진동이 울리고 있었다. 혁진이 끈질기게 전화를 걸었다.

"시끄럽네. 전화나 받아."

"나중에 걸면 돼요."

"그럼 꺼 버리든지."

지원의 말에 응낙한 이새가 휴대폰 전원을 끄기 위해 제 쪽으로 화면을 돌렸다. 혁진은 전화뿐 아니라 문자메시지도 여러 번 보냈다. 가장 최근의 문자가 알림창에 떴다. 이새는 문자메시지 내용을 자연스럽게 확인하게 되었다.

[영훈 선배가 안지원 형님 고소한다고 난리다.]

무슨 소리야. 고소를 한다니. 혁진의 영문 모를 문자메시지에 이새의 미간에 주름이 잡혔다. 자신이 없는 곳에서 무언가 일이 일어나고 있는 것에 불안을 느낀 이새가 혁진에게 전화를 걸었다.

-여보세요.

"무슨 일이야?"

톤이 높은 혁진의 목소리에, 이새는 휴대폰 볼륨을 줄이고 곁눈질로 지원을 보았다. 지원은 뒤돌아 있었다.

-정말 몰라? 어제 너 가고 나서 그 안지원 형님이 다시 람보네로 돌아왔단 말이야. 어떻게 시비가 붙었는지 모르겠는데 지원이 형님이 영훈 선배 한 대 쳤나 보더라. 어제도 영훈 선배 소리 지르고 장난 아니었지. 오늘 아침에 선배 입원했어. 뇌출혈이 있는 것 같다고 그러더란다.

"그게 무슨 말이야……."

-나도 정확한 건 몰라. 안지원 형님한테 들은 거 없어?

지원은 그런 얘기를 조금도 하지 않았을뿐더러, 그 일에 대한 눈치를 주지도 않았다. 이새는 지원을 멀거니 바라보았다. 뒤돌아선 그가 무슨 생각을 하고 있는지는 알 수 없었다.

"없어."

-영훈 선배가 너한테 술 먹인 거 가지고 안지원 형님이 뭐라고 했다나 봐. 아무튼 안지원 형님이 먼저 주먹 쓴 건 확실해.

사람을 때리다니. 그것도 내 문제 때문에.

이새는 충격 때문에 입이 움직여지지 않았다.

-나도 영훈 선배한테 가고 있긴 한데, 선배가 너한테도 화났나 보더라. 내가 상황 봐서 다시 연락할게. 네가 먼저 영훈 선배한테 연락하지는 마. 연락 오면 일단 받지 마. 욕 들을라. 나 끊는다.

혁진과의 전화는 금방 끊겼다. 귀에 대고 있던 휴대폰을 내리는 그녀의 손이 바르르 떨렸다. 지원이 먼저 주먹을 썼다는 말은 믿고 싶지 않았다.

"혹시 혁진이네 동아리 선배 때렸어요?"

떨리는 목소리를 감추지 못하고, 이새가 물었다. 지원이 뒤돌아 그녀를 보았다. 그의 표정에서는 어떤 감정도 보이지 않았다.

"그쪽하고는 상관없는 일이야."

"어떻게 상관이 없어요! 그 선배랑 개인적으로 아는 사이라도 돼요?"

그는 정말로 이에 대한 이야기를 하고 싶지 않은 듯 입을 닫고 있었다.

"어제 제가 준서 삼촌한테 했던 실수들은 정말 잘못한 건데요. 그게 준서 삼촌이 제 인생에 끼어들 이유가 되나요?"

그의 반응이 답답한 마음에 이새는 그를 몰아붙였다.

"어제 한 대 친 건 바로 수습했어. 그게 문제가 된다면 이번엔 변호사를 보낼 거야."

"변호사요?"

지원이 내뱉은 말이 얼토당토않다는 듯 이새가 반문했다. 법대로 해결하자는 말이 과연 선배에게 통할까. 선배는 평범한 대학생이었고 지원은 알 만한 사람은 다 아는 기업인이었다. 이런 사건에 질 나쁜 루머가 가미되어 세간에 알려진다면 꼴이 우스워질 수 있는 사람은 선배가 아니라 지원이었다.

나 때문에 이 사람이 다친다, 나 때문에 이 사람이 자기가 가진 것을 잃을 수도 있어. 속상한 마음에 그녀의 감정이 격해졌다.

"왜 제 일을 가지고, 저도 그냥 넘어가는 일을 가지고 그러시는 건데요! 왜 그렇게 일을 크게 만드세요?"

술자리에 부르지도 않았는데 그녀를 찾아 술집으로 온 사람. 취한 그녀를 집에 바래다주고 다시 술자리로 돌아가 그녀에게 술을 먹인 선배에게 주먹을 휘두른 사람. 자신의 잘못으로 그가 엇나가고 있었다. 이제껏 회피해 왔던 진실이 명확히 보였다. 그녀의 삶에 그를 끌어들여서는 안 되는 거였다. 그는 마음만 먹으면 누구든 망가뜨릴 힘이 있는 사람이었고, 또한 그만큼 스스로를 망가뜨릴 수도 있었다. 일자로 굳게 다문 입과 반응을 보이지 않는 그의 눈빛이 불현듯 두려워졌다. 또한 안타까웠다. 양가적인 감정에 속이 상하여, 따지듯 말했다.

"준서 삼촌은 저 위한답시고 선배들 한 대 때리고 치료비 물어 주고 그러면 끝나는 것 같죠. 하지만 저는 복학해서 돌아가면 그 사람들하고 계속 마주쳐야 하는 학생이라고요. 감정 상한 선배들이 저를 그냥 두고 보겠어요?"

"그럼 얘기해. 다시 손봐 줄 테니까."

"지금 진짜 재수 없게 보이는 거 아세요? 돈과 권력이 있으면 사람을 마음대로 때려도 된다고 생각하시는 거예요?"

지원이 표정을 굳히고 진지하게 말했다.

"빚지는 거 싫어하고 미움 받는 것도 싫어하고 평화롭게 살아가려는 그쪽 마음 존중해. 그쪽의 평화를 깨뜨릴 생각도 없어. 하지만 내가 없을 때 또다시 이런 일이 일어난다면, 미움 받는 거 싫어하는 그 맘도 그냥 하찮게만 여겨질 정도로 큰일이 일어날 수 있어."

"큰일이 무슨 일인데요? 준서 삼촌이 저한테 했던 일이요?"

이새가 지원을 도발하듯 물었다.

"큰일이든 작은 일이든, 제가 잘못해서 생기는 일이에요. 저도 다 큰 어른이고, 어떤 일이 일어나도 제가 책임져야 한다는 거 알고 있어요. 그 사람들 잘못이 아니라, 1차적으로는 어제 의심 없이 잔을 받은 제 책임이라고요."

그녀의 성난 목소리가 방 안에 울렸다. 그녀의 음성을 따라 지원의 미간에도 주름이 깊어졌다.

"왜 저한테 물어보지도 않고 제 일을 준서 삼촌 뜻대로 결정하고 행동하시는 거죠? 좋아한다는 말을 하면 그 정도는 할 수 있다고 생각하시는 거예요? 제가 준서 삼촌 소유물 같으세요?"

"내가 좋아한다는 말을 이용해서 김이새 씨를 소유물처럼 다룬 적이 있었나?"

이새가 주는 자극에 지원도 결국 따지듯 제 목소리를 냈다.

"내 어떤 행동에서 그쪽이 내 소유물로 느껴졌다고 생각하는지 모르겠지만 그 표현은 좀 억울하네. 그래도 난 그쪽을 좋아하는 만큼 존중하려고 하고 있어. 솔직히 말해서 김이새 씨를 존중하느라 많이 봐주고 있고."

"봐준다고요?"

지원의 말에 이새는 기가 찬다는 듯이 한숨을 크게 터트렸다. 한동안 허공에서 두 사람의 눈빛이 거칠게 다퉜다. 이새의 눈빛에는 원망을 넘어서 증오마저 느껴졌다. 이새가 씁쓸하게 비웃었다.

"아…… 잠은 안 자고 키스만 했으니 봐준 거다? 눈물 나게 감사하네요, 참."

"말 좀 예쁘게 하지?"

이새의 감정을 따라 지원의 목소리도 날카로워졌다.

"이런 말 한마디가 절 얼마나 옭죄고 있는지 모르시겠죠."

잔뜩 실망한 듯한 그녀의 눈빛에 지원도 가슴이 죄여 들었다. 제 감정을 참고만 있던 지원이 사납게 제 옆의 벽을 쳤다. 이러려고 부른 게 아니었다. 먼저 찾아가려고 했지만 굳이 이곳까지 달려오겠다는 그녀를 막지 못하고 그대로 두었다. 친히 발걸음 해 주었으니 룸서비스를 불러 뜨끈하게 해장국이라도 먹이고 집으로 보낼 생각이었다. 원한다면 뭐든 해 줄 수 있지만, 자신을 도발하는 사내놈에게 맞서 주먹을 휘두른 이야기를 곧이곧대로 그녀에게 전달할 수는 없었다. 답답한 마음에 숨이 꽉 막히는 것만 같았다.

"한번 자면 돼요?"

이 일을 어떻게 수습해야 하나, 침묵 속에서 한참을 생각하고 있을 때 그녀가 대뜸 물었다.

"뭐?"

얼토당토않은 그녀의 말에 지원이 눈썹을 구기며 되물었다. 남자를 조금도 모르는 여자애가 내뱉은 말이 참으로 맹랑하다는 생각을 했다.

"결국 준서 삼촌이 제게 원하는 건 그런 거 아니에요? 여기로 부른 것도 그런 이유 아니에요? 지난번에 스폰서 얘기도 그렇고, 오늘도 그렇고. 평소에도 마음대로 키스하고 만지고 껴안으면서 많이 봐주는 거다, 라고 말하는 건 저도 참 억울하네요. 한 번 자야, 더 이상 괴롭히지 않으실 거예요? 준서 삼촌의 최종 목표를 채워 드리면 돼요?"

기가 막혔다. 지금까지 보여 주었던 자신의 진심을 깡그리 무시하는 듯한 그녀의 태도에 지원도 화가 났다.

"그렇게 할까? 정말 그러고 싶어?"

화가 치밀어 오르는 감정을 최대한 누르며, 그녀에게 물었다.

"키스하고, 만지고, 껴안고 그러는 게 그저 괴로웠나?"

"그럼 좋았을 것 같으세요?"

그의 입술 사이로 허탈한 웃음이 비어져 나왔다.

그래, 내가 했던 일이 너에겐 그 정도였구나. 나는 그저, 너에게 속여서 술을 먹이는 선배와 다를 바 없는 사람이었구나.

그녀의 눈을 바라보는 것은 고통이었다. 그녀가 제 심장을 쥐고 비트는 것만 같았다.

"……그래. 안아 보고 끝내자. 그쪽도 동의할 수 있다면."

마음을 닫아건 목소리로, 그가 말했다.

……역시 그랬구나.

끝내자는 말에, 어쩔 수 없이 그녀의 가슴이 안으로 무너졌다. 짝사랑의 시간은 기어이 멈췄다.

어쩌면 그가 정말 자신을 진심으로 좋아했을 수도 있다. 하지만 그 기반 자체가 자신과는 달랐을 것이다. 앞뒤 없이 달려드는 스킨십을 하던 때에 짐작했어야 했다. 흠뻑 빠졌다가 나와 보고 싶다며 스폰서를 제안했던 남자다. 어쩌면 이 사람의 목표는 빠지는 것이 아니라 나오는 것일 수도 있을 것이다.

이새는 파르르 떨리는 눈꺼풀을 들키지 않으려, 눈을 한번 질끈 감았다 떴다.

무섭다. 눈앞에 서 있는 이 남자가, 언제나 설탕이 가득 묻은 듯 다디단 말을 했던 이 남자가, 이렇게 돌연 차가워질 수 있다는 게 무섭고도 암담하다. 하지만 이새는 똑똑히 제 목소리를 냈다.

"스폰서 얘기도 했었으니, 2천만 원짜리 거래라고 생각하고 이 기회에 차 수리비 정산까지 마쳐 주시면 고맙겠네요."

절대 그의 기에 눌릴 수 없다는, 마지막 발악이었다. 눈앞의 먹잇감을 응시하는 듯, 지원의 눈이 가늘어졌다. 그는 비웃듯 웃음을 흘렸다.

"그쪽한테 이런 면이 있었나?"

"이게 제 본모습인데요. 준서 삼촌이 어떤 환상을 가지고 계시는지 모르겠지만."

그녀가 턱을 꼿꼿이 치켜들고 말했다.

"그래."

그가 무심한 표정으로 제 목을 감고 있던 넥타이를 풀었다.

"내가 즐기려고 하는 거니까 피임은 네가 알아서 해."

더욱 짧아진 그의 말에, 이새의 어깨가 순간적으로 움츠러들었다. 그녀를 부를 때 '김이새 씨'나 '그쪽'이라는 호칭을 사용했던 그가, 처음으로 내뱉은 완벽한 하대였다. 성큼성큼 걸어온 그는 그녀를 냅다 안아 들어 올렸다. 그녀의 몸이 지원의 팔 안에서 둥실 떠올랐다.

"앗."

지면에서 멀어진 그녀의 입에서 자동적으로 소리가 나왔다. 그는 그런 그녀를 싸늘하게 바라볼 뿐이었다. 스위트룸의 넓은 거실을 지나 지원은 다른 공간으로 저벅저벅 걸어갔다. 반쯤 열려 있던 문을 밀고 들어간 곳엔 넓은 침대가 있었다. 자신이 뱉어 낸 말이, 그가 말한 것이 어떤 의미였는지 금방 그녀의 피부에 와 닿았다.

지원은 하얀 시트가 편평하게 깔린 침대 위에 그녀를 내려놓았다. 그의 냉혹하리만치 차가운 표정과는 달리 그녀를 내려놓는 팔은 조심스러웠다. 그녀를 침대 위에 내려놓고 잠시 몸을 세운 그가 제 셔츠의 단추를 천천히 풀었다.

도발적인 말을 하며, 상황이 이렇게 돌아갈 것을 각오하지 않은 건 아니었지만, 그의 현실적인 행동은 숨 쉬는 것도 잊을 만큼 그녀를 아찔하게 했다. 그와 거친 말을 주고받으며 얼어붙었다고 생각했던 심장이 제자리에 있을 수 없다며 강하게 그녀를 흔들어 대고 있었다. 그녀의 달라지는 눈빛에 아랑곳없이 성큼 침대 위로 올라온 지원이 바로 누운 그녀의 위로 엎드렸다.

자비 없이 다가오는 그림자에 그녀의 눈동자가 파르르 흔들렸다. 서서히 가까워지는 그의 얼굴을 두려움 가득한 표정으로 응시하던 그녀가 반사적으로 고개를 돌렸다.

"왜 피해? 이 정도를 가지고. 이건 기본인 거지."

그 목소리에서 풍겨져 나오는 위압적인 힘에 이새는 아랫입술을 꽉 깨물었다. 그녀는 지원의 팔 안에 꼼짝없이 갇혀 어디로도 갈 수 없는 입장이었다. 꼭 그녀를 가둔 팔이 아니더라도, 저항은 불가능해 보였다. 이새가 올려다본 그는 너무나도 커다란 존재였다. 그녀는 저도 모르게 침대 시트를 꽉 쥐었다. 그의 싸늘한 시선 안에서 쿵쿵쿵쿵, 눈치 없이 울려 대는 심장의 소리가 그녀의 정신을 흐트러지게 하고 있었다. 제 앞에 그림자를 만드는 그의 커다란 어깨에 이새는 눈앞이 아득해졌다. 자신의 심장은 이리저리 날뛰고 있는데, 조금도 평정심을 잃지 않은 것처럼 보이는 그의 행동은 무참하리만치 원망스럽게 생각되었다.

말실수를 했다고 할까.

지금이라도 잘못했다고 말하고 빌면 그가 놓아줄 것 같다는 생각이 들긴 했다.

하지만 그렇게 무너지고 싶지는 않았다. 남들에게 이렇게까지 날을 세워 본 적이 없었다. 하긴, 그녀의 안으로 이렇게까지 깊숙이 침투했던 사람도 없었다. 그녀가 열심히 만들어 놓은 인간관계를 하루아침에 뒤집어 버리려는 사람은 지금까지 한 명도 없었다. 이토록 큰 힘을 가진 사람도 없었다.

제 세계의 질서를 지키는 것. 그리고 그의 끝도 없는 유혹에서 해방되는 것. 그리고 저택의 사람들과 양심의 가책 없이 편히 지내게 되는 것. 그것들에 그녀는 위태로운 미래를 걸었다. 그녀가 23년의 인생을 살아온 중에 가장 대범한 결심이었고 도발이었다.

지원이 한 손으로 그녀의 턱을 붙들어 바로 고정시켰다. 적장에게 불려간 망국의 공주처럼 적의가 가득한 까만 눈동자를 먹먹히 바라보던 그가 입술을 다시 내렸다. 그녀의 입술은 그에게로 곧장 삼켜졌다. 단번에 거칠게 들어온 그의 숨결에는 물컹한 물기가 가득했지만 그녀는 목이 타는 것만 같은 열기를 느꼈다. 누운 자리가 뱅글뱅글 도는 것처럼 어지러웠다. 각오한 일이었는데, 저항해서는 안 되는데, 이전과는 너무도 다른 그의 키스에 그녀의 팔이 움직였다. 그를 밀어내듯 그의 가슴으로 뻗은 그녀의 팔에 자동적으로 힘이 들어갔다. 가슴이 간지러워지는 느낌에 그가 입술을 뗐다.

"이건 뭔데? 하지 말라고?"

그녀의 의사를 묻는 건지, 따지는 건지 모르겠다. 그녀는 그를 원망스럽게 볼 뿐 다른 말을 할 수 없었다. 그는 그녀의 반항이 성가신 듯 제 가슴을 간질이는 그녀의 두 손을 단단히 잡았다.

"으윽."

그의 악력을 견디다 터져 나온 그녀의 신음에도 망설임 없이, 지원은 이 새의 두 손목을 머리 위로 가뿐히 고정시켰다. 그의 손은 컸고 그녀의 손목은 가늘었기에, 그가 그녀를 제압하는 데는 한 손이면 충분했다. 그녀는 오래전에 이미, 잔뜩 겁먹은 담비 같은 표정을 짓고 있었지만, 그는 조금의 반응도 하지 않았다.

그녀 또한 얄디얄은 숨소리를 뱉어 냈을 뿐 눈물을 보이거나 크게 저항하지 않았다. 그러한 그녀의 반응을 긍정의 의미로 받아들일 수밖에 없는 그가, 다시 그녀의 입술에 제 입술을 맞대었다. 이제 제법 그녀는, 꽃을 피우듯 예쁘게 입을 열어 줄 줄 알게 되었다. 지원은 첨예한 갈등이 내비치는 상황에 맞지 않게도 그녀가 사랑스럽게 여겨져 그녀의 뺨을 소중하게 어루만졌다. 입술 사이로 내뱉어지는 그녀의 숨이 가늘게 떨리고 있는 것이 느껴졌다. 눈빛으로 읽어 내지 못한 숨은 감정이 있음을, 잠시 후 지원은 알아챘다. 하지만 입술을 떼지 않았다. 좋다는 말이든 싫다는 말이든, 감추어지지 않은 진심을 그녀의 입을 통해 직접 듣게 될 때까지 그는 그녀를 놓아주지 않을 생각이었다. 자신을 변태 같은 녀석들과 똑같이 취급을 한 그녀의 말이 괘씸하여 혼내 주고 싶은 마음도 있었다.

그렇게 시작한 자존심 싸움이었는데, 생각지도 못하게 그는 그녀의 체향에 끌려가고 있었다. 어떻게든 그 향기 안에 더 머물고 싶다는 욕망이 간질간질 그를 괴롭혔다. 그러니 키스도 감정 따라 흘러갈 수밖에. 딱딱하게 굳은 그녀의 입 안이 말랑말랑해질 때까지, 그는 천천히, 유연하게 그녀에게 제 숨결을 불어넣었다.

이새 또한 곧 그의 작은 변화를 알아챘다. 냉랭하게만 느껴지는 눈빛과는 다르게 그의 호흡은 뜨거웠고 혀끝은 달았다. 맞닿아진 입술 안에서 전쟁은 없었다. 여자를 필사적으로 달래는 남자의 열정만이 가득했다. 이 남자는 대체 왜 그럴까. 정말로 내게 진지한 마음인 걸까. 그녀가 그렇게 생각하게

끔 만드는 입맞춤이었다.

하지만 그 마음을 배신하듯, 키스가 사리분별 없이 달콤해져 갈 무렵 그의 손이 움직였다. 그녀의 뺨을 소중히 어루만지던 손이었다. 키스가 계속되는 동안 그녀의 기다란 목과 동그스름한 어깨와 가슴과 잘록한 허리를 천천히 쓸고 간 그의 손이 그녀의 티셔츠 끝자락에 닿았다. 이새는 감은 눈을 더욱 꼭 감았다.

그의 손이 불쑥 그녀의 티셔츠 안쪽으로 들어왔다. 누구에게도 허락하지 않은 곳을 침범당한 그녀가 놀라 움찔했다. 그러나 그의 손이 멈추는 일은 없었다. 그녀의 맨살을 더듬어 다시 위로 올라가는 그의 뜨거운 손길에 그녀의 숨이 탁해졌다. 브래지어 안쪽으로 서슴없이 들어간 손은 그 위의 도톰한 정점을 슬슬 건드렸다.

온몸에 전율이 일며 두려움이 극에 치달았지만 이건 시작일 뿐이라고, 그녀는 자신을 달랬다. 과감했던 결정에 이제 와 항복이라 외칠 수는 없었다.

속이 까만 채로, 달콤한 키스를 할 수 있는 사람. 그가 어떤 사람인지는 똑똑히 알게 되었으니, 더는 빠져드는 일이 없을 거라고, 그것만으로도 다행이라고, 그녀는 속으로 아프게 되뇌었다.

서러움이 남았을까. 제법 쉽게 끝내게 된 감정이 그녀의 눈에 이슬로 뭉쳐지려 하고 있었다. 눈을 뜨는 순간 눈물이 시작될 거라는 걸 그녀는 직감했다. 두 팔은 그의 손에 붙잡혀 있었기에, 눈물을 훔쳐 낼 다른 방법이 없었다. 그녀는 시간이 어서 지나길 기다리며 제 안을 다스리는 데에만 집중했다. 바보같이 눈물을 떨구는 일은 없어야 했다.

"가상하다고 해야 해, 갸륵하다고 해야 해?"

그녀의 숨이 제법 고르게 변한 것에 반응한 그가 입술을 떼고 물었다. 그녀는 서서히 눈꺼풀을 들어 올렸다. 뚝 떨어져 버릴 눈물이 걱정되어 그를 올려다보지 못하고, 재빨리 시선을 떨궜다. 아래로 내리깐 그녀의 눈에, 앞섶이 풀어진 그의 셔츠와 그 사이에 단단하게 자리한 쇄골이 들어왔다. 셔츠 안에 감춰진 그의 탄탄한 상체가 잠시 후 그녀를 무지막지하게 누르게 될 것이었다. 벌써부터 긴장되는 마음에, 그녀는 그의 목소리를 제대로 듣지 못했다.

반응 없는 그녀를 놀리듯 지원이 다시 물었다.

"후회되지?"

이새가 잠시 후 목소리를 냈다.

"……아니요."

"정말 계속해도 되나?"

"하세요."

그녀의 말에 그가 그녀의 턱에서 목 언저리로 서서히 입술을 옮겼다. 어느덧 그녀의 두 손을 움켜쥐었던 그의 손이 떨어져 나갔으나 그녀는 저항하지 않았다. 그가 그녀의 목을 간질이듯 입 맞췄을 때는 온몸의 세포가 경보음을 일으키는 기분이었지만 그마저도 그녀는 묵묵히 견디어 냈다.

감정 없이 받아들이는 것. 그게 그녀의 자존심이었다.

티셔츠 안으로 들어간 그의 손이 뜨거워 언제까지 견딜 수 있을지 아득했지만 그녀는 이를 악물었다.

"……재미없어서 못 하겠네."

그런데, 한참 뒤에 그가 짧은 탄성과 함께 그녀에게서 입술을 떼고 말했다.

여기서 멈춘 것이 의외라는 듯, 그러나 크게 놀라지는 않는 얼굴로 이새가 그를 가만히 올려다보았다.

침대에 눕히기 전이나 후나 다를 바 없이 침착하기만 한 그녀의 표정에 지원은 가슴이 쓰렸다. 마음까지도 투명하게 잘 보인다고 생각했던 그녀가 이렇게나 멀게 느껴진 적은 처음이었다. 억지 부리듯 말도 안 되는 제안을 한 그녀가 그의 기에 눌려 곧 항복하리라는 예상을 깨고 지독하게 고집을 부렸다. 결국 그가 먼저 손을 들었다.

그녀는 정녕 그가 손을 멈추는 마음을 모르는 듯 표정 없이 댕그란 눈을 하고 있었다. 그녀의 감정 없는 눈빛에 지원이 먼저 서러워졌다.

그녀가 항복하면 꼭 안아 주고 달래 주려고 했었다. 놀라게 해서 미안하고, 나는 널 함부로 건드리지 않을 것이고, 어제의 그 사내놈과는 다르다고 말하려고 했었다. 하지만 그녀는 그가 그런 말을 할 기회를 주지 않았다. 그녀가 홀로 세운 벽은 몇 번의 입맞춤에도, 함께 보냈던 숱한 시간들에도 여전히 견고하게 두 사람 사이를 가로막고 있었다.

넌 왜 내 맘대로 할 수가 없지? 넌 왜 항상 내가 바라는 대답을 들려주지 않지?

가슴이 아팠다. 너는 정말 아프지 않느냐고 물어보고 싶었지만, 그의 입은 다른 말을 했다.

"먼저 이따위 제안을 해서 날 실망시켜 보려고 그러는 건가? 그렇다면 성공한 것 같긴 하네. 조금은 실망스러웠고 서운했으니까."

조금은 화가 났고 억울하기도 했기에 그는 그렇게 매정한 목소리로나마 서러움을 감출 수 있었다.

"하지만 네 의사가 어떻든 이 간섭은 해야겠네."

그러나 또한 그녀를 향한 가슴은 뜨거웠기에 그의 목소리는 금방 나긋하게 가라앉았다.

"내가 아니더라도, 누구한테도, 2천만 원에 자신을 내주지는 마. 아니, 20억이라도, 2천 억이라도."

너를 어떻게 내가 마음대로 건드릴 수 있겠어.

"내가 좋아하는 사람은 그런 가치로는 따질 수가 없는 사람이야."

너를 어떻게 내가.

"내가 스폰서 얘기를 꺼냈을 때, 앞으로는 만지는 것조차도 허용하지 않겠다고 했던 네 소신에 새삼 다시 한 번 반했었던 나를 이런 식으로 실망시키긴 마."

너를 어떻게 내가 내 욕심대로만 안을 수 있겠어. 네가 감정을 드러내지 않는 게 이렇게나 두려운데.

"밀폐된 장소에 둘만 있으면, 이렇게 눕혀서 내 멋대로 하고 싶을 만큼 네가 예쁘긴 해. 하지만 네가 원하지 않는 걸 하진 않을 거야."

점술사의 구슬같이 차디찬 검정색으로, 그의 모습을 반사해 내던 그녀의 눈동자에 이슬방울이 아롱졌다.

"22시 32분에서 22시 37분 사이에 일어난 일, 말해 줄게."

"……."

"하늘나라로 간 동생이 보고 싶다고 울었어. 그뿐이야. 앞으로도 그런 건 내가 다 받아 줄 테니까, 남들 앞에선 그렇게 예쁘게 울지 마."

그가 그녀의 눈물을 달래듯 말했다. 하지만 결국 또 한 소리를 들을 만한 말이었다. 남들 앞에선 울지 말라고. 그는 그렇게 자신도 모르는 사이에 제 소유욕을 내비쳤다.

8. 세 가지 조건

바로 어제의 이야기.

이새를 집으로 데려다준 후, 지원은 술집 람보네로 돌아갔다. 해야 할 일이 있었다. 떠난 지 1시간 만에 다시 찾아온 술집은 나서기 전보다 더 시끄러웠다. 고개를 돌려 사람들의 얼굴을 하나하나 살폈다. 오늘 모임의 총무인 혁진이 가장 먼저 알아보고 지원에게로 다가왔다.

"어? 형님. 돌아오셨네요. 이새 집에 데려다주신 거예요?"

"그래."

"오오, 빠르다! 근데, 뭐 놓고 간 거 있으세요?"

혁진이 살갑게 말을 걸었다. 혁진에게서도 약간의 취기가 느껴졌다.

"김이새 씨가 술을 많이 마셨는데, 평소에도 이렇게 많이 마시나?"

본래의 용건은 아니었지만, 제대로 알기 위해 물었다.

"이새는 원래 맥주밖에 안 마셔요. 맥주 마시면 취하지도 않는 애고요. 오늘은 저기 앉아 있는 정영훈이라는 선배가 소맥을 좀 먹였거든요. 저도 몰랐어요. 절대 맥주만 먹이라고 했는데……"

혁진이 계속 뭐라 말을 하는 동안 지원의 시선은 본래의 목적으로 옮겨갔다.

정영훈. 금방 알아볼 수 있었다. 등산을 하던 날 그녀의 뒤를 따르며 느끼한 웃음을 흘리던 사내놈. 역시 그놈이 맞았다. 혁진과 헤어져 영훈이란 사내놈에게로 저벅저벅 걸어갔다. 영훈은 저와 비슷한 인상의 사내놈 두 명과 껄렁한 이야기를 나누고 있었다. 그는 영훈의 바로 앞에 가 앉았다. '뉘시오' 하는 눈빛으로 세 명의 사내놈들이 지원을 바라보았다.

"아아. 그때 그분이네! 김이새랑 등산 같이 오신 분."

역시나. 정영훈이 가장 먼저 알은체를 했다.

"김이새 씨가 오늘 본의 아니게 소주를 섞어 마셨다던데."

지원은 말을 돌릴 것 없이 바로 본론으로 들어갔다.

"술 못 마시는 애한테 이상한 술 먹이고 그러면 나중에 고소당할 수도 있어."

"참 나, 그쪽이 뭔데 그러세요?"

정영훈의 옆에 있던 사내놈 1이 입술을 씰룩이며 말했다.

"등산 갔을 때 봤잖아. 이새가 데려온 애, 애 아빠. 이새 요즘에 가정부일 한다며."

정영훈이 대답했다.

"그래? 애도 있으신 분이 23살짜리한테 너무하신다. 그쪽이야말로 고소미 드실 각인데요?"

정영훈의 대각선에 앉아 있던 사내놈 2가 비아냥거리며 말했다.

"근데 가정부를 해? 개네 집 그렇게 가난하냐?"

"돈 많이 받는다더라."

"가정부한테 누가 그렇게 돈을 많이 줘? 아. 그냥 가정부가 아닌가? 그래서 이러시는 거예요?"

정영훈이 빈정대듯 물으며 피식 웃었다.

"김이새, 순진하게 봤는데, 얼굴값 잘하네."

퍽! 벌떡 일어난 그가 정영훈을 향해 꽉 쥔 주먹을 크게 휘둘렀다. 사람을 향해, 태어나 처음으로 쓴 주먹이었다.

다시 월요일. 저택으로 돌아가야 하는 날이 밝았다.

밤을 하얗게 새운 이새는 과연 출근을 하는 것이 옳은 일일까에 대해 계속 고민하고 있었다.

"준서, 준서……."

역시 준서가 마음에 걸렸다. 그녀가 돌아가지 않으면 그녀만 의지하고 지내온 준서에게 실망을 주는 거였다. 고용주와의 개인적인 감정 때문에 제 책임을 팽개칠 수는 없었다. 사사로운 감정보다는 책임이 먼저여야 한다.

젖은 솜이불처럼 무거워진 마음으로 짐을 챙겨 집을 나섰다. 밤늦게 비가 와서인지, 아침인데도 7월 중순의 공기는 그녀의 마음처럼 꿉꿉했다.

돌아가는 것이 부담스러워 꾸물대느라 늦게 나온 탓에, 이를 만회하고자 이새의 걸음이 빨라지고 있을 때쯤 누군가 뒤에서 그녀를 불렀다.

"김이새 씨."

알 듯한 목소리에 뒤를 돌아보니 승환이었다. 승환이 이른 아침부터 그녀의 집 골목에 차를 대고 그녀를 기다리고 있었던 것이다.

"안녕하세요, 선생님."

이새는 얼떨떨한 마음으로 인사했다.

"지원이네 집으로 가는 길이죠? 그 근처로 세미나 가는 길에 생각나서 들렀어요. 같이 가요. 태워다 줄게요."

승환이 예의 편안한 미소로 웃으며, 끌고 온 차의 문을 열어 주었다.

오늘은 혼자 가고 싶었는데. 이새는 승환의 호의를 금방 받아들이지 못하고 잠시 망설이다가 어색하게 웃으며 차에 올랐다. 혹시나 지원에게 무슨 얘기라도 전해 듣고 온 것이 아닌가 싶어 그녀는 괜히 위축되었다. 어제 지원이 보여 주었던 이성적인 모습에도 여전히, 그녀는 지원을 믿지 못하는 거였다.

어제 지원은 이새에게 그 전날 22시 32분에서 37분 사이에 있었던 일을 말해 준 후 바로 떠났다. 지원이 호텔에서 떠난 지 얼마 지나지 않아 객실로 룸서비스가 도착했다. 소박하게만 느껴지는 북엇국 두 그릇이었다. 말간 북엇국을 앞에 놓고, 그녀는 엉엉 울었다. 아무도 지켜보고 서 있지 않아 맘 놓고 터트린 울음은 쉬이 그쳐지지 않았다. 결국 북엇국은 먹지 못하고 밖으로 나왔다.

나오자마자 혁진에게 전화를 걸었다. 한 시간 전 노발대발하던 대학교 선배는 어느새 잠잠해졌다는 얘기를 전해 들었다. 선배가 저절로 잠잠해진 건지, 지원이 어떤 마술을 부린 건지 알 수 없었다.

선배의 응큼한 눈초리는 그녀도 오래전부터 알고 있었다. 다만 그런 느끼한 시선이 자신에게 신체적인 피해를 주는 건 아니라서, 약간의 찝찝함은 그냥 내버려두었다. 그렇게 쉽게 보였던 것이 어제의 그 사달을 만들었을 것이다. 따지자면 사실 그녀의 잘못이었다.

얼마 전 그가 했던 말이 그녀의 머릿속에 계속 맴돌았다.

"남자들한테 쉽게 보이는 건 위험해요. 그거 알아요?"

정말로, 다 그녀를 걱정해서 하는 말이었다. 그걸 너무 늦게 알았다.
"지원이랑 무슨 일 있었어요?"
한동안 가만히 운전만 하던 승환이 다소곳이 물었다.
"네? 뭐……."

이새는 머뭇거리며 대답하지 못했다. 어제의 낯부끄러운 이야기를 할 순 없었다. 승환이 이렇게 물어보는 걸로 보아, 지원도 승환에게 어제의 이야기를 하지는 않은 모양이었다.

"아니, 어제 지원이가 대낮부터 술을 퍼마시길래."

"아······."

그녀와 헤어지고 나서 그에게는 그런 일이 있었던 것이다. 그 또한 괴로웠을까 싶은 마음에 그녀의 마음이 더 무겁게 내려앉았다.

"지원이 녀석 때문에 많이 힘들죠?"

승환이 별것 아닌 얘기를 꺼낸다는 투로 지나가듯이 물었다.

"아뇨, 아뇨! 전혀요!"

그런데 그녀는 마음을 들킨 사람처럼 정색을 하며 입을 열었다.

"하나도 안 힘들······."

하지만 결국은 그 말끝이 흐무러졌다.

"······어요······."

별것 아닌 질문과 별것 아닌 대답이었는데 감정이 격해진 것은 어제의 여파일 것이다. 손으로 닦기도 전에 우두둑 떨어져 버리는 눈물을 그녀는 어찌할 수가 없었다.

"아하하. 제가 어젯밤에 슬픈 영화를 봐서요."

그녀는 감정을 들키지 않기 위해 부러 웃는 시늉을 했다.

웃으면서 울면서. 김이새, 지금 이거 뭐 하는 짓이냐.

승환은 아무 말도 하지 않고 그녀에게 손수건을 건넸다.

"아니에요. 괜찮아요."

"이 손수건 지원이 거예요. 갖든지 지원이 돌려주든지 마음대로 해요. 버려도 되고."

승환이 소탈하게 말했다.

지원의 주위에 있는 사람들은 모두 좋은 사람들이었다. 그건 어쩌면 지원 또한 좋은 사람이라는 얘기일 수도 있었다.

아니, 안지원, 그는 정확히, 좋은 사람이었다. 인정하고 나니 가슴이 뻐근하게 아려 왔다.

'내가 어제, 너무 큰 실수를 했다.'

이새는 눈물을 닦아 낸 뒤에도 한참을 한숨만 쉬었다.

"김이새 씨가 많이 어리고, 여려서 그래요."

마음을 추스른 이새의 숨소리가 잦아들 무렵, 승환이 개구지게 우스갯소리를 했다.

"지원이도 만나고 나도 만나고 이놈 저놈 다 만나다 보면, 이놈이 저놈 같고 저놈은 또 그놈 같고 그럴 때까지 만나다 보면 지금 그렇게 아파했던 게 아무렇지도 않은 거였다는 걸 알게 될 거예요."

승환의 농담에는 따뜻한 시선이 들어 있었다.

"정 껄끄러우면 두어 번 가지고 놀다가 버려요. 그 녀석은 막 다뤄도 돼요."

승환은 버려지는 지원을 생각하니 벌써부터 기대된다는 듯이 쿡쿡 웃었다. 그러나 이새의 눈에, 승환이 이새를 걱정하는 척하며 친구 또한 지켜 주고 있는 것이 확실히 보였다.

"내가 착한 사람들한테만 얘기해 주는 건데, 착한 사람은 그냥 마음 가는 대로 살아도 돼요. 그래야 세상이 더 아름다워져."

승환이 다시 가볍게 말했다. 승환의 말을 들으니 지금의 걱정은 아무 문제도 아닌 것처럼 보였다. 이새는 마침내 살포시 미소를 지을 수 있게 되었다.

나는 멋지지 않다. 찌질하다.

이새를 통해 자신의 진면목을 새삼 제대로 알게 된 지원이었다.

어제 그는 자꾸 자신을 도발하는 그녀에게 화가 나 마음대로 굴고는 마지막엔 객실에 그녀만 내팽개치고 나와 버렸다.

북엇국도 시켜 놨었는데. 두 그릇……

그러고선 친구 승환, 창우를 만나 술을 진탕 마시고 지금에야 정신을 차렸다. 여전히 몸에는 술 냄새가 남아 있었다. 조금 있으면 그녀가 출근할 텐데. 나도 회사에 가야 되는데. 더 누워 있고 싶은 마음도 있었지만 간신히 몸을 일으켰다.

'잠은 회사에 가서 자야겠다.'

술 냄새 나는 궁상맞은 모습을 그녀에게 들키고 싶지 않았다. 겨우겨우 옷을 챙겨 입고 거실로 나왔다. 그녀가 올 시간이 가까워 오고 있었다. 부지런히 계단을 내려오는데 저 아래에서 그녀가 유유히 올라오는 것이 보였다.

'안 돼, 안 돼!'

그는 부리나케 발을 돌렸다. 정답은 계단이 아니라 엘리베이터였다. 발소리가 나지 않게 부랴부랴 엘리베이터 앞으로 간 지원은 버튼을 마구 눌렀다. 왜 또 오늘따라, 엘리베이터가 1층에 있고 난리인지. 총총. 그녀가 계단을 올라오는 소리가 가까워지고 있었다. 다행히 엘리베이터는 그녀보다 먼저 3층으로 올라왔다. '딩동' 소리와 함께.

엘리베이터 소리를 듣고, 3층까지 올라오는 남은 발걸음을 빨리한 이새가 지원을 알아보고 소리쳤다.

"잠깐만요!"

이새가 급하게 지원을 불러 세우고자 했지만 엘리베이터 안으로 쏙 들어가 버린 지원은 그녀의 말을 듣지 못한 척 매정하게 문 닫힘 버튼을 눌렀다.

'용건이 있으면 전화를 하겠지.'

1층에 도착한 지원은 추후를 기약하며 엘리베이터에서 내리고자 발을 내디뎠다. 그러나 그는 엘리베이터에서 내리지도 못하고 휘청거리게 되었다.

"허억, 허억, 허억."

분명히 3층에서 보았던 그녀가 숨을 헐떡이며 제 앞에 있었다. 엘리베이터 문이 활짝 열리자마자 안으로 냉큼 들어온 그녀는 누구에게 들킬세라 냉큼 문닫힘 버튼을 눌렀다.

허억허억. 3층에서 1층까지 뛰어 내려오기가 힘들었다는 듯. 그녀는 그 후에도 가슴에 손을 얹은 채로 허리를 굽히고 몇 번 숨을 거칠게 쉬었다.

잠시 후 안정을 되찾은 그녀가 몸을 일으켰다. 그리고 정면에 선 그를 바라보았다.

'헛!'

그녀는 저도 모르게 큰 탄성을 지를 뻔했다. 그곳은 밀폐된 공간이었다. 그것도 엄청나게 좁은.

그 협소한 공간의 벽에 시크하게 몸을 기대고 선 지원의 얼굴을 본 순간 그녀는 심장이 정지하는 것만 같았다. 그를 다시 마주한 순간 어제의 감각이 살아났다. 그가 입 맞췄던 곳이 다시금 화끈 달아오르는 것만 같았다. 이를 지배하는 감정은 두려움이 아니라 아찔함이었다.

무심하게 팔짱을 끼는 그의 손동작 하나에도 절로 눈이 갔다. 어제 그 손은 자신의 티셔츠 안으로 깊숙이 뜨겁게 들어왔었다. 기억이 야릇해져 가며 그녀의 다리가 은근하게 휘청거렸다.

"가까이 오지 말고 거기 서서 얘기해."

다행히도, 지원이 그녀의 허튼 생각을 막아 주었다. 지원은 그녀가 자신에게 다가올 거라 생각했던 모양이었다. 그는 이새가 그 자리에서 더 움직이는 것을 원치 않는다는 듯, 한 손을 뻗어 그녀를 저지했다. 그의 달라진 태도에 그녀의 야릇한 생각이 홀렁 달아났다. 늘 자신이 다가오기도 전에 먼저 불쑥 가까이 오던 사람이었는데.

'어제 정말…… 나한테 크게 실망했나 보다.'

그가 그녀에게 술 냄새를 풍기기 싫어 거리를 두는 줄도 모르고, 그녀는 안타까운 생각을 하고 있었다. 그가 탄 엘리베이터로 무작정 뛰어들었던 그녀의 패기는 금세 수그러들었다.

"어제는 정말 죄송했습니다."

그녀는 시무룩해진 얼굴로 고개를 푹 숙이고 꾸벅 사과했다. 그가 자신을 싫어하게 될 줄도 모르고 무지막지한 말들을 서슴없이 했던 어제의 일이 후회되기도 했다. 그녀는 그렇게 짧은 사과를 하고 다시 엘리베이터 문을 열었다. 그리고 쏜살같이 내려왔던 걸음 그대로 쌩하니 올라가 버렸다. 술 냄새 때문에 그녀를 적극적으로 붙잡지 못한 지원은 한동안 바보같이 서 있었다. 그녀가 엘리베이터에서 빠져나갔을 뿐인데, 그는 가슴에 구멍이라도 뚫린 듯 헛헛한 기분이었다. 술 냄새 걱정하지 말고 그냥 그녀를 붙잡았어야 했나, 하는 생각을 지울 수 없었다.

지원은 자연히, 이새가 어색한 행동을 한 것에 마음을 쓰게 되었다. 마음을 쓰게 된 정도가 아니라, 하루 종일 일도 손에 잡히지 않았다. 능률이 오르지 않아 일찍 퇴근한 지원은 3층 거실에서 준서와 나란히 서 있는 다원을 발견했다.

"어? 오빠, 일찍 왔네?"

"둘이 여기 서서 뭐 하는 거야?"

"김 선생이 같이 산책하자고 해서. 아이, 귀찮아."

준서와 하루에 한 번 하는 산책을 같이할 모양인 듯했다. 다원은 투덜대면서도 이새의 말에 잘 따르고 있는 것 같았다.

"그런데 김 선생 왜 안 나와?"

"저 나왔어요."

부랴부랴 방에서 나온 이새가 다원을 향해 씨익 웃다가, 지원을 보고 다시 얼음이 되었다.

"들어오셨어요."

그녀의 서먹서먹한 인사에 지원도 '네.' 하며 짧게 응답했다.

"얼른 내려가자. 나 바쁜 사람이야."

다원이 툴툴거렸다.

"네, 나가요. 준서야, 가자."

이새는 다시 미소를 보이고는 준서의 손을 잡고 계단을 내려갔다. 세 사람이 떠나는 것을 보며, 지원은 마음이 씁쓸해졌다.

어쩌다 이렇게 됐는지, 지난주까지도 정말 사이가 좋았었는데.

속을 드러내지 않는 그녀의 표정이 가장 답답했다. 무슨 생각을 하는지 알 수가 없어, 앞으로 그녀에게 어떻게 다시 다가가야 할지도 난감했다. 그러다 다시 불현듯 생각이 났다.

'일기……'

악마의 유혹이었을까. 이새의 방문이 살짝 열려 있었다. 마치 이리로 들어오라는 듯이.

양심의 가책을 느끼면서도 어느새 그는 그녀의 방 안으로 들어가고 있었다. 이새의 방으로 들어온 그는 쭉 빠르게 방 안을 스캔했다. 하지만 빨간색 노트는 어디에도 보이지 않았다.

'그래. 이러면 안 되지.'

약간은 허탈해진 기분으로 그녀의 침대에 앉았다.

어쩌다 보니 그녀를 침대에 눕힌 적이 두 번 있었다. 본의 아니게 놀라게 해서 미안하다고, 침대를 톡톡 두들겨 본다.

어휴, 침대에 사과하면 뭐하냐, 생각하며 자책하고 있는데 그의 손에 걸리는 게 있었다. 쓰윽, 침대보 아래로 손을 넣어 물건을 집었다. 역시나 그녀의 일기장이었다. 전보다 더 두근거리는 마음으로 일기장을 폈다.

일기장에는 준서의 이야기가 많았다. 그는 재빠르게 페이지를 넘겨 자신에 대한 것으로 짐작되는 부분만 훑어 갔다.

혁아,
그 남자가 글쎄, 지가 스폰서 해 준대. 와, 내가 미쳐!
나보고 얼마간만 애인 해 달래. 나한테 흠뻑 빠졌다 나오겠대.
참나, 기가 막혀서. 내 매력을 뭘로 보고!
샤워가운만 입고 젖은 머리 한 번 세차게 휘둘려 줘?
마약 같은 여자 돼 버려?
후우…… 아니야. 취소, 취소…….
마약 같은 여자. 난 그런 거 못 해.

그가 그녀에게 스폰서를 제안했던 날의 일기였다. 나쁜 짓을 하는 마음에 심장이 너무 거세게 뛰어 울렁거릴 정도였지만, 그것도 잊을 만큼 그녀의 일기는 재미났다. 지원은 그녀의 귀여운 표현에 웃고 말았다.
그리고 그다음의 일기엔 그녀의 갈등이 담겨 있었다.

혁아,
내 마음에 봉인돼 있는 늑대를 꺼내고 싶다. 아우우우~
확 그 사람한테 안기고 고소장으로 돈 벌어 볼까? 넘도 안고 뽕도 안는 건데.
……아니지. 사람 마음을 이용해 먹는 건 나쁜 짓이지.
취소야. 미안. 취소.

그녀 또한 그의 유혹에 흔들렸던 거였다. 왠지 그를 안심케 하는 일기였다.
그리고, 오늘의 날짜가 쓰인 일기.

준서가 낮잠이 들었다는 앞 내용으로 보아, 준서를 재운 뒤 쓴 일기인 것 같았다. 지원은 떨리는 마음으로 행간을 읽어 내려갔다.

혁아,
그 사람이 드디어 떨어진 듯해.
어제 딱딱을 했던 내게 많이 실망했나 봐.
홀가분해야 하는데 기분이 이상하다.
내가 마음을 잘 다스릴 수 있게 힘을 줘. 샬!

아니야! 이 여자야! 아니라고! 마음을 왜 다스려? 하늘나라에 있는 일곱 살 짜리 동생한테 왜 쓸데없는 힘을 달라고 그래! 왜 날 포기해! 누구 마음대로!
일기장을 모두 읽은 지원의 마음은 더욱 초조해졌다.

이윽고 저녁 시간. 다원이 준서를 데려간 동안 이새는 혼자 저녁을 먹고 알아서 설거지까지 끝냈다. 내놓은 그릇이 별로 없어 간단히 설거지를 마치고 돌아선 이새는 뒤에 서 있던 지원을 보고 기겁하며 휘청거렸다.
"엄마야!"
그리 가까이 위협적으로 서 있지도 않았는데. 그녀의 반응에 지원은 도리어 억울해졌다.
"너무 잘 놀라는 거 아니야?"
지금 이새의 눈에 자신의 남성성이 한껏 도드라지게 보인다는 것을 그는 정녕 몰랐다. 그는 그녀가 제 마음을 완전히 정리하고 있다고만 생각했다. 일기장을 토대로 얻은 판단이었다.
"낮에 했던 얘기를 다시 했으면 하는데. 낮에는 아주 짧은 사과만 들어서."

그녀가 천천히 고개를 끄덕였다. 낮에 그에게 짧은 사과만 하고 돌아선 것이 그녀 또한 마음에 걸렸었다.

"어제는 제가 말실수를 많이 했어요. 불쾌하게 해서 죄송합니다."

"그런 거 말고."

"다른 사람과 비교해서 정말 죄송합니다. 제가 흥분해서……."

"아니, 그런 게 아니라."

"목소리를 높여서 죄송합니다. 제가 흥분해서……."

"후, 답답하네."

뭘 그렇게 흥분을 했었길래 자꾸 흥분해서 죄송하다는 거야? 흥분은 내가 더 했었구먼. 지원은 답답해진 마음에 미간을 찌푸리고는 딱딱하게 소리를 냈다. 그의 목소리가 비아냥거리는 것으로만 들렸는지, 이새가 바락 불퉁한 목소리로 말했다.

"그럼 그렇게밖에 못해서 죄송하다고 해야 해요?"

"그건 또 무슨 얘기야?"

"어제, 재미없어서 못 하겠다고 하셨잖아요."

으악. 얘기를 하고 나니, 꺼낼 말이 아니었다. 또다시 말실수를 했다는 걸 깨달은 이새의 얼굴이 붉어졌다. 귀가 화끈거리는 것을 느낀 이새가 또 놀림감이 될세라 옆머리를 앞으로 고이 내려 귀를 감췄다.

"그 말이 걸렸어?"

그가 묻는 말에 슬쩍 이새의 고개가 돌아갔다. 그는 그녀에게 한 발 더 앞으로 다가와 있었다.

'아침에는 가까이 오지 말라고 그러더니 왜 이러는 거야…….'

그의 일관성 없는 행동에 혼란스러워진 그녀의 눈동자가 흔들렸다. 괜히 찔리는 게 있어서인지, 그의 묘한 웃음이 자신을 꿰뚫어 보는 것만 같았다. 그가 다시 한 발짝 더 다가오자 허리 아래로 싱크대의 턱이 닿았다. 더 이상 뒤로 물러날 수는 없었다.

이 정도의 거리에서 그가 바라보면 형언할 수 없는 긴장감에 목뒤가 뻣뻣해지는 느낌이다. 이 정도 거리에서 그는, 손을 잡을 때도 있고 키스할 때도 있다. 더 다가와 끌어안을 때도 있고 아무것도 하지 않을 때도 있다. 그의 표정으로, 앞으로의 행동을 읽을 수는 없었다. 이 남자가 어떻게 할까 봐 불안하기도 하고, 아무것도 하지 않을 거라 믿고 싶기도 하다. 하지만 또, 아무것도 하지 않으면 서운할 것 같기도 하고.

날 어떻게 해 달라는 기대가 절대 아닌데. 왜 계속 이 남자의 사정권 안에 있고 싶은 기분이 드는 건지. 혼란이 가득한 그녀의 눈동자가 요동쳤다.

"지금 김이새 씨 머릿속에 내가 어떤 사람으로 들어박혀 있는지 도무지 모르겠으니까 그쪽이 말해. 그 선입견을 지우려면 내가 어떻게 해야 되는지."

그가 요구하는 것이 무엇인지 알 수 없었다. 이새는 눈을 내리깔았다.

"그런 거 없는데요."

"그럼 왜 날 쳐다보지도 못하고 있는데?"

"……준서 삼촌도 제게 거리를 두려 하시는 것 같아서요."

어설픈 변명이었다. 절대 부정할 수 없는 그의 존재감에 그녀가 홀딱 먹혀 들어갔다는 말을 대놓고 할 수는 없었다. 감정을 내놓기가 두려워 목석처럼 행동하게 된 이새의 영혼 없는 말들에 지원의 속이 부글부글 끓었다.

"그래. 내가 다 잘못했다. 어제는 내가 신사적으로 굴지 못해서 정말 미안해."

"아뇨. 사과 안 하셔도……."

"그런데 그때 내가 얘기했듯이 그쪽이 원하지 않는 일은 안 해. 건드리지도 않을 거야. 네가 정말 예쁘지만 안 할 거라고. 안 해. 안 해."

으악. 그의 위험한 발언에 그녀의 눈동자가 커졌다.

이곳은 주방. 오픈된 공간이었다. 준서와 다원이 언제 닥칠지, 아직 퇴근하지 않은 누군가가 있을지 알 수 없는 상태에서 그는 이렇게도 대범하게 사과를 하고 있었다. 이새는 이 상황에서 먼저 벗어나야 한단 생각에 아주 조금씩 몸을 옆으로 옮겨 갔다. 그녀가 제대로 된 대화를 나눠 볼 생각도 없이 피하려는 것에 답답해진 지원이 그녀의 손을 홱 잡아 버렸다.

"바보야."

"으악!"

그녀의 소리는 지원이 도리어 놀랄 정도로 컸다. 덩달아 놀란 지원이 그녀에게서 냉큼 손을 뗐다. 3층에 아무도 없는 것이 다행이었다. 그녀의 소리에 달려오는 사람은 없었다. 그녀는 가슴에 손을 올리고 마음을 진정시키듯 가빠진 숨을 고르며 조그맣게 말했다.

"안 건드린다면서요."

손만 잡았다고, 손만! 제대로 잡기나 했나? 그냥 스쳤잖아! 뭐라도 했으면 억울하지나 않지!

그가 무시무시한 벌레라도 되는 양, 소스라치는 그녀의 반응에 지원은 더 답답해졌다. 그가 참담히 그녀를 내려다보는 사이, 숨을 정리한 그녀가 그에게 빠르게 말했다.

"저 이만 가 볼게요."

그렇게 사라지는 이새를, 지원은 망연히 바라보았다.

방으로 냉큼 도망가 버린 이새는 침대 아래 쪼그리고 앉아 침대에 얼굴을 마구 비볐다.

미치겠다. 아침에는 그렇게나 거리를 두던 사람이 왜 다시 다가오려 하는지 혼란스러웠다. 또한 그가 가까이 다가올 때마다 크게 자극받는 자신을 다스리기도 어려웠다.

생각해 보니, 어제 그가 호텔에서 했던 행동은 엄청 멋있는 거였다. 그녀를 확 잡아먹어 버릴 것처럼 밀어붙이던 그가 아슬아슬하게 그녀에게서 손을 떼고 상황을 정리했다. 또 그 사람이 뭐라고 그랬어. 내가 가치 있는 사람이라고 그랬잖아. 예쁘다고도 했잖아.

'으아! 나 어떻게 해야 돼!'

그녀는 양손으로 머리를 쥐고 소리 없이 포효했다. 이성은 그를 밀어내야 하는 게 언제나 확실한데, 마음은 그에게로 완전히 기울어져 있었다. 너무 기울어서 펼 수도 없었다. 게다가 이제는 마음이 아니라 몸도, 반응하고 있었다. 그의 손짓, 다가오는 발, 내리깔고 자신을 보는 눈에 신경이 곤두서게 됐다.

혁아, 이 집에 정말로 마귀가 있다. 음란마귀!

다음 날 오후. 자신이 조금이라도 다가가면 오묘한 반응을 보이는 이새에게 화딱지가 난 지원은 다시 일찍 집으로 향했다.

'오늘은 정말로, 붙들고 제대로 얘기를 하리라.'

산책 시간에 같이 밖으로 나와 그녀의 마음을 평온하게 만들어 줄 계획이었다. 이럴 때는 준서가 도움이 된다. 그녀가 준서까지 있는 데서 자신을 피하는 일은 없을 것이다.

그저께 한 일로 여전히 겁을 먹어서 그러는 거라면, 잘 달래 주자. 그녀를 향한 진심을 다시 한 번 알려 주자. 그렇게 마음을 먹고 주차장에 차를 대는데, 갑자기 불안한 기운이 엄습했다. 주차장에 승환의 차가 있었다. 거의 뛰다시피 바쁜 걸음을 옮겨 정원으로 갔다.

"……저 새끼 왜 저래? 의사가 일도 안 해?"

저택 건물 앞의 마당에서 준서와 이새, 그리고 승환이 편을 나누어 캐치볼을 하는 것을 발견한 지원의 눈이 번뜩였다. 이새가 공을 따라 허겁지겁 움직이는 것을 보며 깔깔대는 준서의 웃음소리가 뼈에 사무치는 것만 같았다.

공을 따라 고개를 움직이던 준서가 가장 먼저 지원을 알아보았다.

"삼촌!"

준서가 지원을 부르는 목소리에 이새와 승환도 캐치볼을 멈추고 지원이 있는 쪽을 바라보았다. 지원이 저벅저벅 걸어가 그들의 앞에 섰다.

"일찍 오네?"

승환의 반가운 인사에 지원은 날을 세우고 물었다.

"네가 왜 여기 있냐?"

"나 이 근처 리조트로 1박 2일 세미나 갔다 왔거든. 오는 길에 들렀어."

지원의 눈이 무서워져 가는 것에도 아랑곳없이 승환이 편히 웃으며 말했다.

"이제 그만하고 안으로 들어가야지. 네가 하루에 20분만 밖에서 놀라고 했다며. 김이새 씨는 네 말 칼같이 지키더라."

"조금 더 놀아. 나도 신발만 갈아 신고 나올 테니까."

지원은 딱딱하게 말을 하곤 이새와 승환 두 사람 사이를 가로질러 건물 안으로 들어갔다. 소중한 산책의 시간을 포기할 수는 없었기에 하는 수 없이 공생의 길을 택한 것이었다.

지원이 건물 안으로 들어간 후, 승환이 바로 말했다.

"우리도 이제 들어가요."

"네? 준서 삼촌이 기다리라고 했는데."

"혼자 놀라고 해요. 우리 사실 캐치볼 30분 동안 했잖아요. 피곤하게 뭘 더 놀아."

지원의 말은 무시해도 된다는 듯, 승환은 부지런히 먼저 건물 안으로 들어갔다.

정말 이래도 되는지, 지원의 말을 그냥 무시해도 되는지 판단이 서질 않는 이새가 주춤하며 따라 들어갔다.

"이것 봐. 없잖아. 옷도 갈아입으러 갔나 보네."

승환이 말했다. 1층에는 정말 아무도 없었다. 승환은 그럴 줄 알았다는 듯 피식 코웃음을 치다가 자신이 들고 있는 공을 확인해 보고 이새에게 말했다.

"어? 잠깐만요. 이새 씨, 나 공 하나를 놓고 왔다. 금방 찾아 올게요."

"삼촌, 나도 갈래요!"

준서가 승환에게 붙었다.

"네. 저도 같이 가요."

이새도 말했다.

"먼저 올라가서 씻어요. 바지에 흙 묻었는데."

승환은 미소 지으며 준서와 둘이서만 밖으로 나갔다.

승환과 캐치볼을 하며, 공을 따라다니느라 엄청 열심히 움직이긴 했다. 승환은 그녀가 딴생각을 할 틈을 주지 않으려는 사람처럼 공을 사방으로 마구 던지며 이새를 굴렸다. 실은 웃으면서 사람을 괴롭히는 조교 같았다.

"나도 엘리베이터 타고 갈까?"

혼자 남겨진 그녀는 주먹을 쥐어 허벅지를 통통 두드리며 혼잣말했다. 엘리베이터는 1층에 정지해 있었다. 이새는 문 열림 버튼을 눌러 문을 열고 안으로 들어갔다. 그런데 그녀의 발걸음보다도 빠르게, 큼지막한 팔 하나가 그녀의 어깨를 감싸고 그 안으로 이새를 냅다 밀어 넣었다.

"헉!"

소리를 내며 위를 올려다보았다. 그녀와 함께 엘리베이터 안으로 들어온 지원이 문닫힘 버튼만을 눌러놓고는 그녀를 무섭게 쳐다보고 있었다. 그가 왜 그러는지를 알지 못하는 그녀는 긴장감에 몸을 움츠리며 뒤로 물러났다. 엘리베이터의 벽이 등에 닿았다.

"돌게 만드네, 진짜."

그의 과격한 표현에 놀란 이새가 섬뜩한 표정을 지었다.

지원의 속은 바짝바짝 타들어 가고 있었다. 승환이 밖으로 다시 나가기 전에 했던 말이 뇌리에 남았다. 먼저 올라가서 씻으라니. 말하는 것도 참으로 허승환스럽게 하는 그 녀석의 말을 잘 들어주는 이새가 밉기도 했다.

"너 정말 그러고 싶니?"

"뭐, 뭐가요?"

"재밌지? 이 상황이 아주 재밌지? 나는 말도 못 하게 내 앞에서는 도망만 다니고, 다른 남자 앞에서 그렇게 웃고 있으면 그쪽은 좀 뿌듯한가?"

친구를 다른 남자라고 표현할 정도로, 그는 신경이 곤두서 버렸다.

"대체 그 저의가 뭐야?"

"저의라뇨……."

이새는 작게 말하며 고개를 슬며시 내렸다. 역시 그와 눈을 맞추기는 어려웠다. 가슴의 콩닥거림이 점점 빨라지고 있었다. 그녀의 소극적인 반응에 더 약이 오른 지원이 두 팔로 벽을 짚어 그녀의 통로를 차단했다. 그제야 그녀는 고개를 들어 그를 보았다. 그녀의 두 눈동자가 사시나무 떨리듯 움직이는 것을 보며 그는 길게 한숨을 내뱉었다.

"애가 타네."

어떤 말도, 어떤 행동도 과감히 할 수 없는 자신의 처지가 답답했다. 호통 치면 울어 버릴까, 붙잡으면 더 도망갈까 하는 마음에 그녀를 애지중지 여겼는데 승환의 앞에서는 그렇게 웃어 줄 줄이야.

"김이새."

원하지 않으면 건드리지 않겠다고 으름장을 놓았으니 이 이상 뭘 어떻게 할 수도 없었다. 그렇다고 그녀를 놓아주고 싶지는 않았다. 승환의 옆에 있는 그녀를 보고 싶지 않았다.

"그래. 계속 그래 봐. 쌓일 대로 쌓여서 펑 터져 버리는 것도 참 재미있겠네."

"……."

"귀는 빨개져 가지고."

지원이 그녀의 귀에 바람을 불 만큼이나 바짝 다가와 속삭이듯 말했다. 그녀의 목뒤에 소름이 오르고 있는 것을, 손끝이 손바닥 안으로 말려들어가고 있는 것을 그는 몰랐다.

건드리진 않아. 그냥 다가갈 뿐이야.

"몸은 그렇지 않으면서 말로는 이성적인 척 밀어낸단 말이지."

안 건드려. 그냥 숨만 쉴 뿐이야.

그녀가 움츠리는 것을 처음으로 발견한 지원이 그녀를 괴롭힐 생각으로 더 바짝 다가갔다. 몸을 건드리지 않았다 뿐이지, 두 사람은 거의 맞닿아 있었다.

"귀가 그렇게 약한가?"

"아우! 진짜!"

기어이 그녀가 그를 밀쳐 내며 소리쳤다. 밀려날 리가 없는 지원이 그녀의 반응에 조금은 놀란 듯 그녀를 내려다보았다.

"항복!"

그녀가 외마디 음성을 내질렀다. 그녀의 말에 지원의 눈이 동그랗게 커졌다.

"나도 좋아요. 그쪽 정말 좋아한다고요."

으, 응?

"……모, 못 들었어. 뭐라고?"

"좋아한다고요, 좋아한다고."

"뭐?"

"아, 진짜! 왜 이래요, 정말!"

이새의 눈엔 눈물이 잔뜩 고여 있었다. 당장이라도 울음을 터뜨릴 듯이 울상인 그녀를 보며 지원은 얼떨떨한 표정을 짓고 서 있었다.

"좋다고요, 준서 삼촌이. 그러니까 좀 살살 합시다, 네? 심장이 터지겠다고요. 저 죽어요!"

그녀의 처절한 고백에 지원은 웃어야 할지 울어야 할지 알 수 없었다. 충격이라 할 만큼 갑작스러워서, 눈앞이 핑글 돌도록 너무 좋아서 그녀보다 먼저 죽을지도 모르겠다는 생각이 들었다.

"그런 말을 하고 살살 하라고 하면, 대체 어떻게 알아들어야 되는 거야?"

금방이라도 눈물을 툭 떨굴 듯 울상이 된 이새에게, 지원이 더 다가갔다. 보기만 해도 온도가 느껴지는 열렬한 눈에, 참지 못하는 미소를 짓고선.

'으아! 못 참겠다!'

결국 이새는 두 사람 사이의 틈을 극복하지 못하고 숨구멍을 찾아 지원의 옆으로 몸을 내뻗었다. 지원은 그녀가 도망가지 못하도록 그녀의 손목을 잡았다. 그러나 이새의 저항이 거셌다. 이새는 지원의 손을 필사적으로 뿌리치고는 엘리베이터 문열림 버튼을 눌렀다. 그리고 문이 다 열릴 때까지 기다리지도 못하고 열린 틈으로 몸을 들이밀었다.

문에 한 번 부딪히는 몸개그로 의도치 않게 지원을 웃겨 주며, 그녀는 그렇게 위층으로 도망가 버렸다.

'아아! 어떻게 해! 내가 진짜 정신이 나갔어!'

고백을 하고 난 뒤, 이새는 그야말로 멘붕이었다. 그녀는 두 손으로 머리를 짚고 계단을 다다다 뛰어오르며, 지난주 주말부터 오늘까지 일어난 모든 일들이 꿈이었으면 좋겠다고 생각했다. 암담한 심정으로 제 방문을 열었다. 일단은 안정이 필요했다.

"어어엄마아야아!"

그러나, 이새는 방문 손잡이를 붙잡고 기겁을 하며 주저앉았다. 지원이 방에 먼저 와 있었던 것이다.

"난 엘리베이터 타고 왔어."

"진짜 왜 이래요, 나한테……."

그녀는 방문 손잡이를 쥐고 쪼그려 앉은 채로, 무릎에 얼굴을 묻고 흐느끼듯 말했다. 지원은 문손잡이에서 그녀의 손을 떼어 내고 소중히 잡았다. 그러나 이새는 그의 손을 뿌리치고 제 무릎을 감쌌다. 얼굴은 그에게 보여 주지도 않았다.

착하지, 착하지. 지원은 조심스레 그녀의 등을 토닥였다.

많이 돌아왔지만, 잘했어. 그리고 고마워. 앞으로는 다 나한테 맡겨.

그런데 그녀는 그런 말을 들어 줄 여유도 없이 제 부끄러움을 극복하기에 버거운 모습이다. 처음은 다 이런가? 그녀가 보여 주는 솔직하고 순박한 모습들이 지원에게는 모두 생소해서, 신기하기도 하고 또한 견딜 수 없이 사랑스럽기도 했다.

그녀의 앞에 한쪽 무릎을 접고 앉은 그가, 데구루루 굴러갈 듯 몸을 둥그렇게 말고 있는 그녀를 크게 안았다.

"놔주세요오……."

"나는 기분이 정말 좋은데, 이제 좀 같이 좋아하면 안 되나?"

"……."

"이런 말이 있어. 말은 주워 담을 수 없다."

"……."

"진짜 좋은 말이야. 앞으로 내 인생의 좌우명으로 삼을 거야."

부끄러워 얼굴도 들지 못한 채 몸을 구기고 있는 이새에게, 그가 계속 나긋한 목소리로 말했다.

"그쪽이 그렇게 고백을 찐하게 했으니, 사귀는 걸로 받아들이고, 앞으로 내 몸 소중히 여기고 정조를 지키도록 할게."

"……."

"원래 항복이란 게 그런 거야."

그는 더 이상 대답을 재촉하지 않고 그녀의 이마에 가볍게 입 맞췄다.
마음을 담은 키스에, 그녀의 눈꺼풀이 파르르 움직였다.

"나 이제 나가야 되는데. 나가지 말까?"

그가 여유롭게 물었다. 이새의 눈이 다시 댕그래졌다. 그녀는 자신이 무
릎을 감싸 안은 채 문을 막고 그 앞에 앉아 있다는 사실을 뒤늦게 깨달았다.

"허억!"

숨넘어가는 소리로 후다닥 문에서 비켜나는 그녀를 보며 지원은 길게 탄식
했다. 그저께 호텔에서, 대뜸 잠자리를 요구하던 그 패기는 다 어디로 갔는지.

"저녁 같이 먹을까?"

지원의 제안에 이새는 크게 도리질 쳤다.

"그래. 이따가 준서 재우고 보자. 그때까지 내가 준서 데리고 있을 테니
까, 숨 좀 돌리고 편안히 있어."

지원은 다시 한 번 이새의 어깨를 토닥이고는 자리에서 일어났다. 그리고
이 방을 나가는 게 정녕 아쉽다는 투로 흐릿한 탄식을 내뱉고는 그녀를 떠
났다.

이새의 고백으로 행복감에 젖은 지원은 승환에게도 금방 너그러워졌다.
지원은 흔쾌히 승환에게 저녁 식사를 대접했다. 밥그릇을 거의 비울 때까지
지원과 준서, 승환 세 사람은 평화로운 대화를 이어 나갔다. 난데없이 그 잔
잔한 행복을 깨 버린 사람은 다름 아닌 준서였다.

"삼촌, 저 돈 좀 주시면 안 돼요?"

준서가 대뜸, 제게 할당되어 있는 재산을 요구하듯 진지하게 청했다. 일

곱 살 꼬마의 다소 잔망스런 요구에 지원은 호기심이 생겼다.

"왜? 뭐하려고?"

승환도 같은 마음인지, 지원보다 먼저 질문을 했다.

"반지 사려고요."

"웬 반지?"

"선생님한테 청혼하려고요."

컥컥. 지원은 사레들린 듯한 헛기침을 터트렸다. 입맛이 싹 달아났다.

"아유, 귀여워."

아무 말도 못 하고 앉아 있는 지원 대신, 승환이 먼저 웃으며 반응을 보였다.

"그래, 김이새 선생님 예쁘지. 안 좋아하는 사람은 없을 거야, 아마."

"꼭 예뻐서 좋아하는 건 아닌데요."

"또 다른 이유도 있어? 그럼 준서는 왜 김이새 선생님이 좋은데?"

"잘 때 말랑……."

"안준서!"

자그마하게 이어지는 준서의 말을 지원의 거센 목소리가 막았다. 준서의 입에서 어떤 말이 나올지, 지원은 잘 알고 있었다.

그 '말랑말랑'은 제발 그만! 준서야, 그게 네가 발음하면 순수하고 예쁜 단어이지만 다 큰 저 의사 친구 놈이 되새기며 발음하기엔 몹시도 야릇하단 말이다!

"안준서. 청혼이 뭔지는 알아?"

지원이 준서의 말을 끊고 얼굴을 굳히며 물었다. 준서가 눈 하나 깜짝 않고 맹랑하게 대답했다.

"네, 결혼하자고 하는 거요."

"결혼이 뭔지는 알고?"

"야, 야, 어린이한테 왜 그래?"

승환이, 준서를 몰아세우려는 것처럼만 보이는 지원을 다그쳤다. 그리고 준서에게 다정하게 말했다.

"준서야, 지금 김이새 선생님한테 청혼해도 결혼하려면 준서가 성인 될 때까지 기다려야 하는 거 알지?"

"네."

"그때 되면 그렇게 기다린 만큼 선생님은 더 나이 들 텐데, 괜찮겠어? 지난번에 삼촌 집에 왔을 때 아줌마들 봤지? 삼촌네 누나들. 그 아줌마들처럼 선생님도 늙게 되는 거야. 그래도 괜찮아? 상관없겠어?"

승환은 준서에게, 나이차 커플의 가혹한 현실에 대해서 따끔하게 말해 주었다. 준서는 잠시 생각하는 듯 눈을 깜빡거리다가 고개를 끄덕였다.

"네, 상관없을 것 같아요."

지원의 입에서 바싹 마른 날숨이 길게 흘러나왔다. 승환은 유쾌하게 웃다가 놀리듯 물었다.

"조카의 마음이 이 정도인데 응원해 줘야 되지 않을까, 지원아?"

지원은 뒷골이 당겨 왔다. 이새에게 고백을 받아 세상 부러울 게 없을 것 같았는데, 조카 녀석이 라이벌이 될 줄이야.

사방에 적이 가득하다. 인기녀의 남자가 되는 것이 얼마나 피곤한 일인지를, 그는 고백을 받은 지 한 시간 만에 깊이깊이 체감하고 있었다.

다음 날 아침. 지원이 출근한 후, 준서는 바로 이새에게 제 마음을 전했다.

"선생님, 12년만 기다려 주면 안 돼요?"

삼촌이나 조카나, 마음먹은 대로 직진하는 본능은 타고난 모양이다.

준서를 바라보는 이새의 눈이 멍해졌다. 준서가 무슨 말을 하는지 알 수 없었다.

"12년 뒤에 저랑 결혼해요."

"12년 뒤? 그럼 준서 19살에?"

"네. 찾아보니까 만 18세부터 결혼할 수 있다고 하던데요. 저는 만 6세니까 12살만 더 먹으면 돼요."

"만 나이가 뭔지도 알아? 대단한데?"

청혼이라는 무게감은 차치하고, 이새는 준서의 영특함에 웃고 말았다. 그런데, 그녀의 머릿속에 무언가가 번뜩였다.

……찾아봤다고?

"준서야……. 너 혹시 글자 읽을 수 있니?"

찾아볼 정도라면, 띄엄띄엄 읽을 수 있는 수준이 아니라는 얘기였다. 지금까지의 준서는 글자를 쳐다볼 생각도 하지 않았고, '학습'이라 여겨지는 모든 것들은 거부하는 모습을 보였었다.

"글자 읽을 수 있어?"

"……아니요."

준서의 대답은 더뎠다. 이새는 준서가 놀라거나 두려워하지 않도록 나긋하게 다시 물었다.

"준서가 금방 찾아봤다고 그랬잖아. 그럼 그건 어떻게 찾아본 거야?"

시무룩해진 준서는 대답하기 난감한 듯 입술을 안으로 말아 넣어 감췄다. 글씨를 읽을 수 있는 걸 감추다니. 다른 사연이 있는 것이 분명했다.

"……선생님이 계속 책 읽어 준다고 약속하면 얘기할게요."

이새의 표정이 진지해지는 것을 보고 준서가 작게 말했다.

"당연하지. 선생님은 준서한테 책 읽어 주는 거 좋아해."

"그리고 비밀이에요."

준서의 당부에 이새는 가슴이 먹먹해졌다.

준서는 이제 겨우 일곱 살의 아이. 이새가 여기기에 일곱 살의 비밀이란,

침대 머리맡에 숨겨 둔 마법 카드이거나 동생 모르게 부모님께 생일 선물로 받은 인형 같은 것이어야 했다. 그런데 준서는, 정말로 비밀의 무게를 알고 있는 눈을 하고 있었다. 왜 이 아이는 사람들을 속인 채 살아왔을까. 궁금증보다도 안타까운 마음이 커서 목소리가 잠겨 왔다.

"그래, 알았어. 비밀 지킬게."

이새가 조용히 끄덕이자 준서가 차분히 입을 열었다.

"읽는 건 다 해요. 쓰는 건 잘 못하겠지만요."

"언제부터? 언제부터 읽을 수 있었어?"

"엄마가 살아 있을 때부터요."

이새는 안타까움에 크게 터지려는 한숨을 삼켜 냈다.

준서가 글을 알고 있었던 건 아주 오래전이었다! 거의 3년간 준서는 그렇게, 아는 것을 안다고 말하지 못하고 살아온 것이다. 왜. 대체 왜 그랬을까.

"왜 글씨 모르는 척했어?"

"……."

"얘기하기…… 싫어?"

"……엄마가 모르는 척하라고 했어요."

"엄마가? 왜?"

"그건 몰라요."

준서는 정말 모르는 듯했다. 세상을 떠난 사람에게 물어볼 수도 없으니, 이제 그 미스터리는 영원히 풀리지 않을 것이다. 이걸 알 만한 사람은 정말 아무도 없을까 싶은 마음에 이새가 다시 물었다.

"정말로 준서가 글씨 읽을 수 있다는 건 아무도 몰라? 삼촌도, 고모도, 이모도?"

준서가 감정 없이 끄덕였다. 이미 이 문제는 준서에게 아픔이 더는 없는 굳은살인 모양이었다.

"앞으로는 어떻게 할 거야? 계속 글 못 읽는 척할 거야?"

"……학교에 들어가면 읽을게요."

"그럼 준서야, 이렇게 하자."

이새는 마음을 바꿨다. 진실을 파헤치는 것보다는 지금의 준서가 중요했다. 언젠가 한번 지원이 얘기했었던 것처럼, 준서는 똑똑하고 특별한 아이였다. 그런 귀한 아이의 역량을 알면서 방치할 수는 없었다. 준서에게 맞는 교육이 필요했다.

"준서도 겪어 봤겠지만, 글씨를 알면 편한 게 참 많아. 글씨를 알면 궁금한 것도 직접 찾아볼 수 있고 책도 읽을 수 있고 휴대폰으로 문자메시지 같은 것도 보낼 수 있어. 우리 둘만 있을 때는 한글 공부를 하는 거야. 책도 몰래 직접 읽어 보고 필요한 건 찾아보고 글씨도 써 보고. 다른 사람들한테는 비밀로 하고 말이야. 어때?"

이새가 빙긋 웃으며 긴히 제안했다. 그 미소에 안심한 얼굴로, 준서가 끄덕였다.

"좋아요."

"그래. 준서 정말 기특해."

"그런데 선생님."

"응?"

"제 청혼은 안 받아 줄 거예요?"

"으, 응?"

"저는 선생님이 원하는 거 하잖아요. 선생님은 제가 원하는 거 안 해요?"

화제를 잘 돌렸건만, 준서는 잊지도 않고 다시 물었다. 정말이지 삼촌이나 조카나, 집착하는 성향은 다를 바가 없었다.

지원은 까마득한 밤이 되어서야 집으로 돌아왔다.

마음 같아선 퇴근 시간도 되기 전부터 집에 오고 싶었지만 쌓인 일들이 많아 어쩔 수가 없었다. 고백한 뒤에도 줄곧 자신을 피해 다니기만 하던 이 새가 웬일로, 마음을 정리했다며 그에게 먼저 연락했다. 그가 일이 많아 퇴근이 늦어질 것 같다고 하니, 그녀는 기다리겠다고 말했다. 그런 말을 들으니 더 몸이 달았다. 지원은 어서 빨리 일을 마무리 짓고 집에 가야겠다는 생각밖에 없었다. 마음을 정리했다는데, 대체 어떤 마음을 어떻게 정리했다는 건지가 몹시도 궁금해 참을 수가 없었다.

그는 저택을 눈앞에 두고 이새에게 전화를 걸었다.

-여보세요.

침착한 그녀의 목소리가 맑게 들려왔다.

"집 앞이야."

-네, 준서 삼촌. 침실로 갈게요.

그녀의 얼굴을 확인하기도 전에 벌써부터 심장이 들썩였다. 웬만해선 뛰지 않는 그가 집 안에 들어서 침실까지 한달음에 뛰었다.

그리고, 이렇게 마주 보는 것이 처음인 것만 같은 곱고 아리따운 얼굴이 자신을 보며 수줍게 미소 짓고 있는 모습을 두 눈 가득 담아 냈다. 하아. 감탄사가 툭 터져 나왔다. 백 마디의 말보다 더 큰 의미를 가진 탄식이었다.

그거 알아? 안아 주고 싶어 미치겠는 기분.

그가 팔을 펴고 다가왔다. 이 순간을 위해서 그는 오늘 그렇게도 열심히 살았던 거였다.

"오, 노, 노, 노!"

그런데, 그녀가 양손을 뻗어 그를 막아 내며 도리질을 쳤다. 벅찬 감동이 홀랑 달아나고 지원의 눈썹이 구겨졌다.

"왜 또 이래?"

"이러기 전에 짚고 넘어가야 할 게 좀 있어요."

그녀가 한 걸음 떨어져 그를 바라보며 의연하게 말했다.

"우리가 이러기엔 너무 장애가 많으니까요. 오래 생각한 거예요. 꼭 들어 주셨으면 좋겠어요."

그는 그녀의 입에서 나올 말이 벌써 두려워졌다.

"내가 안 들어 주면?"

"물론 안 들어 주시면 안 사귈 거예요. 이 방에서도 바로 나갈 거고요."

독한 기집애…….

지원의 눈이 가늘어졌다. 하지만 듣지 않을 수는 없었다. 들어 주지 않는다면 사귀지도 않겠다고 했으니 말이다. '을'이란 이렇게 고독한 것이로구나. 지원은 다시 한 번 실감했다.

"얘기해."

슈트를 벗은 지원이 침대에 앉으며 말했다.

"일단 첫 번째. 이 집의 사람들한텐 절대 들키면 안 돼요. 혹시나 들켜도 잡아떼야 해요."

지원의 앞에 선 이새가 단호한 목소리로 말했다.

"언제까지?"

"제가 준서 가정교사로 있는 동안은 내내."

"오케이. 알았어."

지원은 쉽게 끄덕였다. 준서를 위해서라도 그게 옳을 것 같았다. 준서를 무사히 초등학교에 입학시킨 뒤에 차근히 사실을 밝히는 것도 좋은 방법이리라. 첫 번째 제안이 쉽게 정리됐다는 데에 조금의 흐뭇함도 없이, 이새는 곧장 두 개의 손가락을 펴 보였다.

"그럼 두 번째."

"이리 와. 나머지는 안고 듣자."

지원이 다시 한 번 이새를 향해 두 팔을 벌렸다. 내가 좋아하는 여자도 나를 좋아한다는데, 그냥 마주 보고만 있는 것은 인생을 낭비하는 것이었다, 지원에게는.

"아뇨. 잠깐만요."

그러나 이새는 지원의 이런 유혹에도 아랑곳없이 고개를 젓고는 용맹한 얼굴로 말했다.

"두 번째. 키스는 제가 합니다."

"뭐? 뭐?"

지원이 튀어나올 듯이 커진 눈에 멍청히 벌어진 입으로 버벅거리며 물었다.

"그런, 그런 게 어디 있어! 사귀는 의의가 뭐야?"

인정할 수 없다. 이해할 수도 없다. 이건 절대 말도 안 된다. 내가 사랑하는 여자도 나를 좋아한다는데, 나는 키스조차 할 수 없다니. 이건 정말이지 갑의 횡포였다.

"준서 삼촌은 너무 격렬하시잖아요. 좀 워워 할 필요가 있어요."

"말도 안 돼."

"그럼 일주일에 한 번 정도는 하실 수 있게 해 드릴게요."

"일주일에 한 번…… 장난해?"

"에이, 이게 일주일에 한 번이라고 해서 엄청 드물어 보이지만요. 한 달이면 4번 또는 5번이고, 이게 차곡차곡 쌓여서 1년이면 자그마치 52번이라고요. 대애박!"

1년을 다 합쳐도 100번이 안 된다니.

"차곡차곡 뭘 쌓아? 키스가 적금이야? 52번이면, 난 하루에 다 할 수도 있어."

"그러니까요. 준서 삼촌은 그 불같은 성미를 좀 다스려야 될 필요가 있어요."

지원의 얼굴이 험악해지는 것을 보며, 그녀도 미안했던지 사르르 녹도록 웃는다.

"불만 없으시도록 제가 먼저 알아서 잘할게요."

토끼가 아니라 여우였구나. 그것도 구미호였어…….

"혹시 모르죠. 저한테 키스귀신이 붙어서 준서 삼촌 안 놔줄 수도 있는 거고."

그 말을 과연 믿어도 될까. 침대에 누워서 했던 격렬한 키스 도중에 아주 잠깐 입술을 뗀 것을 칼 같이 자르며, '지금 하시면 세 번째예요.'라고 말했던 여자의 말을.

"이거 수락 안 해 주시면 얘기는 다 없었던 걸로 하고요."

절대 안 된다고, 이것은 재고해야 한다고 지원의 속에서 피 끓는 청춘이 목 놓아 외치고 있었지만, 지원은 울며 겨자를 먹는 기분으로 이새의 말을 받아들였다.

"그래. 어디 한번 해 보자. 혹시 내가 말라죽으면 내 재산은 모태솔로 재단에 기부해 줘."

"제가 잘한다니까요. 그리고 하나 더."

"뭐가 또 남았어?"

이제 지원은 울고 싶은 기분이다.

"네. 마지막. 제일 중요한 거예요."

"그래, 얘기해. 다 얘기해. 내가 부처님이다 생각하고 소원 성취하시죠."

인생을 포기한 목소리로, 지원이 말했다. 이새의 목소리는 어느 때보다도 진지하고 맑았다.

"제가 사귀기로 결심하기까지 무지 힘들었던 거 아세요? 준서 삼촌은 제 마음의 번뇌를 상상도 못 하실 거예요."

두 번째 제안의 충격을 회복하지 못하고 슬픈 눈으로 바라보는 지원의 앞에, 이새는 반 발짝 다가섰다.

고맙습니다. 지금까지 줄곧 먼저 손 내밀어 주셔서.

이새는 가슴의 언어로 말하며 미소 지었다.

미안해요. 당신을 믿지 못해서 망설였어요. 지금도 당신의 진심을, 완전히는 모르겠어요. 내가 좋아하는 사람이 날 좋아해 준다는 건, 나는 한 번도 겪어 본 적 없는 일이라, 아직도 얼떨떨해요. 내게 이런 기적이 일어난다는 게 믿기지 않거든요.

하지만, 이제 나를 믿어요. 견고해진 내 마음을 믿고 당신에게 다가가 보려고 해요.

"그렇게 결심하기까지는 힘들었지만요. 저는 일단 사람을 좋아하면 기본이 15년이에요. 그러니까⋯⋯."

내가 당신을 많이 좋아해요. 그러니까 이제 당신을 믿어 볼게요.

"준서 삼촌도⋯⋯."

그가 오기 전에 몇 번 연습했던 것이지만, 이 말을 꺼내기는 역시나 조심스럽고 긴장되어 어질어질한 기분이었다.

"제게 충성을⋯⋯."

잠시 침대에서 일어선 지원이 이새를 끌어당겼다. 용기 있게 목소리를 내느라 바짝 말랐던 그녀의 입술에 촉촉한 물기가 찾아왔다. 벅찬 마음으로 제 마음을 고백하던 목소리는 지원의 안으로 빨려 들어 갔다. 그녀의 마음을 다 알고 있다는 듯, 더 얘기할 필요는 없다는 듯, 그의 손이, 입술이 그녀를 다독였다. 일주일에 한 번 허락된 키스권을 지원은 그렇게 빨리 소비해 버리게 되었다.

9. 힐링인 동시에 욕망의 대상

　진심을 담은 고백에 온 에너지를 소모한 이새는 자연히 지원에게 제 몸
의 주도권을 빼앗겼다. 자기 앞에 서 있던 그녀를 침대로 끌어당긴 지원은
절대 놓아주지 않을 것처럼 완강하게 그녀의 허리와 목을 붙잡아 입을 맞췄
다.

　그대로 그가 그녀를 침대에 눕혀 버리지는 않았지만 그의 품 안에 오롯
이 들어가 있는 것은 이에 못지않은 자극이었다. 거센 심장 소리가 들리는
그의 품 안은 달콤하고도 아찔한 공간이었다. 그를 믿으면서도, 흥분한 그
가 금방이라도 자신을 침대에 눕혀 버릴 수도 있다는 긴장감은 어쩔 수가
없었다. 이새가 몸을 슬쩍 빼려는 것을 느꼈는지 그녀의 허리를 감은 지원
의 팔에 더 완강한 힘이 들어 갔다. 그의 입술 사이로 빠져나온 숨결이 그녀
의 혼을 부드럽게 끌어당기는 느낌이었다.

　알겠어요. 믿을게요. 날 해치지 않는다고.

　아찔해지는 가운데, 이새는 계속 마음속으로 주문을 외웠다. 환상 속에
있는 것만 같았다. 제 인생에 남겨진 행복이란 것을 오늘 다 소진해 버리는

건 아닐까 하는 두려운 마음마저 일었다. 그는 그녀를 기분 좋게 해 주는 능력이 탁월한 사람이었다. 그의 키스를 받고 있으면 현실은 잊히고 세상에 두 사람밖에 없는 머나먼 곳으로 떠나는 것만 같았다. 정신은 아득해져 가지만 온몸의 세포들은 계속 긴장 상태였다. 그의 손이 그녀의 몸을 더듬으며 슬며시 움직일 때마다 형언할 수 없는 짜릿함이 손끝, 발끝으로 재빠르게 번져 나갔다.

그녀를 완전히 집어삼킬 듯이 강하게 붙어 있는 그의 입술과 그 안에 단단하게 얽혀 있는 뜨거운 숨결. 이것들이 주는 흥분에 더불어, 자신이 소중한 존재라고 느껴지게 만드는 그의 다정하고도 섬세한 손길은 충분히 자극적이었다. 숨 쉬는 것도 잊을 만큼.

한편, 처음으로 그녀가 자신을 내치지는 않을까 하는 초조한 마음 없이 그녀를 안을 수 있게 된 지원은 세상을 다 가진 듯한 기분이었다. 그녀가 이렇게나 사랑스럽게 용기를 내 줄 줄이야. 너무도 황홀한 기분이라 어떻게 표현해야 할지도 모르겠다. 고마워하는 마음을 담아 따뜻한 키스로 돌려주었다.

물론 침대 위에서 하는 키스는 조금 위험했다. 그녀가 움찔거릴 때마다 난데없이 본능이 뛰어들어 더 성급해지라고, 그녀의 말랑말랑한 맨살을 만져 보라고 부추기기도 했지만 그는 잘 참아 냈다. 위치상으로, 무릎을 침대에 붙이고 있는 그녀가 위쪽, 침대에 앉아 있는 지원이 아래쪽이었다. 그럼에도 그녀는 혼자 편한 자세를 만들고자 하는 일이 없었다. 자세가 힘들면 기대듯 자신의 어깨를 눌러 버려도 지원은 상관이 없었는데 이새는 키스를 할 때도 몸에 밴 배려심을 느낄 수 있게 하는 여자였다. 그런 여자를 멋대로 휘두를 수는 없지 않은가.

역시 그래도, 그녀를 이대로 힘든 포즈로 키스하게 둘 수는 없었다. 지원은 그녀를 침대에 바로 앉히기 위해 잠시 입술을 떼었다. 그러나, 지원이 입술을 떼자마자 이새가 기다렸다는 듯 말했다.

"이제 한 번 한 거예요."

역시나 칼 같은 여자.

"어허. 카운트하지 마. 마음에도 없는 소리 하지 마."

"일주일에 한 번이라고 했잖아요. 메멘토세요?"

"아직 진행 중이야. 한 번 아니야. 0.1번쯤 돼."

지원은 능청스럽게 그녀의 입술에 쪽, 다시 한 번 입 맞췄다.

"나도 계속 붙어 있고 싶은데, 그럼 그쪽이 숨 못 쉴까 봐 한 번 떼어 주는 거야. 고맙게 생각해야지."

"그럼 제가 그런 조건을 내건 의미가 없……."

대화를 나누는 동안 그녀를 부지런히 침대에 바로 앉힌 그가 다시 그녀에게 키스했다. 이새는 하던 말을 마저 하지 못하고 그에게 먹혀들어 갔다.

"의미 있어. 특히, 세 번째 조건. 계명처럼 여기고 완벽하게 지키도록 노력할 테니까 그쪽도 충성해. 나한테."

그리고 다시 그는 0.9번의 남은 키스를 위해 그녀의 입술을 찾아갔다. 어느새 더 붉게 도드라진 그녀의 입술이 지독하게 유혹적으로 탐스러워서, 그는 핥아 보고도, 꼬집어 보고도, 깨물어 보고도 싶었지만, 그는 욕구를 모두 이겨 내고 그녀의 입술 위에 자신의 것을 편안히 안착시켰다. 새로운 목표가 생겼다. 그녀를 키스귀신으로 만들기. 키스 없이는 살 수가 없어 먼저 돌진해오는 여자로 만들기. 그의 키스에는 제한이 있기 때문에.

그는 그녀가 행복해질 수 있도록 이곳저곳을 소중하게 어루만지며 입 안으로는 그녀를 다정하게 다독였다. 하지만 점점 더 뜨거워져 가는 숨결을 감출 수는 없었던 모양이다. 잠시 후 거칠어진 숨을 토해 내며 입술을 떼어 낸 그녀가 한 번만 봐달라는 얼굴로 호소했다.

"아, 진짜 아무래도 안 되겠어요. 이거 한 번에 체력이 바닥날 것 같아요."

그도 이해할 수는 있었다. 그녀는 연애도, 키스도 그 모든 야릇한 스킨십도 처음인 여자였다. 지금 그녀가 자신의 욕구를 채워 주기 위해 나름의 노력을 하고 있다는 것을, 지원도 잘 알고 있었다.

하지만 이건 그녀가 키스에 조건을 내걸었기 때문에 생긴 문제였다.

키스 제한을 해제하고 나한테 모든 걸 맡기면 이런 일은 없을 텐데 말이야. 욕심이 나는 마음에, 조금은 불퉁하게 대답했다.

"적응하려면 열심히 해야 돼. 내가 그저께 얘기했듯이 키스가 기본, 읍……."

그런데 이번에는 그의 입이 막혀 버렸다. 물론 그녀의 입술이 아니라 손에 의해.

그녀의 손목을 잡아 손을 떼어 낸 그가 다시 입을 열었다.

"키스가 기본, 읍……."

하지만 그녀의 다른 손에 의해 역시 저지당했다. 바라본 그녀의 얼굴은 울상이었다.

"그 얘긴 그만합시다. 그땐 정말 제가 잘못했다고요. 호텔에서 했던 말은 다 충동적인 거였다고요."

그녀의 말을 들은 그가 눈 끝을 휘어 미소 지었다.

내가 잘못한 건데. 잘못했다고 말하는 그녀는 참으로 귀여웠다. 계속 잘못하게 만들어 주고 싶어질 정도로. 두 번째 조건에 이어 첫 번째 조건도 슬슬 불편해지기 시작했다. 대놓고 좋아할 수만 있다면 이 귀여운 여인에게 더 많은 것을 해 줄 수 있을 것 같았다.

"이번 주 주말에 여행 갈까?"

그리 흑심은 아니었다. 진도를 빼겠다는 생각보다는 그저 함께 있고 싶은 욕심이었다.

"이번 주 주말에는 약속이 있어요. 보육원 봉사활동이요."

그러나 대답은 거절이었다. 그리고 그를 조금은 음흉하게 보는 예리한 눈빛도 돌아왔다.

"너무 그렇게만 보지 마. 그냥 같이 있고 싶은 순수한 마음이야. 못 믿겠으면 준서를 데려가도 되고."

"오, 준서랑 같이 가는 건 재미있겠네요. 준서랑 바닷가에서 모래성 쌓고 놀고 싶기도 했어요."

신이 난 듯 보이는 이새의 표정에 지원은 심드렁해졌다. 이새는 즐거운지 계속 말했다.

"그거 아세요? 준서가 저한테 청혼했어요. 12년만 기다려 달라고."

이새는 준서와 약속한 대로 진짜 비밀은 숨긴 채, 우스운 얘기만을 들려주었다.

"그게 좋아? 좋았어?"

"생각이 재미있잖아요."

"하나도 안 재미있어. 그런 거 재미있어 하지 마. 남은 피가 바싹바싹 마르는데. 준서가 진심이면 그쪽은 어떻게 할 건데? 12년 뒤에 정말로 준서가 결혼하자고 쫓아다니면 어떻게 할 거야?"

"준서는 그때 되면 더 어리고 예쁜 여자 친구가 있을 거예요. 만에 하나, 정말로 준서가 결혼하자고 찾아오면, 영광이라고 여길래요."

역시 이 여자는 여우였다. 지원은 부글부글 끓는 속을 다스리며 이마를 짚었다. 헤헤 웃는 얼굴에 대고 눈을 부라릴 수도 없고. 사귀는 첫날부터 목소리를 높일 수도 없고.

"유치하게, 준서 삼촌은 조카가 얘기한 걸 가지고 그렇게 질색을 하세요?"

그녀가 놀리듯 물었다. 뾰로통하니 토라진 척하던 지원이 한 가지를 재빨리 지적했다.

"준서 삼촌이라는 호칭 좀 정리해 봐. 내가 준서 삼촌인 게 싫지는 않은데 우리 호칭이 이상하긴 하잖아."

"그럼 뭐라고 불러요?"

"순 한글로 된 좋은 말 있잖아. '오'로 시작하는 두 글자."

"어우!"

그가 의미하는 말이 무엇인지를 파악한 그녀가 뜨악한 얼굴로 말했다.

"저 오빠 없어요! 그런 말은 한 번도 써 본 적이 없다고요."

"그럼 이 기회에 해 봐. 그게 얼마나 멋진 말인지."

"준서 삼촌은 고모한테 매번 그 말을 들으면서 저한테 또 듣고 싶어요? 제가 친동생 같으세요?"

"그럼 김이새는 날 진짜 삼촌이라고 생각하고 나한테 삼촌이라고 불렀나? 삼촌한테 키스도 하고 그랬나?"

"……."

"그쪽이 부르는 오빠라는 말은 다른 의미야. 내가 체감하는 게 달라. 얼른 해 봐."

그가 미소 지으며 말했다. 그리곤 그녀의 대답을 기대하는 듯 그녀를 향해 얼굴을 내렸다. 그를 정면으로 바라보고 있는 그녀의 눈이 커졌다. 그는 그녀를 홀려 버릴 듯이 유혹하는 눈빛을 하고 있었다.

오빠라고 말해. 어서 해. 그녀의 눈동자에 주문을 걸 듯, 그는 점점 더 가까이 다가왔다.

이래서는 첫 번째, 두 번째, 세 번째까지 내걸었던 조건은 스스로 물러 버리고 그에게 제 인생을 모두 맡겨 버릴 것만 같다. 닥쳐 온 유혹에 넘어가려는 자신을 바로 세우려, 그녀는 몸을 벌떡 일으켰다.

"아, 밤이 너무 늦었네요. 고모가 열한 시쯤 들어온다고 했는데. 잘못하면 들키겠어요. 이제 나갈게요."

허, 하며, 그가 한숨지었다.

"죄송해요. 오늘은 기운이 너무 많이 빠져서."

그녀가 어색하게 웃으며 말했다. 그녀를 빤히 보던 그도 결국 그녀를 따라 웃었다.

그래. 앞으로의 많은 날들을 위해, 연애를 처음 시작하는 이 순수한 여자를 위해 즐거움을 남겨 놓자.

촉.

그녀가 내건 조건을 깨고, 그가 그녀에게 입 맞췄다. 그의 입술이 스치자 그녀의 눈은 동그랗게 커졌다.

"이건 그냥 흘러가는 바람."

그는 능청스럽게 말하고 다시 한 번 가볍게 키스했다. 바람이 너무 달콤해서, 머리가 저릴 정도인데.

"정말로 잘 자."

밤이 홀랑 지나고, 설렘이 조금도 가시지 않은 아침이 되었다. 출근 채비를 한 지원이 이새와 마주치자마자 그녀의 손목을 붙잡아 방으로 끌고 들어갔다. 그녀를 바라보는 그의 눈동자는 심히 그윽하고 음흉했다.

"뭐 잊은 거 없나?"

"뭘요?"

"알잖아. 나는 할 수 없는 거. 그쪽만 할 수 있는 거."

나만 할 수 있는 거? 그게 뭘까. 곰곰이 생각하던 이새의 얼굴이 이내 달아올랐다.

"어후, 얼른 일어나세요. 누구 오겠어요."

그와 둘만 있어 긴장되는 마음과 더불어, 이 장면을 들킬까 불안한 마음에 이새는 지원의 팔을 붙잡았다. 그 마음을 조금도 모르는지, 모르는 척하는 건지, 지원은 여유롭게 웃으며 그녀의 침대에 털썩 앉았다.

"해 줄 때까지 안 움직인다."

지원은 기분 좋은 얼굴로, 팔짱을 끼고 눈을 감았다.

"고민 해결 프로에 사연 보내고 싶네. 여자 친구가 스킨십에 너무 박하다고."

하지만 지금은 밤도 아니고 아침이라고요. 준서가 언제 일어날지 모른다고요. 이새의 마음은 다급해져만 갔다.

"날 좋아하긴 하나?"

"좋아한다고요. 얼마나 더 말해야 돼요?"

"남자는 몸으로 표현해 주지 않으면 알 수가 없어."

그가 다시 눈을 감고 지시하듯 말했다.

"키스 1회, 실시."

아우, 미치겠네. 초조해진 그녀가 얼른 해치울 생각에 다급하게 뽀뽀했다.

"이런 흘러가는 바람 같은 걸로 내가 힘이 나겠어? 오늘 중요한 일 많다고. 불만 없도록 먼저 알아서 잘하겠다며."

그가 이런 식으로, 협박 아닌 협박을 해 올 줄이야.

"다시 해."

이게 아닌데.

"얼른."

지원은 이새의 허리를 강하게 붙잡고 눈을 맞췄다. 이새가 몸을 비틀었지만 지원은 그녀를 놓아주지 않았다.

이새야, 이새야. 입술을 내놓아라. 내놓지 않으면, 잡아서 먹으리.

그가 눈빛으로, 언젠가 국어 시간에 배웠던 고대가요의 리메이크버전을 부르는 것 같은 느낌에 이새는 울상이 되었다. 유혹에 지친 그녀가 그의 얼굴을 감싸고 서툴게나마 길게, 그가 원하는 키스를 해 주었다. 두 사람의 설렘 가득한 기운이 서로에게 전해졌다. 어두운 밤, 그녀를 두근거리게 했던 농밀한 숨결도 아침에는 사뭇 산뜻하게 느껴졌다.

그녀의 허리를 붙잡았던 그의 손 하나가 등선을 타고 위로 올라와 그녀의 머리카락을 훑고 두피를 매만졌다. 머리에 꽂히는 손가락의 느낌에 그녀가 잠시 움찔했다. 시작은 그녀였지만 어느새 키스의 주도권은 그가 쥐게 되었다. 이래서는 안 된다는 생각에 그녀는 잠시 후 입술을 떼었다.

"이제 그만."

"너무하네. 딱 좋을 때 멈춰 버리고. 도망가려고나 하고."

아쉬움이 남은 그가 작게 투덜거렸다.

"도망은 안 가요. 다 준서 삼촌 생각해서 그러는 건데. 내가 준서 삼촌을 믿듯이, 준서 삼촌도 절 믿어 주셔야 돼요."

그녀가 진심을 담아 전했다. 그가 살포시 웃었다.

"믿어."

이제 정말, 헤어질 시간. 아쉬운 마음은 저녁때 돌아와 채우기로 한다.

그는 천천히 일어나 문 쪽으로 향했다. 그러다가 떠오른 것이 있다는 듯 다시 뒤돌아 그녀를 보았다.

"아, 도망가지 않겠다고 하니 한 가지 고백할 게 있는데. 눈치챘겠지만."

그는 허리를 굽혀 그녀의 목 언저리까지 얼굴을 내렸다. 그리고 긴한 목소리로 속삭였다.

"난 좀 야한 편이야."

그의 낮게 깔린 목소리인지, 그녀의 목으로 쏟아지는 뜨거운 숨결의 기운인지, 아니면 그의 짧은 말에 담긴 의미인지. 그 모든 것인지. 무엇이 그녀를 그렇게 만들었는지 이유를 알 수가 없었다. 그녀의 얼굴은 금세 새빨간 토마토가 되었다.

"무, 무슨 뜻이에요?"

그녀가 더듬거리며 물었다.

"그건 차차 가르쳐 줄게."

그의 미소가 그려 내는 의미에, 그녀는 뒷목의 솜털들이 뻣뻣하게 솟는 기분이 들었다.

집 안의 달콤함과는 다르게 일터는 삭막했다.

충분히 행복에 젖어 있을 수도 있는 시간에 지원이 재빨리 워커홀릭 모드로 돌아갈 수 있었던 것은 말레이시아에서 날아온 뜻밖의 소식 때문이었다. 말레이시아 백화점 건립과 관계된 현지 건설 시행사들이 지시 불응하고 있다는 전언이었다.

"전달받은 바로는 현지 건설 시행사 중 메인인 SHS가 우리 사업을 낚아채려 한다고 합니다. 다른 건설사들은 그쪽의 움직임을 주시하느라 지시 불응하고 있는 것으로 보입니다."

"사업을 뺏겨? 말레이시아에 직접 가서 확인한 녀석이 그 정도도 간파하지 못한 거야?"

지원을 믿고 말레이시아로 출장을 보냈던 안상호 회장은 지원을 직접 본사로 불러 호되게 꾸짖었다.

지원은 이전의 해외출장에서 모든 것을 완벽하게 정리하고 돌아왔다. 그리고 혹시나 하여 위험요소까지 체크했었다. 현지 건설사들과의 계약은 가장 평가가 좋고 신뢰할 만하며, 또한 성화그룹과 연이 있는 기업들만을 선정하여 진행했다. SHS는 그중 가장 괜찮은 곳이었다. 이 같은 큰 사업을 낚아챈다는 건 아무리 현지 대기업이라 하여도 웬만한 배짱이 아니고서야 벌일 수 없는 대범한 일이었다. 절대 간 보듯 찔러 볼 수 있는 일은 아니었다.

"지금 바로 다녀와서 수습하고 보고드리겠습니다."

지원이 책임을 통감하며 상호에게 말했다.

"됐다. 대책팀 꾸려서 출발할 거야. 바로잡지 못할 것 같으면 일찌감치 손

떼. 괜히 전문가 흉내 내려다가 여러 사람 모가지 날아가게 하지 말고 시키는 일이나 앞으로 똑바로 해라."

"저도 다녀오겠습니다."

수습하지 못할 일을 벌여 놓고 남에게 책임을 전가시키는 것은 지원의 스타일이 아니었다. 지원은 안 회장에게 1년 치의 쓴소리를 몰아 듣고 나와 씁쓸한 마음으로 출국 수속을 밟았다. 2주일 치의 출장을 거의 닷새로 줄여 끝내고 돌아왔을 때만 해도 그는, 중간에 구멍 따위는 절대 없다고 확신했었다. 속전속결로 일을 끝냈다고는 하지만 어느 것 하나 얼렁뚱땅 넘기지는 않았음을, 지원과 함께 출장길에 나선 누구라도 증명할 수 있었다.

'외부로 노출된 정보만으로는 절대 우리 사업을 넘볼 수 없다. SHS 쪽에서 우리 약점을 간파하고 있는 거야.'

타국에 백화점을 건설하는 일이다 보니 여러 가지 어려운 점이 있긴 했다. 그랬기에 더 꼼꼼하게 준비하고 있는 일이었다. 매순간 문제 해결을 위해 최고의 인력을 아낌없이 투자한 것은 말할 것도 없다.

대기실에서 비행기 탑승을 기다리는 동안 지원은 계속 머리가 지끈거렸다. 출국하기 전, 마지막으로 이새에게 전화를 걸 때까지, 지원은 계속 미간을 굳히고 있었다.

-여보세요.

출장 보고를 할 겸, 기운도 얻을 겸 그녀에게 전화를 걸었다. 그녀의 음성은 여느 때와 다름없이 맑았다. 그래서 자신의 소식을 전하기가 미안했다.

"오늘은 집에 못 들어가게 됐어. 지금 공항이야. 급히 출장 가게 됐어."

-급히요? 안 좋은 일이에요?

지원의 진지한 이야기에 이새도 걱정스러운 목소리로 물었다. 희한하게도 그 반응에 안심이 되는 지원이었다. 그가 더 약한 모습을 보여도 받아 줄 것만 같은 신기한 목소리였다.

"안 좋은 일이면 안 되는데. 조금 걱정되긴 해."

-아……. 제가 도울 수 있는 게 없어서 아쉬워요.

수화기를 통해 그녀의 따뜻한 마음이 느껴졌다.

"준서 잘 봐줘. 그리고 날 조금은 보고 싶어 해 줘. 그게 나한테 가장 힘이 되는 일이야."

-그렇게 쉬운 걸로 힘이 될까요?

"당연하지."

-네, 준서는 걱정 마세요. 그리고 준서 삼촌이 뭔가 오해하시는 것 같은데요. 저는 평소에도 준서 삼촌 많이 보고 싶어 하고 있어요. 그렇게 염려하지 않아도 될 만큼.

"그런 얘기를 들으니까 출장 가기가 싫어지네."

그녀가 작게 웃는 소리가 들렸다.

"아마도 토요일쯤에 돌아올 거야. 봉사활동 간다고 했지? 끝나고 잠깐 볼까?"

-토요일에 돌아온다면서요. 피곤하시지 않겠어요?

네가 내게 가장 큰 피로 회복제라는 걸 넌 아직 몰라.

"전혀 안 피곤해. 토요일에 돌아오면 연락할게. 출장 가서도 밤에는 연락할 테니 받도록 노력해 봐."

-네, 그럴게요.

지원은 아쉬운 통화를 마쳤다. 힘을 얻기 위해 전화를 하긴 했는데, 벌써부터 집이 그리워졌다. 한 달 전까지만 해도 집이란 그저, 사람이 안전하게 살 수만 있으면 그만인 공간이었는데.

그녀가 만들어 낸 변화들에 새삼 감탄한 그는 에너지가 충전된 기분으로 비행기에 올랐다.

시간이 흘러 토요일.

일찌감치 퇴근한 이새는 집으로 돌아가 짐을 정리하고 바로 보육원으로 갔다.

지원에게서는 드문드문 안부 연락밖에 오지 않았지만 오늘 귀국할 것이라는 계획에 차질은 없는 모양이었다. 봉사활동이 끝나고 아주 잠깐 동안 보는 것이겠지만, 생애 첫 데이트가 주는 기대에 이새의 마음은 부풀어 올랐다. 무슨 일이든 맡은 일은 두 배로 열심히 할 수 있을 것 같았다. 이새는 설렘 가득한 마음으로 보람차게 오전 시간을 보냈다.

점심을 먹은 후, 오후 시간은 나박김치와 깍두기, 오이소박이 등의 떨어진 반찬을 만드는 시간이었다. 이새는 이번에도 역시, 힘이 넘치는 마음으로 음식 재료들에 달려들었다.

"잠깐, 김이새 선생님. 옷에 양념 튀면 안 되잖아. 조리복은 다 빨고 있으니까 곤란하고, 공부방 앞 옷장에 있는 옷 중에 아무것으로나 갈아입고 와요."

보육원 조리사가 말했다.

웬만해선 쿨하게, '에이, 괜찮아요, 그냥 할게요.'라고 했을 테지만 오늘은 달랐다. 보육원에서의 일정이 끝나고 지원을 만나기로 되어 있었다. 뭘 입어도 멋있는 훈남인 그와의 첫 데이트에 김칫국물 양념 튄 옷차림을 보일 수는 없었다. 이새는 조리사의 충고대로 공부방 앞 옷장에서 품이 큰 티셔츠 하나를 꺼내 들고 공부방으로 갔다. 아이들은 모두 마당에 모여 림보 게임을 하고 있었기에 공부방은 조용했다.

그녀는 입고 있던 티셔츠를 홀렁 벗고 꺼내 온 티셔츠에 머리를 밀어 넣었다. 그리고 티셔츠의 소매에 팔을 끼우고 있는데, 같은 공간의 몇 발짝 떨어진 곳에서 파티션 뒤로 살짝, 한 남자가 놀란 눈을 한 채 얼어붙어 앉아 있는 것이 보였다.

"악! 여기 치한이요! 치한!"

이새는 소리를 지르며 공부방을 뛰쳐나갔다. 그리고 공부방 문을 닫아 치한이 빠져나가지 못하도록 막고 서서 고래고래 소리 질렀다. 공부방 안에서 문을 거칠게 두드리는 소리가 들렸다.

"나예요, 나!"

"아악! 빨리 좀 와 봐요!"

"나라고! 안태원입니다! 나 몰라요? 김이새 씨!"

공부방 안의 남자 목소리도 커졌다. 남자의 음성에 아랑곳없이 소리를 지르던 이새는, 남자가 자신의 이름을 목청껏 부르고 나서야 멈칫했다. 밖에서 조리사가 달려오고 있었다. 그녀는 슬그머니 공부방 문을 열었다. 그는 정말로 안태원이었다.

일정은 없지만 잠깐 안부인사차 보육원에 들른 태원은 음식 만드는 일을 거들어 볼까 하는 마음으로 옷장 문을 열었다고 한다. 그러나 사이즈에 맞을 만한 옷을 발견하지 못했고, 상심한 마음으로 공부방에 들어와 잠시 쉬고 있을 때 난데없이 이새가 들이닥쳤고, 그가 말을 꺼낼 여유도 없이 그녀가 옷을 벗어젖혔다고 한다.

"후원자님, 정말 죄송합니다. 거기서 쉬시는 줄 몰랐어요."

이새는 차마 고개를 들 수도 없었다. 쥐구멍이 어디든 들어가고 싶은 심정이었다. 방을 제대로 확인하지도 않고 옷을 갈아입고, 이를 어쩔 수 없이 지켜보게 된 사람을 치한으로 몰아세운 자신의 경솔함에 맥이 빠졌다. 에너지가 넘치던 하루는 어느새 착 가라앉았다.

"내가 인기척을 일찍 했어야 했는데, 미안합니다. 하지만 그도 그럴 것이, 김이새 씨가 너무 동작이 빨랐어요."

태원이 그간의 무안함을 모두 털어 낸 얼굴로 말했다. 하지만 소동을 정리하고 조리실로 돌아가는 이새의 마음은 왠지 울적했다.

이때, 드르르, 하고 휴대폰 진동이 울렸다. 문자메시지였다. 자연스레 휴대폰을 들어 확인하게 되었는데, 반갑게도 지원이었다. 메시지는 3시간 전을 시작으로 세 개가 와 있었다.

[돌아왔어.]
[집에 도착했어.]
[언제 끝날 것 같아?]

하아. 그의 별것 아닌 문자메시지를 확인하는데 숨통이 트이는 것만 같았다. 아무것도 하지 않아도 의지가 되어 주는 사람. 이새에게 지원은 그런 존재가 되었다.

[일은 잘 끝낸 거예요?]

그녀의 짧은 문자에 그는 금방 답문을 보냈다.

[그래. 덕분에 잘 수습했어.]

그의 편안한 메시지에 이새도 덩달아 마음이 가뿐해졌다.

[다행이에요. 지금은 뭐 하세요?]
[준서랑 같이 있어.]
[그렇구나.]

문자메시지를 너무 짧게 보냈다는 생각을 한 이새는 아쉬운 마음에 몇 글자를 더 보냈다.

[보고 싶네요.]

지원의 집 거실.

이새의 짧은 문자에 지원은 가슴이 뜨거워지는 느낌이었다. '나도'라는 메시지를 보내기 위해 자판키를 다시 눌렀다. 그런데 '나도'의 디귿을 쳐 넣기도 전에 진동이 다시 울렸다.

[사진 좀 보내주세요.]

지원은 그녀의 이어진 문자에 잠깐 당황했다. 그는 사진을 찍지 않는 사람이었다. 물론 휴대폰에 저장되어 있는 사진도 없었다. 그는 이새의 요청에 따라 난생처음으로 휴대폰 카메라를 셀프 모드로 돌려 보았다.

'이렇게 찍으면 되려나?'

어디서 본 건 있어 가지고. 지원은 렌즈로 얼굴을 비스듬하게 비추도록 휴대폰을 머리 위로 높이 들어 올렸다. 촬영 버튼을 누르자 '스마일!' 하고 사진 찍히는 소리가 경쾌하게 들렸다. 거실에 앉아서 색종이를 접고 있던 준서가 그 소리에 눈을 동그랗게 뜨고 지원을 보았다. 그 시선을 외면하고, 찍은 사진을 확인했다.

'눈이 너무 무섭게 나왔네. 다시 찍을까?'

늦게 배운 도둑질이 무서운 법이다. 지원은 난생처음 해보는 셀카질에 푹 빠져 사진을 찍었다 지우고 찍었다 지운 끝에 유의미한 성과를 얻었다. 단시간에 음영이 제대로 살아 있는 사진을 건진 지원은 만족한 얼굴로 전송 버튼을 눌렀다.

'아니, 너무 작위적인가?'

사진을 전송하며 잠시 생각했지만 처음치고는 꽤 괜찮은 성과였다. 그녀가 사진을 보고 많이 좋아했으면 좋겠다는 생각을 하며, 남을 기분 좋게 하는 것이 얼마나 뿌듯한 일인가를 생각하며, 그는 그렇게 미소를 지었다. 그러나, 잠시 후 돌아온 뜻밖의 대답에 그의 미소는 무너졌다.

[아니 이거 말고. 준서 사진 좀 보내 달라고요.]

허어어. 내 사진이 '이거'라니!

기껏 생각해서 보내 줬는데!

"안 보내 줘."

심통이 나는 마음에 한마디 말이 현실의 혼잣말로 툭 튀어나왔다. 역시 준서가 그런 지원을 빤히 바라보았다. 지원은 준서를 슬쩍 쏘아보고는 한숨을 쉬었다. 준서 사진을 보내라니 보내긴 하겠다만, 공을 들이고 싶지 않았다.

"안준서."

스마일! 단방으로 촬영을 마치고 전송을 하려고 할 때, 그의 앞으로 문자 메시지 한 통이 또 도착했다.

[근데 생각지도 않게 준서 삼촌 사진도 득템했네요. 감사해요!]

원망스러운 마음도 잠시, 그의 입가에 금방 미소가 피어올랐다. 그는 제 방으로 건너가 그녀에게 바로 전화를 걸었다. 신호음이 길지 않게 이어지고, 그녀가 전화를 받았다.

-여보세요.

"보육원에서 몇 시에 끝나지? 내가 데리러 갈까 하는데."

되도록 조금이라도 더 빨리 보고 싶은 마음을 숨기지 않고 그가 말했다.

-헛! 안 돼요. 안 돼요! 절대!

그런데 그녀는 그가 서운하도록 정색을 했다.

"뭐, 그렇게 정색을 하고 그래?"

-사실은…… 여기 후원자님이 있어요. 안태원 상무님이요.

"그래? 태원이가 왜 거기 있지?"

-가끔 봉사활동 하러 오세요. 제가 서울로 돌아가서 연락드릴게요. 서울에서 만나요.

그녀는 일이 바쁜 듯 바로 전화를 끊었다. 기업인보다 더 바쁜 대학생이라니. 지원은 고개를 설레설레 저으며 혀를 차다가 곧 엷은 한숨과 함께 미소 지었다.

해가 뉘엿뉘엿 질 때쯤에야 보육원 일이 끝났다. 마무리 정리를 한 이새는 가장 늦게 보육원을 나섰다. 몸은 고단했지만 보람 있는 하루였다. 이제 지원에게 연락을 해서 지금 출발하겠다고 얘기하면, 대략 한 시간 정도 후에는 데이트를 할 수 있을 것이다. 들뜬 마음으로 지원의 휴대폰 번호를 눌렀다. 그런데 통화 버튼을 누르기 직전, 먼발치 떨어져 있던 누군가가 이새에게 말을 걸었다.

"김이새 씨."

이번에도 역시나 태원이었다. 태원은 주차장에 차를 세워 두고 그 앞에 서 있었다.

"서울로 가는 거죠?"

"아직 안 가셨어요?"

이새는 괜스레 지원의 휴대폰 번호를 눌렀던 휴대폰을 뒤로 감추며 다가갔다.

"김이새 씨 기다리고 있었어요."

"네? 하실 말씀 있으세요?"

"아니. 그냥 태워다 주고 싶어서. 그동안 지원이네 추천만 해 주고 너무 신경도 안 쓴 게 미안하기도 하고요."

"아, 저는 괜찮아요. 지난번에 말씀드린 것처럼 감사드리는 마음뿐이에요. 그간 괜한 신경 쓰시게 했다면 죄송하고요."

이새는 어색하게 머리를 긁적거렸다.

"오늘 못 볼 꼴을 보인 것도 죄송해요, 하하."

"나야말로 미안합니다."

"아니에요. 그냥, 잊어 주시면 감사할 것 같아요. 죄송합니다."

"서로 미안하니까 차 타요. 같이 가죠. 집까지 바래다줄게요."

"아니에요. 들를 데가 있어서요."

"들를 데가 어딘데요? 데려다줄게요."

"정말 괜찮아요."

"버스 타고 가기도 어렵잖아요. 타요. 오늘은 기사도 대동하지 않고 내가 차 끌고 왔어요."

태원은 날렵하게 이새가 들고 있던 가방을 낚아채 들고 조수석의 문을 열어 주었다.

"정말 괜찮은데……."

이새는 약간 떨떠름한 기분으로 차에 올랐다. 태원과 함께 서울로 돌아가는 것이 선뜻 내키지는 않았다. 게다가 낮에 있었던 일로 여전히 부끄럽고 민망하여 함께 얘기를 나누기도 어색한 마음이었는데, 태원이 이런 제안을 할 줄이야.

하지만 힘 없는 이새는 반발 없이 태원의 차에 올랐다. 지원과 사촌지간인 태원에게 괜히 밉보일 수는 없겠단 생각이 들었다.

"그럼, 가시는 길에 지하철역 아무 데서나 세워 주세요."

차에 오른 그녀가 말했다.

"그럼, 옥수역 쪽은 어때요?"

"네, 좋아요. 옥수역."

살짝 미소 지은 태원이 차를 출발시켰다. 그동안 신경 쓰지 않은 게 미안해서 차를 태워 준다고는 했지만, 태원은 운전만 할 뿐 별다른 말을 하지는 않았다. 아침에 퇴근한 뒤 집에 들렀다가 곧장 보육원으로 와서 봉사활동에 열중했던 이새는 침묵이 편하게만 느껴질 만큼 노곤했다. 또한 차 안은 에어컨 덕에 시원했고 그녀의 엉덩이와 등은 온열 시트 덕에 따끈했다. 정말이지 잠들기 좋은 환경이었다.

"지원이랑은, 요즘엔 사이좋아요?"

그녀가 눈이 감길락 말락 한 순간에 태원이 말을 걸었다. 그녀가 졸음을 이겨 내고 대답했다.

"네, 잘해 주세요. 준서 삼촌뿐 아니라, 다들 좋은 분들이세요."

"지원이 녀석, 멋있죠?"

"네?"

그녀가 졸음이 느껴지는 눈으로 태원을 보았다. 운전을 하다가 흘긋 그녀를 본 태원이 픽 웃었다.

"아니에요. 피곤할 텐데 잠깐 눈 좀 붙여요."

태원은 오디오 버튼을 몇 개 눌렀다. 태교용으로 쓸 법한 조용한 클래식 음악이 흘러나왔다.

"헉. 후원자님도 졸음운전 하시겠어요."

"나는 원래 이런 음악을 좋아하는 사람이라."

태원이 대답하고 다시 미소 지었다. 이새는 조용히 고개를 끄덕거렸다.

잠시 후. 역시나 이새는 어느새 잠이 들어 버렸다. 이를 몇 분간 흘깃거리며 보던 태원이 한갓진 길에 차를 세웠다.

고개를 운전석의 반대편으로 떨구고 무릎에 휴대폰을 올려 놓은 채 잠들어 있는 그녀의 모습은 순한 강아지 같았다. 멀리 가로등에서 내비치는 어스름한 불빛이 그녀의 한쪽 뺨을 곱게 어루만졌다. 불빛을 따라 태원도 손끝으로 그녀의 뺨을 훑었다. 태원이 불빛처럼 은근하게 웃었다.

이새가 토요일에 봉사활동을 하러 온다는 사실을 알게 된 태원은 일정을 조정하여 보육원을 찾아온 것이었다. 그는 생각지도 않았던 소동으로 이새와 엮이게 되자, 그 기회를 놓치지 않고 그대로 밀고 나아갔다. 결국 이렇게 그녀를 차에 태우는 것까지 성공했고, 고맙게도 그녀는 알아서 곯아떨어져 주었다.

누가 봉사활동 따위를 그렇게 열심히 하래? 그러니 이렇게 방전되고야 말지.

"못 볼 꼴을 보여서 죄송하다고?"

그녀의 규칙적인 숨소리를 따라, 태원이 낮게 말했다. 서서히 내려간 그의 손끝이 그녀의 티셔츠 칼라를 사분사분 건드렸다. 그녀의 티셔츠 앞섶에는 단추가 세 개. 태원은 그중 가운데의 단추에 슬그머니 손을 올렸다. 가장 헐거워 보이는 단추였다.

"김이새 씨는."

단추 아래로 만져지는 흉골에 손을 대니 규칙적인 들숨, 날숨을 따라 그녀의 가슴이 위아래로 오르락내리락하는 것이 느껴졌다.

"남자를 얼마나 알지?"

한쪽 입 끝을 말아 올리며, 그는 그녀의 셔츠 가운데 단추를 훅 잡아 뜯었다. 헐겁게 매달려 있던 단추는 단번에 떨어져 나갔다.

한참 그녀의 얼굴을 살피던 태원은 그녀의 무릎 위에 놓여 있는 휴대폰을 집어 들었다. 그녀의 휴대폰은 어떤 잠금장치도 걸려 있지 않아 살펴보기가 편했다. 휴대폰 액정을 켜자 문자메시지 화면이 비쳤다. 그녀는 문자메시지를 보내려다가 잠이 든 모양이었다. 누구에게 보내려던 것이었을까 확인하기 위해 몇 개의 버튼을 더 누른 태원은 쉽게 강력한 증거를 찾아냈다.

[보고 싶네요.]
[사진 좀 보내주세요.]

그녀의 다정한 요청 뒤에 떠오른 지원의 사진. 그리고 이에 앞서 출장 다녀온 일을 보고하듯 털어놓은 지원의 짧은 메시지들. 사진과 메시지가 가리키는 방향이 정확했다. 태원은 머리가 저릿할 정도의 쾌감을 느꼈다.

'김이새. 기대보다도 아주 잘하고 있었군.'

이미 사귀는 사이일까, 아직 썸 단계일까. 사귀는 사이인 것이 더 좋겠지만 서로 간을 보고 있는 단계여도 나쁘지 않다.

문자메시지로 보건대, 지원이 이새를 좋아하는 것은 거의 확실해 보였다.

그럼 이제 어떻게 할까. 이대로 덮쳐 버려서 지원을 열 받게 해 줄까, 조금 더 서로 깊이 빠지도록 묵혀 놨다가 적시에 큰 타격을 줄까.

잠시 즐거운 생각을 하고 있는데 그녀의 휴대폰 진동이 울렸다. 다시 액정을 확인해 보니 역시나 지원이었다.

'이제 주말에도 연락이 끊이지 않는 사이가 되었군.'

재미났다. 지원이 여자에게 주구장창 연락을 한다는 얘기는 한 번도 들어본 적이 없었다. 생각보다도 두 사람이 훨씬 더 깊은 사이일 수도 있겠다는 생각이 들었다. 태원은 진동이 끊어질 때까지 기다렸다가 휴대폰 배터리를 빼내어 전원을 꺼 버렸다.

광광광.

한참 뒤. 갑자기 크게 울리는 휴대폰 사운드에 이새가 눈꺼풀을 힘겹게 들어 올렸다.

"헛!"

세상에. 어느새 사방이 어두운 밤이었다. 잠이 드는 줄도 모르게 곯아떨어져 버린 것이다.

"깼어요?"

운전석에 앉아 있던 태원이 제 휴대폰의 전원을 끄며 물었다. 이새가 놀라지 않게 하려고 걸려온 휴대폰 전화를 뒤늦게 차단시켰지만 이미 늦어 버린 것이다.

"지금 몇 시예요?"

"10시가 넘었네요. 어느새."

"헤에! 제가 지금까지 잔 거예요? 깨우지 그러셨어요."

"흔들어도 안 깨더라고요. 나중에는 짜증도 내던데?"

"제가요?"

이새는 참담하게 한숨을 쉬었다.

"하아, 제가 미쳤나 봐요. 죄송합니다."

"아니에요. 다시 깨울까 하다가 피곤해 보여서 그냥 뒀어요. 휴대폰이 떨어져서 배터리까지 분리되는 것도 모르고 잘 자던데요. 배터리는 내가 다시 끼워 놨어요. 전원을 켜지는 않았지만."

태원이 그녀에게 휴대폰을 건네주며 말했다.

"네, 감사합니다……. 그런데 여기는 어디예요?"

이새가 사방을 둘러보며 물었다. 주변은 음침하다 싶을 정도로 어두컴컴했다.

"보시다시피 여기는 한강. 저 위쪽이 옥수역이에요. 바래다줄게요."

차에 시동을 건 태원은 이내 차를 움직였다.

"아, 들를 데 있다고 하지 않았나? 밤도 늦었는데 아예 그쪽까지 데려다 줄게요."

"아니에요! 그냥 역에서 내려 주시면 돼요."

그녀의 높아진 목소리에 태원이 픽 웃었다.

지하철역까지는 5분여 정도밖에 걸리지 않았다. 이새는 과정이야 어쨌든 지하철역 입구까지 자신을 바래다준 태원에게 진심으로 고마워했다.

"바래다주셔서 감사합니다. 조심히 들어가세요."

"김이새 씨도 볼일 잘 보고 잘 들어가요. 오늘 반가웠어요."

태원은 꾸벅 고개를 숙이는 이새에게 기분 좋게 인사하고는 그곳을 떠났다.

"맹하기는."

태원의 미소는 어느새 비웃음으로 바뀌어 있었다.

지난 수요일, 할아버지 안상호의 서재에서 태원이 얻은 정보가 있었다. 할아버지가 잠시 자리를 비운 사이, 테이블을 뒤적거리다 발견한 서류봉투였다. 그 안에는 젊은 여자들 몇 명의 사진과 이력이 들어 있었다. 지원과의 궁합을 메모해 놓은 별도 종이로 보아, 그것은 지원과 맞선을 볼 상대들에 대한 정보였다.

그중 태원의 주의를 끄는 사진이 한 장 있었다. 태원은 잠깐 갸웃거리다가 이력에 적힌 이름을 보고 손을 멈췄다. 얼굴에 약간 손을 댄 건지 인상이 조금은 달라졌지만 그 여자가 확실했다.

10년 전쯤, 지원에게 꽤나 들이대던 여자, 정민지.

그때까지 지원이 사귀던 여자들과는 다른 이미지였기에 태원도 기억하고 있었다. 그녀의 끈질긴 구애에 못 이겼던 건지 알 수 없는 바람이 불었던 건지, 지원이 그녀와 잠깐 사귀어 주었었던 걸로 기억한다. 그래 봤자 1주일을 넘기진 못했을 테지만.

알고 보니 그녀 또한 잘나가는 집안의 따님이었던 것이다.

이 인연을 또 어떻게 요리할 수 있을까.

어떻게든 망가뜨릴 수 있는 모든 것을 망가뜨리고 싶었다.

태원은 가끔 뒤를 봐주는 어머니의 비서에게 전화를 걸었다. 정민지의 연락처를 파악하기 위해서였다.

지하철역 안으로 들어간 이새는 바로 휴대폰 전원을 켰다. 역시나 지원에게서 꽤 연락이 와 있었다. 이새는 바삐 그에게 전화를 걸었다. 신호음이 채 울리기도 전에 지원이 전화를 받았다.

-여보세요.

그의 목소리는 잔뜩 날이 서 있었고, 또한 다급하게 들렸다.

"죄송해요."

-지금 어디야.

"옥수역이에요. 준서 삼촌은 어디 계세요?"

-보육원으로 가고 있었어.

"에엥? 거길 왜요? 제가 오지 말라고 했잖아요."

-지금까지 연락이 안 됐잖아. 내가 얼마나 걱정한 줄 알아?

그의 호통에는 애틋한 감정이 가득 섞여 있었다.

-뭐 했어? 지금까지 어디 있었어?

"차 안에서 잠들었었어요. 죄송해요."

그녀는 사실대로 말했다. 하지만 태원에 대해 말하지 못했으니 완전한 사실은 아니었다.

-넌 좀 혼나야겠다.

여기다 태원에 대한 얘기를 하면 더 혼나겠지. 그녀는 연인 사이에 거짓말을 하는 심리를 조금은 이해할 수 있을 것 같았다.

-옥수역으로 갈게. 또 졸지 말고 거기 가만히 있어. 얼른 갈 테니까.

지원은 금세 이새가 있는 곳으로 왔다.

그는 옥수역 입구에서 얌전히 기다리고 있던 이새를 발견하자마자 저편에 차를 버려두고 그녀에게로 달려갔다. 그리고, 혼나야겠다고 일찍이 경고한 대로, 무서운 얼굴로 그녀의 두 뺨을 잔뜩 쥐어 당겼다.

"죄송해요. 근데 아프네요."

"말랑말랑한 게 찹쌀떡처럼 손에 찰싹 잡히는 느낌이 좋아서 계속 이러고 싶네."

"힝."

그녀가 투정부리자 그는 쭉 당겨진 그녀의 볼살을 조금 더 위로 들어 올렸다가 입술을 내려 그녀에게 가볍게 입 맞췄다.

오가던 사람들이 바라보았다. 달콤함은 아주 약간. 주위 사람들의 뜨거운 시선에 이새는 부끄러워졌다.

"이건 흘러가는 바람."

그녀가 절망하고 있을 때 그가 미소 지으며 말했다. 그놈의 흘러가는 바람은 멈추지도 않아. 내가 그 얘길 왜 했는지, 원. 그녀는 스스로를 책망하며 늦은 인사를 했다.

"늦어서 죄송해요."

"알면 됐어. 앞으론 꼬박꼬박 연락해."

지원이 이내 화가 풀어진 얼굴로 그녀의 손을 잡고 말했다.

그 후 두 사람은 인근 주차장에 차를 주차하고 밖으로 나와 거리를 걸었다. 목적 없이 걷는 것인데도, 이새는 그저 마냥 좋았다. 이렇게 자신과 발걸음을 맞춰 주는 남자는 없었다. 그녀의 걸음이 느려지면 느려지는 대로, 빨라지면 또 빨라지는 대로. 지원은 긴 다리로 그렇게, 배려하듯 그녀와 보폭을 맞추며 걸었다.

그녀가 행복에 겨운 감상을 전하려고 할 때, 지원이 먼저 입을 열었다.

"단추가 떨어졌네."

그는 그녀의 티셔츠 앞섶 가운데 단추가 떨어져 나간 것을 그녀보다 먼저 알아보았다.

"어? 몰랐어요."

이새가 내려다보고는 이제야 확인했다는 듯 말했다.

"오늘 아이들 반찬 만드느라고 옷을 한 번 갈아입었었거든요. 다시 갈아입을 때까지는 멀쩡했었던 것 같은데, 언제 떨어진 거지?"

"칠칠치 못해, 여자가."

"이런 걸로 잔소리를 하세요, 남자가?"

그녀의 야무진 말대꾸에 지원은 결국 웃고 말았다. 하지만 그는 뒤늦게 또 잔소리했다.

"나한테 보여 주는 건 상관없지만, 그러고서 차 타고 돌아다니면 안 돼. 나쁜 남자들이 얼굴도 안 보고 잡아간다고."

도란도란 정다운 얼굴로 나누는 승강이는 끝나지 않을 것만 같았다. 이새는 말을 돌렸다.

"어디 갈까요?"

"그러게. 술 마실까? 술 취한 거 다시 보고 싶은데."

"준서 삼촌은 참 이상하시네요. 저 술 먹였다고 제 학교 선배한테는 손찌검도 하신 분이 저를 술 먹일 생각을 하세요?"

"나는 그런 녀석들이랑 다르잖아. 아니야?"

"흐음."

"뭐야, 그 반응은."

"글쎄요. 엊그제 누가 야한 편이라는 얘기를 들어서요."

그녀가 대뜸 목요일의 대화를 끄집어냈다. 밖에서는 어떤 말이든 용기 있게 꺼낼 수 있을 것만 같은 마음이었던 것이다. 이새의 말을 이해한 지원의 눈 끝이 슬쩍 아래로 휘었다.

"그래서, 기대돼?"

"어이쿠, 기대라니요. 큰일 날 말씀을."

"큰일 날 게 뭐 있나. 사람과 사람 사이의 다름일 뿐인데."

"달라도 너무 다른 것 같아요. 앞으로도 우리는 계속 이렇게 사방이 뻥 뚫린 곳에서 만나요."

"사방이 뻥 뚫린 곳이라고 내가 내 특장점을 잃을 거라고 생각하지 마."

"네?"

지원은 꼭 쥐고 있던 이새의 한쪽 손을 들어 올렸다. 그리고 그녀의 손을 뒤집어, 눈 바로 아래에서 바라보던 그는 그녀의 손바닥 가운데를 부드럽게 핥았다.

으악! 기겁한 이새가 소리를 높이며 그의 혀가 지나간 제 손을 감쌌다.

"강아지세요?"

평화로운 일상에 에로틱한 화살 하나가 날아든 것 같았다.

"어휴, 얘를 어떻게 가르치나."

나는 너와 뭐든 하고 싶은데, 너는 아직도 이렇게 사춘기 소녀 같니. 그녀의 반응이 예상보다도 격렬한 것에 앞날이 캄캄해진 그가 한숨을 쉬고는 그녀의 어깨를 감싸며 부지런히 걸음을 옮겼다.

"가자, 가자."

이새도 그새 마음을 정리하고 지원을 따라 걸었다. 그러나 그 걸음은 오래 지속되지 못했다. 그녀의 어깨를 감싸고 있던 그의 팔이 그녀의 어깨선을 따라 부드럽게 올라오더니 목을 지나 귀로 올라가 귓불을 대놓고 만지작거리기 시작한 것이다.

그녀가 이번에는 귀를 감싸며 그를 떨쳐 냈다.

"왜 그래요, 자꾸! 사람들이 본다고요."

"누가 본다고 그래? 사람들이 그렇게 심심한 줄 알아?"

지원의 말에 이새는 주위를 둘러보았다. 두 사람의 데이트에 관심을 갖는 사람은 정말로 아무도 없었다.

하지만 그건 그거고. 사방이 뻥 뚫린 곳에서 이러는 건 꽉 막힌 데에서 그러는 것보다 더 무섭다고요!

"살살요. 살살. 네? 살살."

그녀는 잔뜩 울상을 지으며 말했다.

"그쪽이 키스를 못 하게 해서 이러는 거야. 이것 봐. 며칠 새 머리카락 길어진 거."

지원은 이새의 집 앞 골목에 가서까지 계속 투덜댔다.

이건 이래서 싫다, 저건 저래서 싫다. 그녀는 지원의 애정 표현에 제약을 너무도 많이 걸었다. 하지만 이새도 어쩔 수가 없었다. 제한을 두지 않으면 지원은 야생마처럼 내달릴 것만 같았다. 그는 지금까지 내내, 구부러지지도 않는 직진이었으니까. 이제 '연애'라는 날개까지 달았으니 얼마나 멋대로 살고 싶을까, 그녀의 안에선 그런 걱정이 생겨나고 있었다.

잔잔하게, 서서히, 오랫동안 스며드는 사랑을 하고 싶은데.

"이제 한 달에 한 번 하던 커트를 보름에 한 번씩 할까 해. 누구 때문에."

지원은 그런 이새의 마음을 모르는 채로 또 불만스럽게 말했다. 하지만 곧, 이새의 웃는 얼굴을 보며 따라 웃었다.

짧게만 느껴졌던 데이트가 끝나고 이제 헤어질 시간이었다. 더 붙잡아 두고도 싶었지만, 일주일에 한 번 집에 가는 그녀의 휴일을 독하게 빼앗을 수도 없었다.

"내일도 보고 싶은데, 내일은 회사에 가 봐야 해."

"일요일에도 회사에 가요?"

"갑자기 출장을 가게 돼서 못 했던 것들 처리해야지. 출장 다녀온 거 보고 할 준비도 해야 되고."

"힘들 것 같아요. 사람은 쉬어야 되는데."

"이게 나한테는 쉬는 거잖아."

그가 그녀를 애틋한 눈길로 쓰다듬었다. 그윽해진 눈길 아래로 맑은 향기가 찾아왔다. 그녀는 그와의 키 차이를 극복하고자 그의 목에 팔을 감았다. 그리고 그의 목에 매달리듯이 힘을 주고 깨금발을 했다.

촉. 그녀의 말랑말랑한 입술이 그의 입술에 사뿐히 도장을 찍었다. 스치듯 짧은 순간이었다.

"어때요? 제가 알아서 잘했죠?"

집 앞에서의 키스. 남의 눈치를 곧잘 살피는 그녀가 괄목할 만한 성과를 내긴 했지만, 여기서 만족할 수 없는 지원이었다. 불꽃 키스를 쏟아 주고 싶은 마음이었다.

"부족한데, 난."

"하지만 이 동네는 정말로 들키면 소문나는 동네라고요. 저 여기서 23년 평생을 살았어요."

"그래, 알았어. 아쉬운 건 월요일에 보충하자."

지원이 아쉬운 마음을 뒤로하고 고개를 끄덕였다.

"오늘은 한 것도 없는데 기분이 좋네요."

"뭔가 하는 게 있으면 더 좋을 거야. 다음엔 하고 싶은 걸 생각해 놔. 생각해 놓지 않으면 내 임의로 아무 데나 데려갈 거야."

그의 경고가 떨어지기 무섭게 이새가 눈을 빛내며 말했다.

"밤에요, 정원으로 별 보러 나가요. 그래도 돼요?"

당연하지, 라는 대답은 이새의 이어진 말에 묻혀 버렸다.

"준서랑 같이."

지원은 흐뭇해하던 표정을 떨떠름하게 바꾸고 물었다.

"걔를 왜 끼워 줘?"

"준서는 사랑이에요. 준서만 보면 막 힘이 나지 않아요? 나는 힐링되는데."

글쎄. 나는 너에게서 힘을 얻는데.

"준서한테 밤하늘의 별을 잔뜩 보여 주고 싶어요."

별은 그쪽 눈에도 잔뜩 들어 있는 것 같은데, 뭘.

예쁜 얼굴에 반짝이는 생각, 그리고 마음 씀씀이. 어느 것 하나 빠지는 데 없는 여자가 내 여자라 매순간 벅찬 마음이다. 그는 행복한 인사를 했다.

"잘 자. 월요일에 봐."

시간이 흘러 월요일이 되었다.

일요일 내내 사무실에서 출장 보고 준비를 한 지원은 오랜만에 본사 VIP 회의실에서 프레젠테이션을 했다. 자리에는 몇 명의 임원도 함께였다. 모두 지원의 숙부, 사촌, 오촌 등의 친척이었다. 태원도 참석한 자리였다.

"2주일 전, 제가 현지 총괄팀을 만들어 놓고 말레이시아에서 돌아온 뒤에, SHS는 우리 쪽에서 아직 계약하지 않은 영역들만을 골라 다른 회사들과 선계약을 했습니다. 투자 쪽도 마찬가지였습니다. 또한 지금 SHS는 우리쪽의 계약 중 취약한 부분을 찾아내어 약점을 보완한 새로운 계약을 만들어 내고 있는 것으로 보입니다. 일부 회사들은 넘어간 상태이지만 SHS 기업 평가가 그다지 좋은 편은 아니라서, 많은 회사들이 혼란스러워하고만 있습니다."

"정말 사업을 낚아채려고 그러는 걸까요? 그냥 시장을 혼란시키고 싶어서 그러는 건 아니고?"

태원이 물었다.

"무언가 다른 꿍꿍이가 있어 보이긴 합니다만, 알 수는 없습니다. 일단 팩트는 SHS가 돌아섰단 사실, 그리고 일부 기업들과의 계약 혼란입니다."

지원이 상황 보고를 하는 내내 지원의 숙부들은 모두 인상을 굳히고 있었다. 다들 지원을 못마땅하게 여기고 있는 것이었다.

"이래서 제대로 진행되겠어? 내년 그룹 창립기념일에 맞춰 오픈할 계획이었는데 일이 다 어긋나잖아."

막내 숙부가 짜증을 내듯 말했다.

"내년 창립기념일까지는 맞추도록 해 보겠습니다."

"맞추도록 해 보겠다니. 되면 좋은 거고, 못 맞추면 할 수 없고. 그런 마인드인가?"

"회장님, 이제 안지원 전무는 이 일에서 빠지도록 하는 게 낫지 않겠습니까?"

결국 지원을 제외시키자는 말까지 나왔다. 상호가 얼른 상황을 정리했다.

"건물 짓는 거야 한두 달 빨라질 수도 있고 늦어질 수도 있는 거란 사실은 자네들이 더 잘 알 거 아닌가. 아예 접을 사업이라면 모를까. 이번 백화점 건립은 지향점이 확실한 만큼 젊은 감각을 가진 사람이 진행하는 게 나아. 자네들이 종종 이렇게 조언을 아끼지 말아 주면 되는 거야."

"젊은 감각이 필요하다면, 태원이도 함께하게 하는 건 어떻습니까. 하하."

작은 숙부가 아들 태원을 슬쩍 끼웠다.

"태원이는 일단 승진 먼저 해야지."

상호의 냉정한 말에 태원의 얼굴이 잠시 붉어졌다.

출장 보고 이후엔 회의가 밤늦게까지 이어졌다. SHS와 차별점이 확실할 만한 계획을 수립하여 SHS의 교란 조장을 막아야 했다.

일이 거의 마무리된 시각은 12시. 영혼이 사라질 것만 같은 긴 회의에 탈진 직전이 된 지원이 힘을 얻고자 이새에게 전화했다.

　-여보세요.

　이새의 목소리는 언제나와 다름없이 조심스러웠다.

　"자는 중이었어?"

　-아뇨. 양말인형 만들고 있었어요.

　"양말인형?"

　-나중에 오셔서 보세요. 오늘은 늦어요?

　"아니. 지금 들어갈 거야. 할아버지 뵙고."

　-이 시간에 할아버지를 뵈어요?

　"응. 잠깐 보자고 연락 주셨네. 가끔 이렇게 밤을 새워 일을 하셔."

　-언젠가의 준서 삼촌과 비슷하네요.

　"그러게. 일 좀 줄이셔야 할 텐데."

　이새의 이야기를 들으니 정말로 그랬다. 할아버지 상호는 지금도 일중독인 면이 있었다.

　"아무튼 나 기다리지 말고 자. 나는 언제 도착할지 모르니까."

　-네, 그럴게요. 조심해서 오세요.

　그녀는 밝게 전화를 끊었다. 조금은 힘이 났다. 저벅저벅 걸음을 옮겨 회장 집무실로 갔다. 똑똑 문을 두드리니 '들어와.' 하는 소리가 들렸다. 지원은 문을 열었다.

　"이럴 줄 알았다."

　무슨 일로 부르셨는지, 지원이 묻기도 전에 상호가 탁한 목소리로 말했다.

　"네가 아무리 잘났어도 너를 감싸 줄 사람이 없으면 성화그룹 안에서는 지탱하기 힘든 거야. 제 자식들이 있는 네 숙부들이 왜 굳이 네 편을 들겠냐. 너를 밟고 올라서면 더 높은 곳이 보이는데."

상호의 손주들 중 지원네만 부모가 없었다. 형 도원이 있을 때는 도원이 가장 역할을 톡톡히 하여 지원에게 오는 따가운 눈총이 없었는데, 도원이 떠나고 난 후, 이런 든든한 그늘도 사라졌다.

"가정을 꾸리는 건 이래서 중요한 거다."

할아버지가 무슨 말을 꺼낼지 알 것 같았다. 지원은 낮게 한숨을 쉬었다.

"너도 배우자를 만나야지. 부모도 형도 없이, 네겐 혼기 꽉 찬 동생과 짐 같은 조카뿐이지 않니."

"아뇨, 할아버지. 준서는 저한테 짐이 아니라 힘이에요. 준서 덕분에 제가 열심히 일할 수 있는 겁니다."

그러나 지원은 상호의 회유에 흔들림 없이 곧게 말했다.

상호와 간단한 대화를 마치고 나오는 길.

지원은 회장 집무실 앞 복도 창문가에서 홀로 차를 마시고 있는 태원을 보고 말했다.

"웬일이야? 이 시간까지 본사에 있고."

"어? 지원아."

태원이 지원을 돌아보고 웃었다.

"많이 바쁘지? 본업에 백화점 건까지 힘들겠다."

지원은 희미한 미소를 지을 뿐 대답하지 않았다. 태원은 지원이 대답을 하지 않아 언짢아졌다. 지원이 미소 짓는 동안 태원의 입술 끝은 진동이 이 듯 들썩였다.

"아 참, 지원아. 이것 좀 김이새 씨 갖다 줘."

이럴 때 쓰라고 있는 좋은 아이템이 하나 있었다. 태원은 주머니에 소중하게 넣어 둔 작은 비닐팩을 꺼냈다. 거기에는 분홍색 단추 하나가 들어 있었다.

"김이새 씨 옷에 달려 있던 단추야. 내 차에 떨어져 있더라고."

지원이 의아한 표정을 짓는 것을 보며 태원이 느긋하게 대답했다.

"네 차에?"

"김이새 씨랑 봉사활동 가서 만났거든. 밤에 서울까지 바래다줬어."

태원에게서 비닐팩을 받아 든 지원의 동공이 이리저리 흔들렸다.

'나한테는 그런 말 안 했는데.'

차를 타고 왔다고 했지, 누군가 차를 태워 줬다는 얘기는 하지 않았다. 왜 자신에게 이런 얘기를 하지 않았을까, 약간은, 아니, 꽤 상심하게 되었다.

'그렇지. 이래야지.'

태원은 지원이 혼란스러워하는 모습이 재미났다.

음. 그럼……. 여기까지는 계획에 없었는데. 더 약 올려 줄까?

"봉사활동 갔을 때 어쩌다가 김이새 씨가 옷 갈아입는 걸 봤네. 사고지. 그런데 의외로 몸이 너무 예뻐서 반할 뻔했다. 난 그런 거에 흔들리는 사람이 아닌데."

순간, 지원의 주먹이 태원의 뺨을 아주 슬쩍 스치며 그 옆 허공에서 멈췄다. 공기를 가르는 것이 느껴질 정도로 날랜 주먹지르기였다. 놀란 태원이 숨을 삼키고 지원을 바라보았다.

"미안. 날파리가 있는 줄 알았어."

지원이 주먹을 거두며 사과했다. 어느덧 지원의 눈엔 냉기가 가득해졌다. 태원은 윗입술이 부르르 떨려오는 것을 감추며 쓸쓸하게 웃었다.

"아무튼 말이 좀 그러네. 내 조카의 선생에 대해 그런 얘기 듣고 싶지 않은데."

지원이 말했다. 태원은 지원을 더 괴롭히고 싶어졌다. 마침 CCTV도 있으니, 한 대쯤 맞아 줘도 괜찮겠다는 생각이 들었다.

"네 조카의 선생이 네 소유는 아니잖아."

"그렇다고 네가 그런 말을 할 수 있는 대상은 더더욱 아니지."

"잊었나 보네. 너한테 김이새 씨 소개시켜 준 건 나야. 너보다 내가 김이새 씨를 먼저 알았고. 너보다는 내가 그래도 김이새 씨랑은 더 친하지 싶네."

태원의 말에 지원의 눈매가 날렵하게 가늘어졌다.

"여자들 몸매 라인 정도야 수영장 같은 데서도 얼마든지 볼 수 있는 건데, 왜 그렇게 예민하게 굴어?"

뒤돌아 가려던 지원이 다시 돌아와 힘 있게 주먹을 날렸다. 역시 이번에도 태원을 치지는 않고 아슬아슬하게 멈췄다.

"역시 벌레가 있어."

지원이 넉살 좋게 말했다. 하지만 그의 눈엔 살기가 어렸다.

"지원이 너도 조심해야겠네. 너 어렸을 때부터 벌레에 잘 물렸잖아."

"그러게. 조심해야겠다, 앞으로."

지원이 웃지 않는 얼굴로 인사했다.

"그럼 난 갈게."

"그래, 잘 가."

"그런데 태원아, 구직자가 취직을 하면 헤드헌터는 할 일을 다 한 거야."

지원이 한 걸음 걸어갔다가 태원을 바라보고 말했다. 이만 김이새에게서 떨어지란 말이었다. 지원은 분노의 한숨을 태원에게 들키지 않으려 노력하며 길을 나섰다.

제길. 다른 녀석이 내 여자의 몸매를 평가하는 것을 듣는 건 몹시 짜증 나는 일이었다. 내 여자 얘기를 함부로 하지 말라고 말할 수 없는 것은 더욱더.

밤 1시가 넘어 집으로 돌아온 지원은 힘없이 터덜터덜 계단을 올랐다. 이새의 방에도 준서의 방에도 불빛은 없었다. 침실 문을 열고 들어와 불을 켤

때까지, 여느 때보다도 무겁게 느껴지는 발걸음이었다.

그때.

"워!"

이불장 문이 열리며, 장롱귀신 하나가 호박넝쿨처럼 쏟아졌다. 웬만해선 놀라지 않는 지원이 무방비상태로 있다가 움찔했다. 이불장에서 나타난 사람은 장롱귀신이 아니라 이새였다.

"놀랐죠! 오예에!"

이새는 지원을 놀라게 한 것이 무척이나 보람 있다는 듯이 기분 좋게 웃어 보였다.

"여기서 대체 뭐 한 거야?"

지원이 웃지도 화를 내지도 못하는 어정쩡한 표정으로 물었다.

"놀라게 해 주려고 숨어 있었지요."

"얼마나."

"음. 한 시간쯤?"

"이렇게 한 번 놀라게 하려고 한 시간 동안 웅크리고 기다리고 있었다고?"

"히히. 재미있잖아요."

하. 김이새답다.

"다른 사람이 들어오면 어쩌려고 이러고 있었어!"

"마침 준서 고모도 집을 비웠고, 준서 삼촌은 곧 올 것 같기도 했고. 생각보다 늦긴 했지만. 히히."

이새는 연신 웃기만 했다. 콕 쥐어박고 싶을 만큼 장난기 가득한 웃음에 지원도 허탈해졌다. 이새는 이불장을 다시 정리하여 말끔히 만들고 문을 닫았다. 그리고 지원의 눈을 바라보며 말했다.

"화내도 돼요. 아까 전화했을 때 준서 삼촌 목소리가 왠지 기운이 없게 들려서 나름 묘안을 짠 거거든요. 소리 빽 지르면 기운이 좀 나실까 해서. 이제 집에 오셨으니까 회사의 스트레스는 좀 털어 버리고 쉬세요."

그녀의 따뜻한 마음 씀씀이가 감동스럽다.

"저는 이만 나갈게요. 주무세요!"

정리를 마친 이새는 쿨하게 돌아섰다. 너무 늦은 시각이어서 지원의 휴식을 빼앗고 싶지 않았다. 그녀는 기운차게 문을 열었다.

그런데, 문이 다시 닫혔다. 그녀의 등 뒤로 팔을 뻗은 지원이 문을 밀어 닫아 버렸다.

"나가지 마."

그가 그녀의 어깨로 얼굴을 내리며 나지막하게 말했다. 어느새 그의 나머지 한쪽 팔이 그녀의 두 어깨를 완전히 감싸 버렸다. 그녀의 어깨를 뒤에서 끌어안은 채, 지원의 입술이 그녀에게로 가까워지고 있었다.

"그러게 이 늦은 밤에 왜 침실에 들어와."

뜨거운 숨결이 그녀의 목덜미 피부로 느릿하게 스며들었다. 그녀의 목뒤에서 점차 앞으로 다가온 그는 그녀의 쇄골께에서 멈춰 그녀의 체취를 들이마시듯 크게, 천천히 숨을 들이켰다.

이대로는 보호해 주기 힘들다. 태원의 얘기를 들은 직후부터 마음이 조급해졌다.

준서를 생각해서, 그리고 그녀와의 약속이 있기 때문에, 그녀와의 관계를 감추는 것이 옳다고 생각했었다. 이렇게, 그녀를 향하여 흑심을 드러내는 사람이 있을 거라곤 생각지 못했다. 자신이 그런 녀석들의 감정을 확인하고 발톱을 세울 수 있다는 것도.

태원의 뜬금없는 고백에 욱하여 자신이 정말로 태원을 쳐 버리기라도 했으면, 주먹이 조금만 더 옆으로 옮겨 갔다면 어떻게 되었을까를 생각하니 머리가 지끈거렸다.

"하하……."

피부에 내려앉는 숨결이 간지러워 이새는 부러 어색하게 웃고는 그를 바라보았다. 그의 눈빛이 무언가 달랐다. 조급해 보이기도 하고 힘들어 보이기도 했다. 힘든 내색을 하지 않았던 사람이라, 그녀는 불현듯 걱정되었다.

"무슨 일 있었어요? 뭐, 안 좋은 일 있었던 거죠?"

그녀의 따뜻한 걱정에 이내 마음이 녹아 버리고 만다. 한참 그녀를 바라보고만 있던 지원은 태원에게서 받은 지퍼백을 건네주었다.

"어? 우와! 이거 어디서 찾았어요?"

단추를 알아본 이새가 기분 좋은 목소리로 물었다.

"태원이가 전해 주래."

"헉. 왜 후원자님이 갖고 있었지?"

후원자님? 흥. 지원은 코웃음을 치고 싶은 것을 애써 숨기고 물었다.

"일요일에 태원이 차 타고 온 거였어?"

"아…… 차에 떨어져 있었대요?"

이새가 가볍게 고개를 끄덕이다가 지원 쪽으로 몸을 틀었다. 지원은 계속 무표정이었다.

"……그것 때문에 화나서 그러는 거예요?"

"아니."

지원이 인정할 수 없다는 듯 고집스럽게 대답했다. 하지만 정직하지 못한 대답은 조금도 오래가지 못했다.

"……맞아."

그는 제 마음을 인정하며 깊은 한숨을 쉬었다.

"왜 얘기 안 했어?"

그녀가 그제야 자신의 실수를 깨닫고 반성했다.

"생각이 짧았어요. 두 사람이 사촌지간이니 당연히 준서 삼촌 귀에 들어

갈 텐데. 제가 실수를 했네요."

"내 귀에 들어오지 않으면 사실대로 얘기 안 하겠다는 거야?"

그는 그녀의 대답이 마음에 들지 않는다는 투로 물었다.

"뭐든 나한테 다 얘기해. 그쪽 얘기를 남한테 듣는 건 정말 기분이 별로
야."

"네, 그럴게요. 죄송해요."

"그럼 차 안에서 잠들었다는 게, 태원이 차에서 잠들었단 거였어?"

"네……."

"후우……."

몇 번째 한숨인지. 3층 건물이 그대로 가라앉아 버릴 것만 같다.

"남자 옆에서 그렇게 자면 안 돼."

"준서 삼촌의 사촌 형제잖아요. 안전하게 느낄 만하니까 잠든 거예요."

"내 친척이라고 하면 도둑놈도 믿겠다?"

"도둑놈은, 없잖아요……."

지원의 눈이 부리부리해지는 것에 위축된 그녀가 작은 목소리로 말했다.

"그건 잘못된 생각이야. 사람을 무턱대고 믿지는 마. 속이 시커면 사람들
은 얼마든지 있다고."

"그럼, 그분도 속이 시커면 사람이라는 거예요?"

지원이 호되게 다그쳤으나 이새는 유쾌한 어투로 말했다. 지원은 답답할
뿐이었다. 그녀에게 태원이 했던 말을 그대로 전할 수는 없었다. 솔직히, 그
녀에게 사실을 털어놓는 것이 부끄러웠다. 사촌 형제가 한 말은 자신의 허
물이 될 것임을 알고 있었다.

"언제든 남자는 조심해야 돼."

지원의 진지한 말에, 이새는 큭큭 웃었다.

"준서 삼촌이 제 인생에서 가장 음흉한 남자라서요. 저는 다른 남자는 하

나도 안 무서워요."

"너 혼날래?"

계속 꼬리 물기로 말대답을 하는 이새의 장난에 못 이겨, 지원의 입에서 큰소리가 나왔다.

"내가 걱정돼서 말해 주면, 좀 경각심을 가져."

지원의 큰소리 덕에 이새의 웃음은 쏙 들어갔다. 대신 지원이 좀처럼 장난을 받아 주지 않는 것에 서운해진 이새가 입술을 실그러뜨렸다.

"앞으로 태원이 차 타지 마. 남자들 차는 웬만하면 타지 마. 아시겠어요, 김 선생님?"

"저기요. 오래전부터 궁금했는데요."

심통이 난 듯한 표정으로 입술을 오므리고 있던 이새가 불퉁스러워진 목소리로 물었다.

"왜 말을 낮추다 높이다 하세요?"

질문과 함께, 그녀는 가자미눈으로 그를 쓸어보았다.

얘기해, 안 돼, 믿지 마, 차 타지 마. 그의 단호한 말들에 그녀는 괜한 반발심이 일었던 것이다.

"아까는 너 혼날래, 라고도 하시고."

그녀를 빤히 보던 지원이 허어, 헛웃음을 지었다. 그녀와 둘이 있을 때 반말을 쓰는 것은 어느새 일상화되었다. 자신도 모르는 사이에 그는 이새에게 말을 툭 놓아 버렸다. 그녀와의 사이에 존재하는 높고도 두꺼운 벽을 허물어 보기 위한 나름의 선택이었는지, 자신의 말을 듣지 않고 비껴가려고만 하는 그녀에게 권위적으로 보이기 위한 방법이었는지는 잘 모르겠다.

"마음에 안 들어? 억울하면 그쪽도 반말해."

설명할 수 없는 상황에 놓인 그가 삐딱하게 말했다.

"진짜죠? 저 그런 거 사양 안 해요."

"해. 막말해. 너 혼날래, 라고 해. 괜찮아."

"진짜 반말할 거예요. 친구 먹을 거예요."

그녀가 을러댔다. 뾰로통하니 입이 나온 것이, 그의 권위적인 말에 심통이 많이 난 모양이었다. 그런 그녀를 도발하듯 그가 한쪽 입술 끝을 올려 웃으며 말했다.

"친구? 좋네. 나도 일곱 살 어린 친구 하나 가져 보자. 해. 마음대로 해."

원래 사람은, 하라고 멍석을 깔고선 부추기면 더 못하는 법이다.

"진짜 할 거라고요."

"하라고. 해."

"야, 안지원."

"……."

"사람을 겁주면 그렇게 좋냐? 그쪽이 잘났으면 얼마나 잘났냐?"

도도하게 고개를 치켜들고, 그녀가 용맹한 눈빛으로 쏘아댔다. 꽁꽁 언 개울에 망치질을 한 듯, 그녀의 도전적인 언사에 지원은 뇌가 시원하게 깨어나는 느낌이었다.

한참의 침묵 끝에 그녀는 동그래진 눈을 하고는 제 입을 막았다. 아차, 싶었던 것이다. 그의 도발에 걸려들어 정말로 말을 막 해 버렸다. 뒤늦게야 벌집을 건드렸다는 생각이 들었다.

"아뇨. 아뇨. 아뇨."

그가 한탄 같은 웃음을 흘리며 그녀에게 다가오자, 그녀가 금방 꼬리를 내렸다.

"판단착오였어요. 입이 미끄러졌어요. 말이 잘못 나왔어요."

워워. 그녀는 손바닥을 펼쳐 제 앞을 막으며 뒷걸음질을 쳤다.

가늘게 뜬 그의 눈이 반짝하고 빛났다. 먹잇감을 놓치지 않기로 각오하고 슬며시 다가서는 맹수를 보는 느낌이었다. 그녀는 목뒤의 털이 쭈뼛 서는 기분이었다.

"제가 너무 말을 함부로……."

"다시 해 봐."

"말이 잘못 나왔어요……."

"아니. 그 말 말고. 야, 안지원, 이렇게 다시 해 보라고."

"안 할게요."

그녀가 겁먹은 목소리로 말했다.

"혼내는 거 아니야."

그를 잘못 건드렸다는 생각에 긴장한 그녀가 숨도 못 쉬고 뒤로만 물러나는 것을 보며, 그는 한껏 미소 지었다.

와락. 삽시간에 지원은 이새를 제 품에 안았다. 그녀의 손을 확 잡아당기는 그의 힘은 빠르고 또한 정확했다. 그녀를 손에 넣은 그가 그녀의 귀에 대고 속삭이듯 말했다.

"아…… 미치겠네, 정말."

그녀에게 하는 말은 아니었다. 행복한 듯도 하고 아픈 듯도 한 혼잣말이었다.

"정말 마약 같은 여자야……."

"네? 뭐라고요?"

미치겠네, 마약 같은, 뭐라고요?

앞선 말보다 더 나지막한 혼잣말에, 이새가 목소리를 내어 물었다.

미친 마약이, 뭐라고?

마약 얘기면 엄청 위험한 얘기인 것 같은데. 또 이게 왠지 익숙한 말 같기도 하단 말이야…….

이새의 질문에 대답은 하지 않고 그는 동그랗게 오므려진 그녀의 입술에 제 입술을 겹쳤다.

마약 같은, 뭐라고……. 뭔가 되게 위험한 말을 했는데 이 방의 공기는 왜 이렇게 달콤한 거야. 안 어울리게.

부드럽고 달게만 느껴지는 그의 숨결에 그녀의 눈꺼풀이 절로 스르르 내려갔다. 흘러가는 바람이 아니라, 서로의 뜨거운 숨결이 얽히는 진짜 키스였다.

그럼 이건 이번 주의 키스구나.

한 주에 단 한 번만 키스를 허락한 이새였지만 그녀 역시, 유일한 기회가 사라져가는 것을 체감하는 마음이 얼씨구나 기쁜 것은 아니다. 그냥 확, 키스 제한을 풀어 버릴까 싶은 생각이 들 때도 있다. 하지만 그랬다가 이 뜨거운 남자가 저 혼자 활활 타오르고 금세 식어 버릴까 봐, 그게 겁이 난다.

"이번 주 몫의 키……."

"칼같이 정산하지 않아도 돼. 다 알고 있어."

이새가 소리를 내자 지원은 왜 입술을 떼었냐 핀잔을 주듯 말했다. 숨결은 케이크처럼 부드러운데 목소리는 바게트처럼 참 딴딴한 사람이다.

"아쉬운 건 월요일에 보충하기로 했는데 벌써 자정이 지났잖아. 화요일이야."

그가 토요일에 했던 얘기를 끄집어내어 말했다.

지원은, 이대로 더는 시간이 흐르지 말았으면 좋겠다고 생각하고 있었다.

그녀의 입 안에서 사랑을 나누고 있는 지금이 딱 좋다. 말랑하게 다가왔다가 옭아매려 들면 슬쩍 빠져나가 안달 나게 했다가 잠시 후 다시 다가오는 그녀의 새침함이 좋다. 자신의 안에서 온갖 귀여운 짓을 하는 그녀가 좋다.

어느새 회사에서의 스트레스와 태원과의 갈등이 모두 씻겨 내려가는 듯 속이 개운해지고 가슴에 그녀 하나만 남았다.

있잖아, 그거 알아? 오늘 당신이 했던 말을 할아버지 앞에서 써먹었어. 준서가 힘이라고 했던 말. 그런데 말을 잘못한 것 같네. 나의 힘은 당신이야. 당신이 나의 힐링이야.

하지만 그녀는 힐링인 동시에 욕망의 대상이었다. 그녀와 함께라면 그는 황진이처럼 동짓달 기나긴 밤을 마구마구 잘라다가 굽이굽이 펼쳐도 모자랄 것 같았다.

어떻게든 부족할 것을 알기에, 이제 이만 그녀를 돌려보내기로 한다. 굳게 마음먹은 그가 그녀에게서 입술을 떼었다. 자신으로 인해 반질반질해진 그녀의 입술이 탐스럽게도 그를 유혹하지만.

"아쉽지? 더 길어질 줄 알았는데."

그는 마음을 감추고 떠보듯 물었다.

"……아니요."

그녀도 약간의 아쉬운 마음을 감추고 대답했다. 어서 빨리 그가 쉴 수 있도록 해 주는 것이 여자 친구의 도리라고 생각했던 것이다. 침실에 들어서자마자 침대에 엎어져 잠들어야 할 것 같은 피곤한 시각에 잠이 홀딱 깰 만한 소동을 일으킨 죄책감이었다.

"어찌 그리 똑 부러지시는지. 수수깡이야."

'아니요'라는 덤덤한 피드백에 대한 대답으로, 그가 그녀의 손을 잡고 씨익 웃었다. 그녀가 그에게서 슬그머니 손을 빼며 말했다.

"이제 갈게요. 너무 늦었어요. 얼른 주무세요."

지원은 자신에게서 스르르 빠져나가려는 그녀의 팔을 다시 꼭 쥐어 위로 들어 올렸다.

"화상은 이제 다 나은 거지?"

"그럼요. 언제 다 나았는데."

"아직 붉은 기운이 있는 것 같은데?"

"이것도 시간 지나면 돌아온대요."

"병원에 간 지 얼마나 됐어?"

"지지난 주에 갔으니 한 열흘 됐나?"

"예약해 놓을 테니까 내일 갔다 와. 진단서에 '완치' 도장 찍어서 와."

"뭐, 이런 거 가지고. 시간 지나면 다 돌아온다니까요."

"내 마음이 불편해서 그래. 갔다 와. 준서는 잠깐 다원이한테 맡기고."

"네."

얼른 지원을 재워야겠단 생각에, 이새가 흔쾌히 끄덕였다.

"저, 정말로 이만 갈게요. 쉬세요."

"다음번엔 이렇게 말없이 들어오면 그냥 못 돌아갈 줄 알아."

"네?"

"언제든 들어오란 얘기야."

얼굴 이곳저곳에 보조개를 만들며 천천히 표정을 바꾸던 그녀가 씨익 웃었다. 그러고는 또 그가 잡을세라 냉큼 방에서 나가 버렸다.

그녀가 떠나는 쪽으로 향해 있던 지원은 문이 닫힌 후에 긴 한숨을 지었다. 그녀가 떠나니 큰 방에 가득했던 생기 넘치는 기운이 모두 사라진 느낌이다. 별다른 이유 없이 손에 쥔 공기는 텅 비어 허전하고, 먹먹했다. 연애를 시작하면 행복한 마음만 가득할 줄 알았는데, 벅찬 만큼 서럽기도 하고 괜스레 가슴이 죄여 들기도 하는 것 같다.

또한 두려운 마음도 함께 생겨났다. 그녀가 아까처럼 손에서 스르륵 빠져나갈까 봐, 혼자만 애가 탈까 봐. 집착하고, 통제하고, 더 갖고 싶어질까 봐.

다음 날 오후, 이새는 지원과 약속한 대로 피부과를 가기 위해 집을 나섰다.

다행히 다원이 흔쾌히 준서를 맡아 주기로 했다. 물론 준서가 낮잠이 들 만한 시간이었다. 지원이 연락해 둔 콜택시가 오는 동안 잠깐의 여유가 생긴 이새는 조용히 정원을 누볐다. 정원에는 정원사가 관상용 나무를 곱게 다듬고 있었다. 이새는 정원사와 마주친 것에 반가워하며 다가갔다.

"안녕하세요!"

이따금 마주치면 인사만 했는데, 이렇게 대화를 나눌 수 있게 되어 새삼 기분이 좋았다. 정원사도 이새를 보고 온화한 미소를 지었다.

"외출해요?"

"네, 잠깐 나갈 일이 있어서요. 그런데 도움이 필요하시면 제가 좀 거들까요? 택시가 올 때까지 시간이 좀 있는데."

"혼자서도 충분해요. 내가 이 일을 몇 년 했는데."

정원사는 여유롭게 웃어 보였다.

정말로 그녀가 거들 만한 것은 없어 보였다. 그냥 옆에서 잠깐 말동무가 되어 주면 나으려나 하는 마음에, 이새는 그 곁에 섰다.

"도련님하고는 많이 친해졌어요?"

정원사가 정답게 물었다.

"네, 준서하고는 처음부터 잘 맞았던 것 같아요. 지금은 처음보다 더 친해 졌고요."

"아기 도련님 말고. 이 집 주인. 사장 도련님."

정원사는 지원 또한 도련님이라고 불렀다. 다들 사장님이라고 부르는 줄 알았는데.

"아. 뭐, 그럭저럭이요."

정원사는 이새에게로 다정한 눈길을 한번 주고는 조용히 말했다.

"여기 온 지 한 달이 넘었겠네요."

"네, 50일쯤 됐어요."

"나는 이 집에서 있은 지 올해로 20년째예요. 큰도련님 작은도련님, 그리고 아가씨까지 커가는 걸 다 봤지. 학교 졸업하는 거, 군대 갔다 오는 거……."

이새는 정원사의 말에 가만히 고개를 끄덕였다.

'준서 삼촌을 어릴 때부터 알고 지내서 도련님이라고 부르는 거구나.'

이새는 자신이 알지 못하는 어린 지원의 모습을 상상해 보며 몰래 미소 지었다.

"큰 도련님은 분가하는 거, 아기 도련님 태어나는 거까지."

하지만 정원사의 이어진 말에 이새의 입가에 머물러 있던 미소가 사라졌다.

"주인어른 두 분이 돌아가시는 것도, 큰 도련님이 갑작스럽게 떠나는 것도."

20년 사이에 지원은 자신에게 가장 소중한 사람들을 많이 잃었던 거였다. 콧등이 슬쩍 시큰해졌다.

"형이 떠난 후로, 작은 도련님은 내내 어두웠던 것 같은데 요즘엔 얼굴빛이 아주 좋아요. 김 선생님 덕분인가 하는 생각이 드는데."

"……."

"도련님이 꽤나 외골수라 선생님도 상대하려면 애 좀 먹겠지만 아기 도련님 대하듯 편하게 대해 줘요. 어릴 때 부모님 다 잃고, 의지하던 형마저 잃고, 그나마 아기 도련님 지켜보겠다는 책임감으로 꿋꿋이 열심히 사는 젊은이예요."

정원사는 칭찬과 당부를 함께 전했다.

"말은 차갑게 해도 겉보기보다 정 많고, 예의 바르고, 잘 챙기고. 본받을 점이 많은 사람이에요."

그 목소리만큼이나 다정한 말이어서, 정원사의 말을 듣고 있는 동안 이새의 얼굴에 다시 미소가 생겨났다.

그래야지. 잘해야지. 날 좋아해 주는 고마운 사람인데. 내가 좋아하는 멋진 사람인데.

가끔 이것저것 간섭하고 단속하는 것이 얄밉긴 하지만, 그래도 정말 좋아하는 만큼 많이 좋아해 줘야지.

"네, 그럴게요."

유익한 대화를 나누는 사이 택시가 소리를 냈다. 그녀는 자리에서 일어났다.

"오늘 좋은 말씀 감사합니다. 나중에 또 뵐게요."

이새는 뿌듯한 마음으로 집을 나섰다.

역시나 이새가 장담했던 것처럼 왼팔은 완치 판정을 받았다. 이새는 지원의 깐깐한 간섭에 투덜거리면서도 기분 좋게 택시를 탔다.

8월 중순. 벌써 입추가 지났지만 오후 3시의 서울은 여전히 무더웠다. 뜨거운 태양에, 인도와 도로가 내뿜는 열기까지 더해져 세상은 그야말로 찜통이었다.

그럼에도 불구하고 이 도시의 사람들이 꼭 인상을 찌푸리고만 있는 것은 아니었다. 일이 바쁜지 서류 가방을 들고 바삐 걸음을 옮기는 회사원, 길가에 물건을 늘어놓고 파는 상인, 지하철역 옆 벤치에 앉아 쉬는 노인, 엄마와 함께 방학 나들이를 나온 꼬마, 교복을 입고서 아이스크림을 먹는 여학생 무리들……. 이 더위에 밖으로 나온 사람들의 표정은 생각보다 밝았다. 그들이 그리는 풍경이 그들의 표정만큼이나 다채로워 이새는 지그시 미소 지었다.

준서가 이런 것들을 많이 봤으면 좋겠다. 한낮의 사람들은 무엇을 하는지. 빌딩숲에 몇 개의 나무가 있는지, 사람들이 그 나무를 얼마나 의지하는지. 방학을 맞이한 아이들은 어떻게 놀고, 또 어떻게 더위를 이겨 내는지. 도심의 분수에서 아이들은 무엇을 할 수 있는지.

집에서, 정원에서 다 느낄 수 없는 온갖 여름을 준서에게 알려 주고 싶다.

여름뿐 아니라 다음 계절도, 또 다음 계절도.

집에서 책을 들여다보는 것만이 공부는 아니다. 오히려 바깥 세상에 더 많은 학습거리가 있었다.

'준서 삼촌한테 졸라 봐야지. 준서랑 밖에 나가서도 놀고 싶다고.'

잘 조르면 허락해 주겠지. 내겐 여친 찬스가 있으니까.

이새는 택시를 타고 돌아가는 내내 즐거운 생각을 했다. 지원에게 어떻게 허락을 받을까, 준서와는 어디를 갈 수 있을까 생각하는 동안 이새가 탄 차는 마을에 닿았다.

"골목으로 들어가시지 말고 여기서 세워 주세요."

저택이 가까워질 즈음에 택시에서 내린 이새는 행복한 마음으로 길을 걸었다. 요즘처럼 매일매일이 즐겁고 가슴 설레었던 적은 없는 것 같다.

'준서가 기다리겠네. 빨리 가야지.'

두 시간 자리를 비운다고 했으니 아직은 여유가 있었지만 그녀는 준서 생각을 하며 바삐 걸음을 옮겼다. 그렇게 서둘러 대문 앞에 섰는데, 한 젊은 여자가 대문가에서 허리를 굽히고 무언가를 열심히 찾는 것이 보였다. 뭘 잃어버린 모양이었다. 의아한 마음에 이새는 여자에게 말을 걸었다.

"실례합니다. 뭐 찾으시는 거 있으세요?"

이새의 말에 여자가 굽혔던 허리를 펴고 고개를 들었다. 약간 동그란 얼굴에 굵은 웨이브 머리, 작고 야무지게 보이는 이목구비, 단정한 옷차림. 사랑을 많이 받고 자랐을 것만 같은 부잣집 막내딸의 외모를 가진 여자였다.

"네. 금방 여기서 제 귀고리 한 짝을 떨어뜨렸는데, 안 보이네요."

여자는 다시 고개를 내리고 주변을 훑었다.

"어떻게 생긴 귀고리예요?"

"아주 작은 다이아 귀고리예요. 이렇게 생긴 거."

여자는 나머지 한 짝을 보여 주며 말했다.

"너무 작아서 안 보이나 봐요."

여자는 울상이었다. 엉겁결에 여자의 귀고리 찾기를 돕게 된 이새도 대문 주위를 샅샅이 살폈다. 하지만 대문가의 돌이 반짝거려 귀고리를 발견하기가 쉽지 않았다. 여자는 길가에서 시간을 지체하느라 맺힌 식은땀을 닦으며 이새에게 말했다.

"어휴. 포기해야 되나 봐요. 아무튼 같이 찾아봐 주셔서 고마워요."

"어? 여기 있다! 찾았어요!"

길을 따라 몇 발짝 더 내려간 이새가 여자에게로 달려왔다. 이새의 손바닥 위에는 여자가 보여 준 것과 같은 귀고리가 있었다.

"와아!"

귀고리를 전달받은 여자가 환호했다.

"저 아래까지 굴러갔네요. 다행이에요."

"정말 감사해요. 저기, 감사해서 밥이라도 한 끼 사고 싶은데 시간이 없네요. 약소하지만……."

여자는 지갑에서 5만 원짜리 네 장을 꺼내 이새에게 내밀었다. 이새는 정색을 하며 손사래 쳤다.

"어머. 아니에요! 그런 걸 바라고 한 일도 아니고 받을 만한 일도 아니에요."

"이 귀고리가 귀한 거라서요. 사양하지 말고 받으세요."

"아니에요. 정말 아니에요! 그럼 저는 이만 들어가 보겠습니다!"

이새는 극구 사양하며 재빠르게 대문의 초인종을 눌렀다. 이럴 때는 빨리 도망가는 게 상책이다.

"어?"

그런데 이새가 벨을 누르는 것을 보고 여자가 다시 물었다.

"그 집에 일이 있으세요?"

여자의 질문은 '그 집에 사세요?'가 아니라 '그 집에 일이 있으세요?'였
다. 마치 이 집의 주인을 알고 있다는 듯이.

"네? ……네."

"와아! 나돈데. 그럼, 다원이 친구?"

다원을 잘 알고 있다는 듯한 질문에 이새의 목소리가 살짝 굳었다.

"아뇨. 이 집에서 일하고 있어요."

"아. 그래요? 정말 반가워요. 저도 여기서 일할 거예요."

여자는 반갑게 손을 내밀었다.

"저는 앞으로 다원이 조카와 함께 지내며 교육을 담당할, 정민지라고 해
요."

10. 엄마라고 불러도 돼

같은 시각.

배 주임으로부터 할아버지 상호가 자신의 집에 다른 가정교사를 보냈다는 얘기를 듣고 급히 본사로 달려온 지원은 상호에게 매섭게 따졌다. 절대 다른 가정교사를 받아들일 수 없었다. 그런 지원에게 상호는 냉랭하게 말했다.

"인베스트먼트를 없애기로 했다."

지원의 한쪽 눈썹이 구겨졌다.

"누가요? 할아버지가요?"

"널 시기하는 많은 사람들이."

"할아버지, 인베스트먼트를 없애면 우리 그룹 이미지에도 흠집이 나는 거예요. 직원들이야 계열사로 이직시키면 되지만 투자하고 있는 소기업들은요. 지금은 우리가 투자를 하는 입장이지만 그들은 다 우리 고객입니다. 그것도 다들 브레인이고요."

"하지만 네가 전문 경영인으로서의 자질이 부족하다는 얘기가 나오면 그런 수순을 밟게 되는 거다."

상호의 악독한 평에 지원은 허탈한 한숨을 내쉬었다.

지금껏 그는 워커홀릭이었다. 그를 어리다는 이유로 쉽게 평가 절하해 버리는 그룹 임원들과 주주들을 성과로서 설득하기 위해 얼마나 많은 퍼포먼스를 보여 주었던가.

지금까지 그의 사전에 실패는 없었다. 말레이시아 백화점 건이 잘못되긴 했지만 그것을 제대로 되돌리기 위해 현재도 그는 부단히 노력하고 있었다. 그렇게 회사에 충성을 다하고, 좋은 성과를 내고 있는데 백화점 건을 트집 삼아 그를 이렇게나 깎아내리려 한다는 게 허무하고 또한 답답했다.

"네 형은 나와 네 숙부들이 바짝 쪼았을 때 더 에너지를 내는 사람이었어. 네게서는 그런 것을 찾을 수 없다고 입을 모아 말하더구나. 일단은 막았다. 내 권한으로는 어떻게든 그런 소리 안 나오게 막을 수 있어. 하지만 언젠가 내가 떠나면 어떻게 할 거냐."

상호의 말이 모두 그른 것은 아니었기에, 지원은 일자로 입을 닫을 수밖에 없었다.

"다른 조건은 없어. 가정교사를 바꿔라. 정 고집을 부리겠다면 두 명을 번갈아 쓰거나 두 명 다 고용해. 그것까지 욕심내지는 않으마."

"그래도 할아버지께서 원하는 결과는 없을 거예요."

"어쨌든 내가 원하는 결과가 나올 거야."

상호는 슬쩍 입꼬리를 올렸다.

상호가 머릿속으로 그리고 있는 그림을 알고 있는 지원은 열이 오르는 마음을 눌러 참고 집무실을 나섰다.

이새는 정원을 지나 저택으로 가는 내내 민지를 상대해야 했다.

"예전에 남자아이랑 같이 있다가 그 녀석이 귀를 잡아당기는 바람에 귀고리에 걸려서 귀가 살짝 찢어진 적 있었거든요. 그 생각이 나서 준서 만나기 전에 귀고리를 빼려다가 떨어뜨린 거예요."

이새는 민지의 말이 조금도 귀에 들어오지 않았다. 누구에게나 잘 웃어 준다는 말을 매양 듣고 사는 이새도 이 순간만큼은 예외였다. 너무 갑자기 닥친 일이라 머릿속이 멍했다.

교육 담당이라니. 내가 준서의 교육 담당인데. 이 사람은 무슨 말을 하는 거지?

지원에게도, 다원에게도, 이 집의 사람들 누구에게도 그런 말은 들은 적 없었다.

'우리 사이를 들킨 건가? 그래서 날 쫓아내려는 걸까?'

비밀 연애를 들킬 만한 일을 한 게 있는지 떠올려 보기도 했다.

"저기, 말씀드릴 게 있는데요."

이새가 계속 이어지는 민지의 말을 끊고 말을 걸었다.

"이 집에서 준서의 교육 담당은 저예요. 저는 바뀐다는 말도 듣지 못했는데요."

"아……. 그게 다 사정이 있어요."

이미 준서의 가정교사가 있다는 것은 알고 있는 사실이라는 듯이, 민지는 조금도 놀라지 않고 눈웃음 지었다. 거의 민지의 일방적인 수다로 이어지던 대화는 저택 앞에서 끊겼다. 현관문이 열리고 배 주임이 걸어 나왔다.

"어서 오십시오. 정, 민지…… 선생님."

미리 전달받은 내용이 있는지, 배 주임은 '선생님'이라고 불렀다. 그러나 이새를 대할 때보다 더욱 깍듯했다. 조금 불편해 보이기도 했다.

"안녕하세요, 주임님. 이 집의 총관리를 맡아 주신다고요. 할아버지께 얘기 많이 들었어요."

민지가 밝게 인사했다. 배 주임은 민지의 말을 알아들을 수 없다는 듯 빤히 보았다.

"안상호 회장님이요."

민지는 '할아버지'가 누군지를 밝히며 웃어 보였다.

'아…….' 하며, 배 주임이 알아들었다는 듯 잠시 끄덕였다. 이에 웃거나 쑥스러워하는 반응을 보이지는 않았다. 배 주임에게도 지금의 상황은 당황스러워 보였다.

"어쨌든 들어오시죠."

배 주임이 안내하여 민지는 저택 안으로 들어갔다. 졸지에 꿰다 논 보릿자루가 된 이새도 조용히 따라 들어갔다. 계단 쪽에서는 다원이 걸어 내려오고 있었다.

"뭐야. 오라는 김 선생은 안 오고 무슨 새로운 선생……. 어?"

다원은 계단에서 내려오다가 걸음을 멈췄다.

"다원아!"

민지가 반갑게 다원을 불렀다. 다원은 살짝 당황한 얼굴로 고개를 갸웃거리며 미간을 구겼다.

"……네가 이름이 뭐더라?"

한 사람은 다정하게 이름을 부르고, 또 한 사람은 상대방의 이름도 제대로 기억하지 못하고. 두 사람은 이상한 사이였다.

"정민지. 기억 안 나?"

민지는 서운해하는 표정도 없이 제 이름을 전했다. 그제야 생각이 났다는 듯 다원은 몇 번 끄덕거렸다. 그러나 여전히 그다지 반기는 기색은 아니었다.

"너희 집이 어려웠던가? 이런 데 가정교사를 올 정도로?"

"차차 얘기해 줄게."

민지가 미소 지었다. 다원은 심각한 얼굴로 고개를 천천히 젓다가 휴대폰으로 지원에게 전화를 걸었다. 지원도 이 사실을 알고 있는지 궁금했다. 잠시 후 전화받는 소리가 들렸다. 다원은 지원이 반응을 보일 때까지 참지 못하고 말했다.

"여보세요. 오빠, 지금……."

-가고 있으니까 기다려. 거기 온 선생님도 기다리라고 해.

수화기 너머의 지원도 꽤나 다급한 모양이었다. 전화는 바로 끊어졌고 다원은 더 아리송한 표정이 되었다.

"오빠가 집으로 오고 있다고 여기 온 선생님도 기다리라는데? 오빠하고는 얘기가 됐나 보네?"

다원의 말을 들은 이새 또한 암담해졌다. 그녀의 휴대폰으로 걸려 오는 전화는 없었다. 상황을 제대로 알 수 없으니 가슴이 꽉 막힌 것만 같았다.

잠시 후 식당에 앉은 이새와 다원은 민지의 자초지종을 전해 들을 수 있었다.

제약회사를 경영하는 민지의 아버지와 지원의 할아버지가 잘 알고 지내는 사이라는 것, 지원의 할아버지가 준서에 대한 이야기를 했고 민지의 아버지가 민지를 소개했다는 것, 민지는 구직을 위해 온 것이 아니라, 준서의 문제를 해결해 보고자 여기 있게 될 거라는 것.

"우선 준서가 글을 잘 모르고 학습이 더딘 게 문제라는 얘길 들었어요. 마침 제 석사 논문 주제가 학습이 더딘 아이들을 위한 교육법이거든요."

준서 글 알아요. 굉장히 잘 알아요. 배운 것은 스펀지처럼 흡수하고 똑똑하고 똘똘한 아이예요.

목구멍까지 올라온 말이 밖으로 나가겠다고 성화를 부렸다. 이새는 주먹을 꼭 쥐어 이를 참았다.

"저랑 같이 공부하면 준서도 영재가 될 수 있을 거예요."

민지가 자신 있게 말했다. 다원은 민지의 이야기가 그럴듯해 보이는지 잠깐 끄덕이다가 식당 밖으로 나갔다. 어쩌면 다원이 민지의 화술에 넘어갔는지도 모르겠다고 생각했다. 하지만 이새는 양보할 수 없었다.

"저는…… 나갈 생각이 없어요. 준서가 초등학교에 들어갈 때까지 책임지고 돌보는 게 제 역할입니다. 누구에게 넘겨줄 수 없어요."

이새는 민지를 쳐다보지 못했다. 민지에게 이만 썩 돌아가 버리라는 말은 할 수 없었다.

"김이새 씨 마음 다 알았어요."

민지는 역시, 조금도 동요하지 않고 미소 지었다.

"나도 누구의 일자리를 빼앗을 생각은 조금도 없어요. 다른 일이 있어서 매일 돌보지도 못하고요. 다만 내가 같이 있으면 준서의 공부에는 도움이 될 거예요. 지금 준서가 어느 수준인지 김이새 씨는 잘 모르잖아요."

"……."

"준서는 앞으로 배울 게 많아요. 먼 미래에는 전문 경영인이 될 수도 있고요. 그럼 전문 경영인 수업도 받아야 해요."

'전문 경영인'이라는 말에 이새는 고개를 올려 민지를 바라보았다. 대기업의 대표 자제들은 어렸을 때부터 경영 수업을 받는다는 얘기를 들은 적 있었다. 민지 또한 아버지가 제약회사의 대표라고 했으니 비슷한 교육을 받았을 수도 있다. 이는 이새는 전수해 줄 수 없는 분야였다. 대학교에서도 경영학 수업은 듣지 않았다.

'하지만…… 하지만, 아직 준서는 일곱 살이잖아.'

아이가 미래에 어떤 삶을 택하게 될지 절대 알 수 없는데 왜 벌써부터 전문 경영인 수업을 받아야 할까. 이새의 마음에 반발심이 일었다.

민지는 자신만만한 목소리로 계속 말했다.

"나는 준서가 특별하다고 생각하고 준서에게 맞는 맞춤형 교육을 할 거예요. 김이새 씨도 함께 있으면 내게 배우는 게 있을 거예요."

그때, 식당 밖에서 지원의 목소리가 들리고 문이 열렸다.

"그럴 일은 없을 겁니다."

이곳에 닿기까지 바삐 움직였는지 조금은 숨이 찬 듯한 지원이 잔뜩 굳어진 얼굴을 보였다. 지원은 살짝 이새에게로 고개를 돌리며 안타까운 눈빛을 했지만 시간의 대부분은 민지와 맞섰다. 지원을 보고 민지가 일어났다.

"오빠, 아니……. 아, 뭐라고 불러야 할지를 생각 안 했네요."

민지의 말에 지원보다도 이새가 더 놀란 표정을 지었다.

'두 사람도 서로 알고 있었구나.'

더군다나 '오빠'라니. 민지의 목소리를 들은 이새는 서러워졌다.

"마음대로 부르시죠. '오빠'만 빼고."

지원은 싸늘한 목소리로 말했다.

"네, 안지원 씨. 오랜만이네요."

"할아버지가 낙하산으로 들인 가정교사가 그쪽일 거라고는 상상도 못 했네요."

"네, 어쩌다 보니 그렇게 됐어요."

"우리 집은 가정교사가 두 명이나 필요하진 않습니다. 지금 김이새 선생님의 교육 방법을 존중하고 있고요."

"교육 방법에 대해서는 김이새 씨와 먼저 얘기 나눴어요. 그쵸, 김이새 씨?"

지원이 냉랭하게 말하자 민지는 이새에게 도움을 구했다.

"……아뇨. 저는……."

이새는 대답을 하기가 힘겹다는 듯 눈을 꽉 감았다 떴다.

"저는 역시 안 되겠어요. 준서와 둘이서만 평화롭게 지내고 싶어요."

"김이새 씨……."

"일단 준서는 절대 학습이 더딘 아이가 아닙니다. 글을 모르는 것도 차차 나아질 거고요."

이새는 좀 더 목소리를 크게 내어 담담하게 말했다. 졸아 있는 모습을 보여 주고 싶지 않았다.

"영재가 되는 법을 알려 주겠다고 하셨지만, 저는 굳이, 준서가 원하지도 않는 영재교육을 시키고 싶진 않아요."

"아직 준서는 영재교육을 받아 본 적이 없잖아요. 그 세계가 어떤지, 어떻게 재미를 붙일지 알지도 못하면서 섣불리 말하면 안 될 것 같아요."

민지가 이새의 의사에 재빠르게 응수했다.

"어쨌든 오늘은 말만 길어질 것 같으니 이만 가도록 할게요. 김이새 씨가 많이 흥분한 것 같네요."

민지는 곧 자리에서 일어났다. 그녀의 표정도 약간은 굳어 버렸다.

"마음을 추스를 시간이 필요할 것 같네요. 마음 상하게 했다면 미안해요. 그럴 의도는 아니었어요. 내일이든 모레든 다음 주든, 빠른 시일 내에 다시 돌아오도록 할게요."

하지만 민지는 자신의 옆에 서 있는 지원에게 곧 다시 웃어 보였다.

"오빠, 아니, 안지원 씨."

일부러 '오빠'라는 말을 앞에 붙인 것만 같아 이새는 듣기 거북했다.

"우리 둘이 잠깐 얘기할 것도 있지 않을까요? 얼굴 본 것도 오랜만인데."

지원은 민지를 보며 떨떠름한 표정을 지었다.

"저 차도 안 끌고 왔어요. 초행길이라 운전은 어려울 것 같은데. 태워다 주실 수 있죠? 차 타고 가면서 더 얘기해요, 우리."

"배 주임, 택시 불러 줘요."

지원은 망설이지도 않고 식당 문을 열어 밖에 대기하고 있던 배 주임에게 말했다. '네.' 하고, 배 주임의 대답 소리가 들렸다.

"얘기는 여기서 하죠. 할 얘기는 5분이면 끝날 것 같네요."

지원이 손목시계를 살펴본 후, 민지에게 재촉하듯 말했다. 민지가 이런 데서 할 얘기는 아니라는 듯 이새를 슬쩍 곁눈질로 보며 지원에게 눈치를 줬다. 그 눈치를 먼저 깨달은 사람은 이새였다.

"아, 제가 자리를……."

이새는 말을 다 끝맺지도 못하고 밖으로 휙 나가 버렸다. 지원이 이새를 잡기 위해 손을 뻗었지만 서로 멀리 있어 잡을 수가 없었다.

"김이새 씨 눈치 빠른 게 참 예뻐요. 자리 피해 줄 줄도 알고. 잘 지낼 것 같아요."

이새가 떠난 후, 민지가 밝게 말했다.

"오빠, 잘 지냈어요? 엄청 오랜만인 것 같은데."

"오빠라고 부르지 마. 난 그쪽 오빠 할 생각 없어."

"여전히 까칠하시네요."

지원은 미간을 잔뜩 구기고 민지를 쳐다보았다.

"나도 이러는 게 좋아서 그러는 건 아니에요. 여기까지 아이 보러 오가는 것도 보통 일이 아니고. 우리 아버지랑 오빠네 할아버지가 친한 건 아시죠? 그래서 오래전부터 나왔던 얘기인 모양이에요. 두 집안을 합치는 거."

"애 딸린 남자와 집안을 합치는 문제에 대해 그쪽 집안에서는 뭐라고 안 하나?"

"오빠 애도 아니잖아요."

민지가 그 정도는 거리낄 것 없다는 듯 가뿐하게 대답했다.

"아무튼 나는 애들 좋아해요. 그러니까 전공도 그쪽이었던 거고. 준서 같은 애라면 환영이죠."

"그런 마인드라면 돌아가. 그쪽 마인드는 잘 알았으니까."

"네?"

"우리 집안이랑 합치고 싶은 마음에 집안을 대표해서 나선 거 아니야? 결혼을 위해 이 집에서 일하겠다는 거잖아. 내가 준서 가정교사로 원하는 사람은 순수하게 준서에게 사랑을 베풀 수 있는 사람이야. 결혼 부채질에 흔들려서 여기까지 날아온 사람이 아니라."

지원이 가차 없이 말했다. 모두 지원의 진심이었다.

"가정교사는 이렇게 이만 얘기 끝내고 결혼 문제는 나중에 정식으로 거절 의사 밝힐 테니까 집에 가서 조금만 기다려."

"그렇게 칼같이 얘기하지 마세요. 저도 여기 오는 게 쉬운 일은 아니었다는 얘길 하려던 거였는데, 왜 그렇게밖에 얘기를 못 하세요?"

"괜히 헛물켜지 말라고. 괜한 희망도 갖지 말고."

"헛물일까 따져 본 적도 없고 괜한 희망을 갖지도 않았네요. 남의 순수한 의도를 너무 폄하하는 거 아니에요? 그렇게 철벽이시니 솔직히 좀 오기가 생기네요."

민지의 목소리가 조금 높아졌다.

"오늘은 이만 혼자 가 볼게요. 하지만 또 뵙게 될 것 같네요. 제가 포기해도 오빠네 할아버지께서 절 포기하지 않으실 테니."

그녀는 뾰로통한 얼굴로 뒤돌았다. 민지를 쫓아가지 않고 식당에 우두커니 선 지원이 잠시 생각에 잠겼다.

10년도 더 전이다. 고3 때 사귀었었으니.

하지만 오래 만나진 않았다. 길어야 일주일도 가지 않았을 것이다. 그때 쟤가 어떤 애였더라, 떠올려 보려고 해도 조금도 기억나지 않는 존재감이었는데, 언제 저렇게 내공을 쌓은 거지?

그는 한숨을 쉬다가 바로 이새를 떠올렸다. 실망했다는 듯 돌아선 이새의 표정을 생각하니 안타까웠다. 그녀의 마음을 어서 풀어 주어야겠다는 다짐을 하며 식당을 나섰다.

지원과 민지보다 먼저 식당을 나온 이새는 터덜터덜 3층으로 올라갔다.

"갔어?"

먼저 식당을 탈출했던 다원이 이새에게 물었다.

"곧 간다고 하던데요."

"김 선생 눈에도 딱, 견적이 나오지?"

"네? 무슨……."

"민지 말이야. 오빠랑 엮어 주려고 할아버지가 술수 쓰신 거야. 우리 할아버지가 여든이 넘어서서 고집이 좀 있거든."

역시 그랬구나. 이새가 말없이 끄덕였다. 아픈 마음을 감추느라 입술에 힘을 주게 됐다.

"혹시나 해서 할아버지한테 전화하니까 실토하시더라고. 성화 인베스트먼트라고 오빠가 혼자 운영하는 회사가 있거든. 소기업들 자문해 주고 투자해 주고 그러는 건데, 오빠가 제일 좋아하는 일이야."

성화 인베스트먼트는 이새도 알고 있었다. 지원이 엔젤 투자자로 일하는 회사였다.

"오빠가 요즘 위태로워서 그 회사를 없애 버릴까 하는 말이 간간이 들려온대. 그래서 할아버지가 그걸 담보로 걸었나 봐. 민지 여기 두는 조건으로 성화 인베스트먼트 공중분해 얘기 나오는 거 막아 주겠다고."

다원은 시원하게, 다른 사정도 자진하여 모두 풀어놓았다. 다원의 말에 이새의 동공이 위태롭게 흔들렸다.

"그러니까 김 선생도 너무 씁쓸하게 생각하지는 마. 오빠는 일 때문에 어쩔 수 없이 들이는 거야. 나도 오빠도 김 선생 내쫓을 마음 없어. 알지?"

다원은 이새의 기분을 풀어 줄 의도였겠지만, 이새의 가슴에는 더 큰 근심거리가 내려앉았다. 그가 위태롭다는 것, 그가 자부심을 가지고 만든 회사가 없어질 수도 있다는 것, 이를 막아 주는 담보로 그의 할아버지가 내세운 사람이 정민지라는 것. 모든 것이 막막한 이야기였다.

지원은 지금까지 그녀 앞에서 약한 모습을 보인 적이 없었다. 그가 이렇게 힘들다는 것을 그녀는 모르고 있었다. 가슴에 바늘이 몇 개 꽂힌 것만 같았다.

준서가 잠에서 깨어나는 바람에 이새와 지원이 진지하게 얘기를 나눌 시간은 없었다. 이새도 당장 지원의 말을 듣고 싶은 생각은 없어 지원을 의도적으로 피했다.

지원은 일이 많아 회사로 다시 떠났다가 밤에야 돌아왔고 그때에야 두 사람은 제대로 얘기를 나눌 수 있었다.

"나 왔어. 얘기 좀 나눌 수 있을까?"

퇴근한 지원이 먼저 이새의 방을 찾았다.

"네, 들어오세요."

이새도 지원에게 할 얘기가 있었기에, 지원을 흔쾌히 방으로 들어오게 했다.

"저 인형들은 뭐야?"

이새의 책상을 보고 지원이 물었다. 책상 위의 인형 몇 개가 눈에 띄었다. 준서 팔뚝만 한 크기의, 작은 인형이었다.

"어제 말했던 양말인형이에요. 준서 양말 중에 구멍 난 것들로 만들었어요."

"그런데 이 까만 인형은 뭐야?"

지원은 맨 구석에 있는 검정색 원숭이 인형을 가리키며 물었다. 다른 인형들보다 크기가 큰 인형이었다. 온통 까만색인 인형의 배엔 바늘이 잔뜩 꽂혀 있었다.

"그건 준서 삼촌 양말로 만든 거예요. 바늘꽂이로 잘 쓰고 있어요."

"흐음, 그래서 요즘 내가 도통 소화가 안 됐구나."

"주술은 안 걸었다고요. 생사람 잡지 마세요."

"김이새 양말로도 인형 하나 만들어 줘. 가지고 다니게."

"아바타 같은 것도 못 만들어요."

그녀가 뾰로통하게 응답했다. 지원이 그녀에게 다가와 가만히 어깨를 안았다.

"낮에 속상했지?"

이새는 지원을 빤히 올려다보았다.

속상했어요. 지금까지 준서와 함께 있었던 시간이 버려지는 것 같아서 슬펐어요. 그 여자가 준서 삼촌을 오빠라고 부르는 것도 싫었어요.

하지만 그녀는 겉으로는, 뾰로통한 표정으로 한번 콧방귀를 뀌는 것이 다였다. 지원을 기다리는 동안 그녀의 마음은 많이도 여려졌다. 지원은 자초지종을 얘기하기 위해 천천히 입을 열었다.

"일단 우리 할아버지는 성화그룹의……."

"알아요. 준서 삼촌이 어떤 분의 손주인지. 그저 엔젤 투자인 것만은 아니라는 거 알고 있어요."

그녀에게 자신이 하는 일에 대해 제대로 말해 준 적이 없었던 지원은 더듬거리며 물었다.

"아, 알아?"

"어떻게 그걸 몰라요? 위치 자체가 숨기려야 숨길 수가 없는 위치인데. 조사하면 다 나온다고요."

"나에 대해 조사했었어?"

"제 동생이 말해 줬어요. 준서 삼촌이 이런 집안의 사람이니까 조심하라고."

지원은 이새를 빤히 보다가 후우, 한숨을 쉬었다.

"그래서 날 그렇게 거부했던 거였어?"

"그것도 이유 중의 하나가 되긴 하죠."

"그것 말고 또 다른 이유도 있어?"

"아시잖아요. 클라이언트와는 연애를 하지 않는다, 그건 철칙이에요. 그리고……."

"또 있어?"

"성격, 성격. 그렇게 저를 옭아매는 건, 저의 자유로운 영혼이 용납하지 않는다고요."

"내가 뭘 그렇게 옭아맸다고."

지원이 원숭이 인형의 바늘을 꽂았다 뺐다 하며 삐죽거렸다. 그를 보는 그녀의 마음에도 애틋함이 생겨났다.

"저는 괜찮아요."

그렇게, 사랑하는 마음으로 그를 보면, 세상에 할 수 없는 것이라곤 없을 것 같다.

"뭐, 저는 감내할 수 있을 것 같더라고요."

이새의 뜬금없는 말에 지원이 이새에게로 눈길을 주었다.

"준서가 사람을 더 만날 수 있도록 해 주려고 문화센터 같은 곳도 생각해 보고 있었는데, 선생님이 한 명 더 있는 것에 무조건 반감을 가질 필요도 없겠다 싶어요."

"마음에 없는 소리 하지 마. 아까는 싫다고 했잖아."

"아뇨. 정민지 씨가 떠나고 나서 가만히 생각해 보니까, 그분은 많이 배운 사람이고, 나는 아직 학부생이더라고요. 저보다 훨씬 아는 것도 많을 텐데, 어쩌면 그분이 준서를 보게 되어서 준서에게는 기회일 수도 있는데 제가 너무 제 욕심대로만 얘기했더라고요."

"……."

"준서 삼촌이 정민지 씨가 더 마음에 든다는 이유로 절 내쫓진 않을 거잖아요. 그죠?"

"뭐, 그런 말을 해……."

지원의 목소리가 작았다. 이새는 일부러 더 밝은 목소리로 얘기했다.

"혹시나 절 내쫓아도 계속 만나 줄 거잖아요. 그렇죠?"

"나가라고 하지도 않을 거야."

"그럼 됐어요. 저는 제 편이 확실하게 있으니까 누가 와도 상관없어요."

그에게 폐가 될 순 없었다. 자신이 밝아야, 그가 마음 편히 회사 일에만 전념할 수 있다는 것을 그녀는 잘 알고 있었다.

"이런 걸 이겨 낼 수 있어야 앞으로 준서 삼촌의 여친으로서 더 대범한 일을 할 수 있을 것 같아요."

"대범한 일이 뭔데."

지원이 힘없이 웃고는 물었다. 이새가 고개를 갸우뚱하다가 대답했다.

"뭐, 언젠가 사람들한테, '이 남자가 내 남자다' 말하는 거?"

그리고 멋쩍은 듯 웃어 보였다.

하아……. 지원의 입에서 짙은 탄식이 쏟아졌다. 그녀를 바라보는 그의 눈빛에 뜨거운 온도가 실렸다. 그녀가 주는 감동은 늘 새로워서 매번 그를 놀라게 한다. 이새에게로 다가간 지원이 그녀를 꼭 안았다. 안고 있는데도 가슴이 저미는 먹먹함이 생기는 건 너무 사랑하기 때문일 것이다. 품에서 놓아주지 않을 것 같은 압력에 이새가 조용히 투정을 부렸다.

"아, 숨 막혀요."

솔직한 목소리가 그의 울림통을 통해 이새의 온몸을 휘감아 울렸다.

"나야말로 당장 이 여자가 내 여자다, 말하고 싶다."

그의 품은 언제나 따뜻하다. 사랑받는 느낌이 무엇인가를 알게 하는 따뜻함이다. 그래서, 마음껏 응석 부리고 싶게도 한다는 걸 당신은 아는지.

그는 그렇게 그녀를 강하게도, 약하게도 만들 수 있는 사람이 되었다. 처음엔 이 감정이 무서웠는데, 이젠 어느새 그녀 또한 이를 잘 요리할 수 있는 사람이 되었다.

"제가 말하기 전엔 안 돼요, 절대."

그녀는 단단히 단속하고는 그를 방으로 보냈다.

이제 결심을 굳혔으니, 더 열심히 사는 일만 남았다. 김이새는 김이새답게. 정민지가 아니라 김이새를 믿고 있는 지원을 위해. 그리고 사랑스러운 준서를 위해.

다음 날. 이른 아침부터 이새가 지원을 찾아 침실로 들어왔다.

"준서 삼촌, 삼촌, 삼촌."

"뭐, 뭐, 뭐."

회사에 갈 채비를 하던 지원이 호들갑스럽게 들어온 이새의 말투를 따라 하며 물었다.

"준서 삼촌이라고 부르지 말라니까 이젠 아예 삼촌이라고 부르네. 내가 지금 조카랑 연애하는 거야?"

"헤에. 지금은 준서의 선생으로서 온 거예요."

이새는 밝은 얼굴로 지원에게 휴대폰 화면을 보여 주었다. 이새가 보여 준 화면에는 '엄마와 함께하는 키 쑥쑥 유아 체육'이라는 제목으로 아이들이 공을 가지고 뛰어노는 사진이 있었다.

"제가 어제 잠깐 얘기했었는데. 기억나세요? 준서 데리고 문화센터에 가고 싶어서요. 지금 등록해야 해요. 지금. 지금! 마감 임박!"

휴대폰 화면을 가만히 쳐다보던 지원은 눈썹을 찡그리며 물었다.

"이걸 한다고 키가 쑥쑥 크겠어?"

"이런 건 재미로 하는 거죠. 놀게 해 주고 싶어서 가는 거예요. 또래 아이들이랑 정기적으로 놀면 친구도 생기고 좋잖아요."

"알잖아. 준서는 유치원도 못 다녀."

"그래서 제가 이걸 얘기하는 거예요. 보세요. 이건 엄마와 함께하는 거잖아요. 제가 계속 옆에 붙어 있을 수 있다고요. 우와, 대박!"

이새의 얼굴은 기대감으로 잔뜩 상기되어 있었다. 벌써 마음은 문화센터에 도착해 있는 사람 같았다.

"거기다가 여기에서도 가까워요. 버스로 가도 한 번에 갈 수 있고 택시 타면 10분이면 가고요."

이제껏 준서의 외출을 제한했던 것은 준서가 사람 만나는 것을 두려워하고, 또한 귀신을 본다는 헛소리를 하거나 돌발 행동으로 소동을 일으켜서였다. 하지만 그녀가 준서의 보호자로서 꼭 붙어 있을 수 있다면 그런 걱정은 없을 것이다. 이새의 말을 들으면 문화센터 정도는 괜찮을 것도 같았다. 이제 내년이면 준서도 초등학교에 가야 하니, 사회 생활을 경험해 본다는 차원에서도 좋을 것이다.

그녀의 잔뜩 상기된 얼굴을 보아 당장 허락해 주고 싶지만, 이런 좋은 기회를 놓칠 수는 없었다. 지원은 회심의 미소를 지었다.

"맨입으로 허락해 달라고?"

쪽. 지원이 질문하기 무섭게 이새는 그의 입술에 쪽 입 맞췄다.

베이비키스가 귀엽기도 하지만, 와, 영혼 없어.

"아, 빨리요, 빨리. 누구 들어오겠어요."

그녀는 발을 동동 굴렸다. 급하기는 급한 모양이다. 지원은 고개를 설레설레 저었다.

"이 정도론 안 되지."

"참 너무하시네."

"긴말은 필요 없고, 애교 세 개만 보여 줘."

이새가 기함하며 입을 벌렸다.

"사람이 어떻게 이럴 수가 있어요? 세상에서 제일 쓸모없는 게 애교라고 했던 게 불과 50일 전이라고요."

"50일 전엔 우리가 남남이었고. 지금은 내가 그쪽 예쁜 거 보려고 사는 사람인데, 상황이 다르지."

"상황에 따라 말도 막 바꾸고 그래요?"

"하기 싫어? 싫으면 하지 마. 허락 안 해 주면 그만이지. 문화센터 간다고 준서가 쑥쑥 크는 것도 아니고."

"차암, 성격도 급하시네!"

이새가 돌아서려는 지원의 팔을 다급하게 잡았다. 지원은 웃음이 나오려는 것을 애써 감췄다.

"자, 잘 보세요. 이것은 애교입니다."

그녀는 두 주먹을 곱게 말아 쥐고는 두 뺨에 예쁘게 붙였다.

"허락해 주세요오."

아주 오래전 그녀가 준서에게 가르쳤다던 그 '뿌잉뿌잉' 애교였다.

"그건 어린이용 애교고."

싫진 않았지만, 지원은 더 재미있는 걸 볼 수 있을 것만 같아 그녀의 애교에 불통을 놓았다.

"다시, 애교 3회 실시."

사람 참 얄망궂네. 그녀가 아랫입술을 깨물고 심통 난 얼굴로 지원을 쏘아보다가 거칠게 한숨을 쉬었다.

그래. 이깟 애교. 부린다고 내가 닳는 것도 아니고. 옛다. 가져라.

이새는 양손 모두 가위를 만들어 지원을 향해 야무지게 사랑의 총알을 쏘며 외쳤다.

"뿅!"

옛다. 윙크는 서비스.

"그래. 노력이 가상해서 봐준다. 두 번째 애교 해 봐."

지원은 펑 터지려는 웃음을 참아 내며 낮은 소리로 말했다.

"뿅뿅!"

이새는 바로 전과 똑같은 방식으로, 이번에는 사랑의 총알을 두 번 쏘았다.

"신선하지 못해서 다시."

역시. 다시 불통이 돌아왔다. 이새는 부글부글 끓는 속을 참아 내기 위해 눈을 꼭 감았다.

진짜, 내 애인이지만, 저 사람 밑에서는 절대 일 안 할 거야. 그녀는 약 오르는 마음을 정리하고 양팔을 위로 올려 정수리에 예쁘게 꽂았다. 그녀의 기다란 팔이 만들 수 있는 가장 큰 하트였다.

"사랑해요오!"

팔짱을 끼고 있던 지원이 한 손으로 이마를 짚고 고개를 내렸다. 그의 어깨가 잠시 들썩거렸다. 이새는 입에 바람을 잔뜩 넣고 그를 몰래 쏘아보았다.

웃는 거 모를 줄 알아? 다 알아, 다!

"그래. 사랑한다고 해서 봐준다. 나머지 하나, 실시."

잠시 후, 마음을 정리한 지원이 말했다. 지원의 말에 가만히 눈동자를 굴리던 이새가 그의 허리를 와락 끌어안았다.

……애교를 보여 달라고 했는데 유혹을 하다니. 그러나 그 유혹이 싫지가 않아 지원은 이새가 그의 가슴으로 얼굴을 묻은 사이에 실컷 미소 지었다.

고목나무의 매미가 되어 지원의 가슴에 얼굴을 딱 붙인 이새는 잠시 후 얼굴을 마구 부벼 댔다.

부비부비부비부비.

"허락해 주세요오, 허락해 주세요, 요, 요, 요. 요, 요!"

하아, 진짜 죽겠다……. 간신히 버티던 그는 결국 완전히 흐무러져 녹아 버리고 말았다. 최고의 아침이었다.

"잘했어. 오늘 가서 등록해."

"만세!"

그녀가 두 손을 높이 들고 신나서 달려 나갔다.

저렇게 좋을까.

이새가 떠나간 자리를 향해 눈길을 주는 지원의 얼굴엔 오랫동안 미소가 걸려 있었다.

몇 시간 후, 이새는 지원에게 보여 주었던 문화센터 커리큘럼을 준서에게 보여 주며 물었다.

"준서야, 이거 어때? 읽을 수 있지?"

준서의 눈동자가 휴대폰 안의 깨알 같은 글씨를 읽어 내려갔다.

"준서가 예전에 뛰어노는 놀이 좋아한다고 했었잖아."

준서는 한참을 쳐다보다가 휴대폰 화면을 움직여 '엄마와 함께하는 키쑥쑥 유아 체육' 옆의 '도깨비 뚝딱 창의미술'을 가리켰다.

"이것도 하면 안 돼요?"

준서가 제 의견을 말했다. '도깨비 뚝딱 창의미술'은 엄마와 함께하는 수업이 아니라서 처음부터 제쳐 두고 생각했던 것이었다.

"이건 '엄마와 함께하는'이라는 글자가 없는데. 그럼 선생님이 같이 있을 수 없어."

"혼자 수업 들어 볼게요. 선생님이 문밖에서 같이 있어 줄 거잖아요."

"정말 선생님이 지켜봐 주는 것만으로 괜찮겠어?"

"네."

준서가 올차게 끄덕였다. 이새는 준서가 원하는 것을 들어주고 싶었다.

"그래. 그럼 삼촌한테 전화해서 허락받자."

바로 지원의 전화번호를 눌렀다. 통화 연결음이 몇 번 울리고 지원의 목소리가 들렸다.

-여보세요.

그의 묵직한 목소리는 듣는 순간 사람을 괜히 긴장하게 하는 힘이 있는 것 같다.

"준서 삼촌, 저 김이새입니다."

-알아. 얘기해.

"체육수업 신청하려고 하는데요. 준서가 '도깨비 뚝딱 창의미술'도 하고 싶다고 하네요."

-김이새 씨가 같이 들어가는 건가?

"문제는 그거예요. 저랑 같이하는 수업이 아니라, 준서 혼자 들어가서 하는 것이더라고요."

-그런데 하겠대?

"제가 문 앞에서 지키고 있어 주면 괜찮대요."

-김이새 씨가 꼬셨나?

그가 빈정거렸다. 이새는 목소리의 톤을 약간 높였다.

"허. 억울합니다. 이건 순수하게 준서 삼촌의 조카 의견이라고요. 준서 바꿔 드릴게요."

이새는 준서에게 휴대폰을 넘겨주었다.

"삼촌, 안녕하세요. 저 준선데요."

'그래. 안준서. 도깨비 뚝딱 창의미술을 하고 싶다고?' 짐작 가능한 지원의 말을 떠올리며, 이새는 준서의 표정을 살폈다.

"네, 하고 싶어요. 제가 한다고 그랬어요."

준서가 또박또박 말하고는 다시 이새에게 휴대폰을 건넸다.

"여보세요."

-준서를 앞세워서 욕망을 채우려고 하지 마.

"아니라니까요. 너무하세요."

-애교 세 개짜리 부탁을 그냥 넘어가려고 하니까 그렇지.

"준서 애교를 좀 보시면 마음이 녹으시려나요?"

-알면서 또 딴말하시네.

"준서가 원하는 일인데 화끈하게 허락해 주시죠."

전화라는 수단을 활용한 것에 용기가 생긴 이새가 밝게 말했다.

-그래. 그럼 밤엔 화끈한 걸로 준비해 봐. 이만 바빠서 끊을게. 나중에 봅시다.

저쪽에서 들려오는 목소리도 나직하지만 시원시원했다. 이새는 전화를 끊고 준서와 함께 만세를 외쳤다. 가슴이 부풀었다.

전화를 끊고 회의에 들어가는 지원의 발걸음은 가벼웠다.

"좋은 일 있나 봐?"

뒤에서 누군가 말을 걸었다. 돌아보니 태원이었다. 지원의 표정이 순간적으로 굳었다.

"여긴 웬일이야?"

아직 그저께의 일에 대해 앙금이 남아 있는 상태였기에 지원의 목소리는 무뚝뚝했다. 태원은 미소 지었다.

"회의 때문에 왔어. 광고팀이랑 같이."

"회의 때문이라면, 우리 직원들이 그쪽으로 갈 텐데."

"성화투어는 네 담당 아니라서 잘 모르지? 요즘 여기서 가져오는 작업물이 영 신통치 않아서, 다그칠 겸 어떻게 일하나 확인해 볼 겸 왔지, 뭐."

'감시'라는 의미처럼 들렸다. 기획 회사에서 하는 일이라는 게 결과물이 바로바로 보이는 일이 아니라서, 어떻게 일하나 확인해 본다 해도 사실 보여 줄 것이 별로 없다. 그것을 모르는 바는 아닐 텐데 그런 말을 꺼내니 오싹한 느낌이었다.

"그래. 잘 확인해 보고 가라."

어쨌든 그 회사의 사정이니 신경 쓰지 않기로 하고 발을 돌리려는데, 태원이 다시 지원을 불러 세웠다.

"지원아, 너희 집에 선생님이 한 분 더 오셨다고 하던데."

어떻게 이런 집안일을 알았는지. 태원의 말을 들은 지원이 다시 멈칫하고 태원 쪽을 돌아보았다.

"김이새 씨 해고하게 되면 꼭 나한테 말해. 사실 일이 끝나면 추천서를 써 준다고 했었거든. 그런데 내 비서가 나을 것도 같아서. 내가 데려가게."

태원이 입 끝을 씨익 올렸다. 익살맞지 않은 미소였는데도 지원은 심기가 불편했다.

"해고하는 일은 없을 거야. 그리고 김이새 씨는 비서 같은 거 적성에 안 맞아."

"맞을지 안 맞을지는 내가 판단하는 거고."

마치 더 성난 모습을 보여 주길 원하는 듯.

"옆에 두고 있으면 좋을 텐데."

그렇게, 태원은 지원을 부추기듯 슬금슬금 건드렸다. 그렇다면 지원도 그냥 꿈틀하고 말 수는 없다.

"태원아, 혹시 여자가 필요한 거면 얘기해. 할아버지께서 알아보셨더라. 나는 급하지 않으니 너를 더 신경 써 달라고 할게. 나도 한 명 소개시켜 줄 수도 있고."

"너희 집 가정교사를 하겠다는 그분? 정민지 씨?"

잠깐 눈이 가늘어졌던 태원이 콕 집어 말했다.

"그분은 할아버지께서 너랑 이어 주려고 하신 분 아니야? 오래전에 사귀기도 했던 걸로 알고 있는데."

"지금하고는 상관없지."

"상관있지. 할아버지께서 아시면 더 힘 나실 만한 얘기일 텐데."

"……."

"안 해, 안 해. 그런 얘길 내가 왜 하겠냐."

지원의 눈빛만 보고 태원은 웃음을 터트리며 지원의 팔을 툭 쳤다.

"해도 상관없어. 지금은 아무 감정 없는 사람이고. 그리고 정민지 씨를 소개해 줄 마음은 없었어. 나도 예의가 있지."

지원도 비소 지었다.

"다만 우리 집 일을 꽤 자세히 알고 있는 게 신기해서 좀 놀랐지. 할아버지께 우리 집 일을 많이 물어보나 봐?"

이번엔 태원이 입을 다물었다.

"관심 가져 주어서 고맙다. 너 아니었으면 준서가 김이새 씨를 못 만났겠지. 물론 나도 다 고맙게 생각하고 있어."

지원은 가볍게 인사하고 발을 다시 돌렸다. 올라가 있던 태원의 입술 끝이 서서히 돌아왔다. 지원을 바라보던 태원의 눈빛은 금세 매서워졌다.

한 주가 지나고 드디어 준서가 문화센터에 가는 첫날이 되었다. 길을 익히고 마음의 준비를 할 겸 이새와 준서는 일찍 집을 나섰다.

"준서야, 조금 걸어서 버스 타고 갈까? 아니면 택시 잡아 탈까?"

"버스요!"

"그래. 버스 타 보자."

이새를 꼭 잡은 준서의 손에는 기대감이 잔뜩 실려 있었다. 이새도 준서를 따라 밝게 빛나는 미소를 지으며 길을 걸었다. 그런데 대문을 열자마자 그 앞을 지키고 서 있는 차 한 대가 보였다. 곧 차 문이 열리고 멈칫, 선 이새와 준서 앞에 민지가 모습을 드러냈다.

"준서야, 안녕! 지난번에 인사도 못 나눠서 아쉬웠어."

민지는 준서를 알아보고 밝게 인사했다. 준서는 잡고 있던 손을 더욱 꽉 쥐며 이새의 뒤로 가 숨었다.

"문화센터 간다면서요? 배 주임님께 들었어요. 내가 태워다 줄게요."

민지가 제안했다.

오늘은 버스를 타고 가기로 했는데.

하지만 민지의 제안을 거절할 입장은 못 되었다. 괜한 갈등을 만들어 지원에게 걱정을 끼치게 해서는 안 되는 것이다.

"준서야, 인사해. 준서랑 놀아 주실 정민지 선생님이야."

이새가 준서에게 민지를 소개했다.

"왜요?"

준서가 못마땅하다는 투로 물었다. 당황한 기색도 살짝 보였다.

"선생님도 가요? 해고됐어요?"

준서의 동그란 눈에 금방 이슬방울이 맺혔다. 이제 이새가 떠나고 민지가 새 가정교사로 오게 되었다고 오해하는 듯했다.

"아니야, 아니야, 준서야! 선생님은 아무 데도 안 가. 그냥, 준서한테 선생님이 두 명 생기는 거야!"

이새가 급하게 상황을 정리했다.

"나는 선생님만 있어도 되는데요."

준서가 입을 삐죽거리며 말했다.

그래, 준서야. 나도 나만 있으면 된다고 생각해. 하지만 사정이 여의치가 않게 되었네.

이새가 표현할 수 없는 마음을 얕은 한숨으로 대신하며 안타까이 웃었다.

"둘이 사이가 좋네요. 내가 끼어들 틈이 없네."

민지가 떨어지지 않는 두 사람의 손을 보며 말했다.

"그래도 타요. 가면서 편하게 얘기해요."

민지는 뒷좌석의 문까지 열어 주며 두 사람의 운전수를 자처했다.

민지가 문화센터를 향해 차를 몰며 말했다.

"주중에 며칠만 올게요. 준서의 희망 하에 조금만 가르칠 거예요. 재미있게 시작할 테니까 김 선생님도 날 믿어 줘요."

지난주보다도 많이 누그러진 말이었다. 이새의 마음도 많이 정리되었기에, 이새는 민지의 말을 좋은 의미로 받아들일 수 있었다.

"제자 한 명에 선생님은 둘이라 이상해 보이겠지만 학습이라는 개념보다는 놀이라고 생각하고 함께 있으면 준서도 신나지 않을까요?"

이새가 먼저 제안했다.

"그래요. 같이 생각해 봐요. 서로의 교육방식에 터치하지 않는 선에서는 같이 있어도 될 것 같아요. 물론 준서와 단둘이 있을 시간도 지켜 주고."

민지도 어느 정도는 수긍하는 모습을 보였다. 이새는 민지의 말에 끄덕이며 준서를 바라보았다. 준서에게 모든 사정을 솔직하게 다 털어놓을 수는 없었다. 준서가 알 필요 없는 속사정이 많았다. 한참 가만히 시선을 떨어뜨리고 있던 준서가 이새 쪽을 물끄러미 올려다보았다. '선생님, 나를 포기하지 않을 거죠?'라고 묻는 것만 같았다. 준서의 눈빛을 보니 왠지 모르게 이새 또한 안심이 되었다.

그녀도, 준서도, 서로를 최고라고 생각하고 있다. 절대 놓지 않을 것이라는 믿음은 그동안의 시간을 통해 굳건해졌다.

그래, 준서와 준서 삼촌 둘 다 혼자서만 독차지하려는 마음은 나쁜 거지. 난 이미 정말 많이 사랑받고 있는데. 그걸 잘 알고 있는데.

이새는 차 안에서의 대부분을 반성의 시간으로 보냈다.

'엄마와 함께하는 키 쑥쑥 유아 체육' 수업이 이루어지는 곳은 대형마트 문화센터의 강당이었다. 5세부터 7세까지의 어린이 대상 수업이었는데 아이들은 대략 스무 명 정도 있는 것 같았다. 일곱 살은 준서 외에 남자아이 한 명이 다였다.

"보호자 한 분은 아이 옆에 있으시고요, 다른 분께서는 뒷자리에서 참관해 주세요."

출석확인 담당자가 말했다. 준서 한 명에 보호자가 두 명인 것을 보고 한 말이었다. 이새가 주춤할 것도 없이 민지가 알아서 뒷자리로 갔다. 준서는 여전히 이새를 편애하며 이새의 손만 꼭 잡고 있었다.

하지만 멀리서 보기에 두 사람의 모습이 모자지간으로 보이지 않는 것은 사실이었다. 비단 이새가 어려 보이기 때문이어서만은 아니었다. 보호자의 옆에 있는 아이들은 제각각 보호자의 팔에 매달려 있거나 어른에게 떼를 쓰거나 끊임없이 말을 하고 있었다. 한마디로, 준서를 제외하고는 다들 부산스러웠다.

그 가운데에서 침묵을 지키고 있는 준서가 주눅 들 것이 걱정된 이새는 준서에게 몰래 귓속말했다.

"준서야, 여기서는 엄마라고 불러도 돼. 아니, 엄마라고 불러."

"……."

"엄마라고 하는 게 별로면 이모라고 불러. 그럴 수 있겠어?"

준서는 고개를 들고 말똥말똥 뜬 눈으로 이새를 말없이 쳐다보았다.

그동안 이새는 동안의 상징이었던 앞머리를 뒤로 넘겨 핀을 꽂고 뒤의 긴 머리는 야무지게 묶었다.

'이러면 누가 봐도 아줌마지. 준서 엄마라고 해도 손색이 없어.'

맞은편의 전면거울로 비치는 자신의 모습이 만족스러워, 이새는 흐뭇하게 웃었다. 표정 없이 자신을 바라보고 멀뚱히 서 있는 준서와 눈을 맞추기 위해 이새는 자리에 쪼그려 앉았다.

"익숙해지게 한번 불러 봐. 엄마, 해 봐."

그녀가 남들에게는 들리지 않을 목소리로 조용히 말했다.

"엄…….."

준서는 선생님을 선생님이라고 부르지 못하는 것이 어색한 듯 입을 떼지 못했다.

"그럼 이모는 어때? 이모, 해 봐."

"이모…….."

하라는 대로 착하게 대답은 했지만, 준서의 목소리는 거의 기어들어 가고 있었다.

"그래. 그냥 준서 마음대로 불러. 선생님이든 이모든 엄마든."

내 마음가짐만 엄마다우면 됐지, 준서에게 거짓말을 하라고 할 필요는 없지. 이새는 마음을 고쳐먹고 싱긋 웃었다.

그렇게 마음 편히 생각했는데 잠시 후 수업이 시작되고, 앞으로의 일정에 대해 짧게 안내한 강사가 말했다.

"그럼 오늘은 첫 시간이니만큼, 우리 아이들이 엄마를 소개하는 시간을 가져 보겠습니다."

맙소사. 강사의 말에 이새의 두 눈이 크게 뜨였다. 여기저기서 '엄마아' 하고 제 엄마를 부르는 아이들의 소리가 들려왔다. 준서에게 말은 선생님이라고 불러도 된다고 했지만 막연히 상황이 닥치니 두려워졌다. 준서가 자신을 선생님이라고 소개하면 괜히 소개말이 길어지게 된다. 그 과정에서 준서가 아이들에게 놀림을 받을 수도 있고 스스로 위축될 수도 있을 것이다.

"준서야. 꼭 엄마라고 안 해도 돼. 이모라고 하면 돼."

'이분은요, 이름은 모모모구요, 우리 엄마입니다' 아이들이 다 같이 짠 듯이 똑같은 소개말로 제 엄마를 소개하는 동안, 이새가 준서에게 조용히 말했다.

"괜찮아. 아무도 뭐라고 안 할 거야."

엄마 대신 이모가 왔다고 그러면 되니까 괜찮아. 눈빛으로도 준서를 안심시켰다. 준서는 내내 속을 알 수 없는 표정을 짓고 있었다.

이윽고 준서 차례가 되었고 준서가 자리에서 일어났다.

"저는 안준서고요. 일곱 살이고요. 이분은 김이새고요……."

준서가 얌전한 목소리로 말하다가 말끝을 주욱 끌었다. 이새는 사람들을 향해 어색한 미소를 지으며 마른침을 몰래 삼켰다. 이 시간이 빨리 지났으면 하는 생각을 했다.

"우리 엄…… 마예요……."

이윽고 준서의 입에서 나지막한 목소리가 흘러나왔다. 이새는 자신이 잘못 들은 건가 하여 준서를 멈칫 바라보았다.

"우리 엄마입니다……."

준서가 울음이 가득 실린 목소리로 말했다. 말끝은 희미해서 이새 말고는 아무도 듣지 못했다.

"으아앙!"

준서는 소개가 끝나자마자 옆에 앉아 있는 이새에게 와락 안기며 울음을 터뜨렸다. 준서와 이새에게 온 이목이 쏠렸다. 이새는 준서의 갑작스런 눈물에 당황한 마음을 숨기며 준서를 꼭 끌어안아 토닥였다. 주위에서 목소리들이 들렸다. '오빠가 우네?' 하며 신기하게 보는 어린아이도 있었고 '아이고, 애기가 엄마한테 야단맞았었나 보다.' 하며 걱정하는 아기 엄마도 있었다. 이새는 그런 반응들에 대답하지 않고 준서에게 고요하게 속삭였다.

"준서야, 잘했어. 잘했어."

잘했어. 그저 온 마음을 다하여 칭찬해 주고 싶었다.

네 살 때 부모님을 잃은 아이. 다시는 '엄마'를 부를 수 없는 아이.

3년 만에 가슴속에서 엄마를 꺼내 불러 본 마음 그대로, 눈물이 터져 나온 것이리라. 숙연해진 마음만큼 그녀의 눈시울도 뜨끈하게 젖었다.

예전에 준서는 부모님을 그리기가 싫어서 아동 전문 심리 연구소에 가고 싶지 않다는 말을 했었다. 이새도 그 마음을 헤아릴 수 있었기에 준서가 엄마와 아빠를 떠올릴 만한 표현은 웬만해선 쓰지 않았다. 하지만 '엄마'와 '아빠'라는 단어는 이새가 주의한다 하더라도 앞으로 얼마든지 다른 사람을 통해 들을 수 있는 말이다. 그 상황이 앞으로의 준서에게 상처가 되지 않도록 만들어 주어야 했다. 그래서 문화센터의 수업을 선택하게 된 것이다.

"준서야, 이거 어때? 읽을 수 있지?"

지난주. 이새가 준서에게 보여 준 커리큘럼에 쓰여 있던 글자. '엄마와 함께하는 키 쑥쑥 유아 체육' 그 글자에 동요하지 않고 그다음을 더 읽어 내려가는 준서의 반응에 이새는 더 나은 미래를 걸었었다.

준서가 예전에 뛰어노는 놀이 좋아한다고 했었잖아."

"이것도 하면 안 돼요?"

"이건 '엄마와 함께하는'이라는 글자가 없는데. 그럼 선생님이 같이 있을 수 없어."

"혼자 수업 들어 볼게요."

이새는 그때 '엄마'라는 말에 강조점을 두어 힘주어 발음했다. '엄마'라는 말을 듣는 준서의 얼굴에는 아픈 감정이 묻어나지 않았다. 그리고 오늘, 준서는 '엄마'라는 말을 용기 내어 꺼낼 수 있게 되었다.

온통 눈물의 말이었지만 준서 가슴속의 응어리 하나를 풀어낸 느낌이었다. 아주 찬찬한 걸음이지만, 준서는 차츰 회복되어 가고 있었다.

함께 울어 주고 싶은 마음으로, 이새는 준서를 보듬어 주었다.

11. 사랑의 한가운데

일주일 후 늦은 밤. 이새는 준서의 방 침대 앞에 가만히 앉아 준서의 잠든 얼굴을 살폈다.

지난주에 시작한 문화센터 수업에 준서는 잘 적응해 가고 있었다. 체육활동에도 적극적이었고 창의미술은 말할 것도 없었다. 미술 활동은 교실 안에서 직접 참관을 할 수는 없지만 문에 난 작은 창을 통해 지켜보는 것이 가능했다. 준서는 친구들과도 무리 없이 원만하게 지냈고 귀신 이야기도 꺼내지 않았다.

첫 번째 체육수업에서 엉엉 울었던 준서는 이새를 엄마라고 부르는 것을 포기했다. 엄마라는 말을 꺼내는 것이 슬퍼서는 아니라고 했지만 진짜 이유를 말해 주지는 않았다. 어쨌든 준서는 이새를 엄마라고 부르지 않고도 의젓하게 행동했다. 체육 활동을 하는 동안 주눅 들거나 시무룩해하지도 않았다. 이새는 수월하게 넘어가는 하루하루에 다시 감사할 수 있게 됐다.

준서를 편히 재운 이새는 준서가 잠들기 전에 만든 종이 목걸이를 들고 조심히 밖으로 나왔다. 그리고 불 꺼진 거실을 조용히 지키고 있는 지원과 오랜만에 마주했다.

"어? 언제 오셨어요?"

"지금 막."

거실이 어두워 그의 표정을 제대로 살필 수는 없었지만 지원의 눈이 우수에 젖어 있는 것 같았다. 너무 피곤해서 그리 된 줄로만 오해한 이새가 고개를 끄덕였다.

"피곤하겠다. 얼른 쉬세요."

이새가 인사하자 지원은 냉큼 물었다.

"그냥 가겠다고?"

"그럼요?"

지원이 이새의 손을 덥석 잡아 끌어당겼다.

"내 방 가자."

"왜요!"

"뽀뽀하러."

아이고.

마음은 피곤해도 몸은 그렇지 않은 모양이다. 그녀의 손을 끌어당기는 지원의 악력이 거셌다. 다른 한 손에 종이 목걸이를 들고 있는 이새는 하릴없이 지원에게 붙들려 갔다.

"편히 앉아."

가뿐히 그녀를 끌고 침실로 들어간 그가 손을 풀고 말했다.

"……바닥에 앉을게요."

여전히 그녀는 침대에 앉는 것은 어색한지 머뭇거리며 바닥에 엉덩이를 붙이고 앉아 들고 있던 종이 목걸이를 바닥에 내려놓았다. 그녀를 따라 지원도 바닥에 앉았다.

"오늘도 문화센터 잘 다녀왔어?"

지원이 목소리를 나직이 깔고 물었다.

"네. 정말 재미있었어요."

"정민지 선생이 힘들게는 안 해?"

지원이 다시 질문했다. 그 음성이 기분 좋아 이새는 뭐든 이겨 낼 수 있다고 말하고 싶은 기분이었다.

"전혀요."

이새가 밝은 목소리로 말했다. 민지에 대해 싫은 기색은 조금도 보이지 않았다. 갈등을 빚는 것보다야 훨씬 좋은 일이니 지원으로서는 다행스러운 일이었다.

"생각보다 좋은 분인 거 있죠. 준서가 어색해하는 것도 배려해 주시고, 너무 학습에 얽매이지도 않고 수업 방식도 재미있고. 제가 본받을 점이 많더라고요."

"그렇게 생각하니 다행이네. 그래도 힘든 거 있으면 바로바로 말해."

지원이 애틋한 눈빛으로 이새를 토닥였다. 약한 소리를 해도 괜찮은데. 응석을 부려도 기쁜 마음으로 받아 줄 준비가 돼 있는데. 이번엔 조금 서운해진 마음으로 눈길을 내렸다.

"뭘 가지고 온 거야?"

"이거요?"

이새는 가지고 온 것을 펼쳐 보여 주었다. 두께는 새끼손가락 정도, 고리 수는 대략 100개 정도. 색종이로 동그란 고리를 만들어 엮은 종이 목걸이였는데 알고 있는 일반적인 종이 목걸이보다 훨씬 고리가 작고 촘촘했다. 이새는 이 종이 목걸이 두 개를 양 손목에 걸고 잔뜩 신난 얼굴을 해 보였다.

"오늘 준서랑 만든 거예요. 미술수업 듣고 나서 준서가 부쩍, 만들기를 좋아하게 됐어요."

"그게 뭔데?"

"종이 목걸이요. 누가 더 길게 만드나 내기했거든요. 지는 사람이 돼지코 하고 사진 찍기."

"그래서 누가 이겼나?"

"당연히 제가 이겼죠. 질 수 없잖아요."

"어린애를 상대로 봐주지도 않고 치사하네."

"그럼 준서 삼촌도 저랑 똑같은 내기해 봅시다! 저를 상대로 봐주시겠어요? 내가 준서 삼촌보다 어린앤데?"

그녀의 말대로였다. 맞구나. 질 수 없는 거구나.

"아무튼 거의 막상막하였어요. 그런데 준서가 만든 거 보세요. 준서는 역시 이런 걸 해도 대충 하는 법이 없어요. 무지개색으로 색깔 맞춘 거 봐요. 참 찬찬해요."

이새가 준서의 작품을 보여 주며 칭찬했다. 별 볼일 없는 종이 뭉치를 가지고도 이렇게 풍부한 이야기를 할 수 있다니 참 놀랍다.

"이거 이 방에 걸어놓을까요? 준서 삼촌이 자기 전에 나랑 준서 생각 좀 하게."

"내가 그쪽 생각을 안 할 것 같아서 그러는 거야?"

그의 안이 이미 오래전부터 김이새로 꽉 차 있는 것을, 그녀는 정녕 아직도 모르는 모양이었다.

"야한 생각 말고 순수한 생각이요."

"거의 안 해."

"이것 봐. 그러니까 불면증이……."

키스를 하려는 것처럼 그가 바짝 다가왔다. 그녀는 말을 이어 가지 못하고 멈췄다.

"그러는 김이새 씨는 내 생각을 좀 하나?"

"그럼요."

조금은 긴장한 목소리로 그녀가 말했다. 그의 숨결이 뺨에 닿아 간지러웠다.

"얼마나?"

"아주 많이."

"순수한 생각 말고 야한 생각은?"

그가 입술을 겹칠 것처럼 고개를 기울여 더 가까이 다가왔다. 그녀는 저도 모르게 눈을 감았다. 대답도 하지 못했다.

그러나, 키스인 줄 알았는데 키스가 아니었다. 키스를 할 것처럼 다가오며 그녀의 어깨를 짚은 그는 손을 쭉 미끄러뜨렸다. 눈 깜짝할 새에 그녀의 두 팔은 등 뒤에서 맞붙잡히게 되었다. 등 뒤에서 종이 목걸이가 마구 엉키는 느낌에 이새가 당황한 목소리로 물었다.

"뭐 하는 거예요!"

"목걸이를 팔찌로 응용한 거지."

지원은 이새의 두 손목에 걸려 있는 종이 목걸이를 서로 엮어 옆에 있는 테이블의 다리 아래로 쓱 밀어 넣었다. 순식간에 종이 목걸이는 수갑이 되어 버렸다. 이새가 기가 막힌다는 표정으로 두 손을 비틀었다.

"심하게 움직이면 찢어질 텐데? 준서가 정성스럽게 찬찬히 만든 거."

제법 팽팽하게 당겨진 종이 목걸이는 그녀가 움직일 때마다 희미하게 위태로운 소리를 냈다. 두 손이 등 뒤에 있어서 대체 그가 어떤 짓을 해 놓은 건지 알 수 없어 답답했다. 그녀의 얼굴이 울상으로 변해 가고 있었다.

지원은 재미났다. 겨우 색종이 목걸이일 뿐인데. 준서가 만든 것이 찢어질까 무서운 마음에 함부로 저항하지도 못하고 낑낑거리는 그녀가 몹시도 귀여웠다.

"준서 삼촌은 저 괴롭히려고 사귀자고 한 거죠?"

"이제 알았어?"

그 순수한 마음을 이용해서 미안한데, 미치도록 사랑스러워서 그냥 둘 수가 없네.

"오빠라고 부르면 풀어 주지."

그가 악마의 미소를 지으며 말했다.

"너무하시네요, 정말."

"안 해?"

그녀가 자신을 흘겨보는 것을 보며, 지원은 입술을 내렸다. 열기 어린 두 입술이 맞붙었으나, 등 뒤로 잡힌 손에 신경을 온통 빼앗긴 이새는 키스에 집중하지 못하고 고개를 뺐다.

도망가면 안 되지.

지원은 그녀가 목을 빼지 못하도록 그녀의 뒷머리로 손을 넣어 제 앞으로 고정시켰다. 이어진 키스는 공격이었다. 그녀의 입술을 삼키듯이 덮친 그는 다른 한손으로 그녀의 등선과 허리를 쓸었다.

약이 오른 이새가 기어이 입술을 떼어 내고 말했다.

"이번 주 키스 끝났어요. 아시죠?"

"키스 말고 다른 것도 할 수 있으니까, 뭐."

그가 놀리듯 대답했다. 그의 손은 또다시 그녀의 목을 쓸어 어깨를 어루만지다가 천천히 내려갔다. 그는 언제든 손을 위로 올릴 수도, 아래로 내릴 수도 있다는 듯 여유 넘치는 표정으로 그녀의 굴곡 위를 유영했다. 그녀가 입은 헐렁한 블라우스가 그의 손아래에서 서걱거렸다.

"단추 풀어 줄까? 답답해 보이는데."

지원이 그녀의 목 위까지 꽉 채워져 있는 단추 하나를 풀며 말했다. '풀어 줄까'라고 물었지만 그녀의 대답을 구하고자 하는 질문이 아니었다. 이새가 씩씩거렸다.

"장난 좀 그만 쳐요."

"노래 좀 불러 봐. 따르릉따르릉 비켜나세요, 하는 거."

"노래는 왜요! 갑자기."

"우물쭈물하다간 큰일 난다고."

그가 그녀의 입술에 가볍게 제 입술을 갖다 대며 단추 하나를 더 풀었다. 금방 입술을 뗀 그는 그녀의 표정을 바라보다가 시선을 아래로 떨어뜨렸다. 노골적으로 그녀의 옷 속을 들여다보는 듯한 그의 눈빛은 짙은 먹색이었다. 손의 움직임은 장난스러웠는데 눈빛은 너무 위험하게 느껴졌다.

"오빠……."

마지못해 그녀가 목소리를 냈다. 그러나 목소리가 너무도 작아 금세 허공 속으로 사라져 버렸다.

"흐음. 마음에 안 들어."

그가 탐탁지 않은 표정을 지었다.

"뭐예요! 오빠라고 부르면 풀어 준다면서요."

"몇 번이라고는 안 했잖아. 다섯 번만 더 불러 봐. 크게."

"씨이……."

"어허. 밤 새울 거야?"

"오빠오빠오빠오빠오빠."

"그게 뭐야. 날치기도 아니고. 한 음절, 한 음절, 정성스레 불러도 풀어 줄까 말깐데."

"진짜 너무하네, 정말."

"김이새 씨야말로 너무한 거지. 내가 준서 삼촌이라고 부르지 말라고 몇 번을 말했는데 아직도 그 호칭 그대로잖아. 오빠라고 정성스럽게 불러 보시죠, 얼른."

단호하게만 느껴지는 청유형 명령과 함께 단추 하나가 더 풀어졌다. 그녀의 가슴골과 속옷의 윗부분이 어김없이 드러났다. 그는 그 아래의 단추 쪽으로 손을 내리고 그녀를 바라보았다.

얼른 말하지 않으면 이것도 풀어 버릴 거야.

그의 눈빛이 하는 무서운 말에 원망스러운 표정을 짓고 있던 그녀의 얼굴이 일그러졌다. 잠시 후, 이새가 고개를 떨궜다. 커다란 눈물방울이 금세 바닥으로 툭 떨어졌다.

"어……?"

바닥으로 떨어진 눈물방울에 놀란 지원의 얼굴에서 이내 미소가 가셨다.

"울……."

이새의 얼굴을 살피기 위해 지원이 고개를 내렸다. 그러나 이새는 그에게 얼굴을 보여 주지 않으려는 듯 옆으로 몸을 틀었다. 눈물방울은 한 번 더 떨어졌다.

"왜 그래? 갑자기."

장난기를 거둔 목소리로 지원이 물었다.

"울지 마. 왜 울어."

마치 울지 말라는 말에 자극을 받은 것처럼 이제 눈물방울은 셀 수도 없이 후두둑 떨어졌다.

"그냥 놀린 거야, 귀여워서 그냥 놀린 거라고."

당황한 그가 쩔쩔매는 목소리로 황급히 종이 목걸이를 풀어 냈다. 그녀의 양손은 다시 자유를 되찾았지만, 그녀는 그 상태로 조금도 움직이지 않고 눈물만 쏟아 냈다.

"손 풀었어. 풀었어."

그는 황망히 블라우스의 단추도 다시 채워 놓았다. 손끝이 바르르 떨려 몇 번에 걸쳐 다 채울 수 있었다.

"단추도 다시 채웠어."

내가 내 여자를 울리다니. 그에게도 멘탈 붕괴가 찾아왔다. 눈물을 닦아 주려 그녀의 눈가로 손을 뻗었지만 그녀는 색색거리며 또 몸을 틀었다.

"앞으로 안 놀릴게."

여자의 눈물이 이렇게 무서운 것인 줄 몰랐다. 간담이 서늘했다.

"미안해. 잘못했어. 앞으론 안 그럴게."

거듭한 사과 끝에 그녀가 고개를 들고 눈물 가득한 눈으로 원망스럽게 그를 바라보았다.

아아……. 그가 참지 못하고 그녀를 끌어당겨 가슴에 쏙 들어오도록 안았다. 영락없이 그의 패배였다. 여전히 멈추지 않는 눈물에 그의 셔츠가 금세 젖었다.

아아, 예쁘네, 정말.

더 울리고도 싶을 만큼 예쁜 게 문제였다.

날 좋은 아침. 인베스트먼트로 출근한 지원은 여느 때와 다름없이 투자 기업들에 대한 보고를 받으며 하루를 시작했다.

"운동기기업체 맨크에서 추가 연구비용 및 자재 수입과 기타 제반 비용으로 추가 대출 지원 요청을 했습니다. 세부 사항은 지금 드린 계획 보고서에 적힌 대로인데, 중국 수출 계약 준비를 따로 하고 있다고 합니다."

그러나 집중할 수 없는 날이었다. 지원은 손에 서류를 든 채로 미간을 굳히고선 딴생각을 하고 있었다. 머릿속에는 어젯밤 눈물을 뚝뚝 흘리며 울던 이새의 얼굴만 둥둥 떠다녔다. 대체 무엇 때문에 그렇게 울었는지, 그녀로부터는 아무 말도 듣지 못했다.

어제, 그가 그녀의 단추를 풀기 바로 전까지만 해도 두 사람은 즐거운 농담을 나누고 있었다. 그녀는 순수하지 못한 그를 놀렸고 지원 또한 같은 뉘앙스로 말장난을 했다. 그 뒤에 했던 행동이 아주, 아주 짓궂었던 것은 인정한다. 하지만 그녀는 그에게 안길 것을 각오하고 먼저 도발했던 적도 있었다. 여태껏 그의 대담한 애정표현을 잘도 받아 주었었던 그녀가 돌연 울어 버리고는 말도 하질 않으니 어떻게 해야 할지 알 수가 없었다.

"나중에 다시 보고드릴까요?"

"……."

"사장님, 나중에 다시 오겠습니다."

보고하러 온 직원은 딴생각에 잠겨 있는 지원이 낯설어 꾸벅 인사하고 뒤돌았다.

"잠깐, 잠깐."

지원은 직원이 뒤돌아서야 정신이 좀 돌아온 듯 직원을 불러 세웠다.

"네, 사장님."

"지금 다 보고해요. 다시 체크할 시간 없습니다."

다시 보고받을 시간도 없는 사람이 왜 자리에서 멍만 때리고 있는지, 직원은 도통 알 수가 없었지만 지원의 건강을 염려하며 물었다.

"네, 사장님. 괜찮으십니까?"

"문제없어요. 이어서 얘기하세요."

지원이 한껏 냉철한 목소리를 내며 말했다.

"네. 맨크에서 기존 지원금 이외에 대출 지원 요청을 했습니다. 하지만 규모가 꽤 큰 편이라 일단은 반려했습니다. 더 세부적인 계획서를 받아 본 뒤에 다시 보고드리려고 합니다."

"맨크에서는 국내 제품 먼저 생산할 예정이었는데 어떻게 된 거죠?"

"중국 시장 규모가 훨씬 더 크다 보니 좀 욕심이 나나 봅니다. 맨크 대표 말로는 잘 풀리고 있다고 합니다."

"중국 계약은 시기상조예요. 아직 연구도 완료되지 않은 제품을 계약하는 것은 위험합니다. 모든 것을 절차대로 진행하면 수출에 대해서는 추후에 더 좋은 조건으로 추천해 주겠다고 설득하세요."

"네."

보고를 마친 직원은 꾸벅 인사했다. 그런데 지원이 별안간 그를 불러 세웠다.

"한 차장, 올해 결혼한다고 했죠?"

"네……. 11월에 합니다."

직원이 말을 주욱 끌다가 대답했다. 직원들과 사담을 나눠 본 적 없는 지원이 이런 질문을 한 것에 의아한 표정이었다.

"연애 몇 년 했다고 했죠?"

"3년 조금 넘었습니다."

"결혼할 정도가 됐으니, 이제 좀 여자 친구 마음이 보입니까?"

지원은 답답한 마음을 숨기며, 차분한 목소리로 물었다. 속은 바싹 타들어가고 있었다. 직원은 곰곰이 생각해 보기라도 하는 듯 눈을 굴리다가 한참 뒤에 대답했다.

"여자 마음은 평생 알 수가 없을 것 같습니다."

침묵이 집무실 안을 가득 채웠다. 잠시 후 지원이 조용히 심호흡을 하고는 직원에게 말했다.

"그렇군요. 알겠습니다. 나가 봐요. 맨크 쪽에는 빨리 연락하고."

"네, 알겠습니다."

직원이 집무실을 떠난 후, 지원은 의자에 길게 몸을 기대고 눈을 감았다. 머릿속에서 계속 떠다니는 이새의 얼굴을 지울 수가 없었다.

'내가 그렇게 무서웠나?'

그것은 또 그런대로 충격이었다. 돈독했던 그녀와의 사이가 다시 멀어진 느낌이었다. 거기에다가, 세상에. 어제 대체 무슨 말을 해 버린 건지. '미안해. 잘못했어. 앞으론 안 그럴게.'라고, 막말을 해 버렸다.

머리와 가슴속에 음란마귀가 가득한데, 아마도 그 마귀 녀석들은 그가 김이새와 함께 있는 한평생 사라지지도 않을 텐데. 지키기엔 너무나도 버거운 약속을 해 버린 것이다. 앞으로 이 예쁜 여자를 옆에 두고 어떤 마음가짐으로 살아야 할지 도무지 떠오르지가 않았다. 막막했다.

한편 이새는 새삼 1주일 전의 일을 다시금 떠올리며 생각에 잠겼다.

'내가 엄마라고 부르라고 했을 때, 준서는 어떤 기분이었을까?'

그녀는 자신보다 준서가 더 용기 있는 사람이었다는 걸 깨달았다. 호칭을 바꾸는 것은 관계를 뛰어넘는 일이었다. 그걸 뒤늦게 알았다.

그깟 오빠. 제대로 한번 불러 주면 그만인 것일 텐데.

그런데 마음이 그렇지가 않았다. '준서 삼촌'과 '오빠'의 간극은 너무나도 컸다. 처음에는 오빠라고 부르기가 낯설고 부끄러워 뜸을 들였다. 하지만 그가 자신의 옷에 손을 댄 뒤에는 다른 두려움에 아무 말도 하지 못했다.

분명히 몇 주 전 호텔에서도 맞닥뜨렸던 상황이었는데, 부끄럽게도 그를 처음 마주한 사람처럼 눈물이 왈칵 쏟아지고 말았다.

당연한 이치이긴 했다. 늘 그녀의 손은 자유로웠고 언제든 그의 공격에 방어하여 저항할 수 있는 입장이었다. 그런데 어제는 그 자유가 묶여 버리고 말았고, 그녀의 마음마저 결박당했다.

손을 조금만 비틀면 바로 뜯어지고 말 종이 목걸이. 그 종이 목걸이가 약하다는 것을 잘 알고 있기 때문에 그녀는 더욱 움직일 수 없었다. 그 마음을 이용해 자신을 놀리는 지원이 미웠고, 또한 그 낯선 모습에 겁이 나기도 했다.

어쨌든 그녀의 눈물에 반응한 그가 손을 멈춰 주어서 다행이었다. 그 이후에 미안하다고 말해 주어서 사실 마음도 다 풀렸다. 하지만 아직 얄미운 마음이 남아 있으니 조금 더 삐친 척을 해 보기로 한다.

햇빛이 어스름하게 거실에 쌓였다. 해가 점점 짧아지는 것이 느껴지는 계절이다. 여름과 가을이라는 말은 명확한데 계절과 계절 사이엔 경계가 없다. 요즘 부쩍 그림을 많이 그리는 준서의 작품을 들여다보면, 여름과 가을 사이에도 수많은 계절이 있는 것 같다. 이새는 '준서 삼촌'과 '오빠' 사이에는 왜 좋은 말이 없을까, 줄곧 생각했다. 두 호칭은 경계가 너무나도 명확해서 양립할 수가 없을 것 같다.

"준서야, 뭐 하나만 물어봐도 돼?"

이새가 스케치북에 그림을 그리는 준서에게 가만히 물었다.

"네. 뭔데요?"

"그런데 이건, 준서가 대답하기 싫으면 안 해도 돼."

이새는 상냥한 말로 전제를 달았다. 조심스러운 질문이었다.

"지난주에 체육수업 처음 가서 말이야. 준서가 선생님을 엄마라고 소개했잖아. 그런데 왜 지금은 다시 선생님이 된 거야?"

엄마와 선생님을 넘나드는 아이의 유연함이 부러워 던진 질문이었다. 그런데 돌아온 대답은 난감하리만치 단순했다.

"선생님이랑 결혼해야 되니까요."

"응, 응?"

한 치의 망설임도 없는 준서의 대답에, 이새가 더 당황한 목소리를 냈다.

"선생님, 잠깐만요."

준서는 바로 자리에서 일어났다. 그리고 제 방으로 건너갔다가 잠시 후에 다시 나왔다. 준서의 손에는 알록달록한 구슬이 달린 작은 띠와 편지 봉투가 들려 있었다.

"선생님, 이거요."

준서가 띠를 내밀며 말했다.

"이게 뭔데?"

"내 마음이요."

준서가 순박한 목소리로 대답했다. 하지만 그 어떤 대답보다도 멋진 말이었다.

"선생님 반지 사 주려고 삼촌한테 돈 달라고 했는데 삼촌이 안 줘 서요. 대신 미술시간에 받은 구슬로 만든 팔찌예요."

"이걸 준서가 만들었다고?"

이새가 놀라 물었다. 준서가 힘 있게 끄덕였다.

"진짜? 선생님 주는 거야? 이거 선생님 해도 돼?"

준서는 다시 끄덕이고는 이새의 왼팔에 팔찌를 채워 주었다. 그녀의 가느다란 손목에 느슨하게 잘 맞는 예쁜 팔찌였다.

"너무 예쁘다! 고마워. 이런 선물은 처음이야! 잘 하고 다닐게."

이새는 신나는 마음 그대로 모두 표현하며, 준서를 꼭 안아 주었다. 그런데 준서는 그녀를 밀어내고는 들고 있던 봉투를 내밀었다. 색종이로 만든 편지 봉투였다.

"이건 뭔데?"

"제가 쓴 편지요."

"준서가 편지를 썼다고?"

"네, 청혼 편지."

준서가 야무지게 말했다. 조그만 아이가 하는 말이 어쩜 이리도 의연함이 넘치는지. 청혼 편지라는 말에 호기심이 생긴 이새는 얼른 봉투를 열어 편지를 꺼냈다. 그리고 그 안에 적힌 단 몇 줄의 메시지에 그녀의 눈앞이 멍해졌다.

<이새 끼에게.
나는 이새 끼가 좋아요.
12년 뒤에 나랑 결혼해요.>

이거, 청혼 맞지……?

"준서야……. 이거 '이새 씨'라고 쓴 거지?"

'이새 씨'. 분명 이 글자는 '이새 씨'일 것이다. 쌍시옷을 처음 써 본 준서가 이를 한껏 기울여 썼을 뿐이다. 그런데 왜 이렇게 서럽지…….

사실 이새는 이름에 약간의 콤플렉스가 있었다. 성과 붙여서 부르면 정말 예쁜 이름이지만, 때에 따라선 하다 만 욕같이 들리는 경우가 있었다. 초등학교 때부터 남자아이들에게 놀림을 많이 받아서 이제 면역력이 넘쳐나지만 이런 경우는 또 처음이었다. 우습고도 슬픈, 생소한 서러움이 생겨났다.

"네, 승환이 삼촌처럼 부르고 싶어서요."

준서는 천진난만한 목소리로 또박또박 대답했다.

청혼 편지를 교정해 주자니 준서가 상처받을 것 같고, 그냥 넘어가자니 준서가 다른 데서 실수를 할까 봐 두렵고. 큰 딜레마에 빠져 고민하던 이새는 편지를 접어 다시 봉투에 넣고 준서를 향해 미소 지었다.

"준서 정말 글씨 잘 쓰는구나! 이젠 혼자서 편지도 쓸 줄 알고 정말 대단해."

"앞으로 맨날 써 줄게요."

"정말?"

준서가 고개를 끄덕였다.

"그러니까 선생님도 대답해 주세요. 나랑 결혼할지 말지."

이 조그만 아이가 대체 결혼이 뭔지 알긴 하는지.

"그래, 알았어. 선생님이 기다릴게. 12년 뒤에 결혼하자."

이새의 시원한 대답에 준서가 크게 끄덕거렸다.

"대신 선생님도 부탁할 게 있어. 준서는 그럼 앞으로 12년 동안 선생님이 걱정하지 않게 몸 건강 마음 건강에 최선을 다해야 돼. 알았지?"

"어떻게 하면 마음이 건강해지는데요?"

"어떻게 하면 몸이 건강해지는지는 알아?"

"좋은 거 먹고 운동하면요."

"그래. 그리고 잘 자고 많이 웃기도 해야 돼."

그녀의 음성을 따라 눈을 깜빡거리는 준서가 귀여웠다. 이새는 애정 어린 눈길로 준서를 바라보며 따뜻하게 말했다.

"마음 건강도 똑같은 거야. 마음이 좋은 걸 먹고 마음이 열심히 운동한다고 생각하면 돼. 책도 많이 읽고, 사람들도 많이 만나고, 준서 스스로가 기쁠 만한 일들을 많이 하고."

여러 가지 감정을 느끼고 표현하고 충분한 휴식을 주기도 하면서, 스스로를 사랑하면서. 준서야, 그렇게 너는 멋진 사람으로 성장해 갈 거야. 그럼 넌 나보다도 훨씬 멋진 사람을 만나서 사랑을 하고 인생을 생각해 보게 될 거야.

별것 아닌 당부였는데 갑자기 눈시울이 뜨거워졌다. 문득 정신을 차리고 나니 뺨을 타고 눈물 한 줄기가 흘러 있었다.

"선생님…… 울어요?"

뜬금없는 눈물에, 준서가 떨리는 음성으로 물었다. 세상에, 어제에 이어 오늘도 울어 버리다니. 이새는 다급하게 고개를 돌려 눈물을 훔쳐 냈다.

"아니야. 이건 너무 좋아서 그래. 너무 좋아서. 준서가 준 편지에 감동받아서."

어느새 준서의 성장을 지켜보는 것은 일이 아니라 삶이 되었다. 이새의 삶에서, 준서 또한 지원 못지않게 소중한 존재가 된 것이다.

준서와의 관계도, 지원과의 관계도 놓고 싶지 않았다. 그래, 어제 눈물이 났던 건 선택의 기로에 놓였기 때문이었다.

움찔하기만 해도 찢어져 버리고 말 종이 목걸이와, 지원에 의해 하나씩 단추가 풀어지던 옷. 두 가지를 모두 지킬 수 없었던 자신의 무력함에 대한 한탄이었다.

일이 많아 새벽까지 야근을 감행하면서도 지원이 기어이 꾸역꾸역 집에 돌아온 것은 이새와 화해하기 위해서였다.

다행히 다음 날 아침 출근하기 전, 이새와 단둘이 있을 기회를 갖게 된 그가 이새의 방에 들어서며 말했다.

"못 보던 팔찌네."

일상적인 척, 자신의 팔목을 보고 능청스럽게 말을 건네는 지원에게 이새는 괜한 반감이 생겼다.

"준서가 청혼 선물로 준 거예요. 나중에 준서랑 결혼하려고요."

"누구 맘대로?"

역시나, 그녀의 도발에 금세 흥분해 주는 지원이었다.

"내 맘이요. 준서 삼촌보다 준서가 훨씬 좋네요. 예쁘고 순수하고."

"걘 일곱 살이잖아. 나도 일곱 살 때엔 준서 뺨치게 예쁘고 순수했다고!"

"준서 뺨을 왜 쳐요!"

"말이 그렇다고, 말이!"

지원은 소리를 높이지 못해 답답한 심경으로 그녀의 침대에 털썩 앉았다.

"그래서 지금 막장 드라마라도 찍겠다는 거야?"

"웬 막장 드라마?"

"연애는 삼촌과, 결혼은 조카와. 이게 막장이 아니고 뭐야?"

"그런 얘긴 12년 뒤에 하죠."

그녀가 새침하게 말했다.

"계속 그렇게 툴툴댈 거야?"

지원이 이번엔 진지하게 물었다. 하지만 그의 음성도 왠지 슬쩍 날이 서 있는 것같이 들렸다.

"미안하다고. 내가 잘못했다고."

"잘못했다는 분이 참 도도도도하십니다?"

"그럼 내가 어떻게 해야 화를 풀어 줄 건데?"

"시간이 약이죠, 뭐."

"시간은 금이야. 서로 사랑할 시간도 부족하다고는 생각 안 해?"

"그렇게 애가 타면 애교 3세트라도 보여 주시든가요."

복수혈전. 이새가 예리하게 눈을 빛내며 지원을 바라보았다. 지원은 당황하여 커다래진 눈으로 이새를 바라보았다.

"뭐, 뭐……."

"애교요, 애교. 애교 3세트."

"……."

"못 하죠? 그럴 줄 알았어요. 저를 향한 준서 삼촌의 마음은 딱 그 정도죠."

얌체 같은 목소리로 하는 말이 지원의 가슴을 날카롭게 찔렀다.

정말 사랑하는데, 지금까지 그 마음을 많이 보여 준 것 같은데 왜 이 여자는 아직도 모르지?

자신이 이새에게 휘둘리고 있는 줄도 모르고, 지원은 답답해서 울컥한 기분이었다.

"얼른 출근이나 하시죠. 나가세요."

"어허, 어허. 누가 못 한대? 다 할 수 있어."

"그럼 해요, 얼른. 애교 3세트."

이새의 으름장에 눈을 가늘게 뜬 지원이 양손 검지를 들어 뺨에 콕 찍어 보였다. 천하의 안지원이 애교라니. 그 신선함에 웃음이 났지만, 그놈의 애교, 시크하기도 하지.

"고개도 45도로 예쁘게 꺾으면서 새침한 표정을 지으셔야죠."

번갯불에 콩 볶아 먹듯이 애교 하나를 해치워 버린 지원에게 이새가 불만스럽게 말했다.

"이봐."

"어? 말이 짧네요. 이쁘게 '이새찡' 하셔야죠."

이새의 요구에 지원이 눈을 부릅떴다. 그 눈빛이 무섭기도 했지만 그녀는 당차게 오기를 부렸다.

"얼른 '이새찡' 하시라니까요. 왜 애교를 가르쳐 줘도 못해요?"

이새도 눈을 야무지게 뜨고 심통 가득한 목소리로 그와 맞섰다. 결국 속으로 이를 부득부득 갈던 지원이 힘겹게 말했다. 애교라고 이름 지어 버리니 더욱 입을 떼기가 쉽지 않았다.

"이새…… 쫑."

"치. 그게 뭐야. 하나라도 제대로 좀 해 봐요. 예쁘게, 귀엽게, 사랑스럽게."

가자미눈으로 그녀를 쏘아보던 지원이 양손의 엄지와 검지를 겹쳐 붙여서 내밀었다. 이새는 시큰둥한 반응을 보였다.

"뭐예요? 돈 달라고?"

"이것도 몰라? 요즘 유행하는 하트 두 개잖아."

"하트가 너무 작은데요. 하나여도 되니까 더 큰 하트로 줘요."

이새의 요구에 지원은 양손을 오그려 붙였다. 제대로 된 하트 모양이 만들어졌다.

"안 돼요. 더 큰 하트."

"이것보다 더 큰 하트가 어디 있어?"

"있잖아요. 팔을 높이 올려서 손끝을 정수리에 꽂으면 된다고요."

이새가 턱을 치켜들고 마지막 말을 뱉었을 때, 문이 열리고 준서가 눈을 비비며 들어왔다.

"선생님."

"어. 준서 일어났네? 잘 잤어?"

어찌 목소리가 이렇게나 바뀔 수 있는지 모르겠다. 자신에게 뾰족하게 날을 세우던 그녀가 이런 천사 같은 목소리를 낼 수 있다는 것이 놀라울 따름이다.

"삼촌 여기서 뭐 해요?"

"삼촌 이제 출근하실 거야. 준서는 얼른 세수하러 가자."

이새가 유연하게 동문서답을 하며 준서를 방 밖으로 데리고 나갔다. 그러고선 지원에게 입 모양으로 제 의견을 조용히 전했다.

'못할 줄 알았어요.'

지원은 슬픈 눈으로 이새의 뒤를 좇았다.

잠시 후 지원은 출근하기 위해 집을 떠났다. 이새는 뒤늦게야 자신이 너무 짓궂었나 생각하게 되었다.

'그래도 뭐, 나는 애교 3세트 제대로 다 했다고.'

말로는 내가 예쁘네, 좋아 죽네, 해도 역시 몸에 안 맞는 애교를 보이는 건 자존심 상하는 일이겠지. 은근히 서운했다. 허한 마음을 한숨으로 달래고 있는데 휴대폰 진동이 울렸다. 지원이었다. 그냥 떠나 버린 것이 마음에 걸리긴 한 모양이다.

"여보세요."

희한하게도 전화를 해 준 것만으로 마음이 가라앉았다. 일관성을 유지하느라 불퉁한 목소리를 내긴 했지만.

-김이새.

"네."

-제대로 봐.

"네?"

-거실로 나와서 창문 좀 내다봐.

그의 당부에 그녀는 휴대폰을 쥐고 거실로 나갔다. 준서와 다원은 아침식사를 하러 가서 거실은 조용했다. 창문 밖으로, 마당 한가운데에 서 있는 지원이 보였다. 지원은 창문 곁에 선 이새를 확인하자마자 두 손을 높이 들어 손끝을 머리에 붙였다. 그녀가 원하던 커다란 하트였다.

품, 그녀의 입에서 웃음이 터져 나오고야 말았다. 그녀는 목소리를 들키지 않으려 휴대폰 송화구를 막았다.

-꽂았어. 정수리에 정확히.

잠시 후 그가 점잖게 보고했다. 그녀는 위로 올라가는 입꼬리를 감출 수 없었다.

-합격?

"네, 합격."

그녀는 시원하게 답했다.

-이제 마음 풀어 주는 거지?

"그렇게 해 주죠, 뭐."

수화기 너머로 길고 긴 한숨 소리가 들려왔다. 한시름 놓았다는 듯 어깨에 힘을 빼는 그의 모습은 멀리서도 잘 보였다.

-이따 봅시다.

그가 한 손을 들어 흔들었다. 그의 대담한 인사에 그녀의 머릿속이 맑아졌다.

준서와의 관계, 그리고 지원과의 관계. 모두 놓고 싶지 않은 그 욕심 그대로 최선을 다해 살면 된다. 사랑을 한껏 받고, 받은 만큼 베풀고 더 사랑하며 내가 알고 있는 행복을 이 집에 채워 나가면 된다. 그렇게 살자. 마음을 다해 진심으로.

유유히 떠나는 지원의 뒷모습을 지켜보는 이새의 얼굴에 오랫동안 미소가 어렸다.

만족스런 마음으로 돌아선 이새. 그러나 훈훈함은 오래 가지 못했다. 그녀의 뒤에 배 주임이 서 있었다.

어떤 싸늘한 반응보다도 무서운 침묵이었다. 이새의 눈동자가 좌우로 크게 흔들렸다.

언제부터 서 있었을까. 다 봤을까? 다 알게 됐을까?

그녀를 가만히 쳐다보고 있는 배 주임의 표정으로는 어떤 생각도 읽을 수 없었다. 한참을 그렇게 무표정으로 서 있던 배 주임이 입을 열었다.

"제게 하실 말씀 있습니까?"

'하아…… 안 들켰구나!'

안도의 한숨을 감추며 대답했다.

"아니요. 안녕하세요! 날씨가 좋네요."

이새는 시치미를 떼며 밝게 인사하고는 배 주임에게서 벗어났다. 지원의 애정 표현이 기분 좋긴 했지만 더 이상 이런 일이 있어선 안 되겠다. 그녀는 지원에게 주의를 주어야겠다고 생각했다.

얼마 후, 미술수업을 받으러 가는 시간이 되어 이새와 준서는 집을 나섰다.

민지가 오지 않아 둘이서 버스를 타고 가는데, 준서는 버스를 오랜만에 타 본다며 신기해했다. 친밀한 대화를 나누다 보니 금방 문화센터 미술교실에 닿았다. 이새는 준서와 교실 문 앞에서 인사했다.

"선생님은 여기 앉아 있을 테니까 수업 잘 받고 와. 친구들이랑도 사이좋게 지내고."

"네."

준서가 밝게 대답하고 교실 안으로 들어갔다. '와! 준서다!' 하며, 아이들이 반기는 소리가 들렸다. 벌써 친구를 여럿 사귄 모양이었다. 이새도 괜히 뿌듯해졌다.

수업이 진행되는 동안 이새는 교실 앞 휴게실의 의자에 앉아 양말인형을 만들며 시간을 보냈다. 수업은 약 50분가량이었다. 아이들을 기다리는 엄마들은 그 시간 동안 다들 바쁜 일을 빨리 해치우거나 1층 마트나 그 위층의 상가를 다녀오는 모양이었다. 가만히 앉아 아이를 기다리는 보호자는 이새가 유일했다.

양말인형의 나머지 한쪽 다리를 이어 붙이고 있는데 휴게실로 청소 담당 직원이 들어왔다. 60대 정도로 보이는 여성이었다. 직원은 휴게실의 눈에 띄는 휴지들을 처리하고 쓰레기통을 비운 후 사라졌다가, 커다란 생수통이 실린 L자형 카트를 끌고 돌아왔다. 거의 바닥을 보이는 정수기의 물을 새 생수통의 것으로 교체하려는 모양이었다. 이새는 직원을 도와줄까 하다가 마음을 접었다.

그런데 잠시 후, 새 생수통을 정수기에 꽂으려다 놓친 직원이 허리를 붙잡으며 자리에 주저앉았다.

"아이고오오오!"

이새는 스프링처럼 튀어나와 직원에게로 달려갔다.

"다치셨어요? 괜찮으세요?"

"할 일이 많은데, 아이고오오……."

"일단 의무실에 가시는 게 좋을 것 같아요. 일어날 수 있으시겠어요?"

이새는 직원을 부축해 일어났다. 처음부터 도와줄 것을 잘못했다는 생각이 들었다. 직원은 허리를 크게 삐끗한 것 같았다. 문화센터에 상주해 있는 직원도 자리를 비워 당장은 도움을 요청할 수 없었다.

시간을 확인했다. 미술수업이 시작한 지 20분이 지나 있었다. 아직 미술수업이 끝나려면 30분이 더 남았으니 재빨리 의무실에 다녀오면 될 것이다. 가다가 다른 직원을 만나게 되면 다친 직원을 인계할 수도 있으니 일단은 움직여야 했다. 직원은 이새에게 매달려 움직이며 계속 앓는 소리를 했

458

다. 이새보다도 몸집이 있어 보이는 직원이라 이새 또한 움직임이 더뎌졌다. 미술수업 중이기는 하지만 준서의 옆을 지키지 못하는 것도 걱정스러웠다.

문화센터는 3층, 의무실은 7층이었다. 엘리베이터까지 가는 길이 멀지 않은 것은 다행이었는데 엘리베이터가 오지 않았다.

"애기 엄마, 이만 가요. 여기까지 왔으니 내가 의무실까지 천천히 가 볼게. 그런데 의무실에 가도 별 할 수 있는 건 없을 거야. 이건 쉬어야 낫는 거지."

"병원에 가세요. 그리고 복대라도 하셔야 될 것 같아요. 파스도 붙이시고요."

이새의 걱정 어린 말에 직원이 고마운 표정을 지었다.

"알았어요. 내가 알아서 할게요. 수업 듣는 애기 기다리는 거 아니에요? 애기 수업 끝나겠네. 얼른 가 봐요."

직원의 말에 이새는 다시 준서를 떠올렸다. 아직 수업이 끝나려면 20분이 더 남았다. 하지만 역시 준서와 떨어져 있는 것은 걱정될 수밖에 없었다. 망설이던 이새가 고개를 끄덕였다.

"모셔다 드리고 싶은데 아기랑 약속한 게 있어서 정말 가 봐야 될 것 같아요. 가면서 의무실에 지원 요청을 해 놓을게요. 직원들이 모시러 오게끔 할 테니까 조금만 기다려 주세요."

"괜찮아요, 괜찮아."

직원이 쓸쓸히 웃었다. 이새는 의무실에 전화를 걸어 자초지종을 얘기하고는 다시 부지런히 교실 앞으로 돌아갔다.

'휴우, 처음부터 의무실에 전화를 할 걸 그랬다. 준서 옆에 꼭 붙어 있기로 했는데 괜히 미안해지네.'

이새는 숨을 돌리며 미술 교실의 창문을 통해 안을 들여다보았다. 준서가 잘하고 있나. 오늘은 어떤 작품을 만드나. 친구들이랑은 사이좋게 지내나.

그런데, 준서가 보이지 않았다. 분명히 아까 동그란 테이블의 가운데, 여자 아이들 사이에 앉아 있는 걸 봤는데 준서의 자리가 비워져 있었다. 다른 자리에도 준서의 모습은 보이지 않았다.

불안한 마음이 순식간에 온몸을 덮쳤다. 미술 교실의 강사에게 물어보기 위해 노크를 하려는데 안쪽에서 먼저 문이 열렸다. 강사가 문을 열고 모습을 보였다.

"준서 보호자님이시죠? 준서가 화장실에 간다고 나갔는데 10분째 안 들어오네요. 밖에 계시는 줄 알고 혼자 보냈는데, 준서 못 보신 거예요?"

온몸의 피가 쑥 빠져나가는 것 같았다. 이새는 창백해진 얼굴로 돌아섰다.

"화장실에 가 보고 올게요."

이새는 화장실로 정신없이 달렸다. 화장실은 문화센터 입구에서 약간 떨어진 곳에 있었다.

"준서야! 안에 있어?"

이새는 화장실 입구에서 크게 외쳤다. 남자 화장실 안에서는 어떤 소리도 들리지 않았다. 답답한 마음에 발을 몇 번 구르던 이새는 용기 있게 안으로 들어갔다. 작은 화장실이라 모든 것이 한눈에 들어왔다. 소변기 쪽에도, 좌변기 칸에도 준서는 없었다. 다급해지는 마음에 숨이 가빠지고 있었다.

화장실에서 나와 문화센터 쪽으로 돌아가며 3층 이곳저곳을 샅샅이 둘러보았다. 어디에도 준서의 모습이 보이지 않아 울고 싶어졌다.

미쳤어. 괜한 오지랖을 부려서는. 상가에서 아이를 잃어버리다니 선생으로서 실격이다.

문화센터로 돌아와 다시 미술 교실의 강사에게로 간 이새는 혹시 준서가 돌아왔는지 확인했다. 강사도 걱정스런 마음을 그대로 드러냈다.

"일단 문화센터 담당 직원한테 말해서 방송하는 게 좋겠어요. 보호자님은 상황실로 가셔서 CCTV 확인해 보시고요."

이새는 강사의 말을 따라 담당 직원에게 연락하여 준서를 잃어버린 사실을 알리고, 준서의 용모와 복장에 대해서도 설명했다. 설명하는 목소리가 내내 떨렸다. 마음을 진정시킬 수 없었다. 준서가 혹시 잘못되기라도 한다면…… 생각하니 끔찍했다.

"일단 상황실 직원분께 먼저 전달 부탁드려요. 저는 다시 3층 둘러보고 갈게요."

의외로 가까운 곳에 있을 수도 있다. 준서는 똘똘한 아이이니 누군가가 건드리지 않았다면 멀리 가지는 않았을 것이다. 이새는 문화센터 직원에게 당부한 후, 다시 3층 상가를 훑기 위해 떠났다.

'제발 준서야, 제발! 제발 얼른 나타나 줘!'

교실에 들어가며 손을 흔들던 준서의 밝은 얼굴이 계속 떠올랐다. 조마조마해 미칠 것 같았다.

'혁아, 제발 지켜 줘. 준서를 지켜 줘! 준서 어머니, 제발 준서한테 아무 일도 일어나지 않게 해 주세요!'

제가 다 잘못했어요. 너무 욕심을 부려서 죄송해요. 준서 하나만 잘 돌볼게요. 연애도 하지 말라면 하지 않을게요. ……아니, 정민지 선생님에게 준서를 양보하라면 그렇게 할게요. 제발 준서만 무사하게 해 주세요.

흐윽, 하고 울음이 터져 나왔다. 울 자격도 없다는 생각에 서둘러 눈물을 닦고 계속 걸음을 옮기며 사방을 살폈다.

-어린이를 찾습니다. 초록색 티셔츠에 남색 바지를 입은 일곱 살 안준서 어린이를 찾습니다. 이 어린이를 보호하고 계시거나 보신 분들은 가까운 직원에게 말씀 주시기 바랍니다.

건물에는 안내방송이 흘러나오고 있었다.

'이제 3층은 다 찾아봤는데 몇 층으로 가야 하지?'

막막한 마음으로 에스컬레이터 쪽으로 갔다. 자꾸 흐르는 눈물에 눈앞이 흐려져 연신 훔쳐 내고 있는데, 멀찍이 떨어진 곳에서 초록색 옷을 입은 아이가 옆길로 걸어가는 것이 보였다.

"준, 준서야, 준서야!"

길을 꺾어 다시 모습을 감추려는 준서를 향해, 이새가 소리를 내질렀다.

"준서야!"

준서가 문화센터 쪽을 향해 걸음을 옮기려다 옆을 돌아보고는 외쳤다.

"선생님!"

자신을 부르는 준서에게로, 이새가 급히 달려갔다. 준서도 이새에게로 뛰어왔다. 한달음에 준서 앞에 선 이새는 천진난만한 얼굴로 자신을 바라보는 준서를 꼬옥 안았다.

"어디 갔었어! 한참 찾았잖아!"

왈칵 다시 눈물이 쏟아지기 일보 직전이었지만 준서에게 눈물을 보일 수는 없어 필사적으로 참았다.

"화장실 가려고 나왔다가 선생님이 없어서 선생님 찾으러 갔었는데요. 정민지 선생님 만났어요."

그제야 준서의 옆에 선 민지가 눈에 들어왔다. 이새는 준서를 안은 채로 민지를 물끄러미 올려다보았다. 민지는 두 사람을 흐뭇한 눈으로 바라보고 있었다.

"정민지 선생님이 아이스크림 사 줘서 먹고 왔어요."

"준서야, 말은 바로 해야지. 네가 먹고 싶어 했잖아."

민지가 억울한 듯 말했다. 두 사람은 예전보다 많이 친해진 것 같았다.

이새와 준서, 민지는 함께 집으로 돌아왔다.

준서를 찾았지만 기분이 상쾌하지는 않았다. 제 할 일을 제대로 하지 못하여 소동이 일어났다는 죄책감에 이새는 마음이 무거웠다.

"준서한테서 눈 좀 떼지 말아요. 근무 시간에 집도 아닌 곳에 준서를 놓고 다른 곳에 가 있는 게 말이 돼요? 내가 준서 발견하지 못했으면 어쩔 뻔했어요?"

이 죄책감에 보태어, 민지는 집을 떠날 때까지 이새에게 계속 쓴소리를 했다. 준서가 낮잠이 들었기에 조금은 편하게 해 주고 싶었건만 민지의 목소리는 계속 날카로웠다.

"네, 맞아요. 주의할게요."

하지만 면목이 없는 이새는 고개를 조아릴 수밖에 없었다.

"준서는 남들하고 다르다고요. 누군가 준서의 배경을 알고 돈을 뜯어낼 목적으로 준서를 유괴할 수도 있어요. 문화센터 갈 때는 버스 타고 갔다면서요?"

"버스를 타고 간 건 준서가 원하는 일이기도 했고 준서가 새로운 경험을 하게……."

"무슨 생각을 하는 거예요? 준서가 버스를 탈 일은 없어요."

억울해진 이새가 바로 반박했으나, 민지는 이를 끊어 내고 단호하게 말했다.

"택시 타는 법만 가르쳐도 충분해요. 자꾸 불안한 상황 만들지 말고 안전하게 행동했으면 좋겠어요."

멀찍이 선 배 주임이 두 사람의 대화를 듣고 있었다. 이새의 얼굴이 온통 붉어졌다.

"저는 이만 돌아갈게요. 그런데 이런 소동을 겪게 되니 불안해지네요. 앞으로 더 자주 오는 방법을 의논해 봐야겠어요."

민지는 다른 인사 없이 돌아섰다. 이번 일로 민지 또한 이새에게 크게 화난 것 같았다. 질타를 받아 마땅하다. 민지가 없었으면 더 큰일이 났을 수도 있었다. 그러나 버스를 타는 일까지 지적받은 것은 좀 억울했다.

"김이새 선생님."

서러운 마음을 삭이고 있을 때 배 주임이 다가왔다. 여느 때보다도 날카로워 보이는 목소리에 이새는 다시 고개를 숙였다.

"김이새 선생님의 본분은 도련님을 돌보는 겁니다."

"네……."

"제가 김이새 선생님의 개인적인 일에 관여할 수는 없으나, 이곳은 김 선생님 일터입니다."

꿀꺽. 마른침이 넘어갔다. 이새는 배 주임을 물끄러미 올려다보았다.

"일터에 개인적인 감정을 끌고 와서 본분을 소홀히 한다면, 저도 아무 말 없이 지켜보고만 있을 수는 없습니다."

다시 이새의 눈동자가 요동쳤다. 배 주임은 알고 있었다. 알고도 모른 척했었던 것이다. 그간 조용했던 배 주임이었는데. 말을 시작하니 거침없었다.

"덧붙여 충고를 하자면, 제가 아는 건 괜찮겠지만 아가씨가 아신다면 일이 커질 수도 있습니다. 또한 도련님도 충격 받으실 수 있습니다. 매사에 조심하고 주의를 기울여 주세요."

배 주임이 무섭게 말하고 돌아섰다. 이건 충고가 아니라 경고였다. 다시 한 번 이런 일이 일어난다면 다시는 이 집에 발붙일 수 없으리란 생각이 들었다.

이새의 눈앞에 먹구름이 잔뜩 드리워졌다.

일과 중에 지원은 잠시 휴대폰을 들여다보았다.

준서와 함께 문화센터는 잘 다녀왔느냐고 이새에게 문자메시지를 보냈는데 두어 시간이 넘도록 연락이 없었다. 힘없이 휴대폰을 내려놓는데, 순간 액정이 번쩍거렸다. 반가운 마음으로 들여다보았으나 발신자는 민지였다. 시큰둥한 마음으로 전화를 받았다.

"여보세요."

-통화 가능하세요?

"짧게 얘기해요."

-오늘 문화센터에서 김이새 씨가 준서를 잃어버린 일 때문에 연락드렸어요.

가슴이 철렁 내려앉았다.

-여보세요?

"끊읍시다. 김이새 선생한테 직접 들을 테니."

지원이 다급해진 마음을 숨기며 딱딱한 목소리로 말했다.

-허. 못 들으신 거예요?

기가 막히다는 듯, 헛웃음을 터트리는 민지의 목소리가 귀에 따갑게 닿았다.

-별일이네. 여태 그 중요한 보고를 안 하고. 김이새 씨가 많이 경황이 없긴 한가 보네요.

민지의 말에 지원 또한 절로 인상을 쓰게 됐다.

휴대폰을 계속 붙들고 있어야 될까 고민하게 만드는 목소리였다.

-어쨌든 찾았으니 너무 걱정하지 마세요. 혹시 얘기 듣고 많이 걱정하실까 해서 연락드린 거였어요. 저는 건물에서 방송이 크게 나와서 많이 놀랐거든요. 준서가 보통 집안 아이는 아니잖아요. 미아 방송이 크게 나오는데, 오히려 저는 그게 더 아찔하더라고요. 그런 점을 조심하라고 김이새 씨한테도 주의를 주어야겠지만, 어쨌든 김이새 씨도 놀라서 벌인 일일 테니까.

한마디 할까, 말까. 잠자코 민지의 얘기를 듣는 동안 지원의 속에서 무언가가 부글부글 끓었다.

-어려서 좀 모를 수도 있어요. 너무 혼내시지는 마시고 살짝 주의만 주세요.

"지금 그런 얘기를 전하는 저의가 뭐야?"

결국 참다못한 그가 짜증스럽게 목소리를 냈다. 잃어버렸다는 얘기를 해서 심장이 철렁 내려앉게 하더니 순식간에 모든 사건을 과거형으로 만들고선 이새의 이야기를 하고 있다. 지원은 험담과 사실을 구별하지 못할 만큼 바보는 아니었다.

"이미 해결된 일을 가지고, 바쁜 사람한테 전화를 걸어서 뭐하자는 거지?"

지원의 질문에 민지는 금방 대답하지 못했다. 잠시 후 목소리가 들려왔다.

-아셔야 할 일을 전한 것뿐이에요.

"내가 알아서 직접 듣겠다고 했잖아. 다 지나간 일에 대한 반성회는 일과 이후에 따로 할 테니 내 일에 방해하지 말고 끊어. 이것 외에 다른 할 말 있나?"

허, 민지의 날숨이 크게 들렸다.

-삼촌이시면서 어떻게 이렇게 남 말하듯 말씀하세요? 이 일을 안상호 회장님께서 아신다면 어떨 것 같아요?

"그쪽이 고자질하지 않는 한 할아버지가 아실 일은 없어. 할아버지의 정신 건강을 조금도 걱정하지 않는다면 얘기하든가."

지원은 신경질적으로 통화를 끊고 이새에게 전화를 걸었다. 이새는 연락을 받지 않았다. 괜히 마음이 답답해졌다.

통화가 끊어지고, 민지는 휴대폰을 들여다보며 분한 마음에 이를 악물었다. 준서가 행방불명이 되었던 소동을 빌미로 좋은 기회를 잡아 볼까 했던 그녀는 바람 빠진 풍선이 되었다.

10년 전에도 냉랭하긴 했지만 이 정도는 아니었는데. 그의 철벽은 꽤나 높았다. 또한 말도 통하지 않았다.

문득 몇 주 전, 태원과 단둘이 처음 만났을 때의 기억이 떠올랐다.

그녀가 그저, 지원의 사촌 형제라고만 기억하고 있던 남자 안태원. 자신의 아버지와 그의 할아버지가 아는 사이였기에 언젠가 한번 태원과의 혼담이 나온 적이 있었다. 그래서 사실 태원에게서 먼저 연락이 왔을 때는 태원이 자신에게 관심이 있어 직접 연락을 해 온 것이라고 생각했다. 그런데 그를 만나고 보니 생각지도 못한 용건이었다.

태원은 지원을 결혼상대로 어떻게 생각하느냐고 단도직입적으로 물었다. 민지도 상처 입은 마음에 솔직하게 대답했다.

"몰라서 묻나? 외모야 괜찮죠. 아주 괜찮죠. 하지만 그 오빠는 애가 있잖아요. 형이 죽어서 형네 애를 떠맡게 됐다면서요. 게다가 그 애를 엄청 끔찍이 아낀다던데? 난 자신 없어요. 내 애도 키우기 힘들 텐데 남의 애를 어떻게 키워요? 나 같은 생각 안 하는 여자가 있을까."

"지원이 조카 때문에 그러나 본데, 지원이가 결혼하면 그 애는 할아버지가 데려갈 거예요."

"그런 얘기를 나한테 해 주는 이유가 뭐예요?"

"이런 얘기 해 주면 안 되나?"

"사실 난, 안태원 씨가 나한테 관심 있어서 만나자고 한 줄 알았어요. 그런데 의외의 전개네요. 안지원 씨 걱정을 다 해 주다니. 안태원 씨와 안지원 씨는 솔직히 말해서 라이벌 아니에요? 안지원 씨가 더 많이 가지면, 안태원 씨가 덜 갖고, 그런 관계 아닌가?"

"정확해요. 그래서 얘기하는 거예요. 정민지 씨라면 말이 좀 통할 것 같아서."

"……."

"지원이랑 잘해 봐요. 밀어줄 테니까. 만약 잘돼서 결혼까지 하게 된다면 준서도 할아버지 쪽에서 데려가도록 온 힘을 다해 돕죠. 대신 나한테 협력해요. 그룹 내에 관광 쪽은 내가 가질 거예요. 성화투어뿐 아니라, 호텔, 면세점, 놀이공원까지. 거기만은 지원이가 손대지 않게 해 줘요."

"제가 뭐라고 그런 간섭을 해요?"

"사모님이 되면 모든 간섭을 할 수 있게 되겠죠. 그리고 또 하나."

"……."

"그 집에서 일하는 가정교사를 가질 겁니다. 내가."

민지는 그때의 생각을 하며 흥, 코웃음을 쳤다. 조카의 양육에 대한 부담 없이 지원과 결혼하게 해 준다면야 무엇을 내주어도 상관없었지만 사실 태원의 제안은 어리석은 거였다. 태원과 민지의 목표는 이 점에서 서로 달랐다.

'사모님이 되어서 모든 간섭을 할 수 있게 된다면 쥘 수 있는 것들은 다 쥐어야지, 내가 왜 안태원 같은 사람에게 양보를 하겠어?'

자기 몫으로 떨어질 재산에 대한 이야기라면 조금도 양보할 생각이 없었다. 어쨌든 그것은 이후의 이야기이고, 김이새에 대한 것이라면 협력할 필요가 있었다. 그렇게 준서의 가정교사를 시작하게 됐다.

그런데 이새와 지원의 관계가 예상보다도 훨씬 더 묘하다는 생각이 들었다.

"김이새는 별로 관심이 없는 것 같은데 안지원 씨는 김이새를 많이 아끼는 것 같단 말이야……."

그녀가 처음 저택에 왔을 때 지원이 회사에서 헐레벌떡 달려온 것이며, 이새의 이야기가 나올 때마다 날을 세우는 것이며……. 이새가 가정교사로서 뛰

어나기 때문은 아니라는 것을 오늘 일을 계기로 확신하게 됐다. 그녀의 잘못
을 감싸 주려는 것만 같은 지원의 태도는 충분히 의심을 살 만한 것이었다.

늦은 밤.

준서를 재우고 그 옆에 우두커니 앉아 잠든 준서의 얼굴을 물끄러미 바
라보며, 이새는 낮 동안의 일을 다시 떠올려 보았다. 준서를 찾아 헤맬 때 체
감했던 아찔함은 아직도 생생하게 가슴에 남아 있다. 그때의 생각을 하니
또 심장이 성급하게 뛰는 것이 느껴진다.

'준서야, 널 정말로 잃어버렸다면 난⋯⋯.'

잠든 준서의 얼굴은 아무 일도 없었다는 듯 평화롭기만 하다. 이 천사 같
은 아이를 잃어버릴 뻔했다. 그녀만 믿고, 의지하고, 심지어 언젠가 결혼까
지 한다는 아이를 한순간 잊고 다른 데 한눈을 팔았다. 민지와 배 주임이 나
무라도 할 말은 없었다. 아니, 지원과 자신이 사귀는 것을 알면서도 그 정도
의 충고만 했던 배 주임에게는 오히려 고마워해야 했다.

사라지지 않는 죄책감이 그녀의 가슴을 짓눌렀다. 한참을 그렇게 준서를
아프게만 바라보다가 힘겹게 자리에서 일어났다. 조용히 방문을 열고 나가
자신의 방으로 들어가려는데 눈앞에 지원이 서 있는 것이 보였다.

"나 왔어."

어두운 거실에서도 그의 희미한 미소가 잘 보였다. 준서는 그토록 찾지
못했던 자신이, 그의 미소는 금방 알아보는 것에 다시 죄책감이 일었다.

"연락 많이 했었는데. 내 전화를 왜 안 받아?"

"아⋯⋯ 준서 옆에 있느라고 몰랐어요. 오늘 준서를⋯⋯."

"들었어. 잃어버렸었다며?"

그녀가 제대로 꺼내지 못하는 말은 지원이 곧장 이었다. 이새가 고개를
끄덕였다.

"가자. 내 방에서 얘기해."

그는 그녀에게 손짓한 후, 침실 쪽으로 향했다. 이새는 무거운 발걸음으로 지원을 따라나섰다. 거실과 침실 복도에 짙게 깔린 어둠이 까마득한 앞날처럼 느껴졌다. 그 암흑을 헤치고 앞서가는 지원이 대단해 보였다.

나는 저렇게 할 수 없어. 나는 자신이 없어.

자꾸 약한 생각을 하게 됐다.

힘겨운 발걸음으로 지원의 침실에 닿았다. 그가 문손잡이를 잡고 서 있었다. 그는 그녀가 들어온 후에 다정하게 문을 닫았다.

"죄송해요. 제가 책임지고 자리를 지켰어야 했는데, 경솔했습니다."

방 안으로 들어와 선 이새가 말했다. 지원은 슈트를 벗어 침대 위에 내려놓으며 물었다.

"어쩌다 그렇게 된 거야?"

지원의 질문에 그녀는 뜸 들이다가 사실을 말했다.

"제가 자리를 비운 사이에 준서가 화장실에 간다고 나왔었대요. 제가 문 앞에 없어서 저를 찾으러 다녔었나 봐요."

기억을 다시 떠올리는 그녀의 손끝이 바르르 떨리고 있는 것이 보였다. 생각보다 충격이 큰 것 같아 지켜보는 지원의 마음도 안쓰러웠다.

"김이새 씨는 어디 갔었는데?"

"그냥…… 오지랖을 좀……."

그녀는 고개를 뚝 떨어뜨렸다. 면목없어 하는 것이 그대로 느껴졌다.

"눈앞에서 다친 사람이 있어서 의무실에 데려다주려고 갔었어요."

지원은 피식, 소리 나게 웃음을 흘렸다. 황당한 사건이었지만 눈앞에서 다친 사람을 그냥 지나치지 못한 건 역시 김이새다웠다.

"제 불찰이었어요. 참지 말고 화 내셔도 돼요."

"이번 일은 예상치 못한 사고야. 그렇게 생각해."

"아니요. 정말 화 내셔도 돼요."

지원은 이새의 앞으로 바싹 다가갔다. 그녀의 얼굴을 보고자 허리를 굽혔지만 이새는 그를 쳐다보지 못했다.

"나는 이런 사고에 주눅 들지 않고 앞으로 더 잘하겠다고 말하면서 힘내는 김이새 씨가 좋아."

"저는 그런 제가 조금도 좋지 않아요."

그녀의 목소리엔 억누르는 울음이 있었다.

"내가 연애에 정신을 홀랑 빼앗겨서 준서를 소홀히 하고 있는 게 아닌가 하는 생각이 들어요."

"연애에 정신을 홀랑 빼앗기긴 했어?"

이새의 진지한 말에, 그는 부러 가벼운 목소리를 냈다. 하지만 상대방의 마음마저 무겁게 만드는 그녀의 진지한 눈빛에 지원은 금세 표정을 바꾸게 되었다.

"제가 이 집에서 연애와 가정교사를 병행할 수 있다고, 잘못 생각한 것 같아서요."

"……정민지가 오늘 일 가지고 뭐라고 했어?"

지원이 미간이 좁혀진 얼굴로 물었다. 자신에게도 은근슬쩍 그녀를 헐뜯으려 했으니 당사자에게는 더 나무랐을 수도 있겠다는 생각이 들었다.

"아니요. 오늘은 정민지 선생님 덕분에 준서가 안전했던 거예요. 도리어 고마워해야 하고요."

"그래. 그럼 일단은 잘 해결된 일 아니야? 앞으로 안 그러면 되지, 언제까지 그렇게 시무룩해 있을 거야?"

그녀답지 않은 표정과 자신감이 떨어진 말투에 덩달아 심각해진 지원이 따끔하게 지적했다.

"내가 달래 줬으면 싶어서 그러는 거면 더 제대로 하든가, 애인답게. 그럼 나도 좀 더 애인답게 위로해 줄 테니까."

이새는 자신을 나무라는 지원을 묵묵히 바라보았다. 오랜만에 들어 보는 질타였지만 그 안에는 자신을 감싸 주려는 마음이 그득 들어 있었다. 그게 사실은 고마웠지만, 잘못을 저질러 놓고 그의 품 안으로 숨어 버릴 수는 없다는 생각에, 그녀는 꾸벅 인사하고 돌아섰다.

"죄송해요. 이만 오늘은 가 볼게요."

지원이 손을 뻗어 그녀를 돌려세웠다. 다시 마주한 이새의 눈은 온통 촉촉이 젖어 있었다. 아직 꺼내 놓지 못한 마음이 있는 것 같은데 속 시원히 얘길 하지 않고 이상한 소릴 하니 그 또한 답답했다.

무작정 그녀를 품에 안고, 빠져나가지 못하도록 붙든 뒤에 조용히 말했다.

"정민지가 뭐라고 했는지 빠짐없이 말해."

"……."

"얼른. 정말로 화내기 전에 말해."

"그게 아니에요."

가만히 있던 이새가 기어들어 가는 목소리로 말하고는 그에게서 벗어나려는 듯 팔을 뻗었다.

"준서를 위해서, 제가 이쯤에서 준서 삼촌을 포기하는 게 낫다는 생각이 든 거예요, 그냥."

그녀의 말에, 지원의 팔 힘이 먼저 빠졌다. 지원의 품에서 벗어난 이새가 그에게서 몇 발짝 뒤로 물러났다.

"그냥 그런 생각을 했다고? 이 소동에서 얻은 결론이 그거야?"

지원은 도무지 이해가 가지 않는단 얼굴로 그녀를 바라보았다. 그녀를 빤히 바라보는 눈에는 잠재된 화가 있었다. 그녀는 결국 사실을 털어놓았다.

"……배 주임님이 다 알게 됐어요."

잠시 생각하는 듯 멈칫했던 지원이 하아, 한숨을 쉬고는 다시 입을 열었다.

"많이 놀랐어? 신경 쓰여?"

"부끄러워요. 그걸 들킨 날 준서까지 잃어버려서."

이새는 자신의 감정을 겨우 털어놓았다.

"솔직히 얘기하자면, 요즘 제가 많이 들떠 있었던 것 같아요. 모태솔로 생활도 청산하고, 가정교사 일도 재미있고, 예쁜 제자가 저만 좋아해 주고, 준서 삼촌은 제가 바라는 거 다 해 주고. ……오만했었어요. 뭐든 뜻대로 잘돼서 정작 중요하게 생각해야 되는 걸 잊었어요."

역시, 다시 슬픈 반성이 이어졌다.

"사귀는 건 보류해야 하지 않을까 해요."

"정말 참지 말고 혼내야겠네."

이새의 말을 모두 들은 그가 표정을 굳히고 말했다.

"보류한다니. 그렇게밖에 말을 못 하나?"

지원이 날을 세우자, 그녀의 눈동자가 파르르 흔들렸다. 헤어지자고 말할까 했던 것을, 조금 강도를 낮춰 '보류'라는 말로 표현했다. 조금 시간을 두고 생각해 보면 어떻겠냐는 말이었다. 그러나 지원의 반응은 냉랭했다.

"처음부터 우리는 조건이 있었잖아요. 그 조건이 지켜지지 않으면 사귀지 않겠다고도 했었고요. 집안사람들한테 들키면 안 된다는 조건은 첫 번째였어요."

"배 주임 해고할게. 그럼 되지? 그럼 배 주임은 집안사람이 아니니까."

"무, 무슨……! 그런 말이 아니라고요!"

졸지에 그녀는 버럭 소리를 지르고 말았다.

"배 주임님 오래 일하셨잖아요! 배 주임님처럼 완벽하신 분이 또 어디 있다고 그렇게 쉽게 해고하겠다는 말을 해요?"

"그럼 어떻게 해? 나한테 중요한 사람은 배 주임이 아니라 넌데."

지원 또한 평정심에서 이탈한 목소리로 말했다.

"겨우 이런 관계 때문에 아무 잘못 없는 다른 사람을 희생시키려고 하시면 안 되죠."

순간, 잠시 정적이 흘렀고 지원의 눈이 싸늘해졌다.

"겨우 이런 관계? 그쪽한테는 이게 겨우 이런 관계야?"

지원의 반응이 돌아오고서야, 자신이 무슨 말을 했는지 깨달은 이새가 침통한 표정으로 눈꺼풀을 지그시 내렸다. 그녀 또한 지원의 칼 같은 성미에 흥분하여 말실수를 한 것이었다.

이런 갈등을 만들기 위해 던진 말들은 아니었다. 자신으로 인해서 누군가 피해를 보는 것이 아프고 또한 싫었을 뿐이다. 이 집이 아무 문제 없이 평화로울 수 있는 방법은 내가 가정교사로서만 충실한 것뿐이지 않나, 하는 생각에서 벗어날 수가 없었기 때문에 나온 말들이었다.

"죄송해요. 용서를 구하러 와서 도리어 소리가 높아졌어요. 나중에 얘기하는 게 나을 것 같아요."

그녀는 매서워진 그의 눈을 회피하며 돌아섰다. 하지만 지원이 그녀를 보내줄 리 없었다. 지원은 무정하게 걸음을 옮기는 그녀를 문 앞까지 쫓아갔다.

가지 마.

지금 붙잡지 않으면 이 위태로운 관계가 끊어질 것 같은 조마조마함이 그의 손에 악력을 넣었다. 울컥, 감정을 따라 움직인 손이 그녀를 잡아당겨 문 옆의 벽으로 그녀를 몰아넣었다.

툭. 지원에 의해 벽에 등을 부딪히게 된 그녀가 그를 서럽게 바라보았다.

지금 진짜 억울한 게 누군데. 지원은 타들어 가는 마음으로 그녀를 팔에 가두고 쏘아보았다.

태원이 흑심을 품든, 할아버지가 다른 여자를 손주 며느릿감으로 점찍든, 민지가 이간질을 하든. 외부의 압력이 어떠하든 상관없었다. 김이새가 온전히 내 것이라는 확신만 있으면. 떼를 쓰든 약한 척을 하든 상관없으니 그냥 그녀가 자신의 품 안에 있었으면 했다.

그녀는 연애에 정신을 홀랑 빼앗기고 있다고 말했지만, 그녀가 한 번도 이성을 놓아 버린 적이 없다는 걸 알고 있다. 마음이 상하면 언제든 홀연히 떠날 수 있다는 듯 그녀는 늘 짐 가방을 챙겨 놓고 있다.

나는 네가 아닌 모든 것을 버릴 수 있는데, 너는 날 가장 먼저 버릴 생각을 하지.

결국, 누가 더 사랑하느냐 하는 유치한 마음 때문에 답답하고 서러워졌다.

이따금 마음이 조급해지면 충동적으로 그런 생각이 든다. 짐 가방을 빼앗아 버릴까. 어디로도 가지 못하게 만들어 버릴까.

본능적으로 움직인 몸이 그녀의 앞을 완전히 막아섰다. 벽으로 내몰린 그녀가 분한 표정을 짓고 있는 것 같았다. 이른바 남자 친구라는 자신을, 두려워하는 것도 같은 눈빛이었다. 그녀의 앞으로 그림자를 드리우며 얼굴을 내렸다. 입술에 그녀의 숨소리가 닿을 만큼 가까이 갔다. 슬픈 듯이 그를 바라보던 그녀가 눈을 꼭 감은 채 고개를 슬쩍 돌렸다. 다가올 자극을 피하는 것도, 받아들이는 것도 아닌 그녀의 반응에 가슴이 쓰렸다. 멈칫, 행동을 멈추게 만드는 반응이었다.

"하아아……."

결국 그는, 무너지는 한숨과 함께 그녀의 어깨로 고개를 내렸다.

"네가 나한테 얼마나 중요한 사람인지 제발 좀 알아주라. 부탁이다."

서로 좋아하는 마음에 있어 그 차이를 따지고 싶진 않았다. 사랑이란, 결국은 더 많이 좋아하는 사람이 아픈 거라고 했던 친구의 말이 떠올랐다. 그런 기분까지는 느끼고 싶지 않았는데 어느새 정신이 들고 보니 사랑의 한가운데에 있었다.

외전 1. 인연

지금으로부터 7년 전의 이야기. 차곡차곡 쌓이던 낙엽이 정리되는 계절의 이야기다.

대학병원 소아과 병동 건물 앞. 외투 없이 교복만 갖춰 입은 중학생의 이새는 벤치에 앉아 쉴 새 없이 떨어지는 눈물을 소매 끝으로 계속 닦아 나갔다.

옆에서 가만히 지켜보고 있던 여인이 이새에게 다가와 화장지를 건넸다.

"이거 써요."

"괜찮아요."

"얼른 받아요."

"고맙습니다……."

이새는 겨우 인사를 하고, 여인이 건네주는 화장지를 받았다.

"힘든 일 있어요?"

여인이 나긋하게 물었지만 이새는 대답하지 못했다. 쉴 새 없이 흐르는 눈물을 닦아 내기에 바빴다. 머리가 지끈해질 정도가 되어서야 눈물을 멈출 수 있게 된 이새가 사라질 듯 작은 목소리로 말했다.

"이제 동생을 보내래요. 일곱 살밖에 안 됐는데……."

그러나 목소리와 함께 눈물은 다시 하염없이 흘러내렸다.

"며칠째 누워만 있는데, 이제 숨도 잘 안 쉬어서……. 의사 선생님이 자꾸 뭘 준비하라고 하는데, 어떻게 준비해야 할지도 모르겠고, 막막해서……."

이새가 말을 하는 동안 여인이 더 바짝 다가와 이새의 머리를 감싸 안아 주며 토닥였다. 그 품 안에서, 이새는 더 엉엉 울었다.

"내가 장녀인데, 내가 다 위로해 줘야 되는데, 나도 너무 슬퍼서 힘이 안 나서요."

가족 모두가 눈물로 얼룩진 시간을 보내고 있었다. 가족들 앞에서 함부로 울 수가 없어 참아 내고만 있었던 눈물은 일면식도 없는 여인의 앞에서 수도꼭지 터지듯 마구 흘러내렸다.

"아아, 착하지……."

엉엉엉……. 낯선 여인에게 차분한 위로를 받으며, 한참을 그렇게 섧게 울었다. 여인은 조용히 이새를 토닥여 주었다.

"사랑한다고 계속 말해 줘요. 들릴 때까지, 질릴 때까지."

이새를 진정시켜 준 여인이 자그마하게 말했다. 여인의 가슴에서 들려온 음성은 여인의 품만큼이나 따스했다.

"이쁜 누나를 만나서, 동생도 행복할 거예요."

그렇게 이새는 그 따스함에 위로받다가, 한참 뒤에야 고개를 들었다. 그리고 그제야 여인의 모습을 제대로 보았다. 자신 만큼이나 울음에 푹 젖은 눈으로, 양 볼이 빨갛도록 눈물을 참으며 자신을 위로하던 어여쁜 여인을. 그리고 그 마른 몸과 대비되도록 불쑥 나온 동그란 배를. 이를 버릇처럼 감싼 여인의 가느다란 팔을.

"아, 죄송해요. 제가 애기한테 안 좋은 소리를 한 것 같아요……."

이새가 머뭇거리다 사과했다. 여인은 싱그럽게 웃었다.

"아니에요. 애기한테 학생의 예쁜 마음을 보여 줬잖아요."

"……."

"힘내요. 응원하고, 기도할게요."

여인은 그 말을 끝으로 일어났다. 이새도 함께 일어나 꾸벅 인사했다. 울음을 풀어놓아서 그런지 속 안의 답답한 것들이 개운해진 느낌이었다. 정말로 마음껏, 동생에게 사랑한다는 말을 할 수 있는 용기가 생긴 것 같았다.

이새와 병원 안까지 들어와 헤어진 하늘이 이새가 떠난 방향을 물끄러미 바라보고 있을 때, 저만치에서 시동생 지원이 걸어왔다. 열심히 일하는 도원 대신 하늘을 데리러 온 것이었다.

"형수님."

"도련님."

"무슨 일 있으셨어요?"

하늘이 복도의 반대쪽으로 길게 눈길을 주는 것을 보며 지원이 물었다. 왠지 그녀의 눈이 빨개져 있는 것이 신경 쓰였다.

"아니요. 예쁜 아가씨를 봐서요."

"예쁜 아가씨를 봐서 우셨다고요?"

"아니. 아가씨가 사연이 있더라고요. 동생이 많이 아픈가 봐요."

"여기는 병원이니까요. 그런 사연 가진 사람이 한둘이 아닐 거예요."

지원은 무심하게 말했다.

"형수님. 이런 데서 혼자 계시다가 이상한 사람한테 해코지당할 수도 있어요. 조심하세요."

"예쁜 아가씨였다니까 그러네요."

"요즘 예쁜 사람들이 더 독하고 무서운 거 아시잖아요."

"얼굴도 예쁘고 마음도 예쁜 아가씨였다고요."

지원은 하늘의 말에 흔들림 없이 굳은 표정을 유지했다. 세상에 믿는 사람이라곤 동창 친구들과 형 도원밖에 없는, 삭막한 시절의 지원이었다.

"어휴. 우리 도련님은 언제 좋은 사람을 만나려나."

하늘이 놀리듯 웃었다. 지원은 콧방귀만 뀔 뿐이다.

"도련님, 결혼은 사랑하는 사람이랑 해야 돼요. 아시죠?"

"안 나타나면 안 해도 되죠?"

"설마. 우리 도련님이 이렇게 잘생겼는데 안 나타나겠어요?"

"형수님은 사실, 외모로 사람을 좋아하는 거죠?"

"앗. 너무 속 보이나요?"

하늘의 농담에 지원도 결국 피식 웃고 말았다.

-2권에 계속-